家の馬鹿息子

ギュスターヴ・フローベール論

（1821年より1857年まで）

4

ジャン－ポール・サルトル

鈴木道彦／海老坂武 監訳

黒川学／坂井由加里／澤田直 訳

人文書院

目次

『家の馬鹿息子』Ⅰ・Ⅱ・Ⅲ 目次

家の馬鹿息子 Ⅳ

——ギュスターヴ・フローベール論（一八二一年より一八五七年まで）

凡例

一、この翻訳のテクストとして使用したのは、J.-P. Sartre : *L'Idiot de la famille, Gustave Flaubert de 1821 à 1857*★★ (Paris, Gallimard, 1971 et 1988) である。本書は一九八八年改訂版の一七七七ページから二一五〇ページまでにあたり、サルトルによるフローベール研究の邦訳第四分冊である。

二、原文のなかのイタリック体は、傍点を付した。ただし作品名、書名その他は、『　』で示した。

三、原文のなかの大文字ではじまる語は〈　〉で表示した。

四、原文のなかの《　》は「　」で表わした。

五、原文にある各ページの脚注としての原注は、訳文に＊1、＊2を付して、その段落の切れ目に挿入した。なお、原注にしばしば引かれる『書簡集』は、コナール版「ギュスターヴ・フローベール全集」に収められた全十三巻の『書簡集』を指している。

六、訳文中の〔　〕で括った箇所は、aliénationについての疎外〔他有化〕、あるいは他有化〔疎外〕のように、一般に行なわれている訳語とサルトル思想の体系のなかでの訳語との関係を表示するために用いた場合と、原文の意味を明晰にするために訳者が補った場合とがある。

七、訳注は簡単なものは二行割注とし、その他の訳注は巻末にまとめた。

八、原文中に出てくる固有名詞については、巻末に、注を伴う網羅的な一覧表をつけた。ただし地名については訳注に収めた。

九、現在の見地から不適切な表現記述があるが、本作品が書かれた時代背景や言語のニュアンスを考慮し、原作の表現のままとした。

十、フローベールの著作からの引用は、おもに『フローベール全集』（筑摩書房）に拠ったが、これを参照しながら訳者が訳出し直したものも少なくない。

第三部　エルベノンまたは最後の螺旋[1]

I　緊急事態に対する直接の否定的かつ戦術的回答と見なされる「転落」

一　事件

一八四四年一月のある夜、アシルとギュスターヴは別荘の検分にドーヴィルへ行った後に、そこから帰るところであった。鼻をつままれても分からぬ真っ暗闇で、二輪幌馬車《カブリオレ》を御していたのはギュスターヴ自身だった。とつぜん、ポン＝レヴェックの近くで、馬車の右側を一台の荷車を引いた人が通ったときに、ギュスターヴは手綱を放して、雷で打たれたように兄の足許に崩れ落ちた。死体のようにぴくりともしない彼を見て、アシルは、弟が死んでしまったか、あるいは死にかけている、と思った。遠くに一軒の家の明かりが見える。兄はそこへ弟を運ぶと、応急手当をほどこした。ギュスターヴは数分のあいだ、強硬症《カタレプシー》の状態だったが、それでも意識ははっきりしていた。目を開いたときに、彼は痙攣を起こしただろうか。それを知るのは難しい。いずれにしても兄はその晩のうちに、彼をルーアンに連れ帰っている。

話を進める前に、この発作の日付を決める必要がある。というのも、一八四四年一月十七日付でエスト街(2)に宛てられたカロリーヌの手紙に、こう書かれているからだ。「兄さんの手紙は、夕方の五時になってやっと着きました。私たちは、兄さんが病気ではないかと心配していたのです。もしも知らせがなかったら、家のだれかが様子を見に行ったところでしょう」。フローベール家の人たちが不安を覚えたのは十七日だから、ギュスターヴは少なくともその三日前にはパリに戻って行ったことになるだろう。つまりは、ほぼ十二月に決めていた通りの日取りである。他方で、彼は一月の終わりか二月の初めに、エルネスト宛に書いている、「ぼくは危うく家族の手のなかでくたばるところだった（アマールの家で見たぞっとするような光景から立ち直るために、二、三日家に帰っていたのだ）」。

大部分の研究者は、このシュヴァリエ宛の手紙でふれられているのが最初の発作、すなわちポン＝レヴェックでの発作のことだと考えている。ギュスターヴはすっかり神経を苛々させながら、それでも無事に、一月十五日前後にパリに戻ったのだろう。そしてカロリーヌに頼まれて、母親を亡くしたばかりのアマールを、一月十七日より後に訪ねたらしい。[*1]「ぞっとするような光景」に気も動転した彼は、ふたたび勉強にとりかかる前にいくらか心の平静を取り戻そうと、二十日頃に家族のもとへ帰ったのだろう。

＊1　カロリーヌの手紙によれば、この一月十七日には、アマール夫人はまだ瀕死の状態だった。

ポン＝レヴェックでの出来事は、彼がルーアンに到着してから二日くらいのあいだに起こったのだろう。なぜなら彼が「二、三日家に帰っていた」と書いているからだ。したがって、事件があったのは一月二十日から二十五日のあいだと考えても、そう間違いではないだろう。もしギュスターヴが予告もせず、逃げるようにパリを離れたのなら、事件は二十日に近い日に起こり、また彼がまず両親に手紙で知らせた上でと考えたのなら――そしてその手紙が紛失したのであれば――二十五日に近い日ということになる。[*1]

＊1　失われたのはこの手紙だけではない。たとえばカロリーヌが十七日の夕方五時に受け取ったという手紙は――おそらくこの日のギュスターヴの心理状態をよりよく理解させるものとなったであろうが――紛失されたか、または破棄された。

これが一般に認められている定説だが、これに対してジャン・ブリュノーは異論を唱えている。ポン＝レヴェックでの発作が十五日より以前に、つまりフローベールの最初のルーアン滞在のあいだに起こったというのである。しかし、彼をまたパリに帰らせた以上、それは「フローベール家の二人の医者をそう心配させるものではなかったようだ[3]」。したがって、ギュスターヴを襲った発作、彼がエルネスト宛の手紙で「ミニ卒中」と呼んでいるのは、二度目の発作であり、それは最初の発作以上に激しいもので、おそらくルーアン市内で、ことによると市立病院で起こったのだろう、というのだ。言い替えれば、シュヴァリエに「充血」のことを書いた手紙と、ルイーズにポン＝レヴェックでの事故のことを語った五三年九月二日の手紙は、同じ事件にかんしたものではないことになる。そうだとすると、次のような事実経過を認める必要が生じるだろう。すなわち新年の休暇のあいだに、最初の「卒中」が起こる。ついで、ほぼ十五日から二十日まではパリ滞在。次に、だいたい二十日から二十五日までのあいだに第二の発作が起こるが、それについてはフローベールがエルネストに語ったことしか分からない。つまり、ほとんど何も分からない。じっさい彼は、この新たな事故の起こった状況も、時間も、場所も、その特殊な形態も、語ってはいないのである。

　ギュスターヴがポン＝レヴェックで初めてさまざまな症状に見舞われたときに、自分の病気を発見したということ、これを疑う者は一人もいない。問題は――それが重要であるのはいずれ分かるが――この発見がパリに帰るより前に起こったか、またはルーアンでの二度目の滞在の最中に起こったかを決めることだ。この点にかんして、われわれには明確な情報が欠けている。しかしながら、二度の発作があったというブリュノーの仮説は、彼がその著書のなかで提供しなかった証拠を持っているのでないかぎり、根拠が不十分なものに見える。

ブリュノー説を支えるのは、フローベールがある日ドーヴィルから帰るときに「癲癇で倒れた」という事実である。ギュスターヴは、外科部長が最近手に入れた土地で行なわせている工事の進行を点検するために、アシルとともにドーヴィルに行っていたのだ。この「別荘」は彼の「勉強」の「妨げ」になっていた。だから、彼が直ちにそれを見に行こうとしなかった、などということが考えられようか？　元日に、彼はふらりと帰宅した。家族では何が話題になっていたのか。別荘だ。その話を聞いただけで、彼は直ぐアシルと日取りを決めるだろう。そして三日後には、二人で工事を点検しに行くだろう。どんなに遅くとも、週の終わりには行くだろう。したがって、ブリュノー説に従うと、この不幸な旅行は一月の前半、それも元日に最も近いころに行なわれた(4)とせねばならない。カロリーヌの手紙を読んだだけでも、それは証明されるだろう。その手紙は、家族の不安を暴露している。「もし兄さんが具合が悪ければ……」。これは普段の口調ではない。明らかに何かが起こっていたのだ、というのである。しかしいくら探しても、この推測を補強するものは何もない。おそらくは、せいぜい一八五二年にギュスターヴが最初の事故のことを語って、単に「兄が私の手当をしてくれた家」と言っていることぐらいだ。(5) 一方、四四年のエルネスト宛の手紙では、たてつづけに三回も瀉血をされた、と書かれているのである。(6)

このような推測をどう考えたらよかろうか？　簡単な話で、これは根拠薄弱な推測なのだ。フローベールが十二月二十日に、父親が別荘を建てようとしていることを考えて喜んでいたのは、われわれも知っている。ついでに指摘しておけば、そのことにふれた二通の手紙のなかで、彼は工事を見に行きたいとすら言っていないのだ。それに、そもそも工事は始まっていたのだろうか？　十二月二十日には、どうやらまだ建築家の出したプランを議論する段階だったらしい。ギュスターヴがドーヴィルに行きたいと思っていたとか、そこで何かを見なければならないとかいったことも、いっさい証明されていないのだ。おまけに、彼はドーヴィルに二度行ったかもしれない、すなわち最初は十五日より前に、次はパリから戻った後に。それを否定する証明もいっさいない。一月二十日頃に、息子が極度に苛立っているので不安になったアシル＝クレオファスが、ギュスターヴは二輪幌馬車《カブリオレ》で旅行してから海辺で少し滞在すれば神経が落ちつくだろうと考えた、ということだってあり得るだろう。そうなれば、それが一度目にドーヴィルからルーアンへ戻るときであれ、二度目であれ、一月十五日以後に発作が起こったという可能性も十分にあり得るのだ。

　残るはカロリーヌの示した不安である。しかし、フローベールが新年の休暇のあいだに具合が悪くなったり、数年来のある種の体調不良が、家に戻っているときに再発したりすることがあるのは、だれも疑うことができない。そもそも手紙の追伸も奇妙なものだ。「パパは兄さんの手紙を読みましたが、腕のことは何も言いませんでした。わたしの処方箋は次の通りです。休息、そして脂肪分を摂ること」。フローベールは腕の悩みを訴えていたのだ。筋肉を痛めたのだろうか？　父親はカロリーヌの手から手紙を取り上げると、黙ってそれを読み、ひと言も言わずにそれを返した。つまり、ギュスターヴの語っている痛みがごく軽いものだったからだろう。いずれにしても、これは「ミニ卒中」の再発を恐れる医者がとるような態度ではない。それに、もしもアシルが「十分間ほど弟が死んだと思っていた」とすれば、ギュスターヴがふたたびパリに発つのを、フローベール家の二人の医者が放っておくはずがあるだろうか？　マクシムの語るところによると、アシルはポン＝レヴェック[*1]で、「発作がもう再発しないことを期待しながらも、半信半疑だった」し、父親は「絶望していた」。なるほどマクシムは信用のおけない証人だし、日付や場所も初めから間違えている。しかし彼はフローベールと四四年の冬に会っており、彼から直接に情報を得ているのだ。もしも発作のあったあとで、二人の医者がギュスターヴをパリに帰したとすれば、ギュスターヴは必ずや怨恨《ルサンチマン》にかられて、このとんでもない失策をマクシムに告げたであろうし、マクシムはまた嬉々としてそれをわれわれに報告しただろう。じっさいマクシム・デュ・カンの証言はアシル＝クレオファスを、「瀉血以外に何もできない」ブルーセの弟子と描き出して、彼の評判を落とすことを狙うものだからである。

＊1　マクシム・デュ・カンは「ポン＝トードメール」と書いている。

　そのうえ、もしもギュスターヴが一月十七日以前にすでに発作を起こしていたとすれば、脳充血という父親の診断もすでに下されていたことになる。とすると、家族の不安は――カロリーヌの手紙を通して表われている程度では――あまりに弱すぎるように思われる。もし再発の危険があって、彼を救うために緊急に瀉血をする必要が起きたら、だれかをパリに走らせても済むわけがない。一歩も彼から離れずに、ついていなければならない。「兄さんが病気ではないかと心配していたのです。……家のだれかが様子を見に行ったところでしょう」という言葉が正当なものとされるのは、中程度の緊急性の場合でしかない。フローベールが本当に卒中の発作に見舞われでもしたら、この「家のだれか」は、はるばる遠くまで出かけて行った末に、エスト街で、もうとっくに冷たくなった死体しか見出さないという危険も、大いにあっただろう。これに反して、もしもギュスターヴが大した支障もなしに、ただし気がかりな精神状態で家族のそばを離れたと仮定すると、文意は明瞭になる。市立病院に着いたとき、彼はヴェルノンのシュレザンジェ家で一日を過ごしたばかりであったから、必ずやくつろいだ幸福な気分だったことだろう。だが翌日から場面は見る見る一変する。パリにいたときには、ルーアンは希望であり、幸せな期待であり、逃避だった。今でも依然として待っているものはあるが、その真の意味は明らかだ。彼が待っているのはパリの徒刑場であり、すでにやったことやすでに見たこと《デジャ・ヴュ》のおぞましい反復である。彼はそれに抵抗しようとも考えない。しかし、目前の忌まわしい未来へと自分を引きずって行く厳しい時間の推移のなかに、彼は身分というこの他者なる未来へと吸い寄せられて行く自分の人生全体の象徴を見る。来る日も来る日も、彼はますます神経質になり、ますます苛立ち、ときには落ち込み、ときには興奮し、だが常に不安にかられている。彼の心をかき乱しているこのような動揺は、これといった病気の症状でもなければ、何かの企てや隠された意図の前兆でもないのだから、われわれはこれを、意味しないもの《ノン＝シニフィアン》と言っておこう。それは単にフローベールが、ますます苛立ちを募らせながら、耐えることも乗り越えることもできない矛盾を生きているという印しにすぎない。仮にその動揺が何かを表現しているとすれば、それは一人の不幸な男の構造化された心の混乱だろう。彼は自分が何をしたらよいのか分からないし、解決を図ることも思いつかず、自分を待っている運命は明らかに分かっていながら、同時にそれを信じることもできない。要するにこの動揺は、まさにそのあるがままのものにほかならないのだ。すなわち意味を欠いた不安であり、その不安が、心につきまとっているが実感はできない状況のなかでの不可能な行動、考えることさえできない行動に、取って代わるのである。過度の興奮はひとりでにますます高まる。想像するに、彼はよく眠れなかったろうし、ほとんど食べられず、やたらと飲んでいただろう。何でもないことで、彼は激昂する。マクシムは、それが彼の病気——やや性急に癲癇と同視された病気——のもたらしたものだと主張している。「ほんの些細なことでも、生活のこの上もない平穏が乱されると、彼は逆上するのだった。私は、ただナイフが見つからないというだけで、彼が大声を上げてアパルトマンのなかを走りまわるのを見た」。しかしわれわれは初期作品や書簡集に親しんだので、こうした激昂が病気よりもはるかに以前から始まっていたことを知っている。ギュスターヴが怒鳴ったり、うなったり、手当たり次第にものを壊そうとしたり、またはとつぜん通行人に飛びかかって彼らを虐殺したい気持にかられたりするのは、昨日や今日に始まったことではない。確実に思われるのは、こうした「抑えがたい欲望」——彼自身の言うような——、あるいはこうした逆上ぶりが、この年の一月初めに頻度も激しさも増したはずだということだ。その結果、家族もついに異常に気づく。いずれにしてもアシル＝クレオファスにとって、このような震顫《しんせん》と呼ばれる身体の震えは、一つの明確な意味を持っている。すなわち、一八三九年から四二年まで、ギュスターヴを手許においておくことを余儀なくされた例の「病気」を思い出させるのだ。してみると、息子は治っていなかったのか？　それでも彼は息子をパリに帰らせる。だが、以上のような仮定に立つと、彼の行動は完全に理解可能である。父親らしい頑固さに加えて、彼は、病気を示す漠然とした症状を深刻に考えすぎるあまり、息子を病気のなかに「押し込め」てしまいたくなかったのだ。ギュスターヴにとって、学業を中断したり、またしても自分の部屋に閉じこもるのを許されたりすることほど、悪いことはない、と父親は考えた。彼は遠くから息子を監視しようと心を決める。それに、クロケ博士も、彼を見守ってくれるのではないか？　だがさしあたり、家長は予定のプログラムをいっさい変えるつもりはない。ギュスターヴはこの上もなく気落ちした状態で、出発しなければならなかった。

そのために母親と妹は、彼から何も言ってこないのを不安に思った。もしこれが続いたら、どちらかがエスト街に押しかけて行って泊まり込んだところである。これが「家のだれか」の意味だ。一人の女が彼を監視し、父親の決定を待ちながら、必要があれば彼の世話をし、そしてとりわけ「彼を元気づける」のだ。一月十七日にフローベール家の人たちが恐れていたのは、これと決まった明確な発作の再発ではなくて、孤独と苦悩が肉体にもたらす結果だった。

一八四四年一月から二月にかけてのエルネスト宛の手紙には、この推測を裏づけるものが見られる。今回は一度発作があった、そう彼は言っているのだ。これは最初の発作のことか？　それとも二度目の発作だろうか？　確実なのは、彼の描写が正確にポン＝レヴェックでの発作に当てはまることだ。アシルは十分ほどのあいだ、ぼくが死んだと思っていた、と彼は五二年に書いている。そして四四年には、「ぼくは危うく家族の手のなかでくたばるところだった」。ぼくは瀉血をされた、と彼はルイーズに語っている。そしてエルネストには、三度の瀉血のことを語っている。さらにどちらの手紙でも、「ふたたび目を開けた」と言っている。どちらも「蘇生」のあとでの神経の病気に言及している、といった具合だ。なるほど、ここから直ちに、どちらの場合も同じ発作のことだと結論するわけにはいかないだろう。初期の発作はいずれにしても、よく似たものになったに違いないからだ。しかし、シュヴァリエに報告する事件が最初のものでないとしたら、どうして彼は、その前に別の発作があったと言わないのだろう？　むろん、旧友に対して、彼が常に正直であるとは限らない。しかし、どうしてこの真実を相手に隠す必要があるのだろうか？　それにあとになると、二月から六月にかけて、彼は進んで自分の発作を話題にしているくらいなのだ。「ぼくの最近の大きな発作は……」といったように。なぜ、すべての発作のもとになっている最初の発作に言及しないのか？　このような嘘をつくのは、少し先で描写することになるギュスターヴが自分の病気に対してとったある種の態度と一致しないだけではない——何も動機がないのだから、それは馬鹿げたことになるだろう。忘れたのだろうか？　投げやりだったのか？　その逆である。たしかにどこにも、「こんなことがぼくに起こったのは初めてだ」とは書かれていないが、すべては、まさにそうだったことを証明しているように見える。ギュスターヴはまだ驚愕から立ち直っていないのだ。彼はまるで死に損なった者のように、自分の身に起こった出来事を重大そうに語っている。けれども最も意味深いのは、彼が父親の診断を無条件で受け入れているのに、一週間とたたないうちに、それを徹底的に批判するようになることだ。[*1]もし自分が脳充血に襲われたのだと思ったとしたら、彼は不意を衝かれたはずだ。そうだとしたら、未知の事件、つまり見憶えのない、特異な一度限りの事件を前にして、彼が茫然自失していなければ説明がつかないだろう。ところが実際の彼は、間もなく見るように、あっという間に事態を理解してしまう。また、もしも一月の終わりに、二週間の間隔で同じ性質の二度の体験があったのだとしたら、つまり二度目の発作の前に二週間のあいだ最初の発作について考え、自分の状態を検討する余裕があったのだとしたら、必ずや彼は最初の発作にもとづいて二度目の発作に光をあて、これにまったく違った解釈を加えたことだろう。

資料がないので厳密な論証は不可能だが、このような議論の末に最も蓋然性が高いのは、ギュスターヴが一月二十日から二十五日のあいだに、ある晩ポン＝レヴェックで、それまで一度も経験したことのない体調の異常に襲われたということである。われわれが維持しようとするのもこの仮説である。実際、仮にポン＝レヴェックでの発作が一月十五日以前に起こったとすれば、また仮にフローベール家の二人の医者がこの発作を軽視したとすれば、彼らは患者自身の言うことと食い違う結果になっただろう。実際、彼らにとってはその場合、病気の二度目の徴候こそが決定的なものになってしまう。ところがギュスターヴにとって、唯一重要なのは最初の発作であり、十年後になってもなおそれを彼の人生の最も重要な事件と見なしているのだ。彼によれば、ポン＝レヴェックで自分の青春に「結論が下された」のであり、ポン＝レヴェックで一人の男が死に、別な男が生まれたのである。それに続く数々の「発作」を、彼は稲妻のように自分を襲ったこの原型的発作の弱められた繰り返しとしか見なさなかった。いったいこのような誤解が、あり得ることに見えるだろうか？　自分の息子が人生全体を決定するような「運命的瞬間」として体験したことを、アシル＝クレオ

*1　一八四四年二月九日付の同じエルネスト宛の手紙。「（ぼくがやらされているのは）ばかげた食餌療法だ」。この点については後述。

ファスはとるに足りない偶発事としか見なさなかった、などということが信じられようか？　なるほど、この優秀な外科医は、息子のことをあまり知らなかった。しかしこの場合、問題は心を探ることではない。身体的な変調は明らかだった。そして——ギュスターヴがいつまでもこのおびえた思い出を持ち続けているくらいなのだから——その激しさはこの上もないものだったに違いない。ギュスターヴは雷に打たれたように、奔流となった火のなかに倒れた、と言っている。アシルとアシル＝クレオファスの名誉のために、彼らが誤診をした可能性は考えないことにする。まして、もし二度も事件が起こったのであれば——最初はポン＝レヴェックでの発作で十五日以前、二度目は二十日以後——そして症状が同じようであったとすれば、反復が彼らの診断の変更をうながしたはずだ。彼らが脳充血と結論する可能性があったのは、ポン＝レヴェックでの発作のあとだった。しかし、一週間や十日の間隔で「ミニ卒中」が反復されることはないし、そうなれば死んでしまう。もしも発作が再発して、病人が無事だったとすれば、別な解釈へと舵を切る必要がある。アシル＝クレオファスが二月に行なったのは、まさにそのことだった。変調が周期的に戻ってくるのを目のあたりにして、彼は卒中と脳充血の診断を捨て、「神経の病気」、より正確にはおそらく癲癇であろう、と診断する。彼がこのように適切な態度変更を行なったことは信じる必要がある。彼は一月末から二月初めまでのあいだにこれを行なったのだから、その二週間前でも同じことが可能だったはずだ。要するに、もし最初に症状の現われたのが二十日ないし二十五日頃だとすれば、彼がまず脳充血と結論し、ついで症状の再発を前にして神経性の障害と考えるのは、まったく無理のないことなのである。これに反して、もしポン＝レヴェックでの出来事が十五日以前に起こり、アシル＝クレオファスがまず神経の病気と診断した後に、それが繰り返されたときに脳充血と決めたとすれば、馬鹿げた話だろう。またそんなことをアシル＝クレオファスに非難するのはまさに見当違いだ。以上の理由からしても、ギュスターヴの最初の発作の経験はポン＝レヴェックと位置づけられるし、その日付は四四年一月末と考えることができる。

　というわけで、青年ギュスターヴはその月の半ば頃、すっかり打ちひしがれながらもまだ無事に、パリのアパルトマンに帰っている。神経症が構造化されるためには、彼が帰途に、受動的活動性の真の意味を発見することが必要だった。つまり彼は、自分のなかにそれをするまいという意志を見出せなかったために、自分が嫌悪を覚えることを行なうのである。パリに戻るか戻らないかで、気落ちした彼は茫然自失の状態に陥る。自分はそこにいるべきではないだろう。そこにいることに耐えられないのだから、それは馬鹿げている。にもかかわらず、自分はそこにいる。自分の意志でそこへ来たのだから、そこにいるべきだ。ここには偶然性はない。必然的なもの、それはまさしく不可能なものだ——そして逆もまた真実である。この部屋に閉じこもった彼の純粋な存在そのものが、客観的真実であると同時に、悪夢とも思われる。拒否は全面的であるが、また受動的であり、かつそれを意識している。服従は——これも受動的だが、外見は活動的で——明らかに彼の生き方の深い決意のように見えてくる。この服従こそが彼の将来を決定するだろう。このように矛盾が提示されると、その奥底に明確な解決を見出すことができる。すなわち彼の受動性が、服従する手段を彼から奪う役を担わねばならないのだ。この図式は暗黙裏に、彼の転落への誘惑に合致する。転落への誘惑こそが、この抽象的で厳密な形式に内容を与えるだろう。にもかかわらず、何も言葉にされていないし、何も知られてはいない。それでいて何も隠されてはいないし、いかなる選択も行なわれない。これは単に未来の選択を容易にすることができる仕掛けを設置しただけなのだ。反対に明晰な意識の中心にあるのは、一方では怨恨《ルサンチマン》であり（彼は無事にパリに着いたと、すぐに家族に手紙を書く気力を見出せなかった——あたかも彼らの不安を楽しみ、それをしばらく引き延ばそうとしているように、またあたかも彼らをして、ギュスターヴを発たせたのは間違いだった、と考えさせようとしているように）[*1]、他方では一足飛びに市立病院の自分の部屋に戻って、永久にそこにいたいという狂気のような欲望である。しかしこの欲望は——恨みによって否認されるだけではなく——夢にしか通じていない。それを満足させるいかなる手段も想像がつかないために、その欲望自体が実現不可能なものになっているのだ。ギュスターヴはそのことを、十二月二十日の手紙で書いており、おそらく父にも同じことをあらためて伝えただろう。すなわち彼は一月十五日から、二月の試験準備を始めることになっているのだ。それは別れの挨拶のときに、繰り返し言われたことである、「さよなら、また近いうちに。三月一日にはお前のことを待っているよ」と。ギュスターヴ青年は、約束を翻すための口実など見つからないことを承知している。もちろん口実はある。それは病気である。しかし彼は病人ではない。単に絶望しているだけだ。仮病をつかうのは反抗であり、冷笑的態度《シニスム》を示すことになるだろうが、そんなことはこの悪徳の虚勢を張る青年に、とてもできることではない。そのうえ、彼は身銭を切ってそれを知ったのだが、仮病はその場しのぎの便法にすぎないだろう。その数日のあいだ、ギュスターヴはパリの部屋に閉じこもって、後にボードレールが言うように、「痴呆の翼で撫でられた」[(7)]ように感じたのである。想像もつかないことが実現され、押しつけられるが、それは生きることも考えることもできないものだ。結局、放心状態に落ちこむか、想像的なもののなかに逃げこむことしかできないのである。法律の本には、彼は手をふれようともしない。今回はもう、服従を活動的な共犯へと押しやる力すら彼にはない。彼は待つ——何もやってこない。彼はすっかり神経質になって、自分が自分であるような気もせず、人格解体の危機のまっただなかで、無気力に暮らしていく。

＊1　しかし彼は屈服して、楽しみを持続させることもできない。一日かせいぜい二日もたつと、彼はカロリーヌに手紙を書くことになる。

カロリーヌがギュスターヴに、アマールを訪ねるようにと勧めてきたのは、このような時である。「アマールさんのお母さまがご病気だという知らせをもらって、ご子息が本当にお気の毒です。かわいそうに、アマールさんは二年足らずのあいだに、愛していたすべてを失うことになってしまいますもの。あの人に会いに行って下さい。彼は兄さんが大好きで、よく兄さんの話をしていましたから」[*1]。これは今まで見られなかった口調だ。数年前には、アマールの友人でカロリーヌの兄であるギュスターヴが、二人を結ぶ唯一の絆だった。現在では、カロリーヌが仲介者であり、アマールの気持をフローベールに伝え、彼に対して友人になすべきことを教えているのである。というのも、ルーアンとパリのあいだを行ったり来たりしているアマールは、四三年六月初めから、カロリーヌの手紙をギュスターヴに届ける役を引き受けていたからだ。彼はこの若い娘と、頻繁に定期的に会っていた。たしかに二人が婚約を発表するのは四四年十一月になってからだが、この年の初めにもすでに彼らのあいだには友情以上のものが存在していた。ギュスターヴは、その年の秋にエルネストに「一大ニュース」を知らせるときに、仰天した振りをすることになるから、おそらくは二人が愛しあっていることをまだ正確には知らないのかもしれない。しかし彼らが今では親しい関係にあり、自分がそこで何の役割も演じていないことは、知らないはずがない。彼の嫉妬のすさまじさはすでに分かっている。わたしは前に彼のある手紙の分析で、そのことを示しておいた。ギュスターヴは、若い二人が彼らの交わした約束を知らせた日から――それを妹に言いもせずに――きっぱり彼女と絶縁するだろう。したがって、この時期から彼がカロリーヌに強い特別な恨みの気持を抱いていたことは、まったく明らかである。むろん嫉妬深い彼が、嫉妬しなかったはずはないが、それだけではない。妹は、彼の忠臣だった。彼女は彼の支配下で暮らしており――彼の考えでは――倦むことを知らない自分の寛大さを受ける対象だった。ところが別な男が現われた。共有ということは問題にならない。ギュスターヴが彼女にとってすべてであるか、または彼女がもはや彼にとって何物でもないか、どちらかでなければならない。臣下の裏切りは、友人の裏切り以上に犯罪的である。それは臣従の誓いの否認だからだ。とりわけそれは〈領主〉の地位を危うくする。彼は、「部下」こそ自分の客観的真実であったことに気づく。忠誠がなければもはや〈領主〉もない。あとには一人の無能な男が残るばかりだ。父親とアルフレッドの臣下で、両者から拒否されたギュスターヴは、カロリーヌにとってのみは宗主だった。そのつながりを断ち切ることによって、カロリーヌは彼を解任し、彼をふたたび希望のない真っ暗な臣下の身分に転落させる。二人に共通の幼少期の思い出を汚すことによって、彼女は彼の記憶を蝕《むしば》む。かつてはカロリーヌのおかげで、彼は自分自身であり、主体であり、歴史の行為者であった。ところが今や彼女はギュスターヴを、自分の他者‐存在へ、相対的‐存在へと送り返す。要するに、挫折が次々と蓄積されていく生涯のこの瞬間に、彼は妹の愛を新たな挫折として、おそらくは他のすべての挫折よりも深刻な挫折として感じているのだ。カロリーヌが、親切ではあるが有無を言わせない調子で、自分の愛する人のところへ行くようにと厳かに命令を告げる手紙、それをギュスターヴがどんな目で読んでいるか、容易に想像されよう。それでも彼はそこへ行く。怨恨《ルサンチマン》のマゾヒズムによって。すべては、あたかも彼が妹にこう言っているかのように進行する。「ぼくは行くよ。こんなに神経質で沈んだぼくだけれど、きみの望むことはやってあげよう。でもこの訪問でぼくがどんな状態になるかは、きみにも分かるだろう」。

＊1　一八四四年一月十七日の手紙。

ギュスターヴには別な動機もある。彼によればアマールは「哀れをもよおすくらいの大馬鹿」である（本翻訳第三巻四七五ページ参照）。けれどもある日、彼は自分の兄弟の最期をギュスターヴに告げて、彼を幻惑した。すでに見たように、フローベールはそのとき次のように記している。「このことが、たちまちぼくを不愉快にした。この男はぼくを侮辱したのだ。というのも、彼の心はひとつの感情で充満しているのに、ぼくの心は空っぽだったからだ（中略）。それでもぼくは思い出す、あの瞬間、ぼくがどれほど自分を憎み、どれほど自分を嫌な奴だと感じたかを」（本翻訳第三巻四七七ページ参照）。今回は、さらにひどいことになるだろう。アマールは、最初の喪からやっと立ち直ったかと思うと、今度は自分の母の死を見ることになり、寄る辺ない孤独の身になろうとしているからだ。こうした繰り返される衝撃が、この不幸な男にどんな影響を与えるかは分かっている。カロリーヌの死のあとになれば、彼は完全な狂人になるだろう。だがすでに一八四四年から、瀕死の母、またはもう死んだ母の枕許で、苦痛のあまり彼は錯乱状態に陥っている。ギュスターヴはそれを予期していた。半狂人の彼が、一人の狂人のところに行くのだ。かさかさに乾いた惨めなギュスターヴは、自分の絶望とは何の共通点もない絶望を観察することになるだろう。アマールの不幸の方が深いということではない、それは別なものなのだ。ギュスターヴの不幸は多くの場合、その場限りで生きられる。彼はこの不幸を倦怠と名づけ、それを自分のなかに据えるために、ときには仕草によってそれを呼び出さねばならない。一方、アマールの場合、彼の不幸はむりやり侵入してきたのである。それは自分を押しつけ、自分を生きさせる。またしても、とフローベールは考える、これは空虚と充満の対立だ、と。実を言うと彼は間違っている。喪とは生きることのできない空虚であり、にもかかわらず、いかにしても生きなければならないものなのだ。それは絶えず他者に向かって発せられる言説であり、しかも対話であり続けながら、実は独白と判明する言説である。答えが返ってこないので、〔相手から〕切り離された生者は、この切断が内面化されるのを感じるが、その真実の瞬間のなかにも、なにか死の喜劇の幻影のようなものがあり、それが最悪の苦悩をも滑稽なものにしてしまう。人が錯乱に陥るのはそのときだ。〔死者との〕相互関係の断絶は実現〔実感〕不可能なので、すべての喪の行動は、相互性を空しく維持することになる。不可能な充実を現実化するために、人はこのうえもなく狂人めいた仕草に及ぶだろう。さもなければ、何も意味しない痙攣のなかに自分を見失うだろう。それを、フローベールは知らない。空っぽで、空であることを恥じている彼は、恐ろしい空無を観察することになるのだが、それを充実と取り違えているのだ。彼は自分自身を顧みて、われわれの不幸は何かが欠落していることだと理解した。それを一般化しようとしても無駄だった。彼はこの欠落がわれわれの条件の特徴であること、それがわれわれのすべての感情のなかに見出されることを知らないのである。[*1]

＊1　言うまでもなくわたしは、この苦痛が真実であることを否定しようというのではない。単に、他者の死という生物学的に合理的なこの事実が、非合理性のなかで体験される、と言っているだけだ。なぜならそれは実現〔実感〕不可能なものだからであり、またそのために、われわれのすべての行為が身振りに変化するからである。ひとつだけ例を挙げれば、死者の最後の遺志を実行するということが、現実的で困難な企てになる場合がある。しかしそれは初めから脱現実化されているのだ。なぜならその企ては、本当はわれわれの個人的選択から生まれる行為なのに、死者が行為の起源にあると称して死者を生かし続け、これを生者のように扱う空しい決定から生まれるものになっているからだ。そもそも行為の遂行は原理的に、人が実現すると称する死者の意図と、共通の尺度で測ることができない。もたらされる結果は必ず、死者が予想したものと別なものになり、われわれもそれを感じないわけにはいかないのだ。

もちろん現実はギュスターヴの期待を越えている。アマールは放心状態で、痙攣している。そしてわたしの想像では、ギュスターヴにとびつき、抱き締めただろう。譫言を言ったかもしれない。フローベールは相手を嫌っており、また自分を嫌な奴だと思っている。彼は冷ややかで、取り澄まして、苛立っている。彼は容易に「だまされたりはしない」。にもかかわらず、感情が充満しているような相手の外見にフローベールは魅せられる。彼は自分の欠落を埋めるために、〈地獄〉を実現するために、目の前でもがいている男を軽蔑しているまさにその瞬間に、この美しい苦悩を、この不透明な不幸の塊を、自分のなかにも定着したいものだと考える。要するにギュスターヴには

——これが彼の意表を衝くのだが——アマールは彼自身の苦しみに値せず、ただ一人それにふさわしいギュスターヴは、その苦しみを感じられないように運命づけられていると映るのだ。それと同時に、彼は極度の不安に襲われる。この魅惑、それはすでに誘惑であるが、おそらく明日になればそれは試みになるだろう。すでに見たように、彼は曖昧ながら自分の暗示症《ピチアチスム》を理解している。彼は自分に暗示をかけたり、羨望と自己嫌悪に由来する自主的行動《イニシアチーヴ》で、自分を破滅させる取り返しのつかない何かの暴力に押し流されたりするのを恐れている。そうなのだ、彼が取り憑かれているのは自分の破滅なのだ。彼は死んで、生き延びたい。同時にアマール家の母と息子の役を演じたい。なぜなら、彼は確信しているからだ、自分がこのように見事な激しさでその死を悼んで泣くことのできる人間は、たった一人しかいない、と。それは自分自身だ。彼はもうアマールから離れられない。彼は何日も続けて、死者のいる家にやって来る。その証拠に、彼はそこで展開されたいくつかの光景をエルネストに語っているのだ。すでに彼が一八三八年の四月から——広く予防線を張って——「醜いものやひどくグロテスクなものに人間を熱狂させる自然な感情」を喚起していたことを思い出せば、これに驚くことはないだろう。ここでの醜いものとは、断末魔であり、死である。グロテスクなものとは、人を取り違えた絶望である。それはギュスターヴを失望させて、それに値しないアマールに与えられる。フローベールがそのように感じていたことは、二つの語が証明している。「ぞっとする光景」(scènes horribles) という語だ。彼が誰かの喪にかんして、このように悲愴になるのは稀である。彼によると、これらの光景にあまりにも心を揺すぶられたので、そこから「立ち直る」必要があった。しかし「ぞっとする」という語に、彼の気持が暴露されている。この語には、たとえば「恐ろしい」(terribles) という語には含まれていないような、ある種の非難や嫌悪の観念がこめられている。アマールの恐ろしい苦悩は、ギュスターヴをぞっとさせたのだ。まさしくそれが彼を惹きつけるからこそ、彼に嫌悪感を与えるのである。それから逃れなければならない。ときには友人の家で、ときには自分の部屋に閉じこもって、恐怖に震えながら過ごしたこの悪夢のような日々を逃れなければならない。こうして、家族に合流する口実が発見された。しかし、すでに遅すぎた。なぜなら彼が逃れようとするのは自分自身であり、蝕まれた彼の神経に押しつけられてくる選択だからだ。無駄である。選択はすでになされてしまった。その証拠に、彼は自分に下した判決を、ルーアンに帰ってからほんの二、三日後に執行するだろう。そんなわけで彼が事を急いだのは、ある予感が動機であることもまた理解する必要がある。すなわち、もし最悪の事態が出来《しゅったい》するはずならば、彼は家族に囲まれながら打ちのめされるのが望ましい。まずその方が「生き延びること」の苦痛が少ないだろうし、またこうして家族の者たちを、彼らが引きおこした破局の目撃証人たらしめることになるだろうから。この破局、彼はそれを一目散に逃れると同時に、それを追い求めているとも言える。今夜はサマルカンドで出会うことになっているのだ。(8) それがエルネスト宛の手紙にある次の一句にすべての意味を与えているのである、「ぼくは危うく家族の手のなかでくたばるところだった」。

ポン＝レヴェックでの発作を解釈するのに先立ち、ギュスターヴが十年近く苦しんだあの奇妙な神経症のなかで、この発作がどんな役割を演じているかを考える必要がある。それは先ぶれだろうか、徴候だろうか、または病気の最初のあらわれで、病気はこれから進行してある頂点に達するまで悪化した後に衰え始めることになるのだろうか？　この最初の変調、原体験となる明確な変調に続いて、同じように明確だが性質の異なる変調が何度かやって来るのだろうか？　それらは――同じ病気の実体の結果であり表現ではあっても――その発展の異なる瞬間を表わしているので、最初のものには還元できないだろう。要するに、これは複雑で予見できない発展の最初の区切りなのか、それともこれが病気全体を稲妻のひらめきで要約しているのではないか？　この病気はいっそう深刻になって、他の領域を冒すのだろうか、それとも逆に足踏み状態で、何度も反復し、繰り返しをしながら消えていくのだろうか？　少なくとも数カ月のあいだ、精神病質を作り出す力はますます進行するのだろうか？　それともポン＝レヴェックでのたった一度限りの事件で、神経症の構造化は完成したのだろうか？　これらの問いに答えるためには、最初の発作に続いて起こったいくつもの発作を調べれば十分である。

一月から六月にかけて起こった発作にかんしては、情報が少ない。ギュスターヴは単に、最初は発作が頻繁だったが、後には間遠になったと言っているだけだ。六月七日に彼はエルネストに書いている、「私めにかんしては、以前よりよくなったものの、全快とは言えない。目の前に、ときどき髪の束のようなものや、ベンガル花火が過ぎるのを見ない日はない。それが続く時間はまちまちだが、それでも最後の大きな発作は、ほかの発作よりも軽かった」。つまり、頻度も強度も小さくなりつつあるのだ。それから数年後に、フローベールはルイーズに宛てて、自分の「発作」はほぼ四カ月ごとに起こると書くだろう。

マクシムは、ポン＝レヴェックでの発作の目撃者ではなかった。しかし、そのあとに起こった何回もの発作のさいに居合わせており、彼の証言を疑問視する理由は何もない。「ギュスターヴは顔面蒼白になり……この状態が……ときには数分間も続くのだった……それでも彼は発作の恐れだけで済むことをあてにしていた……それから彼は歩き出し、ベッドの方へ走って行き、陰気な悲しそうな顔で横になる。まるで生きながら棺のなかに横たわるように……そして叫ぶのだった、『手綱を握っているぞ。ほら、荷車引きだ。鈴の音が聞こえる！　ああ！　宿屋の明かりが見える！』　そして彼はうめき声を上げ……痙攣で身体を持ち上げられ……発作の頂点に達すると身体全体が小刻みに震え出す。（それに続いて）必ず深い眠りが訪れ、数日は身体の節々が痛むのだった」。この描写はいくつかの注釈を招き寄せる。まず、これらの発作の基本的な性格は、明らかに最初の発作を踏まえて構成されているということだ。これらの発作はある形で最初の発作の復活である。しかし、こうした原型的事件の型にはまった反復は、またその弱められた複製でもある。まず、ポン＝レヴェックでの事件は、泥棒のように不意にギュスターヴに襲いかかった。ところが今では、この若者はあらかじめ警告されている。とても言葉にできない不快感、目の前に現われる「ベンガル花火」、それらが警告の役を果たす。彼は、自分を脅かす危険を意識しながら待っている。そして、雷に打たれたように倒れるかわりに、彼にはソファーに横になりに行くだけの余裕がある。その瞬間から、記憶の提供する常に同じいくつかの手掛かりにもとづいて、最初の光景が想像界のなかでふたたび体験される。「荷車引きが見える。明かりが見える」といったように。ある意味で、この光景は演じられているのであり、とりわけ語られているのである。フローベールは、自分が蒙った精神病質的な圧迫を、今や一つの役割として復元する。もっともその内容は劣化している。フローベールはしばしば、兄の足許に倒れこんだときに意識に押し寄せてきた無数のイマージュや観念について語ったが、それは「すべての打ち上げ花火に点火されたようだった」。この伝達不可能なほど豊かな統覚――誤った感覚だが実際に体験されたもの――は、〔最初の発作を踏まえた二回目以後の〕類型的な発作での言葉の貧困――したがって思考の貧困――と、きわめて対照的である。車引きのやかましい荷車、遠くの明かりなど、これが聴覚と視覚に訴える乏しいイマージュの束である。と言うよりむしろ、これが彼の意識を捉える言葉の組み合わせである。これはまるで魔法の呪文のようだ。病人は、彼をある晩打ちのめした仮死状態を頼りにし、かつそれを呼び出す。しかし、まさにその仮死状態はやって来ないのだ。アシルは十分間ほど、ギュスターヴが死んだと思っていた。マクシムは一瞬たりともそう思うことはない。まったく動かない強硬症《カタレプシー》は、痙攣に取って代わられる。まるでこうした混乱した動きは、以前の状態を空しく追求しながら、それを再生させることができないところから生まれたかのようだ。この瞬間にフローベールの脳裏では、思考の「花火」が燃え上がっただろうか？　その可能性は少ない。なるほど彼は何度も繰り返して、こうした場合に決して意識を失うことはないと言っている。しかしポン＝レヴェックでの「強硬症《カタレプシー》」は、「反復心象《メンチズム》」(9)に好都合なものだった。痙攣の場合は、肉体の動揺だけでも十分に意識を占めてしまうから、思考を促進したり増加させたりすることができるとは考えにくい。肉体的に疲れ果てた病人は、深い眠りに落ちこみ、こうして次回まで事は終わるのである。

　こうした類型的な発作は、ある種の病人において頻繁に起こる。ジャネはとくに、ある少女の症例を引いているが、彼女はへべれけに酔っぱらった父親のそばで、死んだ母を夜通し見守らねばならなかった恐ろしい一夜を再現するのだった。[10] この場合にはたったの一度で形成された自律系統が、毎回少しずつ弱められながら繰り返し現われて、最後には象徴的な骨組みに、いくつかの型にはまった動きに帰着するのである。フローベールの場合は、あたかもただの一瞬で、正常な状態から病的状態への移行が十分に果たされるかのように、いっさいは進行する。病気の創造と〈決定〉（*Fiat*）（神経症への神経症的同意）は、一八四四年一月のある月のない夜の一瞬間に要約されていた。この夜以後、ギュスターヴのなかで神経症は、もはや何物も作り出しはしなかった。神経症は力も尽きているように見える。そのために、最初の症状に別な症状がつけ加わるということも、いっさいなかった。病気は進行しなかった。それは歴史を持たず、反復という循環的な時間のなかに留まっていた。語るべきものは進化変遷ではなくて、むしろ退化であろう。それを、フローベールは感じている。彼は自分の病気がすり減っていくこと、彼自身が、あの恐ろしい一夜の翌日から、すり減り始めたことを感じている。ひと言で言えば、重要な唯一の瞬間は、原型的なあの事件の瞬間なのである。そのとき彼の内部で神経症が選ばれ、構造化され、実現されたのだ。彼の奥深いところで、四年前から準備されていた一つの選択が行なわれ、それは取り消しのきかない不可逆なものであることを欲した、と言うよりも、それは同意された不可逆性以外の何ものでもなかった。それ以後十年近くのあいだ、変調はたびたびやって来るだろうが、それはもはや同じ意味を持ってはいないだろう。まさしくそれが、根源的な選択を再現する——つまりは時間の流れを通して維持する——という目的しか持っていないからだ。痙攣の発作は、身に蒙った儀式であるにもかかわらず、演技された儀式でもあって、それは病人を神経症的選択のなかに確立するために、取り消しのきかない不可逆なものを記念しようとする。われわれはたしかに、この永劫回帰の意味を説明しなければならないだろう。また、ある意味で、根源的な発作は、象徴的に再現されることを目指しているのである。それでも、不可逆性を作り出すのはこの根源的な発作なのだ。したがって、われわれの研究の本質的な対象となるのもこの発作だろう。われわれはそれに、「病気」全体の解明を求めるだろう。

二　ギュスターヴの診断

デュメニルのきわめて説得的な論証にもかかわらず、一八四四年以来フローベールを苦しめた変調の性質については、依然として議論が続いている。いったいこれはヒステリー性のものか、それとも癲癇性のものか、というのである。しかし今日では、ある種の癲癇がヒステリーから来ていることも認められている。とすれば、事実をより正確に把握するために、われわれは思い切って唯名論的な態度をとることにしよう。つまりそれらの事実を包摂する概念を探すのではなく、その事実が意味を備えているかどうかを考えるのである。最も広く支持されている説――しかも奇妙なことに、それらがヒステリー性のものであると信じるデュメニル自身にも支持されている説――は、それを偶然の事故と見なしている。要するに、本来は――鼻風邪か、化膿性肋膜炎がそうであるように――意味のないものだが、ギュスターヴ本人が自分の人生に新たな方向を与える手段としてこれら偶然の不幸を利用しながら、アポステリオリにそれに意味を与えたのだ、というのである。われわれはこれまでの記述で、それとは反対の説を立てようとつとめた。つまり病気は根源的な意図に従って準備されたのであり、ポン＝レヴェックでそれが電撃的に構造化されたのは、偶然の事実ではなくて、意味を持った一つの必然である、と主張したのだ。しかし状況の詳細な検討と解釈によってこの深い意味を確立する前に、われわれはまず特権的証人であるフローベール自身に問うて、この推定を裏づける必要がある。いったい彼は自分の「発作」をどう考えているのか？　どのようにそれを見ているのか？　それに続く数カ月、数年のあいだ、どのように「ぶり返し」に耐えたのか？　そこに一つの合目的性を見出したのか？　原型となる事件と、繰り返される類型的な発作とを、ただ彼の身体という有機体のみを拘束する一連の不条理で機械的な出来事と捉えたのか、それとも了解可能な全体と見なしたのか？

裁判官でもあれば当事者でもある患者は、当然のことながら偽証者であり、彼の言うことは価値のある解釈というよりも、多くの症状の一つと見なすべきだ、と言われるかもしれない。それは場合によれば真実だが、フローベールの場合はそうでない。この研究の当初から、われわれはフローベールを内部から、つまり共犯者として理解してきた。たしかにわれわれは、彼の打ち明ける秘密を別な言葉に書き換えることがあった――つまり、その打明話の「読解」を行なったのだが、それはわれわれ自身を、彼より後世の、二十世紀後半を生きる者と位置づけるものだった――。またたしかにわれわれの方法は、いかなる契機にも特権を与えることなく、言葉を自由に解釈するという面を含んでいた。だがいずれにしても確実なのは、われわれが決して彼を外部から、純粋に概念的な知の対象として扱いはしなかった、ということだ。彼についてわれわれが知ったすべてのことは、彼が体験したり言ったりしたことである。[*1] 本書の目指すところが――少なくとも最初の部分においては――常に外部世界の内面化が内部世界の外面化に転化するという水準に保たれていなければ、本書は何の意味もないことになってしまう。事実われわれの目的は、まず客観的条件を列挙してそれに構造を与えながら、それらがこの還元不可能な主観的契機によって維持され、かつ外面化に向けて越えられていくのを示すことなのだ。そのことからしてわれわれは、フローベールが自分の病気について思い違いをしていなかったと認めなければならない。これが他の患者であれば、伝達されたメッセージが別のメッセージを含んでいて、そのために別な解釈がもたらされる可能性がある。しかしギュスターヴの場合は、コードを発見してそれを当てはめるだけで十分なのだ。彼はいかなる外部の助けもなしに、少しずつ、可能なかぎり遠くまで、この新たな試練の了解に突き進んだ。ここでわれわれは――この観念の含むすべての限界は承知のうえで――未熟ではあるが効果的な自己分析の試みとして、それを語ることが可能になる。この独自な洞察力がもたらされる理由は、フローベールが自分を愛していなかったという事実のなかに求めなければならない。普通、われわれの真の意図の了解が困難なのは、われわれが自分自身に密着しすぎているためだ。フローベールは、その共犯的反省に至るまで、自分自身との連帯を絶とうと試みた。他者によって盗みとられた彼の〈自我〉は、〈他我〉以外のものであった試しがない。以上の理由でわれわれは、彼の「病気」を解釈するに先立って、彼自身が病気をどう解釈したかを彼に訊ねなければならない。

＊1 「はじめに」参照。

事件の直後に書かれたエルネスト宛の手紙のなかでフローベールは、自分の発作を父の目を通して見ている。あるいは、父の目で見ると称している。すなわち、脳充血で打ちのめされた自分は、危うく死ぬところだった、というのである。彼は自分の受けている貫通法[1]について、また「世界のありとあらゆる病気より千倍もひどい食餌療法と呼ばれる恐怖」について、苦情を言う。そのくせ彼はいずれも必要なこととして受け入れ、父の治療法に異議を唱えようとはしていない。自分の心は平静だと告げるとともに（「ぼくの気力は充実している」）、神経がひどく過敏になっていることも知らせている。「僅かな刺激にも、神経はヴァイオリンの弦のように震えるし、膝や肩や腹などが木の葉のように小刻みに揺れるのだ」。しかし彼はこうした変調を、ミニ卒中の結果としか見ていないように思われる。

二月九日になると、もう調子は変わっている。「ぼくの様子を訊ねられたら、『最低だ、彼は馬鹿げた食餌療法をやらされている。病気そのものについては、気にもかけていない』と言っておいてくれたまえ」。ところでこの食餌療法だが——瀉血、貫通法、煎じ薬、アルコールとタバコの禁止、休息、など——これは当時、とくにブルーセ門下の人たちにとって、脳充血に効く唯一の療法だった。それがギュスターヴに馬鹿げたものと思われたのは、ミニ卒中にもっと有効な別の治療法が頭にあったからではない。ただ単に、彼がそうと明言はせずに、アシル＝クレオファスの診断を疑っていたからだ。われわれはマクシムの言葉で、「ギュスターヴが父の書庫から神経の病気を扱った書物を取りだし、それを読んだ……」ことを知っている。前後の文脈から見て、彼がこのような調査を行なったのは、病気の初期段階だった——すなわち発作はすでに類型的なものになっているとはいえ、依然として最初の発作のような激しく唐突な性格を保っている段階である。ギュスターヴが父と逆の診断を下すのに、時間はかからなかった。これは脳充血ではない、神経の病気だ、というわけである。初め彼は新たな経験に打ちのめされた。それはこれまでに彼の体験したどんなものにも還元できないように思われた。それから彼は——続いて起こった変調にもかかわらず、おそらくはその変調のゆえに——気を取り直し、最初の発作を細部に至るまで思い出し、その主要な性格を確立しようとする。そしてそれに成功したと思ったときに、その発作を予告するような出来事、ないしはその前兆かもしれない出来事を、過去のなかに見つけ出そうと試みる。その証拠に、彼から打ち明けられたマクシムがこう言っているのだ、「三カ月前にパリで目覚めたとき、ギュスターヴは異常なだるさを感じ、それははっきりした理由もなくたっぷり一週間も続いた。彼は睡眠中に最初の発作が起こったのだと信じこんでいたが、たぶんそれは正しかったのだろう……」。彼が正しかったか否かは、まだ決定できない。だが重要なのは、ギュスターヴが最初の反応として、新しいことを古いことに引き戻そうとした、という事実だ。つまりこの新たな試練の並はずれた独自性を減少させねばならないのである。彼がまず思い出そうとしたのは、一八三九年から四三年までに基本的な仕組みを確立したあの緩慢な変身ではない。彼は原型となる事件が、それに先立つなんらかの原型の単なる複製であってくれと願っているのだ。しかも、意識的な生の思い出のなかにはどこにもその原型を見出すことができないので、彼は夜の無意識の闇のなかにそれを位置づけようとするだろう。われわれは前章で、それがどんな眠りであるかを見た。ギュスターヴは一八四三年七月に、かなりの不安を覚えて、それを妹カロリーヌに指摘したほどである。マクシムが誤って、ポン＝レヴェックの「事件」を同年十月に起こったとしたために、書簡集に言及されているあのギュスターヴをへとへとにした昏睡状態（本訳書第三巻七一七―七一八ページ参照）は、その三カ月前のことと思われるかもしれない。しかし実際は、最初の発作より半年も前のことなのだ。だが本質的なのはそのことではない。なるほどフローベールは試験準備をしていたときに、精も根も尽き果てたような奇妙な目覚め方をすることがあり、それが病的な性質のものであることは、おそらく当時から彼に明らかだった。しかしわたしに何よりも印象深いのは、彼の思考の動きである。彼は最初の驚愕が過ぎると、起こったことが間違いなく新しい出来事であるにもかかわらず、まるで見憶えのあることのように、それを過去のなかに探りに行くのだ。あたかも驚きが、何か知らぬ運命論的な確信に取って代わられるように、またあたかも、「何がぼくに起こったのだ？」という疑問に、直ちに、「これがぼくに起こるはずだった」とか、さらに言えば「これはすでにぼくに起こっていたのだ」という意識が続くように。実を言うとポン＝レヴェックの破局は、その前に曖昧な夜中の災難がすでにあったと証明できたところで、受け入れやすくなるわけでも理解しやすくなるわけでもないだろう。ギュスターヴは単に病気の発端を時間のなかで遡らせただけの話だろう。だからそれが彼の真の関心事ではない。ただ彼は、探究の対象をとり違えているのだ。原型的な事件について考えるときに、それが漠然と慣れ親しんだもののように感じられて、彼はすぐさまその先例を見つけようとしたのである。ところでこのように見憶えがあるという印象を与えたのは、それが反復されたものだからではない。むしろ、真新しいこの現在は、それがどんなに思いがけないものであれ、不思議なことに一つの結論のように見えるのだ。「結論」というのは、やがて彼がこの発作を指して使うようになる言葉である。さし当たり彼は、この体験の性格を捉えるけれども、しかしそれは直接的にであって、まだそれを名づける手段は持っていない。だから彼は脇道に逸れて、それに先立つものを見出そうとするのだが、彼の真の関心は、これを準備したものを決定することなのだ。この誤りは避けられないものだった。すでに見たようにギュスターヴは、一度も明確にその意味を説明することなしに、この深淵への疾走を体験した。しかし、最初の変調は夜に起こったと彼が「信じこんで」いるとすれば、この確信には象徴の部分も入りこんでいることを見るべきだ。闇はこの場合、無意識を、非‐知の夜を表わしている。そのうえ闇は四四年一月の真っ暗な夜を想起させる。これらの初期の発作は、それほど強烈なものではなかったために、ポン＝レヴェックの発作が終着点となる隠れた進行の、起点を示しているように見えるのだ——暗い闇によって自分から引き離されていたギュスターヴは、これらの発作を生きることなしに、それを体験したと信じている。まるで〈他者〉に操られているように絶えず自分を操縦しているこの受動的行為者は、まさにこのようにして破滅の準備に向かって身を処していったのではなかろうか？　彼は遠くから、ところどころに光の射す盲目的な状態のなかで、破滅がゆっくりと定着していくのを体験したのではないか？　眠りがかなりよく象徴するこの盲目的状態自体は、自分についてのある種の意識——少なくとも非‐定立的な意識——を含んでいたのではなかろうか？　換言すれば、ギュスターヴは一月以来、矛盾に引き裂かれており、それを解決しようと欲していたのだ。この想像的な若者にとって新しいものとは、実現された修復不可能性であり、反芻と仕草から彼の人格の現実的決定へという、彼が身に蒙った移行であって、それを彼は生きなければならず、引き返しは禁じられているのだ。また彼にとって見憶えのあるものは、『十一月』の予言であり、それがおそらく何度か起こった一瞬の統覚と、四三年七月から八月にかけての「独白」のなかで、繰り返されたのであろう。曖昧さは、その当時ギュスターヴが想像のなかに閉じこもっていると信じたことから来る。彼は——真実を述べながらであるが——『十一月』の虚構の人物が持つ特徴のもとに自分自身の姿を見ていた。さもなければ、「ヌヴェールの新聞記者」[2]の役を演じていた。要するに、自分の身体の恐るべき力——つまりその自己暗示力——を見定める以前には、単にこうした曲芸のような演技が恐ろしい代償を持ち、非現実の実践が自分を現実に条件づけることを予感しただけだった。それでも彼は、自分が食欲不振に陥っていることについて考えていたし、『十一月』以来、自分の暗示症《ピチアチスム》も発見していた。彼が思い定めていた転落の誓い、それを彼は恐れてもいたのだが、その誓いについても熟考した。とはいえ、当時はすべてが遊びだった。残酷な結末に向かって自分がずるずると滑り落ちていくのを感じるときに、彼はその体験が夢か幻の光景で、いつでも目覚めてそこから手を引くことができるような気がしていた。ギュスターヴは思いこみの人である。そして思いこみは、確信や信仰の働きの周辺にある。それは自分自身を養分にしており、そのために、肉体がそれを引き受けようとつとめないかぎり、想像的なものに留まっている。フローベールは、彼の運命の前進的な組織化でもあったものを、まるでさまざまな可能性のひろがりのように生きてきた。青天の霹靂のような事件は、現実の壊滅的な出現だった。誰かがそれまで夢を見て、俺は死刑を宣告されたのだ、と思っていた。ところがある朝、目覚めると、彼は本当に死刑宣告を受けたのであり、その日は死刑執行の当日なのだと知って呆然とする。ギュスターヴはこの死刑宣告を受けた者に似ている。但し違いは、この悪夢が単に宣告のもたらす結果であるだけでなく、部分的には宣告の原因でもあるという、言うに言われぬ感情があることだ。もし牢獄につながれた夢を見なければ、おそらく本当の独房にいる自分を見出すことはなかっただろう。躓き《スキャンダル》とは、そのことだ。現実が彼の上に襲いかかり、生涯で初めて彼は現実の重みを感じる。思いこみは明証になる——と同時に、彼はそこに方向づけられた夢想を認める。しかしながらこの最初の瞬間においては、非現実の合目的性を理解する能力がないために——まさしく合目的性は非現実の独自な法則だからだ——彼は発作という身に蒙った現実を、それに先立つさまざまな現実に結びつけようとする。となると、七月の眠りがうってつけだろう。しかし調査のこのような偏向は、それ自体が彼を正しい道におきなおすことに寄与する。というのも、この体験されなかった原型とは、いったい何か、と考えることになるからだ。それは一つの発作だろうか、それとも発作の夢だろうか？　有効な証拠がまったくないので、この想像された事故を、想像的な事件から区別するものは何もない。フローベールは過去のなかに真実を探し求めながら、自分が明証に基礎をおく確信の領域を離れて、ふたたび信仰の領域に落ちこんだことに気づくのである。

　何はともあれ、彼の診断は出来上がった。脳充血ではない、損なわれたのは神経だ、という診断である。エルネスト宛の六月七日の手紙は、彼を苦しめている病名こそ明言していないが、神経の変調のことしか語っていない。目の前にベンガル花火が飛ぶ、などといったように。彼はそのなかで、「最後の大きな発作」のことにふれているが、まだ父親の見解に同意しているとしたらこれは理解できないことだろう。同じ日に彼はルイ・ド・コルムナンに、「ぼくは神経が苛々してほとんど休まるときがない」と書き送っている。いずれにしても、事故から一年後の一八四五年一月には、自分がどうなっているのか分かっていて、彼はヴァスにそのことをはっきり告げている、「……このいまいましい神経の病気は、容易に治らないので、回復はほとんど目に見えない」。彼がこれほど確信を持っているからには——ヴァスが承知しているかのように、彼は神経の病気という言葉を、話の序でにごく投げやりに述べているのだ——事情が皆に認められていなければならない。換言すれば、この間に家長が明白な事実に屈服して、診断を変えていなければならない。にもかかわらず、驚くべきことに、彼は治療を変えなかった。一八四四年六月になっても、ギュスターヴは相変わらず貫通法を行なっている。その前日には蛭が貼られた。また彼はカノコソウや、インジゴや、カストリウムを詰めこまれる。禁止も依然として続いている。葡萄酒も、コーヒーも、タバコもだめだ。どうして神経を病んでいる者に、卒中にかかった人のような治療をするのか？　まるでフローベール家特有の自負が、アシル＝クレオファスに、息子の欠陥を過度の健康によって説明させているかのようだ。「過度の多血、過度の体力、過度の活力！」と彼は言っていた。[*1] ギュスターヴは、自分が馬鹿げた食餌療法をさせられている、と反論している。そしてわれわれには、彼の言葉の意味が完全に理解できる。事実、マクシムも、「過敏な神経はすでに極めて危険な状態だったが、過度の瀉血はそれをいっそうひどくした」と指摘しているが、彼はこの考え方を、明らかに友人ギュスターヴから吹きこまれたのだ。実際、数年後になると——このことには後段でまたふれるが——ギュスターヴは自分の病気を、神経系統の体質的な脆弱さのせいにしている。それに対してマクシムは、ギュスターヴの口から「一度も、彼の病気の本当の名前が語られるのを聞いたことがなかった。彼は『ぼくの神経の発作』と言っていただけだった」と言うのである。つまりマクシムは、フローベールが癲癇であり、自分でそれを知りながら、自分自身に、または周囲に、それを隠そうとしている、と信じこんでいたのだ。しかしながら、まさにデュ・カンは間違っていたのだから、すべての神経症と同じく抽象的な分類に当てはまらない複雑な一つのプロセスに、敢えて名前をつけるのを拒否するギュスターヴの態度は、われわれには賢明な慎重さと辛抱強い意志との証明であるように見える。つまりフローベールは、理解し掘り下げようとしているのだ。もしも自分の変調を一つの項目に分類してしまったら、彼は概念論に陥るだろうし、それは彼の探究にブレーキをかけることになるだろう。

＊1　これらの過剰な力は彼にとって、依然として生命力だったのであろうか？

ここでギュスターヴと病気との奇妙な関係を指摘する必要がある。それが彼の「自覚」により深く入りこむことを可能にするだろう。ポン＝レヴェックでの発作の直後に彼は、「ほんの僅かな刺激にも、神経はヴァイオリンの弦のように震える」と書いている。要するに、発作そのもののほかにも、彼は恒常的に極度の感じやすさに悩まされており、それはずっと彼につきまとって離れることがないだろう。彼は「とんでもない状態」にある。しかし直ちに目につくのは、彼が注意深く自分の神経疾患と精神状態を区別していることだ。「心の動揺とはどういうことか、ぼくには分からないので、気力は充実している」。二月九日には、彼はこう強調している、「もしぼくの調子はどうだと訊かれたら、こう言ってほしい、『とても悪い。あいつは馬鹿馬鹿しい食餌療法をやらされている。もっとも病気そのものは、やっこさん、問題にもしていないがね』と」。マクシムの主張するところによると、フローベールはその当時——神経病学の著作を読んだときに——「俺はもうだめだ」と言ったらしい。マクシムがはたしてフローベールの言葉を正確に伝えているかどうかは分からない。たしかにエルネストに対してフローベールは、最初の手紙から、「ぼくはもう老人の病気にかかっている」と断言し、二番目の手紙では、「ぼくは死んだ人間だ」と言いきっている。しかしこれはギュスターヴの口癖なのだ。彼は十四歳のときからずっと老人だったのだから、どうして二十二歳で、老人でないことがあろうか？　それからもちろん、彼は死んでいる——われわれはいずれ、発作のたびごとに、彼が死ぬと言うのを見るだろう。けれどもとりわけ前後の文脈が示すように、この若者の明白な意図はもっと表面的なもので、悲劇とは縁遠い。ご馳走、葡萄酒、パイプが禁じられている。だから彼は死んだ人間だ、というのである。彼を殺すのは肉体ではなく、彼に課せられた食餌療法なのだ。彼がほのめかしている苦痛にかんしても同様である。「きみと最後に会ってから、ぼくはひどい苦痛に悩まされた[*1]」。その苦痛を引きおこしたのは、八月の受験失敗であり、四三年秋の苦しみであり、四四年冬の極度の神経過敏であり、とりわけすべての好物を禁じる現在の食餌療法である。事実、四四年六月七日に彼は書いている、「パイプを禁じられたこと、恐ろしい苦痛。初期キリスト教徒だって、こんな刑に処せられはしなかった[*1]」。彼はまた貫通法や、父によって手に熱湯をかけられたことや、要するに彼に加えられる治療法に苦情を言う。しかし、自分の病気についてはいっさい泣き言をもらさない。この怒れる男は、少し前に彼を打ちのめした馬鹿馬鹿しい不当な事故に対して、かすかな怒りの気配さえ示していない。それは、運命の不幸な一撃以上の別なものをそこに見ているからではなかろうか？　いったい、四三年十二月にまだ彼を蝕んでいた屈辱は、どうなったのであろうか？

＊1　『書簡集』第一巻、一四九ページ。

彼は、自分がひそかな誓約によって崩壊の淵に突き落とされるのではないかと恐れていた。そして今や彼は現実に転落した。はりつめた神経は切れ、何カ月もの長い養生が必要になった。学業の遅れをいつか取り戻すことができるだろうか？　二月以来、彼には分かっている、勉強を続けることができない以上、無期限にそれを抛棄することになるだろう、と。それは自分を無能と認めることだ。自分は法律よりも上にいると思っていたのに、今やその下に落ちこんでしまった。ほかの者たち、エルネスト、アルフレッド、マクシム、ヴァスたちは、ギュスターヴが引きこもっているあいだに、みんな勉強や旅行を続けるだろう。ところがギュスターヴは、あのヌヴェールの新聞記者のような、魅惑的だが恐れていた状況にある。同輩たちだけでなく、目下の者たちからも彼は同情を蒙るのだ。それを彼は恥じているのだろうか？　いささかも恥じていないのだ。後になると母と姪は、彼の病気を隠しておく必要があると思うようになる。ところがギュスターヴはまったくそんなことを考えない。マクシムの言うところによると、ギュスターヴは「好んで病気の話をしたわけではないが、信頼する相手には包み隠さずしゃべった」。いや、そう言うだけでは不十分だ。四四年二月以来、彼はエルネストや、ヴァスや、ルイ・ド・コルムナンなどに宛てた手紙のなかで、率直に語っている。それどころかシュヴァリエには、この知らせを広めてくれと頼んでいる。「デュモンやクーティルの諸兄に、ぼくからくれぐれも宜しく。いや、むしろ、こん畜生と伝えてくれたまえ。もしぼくの調子はどうだと訊かれたら、こう言ってほしい、『とても悪い……』と」。彼が宣伝を求めているとまでは言うまい。だがいずれにしても、彼は宣伝されるのを恐れてはいないのだ。実際、ルーアンの市民やパリの友人たちは彼の不幸を知っており、ニュースは彼のつきあうすべての人びとのあいだに伝わっているが、それを彼が知らずにいることはあり得ない。六カ月前の彼は些細な失敗にも屈辱を覚えて、ルーアンを、パリを、全フランスを、彼の災難の目撃者たり得るすべての人を、フン族の王アッティラ[3]が滅ぼしてくれればと願っていた。現在の彼は、人びとがフローベール家の次男について、あやしげな疾患に冒された変人だと陰口を叩いているのを知りながら、動揺している様子もない。彼は匙を投げて、「仕方がないさ！」と書いている。オレンジの花のハーブティを飲みながら、彼は人のいい微笑を浮かべて、「ソーテルヌの葡萄酒には敵わないな」と言う始末だ。後になっても、彼はこのような姿勢を捨てることはないだろう。ルイーズに、ブイエに、彼はすべてを語るだろう。もちろんだ。しかし『ボヴァリー夫人』の刊行後になると、彼は手紙をくれた見知らぬルロワイエ・ド・シャントピー嬢にさえ親愛の気持を抱き、共感という以外にはさしたる理由もなしに、自分は十年間も神経の変調に苦しんできたと、いきなり打ち明けている。少なくとも、このときの彼は——生涯で初めて——事態を素直に捉えたとも言えるのである。

むろん自負心は残っており、ただ場所を変えただけだ。彼は誰にも自分の悩みを隠そうとしないが、それでもつとめて、その悩みに打ちひしがれているわけではないことを、知らせようとする。「心の動揺とはどういうことか、ぼくには分からない」。彼には常にストイシズムを気取るようなところがあって、そのことはいち早く四二年一月にデュガゾン（グルゴー＝デュガゾン）に書いた手紙でも示されている。それは彼の受動性を価値あらしめる一つのやり方だった。今回も、彼はその点を強調する。ぼくは病気を身に蒙っているけれども、心配はしていない、というわけだ。一方エルネストは、三九年から四三年までの、怒りや悲鳴や苦悩に充満した彼のすべての手紙を持っているというのに、どうしてギュスターヴはそのエルネストに対して、心の平穏を自慢できるのだろう？　それはただ単に、彼の心が本当に平穏だからだ。その証拠に、彼は一年後にアルフレッドに対して、言葉を逆転させて言うことになる、「ぼくは深いところではまさに平穏だが、表面ではすべてがぼくを動揺させる」[*1]。いったい「ヴァイオリンの弦のように震える」神経を持ちながら、肉体の不断の動揺の下で、魂の真の落着きを維持することが可能なのだろうか？　おそらくは可能なのだろう。そしてギュスターヴは二週間後に、四五年五月十三日付の手紙で、それを説明している。「ぼくにとっては」と彼はアルフレッドに言っている、「常に体調が悪いということに同意して以来、本当にかなり調子がいいのだよ」。この言葉は意味深長である。表面的にとれば、ギュスターヴは単に誇らしげに、明晰かつ反省的に、自分の価値を引き下げる持病にかんして諦めの気持を持っていることを述べているだけに見える。事実、四五年一月に、彼はヴァスにこういう手紙を書いているのだ、「病気のおかげでどうやら幸いにも、思うように自分のことにかかりきりになることが許されたらしい。これは人生でとても重要なことだ。ぼくはこの世界で、よく温められた快適な部屋と、好きな書物と、望むかぎりの余暇を持つ以上に好ましいものがあるとは、とても思えない」。

＊1　四五年四月末。

だが仔細に眺めてみると、アルフレッド宛の手紙の文句は、もっと謎の多い、もっと凝縮されたものに見えてくる。変調はもちろん、彼の支払わねばならない代価だ。しかし、もしも同意が病気そのものだとしたら？　その場合は、心の深いところで平穏を作り出しているのは病気だ、ということになる。いずれにしてもギュスターヴは、なすことと身に蒙ることが区別できないこの奇妙な状態、いつ忍耐が終わっていつ自己満足が始まったかも決められないこの奇妙な状態を経験したのでなければ、このように曖昧な文章を書くことはできないだろう。

　そのうえ、彼から消えてなくなったのは、恥の感情だけではない。逆説的に苦悩も、状況によって正当化されるように見えると、二度と現われなくなる。実際、もしわれわれが――たとえばマクシムの下す診断のように――古典的な図式を受け入れるならば、思いもかけなかった疾患、予見不可能な未知の疾患が、彼を襲ったことになる。今やその疾患が彼を占拠し、彼の内部で異質な生を送っており、彼はまるで外部の目に見えない現実が作り出したもののように、その余波を蒙っているのだ。それはつまり彼が、暗闇のなかで不意に殴りかかる敵、夜でも目の見える敵と、格闘しているという意味だ。怖がるのも当然ではないか？　しかも発作は繰り返される。次の発作で命を奪われないとも限らない（ポン＝レヴェックで、彼は自分が死ぬと思ったほどだから）、あるいは理性が失われないとも限らない（「自分が発狂するように感じる」）。『十一月』の末尾では、恐ろしい力で人類以下に突き落とされるのを予感したとき、危険とともに不安が沸き上がった。今や〈転落〉はすでに起こってしまい、その結果をとことんまで生きなければならない。ギュスターヴはまだ人間以下の者ではないが、明日にもそうならないと誰が保証するだろう？　フローベール家の二人の医者が初め誤診を犯し、しかも彼らの新たな診断が曖昧であるだけに、死と狂気に陥る蓋然性はますます脅威を増している。ギュスターヴは恐怖のあまり、彼が一度マクシムにそう言ったというのが本当なら、その言葉を繰り返し自分につぶやくはずだろう、「俺はもうだめだ！」と。ところがまるでそうはならないのだ。彼は、自分の病気が悪化することを、まったく恐れていなかったように見える。あたかも彼が予め設定していた限界に、最初から永久に到達してしまったかのように、またあたかも〈転落〉は、始まった瞬間に決定的に停止してしまったかのように、さらにまたあたかもポン＝レヴェックで瀉血の後に「ふたたび目を見開いた」とき、ギュスターヴは最悪のものがすでに自分の背後に去ったと理解したかのように。なるほどマクシムは、「この病気で彼の人生は破壊された」と断言している。ある意味でそれは本当だが、われわれは先に行って、どのようにそれを理解すべきかを見るだろう。なるほど、発作はまた「彼を悲しませた」。一つひとつの発作は拷問で、ギュスターヴがそれを始めから終わりまで生きなければならなかったことは、容易に想像がつく。しかしマクシムが、これらの発作は「ギュスターヴのうちに、真の人間嫌いの感情の高揚を決定づけた」と告げるとき、彼の言葉は噴飯ものだ。人間嫌いと言えば、ギュスターヴは中学入学以来そうであることを自認しているし、われわれが見てきたように、人類に対するこの狂気じみた憎しみを説明するためには、さらに前まで遡らなければならないからだ。ことによると彼はそれ以上のことを、すでに自分を苛立たせ始めているマクシムに打ち明けているのかもしれない。しかし、人類に対する憎しみの強烈さは、『十一月』ないしは『汝何を望まんとも』の時期以上でも以下でもない。たしかに、「ソットヴィル（ルーアン近郊）の牧草地で一度彼は発作に襲われ、それ以来数カ月のあいだ、外出しようとせずに閉じこもっていた」ということはあるかもしれない。だが、いったい誰が見世物のように自分をさらそうとするだろう？　それにしてもこの神経の疾患は、「彼の生来の人嫌いを増大させる」結果を招いたのか？　それとも逆に、生来の人嫌いに奉仕する意図を持っていたのか？　この点でフローベールの手紙は、とうていマクシムの証言を裏づけるようなものではない。発作が「悲しませた」はずのこの男は、それでも四五年八月十三日の手紙でこう書いているのだ、「ぼくは最近の二年間以上によい年を過ごしたことは一度もない。なぜならこの二年は、このうえなく自由で、金にもまったく困らなかったからだ」[*1]。そして、同じ手紙で自分の病気にふれながら、それを「自由のための犠牲」のように語っている。そのうえ、彼はこうつけ加える、「これは時間がかかる、とても時間がかかる。ぼくにとってじゃない。家族の者にとってそうなんだ」。たしかに彼はそのひと月後に、「病気で、苛々して、日に何度となく恐ろしい不安に襲われる」とつぶやいている。しかし同時に、彼は自分が平穏であることを断言している、「ぼくは時間のかかる仕事を続けている……」。以前はこうではなかった。この変化は自然に起こったのだ。ぼくの意志も、そこでひと役買っていた。その意志が、さらに先までぼくを連れて行ってくれるだろう」。父と妹の死は[4]一時彼を動揺させるが、しかしカロリーヌの埋葬の翌日に、彼はこう書いている、「ぼくは墓石のように干涸らびているが、おそろしく苛立っている……打ちのめされて、へとへとの状態だ。静かな生活を取り戻す必要があるのだろう。

何しろ、悲しみと苛立ちで息がつまるほどだから。いったい落ちついた芸術と長い瞑想のなつかしい生活には、いつ戻れるのだろう！」[*2]と。カロリーヌに対する深い関わりは、彼女の結婚ですでに絶たれていた。フローベールが嘆くのは、このように邪魔が入ることである。二週間後に、彼は書いている、「もしもぼくが現在の状態を、最も情けない状態とは見なさないと言ったら、きみはおそらくぼくのことを、冷たい人間だと思うだろう。以前に何ひとつ文句を言う必要もなかったときの方が、ぼくははるかに自分を哀れな人間と感じていたのだ」[*3]。こんなふうに、二人の死にもかかわらず、彼は発作以後の歳月を、発作以前の歳月より幸福なもの、ないしは不幸の少ないものと見なしているのだ。そして彼は、まるでこの二重の喪しか待っていなかったかのように、こうつけ加える、「ぼくはいよいよ仕事に取りかかるぞ！　いよいよだ！　途轍もなく、じっくりと、猛勉強してみたいのだ」[*4]。はたしてそれから数日後に、彼はこんな手紙を書いている、「ぼくは仕事の習慣がつき始めた……日に八時間から十時間、規則正しく読んだり書いたりしている」[*5]。要するに、何度かの短いぶり返しを除けば、もはや過去の不安の跡は見あたらない。ギュスターヴは次の発作が来るのを予期しているが、それでも発作のくれた猶予期間を思い切り享受している。まるで発作は手段で、魂の安らぎこそが大事な目的であるかのように。これほど安心していられるためには、彼が自分を犠牲者であると同時に、供犠者でもあると感じている必要がある。実際、供犠者のみがこうつぶやくことができるのだ、ここまでだ、それ以上はだめだぞ、と。彼は自分の病気とすっかり親密になって暮らしており、自分をあまりに深くそこへ委ねているので、ついに病気を理解したばかりか、それを支配しているという曖昧な意識を獲得するに至ったのである。

＊1　『書簡集』第一巻、一八七ページ。
＊2　同書、一九八ページ。
＊3　同書、二〇一―二〇二ページ。
＊4　同書、二〇三ページ。
＊5　同書、二〇四ページ。

彼はさらに先へ進み、自分の神経性疾患が、ある根源的な関係によって、家長の存在に結びつけられていると見抜くようになる。実際、家長が死んでから間もなく、彼は次のように異常な告白をしているのだ、「すべてが（すなわちアシル＝クレオファスの土葬が）終わってから早や二週間になる……ぼくは四方八方からせき立てられ、押し潰されている……カロリーヌは女の子を出産した。しかし、悪性の熱で⑤（ときどき高熱を発する）……アシルにかんするごたごたで、さんざん悪戦苦闘しなければならなかった……しかし、ぼくが引き受けてこのごたごたを処理してしまった……こういうさまざまなことで、神経がひどくかき乱され、もう神経を感じられないくらいだ。たぶんぼくは全快したのだろう。こういったことが、たぶん、いぼを焼き取るような効果を上げたのだ」[*1]。そして疑いもなく、彼はこのときに長い小康状態にあったのだ。なぜなら四六年の夏には、「二年間続いた神経の病気」と言っているからだ。二年間。すなわち四四年一月（ポン＝レヴェック）から、父の死（四六年一月）までである。この父の死から七カ月後になっても、彼は相変わらず自分は治ったと思っていた。それはつまりその間に、軽い変調にしか見舞われなかった、ということだ。実を言うと、ことはそれほど単純ではない。というのも発作はぶり返すことになるからだ。ただし、より弱く、頻度もはるかに稀になる。四七年十二月に、彼はルイーズに宛てて書いている、「ぼくはかなり重大な発作が今にも起こるのではないかと思っている。というのも、ここ四カ月のあいだは発作がなかったからで、それは一年来、習慣になった猶予期間なのだ」[*2]。したがって、四七年には三度しか発作がなく、四六年八月からその年の末までのあいだには何度か、おそらくもっとたびたび発作を経験したのだろう。改善は疑いを容れる余地がない。ただフローベールはたった一つ、小さな間違いを犯した。アシル＝クレオファスの死がギュスターヴを治したのではない、彼に治る決意をさせたのである[6]。事実、彼はこうつけ加えている、「もっともフェイディアスなら、そんなことはどうでもいい、と言うでしょう。時間がたつにつれて、すべては摩滅します。病気もほかのものと同様です。ぼくは薬も何もなしに、忍耐でこの病気をすり減らしてみせる。それが感じられるし、ほとんどそう確信しているくらいだ」[*3]。これは彼のうちに生まれた新しいテーマである。まるで彼が病気を秘かにコントロールできると思っているかのようだ。「この病気をすり減らしてみせる。……それが感じられる」。彼はルイーズに、ただ「忍耐」しか語っていないが、この時期からすでに、彼の頭には別なものがあったに違いない。実際、一八五七年五月十八日に、彼はルロワイエ・ド・シャントピー嬢にこう書いている、「かつて私がつきまとわれた神経性幻覚から、どうやって治ったのかと、あなたは訊ねておられます。二つの手段によってです。第一は、幻覚を科学的に研究する、つまり幻覚を理解しようとつとめることによって。第二は、意志の力によってです。私はしばしば狂気がやって来るのを感じたことがある……しかし私は、理性にしがみついたのです。理性は、たとえ四方八方から取り囲まれ打ちのめされても、すべてを支配してくれました。別なときには想像力によって、人為的にこの恐ろしい苦悩を自分に与えようとつとめました……私は大きな自負心に支えられて、身体を張って病気を締め上げることによって、これをうち負かしたのです」[*4]。

＊1　エルネスト宛四六年一月末の手紙。『書簡集』補遺、第一巻、五四―五五ページ。

＊2　ルイーズ宛。『書簡集』第二巻、七五ページ。

＊3　同上、前掲書。
＊4　『書簡集』第四巻、一八〇―一八一ページ。強調はフローベール。

こんなふうにフローベールは、自分の基本的な意図をよく心得ている。外科部長の死後になると、彼はもはや神経症をそれ以前の名残としか見なしていない。神経症はすでにその役割を果たし終えた。今はこれを清算しなければならない。その清算はもちろん一回の意志的な決定（*Fiat*）によるのではない――なぜなら神経症は他者としての彼自身だからだ――それは訓練によって、策略と回り道によって、とりわけ奇妙な逆の暗示症《コントル・ピティアティスム》によって行なわれるのだ（現実に体験した苦痛を想像世界にふたたび作り出して、アポステリオリにその非現実性を暴くか、またはそれらを非現実的なものに構成するのである）。彼が「独力で薬も使わずに」治ったというのは本当だろうか？　それはいずれ分かるだろう。ここで指摘しなければならないのは、この確信が――錯覚であろうとなかろうと――神経の病気を意図的なプロセスと理解することに基づいており、そのプロセスは、それが直接の意識的なコントロールを逃れる限りにおいて、自ら目的と同時に、期限と固有の限界を設定していたことである。

そのうえ喪によっていくつかの抑制から解放されたフローベールが、ルイーズにポン＝レヴェックの断絶を語るとき、彼はそれを自分の生の論理的結果、象徴的表現として示すとともに、彼を情念から解放した奇妙な禁欲生活として示しているのだ。「きみと知り合う前のぼくは平静でした。平静になっていたのです。ぼくは精神的に健康な成年の時期に入りこんでいたのです。青春は過ぎ去った。二年間続いた神経の病気は、その結論であり、終幕であり、論理的な結果だったのだ。ぼくのような経験をするためには、その前にぼくの脳味噌の入れ物のなかで、何かがかなり悲劇的な形で起こっていなければなりません。それからすべては元通りに回復しました。ぼくには物事がはっきり見えた。また自分自身のことが。これはもっと稀なことなのです。ぼくは特別な場合のために作られた特殊なシステムにしたがって、真っ直ぐに歩いていました。自分のなかのすべてのことを、とてもよく理解し、切り離し、分類していたから、それまでの人生で、これほど落ちついた時期はなかったくらいです。ところがみなは反対に、今こそぼくが最も憐れむべき状態にいると思っていたのです[*1]」。彼が何よりもまず理解したこと、それを彼は同じ手紙のなかで語っている。そしてそれ以前に、彼が同じことを初稿『感情教育』の末尾で展開しているのを、われわれは見るだろう。「ぼくは享楽するようにできているのではありません。この言葉を世俗的な意味で捉えるのではなく、その形而上学的な密度を捉えるべきなのです[*2]」。

＊1　ルイーズ宛四六年八月九日付。『書簡集』第一巻、二三〇ページ。

＊2　『書簡集』第一巻、二三一ページ。

こんなふうに一八四四年から四六年までのあいだ、彼は「特別な場合のために作られた特殊なシステムにしたがって、真っ直ぐに歩いていた」。これは神経症の定義そのものである。自己防衛のメカニズムが、厳密な戦略を仕上げたのであって、それこそ病気自体に他ならない。フローベール家の息子は、できるだけ苦しまないために、深いところで自己形成を行なった。この神経症のプラニングのなかでは、ルイーズとの出会いなど予想されていなかった。ギュスターヴは一瞬動揺するが、ロボットのようにふたたび頑として直線的な歩みに戻っていく。四四年一月の発作は彼の目に禁欲生活の始まりと映っているのだ。「ぼくの活動的で情熱に満ちた生は……二十二歳で終わりを告げました。この時期に、ぼくはとつぜん大進歩を遂げたのです。そして別のものがやって来ました」。

だが彼が一つの事故を利用して、すべてを分類し直し、自分の内部を明晰に眺め、自分が「享楽するようにできているのではない」と認めることを考えている、とは思うまい。この点にかんして、彼の意見ははっきりしている。「ぼくには二つのまるで異なった生き方があったのです。外的な事件は、第一の生き方の終焉と、第二の生き方の誕生の象徴だったのです。こういったことはすべて数学的に明らかです[*1]」。

＊1　ルイーズ宛一八四六年八月二十七日。『書簡集』第一巻、二七七ページ。

（一）病気は結論であり、終幕だった。青春はそこに要約されて消滅する。彼がいつも夢見ていた偽りの死による全体化が行なわれたのだ。「それ（昔の恋、シュレザンジェ夫人、ユーラリ）は古い話です。本当に古い、ほとんど忘れた話です。そんな思い出はないも同然です。ぼくにはまるで違う男の心のなかに起こったことのようにすら見えます。現在生きているこのぼくは、死んだ別人をただ眺めているにすぎません。ぼくには二つのまるで異なった生き方があったのです……」。要するに、数学的な結果であり、思考による死であった発作は、明らかにギュスターヴによって、一つの生が全体化されて、内にはらんでいた運命を実現する瞬間、と捉えられているのである。

（二）最初に起こった何度かの病気の発作を、彼はたしかに外的な事件と呼んでいる。しかし直ちに、それらが自分の第一の生き方の終焉を象徴している、とつけ加えている。なるほど、それらは外的なもので、彼の意志が作り出したものではない。彼は、まるでコレラのように、それを身に蒙ったのだ。しかしその発作は、外部世界の内面化と、内部世界の外面化を隔てる限界に位置づけられている。そのようなものとして、それらは、真にフローベールの内部に進行していることの象徴的な表象を構成する。その意味は、彼にとって外的なプロセス（ポン＝レヴェックにおいて、外部の事故として体験された死と変貌）が、彼自身の内部で作り出されているもう一つのプロセス、遙かに深く、方向づけられたプロセスの、イマージュであり、暗号である、ということだ。発作は、厳密な必然性として定義される──緩慢な全体化の結果である──と同時に、表面に表われた事件としても定義される。その事件は、それ自身が一つの意図的な意味であるというよりも、その意味を明らかにする事件なのだ。この外的な事故に「先立って」、内部には「何か悲劇的なこと」が起こっていた。「脳味噌の入れ物」という言葉が、生理的な器官ではなくて主観性を表わしていることは明らかである。*1 したがって発作は、一つの悲劇の、すなわち対立項の消滅によってしか解決されない紛争の、要約であり、イマージュであり、外的な表われである。その理由で、われわれはなぜフローベールがもはや何も恐れなくなったかを理解できる。ポン＝レヴェックの夜以前に、賽は投げられていた。発作は現実化にすぎず、ついに体験された不可逆性であり、それ以外の何物でもない。それは何もつけ加えないが、結論を下すのだ。したがって、四四年一月に彼が恐れていたこととは反対に、そこでは何一つ新しいものが告知されることはない。別なふうに言えば、二十二歳までのフローベールの生涯は、彼がその犠牲者でもあり行為者でもあるところの、方向づけられたプロセスのように見えていたのであり、それが結局、彼を最後の悲劇へと導いたのである。なぜなら、彼は絶えず自分の死と再生を同時に準備していたからであり、あるいはこう言った方がよければ、彼の狂気と、特別な場合のために作られた特殊なシステムの確立を、同時に準備していたからである。彼はルイーズに言っている、ぼくは気が狂いそうだった、ぼくは自分の病気を引き受けるために死んだのであり、また閉じこもりと、現実の享楽を諦めることと、想像的なものを決定的に選ぶことによって、病気をぼくの救済とするために死んだのだ、と。

＊1　しかし反対に唯物論者フローベールにとって、主観性は脳のプロセスの結果である。

しかしながら、この計画が心のうちでどのように準備されたかを、彼は知っているだろうか？　この発作の病歴を一八四三年の重すぎる眠りのなかに求めるということを、彼は諦めたのだろうか？　四四年一月の茫然自失した体験の後に、自分をこの最初の事故にまで導いてきた緩慢な形成プロセスを、再構成しようとはつとめなかったのだろうか？　四六年以後になると、彼の手紙にはしきりに解釈の試みが見られる。表面に現われる彼の説明は、必ずしも非常に首尾一貫したものとは言えない。だが掘り下げてみると、そこには深い統一性が見出されるだろう。

（a）この病気の最も単純な理由、彼が最もしばしば挙げる理由は、長い苦痛にすり減らされて、神経系統が狂ったということだ。

「外観からすればいかにも丈夫そうなのに、二年も続いた神経の病気を背負い込むとは、どんなにぼくが苦しまなければならなかったか、考えて下さい」[*1]

「ぼくは法律を勉強したためにうんざりしたので病気になったのです」[*2]

「二十一歳のときに、私は神経性の病気で危うく死に損ないました。その病気は、徹夜や立腹が続いた結果、一連の苛々や苦痛で引きおこされたものです」[*3]

＊1　ルイーズ宛、『書簡集』第一巻、三〇九ページ。

＊2　同上、第二巻、四六一ページ。

＊3　ルロワイエ・ド・シャントピー嬢宛五七年三月三十日の手紙。『書簡集』第四巻一六九ページ。フローベールが自分の四四年の転落を、依然として危うく死を免れたものとして伝えていることが見てとれよう。「危うく家族の手のなかでくたばるところだった」は、「神経性の病気で危うく死に損ないました」になる。しかし、この病気で死ねるものなのか？　彼がここで病気を説明する仕方と、宿命的な出口という以前の主張とのあいだには、矛盾がありはしないか？　実を言えば、彼は「思考によって死ぬ」という『十一月』の結論に戻っているのだ。後に見るように、彼はすべての図式を一緒に保っていたいのである。

こうした言葉を見ると、彼にとって法律の勉強がすべての根源にあることは疑いを容れる余地もない。彼は健康を損なうほどに、そのことに苦しんだ。絶えず苛々しながら、幾晩も徹夜を繰り返し、とりわけうんざりしながら勉強した。この錯乱状態に近いうんざりした気持を、彼は『十一月』のなかで描いている。彼がどのように語っていたかは分かっている。それはただ単に——とりわけ——自分に課された馬鹿馬鹿しい勉強を前にして覚える嫌悪感だけではなく、まず何よりも「自分自身にとって余りに卑小である」という苦悩であり、才能の欠如のために存在を変えることもできず、自分を待ちかまえている未来、〔すなわち〕俗物的〔ブルジョワ的〕宿命の噛み傷を、一瞬ごとに感じるという苦悩である。

（b）しかし彼は自分の変調について、まるで違う説明を加えることもある。「狂気と淫蕩という二つのものについて、ぼくは十分に探ったし、自分の意志でそこを巧みにすり抜けたので、絶対に精神病者にも、サドの輩にもならないだろう（と期待しています）。けれども、ちょっと痛い目にも遭いました。ぼくの神経の病は、そうしたつまらない知的冗談から発する泡だったのです。発作の一つひとつが、一種の神経系統からの出血のようなものでした。脳の絵画的能力が洩らす精液みたいなもので、無数のイマージュが同時に花火となって飛び出すのです」[*1]。彼は同じ手紙のなかで、「狂気を探る」ということの意味を語っている。人間の悲惨さ——施療病院や、精神病院や、売春宿などで繰り広げられているようなもの——は、「何か生々しいものがあるので、精神に人食いの欲望を与えます。精神はその連中に襲いかかり、それをむさぼり食って消化してしまうのです。ぼくはしばしば娼婦のベッドのなかで、布団のほつれを眺めながら、何という夢想に浸っていたことか。以前に夢中になって通った〈霊安室《モルグ》〉で、どれほど残忍な戯曲を組み立てたことか！　それにこうしたことにかんして、ぼくは特殊な洞察力を持っているようです。不健全なことにかんして、ぼくは通なのです」。

＊1　ルイーズ宛五三年七月七―八日の手紙。『書簡集』第三巻、二七〇ページ。

奇妙なことにフローベールは、ルイーズに病気の理由として伝えたことを、ルロワイエ・ド・シャントピー嬢には逆に病気から治る手段として紹介している、と指摘する人もあるかもしれない。実際、彼女には、五七年にこう書くことになる、「私が神経性幻覚から、どうやって治ったのかと、あなたは訊ねておられます……。二つの手段によってです。第一は、幻覚を科学的に研究することによって……。第二は、意志の力によってです……私は想像力によって、人為的にこの恐ろしい苦悩を自分に与えようとつとめました。ミトリダートが毒物と戯れるように(7)、私は狂気や幻想と戯れたのです」。二つのテクストは矛盾しているように見えるが、それはうわべだけのことだ。なるほどフローベールはルイーズに、この自慰的な非現実化の呪文に身を委ねたのは、その「泡」である発作を起こす以前だったと書き送っているが、またそれにつけ加えて、このような想像的な調査によって、自分には狂気に抵抗する免疫ができているのだとも言っている。彼が不健全なのは、その素質構成のためだが、同時に六歳ごろに、市立病院での死体とか、ルーアンの収容施設での狂気の女たちなど、すでに恐ろしい思い出を持っていたからでもある。[*1] 彼は自分のなかにぞっとするようなものや、けがらわしいものへの、病的な嗜好があることを認めている。それらは彼に、いっそう多くの「精神的密度」を備えているように映るのだ。そこには彼を狂気に傾斜させるものがあったのではないか？　このような実験の試みのおかげで、彼は錯乱の世界に、しかし現実性を欠いた世界に身を投じたのだ。換言すれば、彼は危険もなしに、サディスティックな欲望と死体愛を満足させたのである。なるほど、ほとんど耐えられないこの緊張のなかで、彼の身体という有機体は精根尽きはて、ついに神経は参ってしまった。しかしそれは最小の被害である。発作であり、神経過敏であるが、しかし妄想ではない。妄想は、それ以前のことだった。彼は意志の力で妄想を実現した。するとたちまち、彼はその深層の原動力を知り、もはやそれを信じるような危険は冒さなくなる。幻覚は「神経的」なレベルに留まって、「精神的」なものにはなり得ない。彼は想像力のメカニズムにあまりに深く入りこんだので、もはやイマージュにだまされることはあり得ないのだ。なるほど、イマージュは自分を押しつけてくるので、一種の堅固さを獲得する。しかしその場合も、訓練された夢想家は、完全にイマージュに欺かれることはない。それこそ少し前に、彼がルイーズに説明していたことだ。「きみは自分の感じたいろいろな幻覚のことを語っている。注意したまえ。最初、幻覚は頭のなかにあるが、やがて目の前に出て来るのです。幻想が侵入してきます。そうした幻覚ほどすさまじい苦痛はありません。自分が発狂するように感じるのです。本当に発狂しており、それを意識しているのです」*2。

*1　すでに引用した五三年七月の手紙のなかで、彼はそのことにふれている。

*2　ルイーズ宛。『書簡集』第二巻、五一ページ。

「幻想」の系統的な培養が人を導いて行けるのはここまでで、これより先には行かれない。非現実は支配こそしても、完全に現実にとってかわることはできないのだ。「自分が発狂するように感じるのです。本当に発狂しており、それを意識しているのです」[8]。フローベールが最悪の時でも決して失ったことがないと断言するこの意識、狂人であるという「耐えがたい」感情、それこそ自分を本当の狂人から常に区別するものだろう、と彼は信じている。というのも、もちろんギュスターヴは言外に、狂人は絶対に自分の狂気を意識することがない、と仄めかしているからだ。これは間違った判断だが、彼の誤りというよりも、揺籃期にあった同時代の精神医学から来たものである。いずれにしても、彼の病気にかんするこの少々でたらめな解釈は、想像力にかんするある種の理論——彼の理論——を内に含んでおり、それによると、イマージュとは、不在のしるしである一つの欠如ではなくて、ただその完璧さと無限の軽さによって現実と区別される一つの充実[9]なのである。

したがって、四四年以前に心霊修業が行なわれていた*1のであり、それはギュスターヴにワクチンを接種するとともに、彼の神経系統を損なうという、二重の結果をもたらした——あるいはむしろ、彼を超過敏にするとともに、自発的にイマージュを生産する習慣を彼のなかに作り出すという、二重の結果である。ワクチンを接種される、ミトリダートのように毒物に慣れる、と彼が言うとき、それはこういう意味だ。「しばらくのあいだ、ぼくは他の誰よりも、精神的な事故の危険にさらされていました。しかし、意識的な妄想を系統的に組織することによって、ぼくは自分のなかにミニ精神病を作り上げ、それがぼくを狂気に親しませて、狂気に抵抗する免疫を与えてくれたのです」[10]。となると、彼がルロワイエ・ド・シャントピー嬢に対して、意志の力で「あの恐ろしい苦痛」を再生させて治ったのだ、と主張するときに、どうして彼の言葉を信じないことがあろうか。彼はあらかじめ禁欲生活を送ることによって、自分を待ち伏せていた危険を、神経の変調という最小悪で食い止めた、と確信していた。その彼が、自分の発作を少しずつ、コントロールされた想像の発作に替えるために、どうして四五年から、意志的に自分の発作の真似をしようと試みなかったであろうか。服従を装いながら、彼は自分を引き受けようとしたのだろう。そしておそらく内心では、かつてヌヴェールの新聞記者の姿に魅せられたように、自分の状態に魅せられながら、「自分の魂と身体が分離する」のを感じるこの恐ろしくも目の眩むような瞬間を、危険もなしに享受しようと願ったのであろう。したがって、ギュスターヴが独り部屋に籠もって、だがまたことによると人前でもそうだったかもしれないが、類型的な二度の発作と発作のあいだに、あらゆる点で本物そっくりだが、しかし偽りの発作を作り出したということも、十分に可能なことである。

*1　奇妙なことに、カロリーヌの死で深く動揺して、夢想の世界に閉じこもってしまったアマールにかんして、ギュスターヴは同じ言葉を使っている。「ぼくは自分の知的ワクチンを彼に接種してやらなかった」。別なふうに言えば、彼は夢想し始めるのが遅すぎたので、本物の狂人になるだろう、というのだ。

それでも、彼が自分の病気に下す二つの解釈は、容易に両立し得ないもののように見える。いったい彼の神経を狂わせたのは、一つの身分に就くことの嫌悪感、偉大な人物になり損なという苦悩、〈法律〉を前にして覚える激しい怒りだろうか？それともこの想像的な子供は、あまりにも長いあいだ想像力と戯れすぎたのであろうか？

第一のケースならば、変調の原因は〈他者〉である。フローベールは、他人に押しつけられた自分に向かない勉強をしぶしぶやるのに、精も根も尽き果てたのだ。第二のケースなら、この若者自身が、その「知的な悪ふざけ」で変調を誘発したのである。しかし二つの仮説を、前後の状況の光に照らして検討してみると、両者が完全に一致はしなくとも、相互に補完しあっていることが分かるだろう。

まず「ぼくは法律を勉強してうんざりしたので病気になった」という、第一の仮説を考察しよう。そしてこの仮説を位置づけてみよう。この文句は、フローベールがミュッセに対して、またミュッセを通してロマン派全体に対して、激怒している手紙から引用されたものだ。とんでもない、苦悩は霊感の源泉などではあり得ない、というわけだ。彼はよりよくルイーズを説得するために、過敏な感受性は弱さであり、詩はそうした神経の感じやすさと何の関係もないという説を述べ始める。「説明しましょう」と彼は言う、「もしぼくがもっと堅固な頭脳を持っていたら、法律を勉強したためにうんざりして病気になどならなかったでしょう。そこから害を引き出すかわりに、それを利用したでしょう。心痛はぼくの頭に留まっていないで四肢に流れ出し、それをひきつけのように痙攣させたのです。これは一種の偏向です」[*1]。心痛がもし頭に留まっていたら、それは意識された苦悩であり、そのようなものとして体験されることになる。フローベールは大部分の同時代人と同じに、情動や感情は特殊な心の状態で、その場所は脳のなかにあると考えていたに違いない。しかも彼の言う心痛は、状況の全体化的統覚によって決定される（ぼくは凡庸な男だ、いずれ俗物《ブルジョワ》になるだろう、等々）。その結果、心痛は反省的な次元[*2]を含んでおり、それがまさに心痛に隔たりをおいて、これを系統的に利用することを可能にする。この機会にわれわれは、彼が『十一月』のなかで語った「たいへんな苦悩」を思い出すのだが、その苦悩は頂のようなもので、そこからはすべてが退屈で空しく見える。素晴らしい「好位置」だ。フローベールは人間の情念の上に留まって、超然と、芸術家として、われわれの狂気を語ることができる。いま引いた一節の「利用する」という言葉は、決して「ぼくは試験を受けて、よい法曹になるべきだった」という意味ではない。まったく反対に、「ぼくは自分の苦悩を、霊感の源泉ではなく、異化の道具と見なすべきだった」[*3]という意味なのだ。意識の決定として感じられるなら、苦悩は役に立つ。それは美的な「エポケー」[11]を可能にするのだ。もちろんフローベールは、苦悩が単に生体験の否定であると主張するわけではない。彼は経験によって、この「頭脳の」感覚が、一連の肉体的変調を伴っていることを知っている。ただ「強い者」の場合、苦悩はこうした変調を作り出しても、それに吸収されることはないはずなのだ。反対に、心痛が「括弧入れ」の手段となるかわりに四肢に降りてくると——言いかえれば、もし心痛が身体という有機体に具象化され、純粋に生理的な動揺によって表現されるがままになると——それは純粋な生体験の水準にまで下落する。世界との距離は無に帰する。なぜなら、世界のただなかにおける対象[12]である肉体は、この不在、この遁走を物質化する役目を負っており、つまりはそれを、涙にくれたり腹痛を起こしたりといったような、内世界的決定にしてしまう役目を負っているからだ。あるいはまたこうも言える。すべての苦悩は痙攣的だが、しかしまず最初に、それは世界の憎悪であり、自己への憎悪であり、即自的世界と世界内の自己とからの遁走であり、現存在からの、つまりは事実性からの引き離しである。ところが痙攣が何度も繰り返されると、それは心の能力を吸収し、事実性が勝ち誇る。事実性は、吸取紙がインクを吸いこむように、超越を具現化すると主張しながら超越を吸いこみ、世界は世界から逃れると称する存在者を閉じこめてしまうのである。

＊1　『書簡集』第二巻、四六一ページ。強調はフローベール。

＊2　ギュスターヴは、自分の発作を描いた別のある手紙、いずれわれわれが再びふれることになる手紙のなかで、こう言っている、「ぼくはしっかり意識していました。そうでなければ、苦悩もなかったでしょう」。

＊3　微妙な観点の違いが見てとれる。ミュッセにとっては、「偉大な苦悩ほどわれわれを偉大にするものはない」。『十一月』の頃のフローベールは、大体これと同意見だった。しかし、一度死んで蘇ったいま、彼は苦悩に非人間化の機能を与える。苦悩

は、人間的なものの死として感じられなければならないし、心の平静《アタラクシア》へと乗り越えられなければならない。

フローベールは、もう一つの別な例で、彼の考えを明確にしている。「よく、音楽で気分の悪くなる子供がいます。彼らはたいへんな素質を持っていて、一度聴いただけで曲を憶えてしまうし、ピアノを弾くと興奮して動悸が激しくなり、痩せて顔色が悪くなり、病気になってしまう。こうした子供の哀れな神経は、犬の神経のように、音楽の音を聴くと苦しみで身をよじらせる。こんな子供が未来のモーツァルトであるはずがありません。天職が脇道にそれてしまったのです。観念は肉体のなかに移って、そこで不毛のものとなり、肉体は滅んでしまう。あとには天才も健康も残りません」*1。観念が肉体のなかに移った。これが偏向の意味なのだ。観念は超越であり、一人の存在者と、創り出すべき音楽的全体性というこの不在との関係である。その観念がいったん肉体のなかに移ると、そこからもう出られないだろう。実を言うと、耳に聞こえた一つひとつの音は依然として呼びかけなのだが、しかしそれはもう天職ではなくなっている。それは物言わぬ混乱の合図で、それによって身体という有機体は、原則として自分から逃れ去っていくもの、すなわち未来の非存在に対する創造的な関係を、実現しようとつとめているのだ。しかし肉体と化した観念は不毛なままであり、非現実的全体化の名前による現実の否定は、肉体によって苦悶として体験されるのである。

＊1　『書簡集』第二巻、四六一ページ。

このテクストは、若干の考察を必要としている。というのも、これはフローベールが自分の神経症について、明晰に語った数少ないテクストの一つだからだ。彼は変調の原因として、はっきりと偏向を、つまり脇道にそれた天職を挙げている。それは彼の苦い基本的な確信に、すなわち「ぼくは偉大な人物になり損なった」に戻ることだ。しかし彼は決してそこに留まってはいない。彼の説明によると、天才と不毛性との爆発性混合ガスを作りだしたのは次のようなものだ。あまりに感受性の強い肉体にあっては、神経の変調が観念の超越性を消滅させるが、しかしその変調は、同じ観念を内在性において具現化しようとするのだから、それ自体が意義を備えている。こうして、肉体のなかに移行した観念であるフローベールの病気は、同時に観念に変わろうとする肉体の空しい努力でもあり、実現不可能な状況を実現しようとする肉体の痙攣的な試み（つまり非存在との関係としての乗り越え）でもあり、身に蒙った無化によって世界を全体化しようとする試みでもある。したがって、ギュスターヴが自分の病気を、彼の生全体との関係において、偶然的なものとも、意味のないものとも考えていないことは、いまや明らかである。それどころか、病気は彼にとって、あらかじめ定められた運命として現われた彼の生そのものと見えたのである。発病前のフローベールは、才能のない子供のカテゴリーに属していた。彼は脇道にそれた天職に悩んでいた。問題になるのは、彼によると、脳の固さだった。と言っても、ここで彼が指摘しているのは、細胞の化学的な構成のことではない。彼が非難するのは、脳脊髄系と自律神経系の関係である。脳脊髄系の役割は、ギュスターヴによれば、自律神経系に合図を送ることだという。ところが合図を送る代わりに、脳脊髄系は、自律神経系に観念を流し、それを自律神経系が愚かにも引き受けてしまったらしい。まずもちろん、変身は全体的ではなかった。観念は肉体によって、部分的に吸収されただけだった。青年フローベールはそんなふうに自分の幼少期を、前神経症的な領域と定義する。彼のあまりに強い感受性が、原始史から、彼の手段の一部を奪っていたのである。モーツァルトは芸術家である、なぜなら彼においては想像的なものが純粋だからだ。彼はその芸術において悩むということがない。彼は完全なもの（非存在としての全体性）に対する不完全なもの（現実）の関係を捉え、現実による非現実の形象化として、音楽的なイマージュを構想する。彼の場合、これは天職である、つまり活動への呼びかけである。非現実が、意識的な仕事によって現実のなかに非現実化の中心を作り出すよう、彼に求めるのである。一方ギュスターヴの場合は、音楽狂の子供たちと同様に、想像が不純である。[13] それは生理的な不快として感じられるのだ。類同代理物［アナロゴン］を念入りに作り上げることによって、この不在、この非存在を定着しようと試みるのではなく、主体は自分の身体自身を、不全感の告発たらしめる。すなわち、身体の変調によって、全体化の不可能性と必然性を模倣するとともに、それを身に蒙るのである。そのとき超越性は、内在的なものの領域において、内在性自身の惰性的な「構造の欠陥」として生きられる。観念が肉体のなかに移行すると、身体がことば《パロール》になるが、そのメッセージは解読不能なのだ。なぜなら、そこでは指示が堕落して疾患になっているからである。記号体系《サンボリスム》なしの、すなわちコードなしの、記号化《サンボリザシオン》が行なわれるのだ。身体という有機体の衰弱、つまり健康の否定は、漠然と、天才による——またはお好みならプラクシスによる——現実の無化を象徴する。こうして、この最初に与えられたもの——偏向、ないしは天職の脇道への逸脱——が、すでに病的なのだ。それは死病を予言しているが、その死病とはほかでもない、超越を語ることもできず、それを模倣するのをやめることもできずに、苛立っている内在性による、記号《サンボル》の過激化のことだ。フローベールにとって神経の発作は、偶然の原因によるものではない。発作のなかで、観念の肉体化はその窮極の限界に到達し、肉体は表現する苦痛、ただし物質的な肉体の苦痛となる。肉体は、意味することの必然性と不可能性を同時に感じる。肉体において、超越は堕落して激情となるのであり、痙攣は、事実性によって演じられた——またそのことによって同時に否定された——自己からの引き離しにほかならない。見られるように、発作のこの第一の説明は、当初そう見えたものよりもはるかに複雑である。五七年にフローベールが、自分の病気は「徹夜や立腹が続いた結果、一連の苛々や苦痛で引きおこされたものです」と書いたとき、彼は怨恨《ルサンチマン》のために単純化していたのだ。しかし彼は、この激昂、この嫌悪感、この倦怠が、彼の暗示症《ピチアチスム》の全体的な枠内で彼を苦しめていることを、よく承知していた。本人の目にも、彼は単に他人に強制された嫌な勉強のために身をすり減らしただけではなかった。それどころか、彼は幼少期から、自分のなかに運命を持っていたのである。幼少期から、彼の身体のあまりの従順さが、彼を挫折に運命づけていたのだ。彼のあまりに暗示にかかりやすい性質が、代わりに身体化をもたらすことによって、彼から天才を奪ったのである。

ところで、第二の解釈の根底に見出されるものは、これまた暗示症《ピチアチスム》である。ここでも「観念が肉体のなかに移行した」のだ。ただし身体が愚かな自発性を発揮して、若者が好んで自らに与えた変調を、あらためて引き受けたのである。この身体の変調は依然として想像的なものではあるが、否応なく自分を受け入れさせてしまう。今回は痙攣ではなく、それに伴う「神経性の幻覚」が問題になるのだ。ルイーズ宛のある手紙の一節は意味深い。「きみが心配してくれるぼくの健康については、何がぼくの身に起ころうとも、たとえぼくが苦しもうとも、どうか元気でいると信じきって下さい。いつまでもぴんぴんしているだろう、という意味です（ぼくにはそう信じる理由があります）。それでも、ぼくは今と同じように、いつも神経で苦しみながら生きていくでしょう。この魂と身体のあいだの伝達口に、ぼくはたぶん余りに多くのものを入れようと望みすぎたのです」[*1]。この最初のパラグラフでは、意志が強調されている。彼は自分の身体に、余りに多くの夢想の実現を望みすぎたのだ。否定的な夢想である。彼が引くのは（十五歳での意志的断食、二十歳での禁欲純潔）いずれも、ひたすら欲求を否定することに熱中する例ばかりだ。けれども、意志に話が及ぶや否や、たちまち彼は意見を翻す。「きみが言うところのぼくの性質は、いま送っている生活態度に苦しむことはないのです。というのも、ぼくは早い時期から性質に、ぼくを放っておくようにと教え込んできたからです。人は何にでも慣れる。繰り返して言いますが、何にでも……けれども奇妙なのは、そういうことに決意もなければ、意地もないことです。なぜだか知らないが、そんなふうになっていきます。どうやら、そうなっていかなければならないからでしょう」。この訂正は重要だ。それは彼の思考の両義性を際だたせている。彼は望んでいた。ついで、彼は自分の性質に教え込んだ……それから自分の生活態度に慣れた、というのである。だがまたその一方で、彼はこの意志から主要な性格を取り去ってしまう。何らかの主意主義《ヴォロンタリスム》がなければ、断食や禁欲はあり得ないだろう。ところが彼の言うところによれば、決意も意地もそこにはこめられていない。それはひとりでに出来上がったのだという。「なぜだか知らないが」と、「どうやら、そうなっていかなければならなかったからでしょう」は、生体験の深層の組織へとわれわれを送り返す。フローベールの意志は表面的な傾向で、身体が自発的に引き受けてくれなければ結果を上げられないのだ。彼の言うところでは、余りに多くのものを神経に通そうとしたので病気になったのだそうだ。ところが直ちに彼は言い直す。実は神経が自分で、余りに多くのものを身体という有機体に伝達したのだ、と。なぜなら、そうなっていかなければならなかったからだ。彼の身体の不思議な柔軟性の背後に、フローベールは秘かな意図を見抜いている。単に自己暗示にかかりやすい傾向を認めるだけではなく、それが構成されたもので、一つの目的に向かって方向づけられていることを彼は予感している。かくて、「不健全な」夢想に耽っているときも、彼としては想像的なものへの関心を極限まで押し進めるだけでよいのだった。彼はすでに、これはイマージュにすぎないという単純な確信と、幻覚への思いこみとのあいだの中間のものを現実化するために、自分の身体を当てにすることができるのを承知していた。たとえば自分を狂人にする、癲癇患者にする（つまり、一つの役を演じるのである）。またサディスティックなイマージュの上に集中する。すると不意に何かが与えられる。それは完全に非現実の現実化ではないけれども、むしろ非現実がそこにあるという現実であり、その出現の力である。だが同時に、花火や、イマージュの素速い流れや、「目の前」の幻覚には、何か荒削りで差異化されていないものがある。これらの「奔流となった火」は、もはや培われた妄想にほとんど似ていない。それは身体が、従順に、また愚かに、みずから幻想を作り始めたからだ。それは「脳の絵画的能力の出血」なのである。

＊1　四七年十二月十一―十二日の手紙。『書簡集』第二巻、七二―七三ページ。

こうして偏向は「出血」と同様に、何よりも身体化ということで説明される。これがフローベールの深い意見である。苦悩は脳味噌の入れ物のなかだけに留まってはいない。それは四肢に流れ出し、身体によって引き受けられて、痙攣になる。同じように、方向づけられた妄想のあとには、やがて、より単純であるが強制的な幻覚が続く。これがフローベールにとって、自己暗示の意味である。初めは欲していたものが、不意に身に蒙るものに変わるのだ。しかも身に蒙るものは、欲していたものと完全に同一ではない。それは欲していたものの再現であると同時に、その否定でもある。イマージュの透明性は、制御できない不透明性に変貌する。それと分かりはするけれども、見憶えがないものだ。二つの解釈に共通するのは、どちらもフローベールの暗示症的な素質構成を強調しているという点である。いずれもそこに彼の病気の起源を見ており、病気は、衰弱した準‐現実が非現実に取って代わったものと定義することができる。この二つの解釈は、ギュスターヴにはほとんど見分けがつかないものだった。第一の解釈は、とりわけ自己暗示にかかりやすい性質の基礎となる受動的活動性(14)を強調し、それを性格の特徴として、要するにエクシス（*exis*）として提示する。これはもう一方の解釈よりも説明的で、病気をその原因によって、つまり与えられた事実と見なされた暗示症《ピチアチスム》から理解しようと試みる。第二のものはより解釈的で、逆にプロセスの目的論的な面を浮き彫りにする。フローベールは欲求の排除を、自分が望んだことであると同時に、「そうなっていかなければならない」のだから「自然にそうなった」ものとしても提示しており、意図的に組織化された彼の身体化を、意志を引き継ぐものであると同時に、実践的な決定の自立した力としての意志を否定するものとしても示しつつ、はっきりと彼の変調を暗示症に関連させている、というのだ。いずれにしても、この二つの見方のなかで若者は、疾患の心身症的性格を完全に意識している者として示されている。そして彼が矛盾を恐れずに、疾患を二つの言語で語るのは、因果論と目的論を、彼の内的経験の両義性を表現する切り離すことのできない相互補完的な二つの方法と見なしているからである。

　いずれにしても確実なのは、彼が自分の病気を、その出現に先立つ苦悩と心霊修業の数年間の象徴的全体化と見なしていることだ。最初の発作から、彼の青春時代は身体のなかに降りてきた。そして身体に呑み込まれながら、自分の姿を示したのであり、身体は神経の変調という形のもとに、見分けがつかないがやはり青春と分かるものを復元したのである。身体は青春を荒らしまくった我慢のならない情念を引き受け、それを痙攣という形で表わして、フローベールを情念から解放する。ギュスターヴの目には、身体の記号化《サンボリザシオン》〔象徴化〕が確立されたのであり、そこでは最も差異化されないものが、最も差異化された消え去ったものに狙いを定めている。つまり、ひきつりや痙攣が、主観性の持つ不快感を純粋に生理的なものへと還元する役を担っているのである。青春の「終幕」とは、身体という有機体への青春の埋葬であり、意味を備えた病気という形での青春の復活である。フローベールは、絶えず彼の神経症を、生涯で最もすぐれて意味を持った事実と見なしていた。この「死と変貌」を一つの事故と見るどころか、彼はそれを彼自身の人格と切り離さなかった。それは彼だ、以前の彼になった彼だ。彼はデュメニルがそう信じているように、自分が病気に順応しているとも、順応するだろうとも、決して考えたことがない。まったく反対に、病気はそれ自体が順応だと考えていた。要するに、彼は病気を一つの回答、一つの解決と見なしたのである。その証拠に、後になると彼のボヴァリーは、明白に一つの身体化を回答として示すだろう。ロドルフに捨てられたボヴァリー夫人は病気になる。恐ろしい高熱が彼女の命を危険にさらすように見える。ついで、数週間後になると、彼女は熱からも恋からも同時に治ってしまう。あるいはこう言った方がよければ、恋は肉体の混乱となって自らを清算すべく、熱になったのである。

　このような深い理解、このように打ち解けた親密さ、身体の変調が一つの意味によって統一されているというこの固い信念にもかかわらず、フローベールの語ることは曖昧で不確定なままだ。それは彼が自分の直観を適切に表現する言葉を見出せないためか、直観自身が萌芽的なものにとどまっているからか、あるいは彼が感じたことの一部をわれわれに言うまいと考えているためか。そんなことはどうでもよい。この「自覚」は、神経症自体の欠くべからざる部分をなしている。神経症は、自覚の範囲と限界を条件づけて、それを定義しており、まさにかく生きるべきもの、ほかの生き方はあり得ないものとして、自らを性格づけているのだ。それだけでも、今度はわれわれが彼を問いつめ、内面性の観点を離れることなく、その意味を明らかにする権利が十分に与えられているのである。

三　回答としての神経症

病気の創造――ないしはお好みなら神経症の選択――が、一八四四年一月のポン＝レヴェックに位置づけられること、後に起こるたびたびの発作はこれに準拠する類型的な性格のものであることを、われわれは証明した。もちろん、このように発作が衰えながら繰り返された理由を考えることは必要だろうが、われわれの探究は大筋において、病気が生きていた瞬間、すなわち最初の発作に向けられることになるだろう。その意味とその機能を問うこと、つまりその意図的な構造の描写を試みることが必要である。われわれは遡行的な探究によって、ますます深いところにあるいくつもの意図の水準の発見が可能になるのを見るだろう。その一つ一つの水準は、ある種の局所的自治を保ちながら、より下の水準を象徴するとともに、弁証法的に上の水準を条件づけている。こんなふうに、われわれが明るみに出す意味は、原則として概念的な規定では捉えられない。その複雑な実態は、神経症の矛盾しつつ補い合うさまざまな意図の全体化と、その生きた統一としてでなければ、捉えることができない。とはいえそのことは、それが思考不可能なものであるという意味ではない。ただわれわれは、それが観念的なアプローチの対象になることを、予期する必要があるだろう。そして観念（notion）という言葉で、わたしは、人間的な現実の全体的だが構造化された理解を指しており、それは対象と同時に自分自身についても持ちたいと思う総合的な統覚のなかに、時間化――方向づけられた生成としての――を盛りこむものである。

A　受動的決意としての思いこみ

フローベールがルーアンに発つとき、彼は金縛り状態で、すっかり取り乱していた。彼は一個の問題‐人間で、その遁走によって緊急事態を内面化していた。緊急事態とはすなわち乗り越え不可能な矛盾であり、しかも彼が脱‐自的にあるという事実によって、それを乗り越えることを余儀なくされていた矛盾である。この矛盾をわれわれは既に『十一月』以来、彼のうちに発見していたが、それは今やいっそう厳しいものになった。彼の受動的服従は、父親の強制する活動を拒否するすべての可能性を彼から奪っていたが、この受動性がますます困難になったうえに、自分に準備されている未来に対して彼が根本的な嫌悪感を抱いていたために、服従は結局のところ不可能にされた。服従は不可能だが、服従を拒否することも不可能だ。解決はない。それを彼は知っている。だがまた彼は、一つの解決があるだろうということも知っている。遁走では何も解決しない。それは魔術的な行動である(1)。つまり危険が消滅するようにと、遁走は危険に背を向けることにすぎない。フローベールの敗走は、新たなアッティラに求めて叶わなかったパリの消滅を、魔術的に誘発しようと試みるようなものだ。だがまた同時に、彼は自分が何かに向かって走っていることを予感している。しかし何も言葉にはされなかった。疑いもなく、彼は旅のあいだ、生理的変調——震え、冷や汗など——に気を取られ、それが結果として彼の思考を逸らせていたのだ。ただ、駅馬車は彼をその運命へと連れて行く。それこそ車輪の回転の一つひとつ、馬の歩みの一歩一歩の、生きられた意味なのだ。彼は心の動揺から立ち直るために「二、三日」家族のあいだで過ごすだけだと、執拗に自分に言いきかせる。その意味は、彼の言葉は真に受けられるだろう、彼自身もその言葉にしがみつくだろう、そして皆は親切に、断固として、彼の全面的同意のもとに、彼をパリの徒刑場に送り返すだろう、ということだ。想像上の脱走は、もしも彼方で避けられない恐ろしい事件が自分を待ち受けているという秘かな確信がないならば、単なる実効のないエスケープに終わるだろう。つまり転落は地平線上に描かれていたのである。

この予感は、問題の唯一の客観的解決を内面化したものにすぎない。行動の拒否が不可能で、しかも必然的である以上、それは受動的服従に対して、服従の厳密な不可能性として課せられねばならない。フローベールは、父の意志を一刻も早く実行しようとする熱意にもかかわらず、行動の拒否を身に蒙るほかはない。彼は自分の内部に行動の拒否を、些細なハンディキャップ(疲労、怠惰、法律アレルギーなどのような)としてではなく、根源的な無能力として、発見しなければならない。

もはや、一時的で回復可能な挫折を嘗めることではなくて、他者に、また自分自身に、彼が挫折人間であることを暴露するのが問題なのだ。この「ねばならない」によって、私は内的要請を定義するのではなく、単に一つの解決を可能にする諸条件の客観的全体を指しているつもりである。これらの条件は抽象的なものだ。そのために、解決はいまだに独自性のなかで定義されることはない。ただ、その条件は解決が見出されるべき厳密な枠を構成する。それはすなわち、人間以下のものに堕落すること、破局がだしぬけに彼の肩に襲いかかってくることだ。

予告されている転落は、実際、理性的な決定の対象になり得るものではないし、仮病をつかうこと——熟考された反逆——はフローベールに禁じられている。いかなる方法によって、彼は自分の行なうことを身に蒙るように決心するのか。われわれはすでに回答を知っている。それは思いこみによってだ。彼においては、すでに見たように、真実との関係は萌芽的である。彼は『覚書・思い出』のなかで、自分の気の持ちようをはっきり定義している。「僕は何も信じないが、モラリストのお説教でなければ、すべてを信じる用意がある」。この文章の前半で彼がふれている不断の疑いは、断定することのできない彼の性格から来る。後半で語っているすべてを信じる素質は、逆に否定の不可能性から生まれる。彼は声高に嫌悪を示し、公然と人を侮辱することはできるが、きっぱりと明確な判断で拒否することはできない。その意味で、彼の「何も信じない」ことは、すべてを信じることと区別できず、カロリーヌ・コマンヴィルによると、このすべてを信じる無邪気さを、彼は最後まで持ち続けていたのである。そしてこの無邪気さ自体が、彼の暗示症《ピチアチスム》の別名にほかならない。実際、ある意味では、彼の信念は単なる思いこみにすぎないことが暴露されるが、彼は自由な同意に不可欠な真実の元の味を知らないのだから——verum index sui 真理は真理自身の指標である(2)——これらの信念は、苦もなく、彼の持っていない確信の役割を演じることになるだろう。一人の他者の持つある観念が彼を魅惑すると、その観念は彼のうちに住みついてしまう。そして、観念を真実にするという隣人が行なった操作を繰り返すことができないので、彼はそれを信じこむ。つまりその観念をパトス的に体験するのであり、それを——客観的な知の規定というよりは——生体験の不可欠な構造たらしめる。要するに、観念は「身体のなかに移行し」、身体は明証[*1]の持つ抵抗できない優しい力を、身体の物質性が持つ重さと生真面目さに取って替える役を担う。肉体的欲求に堕落し、そのために真実として確立されることもない観念、これがむき出しになった思いこみである。しかし、思いこみに身体化の始まりを見るべきであるとすれば、逆にフローベールのすべての暗示症的な身体化は、最初は単なる思いこみにすぎないのである。このレヴェルでは、可能の分野による自由の厳密な条件づけの暴露を通して自由を明らかにする選択が、もともと彼には手の届かないものなので、実現不可能で必然的な投企が、信じられた運命としてふたたび戻ってくる。そして運命はもちろん選択を含んでいるが、ギュスターヴにとってその選択は、否定と肯定の弁証法のなかで示されることができないので、一つの宿命の予告のように、また客観的未来のなかで彼を待っているものに対する主観的な期待のように、構成されるのである。フローベールにおける転落の観念は、最初のうちは単なる幻惑であったが、彼がそれを危惧のなかで生きるようになると、はっきりした形を取り始める。なぜならここでの危惧は拒否ではなくて、すでに諦めた反発だからだ。なるほど、実践的行為者の場合なら、危惧は避けるべき一つの可能性を限定することによって、可能の分野に関係する。しかし受動的行為者は、このような可能性との行動的な関係を持たない。と言うか、一つの企てを遂行するということがないので、彼は可能なものと現実のものとを区別しないのである。同じように眠っているときのわれわれは、神経もばらばらになって行動からは引き離されているが、そのとき可能性の次元は、われわれの実践的能力とともに消え失せている。目覚めているときのわれわれは、推測だの、予測だのという形で、多少なりとも起こりそうなことを気遣い(3)のなかで体験しながら考えていたが、そうしたすべてのことを、眠りのなかでのわれわれは思いこみを通して、身に蒙った現実化という形でふたたび見出す。目覚めているときの精神科医は、危険な病人の来るのを待ちながら、「もし彼がナイフを持っていたら？」と考えることがある。この問いは、なるほど危惧から生まれるものだが、しかしそれは、実践的かつ意識的に、すべての可能性に――最も起こりそうもないものにも――備えようという意図でそれらを検討する一つの仕方なのだ。もしもわたしが狂人の夢を見る場合だったら、わたしは問いを発することさえできない。ナイフの観念が生まれるとすれば、それは「現実的な」決定の形においてである。わたしは彼の手にナイフを握らせることしかできない。あるいは、こう言った方がよければ、わたしはそのとき純粋な思いこみの状態にあるので、仮説――実験的思考の最高形態で、すべての実践や最も単純な仕事にも不可欠な構造――は、宿命に堕落するのである。超越としての投企が消えることはあり得ない――なぜならそれは実存そのものであるからだ。しかしそれは、ひたすら身に蒙る未来として、現在に逆流してくる。それ以外のことはあり得ない。というのも、目覚めているときには未来を作り、かつそれを身に蒙ったものだが、眠ってしまうとわれわれは、その未来を作る能力を失っているからだ。したがって未来はここで身体的な変調によって体現され、情動的な発散物で構成され、こうした変動のみからその内容を引き出している。わたしはその未来を身に蒙り、否応なくそれを強いられていると感じるが、しかし同時に未来はわたしにとって思いこみの対象でありつづけている。われわれはよく夢のなかで、これは夢だと思うことがある。しかし、夢を見ているというこの非措定的な意識は、信仰によって投げこまれた可能性なき世界から、われわれを解放してくれることはない。それは単にすべてのイマージュにつきものの蛍光にすぎず、それが解放の行為に取って代わることはあり得ないだろう。夢のなかで自分が夢を見ているのだと考えるとき、わたしは自分の夢について反省しているのではなく、自分が反省していると夢見ているのだ。目覚めているときなら、ナイフの出現はパニック[*2]を引きおこすだろう。眠っているときは、わたしのパニックが仲介なしにナイフの観念を体現する役を担う。あるいは、こう言った方がよければ、現実の脅威に相当する夢の世界とは、その脅威を心に描くや否や――それを還元〔減殺〕するものがないので――脅威を信じないことが不可能になるという、わたしが一時的におかれた状態である。

＊1　明証はプラクシスの一契機である。その相互補完的で切り離すことのできない性格とは、一定の目的に向かっての対象の自由な乗り越えと、企て全体の乗り越え不可能な条件として、それをこの目的の手段たらしめようと試みる動きのなかでの「生身の」その対象の明らかな現存とである。対象は、実践的分野の内部で変形されるべきものとして、だがまたそれ自体がこの変形の条件と限界を決定するものとして、姿を現わす。明証とは、可能性の調整として姿を現わす現実である。それは偶然性のなかで、自由の光に照らして必然性として構成される偶然性自身である。この可能なものと不可能なもの、必然と化する偶然と、ヘーゲルふうに言えば、たとえ心的な操作（言説、数学的記号、など）のレヴェルで出会っても、その偶然性を暴露する必然性、この両者の弁証法的関係は、世界に対する身体（実践的物質）の関係、すなわち有機体の道具化としての事実性を起源に持っている。したがって、原則的に、明証の契機はフローベールの経験に属することができない。

＊2　このパニックは言うまでもなく、弁証法的に結びついた欲望と危惧の目に見えない全体によって引き起こされたものだ。

以上が一八四四年一月二十日頃の、若きフローベールのぎりぎりの状態だった。なるほど彼の場合は、還元〔減殺〕するものがないわけではない。たとえば些細な企てや（彼は座席を予約し、荷物をまとめ、アパルトマンを閉めるなどした）、現実の身辺をとりまく環境などだ。しかし、すでに見たように、彼のエスケープの非現実的で魔術的な意味だけで、その行為を仕草に変えるのに十分である。それに彼はこの遁走を、自ら決意して行なったというよりも、むしろ身に蒙ったのだ。また疑いもなく彼には旅の道連れがある。馬車の昇降口からは、本物の木々などが見えるのだ。しかし、受動的行為者である彼が思いこみによって可能なものを実現する限りにおいて、現実をいくらか脱現実化するのは避けられない。それはすなわち、途上で現われては駅馬車の背後に逃れていく木と彼との関係が、本質的に平和共存に留まっているということだ。木は滑って行く。無用の出現だ。なぜならそれは、いかなるプラクシスにも組み込まれることがないからだ[*1]。そしてギュスターヴは、夢のなかでのように、物事を可能にする力さえ失ったように見えるので、純粋の現在である現実の環境も、せいぜい彼の思いこみに糧を与え、彼の運命を、つまりは彼を待ち受けている囚われの未来を、象徴によって予言することができるくらいだ。現実の環境が彼に交換の可能性を提案することは、絶対にあり得ないだろう。

*1　もちろんこの純粋な共存は、実践的行為者と現実のある種の部門との関係のなかにも現われ得る。しかしその場合は実践的行為者が、ある種の企てから出発して、現実を（有用性として、また逆行性として）試し、あらわにしていくさいに、その企てが問題の部門を——役に立たないものとして——企ての外に残しておくことから来る。すべての行動は——その目的自体との関連で——世界のただなかにある何らかの対象を無視するが、そうした対象は、そのことによって、行為者にとり現実と非現実の中間に留まっている。なぜならそうした対象は、客観的に決まったものとして知覚されているが、さりとて肯定も否定もされず、試されることも乗り越えられることもないからだ。これはさしあたり、何かの出現として捉えられる。しかし他方で実践的分野は、特殊な行動によって独自なものとなり、根源的な現実のなかに自らを委ねると同時に、行為者を現実化する。そしてこの限りにおいて、出現して無視されているものは、間接的に現実の指数を付与される。それらは、何はともあれ統一された可能性の分野に属しているのだから、企てによって現在あらわにされた諸事実とも結びついている。それらは、わたしの気遣いの彼方に、可能性と責任を描き出す。それはとりあえず意味を持たない可能性と責任だが、それでもやはり、過去、現在、未来のわたしの活動の具体的な全体に送り返さずにはいない。一つのプラクシス、今ここ、というこの投錨地点から始まるわたしのプラクシスの、漠然とした、しかし厳密に限定されたヴァリエーションとして現われる限りにおいて、この活動は現実的でもあれば潜在的でもある。別な言葉で言えば、投企は現実をあらわにしつつ可能性を作り出すが、使用されない可能性は、もしプラクシスが別な目的を選ぶなら別な手段が待ち受けているということを予告して、この可能性の構造をプラクシス自身に送り返すのである。このことによって、これまで言及されることなく、ただ自由なわたしを指し示すにとどまっていたこれらの対象が、その真実のなかにあらわにされる。実践的分野に統合され、したがって、わたしが現在活用している諸手段と間接的に結びついているこれらの対象は、それでもわたしにとって現実でも非現実でもないのだが、それが恒久的に実現可能なものとして現われる[4]。これこそルヴォー・ダロンヌが「補助的魅惑を伴う反省」と名づけて描いた関心の型によって、見事に示されているものだ。たとえばここに、ある実践的問題ないしは科学的問題の解決を探って、心のなかでそれをすべて言葉で表わそうとつとめている男がいて、同時に彼の目がたまたま机におかれた置き時計に向けられたとする。彼がそれに視線を注いでいると言えるだろうか？　否《ノン》だ。視線は実践的である。それは常にはっきりした意図のもとに、判読し、分析し、分類する。では彼は置き時計を見ているのだろう

か？　然《ウィ》りでも否《ノン》でもある。本当に見られるためには、置き時計が背景の地から浮き上がり、形をなす必要がある。したがって、やはり視線による選別に戻ることになる。しかしながら、置き時計は魅惑するのだ。それはこのような形で反省の努力を助けるものの純粋な出現として、自分を認めさせる。視線を要請することなしに目を引きつける置き時計は、他のものを見ない一つの手段である。だが同時に(5)その研究者は、置き時計を実現可能なもの――それがその逆行率だ――つまりはプラクシスに固有の、選択を変える可能性でないものとすることができない。実際、ときとして彼の関心はぷっつりと中断され、探し求めている言葉も観念も発見できないので、その男は置き時計を現実化することがある。時計はそれ固有の性質や抵抗を伴って、ぼんやりとした背景から浮き上がってくる。たとえば時計は彼に時を拒否する。なぜならそれは止まっているからだ。そして持ち主が一瞬、考え事を抛棄して、時計のねじを巻こうとすると、実現可能なものは現実になる。だがすでに見たようにフローベールは、人が病根を宿しているように、思いこみを抱えている。余白に出現するものは、たとえ彼の旅を次々と彩ろうとも、彼には実現可能なものに見えないのである。彼はいかなる実践的な企てにも身を投じていない。彼は現実を逃れている。したがってこれらの幻影も、彼が絶えず活動を変える力を持っていることを、彼に示すことさえできないのである。

ところでこの予感は、未来の身体化を組織する枠組であるが、これをどのように理解すべきなのか？　それは危惧から生まれたのか？　それとも欲望からか？　わたしは両方からだと言いたい。人間以下のものへの転落は、たしかに一つの目的だが、ぞっとする目的である。そしてフローベールは、この転落に対して嫌悪感を抱くとともに、彼をそこに向けて準備しているように見える秘かに企てられた内面の陰謀に対しても嫌悪感を抱いているが、そのことは彼をして、自分は運命の犠牲になるだろうが、それは自分の責任ではない、と確信させることになる。しかし彼の暗示症《ピチアチスム》をよりよく理解するためには、次のことを想起する必要がある。すなわち実践的行為者においては、ある目的を目指す意図と、その意図を決定する目的との関係が、超越として性格づけられる、ということである。未来から己の資格を引き出すのは、基本的に自分の外なる存在であり、それは未来を実現しながらそのなかに呑み込まれていくだろう。と同時に、この関係は距離の設定〔異化〕でもある。目的は延期され、後回しにされる。そしてこの先送りが意図を構成する。すなわち、実現すべき非存在を、方向づけられた時間化の媒介された区切りとして設定するのである。もし――極端な場合に受動的行為者に起こるように――可能なものを可能にすることが廃止されても、目的論的意図は残る――なぜならそれは欲求、欲望、または恐怖によって、かきたてられているからだ――。しかしその意図は構造を失ってしまう。目的はもはや媒介されることもなく、可能なものに基づいて疑問視されることもなく（「そうするだけの価値があるのか？」など）、一つの時間化の区切りとして明らかにされることさえない。その結果、距離の設定〔異化〕は起こらない。もはや目的が意図からほとばしり出て、意図の外におかれたり、現在をあらわにして定義されたりすることはない。逆に、目的は明確にされず、ごたごたと、名前もなく、現在の特徴と同じように、意図のなかに留まっているだろう。しかしながら、それが未来の目標という規定を失うことはあり得ない。ただ、未来は現在に囚われている。すべての超越の基礎は明確にされず、萎縮して、内在性のうちに閉じこもってしまう。それは内的限界だ――ちょうど、死が生の内的限界であるように。それこそ、アヌイのアンティゴーヌ[6]が言っていることだ――彼女はなるほど、受動的ではなく、単に否定的なのだが、作者はこの人物を通して、青春のラディカリズムがその無能力の表現そのものであることを理解させようとしている。「わたしは今すぐ、すべてが欲しいのです」と。同様に、受動的行為者においては、手段もなしに直ちに目的を実現することが、目的論的意図の主要な決定になる。おまけに、なすということが欠けているか、または他者においてほとんど可能性として予感されないので、それが目指すのはあるということになる。その意味で、受動的行為者はその存在において目指す目的と同一化する。つまりそれは、彼が自分の存在や生を身に蒙るように、目的を身に蒙っていると信じていることを意味する。ここにおいては夢と同じに、未来の直接的な架空の実現がある――もっとも未来は囚われの状態にあっても、未来の時間化を暗示的に指向しつづけているのだが――。それは、目的が実現過程にあると信じさせると同時に、すでに実現したと思わせるということを意味する。かくて、構成された受動性にとっては、目的を可能なものとすることができないので、思いこみは、広がることのできない欲望の自己への立ち返りになり、同時に欲望はもはや欲望ではなくて、神託にも似た予知のように理解される。逆に思いこみは一つの目的論的な構造を持つ。なぜなら、それは目指す目的の身体化であり、責任のない身体による選択に引き受けられたからだ。この意味で、暗示症の患者は思いこむことしか出来ないが、彼の思いこみは常に操られたものなのである。

そんなわけでギュスターヴは、「未来のモーツァルトになるはずのない」若い音楽狂のことを語ったとき、自分の病気の原因をはっきりと見定めていた。ただ、選んだ例がまずかった――おそらくは故意にそれを選んだのだろう。問題は彼の投企で、それは超越を失い、「彼の身体のなかに降りて」きて、内在性のなかで事件の期待として生かされるのだが、そのとき実を言うと投企は、思いこみになって事件を準備しているのだ。しかしながら、受動的行為者の場合でも、目的論的意図は自分ひとりでいつでも思いこみに変身するわけではない。それは投企の形を保っていることもあるし、また脇道に逸れて、情緒的な混乱のなかに身をすり減らし、消滅していくこともある。原始史によって決定されたさまざまな状況のなかで、思いこみが現われて成長していくためには、それが原初の思いこみの地の上に現われることが必要で、後の思いこみは、この原初形態の特殊な形での実現にほかならない。そして、他のすべての思いこみを生む環境であり、母胎であり、基礎であるこの最初の思いこみは、要するに、日付を打たれた忘れることのできない独自の事件で、それによって主体は信じる者として構成されたのだ。*1 その主体を、原則的に捉えられない客体と関係づけたこの事件は、彼の内部に闖入した〈他者〉のある種の言説、この威信にあふれた〈他者〉が聖なる権威を代表している限りでの、〈他者〉の言説にほかならないだろう。この言説の契機は、実現不可能なものを指し示す強権的な言説が、信じられたいという要求を内部に含む限りにおいて、主体に思いこみを植えつける。断言は〈他者〉から来る。積極的な判断の総合を行なうのは〈他者〉である。受動的行為者は、それを硬直化した判断として受けとる。しかも原則として総合は根本的な不在と関係するので、この死せる総合は本性上、それを検証するすべての操作を彼に禁じてしまう。かくて、原始史において思いこみを誘発する最初の刺激語、信じる者として子供を構成することになる最初の言説は、両親にとっての客体である限りでの彼自身に狙いを定める言説である。思いこみとは、この言説のどうしようもない内面化である。問題は単に〈他者〉による分節言語の組織だけではなく、一般意味論に属する決定でもあることは、十分に理解しておこう。母親の行なう世話もまた記号である。思いこみは、人が他者を発見することによって自分を発見するまさにその水準において現われる。あるいはこう言った方がよければ、〈自我〉の構成は各自のうちに、すべての思いこみの源泉である最初の思いこみを生み出す。そしておそらく、実践的行為者においては、この原初の思いこみが活動によって制限され、抑えられ、部分的に解消されているのだ。しかし原始史の諸状況によって受動的行為者に構成された者の場合、原初の思いこみは――それがどんなものであれ――主体性全体に侵入し、さまざまな形態で自分を再生産しながら、生きる手段となり、可能化つまりは自分をとりまく環境に対する主体の実践的関係が存在しないので、外的条件に適合する手段となるのである。

＊1　人は見ていないものを信じるのである。

ここで指摘したことは、直接ギュスターヴに当てはまる。事実、父の呪いに対する古い思いこみは消えていなかった。これは絶えず彼を条件づけていたのである。一八四四年の初めまで、彼は十五年近くこの呪いを自分の心に抱きつづけていたのであり、それが彼の想像力と感情の構造となっていたのだ。「お前は俺の気に入らなかった、または俺をがっかりさせた、俺はお前の腹の内を探って、お前のどうにもならない無価値性を発見した、だから俺はお前に死刑を宣告する、あるいは――ギュスターヴの気分次第では――だからお前から遠ざかって、お前の保護は取り下げることにする」、というわけだ。いずれにしても、フローベール家の次男は失敗作であり、怪物であり、無駄な一発であり、生みの父のしくじりだった。だから直ちに抹殺するのが用心深いやり方だと判断することもできる。かくて、即刻の死こそが、この破廉恥な事態の論理的帰結になる。しかし、たとえ彼を生かしておいても、同じことになるだろう。受動的行動という唯一の能力に委ねられたギュスターヴは、坂の下まで転げ落ちて、そこで粉々になるだろう。彼の運命は、原初の挫折の時間化を身に蒙ったものにすぎないだろう。彼を使い物にならなくした亀裂は、ますます拡大するばかりだろう。調子の狂った機械である彼は、日々ますます変調の度を強め、ついに最後の解体に至り着くだろう。疑いもなく、彼の新たな思いこみは、この原初的な信仰の復活である。いったい両者のあいだには、どんな違いがあるのか？　最初の思いこみは陰気に、しかしある意味でぬくぬくと体験された。世界との関係は、父との関係を通過しており、家族のなかで生活している限りギュスターヴは――たとえ絶望に、それも実感したというよりむしろ予想された絶望に包まれながらであろうとも――長い猶予期間の恩恵に浴していた。いずれにしても、転落はゆっくりと始まっていたが、それを償う逆の思いこみ、自分は栄光によって地獄から身を引き離すだろうという逆の思いこみによって、ブレーキをかけられていたのである。しかし三九年末と四二年初めまでに、二つの重要な変化が彼を苦しめる。まず文学的な挫折が、彼を幻滅させる。彼は万人のために共通の劫罰を証言するような、劫罰に処せられた天才的人物にはなり得ないだろう。それと同時に、父はその真の意図を明らかにする。彼はその呪われた息子を殺そうなどとは考えないし、ましてや彼に屈辱を加えようなどとも思わない。判決は時とともに和らげられた。単に俗物《ブルジョワ》的凡庸さの宣告を受けたギュスターヴは、手段と化した中流の人間（本翻訳第三巻三九六ページ参照）になり、物悲しくも職業人の一生を送るだろう。ところでまさにこの減刑は彼にとって、最初の処罰以上に耐えられないものなのだ。新たな条件を身に蒙って、せっせと働く徒刑囚になるくらいなら、夢見る受動的な怪物という昔の条件をふたたび見つけ出す方がまだましだ。〈象徴的父親〉[7]の昔のきびしさに頼ることなしに、どうやって、アシル＝クレオファスの気紛れに抵抗して、この新たな条件を避けることができようか？　ギュスターヴは消えてゆく。彼の内部では〈家長〉が、外科部長の決定を破棄するだろう。フローベール博士を彼自身に反抗するように仕向け、古い判決文が、もう一つの判決を適用不可能にしながら、直ちに執行されるようにしなければならない。その途端に、最初の思いこみは、かつてなかったほどの激しさを帯びる。と言うよりも、それは緊急のものとなる。彼が場当たり的に生きてきたその運命、彼の生涯を通してずっと広がっていた運命が、このとき不意に差し迫った未来に要約される。フローベールが一月二十日頃に市立病院に入って行ったとき、彼は自分自身に出会いにかけつけるような気がしていたし、ついに彼の真実である馬鹿息子か、死体に直面すると思いこんでいた。〈転落〉は彼を待ちかまえていた。それは破局として体験された彼の異常性である。そして四二年以来、勉強は彼に喜劇と思われていたのだし、彼は法学生の役割を演じていたのだから、彼につきまとう死ないしは狂気の幻想を越えて、彼の受動性が突然ふたたび現われたことは、彼には現実への復帰のように見えたのである。

B 〈転落〉の状況

ギュスターヴは「妙な気分である」。それはすでにお膳立てが整い始めていたからだ。身体化は思いこみを支えながら、そこからあふれ出ている。疎隔感は身体の変化にまで広がり、それを彼は意識している。それでも市立病院での最初の数日間には、まだ大したことも起こっていない。わずかに途方もない苛立ちがあるだけで、これはギュスターヴの蒙った闇雲の再構造化〔認知構造の変化〕のしるしである滑るような、また収縮するような内部の知覚と、またおそらくは放心状態とに結びつきながら、絶えず自分自身のコントロールを失うのではないかという彼の感覚を強めている。そして今度はこの感覚が、ギュスターヴの無能力さがスキャンダルと憎悪のなかで明々白々の形で明るみにさらされる瞬間の来るのを早めることになる。ということは、このゆっくりとした準備から、その論理的結論やその完了として、外部の状況の協力なしに、発作が——または根本的な身体化が——生まれるはずだという意味だろうか？　それを決めるために、ドーヴィルからポン＝レヴェックに行く道の上の二人の兄弟に同行してみよう。そして、発作が起こったときの弟のおかれた状況を描写してみよう。

ギュスターヴはルーアンに戻るところだ、彼は手綱を握っている、夜だ、アシルは彼の横にいる。こういった状況が検討されなければならない。最初の状況は極めて重要だ。ギュスターヴは、帰途に倒れたのである。彼は初め市立病院に逃げこんだ。それからみなは、おそらく彼の心を静めるために、兄のアシルの付き添いで、彼をドーヴィルに送ったのだろう。アシルはたぶん、目立たない形で、彼を医学的に監視する役を負っていたのである。ドーヴィルは、彼の逃避の終着点だ。その先は海で、シャトーブリヤンのやったように[1]、また初稿『感情教育』の最後でアンリーがやることになるように[*1]、アメリカ行きの船に乗りこまなければならない。さもなければ引き返すのだ。そこまでで、それ以上に遠くには行かれない。彼は水際で、〈新世界〉を夢見たにちがいない。それと同時に、ルーアンを離れて過ごす二十四時間ないしは四十八時間のあいだ、彼は心の安定した時期を経験したのである。市立病院は、曖昧な避難場所であった。彼はそこで〈家長〉の皮肉な心遣いか、または小言を見出したし、カロリーヌとのあいだでは何かが壊れてしまった。ドーヴィルは彼に、家族なき家族という、この途方もない好機を提供してくれる。アシルのほかには、家族のメンバーは誰もいないが、家族に属しているこの土地があり、それが家族を共同所有者の集団として指し示している。これこそ人間嫌いのギュスターヴが最も好むものだ。物は人間を示し、人間に物の惰性を付与する。したがって、彼は家族の者たちの常に現存する不在に取り囲まれている。一つひとつの土塊《つちくれ》には、石化して物言わない家族が住みついている。彼自身もこの所有地によって、相続人として指し示される。これを彼が確実に相続するというのではない。しかし、財産分割がどのように行なわれようと、財産の何かは彼のものになるはずだ。ドーヴィルの土地は、この継承の象徴である。彼はずっと前からそのことを考えていた。それをわれわれは知っている。彼をいま魅惑するのは、相続による取得のプロセスだ。とくにこの「土地」が、彼に別な未来、純粋に家族的な未来を示すことによって、身分を取得するという義務から一時的に解放してくれるだけに尚更である。建築が行なわれる。その図面もある。ギュスターヴの意見も求められた。なるほど、別荘は単に夏の住居にしかならないだろう。だが構いはしない。その用地や最初の工事は、彼の家族の未来をさらけ出す——金持ちになり、繁栄する家族だ——と同時に、不動産所有者という彼の真の未来としての家族をもさらけ出す。すべてはこれほど簡単にはいかないだろう。それは彼にも分かっている。そこに至るまでに、針の穴を通ることになるだろう。パリが彼を待っている。また法律が。しかし、彼においてはごく稀なこの心の安定した瞬間に、彼は——いま一度——金利所得が彼の受動的活動に合致していることを発見したのである。そして、大した苦労も要らずに幻想を抱いた彼は——土地はそこに、目の前にあるのだから——未来の真実に触れたような気がしたのだ。

今は時刻もおそくなり、帰らなければならない。それは、垣間見た彼の現実に背を向けて、生きた家族をふたたび見出すこと、そして何よりもパリに戻ることを意味する。ルーアンは、彼を首都パリに連れ戻す行程の一段階にすぎない。とくに彼が「二日か三日を」過ごすためにルーアンへ来たということを忘れないようにしよう。彼にはまだ二十四時間の猶予期間があるが、それ以上ではない。というわけで二輪幌馬車《カブリオレ》に乗り込んだとき、彼はパリに向かっているのだ。それに疑いをはさむことはできない。ルーアンへ帰るのは、カルヴァリオの丘のように体験されるだろう。エスト街から見たときには、家族は避難場所だった。彼がドーヴィルを発つときには、それが奴隷状態の入口のように見える。家族の者は彼を拒絶し、勉強へと追い返すだろう。彼は家族の者が憎くて仕方ない。馬車の車輪が一つ回転するごとに、彼は恐怖と嫌悪が増大するのを感じる。彼は肉体的に、この帰還の必然性と不可能性を感じているのだ。

しかしながら、こうした気持のなかに、彼の主観性の単なる一時的な決意を見ることのないように用心しよう。こうした気分はこの瞬間に、無からの創造でかきたてられたのではない。二輪幌馬車《カブリオレ》を御して徒刑場に戻って行くという単純な客観的事実のなかには、それ自体で、何らかの主体――つまりは抽象的主体――に神経の発作を起こすように仕向けるものなど、何一つ含まれていない。しかしここでの主体は、生きられている限りで独自化されている。別な言葉で言えば、二十二年の生活での状況は、すでに過去の全体によって構造化されているのだ。とくに馬車での移動について、ギュスターヴが常に感じていた半ば象徴的なやり方によって構造化されている。この点で、〈転落〉の四年前、一八四〇年四月二十一日に書かれた手紙は、たいそう意味深い。彼はレ・ザンドリ（ノルマンディ地方ウール県の町）で復活祭の休暇を過ごしたところで、戻って来て三日後に、エルネスト宛に書いている。「ぼくは屋上席に腰掛け、顔は風に吹かれて、馬のギャロップで上下に揺すられながら、黙っていた。道がぼくの下で逃れて行き、それとともにぼくのすべての青春の歳月が逃れて行くのを感じていた。ぼくは他の時にレ・ザンドリに行ったすべての旅行を考えた。こうした思い出のなかに、ぼくは首まですっぽりと浸かっていた……ルーアンに近づくにつれて、ぼくは自分を捉えている実際の生活と現在を感じ、それとともに、毎日の勉強、こまごました生活……呪われた時間を感じた……なすべきことは、過去を考えないことだ……未来を見つめ、地平線を見るために首を伸ばし、前方に突き進むこと、顔を下げて素速く前進すること、甘美な思い出の哀れっぽい声には耳を傾けないことだ。それは永遠の不安の谷間で、自分を思い出させようとしているのだから。深淵を覗いてはならない。なぜならその底には、われわれを惹きつける言うに言われない魅力があるからだ」[*1]。すべてがここに現われて

＊1　ポール氏やエルネストがやったように。

いる。空間的広がりの時間への転換がある。「逃れて行く」道は、過ぎ去る「青春の歳月」になぞらえられ、その遁走によって失われた時を求める動機となる。全体化の欲求は、この特殊な旅行を、「レ・ザンドリに行ったすべての旅行」の独自化にする。ちょうど全体が各部分のなかにあるように、すべての旅行は、この特殊な旅行のなかで、その深さのように存在している。ルーアンや、呪われた時間への嫌悪があるかと思うと、たちまち誘惑が来る——目の眩む深淵を覗きこみ、その魅力を感じ、そこに落ちこむこと——余り確信はないが未来を頼りに、素速く前進するという倫理的な決意で、思い出から身を引き離し、不安を抑えて戦うこと。四九年から五一年にかけての彼の手紙や、または『東方紀行』を繙くと、これと似たような指摘や描写が発見されるだろう。馬に跨ってであれ車に乗ってであれ、場所を変えることは、それがなんらかの結果をもたらすものである限り、彼の人生全体を現実化するように彼を誘う。実際の移動そのものは、人生の類同代理物〔アナロゴン〕になり、それを通してフローベールは、身に蒙った時間の味を味わう。「身動きもせず、黙ったままで」彼は運ばれる。出発点と到着点は、一方は彼の誕生にまで、他方は未来のなかで彼の死にまで後退する。ドーヴィルを発ったとき、暗い気分と不安とが彼に全体化をうながしたことは、疑いを容れる余地がない。だいいち、一月以来、彼は全体化以外に何をしただろうか？　だが全体化は、四〇年四月の「状況」を構造化した深く根を張った図式によって行なわれた。それは彼のすべての意図の、不可能と必然の、実践《プラクシス》と惰性の、矛盾した統一を示しており、それなしに彼がこれを体験することはできないという意味で、病因となるものだ。そこには深淵がある。レ・ザンドリからの帰り道のように。しかし深淵がそのとき彼に作用していたほとんど快い魅力は、目まいに変わったのである。

＊1　『書簡集』第一巻、六八ページ。

もしも彼が四二年までの生活を身に蒙ったように、今回も受け身で蒙ったのであれば、大目に見ることにしよう。ところがとんでもないことに、馭者になっていたのは彼なのだ。アシルは疲れていたのだろうか？　兄弟は、交替で馭者をつとめると決めていたのだろうか？　それともマゾヒズムの悪魔がギュスターヴを駆り立てて、手綱を取らせたのだろうか？　事実、彼はぶつぶつ抗議する動かない薄のろのように、ただ運ばれるに任せていたわけではない。積極的な共犯者になることを要求した、少なくともそれを受け入れたのである。彼の嫌悪するこの帰還、彼はその責任を負おうとしたのだ。普段の彼は、泳ぐのが好きなように、馬を御すのが好きだった。それは遊びであり、スポーツであって、彼は自分の力を使うという無償の快楽のために、力を使うのだった。しかしこの暗い夜には、ほとんどあっという間に快楽は見失われた。彼がこの旅行の深刻な、実際的な、避けられない目的を現実のものとして理解し、そこにまさしく彼の人生のイマージュと、彼の「本性」とは正反対のこの行動のイマージュを認めるのに、そう時間は要らなかった。この行動は受動性そのものから生まれながら、彼の同意を得て彼をその運命へと連れて行くのである。真っ暗な夜のなかに馬を駆ってゆく彼は、恐怖に包まれながら、自分を実践的行為者に作り上げる。彼は自分の人生の指揮を手中にしているような気がする。彼がかくあれかしと望むような人生ではなく、逆に人から押しつけられる人生である。この結びつきで、彼は自分のパリ生活をすべてそっくり再現する。彼は、一定不変のこの瞬間にふたたび自分を見出す――百度も繰り返された過去、未来――。そこでは、彼の甘んじて受け入れる受動的な服従が先鋭化して、行動に変身しているのだ。馬を駆ること、〈法律〉の勉強をすること、これはまったく同じことだ。最初の行動は、単に第二の行動の象徴というだけではない。論理的にそこに導いて行く行動であり、第二の行動の必然的な発端である。結果は難なく想像できる。自分の身体を意志的な企てのなかに道具化していくにしたがって、彼は受動的抵抗を、身体という有機体の隠れた奥深い部分に託してしまう。それはまったく服従しようとしない部分であり、つまりはギュスターヴによる服従にも服従しないのだ。たちまちにして彼の行動は、部分的に非現実化する。彼は一つの役を担っているのだ。彼は有効で決然たる人間に自分を作る。この芝居が、耐えられない真実の結果をもたらすことは承知の上で、馬を御している振りをする。マゾヒズムと怨恨《ルサンチマン》、この二つの要素に動かされて、彼は不条理な行動を最後まで遂行し、非の打ち所のない忠実な信奉者であり続けながら（アシルがそれを証言できるだろう）、自身のうちで他者を処罰し、〈父の権威〉の名において、体（*soma*）の反抗を拒否し、そこに――理性、情熱といった、アシル＝クレオファスがやるような古典的発想の解読格子をあてながら――御しがたい獣の反応しか見ようとしない。その獣はいずれ手なずけられるだろうが、同時に一方では思いこみがますます硬化して、最悪の事態、すなわち転落が切迫していることを予言している。この思いこみを、もしギュスターヴが直視したなら、それは見憶えのあるものだろう。ここのところ二年ほど、それは彼に棲みつき、彼に取り憑いてきた。もしも彼の内部で崩壊を予告している肉体的な変調に、彼が注意を払ったら、ことによるとそれを鎮めるのにまだ間に合うかもしれない。おそらく手綱を兄に渡すだけで、あるいは道端に止まるだけで、十分だろう。ところがそれこそ、まさに彼がやろうとしないことなのだ。仮に彼が服従の真っ只中で打ちのめされなければならないとしたら、彼の右手は左手のすることを知らないに違いない。差し迫った身体化の危険にかんしても、彼は放心状態におかれているはずだ。しかし、もし放心状態も決意の対象になるべきものだとすれば、そのような状態になることすら可能ではないだろう。実を言うと、それはただ単に、彼が没頭している現実の象徴的行為、彼の全注意を必要とする行為の産物なのだ。すなわち、暗闇で馬を御するという行為である。角灯《ランタン》の明かりはごく暗い。前方をしっかり見ていなければならない。走り始めるや否や、ギュスターヴの企ては、つまり課せられた行動のイマージュは、彼を内心から引き離し、彼は自分自身の表面に留まって、絶えず外部の暗闇に目を凝らすことを余儀なくされる。そのあいだに内部の暗闇では、何かが起こっているのだが――実践的行為者としての彼の役割が、構成された受動性に対抗してその盲目的否定のように演じられる限りにおいて、彼は内部に起こっているものを知らないのである。彼は誇張している、と言われるかもしれない。彼は遵法闘争をやっているのだろうか？　もちろんだ。しかしすでに見てきたように、誇張することなしに、熱心さのなかに避難することなしには、彼は行動できないのである。労働に忘却を求めるというのは、みなに起こることだ。だがそれは、実践的行為者にとって、行動が彼らを閉じこめ、彼らはその目的の手段になっているからだ。フローベールの場合はもっと複雑である。構成された受動性に反対する彼の行動は、忘却をもたらすどころではない。忘却を要求するのだ。いつ何時でもその企てを抛棄しかねない彼は、はずみがついても決して完全にそれを利用することがない。彼は絶えず、一種の継続する創造行為によって、道具となる対象に注意を注がなければならない。さもなければ企ては中断するだろう。だから彼は誇張する。注意している振りをする。したがって、彼は忘却を演技する。それは、彼が思いこみを忘れたり、彼の身体器官の至るところで響いている非常ベルを忘れたりすることが、嘘ないしは偽装だという意味ではない。単に、現実の真っ只中で、また計算の上で可能な目標に選択を適用している真っ最中に、注意と、その補完物である放心とが、非現実の次元を持っているということだ。彼の身体の物言わぬ予言、彼はそれを馬を御するために忘れる振りをするし、それを忘れるためには馬を御している振りをしなければならない。このレヴェルにおいて、彼は自分が真剣だと思っているかもしれない。というのも、彼においては、行動が遊びであることを要求するからだ。しかし、いずれにしても彼は――自己欺瞞を行ないつつ、良心に恥じることなく――演技をしなければならないので、馭者の役がなんらかの別の目的を持った意図を含んでいるとも考えられないことはない。たとえば彼が副次的に持ち続けている危険の高まりについての意識を、積極的な行動によって曖昧にする、といった意図である。こうして彼はまったく無邪気に破局を身に蒙ることが可能になるし、別な言い方をすれば、破局がやって来るのを見なかったと確信できるようになる。ギュスターヴが疑わしく見えるのは、この点にかんしてのみだ。事実、彼を動揺させる変調が、彼の思いこみから来ていることは明らかだ。つまり、彼の受動的行動と、彼の身体の行動的受動性との、出会いと共同製作の場である自己暗示の可能性から来ているのである。しかし、彼の振る舞いの一般的特徴は、われわれが「滑空」と呼んだものなので、反抗を抑制しようという彼の空しいねらいが、より秘かな一つの意図に裏打ちされているのではないか、という疑惑は排除できないのである。すなわち、それを利用しようというのだ。事実、われわれが見てきたように、錯乱した調教師――二輪幌馬車《カブリオレ》を引く馬を手なずけ、自分の神経を手なずける調教師――として彼が採用する戦術は、考え得る最悪のものだ。まだ希望があるとすれば、自分を振り返り、気を取り直し、心を落ち着けること、要するに非反省的行動を反省に変えることが必要だ。それを彼が百度も行なったことは、われわれも知らないわけではない。彼もそれを知らないはずはない。この意味で、手綱をにぎったときの意図がどのようなものであれ、増大する危険にもかかわらずではなく、その危険があったからこそ、彼がやがて自分のしていることに夢中になったということは、まず確実だろう。たった一つだけ曖昧な点がある。彼が執拗に馬を御したのは、危険が増大するのに任せるためか、それとも危険を増大させるためか、ということだ。彼が実践的行為者の役割に没頭したのは、ひたすら介入しないため、彼の内部で始まっているプロセスを反省によって乱さないためだろうか？　それとも、彼の積極的な行動が、最悪のものへの思いこみをそそり、それを強化するのを感じて、服従をして破局を早める手段たらしめようとしたのだろうか？　私の考えでは、二つの意図が共存していたのだが、後者は前者よりも深く、より密かなものだった。こんなふうに、より明瞭なものからより複雑なものへと進むことで、われわれは彼の行動の根に、さまざまなレヴェルの意図を突き止めることが可能になるだろう。（1）何が何でも父に服従すること。（2）ブルジョワの運命を彼に割り当てた人びとと共謀して、怒りにかられながら、自分をその運命の職人たらしめること。（3）煮えくりかえるような暗い反抗心を、否定的な行動を通して引き受けることができないので、それを手なずけ調教すること。（4）形成される抵抗を忘れるために、また思いこみを存分に活動させるために、要するに、無邪気に死へと突っ走るために、自分を没頭させる行為者の役割に逃げこむこと。（5）行為者の役割――この場合は馬車を駆ること――が、彼に強制される我慢できない一般的な行動を象徴する限りにおいて、この受動的抵抗を激化させること。（6）より深いところでは、都合のいい事情を利用して、全体の状況――少年期から彼が、自分の諸問題に対する全体的な解答を内心に呼び起こすような形で、そのなかでもがき続けてきた全体の状況――を再現し、それをすっかり体験できるようなごく短い瞬間のなかに凝縮すること。要するに、絶対的でかつ部分的に演じられた服従を通して、〈他者〉の二つの矛盾する意志――彼にブルジョワの仕事を割り当てるブルジョワのアシル＝クレオファスの意志と、彼を無であると断罪する〈象徴的父親〉の意志――を対決させ、互いに死闘を演じるがままにする（ないしは死闘を演じさせる）こと。

以上のことを考えると、ギュスターヴが自分を指し示していると解釈しないような客観的状況は一つもない。あたりは鼻をつままれても分からぬ真っ暗闇だ。彼は手探りで前進する。動きによる全体化は（彼は運ばれながら、馬を駆っている）、それが夜を材料として採り入れていくという単純な事実からして、特別な意味を帯びる。一つの生涯全体のように体験されるこの暗闇のなかの旅は、夜の生活の象徴となる。なるほど、別な人たちにとって——ノヴァーリスにとって(2)——夜は他の固定観念、他のテーマの、物質的支えの役を果たすかもしれない。それには全体化の統一が、他の意図にもとづいてなされるだけで十分なのだ。夜それ自身は何も言おうと欲しないが、もし人が夜に喋らせようとすれば、夜は自分自身の構造によって、実践的行為者との関係によって（可能性の分野の変更、など）、互いに相容れない複数の問いに答えるのである。おまけに夜は、入りこむことのできない還元不可能なものとして、ただ単にそこにあるということにより、常に問いから溢れ出てしまうし、あたかも質問された物質が今度は人間に問い返すように、混乱した惰性的な質問で、暈《かさ》のように自分の「答え」を取りまくのである。しかしこの可能な複数の解釈も、数は確定できないとはいえ、それでも内的な限界を持っている。人は夜に思い通りのことを話させるわけではない。夜は決して昼の言うことを述べはしないだろう。そしてもし調査をする者が、昼の図式で夜を統一しようと試みたら、夜はその質問をそらしてしまうだろう。[*1] だが、質問者の気遣いが対象の構造と何らかの縁組みを持っているとき、対象は、不完全で、惰性的で、ある見方からすれば解読不能な解答‐問いとして、質問者の観点で構成されるだろう。なぜなら他の客観的性格——別な視点《パースペクティヴ》に立てば現われるような性格——は、不透明でことごとくこの独自な全体化を逃れてしまう内容として、暗黙の状態に留まっているからだ。これこそまさしくフローベールに起こったことだった。彼の内心の決意と周囲とには、類似したものがあったのだろう。問われた客観性は、ゆがんだ入りこめないものとして、彼の主観性の形を彼に反映する。外部の闇と内部の闇のあいだには、象徴化の相互性がある。不透明な暗闇は、未分化の未来を、アシル＝クレオファスが彼に強制する惨めな太陽の未来に、対峙させるのである。

＊1　今日では、さまざまの思想潮流が〈神〉をその不在によって証明するとか、すべての否定を越えて〈悪〉を倫理的にポジティフなものと考えるなど）、ある種の詩人たちに太陽の言葉で〈夜を〉語らせたり、光を喚起する形容詞で修飾することなしには夜の名前を口にしないように仕向けたりしている。しかし、わたしは別のところで示したが、この方法は——完全に正当なものではあるけれども——不可能な総合の彼方にすべての矛盾の実現不可能な乗り越えを（ある場合には、〈悪〉は絶対的な〈善〉にほかならないとか、不在は存在の最高の表われである、などといったことを）暗示するために、矛盾した語の組み合わせで読者にショックを与えることしか目指していないのだ。し

たがって、これは実を言うと、単なる言葉の決定なのだ。すなわち互いに焼きあう語と語を近づけ、それらの語の起こす火災が、すべての意味の彼方に意味を持つのである。だがこうした言葉による総合は――命名とは単に物を志向的に狙うことだけではなく、狙われた物の否定でもある、ということをそれは起源としているのだが――生きられた総合とは何の共通点もない。生きられた総合とは、人間という行為者が物との関係で状況に置かれている限りにおいて、物そのもの――昼の存在、夜の存在――を素材とするのである。言葉による総合は、はるかに多様なもので、言語の構造のなかにのみ限界を見出す。生きられた総合は物自体のなかにおのれの限界を見ている。

ギュスターヴにとって、馭者という彼の行動が表わすのは服従であり、彼の同意した強制労働であり、ブルジョワの未来である。けれども夜は抵抗する。慎重に馬を御さなければならない。この判読不可能な不透明さからは、不意にどんなものでも現われかねない。事故を予期する必要がある。そしてもちろん、それは事故を避けるためだ。それでも予期されている事故は、入りこむことのできない〈存在〉の密度のなかに書きこまれている。可能性としてではない。ギュスターヴにおいては、幼少期から、可能性を作る能力が破壊されてしまったからだ。さりとて、完全に運命としてでもない。むしろ、すでに構成されている現実としてであって、それが最後の瞬間に相手ののど笛に飛びつくかどうかを決めるだろう。このすぐ間近にあるもう一つの未来は、フローベールを包み、彼の背後で彼のごく最近の過去と溶け合っているが、それはギュスターヴにとって、人間のラディカルな否定として与えられる限りにおいての〈存在〉である。暗闇はすべての企ての不条理性を告発し、原因と結果の非人間的秩序によって投企が押し潰されることを暴く。それは、実践が原理的に不可能で、ただ空しい騒ぎと仕草が残るばかりであることを明らかにして、フローベールの構成された受動性への鈍い欲望を彼に映し出す。受動的活動の逆転した実践的分野は、フローベールを待機中の死者として指し示し、彼の惨めな熱意は暗闇によってその資格を剝奪される。それは付帯現象であり、幻想であって、ついに闇が自らに合流して彼を圧倒するときに破壊されるだろう。こうして実践的分野の意味は消滅となる。しかし最初それは緊張と潜在力の総体とにほかならず、それらがギュスターヴを、敗れた人間、世界から拒否された人間として指し示す。大宇宙《マクロコスモス》はその非人間性〔無情さ〕のなかで、小宇宙《ミクロコスモス》に死の欲望を映し出しており、フローベールは大宇宙を、彼自身の終わり〔目的〕である無の方へと乗り越えながら、それを非情な破壊的宇宙へと構成したのだ。ついにここに無限の実体が生まれる。すなわち非‐知の夜で、それが、われわれ人類のみずからに構築したか細く明るいささやかな未来をその非人間性で取り囲み、人類からその終わり〔目的〕をかすめ取ってそれを自分の不透明性のなかにしまい込むのである。その意味で、若者はまたしても、そこに区別のつかない〈存在〉と〈無〉を発見する。それは死を予言する——差し迫っていようがいまいが、いずれにしても確実にやって来る死だ——。それは死のイマージュとなる（彼が『十一月』のなかで夢見たもの、『聖アントワーヌ』の最終テクストに至るまで夢見ることになるもの、それこそ個々の違いを粉砕して、このようにすべてに溶け込むことではなかろうか）。ところで、すべてとは次のようなものだ。それは不透明な物質性、パルメニデスの〈単一なもの〉[3]で、仮象を呑み込むことによって姿を現わし、同時にその隠し持っているものを示すのである。それは有限世界の自己破壊への漠然とした誘いである。こうして内部にある転落への思いこみは、その客観的な反映を夜の実体の脅迫的提案のなかに見出す。と言っても、完全にそうなるわけではない。なぜなら内部の夜は崩壊の暗示症的な省察であるのに対して、外部の夜は死の提供だからだ。しかし、ギュスターヴの心の奥深くにある終わり〔目的〕と、黒いガラス窓に描かれたイマージュとのあいだのこの食い違いは、形成されるプロセスを妨げるどころか、それを促進する性質のものであることを、われわれはやがて見るだろう。もしも狂気が鏡に映る自分を眺めて、自分を死と見なすなら、自分自身に覚える恐怖は少なくなるだろう。

　さていよいよここで、状況のさまざまな要素をあらためて結びつけて、その意味を際だたせる本質的な要因に言及しよう。それはアシルの存在である。一般的にアシルがいるということはギュスターヴを混乱させ、彼を苛立たせる。二人が互いに理解しあっているように見えるときも、弟は兄のなかに自分の欲求不満《フラストレーション》の第一の責任者を見ないわけにいかないし、兄は弟に向かって、『フィレンツェのペスト』で見られるように、目下の者への温情溢れる優越感で話しかけ（本当にそうだったのか？　それともギュスターヴがそのように想像したのか？）、それが弟を激怒させる。このギュスターヴと兄の関係は、このように抽象化されたレヴェルでは、意図的ではあるが目的論的なものではない。なるほど、アシルは触媒のように行動する。彼は弟と彼を取りまく環境との関係を変える[4]。だがこの変更は結果であって、目指す目標ではない。簒奪者がやって来ると、愛されない者は気が狂うのではないかと思う。すべてが彼にはより困難になる。それだけの話だ。ポン＝レヴェックの夜にかんしては、これが真実である。だが別ないくつかの意図——それらは目的論的なものである——がやって来て、この最初の意図につけ加わる。

　まず数日前から、事件がいつどのような形をとるかは決められないまでも、ギュスターヴが引き返しのきかない崩壊を身に蒙る準備をしていたことが認められるだろう。ところで、まだ夢のようなこの選択は、事故が目撃証人の面前で起こることを要求しているのだ。と言っても、わたしはフローベールが臆面もなく、公衆の前で倒れることを選んだ、と言いたいのではない。彼は準備されているものを知りもしないし、知りたいとも思ってはいない。ただ彼の未来の災難が皆に知れわたることは、彼の選択の暗黙の構造だった。たとえば皆が眠っているときに、彼が自分の部屋のなかで倒れこんだと想像してみよう。これでは無駄骨になるだろう。彼は必ず回復して、自分の倒れたことを黙っていることができるし、たとえしゃべったとしても、口で伝えられる情報はその激しさを失っているだろう。いったい人はどこまで彼の言葉を信じるだろうか？　彼には証明が必要だ。誰かが宣誓を行ない、彼が急いでパリでの勉強に戻ろうと行動していたまさにその最中に、病気が彼を打ちのめした、と証言できなければならない。原則として、発作は父親に向けられているのだから、またこれは彼ら二人の聾唖者の対話〔聞く耳を持たぬ者同士の対話〕の最重要な瞬間なのだから、選任される証人は、アシル＝クレオファスである。だが実際には、彼がそばにいれば身体の変調は抑制されるだろう。それは起こらないか、または単なる興奮状態に変わってしまいかねない。というのもギュスターヴにとって、病院長は相変わらず「デーモン」で、その外科的視線はどんなに秘密の嘘も見破ってしまうし、そればかりか、暗示症的な思いこみを単なる嘘にすぎないものにしてしまうからだ。彼にはまぎれもない懐疑主義があり、それは日頃病人たちに接して、彼らのつまらない策略を経験的に知っており、その裏をかいて、彼らの主観的な病気の判断はできるだけ考慮せずに、ただ客観的な症状のみに従おうと固く心を決めたところから生まれたものであるが、要するにこの臨床医のすべての心の組織は、息子の生活を破壊するはずの事件でさえ、おそらくこれを重大視するのを彼に妨げたことだろう。息子はあまりにもしばしばこうした悲しい経験をしてきた。それに、フローベールが熱心にヌヴェールの新聞記者の真似をしたのは、父親の前においてだった。哲学的臨床医の頭のなかで、こうしたやや誇張された芝居と、本当に息子を動揺させることになる痙攣とが、どんなふうに比較されるか分かったものではない。われわれはここでよく理解しよう。ギュスターヴは仮病をつかっているのではない、信じているのだ。しかし暗示症的思いこみには限界がある。それは、不可能な考えられない確信の代用品、ただし他者には見抜かれている確信の代用品であるという、非措定的な意識を含んでいる。フローベール博士に取りついている素っ気ない厳密な認識は、その目にも読むことができるが、それは自己暗示を還元〔軽減〕するもの、外部にあるが強力な還元剤である。ギュスターヴは、馴れ馴れしく一種の大ぼらを吹くものの、父親の前では臆して身がすくんでしまう。彼は大げさな道化で、父親を苛々させる——カロリーヌもそのことを隠さなかったので、彼はそれが父を激怒させることを承知しているが、我慢のできないところまで自分がそれを延長せずにはいられないことも分かっている——。だがそのこと自体が一種の逃亡であり、自分の本心を打ち明けずに、父親と息子の真の関係が実現不可能であることを自分に隠す一つの仕方なのだ。若者は何があろうとも、自分の思いこみを哲学的臨床医に示すことはないだろう。この数年のあいだ、彼は父親に隠し続けてきたのである、彼でないものを通して彼の正体を明らかにするこの内心の非現実を、彼の心を絶えず占めている魅惑的で根拠のない不幸を、要するに暗示にかかりやすい彼の性質を。息子を父親に結びつける「対象関係」[5]——精神分析家のような言い方をすれば——は、深いところで病気を作り出すものである。それは息子の神経症の主たる原因ですらある。だが逆説的に表面では、神経症の進行にとってそれは余り都合のよいものではない。

　アシルはまったく反対である。ひそかに軽蔑の対象になっている彼は、ちっとも邪魔にならない。それに、当然のことだが、彼はほとんどギュスターヴのことを知らないのだ。九年間も、学業や、結婚や、自分の患者のためにギュスターヴと引き離されていた彼は、弟のことを研究する余裕もなかったし、おそらく弟を理解しようという気持もなかったことだろう。ところで問題の真っ暗な夜に〈権威〉を代表していたのは彼である。父親はその権限を彼に託していた。一向に怖くも何ともない、格の下がった〈権威〉であるこの間抜けな男が、発作を記録し、それを確立することになるだろう。ところが残念ながら、家長はその目で見ているのだ。証言はこうして法の力を持つことになるだろう。このような考察は、もちろんフローベールが行なったものではまったくない。だいいち、アシルの同行を求めたのは彼ではなかった。父の強制するすべてのことと同様に、彼は兄の同行を身に蒙ったのである。一瞬たりとも、彼は状況を活用しようとは考えなかった。まったく逆に、状況の方がその客観的な構造によって、みずからを誘惑たらしめたのだ。アシルは、彼が代表していると弟の目に見えるものによって——つまり、大部分は彼がそうであるところのものによって——外部にあって絶えず転落へと誘うもののように見える。ギュスターヴを魅惑するのはそのことだ。言葉も要らず、反省的な説明も要らない。誘惑は、半ば暗闇に呑み込まれた兄の大きく静かな身体全体と溶け合い、じっと動かない彼の沈黙と溶け合っている。おまけにこの不当な兄は、弟に手綱を握らせている。労働と不名誉な行動は弟にやらせ、自分は馬車のなかでくつろいでいるのだ。この非相互性の意味は複雑である。まずそれは、兄がとうに学業を終えているのに、ギュスターヴは依然として強制労働を続けている、ということを示している。だがまた、アシルが選ばれた者であるのに対して、彼を家族の待つ家に連れ帰るために働いている弟は、その不幸のもととなった不正に輪をかけ、それを従順に受け入れ、あまつさえそれを自分の責任で引き受けて、この奴隷の仕事により、自分を非本質的な手段たらしめているということも示している——簒奪者はその手段の目的なのだ。しかしながら、ギュスターヴは自分で馬を駆ることを選んだのだ、と反論されるかもしれない。だからこそますますなのだ。彼が強烈な奴隷根性を発見するのは、自分自身の心のなかにおいてである。この発見は彼の思いこみに糧を与え、マゾヒスト的な欲動でそれを豊かにする。つまり卑劣な同意をとことんまで押し進め、アシルの足許にひれ伏すように今ここで倒れこみ、最高に輝かしいフローベール家の息子の目の前で人類の外に転げ落ち、この引き返しのきかない崩壊によって、簒奪者こそが実際に唯一の価値ある相続人であり、父の仕事を継続できる唯一の者であることを、卑屈に認めようという欲動である。こうしてこの黙りこくった同行者は、ギュスターヴの心に二つの矛盾する傾向を引きおこし、その二つは互いに補強しあうのである。すなわちアシルはギュスターヴの堕落の唯一の価値ある目撃証人であるが、彼はまたライヴァルでもあって、若者はその眼前で転落することを最大の恥辱としているのである。だが、それは大した問題ではない。〈転落〉はそれ自体が彼にとって恐怖なのだから、したがってそれを桁外れなものにする必要がある。つまり、マゾヒスト的要請によって極限にまで押し進められた恐怖は、最悪のものの方へと引きつける恐ろしい力に変わるのである。なぜなら最悪とは、まさにそれだからだ。敵である兄より自分の方がはるかに優れていると思っていたギュスターヴが、その兄の前で自分がずっと劣っていることを実感し、そう宣言すること、父の選択は正しかったと認めること、自分を人間以下に作り上げることによって、それを確認すること、そして最後に、アシルの手に身を委ね、彼の善意、彼の医学的知識、彼の診断と臨床医としての才能に頼ること、ひと口で言えば、彼のうちでア・プリオリに否定されていたすべてのもの、ないしはいずれにしても二流と見なされていたものに頼ること、である。ここ数年のあいだフローベールは、はっきりとは言わなかったが——ただし短篇では別である——医者とはいかさま師である、と考えていた。その彼が医者に絶対的に依存するようになること、彼を治せない医者には、そのことによって彼らの技術がぺてんであるのを否応なく示させること、あるいはもっとひどい形で、彼を治してしまう医者には、そのことで彼に反論し、彼が医者に抱いていた軽蔑を踏みにじり、その軽蔑はこの哀れな悪魔の羨望が形を変えたものにすぎないのを暴露するようにさせること、それは何と目の眩む誘惑であろうか。彼が倒れれば、〈芸術〉は粉々に砕け、科学と実践の世界が一気に彼を閉じこめる。この落伍者は、想像力によって自分の落伍の埋め合わせができると思いこんでいた。ところが今や彼のうちなる想像力は、自分が挫折の一症状であり、つまりは彼の病気の一症状にすぎないことを告白する。アシルの方は、未だかつて何一つ想像したことがない。彼の発明の才能は、診断を下すことにしか役立たない。その足許に倒れた空想家は、家のなかの狂女[6]と言われる想像力の犠牲者で、自分の創造する力を悪用したと告白することになるだろう。そのような彼を現実の企ての単なる助手として、実践に従わせることが必要だった。こうして最も忌まわしい悪夢が描かれるが、それはギュスターヴに見憶えがあるものだ。気絶したガルシアが、フランチェスコに救いを求めているのである。(7) 兄さん、死と愚かさからぼくを救い出してくれ、兄さんはぼくの〈領主〉になるだろう、と。こうしてすべては〈秩序〉に回帰するのである。

わたしが描こうと試みた状況とは、すなわち客観的に見分けられるある種の素質構成を通しての客観的構造の内面化だが、それはまず気遣いのなかで、ある種の乗り越え不可能な過去——いずれにしても乗り越え不可能と見なされたもの——の恒久的内面化として生きられたものだった。客観的な総体（ドーヴィルからルーアンに向かう忌まわしい帰途、暗い夜、自分が駆る二輪幌馬車《カブリオレ》、そばにいる兄）は、単純な全体化によって内面化されているが、その全体化は理性の作るものではなくて、不安と不幸の産物である。それは偶然を排除し、この状況を偶発的事件の純粋な共存（夜がもっと明るく、空には星が出ていて、アシルが自分で馬車を駆ろうと言い出すこともあり得た、など）と見なすことを拒否して、逆に芸術作品にしか属さない厳密で必然的な統一をそれらに与えようとする。なるほど、この作業からは必ず若干の小数がこぼれ落ちるだろうし、自分で自分が分からなくなったり、単に世界を、今この瞬間にこの場所で、ギュスターヴのために残忍な〈神慮《プロヴィダンス》〉が作り上げた全体として捉えたりすることもあるだろう。実を言うと、ばらばらな偶然を構造化された統一に変形すること、すなわちその各要素は全体の必然的表現であり、各部分は受動的に他の部分と共存しているどころか、すべての部分によって定義され、他の部分がなければ存在しないであろうような、そうした構造化された統一に変形することは、思いこみによって支配された彼の統覚の産物なのである。だが、それがどうだというのか？　それが知覚するということなのだ。力の程度の差こそあれ、それこそ各人が常に行なっていることである。実際、実践的分野とは、行為者をとりまく現実的な環境でなくて何であろうか？　それは、行為者の投錨地点（いつ、どこで、どの女の腹から生まれたか、という偶然や、独自の歴史によって欲望へと性質を変えた特殊な欲求、など）によって条件づけられた投企から始まり、手段と障碍の総体として明らかにされるもので、その深い統一は、一つの生きる企ての特殊なスタイルに対応し、主体に対して、運命という形でその客体化——すなわち世界に向かって己の事実性を乗り越えるものとしての彼自身——を映し出すのである。その意味で、実践的分野とはひとつの言語活動である。それは外面性を通して自分自身に現われる行為者である。同時に、それは多様な緊張であり、主体の現実的な現在のプラクシスをとりまき条件づける潜在力の包括的な総体である。と言うより、プラクシスが——どんなに表面的で部分的なやり方に見えようとも——それなりのやり方で、世界と生きる企[*1]てとの基本的な相互性を表現している限りにおいて、実践的分野はそのプラクシスに意味を与える総体である。この条件においては、実際に起こるすべての事件が——たとえすぐに、生きる企てを継続することの不可能性として現われて、実践的分野の構造を吹っ飛ばすことになろうとも――まずは独自なことば《パロール》として示される。それは世界の言語活動の全体を通じて、差異化の出現として、また進行中の全体化の能動的かつ受動的な表現として、理解されたことばである。またすべての事件は、生きられた世界の潜在的統一に合致した潜在性の現実化として示される。予見できないものの噴出は、このように、思いがけないが待たれていたものである。偶然の、物質的な、還元不可能な事実が、私の顔面に私の生を投げつけ、私の運命を予告する。たとえそれが私をめちゃめちゃにするものでも、私はそこに自分を認め始めているのだ。この出現は、それが現われた瞬間に、すでに物が私に語りかける言説によって指定されている。私はその言説をたちどころに理解する。なぜならそれは恒久的で予言的なものだからだ。違うのは次の点である。すなわち大多数の者にとって、問題は外部で、自分をとりまく統一された分野に対する身体――道具化の道具――の可能な行動を発見することであり、それは、二人の対話者が意味し意味される者である対話のように、行為者と世界の関係を解釈することを可能にする。それに対してギュスターヴは、逆転した実践的分野が形成されるために、受動的行為者としてこの統一化を作り上げるのであり、その統一は、世界が予言的告知と魅惑と目まいとによって彼の身体に加えるはずの行動のなかに存している。フローベールは大宇宙《マクロコスモス》に対して何も言うことがない。まったく逆に、彼は自分をとりまく統一された環境を意味する主体たらしめ、自分はその環境の意味される客体になる。夜は彼に語りかけ、彼がどうなるか、現在の彼はどんな存在かを、彼に教える。逆転した実践的分野に影響を与えるすべての変化は、超越的な目的に到達する手段として（ないしは解決すべき困難として）彼に現われるどころか、彼を彼自身の目に、実践的分野によってその固有の目的に到達するべく選ばれた手段のように示すのであり、したがって現在の場合においては、夜によって厄介者を抹消して自らの純粋性を再発見するために選ばれた手段のように示すのである。

*1　世界によって作られたわたしの基本的な企ては、わたしの投錨地点を通して、世界をその全体性において表現する。わたしの目的と手段との進行中の全体化である世界は、わたしを、わたしが実現した実践的‐惰性体の全体として、実現可能なもの、実現不可能なもの、不可避なものの地平から総合的にとらえられた全体として、わたし自身に告げ知らせる。

たしかに、こうした条件のいくつかのものは、彼の投企に由来していたが（彼はドーヴィルから帰るところで、自分が馬車を駆ることを要求したか、またはそれを引き受けたのだ）、他のものは多少とも偶然の条件だった。そして彼がぎりぎりの決断をする唯一の機会として、それらを内面化するためには、このすべての条件を集めることが必要だった。ということは、もし条件の一つでも欠けていれば、この機会は絶対にふたたび見出されなかったろう、という意味だろうか？　断言できるのは、その当時、彼が絶えず転落への誘いという形で、彼の実践的分野を統一する傾向があったこと、つまり実践的分野を、彼ひとりに向けられたことばとする傾向があったということだ。おそらく彼は、たとえ昼間でも、同じように転落に都合のよい別な組み合わせを見つけていただろう——または多少これより都合の悪い、確実にこれ以上とは言えない組み合わせだったかもしれない。さもなければ、神経症は別な展開になり、違う形で現われただろうが、神経症そのものは変わらなかっただろう。すなわち深い結果は変わらなかったことだろう。

C　刺激

しかしながら留意すべき点は、世界と人間のあいだを結ぶ視点《パースペクティヴ》の相互性——世界は人間の思いこみを告知し、思いこみはその再外在化を通して、単に外部において知覚されるにとどまるというこの相互性——が、それだけでは一つの傾向しか出現させられないということだ。思いこみは一刻一刻と強まり、性向に、性癖になっていく。しかし、〈転落〉が実現し、ギュスターヴの人生を二つに分断する引き返しのきかない事件になるためには、さらに一つの決意、何か〈決定〉（*Fiat*）にも似たものが必要である。ところがこの〈決定〉は不可能だ。第一に決断の力は、とくに重要な選択の場合、受動的行為者には属していないからだ。また第二に、すべては闇のなかで行なわれており、ギュスターヴにとって問題は仮病をつかうことではなく、身に蒙ることだからである。してみると、突然の欲動が平衡を奪って、彼をアシルの足許に投げ出したと認めるべきだろうか？　そうではない。この発作は、盲目的なものではあり得ない。それは結論を示すものになるだろうし、全体化の契機と見なされるようになるはずだ。『スマール』や『十一月』のなかで文学的に果たそうとしたことを、ギュスターヴはここで、その身体によって実現するだろう。彼は自らの空無化のなかで、また空無化によって、すべてを合計する。したがって、意味のない軽い衝撃が、この破壊的総合の原因であったと考えることはできない。それでも、一つのきっかけは必要だ。それは——最後の数年間には思いこみの成熟がありはしたが——長い推移の行き着いたところではなくて、雷の一撃であった。その雷撃の直前にはあの学生がいた。その直後には、この病人である。このような変身を引きおこすことができたものは何か？われわれはそれを、ギュスターヴ自身の言葉で知っている。夜の九時に、ポン＝レヴェックを出たところで、「馬の耳も見えないくらいの真っ暗な天候のなかを」、闇のなかから一人の車引きが現われ、その重い荷車がギュスターヴの右側を通ったのだ。事故の危険はいっさいなかった。ただ荷車引きが現われただけである。しかし打ちのめされて、若者は崩れ落ちる。以上がすなわち挑発と、それに対する回答だ。これをどのように理解すべきだろうか？

　一つの説明が提示されており、わたしはこれを全面的に拒否するわけではない。それはすなわち、「ヴァイオリンの弦のように張りつめた」この神経には、感情的な衝撃が恐ろしいものだったに違いない、というのだ。そこから身体という有機体には、混沌としたいくつかの変調が生じ、それらが、身につけた反応や日常の段取りに取って代わって、成人の通常の回路からあふれ出て、幼い子供の回路をふたたび見出した。このパニックのお陰で、ずっと以前からお膳立てができ、たび重なる訓練によって強化された〈転落〉の運動図式(1)が、通常のふさわしい回答に取って代わった。それがこうした混乱を命ずるものになり、混乱を集め、一時的に自分の統一を強制してそれらを回収し、パニックを意図のある回答に変えてしまう。つまり、初めは意味のなかったものに、一つの生きた意味を与えた、というのである。わたしは、このような解釈を完全に拒否するわけではないと述べた。事実、発作のずっと後になっても、支離滅裂な神経の状態は継続したように見える。あたかも、精神的外傷によって引きおこされた身体の変調が、一瞬、転落行動によって誘導されたが、ギュスターヴがふたたび目を開けたときにそれが再発し、すべての統一された意図から解放されて、身体という有機体の意味のない動揺として継続したかのように。それが少なくとも、われわれが既に引いたエルネスト宛の手紙から結論し得ることだ。つまり発作から数日たっても、彼のすべての神経はヴァイオリンの弦のように震えており、彼の膝や、肩や、腹は、木の葉のように小刻みに揺れているのだった。さながら彼の神経系統は、すべての外部から来る攻撃に対して——それがどれほどとるに足りないものであろうとも——ポン＝レヴェックのパニックを再現して反応するかのようだ。たしかに心的外傷が夢の妄想を引きおこし、それがヒステリーの発作に取って代わられるというのは、しばしば起こることだ。ギュスターヴは、直ちにヒステリックな反応をすることによって精神錯乱は避けられたであろうが、それに伴う神経過敏症は避けることができなかっただろう。

しかしながら、こうした説明はあまり満足のいくものではない。まずそれは、機械論的な心理学の発想である。そのうえ、本質的なものが闇のなかに放置されている。たとえば、どのようにして転落の運動図式が、身体という有機体の通常の回答に取って代わり得たのか、といったことを人は知りたくなる。しかしさらに重大なのは、この解釈を採用すると、説明すると称する事件を必ず歪めてしまうということだ。実際この解釈は、ギュスターヴがまず衝撃的な感情を覚えた、という仮説の上に成り立っている。つまり驚きと恐怖が、何とも名状しがたい肉体的な混乱を引きおこし、ついで〈転落〉がやって来てあとからそれに形を与え、それを明確な名前を与えられた行動に変えたというのである。しかしマクシムとギュスターヴは、一点において同意見だ。すなわち衝撃的な感情はなかった、というのである。〈転落〉に先立つ感情的な混乱などはいっさいなかったのだから、〈転落〉も、ばらばらに起こる動揺を集めて方向づけることなどできはしない。そんな動揺は存在しなかったのである。荷車が通る。それは攻撃だ。ギュスターヴは崩れ落ちる。それが回答である。これっぽかりの驚きもなかった。むしろ彼の行動の素早さと明確さは、それを引きおこした事件を予期していたと思わせるだろう。受動的な恐怖が極度に達すると失神を引きおこすものだ、と反論したくても無駄である。なるほど、受動的行為者であるギュスターヴは、その知覚の領域の突然の変貌に、受動的に応じる。しかしまず何よりも、われわれの知る通り、失神はなかったのだ。発作の続くあいだ、ギュスターヴはずっと意識を持ち続けていた。それに、彼が恐怖を覚えたなどということは、どこから出てきたのか？　物音が聞こえ、彼はそれを見る。そして前のめりに倒れる。何が自分に起こったのかを理解する余裕さえなかったのだ。受動的であろうとなかろうと、恐怖は、自分を脅かすある種の危険の意識を含んでいる。少なくともある程度までぞっとするものを「実感」しないうちに、嫌悪感で失神することはあり得ない。ところでギュスターヴは、単に彼の転落が攻撃に続いていきなり起こったと言っているだけでなく、直ちに彼の精神を横切った「奔流となった火」や「イマージュの花火」を強調している。別な言葉[2]で言うならば、荷車の通ったことが、観念対象形成のプロセスの口火を切ったのであり、そのプロセスは、それをもたらした刺激の目に見える性質とは無関係なのである。フローベールが馬車の床にどっと身を投げるまさにその瞬間に、彼は別のところにおり、彼の思考には、目の前の現実から彼を遠ざける幻想が入りこんでいる。それはすなわち彼が完全に想像的になっているということだ。この点には、後にゆっくりと再びふれることになるだろう。わたしは単にギュスターヴが、外部からの刺激に対して構造化された行動で応じたのであり、そこには恐怖など何の役も演じていないことを示そうと思ったのだ。彼の反応の素早さと統一された意図は、この行動が同意であると考えることを許しているのである。

しかし彼は何に同意することができるのか？　別なふうに言えば、彼はこの事件から何を捉え、この事件に何を見たのか？　後にギュスターヴは、彼のいるところでアシルが彼の発作の状況を語った後に、「荷車引きが一人、ぼくの右側を通ったのだ」と言っている。だがこのときには、彼は〈他者〉の言説を自分のものにしているのだ。車引きの荷車、それはいっさいの個人的な「実践的領域」[3]を剝奪された客観的現実で、言説によって、抽象的な時‐空の厳密な規定として復元されたのである。別なふうに言えば、事実はそのいっさいの劇的性質を喪失している。それは誰にとっても手段となる可能性はない。誰に対しても逆行率（本巻六二ページ注（5）参照）となる可能性を示すことがない。アシルにとって、それはほぼこんなふうに現われたのだ。すなわち付随的な、あまりぱっとしない事故で、跡の残らない隕石のように、周囲を横切って夜のなかに消えていったのである。この事実が若いフローベール医師の目に重大なものに映るのは、後からそれを振り返ったときだ。それは——おそらく——偶然の原因という役割を演じたのだろう。その意味で、これに言及するのがよいことに見えたのだ。しかしわれわれは、もしこれを理解しようと思ったら、アシルのやった仕事を解体して、流星のような事件をギュスターヴの逆転した実践的領域に置き直さなければならない。ところでギュスターヴは、荷車引きを荷車引きと確認したり、ただ消えるために現われる無害な流星という現実のなかで彼を捉えたりするための、必要なゆとりも冷静さも持ち合わせていなかった。その一方で、即座に——まるで待ち受けていた合図に従うかのように——倒れこんだ彼は、車引きと彼の車を、現実の全体的な存在として、単なる衝突の危険などよりも彼にとって豊かで親密なものとして捉えた（彼は馬車を駆る術を心得ており、道も知っているから、普通なら危険を察知してそれに備えているはずなのに、身を守る動作一つしなかった）。したがって、彼は咄嗟に、しかも完全に、これが「自分に関わる事柄」であるという直観を持ったに違いない。この光って音のする小さな断片を客観的現実のなかで定義することはできないにもかかわらず、それが意味を備えたものであるのを彼が直ちに苦もなく理解したのは、彼が逆転した実践的領域の内的な変化としてこれを感じ、かつ体験したからである。

すでに見たようにフローベールは、〈存在〉と〈無〉が一体となった深い夜に、自分の死を告知させている。しかし、受動的行為者である彼は、自殺することはないだろう。彼は、夜がこの死の責任を引き受け、自然にこの死を実現するのを待っている。この期待は多面価値的である。さしあたり、夜の浸透不可能性は物質の同質性を表明しており、彼をただ単に好ましからぬものとして指し示している。この平衡関係が続く限り、彼を真に脅かすものは何もないだろう。しかし逆転した実践的領域の目に見えない約束は、何かが起こって彼を雷撃のように打つだろうということなのだ。その雷撃は、物質の同質性そのもののために、至るところからやって来る可能性がある。若者はそれを信じている。彼はすでにその身体のなかに死を据えてしまった。受動的で諦めきったその身体という有機体は、不意の一撃でいつでも倒れようとしている。それには外部からやって来るひとつの〈決定〉さえあればよい。思いこみはここで、最初に突然始まる外部の平衡の破壊を、致命的な事故へと構造化する性向として現われる。こうしてポン＝レヴェックの事件は、即自的にあるがままのものとしては捉えられない。ギュスターヴは、荷車引きが彼の右側を追い越して行ったとは理解していないが、周囲の同質な暗さが絶えず彼に映し出している一般的な意味をもとにして、実践的領域のこの変更を把握し、それを直ちに殺意のこもった自発性に作り上げる。決定するためには観察も要らない。ただそれが急激で思いがけないものであれば、夜の敵意の局所的な物質化のように現われれば、それがギュスターヴに関係しており、泥棒のように彼に飛びかかって来さえすればよいのである。たとえつまらないものであってもかまわない、それが認められる妨げにはならないだろう。荷車引きの通過は、すべての必要な条件を満たしている。ギュスターヴはたちどころにそれを認める。だが正確なところ、彼は何を見ているのか？　命令だろうか？　外部から彼に襲いかかる死の冒険だろうか？　一つの徴候《シーニュ》か？　合図か？　いくぶんかそういったすべてのものだ。

　まず、これほど待たれていたこの予見できないものは、必然的に命令の構造を持っている。実践的行為者の領域では、その有用性や逆行率がどのようなものであれ、事件は事実上の所与として現われる。またはぎりぎりのところ、事件が必然的に入りこんでいる企ての総体を通して、創意工夫への指示、うながし、誘いとして捉えることができる。もしも有用性が逆行性より勝っていれば、事件は創意工夫自体の惰性的な等価物として、ちょうどよい時に現われた手段であり、すなわち人間が生産したもの、実践的領域が創造したもののごとくに、提供されることさえある。[*1] しかし受動的行為者の場合、事件との関係は逆転する。決断する力が欠けているので、外部で作り出される〔自分を作り出す〕物は、それ自体が決断されたものとして与えられる。この深い擬人主義は、受動的行為者がその社会的環境のなかで、常に決断を他者なる決定、他者によって作り出された決定として捉えていたことから来る。そして、彼の実践的領域のなかに己を作り出すこの決断は、必然的に彼に関わってくる。別なふうに言えば、受動的行為者の領域においては、事件は意味する全体から、一つの至上命令という構造を受けとることができる。それは、世界から迸る惰性的な命令として内面化されるだろう。わたしの言うことをよりよく理解していただくために、もし比較が必要であるならば、わたしは一人のドライヴァーが、運転という行動によってこの事件の命令的内容を実現する仕方を挙げるだろう（ドライヴァーは実践的行為者だが、安全規則のレヴェルでは付随的に受動的である）。たとえば危険な曲がり角とか、近くに学校があることなどを知らせる道路標識が、不意に現われたような場合だ。なるほど、こういうものの出現の向こうには〈他者〉との関係、社会との関係がある。しかし、自ら家畜化した獣にまず与えられるのは、命令を伝える対象である。受動的行為者にとって、世界は命令を伝える対象に充満しており、それは社会が作り上げたものではないけれども、彼に対する他者のインパクトを反映している。フローベールが待ち受けていたもの、今しがた作り出されたもの、それは死ねという命令としての致命的な事故である。外部で「彼に関係する事柄」としてついになされた決定は、幼少期に遡る判決であり、突然に執行力を持つようになった父親の呪いである。もはや猶予はない。いま、ここで、死ななければならない。この判決によって、ギュスターヴはあっという間に、その有限性へと送られる。あらかじめ有罪判決の下された怪物は、二十一歳の人生、それ以上でも以下でもない人生のために生まれた。今回は、全体化が強制によって果たされた。彼は命令によって消滅するのである。

＊1　もちろん、別なレヴェルで、理性が外部から提供されたこの手段〔事件〕を、目的を持たない諸現象の厳密な繋がりに帰しても、一向に構わない。これこれの理由で待ちに待った雨は、たとえ理性的な人でも、実践的行為者の目にまずは贈り物と映るだろう。これに反して妨害は、いっそう簡単に、物質の意味のない決定に還元される。それは、実践的行為者の一般的態度が、どんなものであれ与えられたものの乗り越えに基礎をおいているからで、つまりは人間によって意味が物質に至るという深い確信に応じるものである。

しかし同時に、事件はその残忍でびくともしない物質性を明らかにする。彼の右側に現われたこの不吉な響き、鈴の音、光、これらは闇の局所的な凝結であり、永遠の夜全体が唐突に時間化して拳の一撃に変わったものである。それはまた恒常的な潜在力——〈宇宙〉の残酷な無関心——がそのまま現実化して、独特なやり方で父親の呪いの執行者となったものである（ギュスターヴの身体がその独特なやり方で彼の不可能な欲望を実行するように）。それは結局、呪いからすべての人間的意味を剥奪する結果になる。けれども、この物による暴力によってどこまでも意味されるもの〔シニフィエ〕になるのは、とりわけ犠牲者である。彼はたまたま生まれて、偶然に死ぬ。ギュスターヴとは、物質の不条理な短い夢でなくて何だろうか？　徴候《シーニュ》は命令と食い違う。いったい、彼に死ねと命令するのはアブラハム[4]だろうか？　それとも夜が彼の活動に終止符を打って、彼に無生物としての自らの条件を思い出させ、彼を父親の意志から免れさせに来るのではなかろうか？　彼にはいずれとも決められない。だから絶えず双方の出口を望まずにはいられない。もし父親が殺人者なら、結構な話だ。アシル＝クレオファスは良心の呵責にかられるだろう。もしギュスターヴの死の理由が、予見不可能な二系列の因果関係の出会いにすぎなければ、若い死者はとことんまで熱烈な孝心の証しを示したことになるだろう。そして死は、服従しきっている彼を不意に襲ったことだろう。どちらにしても、彼はいっさいの責任を免れる。

　だがこれは間違いだ。彼の右側で、あのざわざわとしたものが叫んでいる、「お前は死んだ男だ！」と。それは、「お前の番だぞ」という意味ではなかろうか？　それは一つの合図ではなかろうか？　一つの誘いではないか？　あるいは、いよいよ自分の役割を演じることが許されたのか？　無に帰したいという彼の欲望の彼方で、この徴候《シーニュ》はまた転落の誘惑にも呼びかけているのではなかろうか？　「今こそ絶好の瞬間だ。お前が無のなかに落ちると思っているのを利用して、飛びこみたまえ。病気のなかに、狂気のなかに、ひと口で言うなら人間以下の状態に」。繰り返して言おう、これは仮病をつかうことではない。というより、死と狂気は取り返しのつかない〔不可逆な〕二つのもので、ギュスターヴの深い意図は、不可逆の瞬間によって、自分を未来の自分の存在から切り離すことなのである。ところで、何が起こったのか？　数年前からギュスターヴは、自分の階級‐存在を逃れるために、人間以下のものに落ちこみたいという恐ろしい誘惑に取りつかれていた。これが彼の深い意図で、それを彼はしばしば自殺の衝動に偽装していたのである。実を言えば、彼は自殺などできないし、それを欲してもいない。しかし彼の真の決意が、彼には耐えられないのだ。それは彼のマゾヒズムと怨恨《ルサンチマン》のサディズムを喜ばせるが、彼の自負心を恐怖で震え上がらせる。ドーヴィルからの帰途、賽は投げられる、彼はそれを感じる。またやり直すくらいなら、むしろ何でも構わない。たちまち彼は、自分が愚鈍さに取りつかれたと思うが、あまりの怖さに、自分を偽ることなしには、また彼の内部に進行する深い仕事を思いこみの覆いで隠すことなしには、決してぎりぎりの決断をする勇気を持てないだろう。夜は彼を未来の死体として示すことによって、その思いこみの覆いを提供する。夜は彼を拒み、彼を消滅させると称するのだ。そのときから、彼は死ぬ準備を整える。ということは、自分の身体を、諦めて崩れ落ちる身振りをするように仕向けたのだ。それはすなわち暗示症的に、これこそ死の行動であると自分を説得しながら、転落行動を自分のなかに据えることに帰着する。われわれはしばしばギュスターヴが、壊死と神経症のあいだで躊躇するのを見た。またわれわれは先に、彼が『十一月』で採用した、思考によって死ぬという解決の曖昧さを指摘した。こうして、死と狂気という取り返しのつかない二つのもののうち、ポン＝レヴェックで彼に襲いかかった荒々しい事件は、前者すなわち死を彼に強制するように見える。しかし表面を覆う思いこみのおかげで、彼の身体は、あやしげな従順さを示しながら、後者を実現する機会に飛びついていく。死体であること、これは完全な解決である。彼は人間の義務から解放されるが、さりとて人間以下のものに落ちるわけでもない。自分を死体にすること、それは心的な変調を身につけ、生きながら人間的尊厳を諦めることだ。ところで、彼は自分を消滅させるために倒れたものの、人が「思考によって」自分を殺すわけではなく、「ぼくは死ぬ」は、より深い次の意味を持っていることを、彼はひそかに理解しないわけにいかない。すなわち、「ぼくは公に、かつてぼくがそうであった怪物になるのだ」という意味だ。こうして彼は、夜の攻撃を、自分の転落への意図に向けられた合図としてもまた、受けとったのである。しかし、もしギュスターヴが夜から死のメッセージと死ねという命令を受けとっていなかったら、この合図も無効だったことだろう。荷車引きが現われるや否や、彼はすでに開始されたプロセスとして、自分の死がやって来るのを見た。そのプロセスはすでに客観的なものとなって外部の闇から出て、根源的に内面化されようとしていた。彼はもはや、何が続いて起こるかはほとんど知らないままに、なるように任せるほかはなかった。われわれは次に、発作とこれ以後の変調が、同時にこの二つの座標軸〔死と狂気〕にしたがって生きられていくのを見るだろう。

D　神経症と壊死

それでは発作の発生後に、ギュスターヴ本人がそれをどのように説明しているのか、そのことをこの二つの観点から実際に検討してみよう。すると、死と狂気が彼にとって、その病気の不可分な二側面であることが分かるであろう。

まず死について、ギュスターヴはすでに四四年一月にこれを強調している。エルネストに「ぼくは家族の手中でくたばるところだった」と書いているのだ。ここで彼が父の診断を繰り返してそれを信じこんでいるのは、そうするのが自分にとって都合がよいからである。「脳充血、ミニ卒中」という診断は、彼にとって、死がぼくの中に侵入してきたのにどうしたわけか折よく途中で止まってくれた、という意味なのだ。要するにあれは本物の断末魔の始まりであり、死ぬという経験であった、というわけだ。それ以後、彼はこの経験にしばしば立ち戻るだろう。彼には自分がこの経験を最後まで体験したようにさえ思われる。「ぼくは自分が何度も死んだと確信しています[*1]」。生き延びているのは偶然のめぐり合わせなのだ。彼自身はできるかぎりのことをすべてやった。エルネスト宛に書かれた言葉の意味が、今ではよりよく理解できる。「ぼくは死んだ人間だ」。つまり彼は、自分が空無化のかなたにいるという確信をはぐくんでいるのだ。一方で、ためらいも明らかである。彼は「くたばりそこなった」のか、それとも本当に「死んで息を引き取った」のか？　彼の身体は仮死というヒステリックな振る舞いをした。五三年九月二日付の手紙で、ギュスターヴは自分の振る舞いの模倣的な面について述べている。そこでは卒中がもはや隠喩《メタフォール》でしかない。彼は「卒中に襲われたように」倒れた。つまり運動機能を失ったという意味である。彼はこう説明している。両眼はふさがり、しゃべることも身動きすることもできなかった、と。まるでヒステリーの筋拘縮が全身に拡がったかのようである。最初の十分間は痙攣の気配すらない。身体という有機体が死体の不動性を模倣しているのだ。何よりも重要な点は、この麻痺状態が意思疎通の断絶として体験されていることである。彼にとって重要なのは――ほぼ十年後に彼はこの事件を再び取り上げて、われわれにそれを打ち明けるだろう――、「十分の間、兄は弟が死んだと思った」ということである。ある意味で、兄のこの思いこみが弟の思いこみを強めたかのようであり、また、根底にある彼の意図は〈他者〉を説得することであるかのようだ。彼は手当を受けて再び目を開く。だがこの応急処置は彼の病気と何の関係もないのだから、それが病気を治したと考えることはできない。言ってみればこの処置が、目を開くように彼を納得させたのだ。まるでそれは彼がとことんまで行き着き、最後の瞬間に救われたという証拠を彼に提供するかのようである。この後に痙攣が起きたのだろうか。これについて彼は何も語らず、鬱血に伴う「神経のもろもろの障害」（神経性の震え、知覚過敏、ほとんど弁別不可能な幻視――炎、毛髪の束、等々）について、エルネストに述べているだけだ。いずれにせよ、もしポン＝レヴェックで痙攣が起きていたなら、アシルは脳充血とは診断しなかっただろう。言い換えれば、ギュスターヴは倒れたときヒステリー性の麻痺に見舞われたが、その麻痺は死体の状態を模倣し、暗示症的な思いこみとして体験されたのである。彼は死んだのであり、それを取り消したくない。彼を満足させるために、身体はできる限りのことをやったのだ。

＊1　『書簡集』第三巻、二七〇ページ。

大変結構である。しかしガルシアの方は本当に失神したのだ。そしてこの意識喪失は、死のもっとも完璧な模倣を表わしていた。つまりギュスターヴは、ポン＝レヴェックの発作をその数年前に予言的に想像したとき、それをもっと過激な形で示していたのだ。たとえ生き延びることになるにしても（ガルシアは意識を取り戻す）、発作には強硬症《カタレプシー》が伴うようにと彼は望んでいたのである。しかるに四四年一月、そのようなことはまったく起こらなかった。彼はわれわれに、自分は一瞬たりとも意識を失わなかったと言うだろう。「もはや口がきけなくなったときでさえ、ぼくにはずっと意識がありました」[*1]。彼は

〈転落〉の間、「突然炎の奔流のなかに運び去られて」(1)いた[*2]。次いで「無数のイマージュが花火となって一挙に噴き出しました」(2)。彼は一瞬のうちに数えきれない観念やイマージュやあらゆる種類の組み合わせを感じる……。後になるとこう言うだろう。[*3]「聖テレジアやホフマンやエドガー・ポーのなかに書かれたすべてのものを私は実際に感じ、この目で見たのです。幻覚にとらわれた人たちが私には実によく理解できます」。実を言えば彼は誇張している。発作の何年も前に、彼はすでに、自分のイマージュ喚起力「すなわち、彼らによれば狂気と隣り合わせの脳の高揚」[*4]に言及しているのだ。また、『十一月』の冒頭でも次のようにはっきり述べていた。「ときには、力がつき果てあくなき情念にさいなまれ、魂から流れ出る真赤な溶岩に焼きつくされるのだった。激しい恋情にかられて、何ともいいようのないものまで恋い、壮麗な夢想をなつかしんではあらゆる快楽を思いうかべてそそのかされ、あらゆる詩を、あらゆる快い調べを吸いこもうとするのだった。そうしては、自分の心の、自尊心の重みに押しつぶされて、苦悩の淵に茫然として転落するのだった。血がかっと頭にのぼり、動脈の激しい鼓動に耳は聾されて、胸もはりさけるかと思われるのだった。もう何も目にはいらなかった。何も感じられなかった。酔いごこちで、気が変になっていた。自分は偉大なのだと思いこんでいた。自分は至上のおん方の化身を宿しているのだ、それが姿を現わせせば、世界を驚嘆させただろう、などと思いこんでいた。そして、その化身の悲嘆こそは、自分が心に宿す神の生命そのものにほかならないのだった」。これはまるで本番前のリハーサルのようではないか？　すべてがここにある。他の多くのテクストでも、彼はこうした捉えがたいイマージュの爆発について述べているが、それは一般的には、感情についての茫漠としたテーマと結びついている。したがってポン＝レヴェックの「炎の奔流」は、その先例をこれらの恍惚状態に見出すことができ、それはギュスターヴの原始史に根づいているのだ。では、何によってそれを先立つ幻想と区別できるのか？　ルイーズ宛の手紙で、フローベールはそのことをわれわれに教えてくれた。「そうした幻想はまず頭の中にあり、次に目の前に到来するのです」。言いかえれば、四四年一月に、心的イマージュは幻覚になったらしい。だが本当にその通りだろうか？　まず、彼自身がひとつの留保をつけて、あくまで神経性の幻覚について述べようとこだわっていることに注意しよう。彼はまるで自分の幻覚を、病人が目に映るものを現実と取り違えるような類の幻覚性事象とは、区別したがっているかのようである。彼の幻覚は、視神経の疾患のように外部に現われるだろうが（刺激が外的なものであろうと神経の異常興奮の結果であろうと構わない）、彼はその存在を信じないだろう。

＊1　五三年七月七―八日付。『書簡集』第三巻、二七〇ページ。

＊2　上述の引用文中に。

＊3　五七年三月三十日付。『書簡集』第四巻、一六九ページ。明らかに彼は、最初の発作のみならず発作全体について語っている。

＊4　『狂人日記』。

　実を言えば、彼は好んで幻覚という語を使っているものの、彼が記述しているのはそのこと〔幻覚〕ではない。エドガー・ポーとホフマンは幻覚にとらわれた人ではない。聖テレジアの神秘的な経験はといえば、それはまったく内的なものだ。ギュスターヴの経験が聖テレジアの神秘経験に似ているように見えるとしても、その類似はきわめて僅かなもので、われわれがしばしば彼に見出したように、素っ気ない態度や無力感や充実感が交互に現われることによるのだ。しかし、神秘主義者が神的なものの幻覚の現前を感じるのは、知覚神経による認知や、それに対応するイマージュや、言語活動を奪われた後だ。または奪われたと信じた後だ。なによりも神秘主義者の経験は、どのような呼び方をされようと、意味を持ち、ある既成宗教の枠内で生ずるものだが、四四年の「花火」は、何かを意味する事象として与えられるものでは断じてない。われわれは決してその詳しい内容を知ることはないだろう。その理由はただ単に彼がそれについてひとことも口にしないからだ。べつに彼が隠したがっているわけではない。だが「一挙に噴出する無数のイマージュ」や「数えきれないほどの想念やイマージュや組み合わせ」をどのように記述できようか？　実際それらは、互いに関係のない多数の「火矢」なのだ。互いに交流がなく他者にも伝達不可能なこれらの統覚を、フローベールはみずからの人格の分裂として生きるのだ。

　この事実は「正常」かもしれない。いずれにせよ、完全に病的とまでは言えない。精神が不安定なときには、ある状況や耳を打つ言葉やなんらかの刺激が、適切な反応も引き起こさずに、外界が示すものとの明らかな関係もなく内的な構造化もない大量のイマージュ群を生じさせることがある。聞こえてくる言葉は、ひしめく印象の群れの只中で不条理かつ理解しがたいものとして響いているが、当の印象群は、この言葉と関係があると主張すると同時にわれわれをそこから遠ざけ、それでいてわれわれの真の気遣いをはっきり指し示すこともない。こうした瞬間は長続きしない。ひとは適応しなおすからだ。重要な点は、こうした瞬間は、ときとして不安や強迫観念の反復心象《メンチズム》(3)の拡大加速として体験されるが、実際は観念対象形成活動(4)の突然の減速に応じているということである。悟性の諸構造が吹き飛んだのだ。分析と総合は一時的に不可能となり、未分化な思考形態に取って代わられた。これこそわれわれがギュスターヴに見出すものだ。あれほど明らかだった彼の隠喩《メタフォール》への性向はさらに激化する。というかむしろ、隠喩《メタフォール》を構築する二つの項はその輪郭を失い、互いに密着する。思考は「外に出」ず、イマージュに内在したままだ。そして他のイマージュは、まるで観念であるかのように自分を押しつける[*1]。前者の思考を内包するイマージュは、存在しているのに捉えがたいそれらの意味と考えられる色や響きの中に残留する。一方、後者のおのれを観念のように押しつけるイマージュは、みずからを意味するものであると主張し、ある観念の鮮やかで省略された表現であると称するが、それはまやかしにすぎない。というのも、それらのイマージュは判読可能ないかなる意味も提供しないからだ。こうした偽りの天啓と曖昧な明晰さはすべて、フローベール固有の感情にかかわる大きなテーマに、漠然と支配されたままである。だがこれらは、もはやこのテーマの言表でも象徴でもない。時としてそれらは目のくらむような、しかし判読できない要約として示される（というのも、実際は何も要約していないからだ）。また時としては、正確に彼のテーマを指し示すのだが、知性が不在なのでそれは識別されず気づかれないままになり、その結果、表象は孤立して、物質性の純然たる想像的な復元として提示される。さらに時としては、テーマは、明確にされることも可能化されることもできないので、むき出しの目もくらむ現前になることもある。そしてそれは明確に表明されないままギュスターヴを下から引き寄せ、芸術的賛同によって彼がそこへ身を投じ溶け込んでしまうように促すのだ。

＊1　実際に彼は、「数えきれないほどのイマージュ、組み合わせ、想念」と言っている。

花火は幻影だ。火矢はそれほど数多くはないし、華麗でもなければ速くもない。フローベールの内的眼差しが、それらを追跡したり勘定したりするのに鈍くなりすぎたのだ。疑いもなく、それらの出現はすべて、想像的なものの枠内にとどまっている。それらは実際に形をとることなどなく、視聴覚の領域における現実的な規定として自分を受け入れさせることもない。また、さまざまな場面や状況として形成されることもないし、構造化された何らかの全体に統合されることもない。まさしくこのために、それらは一見多様なものとなる。確かに一つの総合的な思考も同じように複合的であるが、それは進行中の全体化の統一の中に自分の構成要素を同化させる。ところがこの場合は、これらの構成要素が放任状態におかれており、多様性が生じるのは、ただ単に総合的統覚と選別能力が麻痺しているからにすぎない。ギュスターヴの想像力が並み以上に豊かなのではない。ギュスターヴはこのとき、自分の想像力を独創的な創意に従わせることができないので、寄生者に侵入されるように、受身で想像に埋没しているだけだ。まるで、この流れ出る脈絡のない［イマージュの］出現には、一つの役目しかないかのように。すなわち、自分が人格分裂の犠牲者であると彼に納得させるという役目だ。彼自身も五七年五月十八日の手紙でそれを認めている。「私の哀れな脳味噌の中では、いろいろな観念やイマージュが渦巻いて、私の意識は、私の自我は、嵐の中の船のように沈みかけているように思われました」。このテクストが明白に示しているように、フローベールは発作の際に、こうした無秩序な〔イマージュの〕出現を外在的な事実と取り違えることなど決してなく、「この渦巻きの中に沈むこと」を、すなわち、自我が呑みこまれて、常軌を逸した動揺の場として永久にとどまることを、むしろ恐れている。ひとことで言えば、フローベールは――われわれがすでに批判した機械論的解釈の結論とは逆に――精神錯乱を免れなかった。なるほど「夢状譫妄」まではいかなかったものの、最初の発作を語るときに彼が記述し、少なくとも四四年七月まで後続の発作で再現されたように思われるのは、疑いもなく錯乱の状態なのだ。

まさしくここにおいて、神経症（névrose）と壊死（nécrose）の関係が完全に明らかになる。イマージュの渦は自殺の意図と対立するどころか、逆にこの意図の直接的な結果である。ヒステリー性の麻痺は死の模倣であるが、神経中枢のこうした切断は、ギュスターヴの身体に彼が羨望する横臥像の受動性を帯びさせ、それによって彼の精神を鈍化させる。精神活動は、最小限の身体活動によって確保される身体の緊張があってはじめて可能だからだ。この「死」は、入眠時に似た状態に彼を陥らせる。人によっては、眠りに陥るとき急に全身が麻痺感にとらえられて手足の自由を失い、指一本動かせないような思いをさせられる場合さえある。まさしくこのようなとき、彼らに入眠時のイマージュが押し寄せるのだ。だが彼らは目覚めており、こうしたイマージュの出現は一貫性のない幻想で、その華々しさや精密さは身体から思考へ広がる麻痺の強さに比例すると分かっている。ギュスターヴの場合も同様だが、ただし父に対する思いこみの只中で展開されるこうしたイマージュ群が、彼には精神病の初期症状として体験されるという点だけは別なのだ。彼は、幻想が今現在存在しているとは思わないが、いずれ未来において存在するだろうと信じている。つまり、こうした幻想の一貫性は時間的なもので、幻想は彼の中で最後まで持ちこたえるだろう。いやそれどころか、幻想は増殖して氾濫し、彼の全身を占拠しつくすだろう。覚醒から眠りへ移ろうとしている人なら誰でも、「わたしの意識が……失われるような気がする」と言うことがあるだろう。そしてギュスターヴが恐れかつ予期しているのは、まさにこのことなのだ。彼は自分の思いこみが手直しされて、これらイマージュのパレードが夢になる瞬間を待っている。かくして、厳密に暗示症的な瞬間とは、発作とそれに続いたいつわりの強硬症《カタレプシー》である。彼の奥深い志向の対象である狂気は、この体験された無力さを利用して彼の中に居座る。心の深層部で待ち望まれているものの、狂気はある意味で寄生的だといえよう。狂気は不可能な空無化の代わりに現われるのだ。

ギュスターヴとその「絵画的な能力」の関係を検討して、われわれは彼のなかに、わたしが「受動的選択」と名付ける傾向を見出した。この傾向は、自分の想像力をわが身に蒙ろうとする（空しい）意図を特徴とする。四四年一月に、仮死の結果、この受動的選択は先鋭化され、蒙ろうとする意図はその目的を遂げたように思われる。想像的なものはその野生の純粋性を保ちながら、すなわち無秩序のままで、自分を受け入れさせるのだ。かくしてギュスターヴは仰向けになり、ぴくりともせずに兄の手にゆだねられて、積年の夢を実現する。すなわち完全に想像的なものになるという夢だ。もっとも、二年前には、胸に秘めたこの願いは、ネロやティムールといった他者になりたいという気違いじみた欲望であり、つまりは偉大な死者の独自な経験を想像的に体験したいという狂おしい欲望であった。こうした死者たちの経験は彼にとって、当時はあるひとつの役割の統一のように思われ、常に少しかさばりすぎている現実の生、無駄にだらけて錯綜した現実の生が、芸術によって緊密に圧縮されることを意味していた。想像的なものになるとは、ギュスターヴにとって、ただ一つのことしか意味し得なかった。すなわち、だれか劇作家が考えたのと同じくらい厳密に出来上がった力と栄光の役割の中に、まっさかさまに落ちることであり、作中人物の餌食になることであり、その作中人物を体現する以外のことはもはや何一つできず、自分のすべての仕草ばかりか知覚さえも、わが身の血を吸わせて養っているこの吸血鬼の表象として自分の中でとらえることであるが、それでいて現実にこの壮麗な占有者に同一化することはないのだ。そしてこの最後の留保は、なるほど、彼が精神の健全さを維持したかったことを意味していたが、しかし何よりも彼が万難を排して、〈存在〉の卑しい味わいや実際に体験される感覚の俗悪さに対し、〈非存在〉や無効なものや実感されたのではない悦楽などの優位性を守ろうとしたことを示していたのである。

ところでポン＝レヴェックの夜には、想像的なものになることが挫折として体験された。それはやはり非現実の中に落ちることなのだ。ところが非現実性は全く別の意味を帯びてしまう。つまりそれは解体として現われ、原材料であるこれらイマージュの発作的な噴出は、真っ先にあらゆる理性的な操作の停止という結果をもたらす。真に自分を非現実化することは、もはやネロを演じることではなく、狂気に陥ることなのだ。イマージュの餌食となった人間は、人間以下の人間である。彼は決して公証人にならないだろう。それは確かだ。しかし彼にはもはや芸術家になるいかなるチャンスもない。にもかかわらずこれらの不条理な幻想は、それが出現するまさにそのときに、おのれの非存在を開示し続けている。反対に、明白に体験される雑多な吸血鬼の群の存在を信じない。ギュスターヴはこの思いこみの対象となるのは、彼を永久にイマージュに隷属させる残酷な判決である。彼はのちにこのことを何度も言うだろう。それは自業自得なのだ。彼が想像的なものをからかいすぎたので、想像的なものはついに見知らぬ力として自分を受け入れさせ、先鋭化してしまったのだ。ところで意味を持たない非存在による人間の支配とは、〈悪〉である。彼が待ち望んでいたのは、外面的な汚辱——放心、知覚過敏、神経の変調——が内面生活の無秩序で常軌を逸した豊饒さと表裏一体をなすような、依然として高貴なあの崩壊だった。この見事な挫折はプロメテウスの罰だ。しかるべき時が来て、彼はそれを認めた。恐怖の只中で、しかし恥辱は抜きで、認めたのだ。彼は火と戯れたので罰せられた。並はずれた野心の犠牲者である彼の神経は、力尽きる。というのも、彼は人類の卑しさからわが身を引き離し、反自然化することで超人的なものにまで上昇したいと欲したからだ。この観点からすれば、荷車引きが闇の中から出てきたときに起きたことは、高次の諸能力の急停止であり、イマージュの散乱を伴う一種の意識的な失神だった。ここで思いこみが介入し、ギュスターヴは自分をこの散乱と同一視する。このイマージュの散乱が彼の人格分裂であり、新たな宿命の告知であり、挫折の徹底であると同時に、その挫折の只中におけるつつましい成功の主張でもあるかぎりにおいて、そうするのだ。偉人のなり損ないは、ともかくも現実界の壁を乗り越えて、完全に想像的なものになりおおせた。ただ残念ながら、想像界は彼の期待通りのものではなかったのだ。

　しかし、ギュスターヴはそれほど単純ではない。なによりもまず、彼は無垢でなければならない。その結果、仮死が精神病として体験され、逆にこの精神病は、あの夜もその後も、彼がそれについて語るたびに本物の死として彼に現われる。四七年に彼は書いている。「幻想が侵入してきます。そうしたものほどすさまじい苦痛はありません。自分が発狂するように感じるのです。実際に発狂しており、それを意識しているのです。魂が自分から逃げ去るのが感じられ、その魂を呼び戻すために身体のすべての力でどなりつけるのです。死もそれについての意識があるときは、似たようなものにちがいありません」。[*1] そして六年後には、「いっせいに爆発する無数のイマージュ……魂が身体から引き剝がされて、すさまじいものでした（ぼくは自分が何度も死んだと確信しています）。しかし人格を構成しているものは、つまり理性的存在は、とことんまで突き進もうとしていました。そうでなければぼくはまったく受動的になっていたでしょうから、苦しみもなかったでしょう。もう口がきけなくなったときでさえ、ぼくには常に意識がありました。そのとき魂は、自分の針で痛い思いをしているハリネズミのように、完全に自分の殻に閉じこもっていたのです」[*2]。前者のテクストでは、二つの解釈の対等性が強調されている。「自分が発狂するように感じるのです……死もそれについての意識があるときは、似たようなものにちがいありません」。後者の引用は少し異なる。フローベールはルイーズに、自分は「狂気をあまりにも探りすぎた」ので、決して気が狂うことはあるまいと説明したところである。よく理解しよう。これは想像力の中で探りすぎた、という意味なのだ。かくして四四年一月に彼が予告していた「精神病」は、想像的なものの系列に移る。ただ、彼はそこで神経の病を背負い込んでしまった。「絵画的能力」はイマージュの出血に苦しむ。だがこの出血は、臨終の苦悶として体験される。そして彼は付け加える。ぼくは何度も死んだ、と。すなわち、発作のたびに死んだのだ。この解釈の開きはこう説明されよう。四七年にはギュスターヴは全快しておらず、発作のぶりかえしがあった。それで彼は、自分が狂気に陥らないとまだ確信できていない。五三年には難局を切り抜け――またはほとんど切り抜けたところで[*3]――、彼の精神的変調の暗示症的な性格は、彼自身にとって全く明白になっていた。自力で治ったという誇りがあるので、なおさらそうなのだ。それでも彼が感じた耐え難い苦痛の記憶は残る。六年の隔たりをおいて、「すさまじい」(atroce)という言葉が、彼のペンから二度生じているのに気づかれよう。かくしてわれわれは、彼の発作の新しい次元である苦痛に行き着く。この苦痛は精神的なものか、それとも身体的なものか？　これを決定するには、これら二つのテクストを詳しく検討しなければならない。そこでは神経症が再びその正体を偽って、壊死として体験されているのだ。発作のとき、彼は自分が発狂するように感じ、狂人になり、それを自覚している、と四七年にわれわれに告げた。要するに、後には「自分の意識が失われるように思われた」と書くであろう瞬間を描いているのである。しかしすぐさま、意識は思考する実体になる。この消えかかっている弱々しい光は魂に変わり、この名前で身体から逃げ去ろうとする。すなわち、〈転落〉によって始められた、決して完了することのない緩慢な滑降であるヒステリー性の入眠は、ここで不意に引き剝がしとして与えられる。つまり突然出現した遠心力の影響により、目下生じている身体の解体として与えられる。これは単なる実体論的な隠喩《メタフォール》だろうか？　断じてそうではない。彼は「魂を呼び戻すために身体のすべての力でどなりつける」と付け加え、死もそれが意識的であるときにはこのようなものにちがいない、と結論づけるのだから。意識の苦悶は、苦悶についての意識に変わったのだ。だがもっとよく見れば、驚くべきことに、別の観点からすると二の意識は二つに分裂していた。というのは、それは、逃げ去ることについての意識――つまり消えることについての意識、であるべきだろうが、「魂が自分から逃げ去るのが感じられ」るのだから、もうひとつ別の意識があって、第一の意識が身体から離れるのを感じるのでなければならないからだ。そしてこの別の意識は逃げ去る魂を再び捕えるために「魂にどなりつける」のだから、それはまさしく身体そのものと別のものではない。ギュスターヴはまさに発狂すると感じた瞬間に、みずから純然たる物質的身体組織になって、自分の狂気を魂の後退として身体的に把握するために、見捨てられる身体の予感であるような漠然とした動物的な野生の思考の中に逃避する。もちろんこうした身体的な思考など――少なくともこのような形では――存在しない。フローベールが手品のような二分法を自分の意識に適用して、これを生み出したのだ。自分が沈みかけているのを感じている同じ意識が、自分を捕えるために空しく他者であろうとし、その結果、逃げ去る魂であると同時にみずからの死を感じている身体になりすましたのだ。あるいはこう言ったほうがよければ、ギュスターヴは自分をごまかして、恐怖の中で自分のヒステリー性麻痺を精神変調の結果だと感じようとするのだが、すでにわれわれが見たように、麻痺のほうこそ彼の精神変調に不可欠の条件なのだ。しかしこうした態度ゆえに、狂気に陥るという彼の恐怖は身体的苦痛になる。この苦痛はどのように現われるだろうか？　ポン＝レヴェックで痙攣は生じなかったが、後に類型的な発作は、常にではないにせよ、しばしば激しい痙攣で終わった。このことをわれわれに述べているマクシムは、その目撃者だった。したがってギュスターヴは、すぐさま痙攣のひきつりによって壊死に反応し、これが彼を暗示症的な麻痺から引き離したように思われる。これらはもちろん蒙られた痙攣であり、偶然に生じて彼を何日も憔悴状態に捨て置く筋収縮だ。神経インパルスが道をはずれて、昔ながらの回路を通ったのだ。これらの痛ましい痙攣は身体によって感じられたが、その意味は精神的苦痛を具体化することだった。

＊1　ルイーズ宛、四七年七月。『書簡集』第二巻、五一ページ。強調はサルトル。

＊2　ルイーズ宛、五三年七月七―八日、『書簡集』第三巻、二七〇ページ。

＊3　「私の神経の病気は十年続きました[5]」。

だが五三年七月の手紙で、ギュスターヴは「身体の力」に言及していない。それどころか、「身体からの耐え難い魂の引き剝がし」について次のように表明している。「ぼくは完全に受動的になったことなど一度もなく、もはや口がきけなくなったときでさえずっと意識がありました[6]」。ここで唯一の活動性は、意識の活動性である。「もはや口がきけなくなったときでさえ」は、ヒステリー性の麻痺をわれわれに指し示す。言いかえれば、無能力の状態に陥って、彼の身体が受動的にこの「魂の引き剝がし」を蒙るときでさえ、苦痛があるということだ。ポン＝レヴェックで彼を打ちのめした痙攣のない発作の間、ギュスターヴはすさまじい苦痛を感じていた。この苦痛は最初のものだ。痙攣を伴う他の苦しみは、この最初の苦痛に追随しているにすぎない。つまりそれらは最初の苦しみから流出して、別の領域でそれを再現しているにすぎない。しかるにギュスターヴはこのテクストではっきりと、最初の苦しみは精神的なものだと告げている。「理性的存在は、とことんまで突き進もうとしていました。そうでなければぼくはまったく受動的になっていたでしょうから、苦しみもなかったでしょう。ぼくには常に意識がありました……」。五七年にはこう言うだろう。「私の自我は沈みかけていました……しかし私は理性にしがみついたのです。理性は、たとえ四方八方から取り囲まれ打ちのめされても、すべてを支配してくれました」。これら二つのテクストは、とことんまで突き進むとは最後まで持ちこたえることだとわれわれに教える。四方八方から取り囲まれ打ちのめされているとき、理性とは、ぐらつきながらも粘り強く「これらはイマージュだ、ぼくは我だ」と断言しつづけることでなくて何であろうか？　だがこの命題を主張しているときに、もともと実然的判断の才に恵まれていないギュスターヴは、命題を支える手段を奪われていた。意志と統合の心的機能も同時に消滅していたのである。そのために、理性は「打ちのめされ」る。真理を復元し、心的作用によって誤りを一掃できるのは――少なくとも初めのうちは――理性ではない。したがって発作のあいだ理性は要請されるだけである。理性に対してフローベールは、かつて存在していて幻想の廃墟の上にいつでも再び出現し得るものに対するように、関わっている。彼は理性を意図的に目指すが、それに出会うことはない。理性が存在するという唯一の証拠は、すでに翳り始めた記憶から立ちのぼる呼びかけである。ある意味で、「理性的存在にしがみつく」とは、理性的存在を信じることであり、それが蘇生して太陽のように厚い雲を吹き払うことができると信じることである――というのも、ギュスターヴにおける理性的存在とは他者‐存在だからだ。すなわちそれはフローベール博士の偉大な眼差しなのだ。要するに、死と狂気に対する思いこみは、それに対抗する別の思いこみに反撃される。苦しみが生じるのはこの水準においてであって、それは体験された矛盾にほかならない。それは本当にすさまじいのだろうか？　なるほどギュスターヴは、沈んでゆくのではないかと恐れている。それでも結局のところ、この難破を開始させようと徐々に決意したのは彼である。この余計なものたちの侵入は、外部の刺激に由来するとはいえ、彼にとって予想外の危険に匹敵するようなものではない。どれほど不安を与えようと、この侵入は彼から見て何かしら親密そうな様子を呈している。だからといってそれが安心のいくものだというわけではない、と言う人もあるだろうし、わたしもそれは認める。しかしフローベールは、意図的に引き起こした半睡状態を身に蒙っているのだ。それでも彼は本当に苦しむことができるだろうか？　われわれが夢で感じる恐怖は夢の一部をなしている。それは現実に根づいた感情であるが、非現実化されて想像界の中で体験される。非現実的に――すなわち夢の中で――満たされた欲望が、少しでも本性をのぞかせると、すぐさま様々な禁忌が再び現われて、夢は悪夢になる。だがそれは悪夢という犠牲を払って体験されるべき非現実の欲望充足として、自発的に構成されたのではないか？　悪夢はしばしば潜在的に抑制されており、夢見る人が自分の欲望を拒否していることを明らかにして均衡を回復させるものとして、認められているのではないだろうか？　ある精神分析家は、次のような夢を伝えている。被験者は自分の父親とナポレオン軍の擲弾兵とともに、雪に覆われた大草原のまっただなかにいる。彼は兵士が銃で父親をねらっているのに気づいてぞっとし、銃をもぎとろうと兵士に飛びかかる。手遅れだ。発砲され、老人は斃れ、被験者は自分のすさまじい［恐ろしい］無能力を感じる。どのようにひそかな目的論的意図がすべてを練り上げたか、お分かりだろうか? 父は死ぬだろう。息子はそれを熱望しているが、父親は、彼が懸命に止めようとしても無駄だった他者によって殺されるだろう。だがこれだけでは、夢を見ている者を無罪とするには十分ではない。彼が自分の無能力を感じてぞっとしなければならない。そうでなければ、ギュスターヴが自分自身について言うように、「彼はまったく受動的ということになるだろう」。この恐怖の根拠はもちろん現実のものだ。そしてそれは禁忌なのだ。しかし恐怖は逸脱して非現実化される。それはもはや自分自身への恐怖ではなく、〈望まれた‐行為を‐成し遂げる‐他者〉への恐怖だ。ひとことで言えば、それは夢の中での欲望充足の結果であるだけではない。この恐怖には、夢を生じさせてそれを全体化として構造化しようとする意図によって、夢の中でひとつの機能があてがわれていたのだ。すなわち、それは恐怖を和らげて(自己嫌悪は他者の身振りを前にした反発として体験される)、それを夢の中での企てに役立たせる手段である。この感情のねじれにより、被験者は自分の架空の行為を他なる行為として構成する。恐怖は、客観的な事件の無駄に終わった拒否として体験される。彼が汗だくで震えながら目覚めても、どうということはない。それはまさに、彼の無垢と親への敬愛とを証拠立てているのだ。

　したがって悪夢の中のすさまじいものには合目的性があり、この合目的性によって、苦悩と恐怖は夢の構成要素になりつつ――現実の禁止にもとづいて――夢の中での感情の確定に変わる。最初の発作の際のギュスターヴも、同じ事情であった。なるほど彼は転落することをひどく恐れている。しかし漠然と、自分がこの道をあまりにも遠くまで行きすぎることは決してないだろうと了解しているのではないか? そして――彼には死よりも狂気のほうが怖いのだから――この狂気の素描を臨終の苦悶にするように、工夫してはいないだろうか? 彼の自負心は苦しんでいる。それは疑うまい。だが三度の瀉血を蒙るこの横臥像は、自負心を保てる状況にあったろうか? それに対して苦しみの方は、神経症を構造化する意図によって彼に強制される。彼自身がルイーズに言っているように、もし苦しまなかったとしたら、それは彼がまったく受動的だったからだろう。だがこの受動性は、完全な無頓着と何の違いもなかっただろう。となると、彼の服従は服従の資格を失っていただろう。父親は彼に行動するように強い、彼はそれに従う。発作が彼から服従する手段を奪うと、同じように落ち着いて彼はこのことを受け入れる。彼はどんな鋳型にも惰性的に耐える可鍛性の蠟にすぎないか(とすれば、何の価値があるのだろう?)、または彼の服従そのものが疑わしいかである。自分の発作を否認する唯一の方法、彼自身の意に反して彼を破壊し、彼のもっとも根源的な望みを永久に妨害するようなひとつの全体を発作に認める唯一の方法、その方法はそれを悪夢にすることである。身に蒙るだけでは十分ではない。この否認、すなわち恐怖が必要なのだ。恐怖は夢以前の全体に統合されて、それ自体が夢以前のものになる。それは完全に蒙られるわけでもないし、完全に夢見られるわけでもない。その土台は現実の恐怖である。だがそれを極限まで推し進めることで、彼はそれを非現実化する。それはすさまじいもので、入眠時の幻覚になる。その意味は、恐怖は発作を構成する一部であり、発作の現実的結果であるどころか、発作でひとつの役割を演じているということだ。幻想の渦は——未知の否認された事故として——幻想の恐怖によって支えられ、資格を与えられる。したがって発作の悪夢のような雰囲気は、〈花火〉と同様に、根源的な意図の想像上の産物だと言えよう——その構造は目的論的だが、これは受動的活動の否認された決定として生じるのだ——。そして後発の発作における痙攣は、それが本当に精神的苦痛として体験されるのではない限り、根源的な意図を身体の苦痛として実現することが目的だと言えよう。単なる惰性だけでは、彼を運命の一撃の無垢なる犠牲者にするのに十分ではない。共犯であることを——〈他者たち〉から、すなわちまず彼自身から——疑われないために、彼は自分を打ちのめす悪を拒否しなければならない。そして、この拒否が無効のままであるためには、それは実践的否定ではなく、感情性を非現実化する決定であらねばならない。はいといいえの能力が委縮してしまったこの受動的行為者にとって、これほど容易なことはない。そしてこの「苦しみ」の機能は二重である。というのも、それは彼を無垢にすると同時に、危険の極端な深刻さを通告するからである。すさまじい苦しみは、最悪なことの予感になるのだ。

　五三年の手紙を読み返してみれば、それがわれわれの解釈の正しさを裏付けていることが分かる。ただ単にあの奇妙な「ぼくはまったく受動的になっていたでしょう」によってだけではなく——これには「そしてぼくは決してそうであってはならなかったのです。だから苦しむことができるように自分を構造化すべきだったのです」という補足が必要なのだが——、フローベールが利用している矛盾し合うイマージュによっても、われわれの解釈は裏付けられるのだ。一方ではフローベールがはっきりひとつの死と規定したあの「身体からの魂の引き剝がし」があるが、これは生命原理が立ち去り、身体という有機体が死体になりつつあるのを示しているように思われる。また他方では「自分の針の尖で痛い思いをしているハリネズミのような」魂の自己への沈潜があり、こちらは生体験の一種の内向性を示しているように見える。なるほどここで魂は、野放しにされた神経系統の無秩序に身を委ねるために監視と指揮の職務から退いただけで、身体から立ち去ることなく、その内部で身体から引き剝がされるのだと主張できるかもしれない。しかしこの場合、発作と相つぐ死の同一視はどうなるのか？〈魂〉が立ち去れば死となる。そして何よりも誰が苦しむのか？　第一の隠喩《メタフォール》では、苦しむのは身体であるし（四七年に、身体は魂を呼び戻すためにそれにどなりつけていた）、せいぜいのところ魂と身体がともに苦しむのだ。第二の隠喩《メタフォール》では、魂だけが苦しむ。問題はもはや出血ではない。すなわち拡大する痛みではなく、内向すなわち収縮する痛みである。ハリネズミの針の尖は、おそらくそこから魂が神経系統に浸透する突出部なのだろう。魂は針尖を内向きに裏返す。これはつまり、魂が意思疎通を断ち切る責任を負うということだろうか？　だがこのとき、身体という有機体全体の現実的な変容を除けば、魂はいかなる精神的苦痛を蒙るというのか？　この曖昧で矛盾に満ちた記述は、ギュスターヴの内部の言説化できない病的体験を証言する。言ってみれば、彼は対立する二つのアプローチを必要とするが、それはこの対立により、またこの対立のゆえに、生体験の言い表し得ぬ感情的特性を推察させるためなのだ――すなわちまさしく、場所も特定できない例の「すさまじい」もの、ヒステリー性アンガージュマンが身に蒙ったものであることを保証するものとして、深くまた非現実的に感知されるあの「すさまじい」ものを察知させるためなのだ。しかしおおよそのところ、引き剝がしのイマージュが壊死を表象するのに対し、ハリネズミのイマージュはそれが想定する暗黙の意図によって（魂は自分を内部に沈潜させ、率先して外部および身体とさえ意思疎通を断ち切り、したがって身体は麻痺する）、むしろ暗示症的な思いこみとしての神経症を連想させるのである。

E　ヒステリー性アンガージュマン

ギュスターヴの神経症をより深く知ろうと思うなら、ポン＝レヴェックの「事件」を全体化し、しばらく死と狂気という二つの座標軸から離れて、この事件をその具体的な現実性において考察するのがよいだろう。そこには転落〔発作〕があり、それに一時的な麻痺が続いた。今はこの転落そのものを、それ自体として記述しなければならない。ところでわれわれは、狂気と死の彼方であれ手前であれ（死ぬことや狂人になることは、必ずしも倒れることではない）、転落が固有の直接的な意味を提示しているのに気づく。すなわち、転落する（choir）とは、まず何よりも、価値を失墜する〔上から下に落ちる〕（dé-choir）ことなのだ。(1) わたしはただちに指摘しておくが、これは「通俗的な《ポピュレール》」隠喩《メタフォール》である。つまり、こうした隠喩《メタフォール》はフローベールによって内面化されていたものの、それは彼に固有のものではない、と言いたいのだ。彼の空間で上下は重要な決定因であるが、それは彼が社会的な図式を内面化したものにすぎない。それに反して彼に固有のものは、彼が転落に与える深い意味である。転落は通常の象徴として、まず、一般に認められているヒエラルキーの上位段階から下位段階への移行を示す。しかるにギュスターヴは、そこにもっと多くのものを見るのだ。すなわち、転落するとは重力に屈することであり、したがって、少なくともしばらくの間、根源的な受動性に戻ることである。事実、倒れる人間は、一時的に非人間化したことを世界から通告される。もはやその人は、きわめて強大な物理的力の作用を、まずは地球の引力の作用を受ける、惰性的な対象でしかない。再び足が地につかない限り、身体という有機体であることは何の役にも立たず、もうそれは一つの塊でしかないのだ。それにしても、事故というものはたいていの場合、平衡が失われて起きるものだ。フローベールの場合、四四年一月の転落——すなわち無機的物質の状態への回帰——は筋肉軟化の結果であり、つまりは直立姿勢を支えていた筋肉の緊張が急激にとけた結果なのだ。

　わたしは少し言い過ぎた。フローベールの転落が、拮抗筋の突然の緊張のためではなく、筋肉の弛緩が全身に拡がったためであるとは、必ずしも断定できないかもしれない。ギュスターヴは身体に「裏切られた」のか、それともその身が崩壊を蒙ったふりをして、兄の足許に身を投げ出したのか？　もし後者だと仮定すれば、われわれは見たところ偽装に近い振る舞いと相対することになるだろう。しかし前者だと仮定するなら、筋肉軟化は、この特殊なケースにおいて、神経インパルスの変更によってしか生じないことを忘れてはならない。したがって、いずれにせよこの現象は中枢神経系の原因によるものとなる。同様に、彼が地に倒れているときに何の身振りもできず目さえ開けられない状態になっていたのは、横紋筋の強直痙攣の結果であると考えられるが、また同じように、それは入眠時にわれわれが文字通り指一本動かせないと感じるときに体験するような、神経の離反によるものだとも考えられる。わたし自身は、前者の解釈を全面的に排除するわけではないけれども、後者の解釈をとりたい気になっている。というのも、冷たくすべすべした金属のような夜に魅せられて、ギュスターヴは少しずつ眠りに引きこまれるように半睡状態に陥ったのだと思われるからだ。したがって、彼は受動性を模倣したのではけっしてなく、徐々に自律神経系のある状態に近づいていったのだろう。事実、われわれがすでに見たように、決定を下したのは思いこみであって、反抗でも主張でもないのだ。

　いずれにせよ、われわれにとってこの問題はたいして重要ではない。というのも、もしギュスターヴの振る舞いが（後に起こる類型的発作での痙攣のように）突然の筋収縮の結果なら、たとえそれが何らかの偽装を示しているように見えても、事実はまったくそうではないことを、われわれは容易に確認できるからである。どのような解釈がなされようと、ポン＝レヴェックの変調は自律的で強靭な図式《シェマ》に導かれて形成されたのであり、この図式は久しく何年間もフローベールの身体と感性に否応なくおのれを受け入れさせてきたのだから、われわれはこれを精神運動性の図式と呼ぶことができる。本書の初めから、われわれは何度も、子供および少年の条件づけを垂直性の図式によって指摘してきた。彼は上昇したり身を投げたりする。そしてわれわれは実にしばしば、上昇の記述の背景にまぎれもない転落を見抜いたものだ。そのうえたいていの場合、彼が自発的に天に昇るというのは本当ではない。彼はさらわれるのであり、悪魔にかどわかされるのである――悪魔はやがて彼をスマールのように虚無の中に投げ出し、そこで彼は無限にくるくるとまわることになるだろう。要するに、否定的垂直性すなわち受動的下降、重力への自己放棄は、最重要のテーマであり、これもまた受動的である偽‐昇天は、おのずと落下に転じるのだ。と言うより、未来の落下が前もって偽‐昇天に、その根源的意味および目的として刻印されているのだ。この未来の落下は、すでに地上を離れるときから眩惑と恐怖によって通知されている。〈サタン〉のマントにしがみついているスマールは、自分が万有引力の法則の適用対象であることを恐怖の中で感じている塊〔質量〕なのだ。これが真の〈被昇天〉なら、このようなことは全く想像できないだろう。

否定的な垂直性のテーマは、先立つ各章において、想像界の形成としてわれわれに現われた。だがわれわれは、このテーマをとりわけギュスターヴの小説作品の中に探しあてたのだから、これは当然のことだ。それでもわれわれはその非現実性を見失うことなく、あるときはこのテーマを象徴的な機能において眺め――それは逆向きの上昇であるスマールの転落であり、あるいはついに可能な世界の果てに沈みこむ中学生の偽りの上昇である（『十一月』）――、またあるときには、やはり象徴的ではあるがきわめて身体的な面で眺めた――ガルシアの失神や、地に崩折れながら自分の苦しみと無力を表明する愛書狂の失神などだ。こうした絶対的な受動性による幻惑は、外から彼に到来したものではなかった。それは受動的活動性の誘惑であり、常にそうであり続けるだろう。受動的活動性は、自分の深い矛盾（実践《プラクシス》の必然性と、素質として構成された生体験の受動性）の一方の項目を強調し、それを通じてパトス的な要素を一つの絶対として実現しようと努めることで、この矛盾を解決しようとする。かくして横臥像は――この身分を彼はうらやんでいるのだが――倒れ、死に捕えられ、結果として、その滅ぶべき肉体は石に取って代わられた。『十一月』の若い著者が渇望するのは、現実の死ではなくこの石化なのだ。〈転落〉と鉱物化は一体をなしている。

なるほどこれらは夢である。だが何よりも、これほどしばしば繰り返された夢は、想像力のエクシスを示している。すなわち、想像力は刺激されれば、鉱物状態への回帰とみなされる否定的垂直性の枠内で、求められるあらゆる具体的なイマージュを構築するだろう、ということだ。われわれは誰もがいくつかの主導的な図式を持っており、その図式が構造化する独自な創意工夫によってこの図式を乗り越える。しかし、一人の作家がこれほど貧弱でありながら、これほど拘束力の強い規則を持ったことはめったにない。彼は間に合わせのやり方で自分の存在を演技しなければならず、つまりは否定的垂直性と受動性にしたがって体験される非現実的な世界の中で、自分を規定しなければならない。それを彼に強制する鉄則は、彼の非現実性の本質をなすと考えられる。

さらに、この存在の葉脈は虚構をはみ出し、彼の日常生活の現実的な衝動としても体験されていることが、すべてによって証明されている。そもそもの初めには、世界に魅了されたみじめな人間の放心状態があったが、同時にきわめて現実的な転落もあった。それは、彼が読書に熱中していたときなど、まるで生半可な用心では身体を保つことができないので、彼がもはや身体という有機体としては反応せず、純粋に機械的なシステムに変わったかのように、子供の彼を真っ逆さまに床にたたきつけるような転落だった。さらに彼をして、窓から身を投げたり、断崖絶壁の上から「無数の大砲のように咆哮する」どす黒い波へ飛び込んだりするように駆り立てる、漠然とした自殺への意志もまた、単に想像の枠内にとどまってはいなかった。彼の場合、この自殺の図式は非常に抗しがたいので、はるか後になって一八七五年に『聖ジュリアン伝』を語るとき、次のように書いているほどだ。「彼は死ぬ決心をした。そこである日、泉のほとりに立って、水の深さを測るためにのぞきこむと……」[*1]。この熱血漢の隊長、この暴力的で流血を好む狩猟家は、いずれ剣で串刺しにされると読者は考えるだろう。しかし作者は愛情によって、様々な死のなかでも女性的な死である溺死を彼のために選んでやる。彼は身をかがめ、さらにかがみこむ。そして後に再び触れることになる不測の出来事がなければ、自分の体重に引きずられて真っ逆さまに倒れ、水に映った自分の影と重なってそのまま沈んでいったであろう。

＊1　G・フローベール、プレイヤード版、第二巻、六四四ページ。彼は「淵の底から子供を……救ったことで」すでに死を探し求めていたことが分かる。しかし「淵は彼を拒んでいた……」。

こうした指摘のねらいは、ポン＝レヴェックの発作のこの次元において、病気をでっち上げる意志はほとんどなかったことを示すところにある。彼は倒れた。それは確かだ。そして反応のない塊になり、兄と周囲にいた者たちが彼を穀物袋のように近くの農家まで運び、アシルが彼を治療することになるテーブルの上におろして横臥させなければならなかった。だがこのような振る舞いのすべてを、彼は幼少期から自分の中に宿していたのだ。責任放棄の夢、落下して地面や水面にぶつかりたいという欲望、物質の根源的な受動性や無機的なものに達したいという欲望、この基調テーマは彼の生を形成し、彼の意識の直接的な味わいとなり、現実生活では彼はこれを恐れているが、想像界では大いに活用し、それを何度も繰り返し確認した。一八三八年以降、彼の神経症は、形を成すにつれてこの誘惑をめぐるものとなった。わたしは確信しているが、フローベールは倒れることをたえず自分に許していたにちがいない。パリで、彼は両眼を開き長靴をはいたままベッドに倒れこんだ。ガルシアのように床に倒れるという喜びも、おそらく体験してみただろう。それは孤独な祝祭だった。わずかな時間、ドアを全部閉めきって、彼はこの祝祭を自分に与えていた。それでもこれらが、少なくとも実験の試みとして、ポン＝レヴェックで彼を打ち倒すであろう発作の根源的意味を、暗黙の裡に秘めていることに変わりはない。すなわち、それは平衡の喪失という形で現われた責任放棄であり、受動性の中への転落にほかならないのだ。どんなに粗雑なやり方であろうと、転落はフローベールにとって、常に人間性の拒否を意味してきた。人間という身分規定が、活動性の象徴である直立歩行と合致するように思われていたかぎりにおいて、この人間性は演じるのがあまりにも困難な役割だった。しかし、この転落は誤解の余地なき意味を示していたにもかかわらず――したがってエクシスであるとともに衝動として強固になったにもかかわらず――、ギュスターヴは毎回、そして初めからすでに、自分はこの打撃から回復できると意識していた。彼は再び起きあがってほこりを払い、誰からも見られず、不意を突かれることもなく、人間の尊厳を取り戻すのだった。もっとうまく言うなら、彼が自分にこの非人間的なものの中への小旅行を許したのは、そこから戻れる確信があったからだ。エスト街でベッドに倒れこんだり、ひっくり返ってヌヴェールの新聞記者の発作をひたすら真似したりするとき、彼は本当に自分がアンガジェしているとは感じていなかったのだ。

　このような理由で、ポン＝レヴェックの事故は、われわれを唯名論へと向かわせる。この事故は、それ自体として型破りのように見える。したがって普遍的なものを起点とするなら、何ひとつ理解できないだろう。だがその幼年時代からギュスターヴを追ってきている者（サルトル自身を指す）にとって、この発作はある意味で、何度も繰り返された独自的体験の再現であることは明らかだ。この独自的体験は、場合によって、電撃的に身に蒙られたり、演じられたり、また想像によって虚構の人物の体験にされたりした。これはあらゆる形をとり得る振る舞いで、真似られたり体験されたり語られたりするが、徐々にフローベール流自発性の主導的図式になっていく。唯一の――だが本質的な――違いは、一月の転落は、断固として後戻りはできないという意図を内に含んでいる点である。そのために、目的論的意図は逆転する。普通なら彼が転落を実現するのは（ないしは、転落を役柄とみなすとすれば、その中で自分を非現実化するのは）、この転落を通じて受動性を享受するためだ。だが実は、ほとんど判読不可能で曖昧なもう一つの意図が、この自己放棄をすかして見て取れる。すなわち、転落を、彼によれば絶対的な惰性という自分の真の本性の啓示にするという意図だ。発作の根源になっているのは、この暗黙の意図である。すなわち問題はもはや、現実態であれ幻想であれ、少しのあいだ自分の〈本性〉を味わうことではなく、逆にこの本性に服従することなのだ。転落を生じさせるのは本性である。これはフローベールの真実である。外部のさまざまな影響力は、無知のためか悪意からか、ギュスターヴには保つことのできない動き、彼の惰性そのものによって彼の中でしばらく続いていく動きを外から刻印することによって、二十年以上もこの真実を隠蔽しようと空しく試みてきたのだった。意味作用の或るレヴェルにおいて、転落はわれわれがすでに見たように、極端に推し進められた服従によって引き起こされるように見える。フローベールは服従しすぎたのだ。このことは、彼が自分の中に或る種の活動力を、ただし独自の目的によって制限され特徴づけられた活動力を、認めていることを想定している。しかしその力は、本来の目的をおのれにとって無縁の目的に取って代えられ、むりやり人為的に自分の限界の外に押し出され、進路がそれて打ち砕かれてしまった。だが深層部分で、異議申し立てはもっとはるかに根源的だ。それはもはや病気という異常な反応ではなく、絶対的真実の突然の出現であり、その生きられた電撃的な天啓なのだ。この次元において、ギュスターヴは全的な破滅の只中で、自分の受動性を苦々しい思いで十分に味わうが、この受動性はここでは否定的な力として、受動的抵抗ないしは惰性の力として、受け止められているのである。他者たちの悪意や彼自身の——服従によって維持されている——幻想にもかかわらず、真実は青天の霹靂のように正体を現わして、悪しき指導者を公然と告発する。勝ち誇る受動性は転落になる。そしてぴくりともしない塊の役をあれほど何度も演じたギュスターヴは、自分を、塊のように倒れるこの「物」であると認める。すなわち、宇宙の偉大な力との多様な関係によって規定される単なる重さであることが、明らかになるのだ。したがって、彼にあてがわれた独自な〈運命〉への唯一可能な回答として、転落が様々な習練によって二十年前から準備されてきたかぎりにおいて、転落は、一瞬にして、真実への回帰として与えられる。その証拠に、ギュスターヴはすぐ後で誇らしげに言っているのだ、自分の本性に従って生きるべきだ、と。そして付け加えるだろう、周囲の事情のおかげでぼくにはそれが可能だったのだが、その際にぼくの意志も働いていたのだ、と。つまりこういう意味だ。発作はぼくの真の本性による反逆だったが（ぼくは行動するようにできておらず、とりわけ享楽するようにはできていない）、ぼくの値打ちはそれを了解することができたことにあり、今後は自分をぼくがそれであるところのものでしかないように制限することにある。

まさしくこれらの理由により、ポン＝レヴェックの発作は、その一般に認められた性格にもかかわらず、これをそれ自体においてとらえてその瞬間に閉じ込めるなら、実効的というより象徴的なものであろう。転落するとは価値を失墜する〔上から下に落ちる〕ことだと、われわれは述べた。そのとおりだ。しかしこれは風刺的《ユモリスティック》なイマージュでしかない。現実の失墜は、見事に直立姿勢にも順応する。確かに、高さによって階級を示すことはできよう。しかし、一般大衆と同一レヴェルにとどまっている貴顕を、庶民と区別するような別のしるし（階級章、勲章、衣装、等々）もあるのだ。いずれにせよ、ギュスターヴが兄の足許に顔面から突っ込んで倒れ落ちるとき、二つのイマージュが結びついて絡み合う。彼は破廉恥漢になるのだろうか、それとも自分の本質に到達するのだろうか？　そのどちらでもない。倒れることは、彼だけに判読可能な恥辱の象徴でしかないのだ。そして実際、彼は受動的行為者ではあるものの、惰性が彼の身分規定になるのは隠喩的な意味においてにすぎない。彼は自分が消滅するか馬鹿になるかだと確信して崩れ落ちたということを、わたしはよく承知している。だが何ということだ？　疲れきって、不安に満ち、神経はパニック状態であるが、彼は正常な精神状態で起き上がるだろう。脚はがくがくするが立っていられるだろうし、一人で、または兄に支えられて、歩いて二輪幌馬車《カブリオレ》まで戻るだろう。要するに、仮にもし発作が発作そのものでしかないのだったら、発作とは隠喩的で一時的なひとつの全体化で、それによってギュスターヴは、実際には持ち合わせていない特性（狂人、死人、無機質）を自分に帯びさせ、自分の悲しみや嫌悪や不安や怨恨を一瞬間に凝固させたのだと考えるべきだろう。それに、そんな発作には実効性がないだろうということを、わたしはすでに述べた。事実、われわれがすでに見たように、彼の意志とは無関係の事件が父に服従する可能性を奪いさえしなければ、ギュスターヴはいずれ公証人か弁護士になるだろう。ところで、ポン＝レヴェックの事故は、それだけで彼を実践的生活から引き離すのには十分でない。それがもう繰り返されるはずのないものなら、青年は市立病院で数カ月の観察期間を経た後に再びパリへ向かうだろうからだ。これがマクシムによる次の文の意味である。「（アシルは）あまり確信はなかったが、自分が立ち会ったばかりの場面が繰り返されないように願っていた」。発作を外から見ていた兄は、まだこれを一回限りの孤立した事件だと考えることができる。それでもすでに、諸々の徴候の激しさと強さには不安を覚えているのだが、そこに、発作が繰り返される可能性――せいぜい、その蓋然性――の兆候以外のものは何一つ見ていない。何事が起こったのか、兄には分かっていないからだ。ところがギュスターヴには、非定立的意識の次元で、この体験についてのある種の了解がある。慣れ親しんだ既視《デジャ・ヴュ》の感覚によって、発作はこれ以上進まないだろうし、自分がアシルの手中で「くたばることはないだろう」、ぼけ老人になることもないだろう、という漠然とした確信が彼に与えられているのだ。要するに、この確認済みの無効性の代償として、発作自体に将来の神経症の先取りがなければ、つまり即座に最悪まで突っ走るのではなくて、際限なく繰り返されるという約束《アンガージュマン》がなければ、これは無駄な一撃だろう。もちろん、何ひとつこれほど明快なわけではない。言ってみれば発作は始まりとして体験されたということだ。それは即座の決定的な断絶ではなく、時間化される病気の始まりなのだ。実際、ギュスターヴが何ひとつ思考を形成できないこのすさまじいときに、発作はおのれ自身を、すなわちおのれの永劫回帰を予知する以外に、何ができようか？ この表明されることのない予知は、それ自体においては、生体験を時間的にある程度圧縮したものでしかない。言うまでもなくそれはヒステリー性アンガージュマンである。失墜するという昔の誓約が、無秩序の只中に目的論的意図として現前しているが、受動的行為者にあっては意図がどのような形をとるのかを、われわれはすでに見た。それは予言的な思いこみになるのだ。フローベールは表層において、この発作の中で自分は最後まで行くだろうと思いこんでいるが、この思いこみの下には乗り越え不可能な限界についての暗黙の了解があり（この発作で死ぬことはないし、発作が狂気になることもない）、その結果、深層において、彼の暗示症的な真の思いこみは、変調が際限なく維持されるだろうということになる。そしてこれは、必要なだけ何度もこうした変調を繰り返すという約束《アンガージュマン》と同じものなのだ。われわれは、したがって、ギュスターヴの恐怖と、すさまじいものの中に沈んでいくような印象とを、よりよく了解できるだろう。彼を恐怖で震えあがらせているのは、今度こそ自分が本当に沈没してしまうという確信ではなく、思いこみとしてのアンガージュマンなのだ。要するに、現在の心身の不調が未来の変調でもあり、今自分は未来の全体を前もって生きているところだという彼固有の確信である。転落はギュスターヴをもはや引き返しのきかないところまで連れ去るはずだったし、まさしく転落はそれを行なった。もっとも、直ちにそうしたのではなく――現在の転落は隠喩《メタフォール》でしかないのだから――、生体験の何かすさまじい味わいによって、引き返しがきかないのは蒙られた事件が反復して起こるという構造に存すると表明することにより、そうしたのである。差し迫った未来（ぼくは死ぬ、ぼくは沈んでゆく）は、それ自体が想像的な恐怖の中で、遠い未来の、信じこまれ夢想された象徴になる。ギュスターヴの生全体が、いつも同じような変調が間歇的に再現されることで、日に日に変えられるだろう。そうした変調の類型的な性格は、即刻すべてを根源化しようとするサド＝マゾ的な必死の焦燥によって隠されているものの、母胎となる発作にいたるまで存在している。この意味で、根源化する二つの隠喩《メタフォール》〔死と狂気〕のうちで今後勝利を収めるのは、死であろう。それは隠喩《メタフォール》的考察の次元において、類型的な変調の光に照らされて、彼の身分にもっともふさわしい象徴としてフローベールに現われるだろう。というのも、四四年一月より後、自分は狂人ではないということを、青年はもはや疑うことができないからだ。束の間の発作を除けば、彼は完全に理性を保ったし、以後は、狂気すれすれまで行ったが幸い自分には狂気に対する免疫があった、と絶えず繰り返すだろう。死んだのは――ギュスターヴはルイーズへの手紙や初稿『感情教育』で、何度もこの主題に立ち戻っている——、十分に健康なのに父親の呪いに苛まれた青年だ。よみがえって発作の反復により規定されるのは、神経を病んだ若者で、いずれ見るように彼の感受性は根源的変容を蒙っており、彼は永久に青春の「活動的で情熱的な生」を断念しなければならない。かくして——他者たちの見地からすれば否定すべくもない——失墜は、根源的な不可逆性として青天の霹靂のように実現されるどころか、場当たり的に少しずつ体験され身に蒙られることになるだろう。繰り返される発作、こうした発作が引き起こすと同時に発作が生じる場そのものでもある無気力感、家長によるギュスターヴの身分の客観的規定としての病気、閉じこもり、こうしたことはすべて、虚偽をメスで断ち切りその断片を足下に捨て去るもっとも明敏な証人の前で、身に蒙られる変調によってこの身分を維持しようとする秘められた途方もない約束《アンガージュマン》の結果なのだ。

　ここにおいて、われわれには受動的な企ての目的が明白になる。四一—四二年にはそれを信じこもうと決意していなかったために到達できなかったものを、フローベールは今や信じており、その結果、今度こそ本当にそれに到達した。彼は一家の恥さらしであることを受け入れ、それによって、いつまでもその状態に留まれることになり、こうして、何年も前から空しく憧れてきた生活様式をついに実現した。すなわち半閉じこもりである。

F　退行としての神経症

フローベールは脅威を感じると、われわれが見たように、すぐさまパリを離れて市立病院に逃避した。それは、避けられないと思いこんだ災厄から逃れるためではなく、母、父、兄、妹をその災厄の証人にするためだ。この反応には、即座にそれとわかる明白な意図が含まれている。すなわち、多くの人たちは死期が迫ると、事情が許せば独居をあきらめて生家へ戻り、身内に囲まれて臨終を迎えようとするものだ。しかしそれは身体上の救護を求めてのことではない。彼らは「ネズミのように穴の中でくたばらない」ことを望むのである。つまり自分の死を回収するために、それを後に生き残るおのれの血族に共有される出来事《アヴァンチュール》として社会化したいと願うのだ。これにより、彼らの死はもはや存在の純然たる消滅ではなくなるであろう。それは繰り返し取り上げられ、できれば世代を越えて伝えられて、日付をうたれた家族史の事件になるだろう。すなわち、乗り越えられたが保存され続ける共同生活の決定事項となって、感性上の要請および反復される儀式として制度化されるだろう。死にゆく者は、自分の死が近親者の目に、これ以降厳かに執行される永劫回帰として維持されるはずの原型的事件と映るのを確かめることで、死を永遠への移行として体験したいと望むのである。フローベールは恐ろしい脅威の重みを感じているが、その危険の本性については決めかねている。だがいずれにせよ、彼は身内のもとへ戻る。彼は、まもなく自分を打ちのめすだろう破局をこの集団が制度化するようにと望んだのだから、家族の只中に戻ることは彼にとってそのものずばりの願望なのである。発作は今ここで彼を打ち倒すだろう。というのも、まもなくもはや手遅れになるだろうし、彼にはもう二、三日しか残されておらず、この最終期限を過ぎればたった一人でそれを蒙らねばならないだろうからだ。要するにパリで発作の犠牲とならないために、彼はポン＝レヴェックで発作に身を委ねるのである。

この第一の意図の下には——それは実にありふれた意図なので、独自な悪をそこに解釈する余地はないのだが——、彼にとってより個人的な別の意図が難なく見て取れよう。すなわち、彼は家族が自責の念でたっぷり苛まれればよいという欲望を抱いているのだ。自分たちの足許に彼が崩れ落ちるのを目にすれば、家族は恐怖に打たれるだろう。だがこのネガティヴな意図は、ある意味で、想像的なものを目指している。というのも、フローベールは父を悔恨の情で苦しませるという非現実的な満足を得ようとしているのに、どれほど手をつくそうとアシル＝クレオファスが〔現実に〕悔恨を感じることなどありえないからだ。したがって、根拠のないこの苦い喜びは、困難な脱現実化という犠牲を払って、もっとも耐え難い孤独のなかで体験されるしかない。つまり自閉症と狂気の境界において体験されるしかないのだ。それでも彼はそこに至るだろうし、わたしはそれをこの章で示すつもりだ。だがわれわれは、子としての彼の感情は両価的《アンビヴァレンツ》であることを知っている。したがって、まず彼の中に別の意図の層が見出されても驚いてはならない。これは、よりポジティヴな層だ。事実、エルネストへの手紙を読み返してみるなら、われわれは突然、一つの表情を見るように、ある言い回しに目を引かれる。その手紙でギュスターヴは自分の不幸を陰気に挙げ連ねているのだが、まったく場違いな一種の幸福なうぬぼれのようなものがそこに紛れ込んでいるのを、われわれは発見するのだ。問題となるのは、「ぼくは家族の手中でくたばるところだった」という言い回しである。自分の「脳充血」のニュースを伝えるためなら、「ぼくはくたばるところだった」と言うだけで十分だった。しかしギュスターヴは――彼が明白に意識していようといまいと――、こんな味気ない伝達には満足できないだろう。というのも、これでは具体的な事件をその総合的な統一性において説明できておらず、単なる抽象にしかならないからだ。発作の独創性は、厳密に不可分で一気に読まれるべきこれらの語群「家族の手中でくたばる」に表現されている。彼の仮死は家族的な性格のもので、それは弟息子の犠牲によるフローベールの家族集団の復元なのだ。実際この時まで、自由な成人で数日間を家族のもとで過ごしていたこの学生について、彼は家族とともに生きている、厳密には、家族に養われて生きている、と言うことができた。とはいえ彼は再び家を離れて試験を受け、自分の労働によって生計を立てられるような職に就くはずであった。しかるに今や、破局によって彼は再び「彼らの手の中に」捕えられたのだ。これらの語はまず、彼の枕許に集まって八本の手でその身体にすがりつき、彼を死から引き離そうとしているフローベール家全員の不安な懸念を示唆する。この観点からみれば、意図は明らかだ。愛されない子供は愛をよみがえらせるために、自分を傷つけたりわざと火傷を負ったりするものだ。ギュスターヴも同様である。われわれは、彼が父親を泣かせたいと夢見ていることを知っている。今こそそのチャンスなのだ。マクシムが見舞いにやってきたとき、アシル＝クレオファスの心痛はまだ続いていたが、もはや誰一人として弟息子の生命はもちろん、その理性すら案じてなどいなかった。だから家長が「絶望していた」と友人に教えたのは、フローベール本人にほかならない。デュ・カンの話に奇異な感じがつきまとうのは――語り手の悪意に基づく意図は考慮に入れないとしても――、明らかにギュスターヴだけから得た矛盾し合う情報が羅列されているせいだ。「彼は徹底的に瀉血を重ねるより他の治療を思いつかなかった」。これこそ弟息子の怨恨を満足させるものだ。また「父の絶望」は、主人を慕う臣下の満たされなかった旧来の欲望を、十二分に満たす。父は泣き、病人は無言で身動きもせず有頂天になって思う、「それじゃパパはぼくを愛していたのだ！」。こうしたことはエルネスト宛の手紙が裏付けている。その文中でのいくつかのくだりの調子は、間違いようがない。「父はぼくをここに長く引き留めて、注意深く治療したがっている。ぼくは元気なのに。」*1 すっかりお分かりだろう。ギュスターヴの本心では、数週間ほど休養したのちに元気でパリに戻るつもりだった。だが父が彼を引き留めたがっているのだ。多分これは余計な用心なのだが、ギュスターヴは愛から出た行為としてそれを受け入れる。なんという腹黒さ！　彼はなんとうまく状況を一変したことか。今や彼に学業の中断を命じるのは父であり、ギュスターヴは家族を不安がらせないために、エスト街の大好きな自室には戻らず、わくわくする民法の勉強を無期限に中断することに、服従から同意する。もっとも重要な点は、これが事実であるということだ。彼はポン＝レヴェックで自分を供儀にしたことにより、家長をして弟息子を世間と活動的生活から引き離さざるをえないはめに陥らせたのである。どれほど喜んで、彼は主人の決定に従うことだろう！

＊1　強調はサルトル。

だが彼を有頂天にしているのは、この決定にともなう将来の見込みだ。すなわち、「父は……ぼくを注意深く治療したがっている」。問題は彼をただ家に引き留めておくことだけではない。アシル＝クレオファスがみずから身を以て、絶えず彼の面倒を見ようというのだ。〈長兄アシル〉しか眼中になかったこの超多忙な医師が、わざわざ時間を割いて弟息子をこまやかに見守り、あれこれ気遣っている。ギュスターヴの——つつましいが明白な——勝利は、われわれに彼の転落の重要な意味を教えてくれる。つまり彼が兄の足許に崩れ落ちるのは、マゾヒズムからだけではない。死と狂気はおそらく彼を物に変えるのだろう。彼は扱いやすくなり、彼が「くたばりそこなっ」たのは、彼のライヴァルすなわち我慢ならぬ簒奪者の手の中でなのだ。しかし彼が物になるのは、看護の対象になるためである。彼は徹底的にやり抜いて死や狂気に達するつもりなどないのだから、フローベール家の二人の医者は彼を治すように努めなければならない。なるほど彼は恥にまみれて自分の運命と生命を敵である兄に委ねるし、彼の転落は屈従だ。だが他方で、彼はアシル＝クレオファスの代理人に、父ならそうしたであろうように振る舞わせて、弟息子の方にかがみこんで最悪の事態を恐れ、彼を救うために何でもやってみるように強いている。要するにギュスターヴは、アシルを温情に満ちた兄の役目に復帰させるのだ。壮年の既婚者で父親でもあるアシルは、病院長の職務の相続を待ちながら、自分の生活を送っている。根底でアシル＝クレオファスと結ばれているアシルは、フローベール家の他のメンバーたちとの間に距離を設けている。そのアシルをギュスターヴは、自分の状態が要請する処置によって、弟息子が不慮の転落により突如としてその中心になった身内の集団に連れ戻すのだ。このとき若いフローベール医師の苦渋の顔があらかじめ示すのは、それまではあまりにもいかめしく辛辣で、時として苛立たしげであった家長の顔であり、厳しく、いくぶん当惑したような、たいていは氷のように冷たかった母の顔であり、アマールごとき者のために彼を見捨てた裏切り者カロリーヌの顔である。これらの顔がすべて数時間後には心配したり哀願調になったりして、ギュスターヴの方に向けられるだろう。口もきけず、目も見えず、身動きすらできない彼は、物の惰性を真似ているのだから、確かに物（対象）ではある。だがそれはついに愛の対象になりおおせたのだ。枕許で交わされるひそひそ声の淡い心遣い、うやうやしい沈黙、優しさでうるんだ眼差しなどを、彼は待ち受ける。さらにつけあがって彼が仮死に身を委ねるのは、「くたばる」ためではなくて、家族の「手の中に」退くためだ。彼はいくらか悦に入って次のように書くだろう。「今年は早くから海の空気を吸わされるだろうし、たっぷり運動もさせられるだろう。またとりわけ、平静にさせておいてもらえるだろう」。ここにおいてわれわれには、彼の受動的選択の意味が明らかになる。裸でひよわで身を守る手だてもない無力の病人は、身動きできない乳呑児に戻るのだ。死と狂気を通じて、彼は自分の原始史まで退行しようとする。あてにしている医療処置を、彼は母親による乳児の世話として受けるつもりだ。念入りで手際もよいが熱意に欠ける母親の日常的な世話が、彼にその素質構成における受動性を身につけさせたことを、われわれは知っている。だがまさしくこの理由により、彼は純然たる受動性を熱望するのだ。発作が転落とそれに続く麻痺という形をとったのは、偶然ではない。彼は習得したすべての身振りの能力を失い、会話や歩行はもちろん、もはや立っていることさえできなくなった。アシルが市立病院に連れ帰るのは一人の新生児である。この「宿命的瞬間」において、ギュスターヴが自分の幼少期の最初期に戻るのは、家長（彼がギュスターヴに活動という刑を宣告した）に対抗するためだろうか？　父親の支配以前の黄金時代に戻るために、時間の流れを遡って彼が再び見出そうとしているのは、母親のゆるぎなき権威なのだろうか？　そうではない。と言うよりむしろ、それだけではない。確かにあの当時彼の面倒を見ていたのは母親だった。それはそうだが、今ギュスターヴが必要とする看護は、母親による世話と同じくらい親密なものでありながら（彼は「注射器でソクラテス風に稚児さん扱い」（シュヴァリエ宛、一八四四年二月九日付の手紙）されるのだ）、父親だけが施すことのできるものなのだ。いずれにせよ転落の意図は——これが両価的《アンビヴァレンツ》であることはいずれ分かるが、ここではその肯定的な側面のみを検討する——、この健忘症の不公平な父親を、この雄性に満ちた恐ろしいモーセを、母親化して、フローベール夫人がかつてしていたようにみずからの手で息子の世話をさせることであり、一八二一年に夫人が構成しその後崩壊してしまったこの身体を、再構成させることであり、要するに領主の男性的な権威をドアの外で脱ぎ捨ててギュスターヴの部屋ではペチコートをはいた父に、女性的な優しさをもって[*1]彼の手当をさせたりソクラテス風に稚児さん扱いをさせたりすることである。生みの父を生みの母に変えるのは簡単ではない。しかしこれこそ発作と同時にギュスターヴが専念し始めたことであり、素早く遂行されたこの作業が少なくとも四四年の夏の終わりまでうまくいくことになるのは、認めざるをえない。そして何よりも、彼は自分の原始史を修正しながらやり直し、愛ゆえに彼に代わってあらゆる決定を下してくれるような優しい間主観的な環境を周囲に作り上げて、みずからは周囲の者の目指す主要な目的になろうとするのだ。

＊1　たしかにこの優しさを、フローベール夫人は一八二一年に持ち合わせていなかったのだが。

実際、この次元で彼が相互補完的な二つの目的を追求していることに、疑いの余地はない。つまり一方で、電撃的な退行によって心配の種をまきちらし、今まで一度もなれなかった秘蔵っ子になること。他方で、入浴、髭剃り、排泄等の義務を含めて、彼に重くのしかかる責任をすべてフローベール一家の集団に押しつけること。おそらく第二の目的の方がより重要であろう。というのも、それはギュスターヴの実存の様態にかかわるからだ。言い換えるなら、時間化作用と空間的な位置決定とに対する彼の存在論的関係にかかわるからだ。

確かに、彼が単により小さな不幸として、あるいは愛情を呼び起こすためにだけ、物としてのあり方を熱望していると考えるのは間違いであろう。実を言うと、彼はまたこのあり方をそれ自体として求めてもいるのだ。現にわれわれが見たように、彼はパリで自分自身の活動性を、見覚えもないのにみずから引き受けねばならない無縁の力として、わが身に蒙っていた。彼は自力で何一つ決定しなかったが、他者の決定を内面化して引き受けねばならなかった。他者たちは、彼の自発性が支配されて、彼が自分たちの企ての意識的な手段になることを必要としていたからだ。かくして、彼にとって主観的内心は劫罰だった。なぜならそれは諸々の命令の内面化でしかなくなり、その命令は次いですぐさま、自由に同意された彼自身の責任になるからだ。したがって、ポン＝レヴェックで破局の深淵に身を屈めたとき、彼は責任免除の眩惑に捕えられたと想像できる。彼がついにボウリングのピンのように倒れるのは、この主観的内心から解放されるためでもあり、つまりは内面化の牢獄から逃れるためでもある。他者たちは、いつもそうしてきたように、彼に代わって決定を下すがよい。だが自分たちで決めたことは自分たちで実行してもらおう。ギュスターヴは自分自身の外にとどまり、もはや自分さえ持たず、外部‐存在を一時的に体現するだろう。彼は外から運動の衝撃を受けるだろうし、それは外部の抵抗力が何も加わらないかぎり動き続けるだろう。だがこのモビール[1]は、こうした衝撃をみずからの責任で引き受けなおす「内部」をもはや持っていない。だから他者たちは彼を何でも好きなものに変えて、下剤をかけたり、起こしたり、寝かせたり、馬車から降ろしたり、運んだり、どのようにでもすればよいのだ。ギュスターヴは——重力の抵抗を除けば——彼らにいかなる抵抗もしないだろうが、みずから協力することもできない状態になった。これは何という死者の平穏であることか。服従の可能性と不可能な反抗の夢を、彼は同時に失うのだ。ボウリングのピンはあらゆる責任を辞退する。ピンになれないのなら、死体の状態のほうが狂気よりも彼の意図に役立つだろう。死体の状態は〈対自〉の〈即自〉への回帰を象徴するからというだけではない。人間の事物化というテーマは、常にギュスターヴにつきまとう観念だったからでもある。たとえば、マルグリットは解剖台の上で死んだし、シャルル・ボヴァリーは死体解剖されるだろう。そしてこの二人の間には、どれほど大勢の死者が汚され冒瀆されたことか。偉人は腐肉となって群衆の目の前で墓堀人にいじくりまわされ、ジャリオは剝製にされ、マッツァの裸の死体は警視の卑猥な眼差しに凌辱される、等々。このモチーフにはマゾヒスト的な意味があり、それによってギュスターヴは、死の誘惑を転落の誓いに結びつけることができる。だがわれわれはそこにまた、非常に古い意味をも見出す。それは、ギュスターヴとカロリーヌが背伸びをして、アシル＝クレオファスの解剖作業の現場をのぞき見することができた時代に生じた意味だ。つまり、死体とはすぐれて扱い易いものなのだ。それは裸にされ、台の上に横たえられ、腹を開かれる。疑いもなくこの原初的光景は、発作に際して確実にしかるべき役を演じた。すなわち、死への志向が目指していたのは、意識の廃滅よりむしろ外在的に死体として生き残ることであり、その間ギュスターヴは家族の手に委ねられて、彼らのあらゆる企ての他愛ない対象になるだろう。これにより発作の混合主義〔合成的思考〕が明らかになる。というのも、狂人や死体や乳呑児は、扱い易いが依然として人間のままでの免責を、様々なレベルで形象化したものだからだ。死においてさえ、家族の絆——ギュスターヴを構成する関係——は保たれる。死体はともかくも葬儀の対象と規定されるからだ。もちろん事態はそこまで進まないだろう。ギュスターヴは生き延び、幼少期に戻ることもないだろう。肝心なのは、彼が自分の人間性を放棄しようとする根源的な意図を持ったということだ。彼がまぎれもなき病人になり、あとまで続くその発作が、常に蒙られたもので決して装われたものでないためには、やはりこれくらいは必要だった。だが一方で、得られた結果——すなわちアシル＝クレオファスの診断を受け入れないあの不治の病——は、期待していたものよりはるかに劣るとはいえ、彼にとって死と同根同質のものであることに変わりはない。死体や馬鹿息子は家族内での免責を象徴するのだから、彼の神経性疾患はこの無責任を生きる一つのやり方なのだ。彼がみずから願っていたように、原始史まで行きつくことはできないにしても、退行はやはり効果的だ。それは彼を少年期に連れ戻してくれる。この慢性化した病人は、自分の病気によって極端な依存の状態に留めおかれる。一つの事故により、彼は永遠の未成年の立場へと、換言すれば女性の立場へと、追いやられたのだ。

この意味において、ポン＝レヴェックでの発作は、時間化作用に対する彼の闘いの最重要なエピソードである。われわれがすでに見てきたように、数年前から彼は執拗に未来を――彼の未来を――破壊しようと夢中になって、自分を人間的な持続から引きはがして上空飛翔の意識となり、〈永遠〉の中に身を落ち着けようとしたり、快楽主義（「未来は絶望的だ、飲もう」）や放心状態によって純粋の現在に没頭したりしてきた。だが無駄だ。〈永遠〉は到達不可能で、たとえ酩酊していようと、彼の現在は未来の条件によって構造化され、彼の人生は容赦なく一定の方向へ導かれている。彼は〈未来〉を忘れることならできるが、それを削除することはできない。しかも未来を忘れているときでさえ、自分を待ちかまえているおぞましい結末の方へと、盲目状態で押し流されるがままになるしかない。というのも、時間化作用を作りつつこれを蒙るということは、生体験を織りなす横糸であり、生体験の法則であるからだ。彼に残された手段はひとつしかない。それが、ポン＝レヴェックで彼が選んだ手段である。すなわち、未来の少年を殺し、同時に、未来のない成人男性を誕生させること。この男は殺された少年を凝視している。男には少年を凝視するより他の存在理由はない。空虚で、情熱も根性も関心もない彼は、記憶を探索する光の束でしかない。自分の記憶だろうか？　そうではない。彼はそれをはっきり言っている。それは他者の記憶だ。彼には決して何も起きないだろう。なぜなら、彼は何一つ――「死」を除けば――彼には起こりえないように自分を作ったからだ。言いかえれば、発作によって、情熱、希望、激怒、恐怖に満ちた生を一つの以前として構成し、この生を凝視するように委任された生き残りである他者が、この生の以後になるより他の時間的規定を持たぬようにしなければならない。それに、なるほど、目下生きられているあらゆる瞬間は、以後として生きられる限りにおいて、弁証法的に以前として構成されるということを、ギュスターヴは身銭を切って思い知らされている。しかし、後に彼が傲然と言い放つように、「われわれは生きるようにできてはいない」のだ。このわれわれとは誰だろうか？　そして生きるとはいかなる意味なのか？　それについてはまもなく検討しよう。今のところ、次のような点を指摘しておけば十分だ。すなわち、以前のない以後は抽象でしかありえず、ギュスターヴはこのことを確信していたこと、にもかかわらず、ポン＝レヴェックの破局によって、彼が絶対的な以前を構成しようとしたこと（過ぎ去った彼の青春には、彼がそれを全体化することで自分を空無化する限りにおいて、もはや決して以後がないだろう）、同時に純粋な以後、純粋な回想意識に還元されて、絶対に何かの、または誰かの、以前ではありえない純粋な以後を、構成しようとしたこと。これは『十一月』の二重構造〔二分法〕であり、四四年一月の仮死によって実現されたものだ。この操作がうまくいくためには、彼が死ぬことを熱烈に信じこんでいなければならず、この思いこみ自体のなかに、他者として生き返るという意図が含まれていなければならなかった。自分の富も人格さえも欠いた他者として、すなわち、一撃のもとに全体化され、次いで死のためにばらばらになった体験の破片を調べ上げ統一する純然たる超越論的〈自我〉として、生き返るのだ。だが間違ってはならない。ギュスターヴの関心を引くのは、若い死者ではない。彼が関心を寄せるのはもう一人の方であり、若い死者の発掘者〔考古学者〕である。この発掘者を救うために、彼は若者を殺すのだ。そして発掘者とは老人でなくて何でありえようか。彼が初めて自分の「鬱血」について語っている四四年一月の手紙からすでに、少年期におなじみのものであった老いのテーマが完全に再現されている。「自分の苦痛の話ばかりして、きみをさぞうんざりさせていることだろうね。でも仕方ないじゃないか？　年寄りのかかる病気になってしまったのだから、ぼくが連中のようにくどくど話しても許されるだろう」（シュヴァリエ宛、一八四四年二月一日付の手紙）。フローベールにおけるこのライトモチーフは、様々な機能と意味を持つことを、われわれはすでに見た。だがここで彼は『狂人の手記』の「もう老人だったらなあ」を呼び戻しており、その主要な役目は、時間化作用の諸構造を吹き飛ばすことなのだ。老人とは、自分の過去を振り返り、もはやいかなる未来も持たぬ人間の謂である。お分かりのように、すべてが前もってすでに準備されていた。彼からその未来を奪うはずの発作の翌日にはもう、ギュスターヴは、発作の恩恵を失わぬために自分が演じるべき役割を知っている。彼は自分の病気を早すぎる老化として生きるだろう。これは彼にとって難しいことではあるまい。身体の疾患にかつて苦しんだ人や目下苦しんでいる人について、あの人は急に老け込んだなどとよく言われるではないか。さらに彼の他の幻想も、この新しい隠喩《メタフォール》で十分満たされる。すなわち、老人は子供に戻るので、子供と同じ責任能力のない看護と気遣いの対象となり、人は本人の考えを聞きもしないで彼のために何でも決めてくれるのだ。

　したがって、彼はここにおいて不変なものとなる。それも決定的に。つまり彼は世界に勝ったのだ。このテーマは彼にあって新しいものではないことを、われわれは知っている。発作の後で、彼はどれほど勝ち誇ってこのテーマを再び取り上げ、強調することだろう！「ぼくについて言えば、また同じ面倒の繰り返しさ。前よりよくも悪くもならない。きみがかつて知っていたし、今も知っており、今からも知るだろうあの同じ小僧で、他人たちをうんざりさせているが、本人はもっと自分にうんざりしているのだ。自由で気取ったところのないようなおしゃべり仲間と、たまにはいい目を見たにしてもね」[*1]。これより少し後に、父と妹を亡くした後で、彼はマクシムに繰り返すだろう。「ぼくには自分が、何というか……もう変わりようがなくなったように思われる。たぶん錯覚なのだろうが、そうだとしてもぼくにはもうこのようにしか思えないのだ。起こりそうなことをすべて考えてみても、ぼくを変えられるようなものなど何一つ見えてこない。つまり根底から、生活を、通常の日々の流れを変えられるもの、という意味だ……」[*2]。第二の引用部分の表面的な意味は、十分に明らかだ。つまりこの二つの死の後に、自分は明断だが永遠に続く絶望に陥り、なにひとつこの絶望をこれより強めたり弱めたりできないだろう、というのだ。そして確かに、彼がマクシムに理解させようとしているのはこのことである。しかし、彼が本気でアシル＝クレオファスとカロリーヌの死を悲しんだりしなかったことを、われわれは十分承知している。それにまさしくこの文章の終わりに、彼は次のように付け加えているのだ。「それからぼくには仕事の習慣がつき始めたのだが、これについては天に感謝している」。すでに少年期から、彼は自分のブルジョワの運命にさからって不変性を欲してきたが、それを彼に与えたのは他者たちの死ではなく、四四年一月の彼自身の死なのだ。これ以後、彼はもはや変わることがなく、過ぎゆく日々はどれも同じようなものだ。彼はアルフレッドに四五年九月、「どの日も似たようなものだ。一日たりとてぼくの記憶のなかでくっきり浮き上がってくるような特別の日はない」と書いている。これは断じて愚痴などではない。というのも、「これは賢明なことではないだろうか？」と付け加えているからだ。それにこの手紙は全体として、彼が平静である理由の説明にあてられている。これより十年後、トゥルーヴィルへの旅行から帰ると、彼は嬉しげに書く。「これでまた似たような日々の連続が始まります……」。さらにもう少し先には、「旅行〔移動〕ほどわれわれ人間の生活の偏狭な性格を明らかにしてくれるものはありません。生活は揺さぶれば揺さぶるほど虚ろに響きます。というのも、身体を動かしたら休息する必要があるからです。われわれの活動は、どれほど多様に見えようと、不断の反復にすぎないのだから、身体の活動範囲が広がったときほど魂の偏狭さを納得させられるときはありません」[*3]。この指摘が彼のオリエント旅行の後でなされたことを考えるなら、これはその重要性を最大限に発揮する。彼にとって衝撃的なことは、発作から十年後に再びポン＝レヴェックで闇の中を通りながら、「十年前に私はここにいた」と考えたことだ。「そして今ここにいて以前と同じことを考えており、時間の隔たりはすっかり忘れられています。それからこの隔たりが、無の渦巻く巨大な谷間のように見えてくるでしょう。不確定的な何かが、ひとを自分自身の人格から隔てるのです」[*4]。空っぽであるがゆえに不確定的なのだ。不断に再び始められる色彩のない唯一の同じ日。彼を彼自身から分かつものは、あらゆる内容を奪われた純粋時間である。重なる死別も、アルフレッドの裏切りも、ルイーズとの出会いも、旅行も、彼の持続時間を満たすことはなかった。すべては滑り落ちて、彼が四四年一月に自分に与えたあの「偏狭な性格」を変えることはなかったのだ。彼がはっきりと拠りどころにしているのは、ポン＝レヴェックの夜である。あの夜に、彼は自分に不変性を与えたのだから。四四年以降、彼はそれを意識している。このことを納得するには、七月から書き始められた初稿『感情教育』の結末を読み直せば十分だ。なるほどジュールは発作を起こさなかった。だが、われわれにはその正確な理由は分からないものの、彼の内部にはある断絶ができてしまった。「その中で生きたいと願った平穏が……突然彼を……その青春時代から遠ざけた……彼は心をほとんど石化させた」。自分の過去を、すなわちこの断絶より前に送っていた生活を振り返りながら、彼は「思い出が実際の事実や感情であったこれらの場所の目の前にあることによって、ますます生き生きとかきたてられる思い出のなまなましさにおそれをなして、彼はこの思い出が全部自分一人に属するものかどうかと自らに問うてみた。ただ一人の生だけで十分だろうかと」。つまり彼は当時まだ、後にそうなる「骸骨」になっていなかったということだ。このとき彼は変化中だった。「彼はびっくりして自分自身を見つめ、浮かんでくる多様な考えのすべてを、思っていた」（サルトルの引用は原文と多少異っている）。しかしもう少し先で――数年が過ぎて――フローベールは主人公の現在の生活について語りながら、このように書いている。「彼の人生は茫漠としている。表面的には、他人にも自分自身にも悲しげで、単調な同じ仕事、同じ孤独な瞑想のうちに流れ去ってゆき……、慰めるものも支えるものも、何一つとしてない」[*5]。

*1　エルネスト宛、四四年十一月十一日、『書簡集』第一巻、一五七ページ。
*2　マクシム宛、四六年四月、『書簡集』第一巻、二〇四ページ。
*3　ルイーズ宛、五三年、九月二日、九時、『書簡集』第三巻、三三一ページ。
*4　ルイーズ宛、五三年、九月二日。
*5　表面的には。すなわち深層では逆だということだが、これについては後にまた触れよう。

早くも少年期から渇望し、公言し、ポン＝レヴェックで実現したこの不変性は、ある意味で時間の中への〈永遠〉の侵入であり、したがって時間化作用の粉砕なのだ。ギュスターヴは自分を選んだ。それでしかないが永遠にそれであるものとして。すなわち、みずからを――大部分は否定によって――定義すること。しかしこの最小限の識別のしるしによって、何にでも耐えられるほど硬い武骨な甲殻で自分を覆うこと。お分かりのように、少なくとも彼個人に関する限り、ギュスターヴの努力は時間を変えるための努力だ。彼がもはや決定的に機械的なシステムでしかなくなれば、そして物と過去の即自存在を身に帯びるなら、作りつつ蒙る時間化作用の不可逆性は、連続という均質の環境に、すなわちニュートン力学の時間に取って代わられる。〈歴史〉の時間は廃される。それに取って代わるのは数学の時間であり、これは際限なく分割できる単なる容器で、それ自体としてはいかなる効力もなく、おのれの内容にいかなる作用も及ぼすことはできない。このような観点をとるとき、未来、現在、過去は、構造の異なる「実存論的なもの」ではありえない。未来の瞬間は——時間的形相において考慮するなら——、現在の瞬間や過ぎ去ったもろもろの瞬間とまったく同じであろうことはすでに分かっている。だがフローベールはさらに先へ行く。不変である彼は、自分に関する限り、未来の内容は現在の内容そのものと異なりはしないだろうと主張する。周知のように、死と惰性は、未来の優位を打ち破って、時間という「器」の完全な均質性を保証する唯一の手段である。ギュスターヴは、時間とは彼自身であることを十分に理解した。彼は倒れ、凝固し、その結果、時間性の内面化を拒否する。時間性はもはや普遍的で完全に惰性的な環境でしかないのだから、彼はまた時間性を非人間化する。〈永遠〉の時間的イマージュであるこの瞬間、以前と以後が相殺される極小の宙吊り状態であるこの瞬間を選ぶことは、現在にしがみつくことであり、体験されたこの瞬間の彼方には、まさしくこの同じ瞬間の復元以外に何もないだろうと主張することだ。それは今まで〈運命〉という名で認めていた残忍だが人間的な意味を、自分の人生に拒否することだ。〈運命〉は死んだ。天才的〈芸術家〉の夢みられた運命も、あれほど恐れていた偉人のなり損ないであるイヴトの公証人の運命も、ひとしく死んだ。フローベールの実存〔人生〕はもはやベクトル的ではなく、取り返しのつかないまでに不可逆性を失ってしまった。それどころか、この実存〔人生〕は空虚な現在の連続である。というのも、この生き残った老人は、自分自身を惰性的〔無気力〕な空隙としか規定できないからだ。彼の特徴は、まさしく自分ではない若い死者を瞑想していることなのだ。かくして彼は何ものでもないので、何も彼に打撃を与えることはできない。そして死者はといえば、まさに彼はもう存在しないのだから、あるいは同じことだが、彼は即自存在なのだから、時間はその豊かさにもかかわらず彼に何の影響力も持っていない。こうした瞬間の選択は、ある一つの瞬間の選択としてしか実現されえなかった。ある致命的な一瞬が、雷の一撃でフローベール家の息子の企てをすべて打ちこわして、あらゆる人間的な活動が狂気の沙汰であることを明示しなければならなかったし、〈永遠〉が突然なだれ込んで、われわれのみじめな持続時間の連鎖的崩壊をすぐさま引き起こさねばならなかった。事実、時間化作用がプラクシスを織りなす横糸そのものであるなら、もろもろの瞬間的選択は定義により破壊的である。かくしてギュスターヴは、ポン＝レヴェックで、ある一瞬を特権化することにした。すなわち時間性の内‐時間的な否定である。何かが彼に起きるのは（瞬間とはまた蒙られた事件の時間でもある）、もはや決して何事も彼に起きないためなのだ。発作は、あの夜あの時刻に、その瞬間のギュスターヴの暗示症的な眩惑から生じた。彼はこの自己暗示を徹底させて、みずからを非時間化するにいたった。つまり、人間的現実に固有のあの果てしない延期の理由をもはや理解しようとすらせず、その場の要請に絶対を見出すまでにいたったのだ。

この受動的選択が目指すのは、死そのものというよりも、むしろ死の側から生を見る視点だ。それでも構わない。だがこの目的に達するには、フローベールは本当に死んでいなければなるまい。彼がそれでもなんとか生き延びているのは、この不可能な根源的目標の背後に、もっと控えめだが実現可能な別の目標があるからだ。それは、〈歴史〉のベクトル的時間に代えて、循環という田園的で飼い慣らされた〔家庭的な〕時間をあてることだ。実際、反復もまた——永劫回帰の神話が十分に示しているように——、〈永遠〉の見事なイマージュである。特定の日付に際限なく戻ってくるものは、不変性の時間的等価物なのだ。しかるにフローベールは、家庭という環境の中に食い込むために手足の機能を失うことで、反復の世界（決まった時間に一緒にする食事、家族にはおなじみの冗談、共同の習慣、祝日、誕生日、等々）に埋没した。そしてこの反復は——われわれが強調した両価性《アンビヴァレンツ》も含めて——、幼少期への回帰を表わすのだから、彼の欲望の根底的な対象だった。そのために、すでに見たように、最初の発作にはその意義の本質的な構造として、おのれを反復させようとする内的で有機的なアンガージュマンが含まれていたのだ。実際、後続の発作は最初の発作の正確な繰り返しである。それらの発作の各々は、〈永遠〉の複製でなければ何なのか？　あるいはこう言ったほうがよければ、瞬間性として体験される現在による、実践的時間の解体の複製でなければ、いったい何なのか？　予見できないが頻繁に起きるこうした発作のぶり返し[*1]は、ある意味で、方向づけられた〈行為〉の時間に対して、周期性の時間や可逆性や恒常性の優位を主張している。これらの発作は常に似たもので、カレンダーの祝日のように繰り返しやって来る。つまるところ、それらは祝日である。なるほど、ぞっとするような祝日ではある——恐ろしさは次第に薄れていくものの——。しかしこうした祝日の暦は、フローベールを反復の環境の中で支えることを目的とし、家族内での反復を象徴するものなのだ。事実、彼は依存と無為の状態で家族の慣習を蒙るのだから、集団的実践の間歇的再現は——そこで彼が楽しもうと楽しむまいと——、発作がそうするであろうように、彼に影響を及ぼす。そして逆に、あの「備忘のため」の類型的発作は、それが周期的な形で起きるときにのみ、彼にとって意味を持つ。アシル＝クレオファスが少し安心したり、家人が用心のために何をなすべきか分かったり——または分かったつもりになったり——すれば、すぐに、これらの類型的発作はそれ自体が家族を総動員する集団の慣習と化して、誕生日や鳴り物入り《カリヨン》の大祝日のように、フローベールとその両親の緩慢な植物的生活にリズムをつける。ギュスターヴは、周期的な時間とは永遠の劣化したイマージュであることをよく理解していた。というのも、わたしがすでに引用した手紙で、ルイーズに次のように書いているからだ。「……われわれの活動は、どれほど多様に見えようと、不断の繰り返しでしかないのです」。そしてこの場合、これはもろもろの行為を直接に非難することになり、行為とは錯覚にすぎないことを明らかにして、行為が新たな問題に解決を創り出すなどという主張の下には、型にはまった行動と習慣の古色蒼然たる循環があると指摘することになるのだ。

＊1　類型的発作が、定期的に繰り返されるある種の心身変調のように、外的圧力もないのにおのずと生じるということは、まずありえない。むしろ反対に、ギュスターヴはポン＝レヴェックの発作を反復しようとするヒステリー性の素因を内に宿しながらも、家族間のなんらかの事件が四四年一月の状況を多かれ少なかれ忠実に再現したり――または少なくともこの状況を彼が再体験するように仕向けたりしなければ、痙攣を起こすことはないと考えるべきである。そして、このような機会に事欠きはしなかったことがうかがわれる。家長の行動主義は不滅の圧力であるが、それより下の段階では、市立病院にやって来る「アシル」たちの存在と発言、彼らの計画や心に描く未来などがある。また、「カロリーヌの裏切り」と婚約、アマールの来訪、フローベールがアマールに示さなければならない友情なども、考慮に入れるべきだ。これらすべての与件がなんらかのやり方で結びつくとき、現在の彼の身分が問題視されるとき、自分が観察され様子を探られていると感じるとき、友達や未来の人生をほのめかす言葉が眠っていた欲求不満を目覚めさせるとき、要するに、沼が掻き回されて泥が水面に再浮上してくるとき、彼は痙攣という反応を示すのである。

これは真実だ。もはや彼は変わらないだろう。四四年一月になされたこの不変の選択は、夢ではない。それは現実の変身を引き起こし、ギュスターヴの内部であらゆる活力を決定的に凍結させた。マクシムはその『文学的回想』に書いている。「私は四三《ママ》年二月にルーアンの市立病院で、こんな彼に再会した。彼は一生のあいだ、こんなふうであり続けるだろう。十年たっても二十年たっても……彼は同じ詩を賛美し、同じ喜劇的効果を追求し、同じ熱狂にとりつかれて、現実の生活では禁欲を守っていたにもかかわらず、いやな顔もせずに馬鹿げた猥褻な本を読んで楽しんでいた……まるで二十歳ごろに作品の構想をすべて考え出し、以後の人生はもっぱらそれらの着想に本体を与えるのに費やされたかのようだ」。書き手の意図は明らかだ。ギュスターヴを哀れみ、その価値を貶めて、最後に次のように結論付けることであるらしい。「私の確信は揺るがない。ギュスターヴ・フローベールは稀に見る才能に恵まれた作家であった。神経の病にとりつかれなかったら、天才になっていただろうに」。また、別のところでは、友の「創作力」は「がんじがらめに締めつけられた」と言っている。他方で彼は、その場を動こうとしないギュスターヴの現状維持主義《イモビリスム》［不動主義］に、神経組織が全面的に蒙った――したがってフローベールの人格とは無関係の――、過酷だが意味のない疾患の影響を見ている。だがこの二つの点について、彼は思い違いをしている。まず、ギュスターヴが動けなくなったのは、われわれが見たように、意図的にそうしたのだ。そして変化することの拒否は、同じ読書や同じ冗談といった日常生活の次元にしかない。彼の姪はごく幼いときから、クロワッセの生活を、日常的な同じ儀式の規則正しい回帰だと感じていた。しかしそのせいで彼の創作力が何らかの悪影響を蒙ったと結論づけてはならない。われわれは次の章で、まったく逆であることを見るだろう。ギュスターヴは確かに稀に見る早熟振りを発揮したが、彼が「すべての構想」を得たのは二十歳のときではなく、十五歳のときだ。そして病気は断じて彼を停止させなかった。彼の目的は別の構想を見出すことではなく、十五歳のときの構想を活用して美しい作品を生み出すことだったからだ。ユゴーは内容を求める形式であると言うことができるなら、四一年以後のギュスターヴは形式を求める内容であることをわれわれはすでに見た。それでも、デュ・カンの証言は、どれほど「偏って」いようと、フローベールが書簡集で明かした証言を裏付けている。何年も前からフローベールは成年になることとその義務とを拒否し、延長された幼少期か突然の老化を願ってきた。しかるに時間は流れて、なりたくもない大人の方へ彼を運び去った。そこで彼は四四年に、永遠に今のままでいるように自分を操作した。その仮死は、できるかぎり変わらないために最小限に生きるという彼の受動的選択を象徴し、同時にそれを実現するものなのだ。

この時間性の拒否は、同時に、新しい位置決定の選択として、あるいは古い場所（*situs*）の復元としても体験されるはずだ。というのも、惰性とは空間的かつ時間的な規定だからだ。即自存在を選ぶことは、人生が運命になるのを恐れてそれを冒険として実現するのを受動的に拒むことであり、したがってこの選択はまた、超越を規定する「世界内存在」を、事物に固有の性格である「世界のただなかにある存在」（本書四九ページ注(12)参照）で取って代えようとする、暗示症的な試みでもあることが明らかになるはずだ。事実性――投錨――、すなわち投企によって不断に乗り越えられかつ保持される偶然性は、投企がおのれを否定しようとするなら、物として状況づけられた〔場に置かれた〕存在へと劣化するはずなのだ。実を言えば、物は決してそれ自体によって状況づけられることはない。物にわれわれの実践的領域の中でひとつの状況を付与するのは、投企である。[*1]だがまさしく、超越が反転して事実性を惰性にしようとすると[*2]き、超越は事実性を、侵すべからざる一つの場所と規定しなければならない。その結果、二重の混乱が生じる。すなわち、内面性は外面性として体験され、外面性は内面性として体験されるだろう。

＊1　言うまでもなく、事物を状況づけることは、観念論的な指定と同義ではない。事物はあるがままにそれらの現実的関係の中

で開示されるが、それはそれらもろもろの関係の全体が行為者によって実践的環境としてとらえられる限りにおいてである。ある石油層の発見は、直接的に、（他人所有の）他の地層、輸送手段、掘削道具、開発費用（その大部分は前述したものが決定すれば決まる）、手持ちの資金、経済情勢、等との関係における、この地層の状況である。とはいえ、この地層はそこにあるために、この発見を待っていたわけではない。

＊2　プラクシスには必ず、人間（と動物）が惰性的なものを加工する唯一の手段とするために、自分自身の惰性（というのも生物は乗り越えられ保持された惰性だからだ）に頼る契機が含まれるが（プラクシスのこの契機について、私は『弁証法的理性批判』で述べた）、このことを忘れるなら、こうしたことすべては理解できない。惰性とは生物の、したがって行動の、ある種の構造である。かくして超越の逆転は――これはフローベールにあって、典型的だが常軌を逸した暗示症的な選択の契機である――、惰性を創り出す必要もない。超越の逆転は、惰性が手段でしかないときに、惰性を目的にするだけである。さらにわれわれはもっと先で、フローベールがこの惰性を活用するのを見るだろう。それはレバーを押すためでも重いものを肩で担うためでもなく、自分の実践の夾雑物から想像的なものを解き放ち、芸術家の非現実的な冒険を構築するためである――これは選択のポジティヴな面である――。わたしがここで示したいのは、四四年の発作はそれ自体として非現実化作用であるものの、そこから現実的な諸要素がプラクシスの構造の中に与えられる、ということなのだ。ギュスターヴは受動的行為者として、自分の惰性を別の目的に利用するというだけである。

われわれが目下検討しているのは、まさしく受動的選択の空間的な意味だ。実際に、転落と病気はギュスターヴの家族環境への統合を促す。あるレヴェルにおいて、この動機は父や長男との関係に求めるべきだ。秘蔵っ子のアシルはもう一家の中にいない。今度は彼が家庭を設けて独立しているのだ。ギュスターヴは寺院の秘密の中心に場所を選ぶことで、簒奪者に復讐の矢を放つ。その意志薄弱、虚弱、依存によって、彼は集団の内部で最上の位置を奪い返し、これにより、知性と性格の強さなどによってここを切り抜けて行った未来の直系相続人に対して恨みを晴らすのである。だが別のレヴェルにおいて、この統合のプロセスはより深く根源的な意味を持つ。このプロセスが徹底的に体験されるのは、それが幽閉〔閉じこもり〕という形をとることによってのみなのだ。四四年の派手な発作によって家族の懐へ帰ったギュスターヴが、もうここを去るまいとひそかに自分を拘束《アンガジェ》しているからだけではなく、みずから受け入れた転落によって彼の人間嫌いが激化し、家族以外の他者たちとのいかなる交渉にも耐えられなくなったからでもある。この意味で、彼は、新たな発作に備えて身内に世話を焼かれ、自分を守ってもらうために市立病院に逃避するだけではなく、そこに隠れてもいるのだ。これ以後は、場（*lieu*）が最重要になる。人間たちに対して、壁という守りが必要だ。まず防御壁になったのは、なるほど家族だ。だが、本物の不動の盾である壁が、家族の客体化となるだろう。とりわけギュスターヴの客体化であり、彼の外殻である。後にギュスターヴはしばしば、ブルジョワの伝統が「存在相互の不浸透性」[2]と呼ぶものを強調し、それを――彼の以前にも以後にも多くの人がそうしているが――ひとかたまりの群島の島国性にたとえる。だが島がよりよく象徴できるのは、地所（*domaine*）とそれを取り囲む高い壁だ。人間も物も入りこめないわけではないが、人間が物の外在性を利用して自分の内在性を作り、他人たちをそこから締め出すとき、人間には物によって不浸透性がもたらされるのだ。家と土地を取得（appropriation）する行為によって、所有者は、その真の関係が相互的外在性である物質のあらゆる構成要素を、所属という魔術的な関係の中で結びつける。同じ一つの行為によって、所有者は〔所有する物の〕粒子を圧縮し、他人たちを外へ押しやって、このように画定された空間の断片に閉じこもる。こうして人間は所有する物を特殊化する。だが逆に、独自性も物から人間に返ってくる。ギュスターヴは、身振りによって部屋と家の総合的統合を自分の所有の単位として実現することで、この物の所有者に変化するのだ。これはつまり、彼は自分の本質を、自分の外の所有する対象の中にあることにする、という意味だ。内面性を物質に付与することで（家の各部分は、取得の行為が家を一つの人間的全体に変えるかぎりにおいて、その全体の内部にある）、彼は自分に外在性を与えるのだ。そしてこの家は彼の外面になるのだから、内面性を与えることによって彼は自分にこの外在性としての内面化としての内面的側面にすぎない。彼の持っている「内部」は、外面の内面的側面にすぎない。彼の「内面生活」は、彼の頭の中に繰り広げられるのではなく、所有するさまざまな事物の総合的な結びつきによって、彼の内部に繰り広げられるのだ。フローベールの屋内生活は、彼の内面生活の土台であり現実であるだろう。この内面生活は、独自性によって、すなわちそれが繰り広げられる「屋内」の独自性によって、規定されるだろう。それは壁によって〔他者の〕眼差しから守られ、そこへ光がさしこむのは、何かのためにあえて窓やドアを開くときに限られるだろう。そして所有する物は、家族の歴史的な過去から現われ出て、現在において目にされるのだから、そこでの現在は、ベルクソンにあってそうであるように、記憶が全容積を占めるさかさまの円錐の先端のようなものでしかないだろう[3]。この内面生活には「奥深さ」や「神秘」があるが、それは単にその「内容」（すなわち仕切り壁と家具）の純然たる不透明性を表わすにすぎない。自分の部屋に隷属させられたフローベールは、実存することよりむしろ存在することを、為すことよりむしろ持つことを選ぶ。彼は同時に、家族協約と社会契約が自室にいる彼を「自宅に」いると認めるように、すなわち他人たちが壁の不浸透性――彼自身の不浸透性の象徴――をみずからも引き受けるように、と要求する。また逆に、永遠性への彼の欲望――すなわち惰性の受動的選択、存在することの選択――は、時間の分解によりどの瞬間も似たような粒子になるという形で現われるだけではない、彼の実存と事物の惰性存在との体験された同一化によって、それは物質化されるのである。その結果、病気によって実現された落伍者の極端な孤独は、隔離の動きとしてとらえられる取得の実現を極限まで推し進めたものにほかならず、それがそのもっとも徹底的《ラディカル》なイデオロギー上の表明である独我論を生み出すのだ。ポン＝レヴェックの仮死は、フローベールの住居への（すなわち棺であると同時に地所への）変身であり、所有を人間の客体化となる呪縛された物として現実化するかぎりにおいて、自己受容の行為（というよりむしろその模倣）である。実際、『十一月』の夢の下部構造となるのは地所の取得である。ギュスターヴが横臥像をうらやみ、もはや存在しないという意識を保ちつつ物質でしかなくなることを願うとき、彼は金利生活者の条件を明示しているのだ。他人の労働によって再現され、金利所得の永劫回帰によってリズムをつけられた金利生活者の人生は、プラクシスの外にこぼれ落ちて、みずからがその総合的統一である不動産によってできた人生であることが明らかにされる。これは、所有者の欲望はつまるところ、自分の所有物についての（所有物の内的‐外的な限界についての、つまり土地の無機質の惰性や、小麦の植物としての生命や、季節と労働の周期的時間についての）総合的な純粋意識になるという意味だ。ここにはギュスターヴの昔の欲望が認められる。すなわち、行動と生産の世界から身を引き、消費が重んじられて労働は貶められるか無視される封建的形態の社会と結びつくという欲望である。彼は不動産所有者に変化するために、偉人のなり損ないになることに同意する。いやそれどころか、ブルジョワの落ちこぼれになることにさえ同意する。彼の病気は、時間がたつにつれてクロワッセの家と同化するだろう。病気が突発するとき、それは一人のブルジョワが、ブルジョワの所有権の枠内で、封建的寄生主義に転向するときなのだ。実際には、アシル＝クレオファスは金利で生活してはおらず――金利はかなりの額であったが――、何よりもまず自分の労働で生活している。彼が地所を購入したり家を建てたりするのは、投資の一般的な動向にしたがっているにすぎない。彼が自分の所有地を「拡げる」のは、遺産相続によってでも結婚によってでも領主の贈与によってでもない。彼は自分の仕事を遂行して得た金で土地を買うのだ。この金は、支払われるとすぐさま以前の所有者たちの思い出までも払拭し、見方によっては封建的所有〔取得〕を「人間的なものにしていた」家族制度や臣従制の複雑な諸関係は、何一つ残らない。この賢明な男は、投資をする。それだけのことだ。したがって、アシル＝クレオファスの不動産は、彼の現実の所有物である。彼とその所有物を結ぶ絆――使用し処分する権利――は、直接的で絶対的なのだ。

　ギュスターヴはといえば、すべてが異なる。病人の彼は自分の金利所得ではなく他人のそれで生活し、発作のせいで、領主である父親は彼をいつまでも養わねばならない。喜ばしいことに——アシルに対抗して——、彼は前もって遺産を相続するのだ。彼を養うことで、父親は彼に相続遺産の生前贈与をする。この青年は、贈与によって、代理の金利生活者となり、そのために彼と彼が使う財産の間には臣従の人間的な関係が修復される。事態はさらに進む。彼は、そこに閉じこもりたいと思っている市立病院のこの部屋を、自分がいずれ失うことを知っている。いつの日か父が死ねば、アシル・フローベール一家がやって来てそこに入居するだろう。したがって、〔住居の〕取得の動きは居座ろうとする努力だが、それが空しい努力であるのは承知のうえなのだ。なるほど外科部長は、四四年六月にはもうクロワッセを購入していた——もっとも、一家がそこへ最終的に居を定めるのは翌年になってからだが——。しかしギュスターヴは、クロワッセに移ったときに、自分がここを相続しないこともすでに分かっていたにちがいない。これは妹カロリーヌの相続分なのだ——彼女の死後はその娘のものになるだろう——。したがって彼は、生まれてから死ぬまで、自分の家に住むことは決してないだろう。だからといって、彼が市立病院やとりわけクロワッセで、自分の部屋を所有しなかったという意味ではない。ただし、他人たちの所有する財産でありながら、彼にその使用が——一時的であれ終生であれ——認められるこのような所有形態は、その曖昧さによって、彼に楽々と大きな振幅で揺れ動くことを可能にし、このブルジョワは、ときには貴族になったり、ときには聖者になったりするのである。この問題にはまた触れることになろうが、今は次のように指摘しておくだけで十分だ。フローベールが、自分は家族の他の成員の明白な意図によって、自発的な監獄に閉じこめられているのだと感じるとき（「父はぼくをそばにとどめておきたがっている」——、後になると、母親の遺言は、クロワッセの用益権を終生ギュスターヴに認める、というものになるだろう）、彼はこの現実の自分の所有物でないものを封建的所有物として体験し、すでに人間化されて家族的であるかぎりの物に自分を同化しているのだ。かくして彼は、自分の物象化という本質的にブルジョワ的な瞬間に、自分を領主であると感じることができる。この部屋は、父の領主としての意志と家族集団の過去の奥深さを彼に告げ知らせるかぎりにおいて、彼の部屋である。彼はそこに閉じこもるが、彼の全世界はすでにそこに内包されている。逆に——よくあることだが——、彼が自分の場所（*situs*）を真に所有しているのではないことを強調するとき、今度は貧窮の苦い喜びを感じるのだ。*1 彼の壁と家具は、彼に自分のイマージュを指し示す。長年の間、仕事部屋や家のホドロジー空間(4)が構造化された結果、彼の身振りや想念は、彼が自分の肘掛椅子やテーブルや長椅子などと織り上げた無数の関係によって規定された順序で引き起こされる。クロワッセでは、彼が選んだ机が二階で「跳ね返り《リバウンド》」の運動を、つまり彼を世界の頂上に置くべき垂直上昇を、具象化する。そして「絶対の視点」――これは文体になるだろう――の下部構造は、彼が――ここの高みから――庭やセーヌ川や向こう岸を見おろすときに必ず生じる、俯瞰する眺望である。だがこの彼の人格の客体化は、惰性的または反復的な彼の即自存在としておのれを押し付けて、彼の夢まで方向づけると同時に、何か分らぬ捉えどころのない一貫性のなさを保ち、仕切り壁や彼を取り囲むさまざまなオブジェに完全に密着しているわけではない。そしてそれは単に、何ひとつ完全には彼に所属しておらず、彼をその内面においてさえこれほど深く特徴づけているこの場所は、同時に彼の外に、他者の手の中にあって、寛大にも彼に貸し与えられているにすぎない、というだけの理由によるのだ。そのとき、ギュスターヴは陶然としながら、こう確信することができる。自分はブルジョワジー――彼にとっては現実の所有物により規定される階級――ときっぱり縁を切ったのだ、自分は独房で暮らしているが、これはある共同体から気まぐれで与えられたもので、いつ何時取り上げられるか分からないのだ、要するに、自分は修道僧であり、聖人であって、自分をこの世につなぎとめていた最後の絆にいたるまで断ち切ってしまったのだ、と。

*1　もちろんこれは真実ではない。遺産は平等に三分割されるであろう。なるほどギュスターヴはクロワッセを所有しないが、別の地所を相続して、そこから――コマンヴィルが破産するまで――かなりの収入を引き出すだろう。

したがって、ポン＝レヴェックの発作には、回心のあらゆる特徴がある。それは一瞬の電撃的な事件だが、はるかに前から準備されてきたもので、フローベールを直系相続人、臣下、修道僧にすると同時に、彼を自分の部屋に隷属させ、彼が自分を――呪縛された死体として――現実の所有物の中で客体化するように仕向ける。ほとんどありのままの姿で現われる現実の所有物は、彼の不変性の惰性的な下部構造になるだろう。彼にとって〈存在すること〔あること〕〉は、自分の不動産によって自分が何であるかを告げ知らせることであり、労働によって彼に得させようと言われていたものを、最悪の転落と引きかえに、まるで贈与のように受け取るべく自分を強いることで、この取得のブルジョワ的性格を自分に隠すことである。そしてもちろんギュスターヴには、われわれも知る通りの理由により、対自の次元を放棄して無限の即自に溶け込みたいという形而上学的誘惑がある。この汎神論的な形のもとでは、所有の限界は取り除かれる。だが彼が信じるところによれば、この願望は取得の乗り越えとしてしか実現されない。フローベールがそこから物質の条件に行き着くためには、たとえ次に、現実の行為によってではなく気分によって――すなわち観念的に――、無限の物質性に向けてそれを乗り越えねばならないにせよ、この〔住居の〕取得がフローベールを現実のこの物質にするのでなければならない。そしてまさしくこの取得の非現実的かつ非実践的な性格のために――なぜなら、市立病院にせよクロワッセにせよ、所詮は他者の財産なのだから――、自己受容の行為は次第に汎神論的な恍惚へと移ってゆくことが可能となるだろう。労働は客体化である。享受は内面化である。フローベールが不快な仕事を中断するために鼻先から床に突っ込んで崩れ落ちるとき、彼は受動性に身を委ねるのであり、この受動性は彼の深い存在の告知として、すなわち彼の素質を構成する惰性の告知として、彼に与えられる。しかしこの行動の否定には、それでも、ある乗り越えが含まれている。それが、無機的なものの捕捉ならびにその内面化として、言い換えれば憑依〔所有〕として、しかも憑依〔所有〕の相互性として示されるからだ（所有される財産は、少なくとも所有者がそれを所有するのと同じくらい、おのれの所有者を所有する。唯一の違いは、事物による人間の所有が悪魔的なタイプであるという点で、われわれは別のところでそれを裏返しの所有と呼んだ）。そして言うまでもなく、塀に囲まれた領地の只中における一軒の家以外の何ものでもないという選択は、この惰性的な全体がすでに多様な人間的意味を提示していなければ、想像すらできないだろう。つまり、労働――その産物に結晶化される――と、とりわけ家長権、生みの父の権威と栄光、などである。だがおのれを押し付けておのれの内面化を求めるこれらの意味は、それ自体が凝固している。これらは惰性的な要求で、物質の惰性を密封しているからだ。それらが人間的意味の非‐人間的な裏面であるかぎりにおいて、ギュスターヴはそれに浸透される。四四年一月に、自分の素質を構成している受動性に身を委ねるとき、ギュスターヴは真っ逆さまに所有の中に落ちるのだ。

　わたしは誇張しすぎている、当時フローベール家には――どのような形であれ――存在していなかった経済的動機をポン＝レヴェックの発作に与えている、と言われるかもしれない。それに対しては、単に次のように答えたい。本書において、われわれはギュスターヴが何度も何度も相続した財産を夢みるのを見なかっただろうか？　彼は三九年にはもう、父が自分に残してくれるだろう金利所得を計算し、その金でパリより生活費の安いナポリで何もせずに暮らすことを考えていなかっただろうか？　もしもフローベール家の経済状態が実際とは異なるものであったなら、もしも家長が、長男のために弟息子から精神的に相続権を奪ったにもかかわらず、死後なお弟息子を養う資力がなかったなら、この呪われた子供が恒常的に百パーセント完全に働けない状態を選択したなどと信じられようか？　欲求不満は残り、絶望と受動性が彼の素質を構成したにしても、その神経症は別のコースを辿ったことだろう。われわれは、この落第した若い学生を襲う病気について、かせいだ金は必然的に卑しいものだと思いこみ、遺贈された財産しか受け入れられない良家の子弟の「ストレス」としてそれをまず解釈しなければ、何一つ理解できないだろう。したがって、閉じこもりのアンガージュマンを内に含む転落によって、自分の受遺者としての条件を彼が前もって生きようと決意しても、何の不思議もないのである。

持続を細分化し、自分の人格とそれを条件づける場所とを同一視することで、彼は本当に時間化作用を逃れられたのだろうか。問題は実存の構造である以上、これは否《ノン》である。ただし彼は、蒙らねばならない自分の生の外部の規定因、それに対して自分がなんの力も持っていない規定因として、時間化作用をひそかに体験するだろう。言い換えれば、一定の方向を持つ時間は消滅しておらず、反復という循環性の時間はその表面的な表象でしかない。ただ、この根源的な持続は、今や漸進的悪化および退化の時間と規定される。ある意味でここに新しいものは何もない。失われた子供っぽい愛の楽園の方ばかり向いているギュスターヴは、時間にその否定的な力しか認めなかった。時間は遠ざけ、切り離し、すり減らす。そしてもちろん、彼はその受動性により、時間を道具化することができない。だが発作が起きるまで、ベクトル性の持続は彼の内部で敵対する力として存在していた。それは象徴的な父親の権威と一体化して、彼を消耗させ、早すぎる老化に陥らせながら、彼を待ち受け、彼に嫌悪を催させるあの他者-存在へと、彼のブルジョワとしての、凡庸な人間としての〈運命〉の方へと、猛スピードで彼を運んでいた。四四年以後は、ゆるやかな流れが彼を荒廃〔破産〕へと連れて行く。つまり不変となった彼が、流れに揉まれたおかげで、外から否応なく押し付けられる緩慢な変形を受動的に蒙るのだ。外からの力は、惰性的になった彼を破壊するが、彼はそうした力に抵抗することもできない。いうならば、循環する時間の反復は、その回帰性自体によって、柔軟性を失い硬化するだろうと彼は予想している。破産は金利生活者の強迫観念だ。金利生活者は、外在性を自分の内面性にしたために、自分の内面生活まで一般的外在性に脅かされていると感じる。これはまたギュスターヴの強迫観念でもあった。彼の手紙は――そして主人公たちが破産して死ぬ彼の小説もまた――このことを証拠だてている。だがわれわれは後で、事物や存在が衰退してゆくこの長い滑降の意味と、作者が『ボヴァリー夫人』でそれをどのように利用したかを、よりよく示すつもりだ。今は、彼が四四年以降に時間化作用を二等分して、〈運命〉（自分の存在との一致）を〈荒廃〉（摩擦とブレーキによる惰性的なモビールの漸進的摩耗）で取って替えようとしていることを示せば十分である。

G 「父親殺し」としてのフローベールの病気

ここでわれわれが、こうしたギュスターヴのさまざまな意図の根源的な統一性を復元して、これらの発作を真実の角度から見たいと思うなら、それが何よりもまず、ギュスターヴの家長に対する関係の決定的契機を表わすことを理解しなければならない。というのも、他のことはすべて――ギュスターヴを勝ち誇る兄の足許に崩れ落ちさせる自虐的欲動であれ、閉じこもりと不動産所得との根本的な関係であれ――、ギュスターヴと外科部長を結びつけかつ対立させる「対象関係[1]」を必然的に指し示すからである。実際、四四年までは、ギュスターヴが相対的存在として構成された限りにおいて、この素質を構成した関係は、一人の二重の人物に対して確立された。すなわち、〈象徴的父親〉(初めは肯定的だが、後に否定的になる)であり、――同時に、または交互に――少し神経質すぎて怒りっぽく、涙もろいときもあるが、多くの場合は「やたらと腰の重い[2]」経験上の父でもある人物だ。この関係において、モーセは独立変数であり、絶対的な存在である。そして、依存と相対性はギュスターヴの側にある。この理由により、最初は子供の彼、次いで青年となった彼において、生体験の本質は、〈父〉への言葉にできない発言とみなされるべきだ[*1]。これは否定的だが非現実の発言である。なぜなら発話者には肯定する力がなく、したがって否定することもできないからだ。つまり二十年来続いている聾者同士の不毛の対話である。アルフレッドを通じてでさえ、ギュスターヴが話しかけているのはやはり父親に対してなのだ。無駄な努力だ。決定的な説明は決して生じないだろう。それはしゃべりたいが言葉を発することのできないギュスターヴのせいというよりは、息子について何ひとつ理解しておらず、また理解しようともしないアシル゠クレオファスのせいだ。言い換えれば、ギュスターヴの神経症とは、彼を無力な否定性として(否定に転じることもできず、目的に達するために、すなわち押し付けられた〈運命〉を否定するために、肯定的な態度――服従、敬意、熱意――しか利用できない否定性として)素質構成した〈父〉その人であり、この〈絶対的他者〉であり、彼の中に居座ったこの〈巨大な超自我〉である。そこから容易に結論することができる。ギュスターヴの身体は固有のやり方で、つまり身に蒙った変調という形で、口に出すことのできない言葉を引き受けたのだ、と。ポン゠レヴェックの転落は、〈生みの父〉に何かを語っている。行動主義の虚しさをひそかに暴くことで、それは行動主義者の首領を象徴的に非難するのである。それはまず、主意主義的教育の諸結果を相手に引き受けさせる。あなたのせいでぼくはこのざまさ、というわけだ。

次に、もっと根本的に、あらゆる活動の効力〔徳〕に疑義をさしはさむ。行為者が行為とみなすものは、表面上のざわめきでしかないのだ。われわれは、自分は自律的だと思いこんで自分をごまかしているが、過酷な現実はわれわれにその誤りを悟らせる。われわれは物質であり、したがって自発性は不可能である。われわれを動かす運動は外部から到来して、外側で他の身体に伝わりながら消えてゆく。要するに、転落には二つの層の意味があるのだ。一つは限定された意味で、私は受動性である、ゆえに行動できない、というのだ。もう一つは一般化された意味である。つまり、あなたも惰性的な塊でしかなく、外部の衝撃に翻弄される、というのだ。これら二つの意味は対立するわけではないが、発言の中で同時に表現されれば、互いを弱め合うだけだろう。というのも、第一の意味は、作られたままのギュスターヴの独自性を強調しようとするからである。つまりそれは、他者たちの行動性の源を問題にしない。単に、ギュスターヴは行動するようにできておらず——これは異常なのか？——、意識的な主体として、行動してみようと誠実に試みたが、自らの「本性」がその努力を無に帰してしまったことを示しているだけだ。これに対して第二の意味は、直接父親に狙いを定めて、人は行為者であり得るとの考え自体を拒否する。それは、人が何をしようと行為させられているのだと主張して、この議論をアシル＝クレオファスにあてはめかねない。われわれが皆似たもの同士ならあなたも例外ではないし、われわれの普遍的受動性にもかかわらず、あなたもぼくのように、自分を突き動かしている宇宙の運動を獲得できるのだ、と。しかしギュスターヴは、これら二つの考えを——その作品の中では——遠慮なく同時に述べたのに、[*2]四四年の転落に際してはそれを一緒に表現するのを用心深く避けている。そして、生みの父をあらゆる手段で攻撃する。つまり同時にこう言うのだ。あなたはぼくを責め苛む、ぼくはあなたが押しつける運命に合うように生まれついていない——そして同時に、あなたもぼくと同じ操り人形にすぎない。行動というものは人間に拒まれているのだから、行動主義は滑稽な熱狂だ、と。かくして転落は、受動性の攻撃的な回帰として、まさしく父親の権威そのものの破壊をねらう。われわれは、これら二つの「ことば《パロール》」を一つずつ検討することで、このことをよりよく理解できるだろう。

＊1　カフカの『父への手紙』とは異なる。もっともカフカの手紙は、一度も名宛人によって受け取られることがなかった。

＊2　ジュールは、行為するように生まれついていない。だが、女を誘惑し、彼女をさらって一緒にアメリカへ逃げるアンリーも、友人と同じくらい偶然に引き廻される。先に述べたことを参照されたい。

第一のことばには時間をかけまい。ポン＝レヴェックでの彼の〈死〉は、自分に押しつけられた未来に彼が生来向いていなかったことを示している。過ちであれ虐待であれ、その全責任は家長にある。ひとことで言えば、これは怨恨《ルサンチマン》の言説なのだ。モーセを自責の念で責め苛み、その苦痛を楽しむために生き延びねばならないのである。

　第二のことばの意図は、もっと複雑だ。われわれがすでに見た通り、ギュスターヴは、凡庸というあの小地獄を自分にあてがおうとする経験上の父に、自分を汚辱へ、死へと運命づけた残忍な〈生みの父〉を対置させていた。発作は、経験上の父に抗《あらが》うために〈生みの父〉を頼りにする。だが同時に、それには別の目的がある。すなわち、さんざん利用した揚句にモーセを殺し、その後に買いかぶられた、いささかグロテスクな、つまらぬ老人しか生き残らせないことだ。すでにアシル＝クレオファスの母親化が、はしなくもギュスターヴの感情の両義性を漏らしていたのを、われわれは見た。それは、愛されない者にあって、優しさに対する心からの欲求を示しているが、自分の〈領主〉を女性化することによって彼を愚弄しようとする悪意も見逃すことはできない。だが彼はさらにはるか先へ進み、誤った治療を受けるという、苦いが勝ち誇れる喜びを自分に与えるのだ。「（ぼくは）とても悪い。（ぼくの）食餌療法は馬鹿げている。病気そのものについて、（ぼくは）まったく気にしていない。」[*1] わたしはすでに、ギュスターヴは食餌療法よりも診断に反対していると指摘した。なるほど彼は、葡萄酒とタバコを禁じられ、貫通法のせいで身動きもできず、無駄に苦しめられていると愚痴をこぼしている。だが重要な点はそこにはない。肝心な点は、彼が神経の病で苦しんでいるのに、ミニ卒中の治療——彼を衰弱させる瀉血の繰り返し——を施されることである。実を言えば、アシル＝クレオファスの誤診は、この病気そのもののせいでやむをえないものであった。ヒステリー性疾患の特徴は、それとは別の病気だと思わせることなのだから、当時この病気には誤診しか下せなかったのである。ギュスターヴはすぐさま、自分に起きていることについて、ルーアンの高名な外科医よりも自分の方が事情に通じていることに気づき、有頂天になる。父親をあざむくのが楽しいからではない。われわれは、彼が仮病など使ってはいないことを知っている。そうではなくて、彼の病気は病気自体についてのある種の了解を含み、その結果、医学の無能力を証明してしまうのだ——このことをフローベールはあえて望んでいたわけではなかったが、彼の日常的な苦行によって、それは現実態として現われるだろう。要するに、すべてはまるで、患者が医者をだましているかのように進行するのだ。

＊1　エルネスト宛、四四年二月九日。

マクシムによれば——彼はギュスターヴ本人から教えられていた——、父のフローベールはある類型的発作の際に、取り乱して、息子の片手に熱湯をまきちらしたことがあった。息子はそれを手紙で嘆いている。恐ろしく痛かった、と。しかし、ギュスターヴが哲学的臨床医の不器用さを非難することは決しない。ただ父の死後になって、次のような妙な言葉で、自分の火傷の痕について、ルイーズに語っているだけである。「ぼくが現在の自分になるためにどのような経験をしてきたか、お尋ねでしたね。きみも他の人びとも、それを知ることはないでしょう、言葉では言い尽くせないのですから。ぼくが焼いた手(la main que j'ai brûlée)は、皮膚がミイラのようにしわだらけで、もう片方の手に比べて熱さや冷たさに無感覚です。ぼくの魂も同じことです。それも火をくぐりぬけてきました。それが太陽の暖かさを感じられないとしても、何の不思議がありましょうか? これはぼくの障害だと思ってください。[*1]……」三番目の文は語法が不正確である。[*2] 正しくは、「父がぼくに火傷させた手」(la main que mon père m'a brûlée)か、もし彼が嘘をつこうとしていたのなら「ぼくが火傷した手」(la main que je me suis brûlée)でなければなるまい。だが彼はいつものように、真実を曲げるつもりもなければ、それを暴露するつもりもない。ルイーズにとって、フローベール博士は医学界の誇りであり続けるべきだし、他の何通もの手紙で、彼は彼女にアシル＝クレオファスの能力を吹聴しまくっている。したがって、ギュスターヴの火傷は、彼のせいでも、他の人たちのせいでもない。ギュスターヴはそれを保持し、身に着け、あらゆるものを身に蒙ったように、四の五の言わずにそれを蒙る。しかし、実はこのことさえ疑わしい。結局、責められるべきは父の不器用さにすぎないのだ。だからギュスターヴは、記憶を曲げずに、火傷の原因を述べることもできただろう。彼がそうしないのは、まさしく彼にとってこの傷痕が、「取り乱し」たあまりの手違いよりはるかに重い意味を持つからである。取り乱しとは、マクシム用の言葉だ。この語はマクシムに、ギュスターヴの状態が父親に引き起こした動揺の強さを納得させる――これらの打明け話は、四四年初頭の数カ月の間になされたのだ。だがルイーズに対して、こうしたことは一切ない。彼女に対しては、不正確な語法によって示される意図的な曖昧さがある。しかしながら、二人は四六年の夏から知り合っていた愛人同士だ。彼女は彼に傷痕の原因を尋ねたにちがいない。彼は何と答えたのだろうか? おそらく、この火傷は神経症の治療中に突然起きた事故だった、と答えたのだろう。親密な関係になりたてのこの時期に、ギュスターヴがうっかり真実をもらしたことがあったとしても、彼は再び本当のことを言いたくない。この見えすいた隠し立ては、彼が自分の「障害」に付与した重要性を十二分に物語っている。それは父の医学上の無能力を象徴しているが、もっと根本的には、父の呪いの消えないしるしなのだ。その証拠に、それはここで、彼の全生涯を拘束する比較の第一項として現われている。すなわち、ぼくが焼いた手はなかば無感覚である。だが火をくぐり抜けてきたぼくの魂は、もっと無感覚である、というのだ。これに先立つ別の手紙から借りたもう一つのイマージュを、この手紙に照らしてみたとき、それはその効力を最大限に発揮する。「ヘロドトスによれば、ヌミディア人には奇妙な習慣があります。彼らの国では、長じてから灼熱の太陽の力を感じにくくするために、人は炭火でごく幼い子供の頭皮を焼くのです（On leur brûle tout petits la peau du crâne avec des charbons）。かくして、彼らはあらゆる民族のなかで……もっとも強健になりました」[*3]。ここでは調子が異なっている。この場合、用いられた比喩の役目はまさしく、彼の青春のある肯定的な側面を際立たせることである。ギュスターヴは生まれつき無感覚だったのではない。無感覚にされたのだ。ルイーズはこのとき彼に身を任せたばかりで、彼が立ち去ってから一週間もたっていない。彼女はすでに少し不満を表わしているが、彼の方はまだ彼女に反論する段階ではない。その結果、追いつめられて四苦八苦し、自分の精神的な素質構成の否定的側面である冷淡をわびるどころか、愛人に面と向かって傲然と身構え、のちに彼女が本人に言うように、少し「恰好をつける」。そしてヌミディア人の援用は、実のところ自己防御上の慎重さからなされたにもかかわらず、彼自身この説をより強く確信できるように、自分は強くなったのだと彼女に信じこませようとしている。が、これはどうでもよい。無感覚が、この手紙にあるように長所であろうと、四七年三月の手紙のように障害であろうと、両方のくだりにおいて比喩の意味は同じである。煮え湯も真っ赤な炭火も、全く同じことなのだ。すなわち、もっとも堪え難い拷問を蒙った後でしか、無関心に到達できないということだ。これら二つのイマージュは、一つの特異な体験（焼かれた手）とギュスターヴがそれに付与する意味とに基づいて、構成されたのだ。その証拠に、第一の手紙（一八四六年八月八日付）には、第二の手紙（一八四七年三月二十日付）にある文法上の誤りと正確に対応する思考上の不正確さが見出せる。彼によれば、ヌミディア人には奇妙な習慣があるという。その続きはこうなると予想されよう。「彼らは（*Ils*）子供たちの頭皮を焼く」。この習慣を「持ち」、それを遵守しているのは、彼らだからである。しかるに、これに続くのは「人は（*On*）彼らの頭皮を焼く」であり、これでは焼く者たちが焼かれる者たちの共同体から切除されてしまう。これは少しばかり、次のように言うのと似ている。探検者たちには奇妙な習慣がある。彼らが食人種のところへ行くと、人は彼らを細かく切り刻み、焼いて食べてしまうのだ、と。だがもっとよく見れば、こうした明らかな思考の不整合には、かえって、フローベールの数々の怨恨のすさまじさがよく表われている。というのも、ヘロドトスが述べている習慣は、可換性（父が息子にすることは、父の父がかつてその息子にしたことであり、息子は自分の息子に同じことをするであろう）によって、すなわち相互性の通時的な反映とでもいうものによって、特徴づけられるからである。しかるに、これこそまさしくギュスターヴが受け入れることのできないものなのだ。焼く者である父はかつて焼かれた者ではないし、焼かれる息子は未来の焼く者ではない。彼によくあることだが、ここでも彼は、たとえの中にたとえられるものをいきなり挿入して、隠喩を台無しにしている。すなわち、人はぼくに火傷をさせた（*on* m'a brûlé）、と彼は言う。だがこの無名の主体はアシル＝クレオファスにほかならず、アシル＝クレオファスはひそかにこの文の中に滑り込んでしまっているのだ。後に出てくる、あの奇妙な受動態「ぼくが焼いた手」（la main que j'ai brûlée）でも同様である。人（*On*）とは、たとえ部族の長であれ王であれ、ヌミディア人のことではない。それは外部の何者かであり、ヌミディア人を虐げる偉大な拷問者である。ヌミディア人は、自分たちの死刑執行人に反抗する力がないために、受動的に拷問を蒙る以外の習慣を持っていない。つまり、ぼくの手に火傷を負わせたのは、あの異邦人である父なのだ……

＊1　ルイーズ宛、四七年三月二十日。『書簡集』第二巻、一二ページ。

＊2　ただし動詞 avoir——être ではなく——の使用は、場合によって、地方独自の慣用のように思われる。アルフレッドは、「ぼくは散歩した」を Je m'ai promené（正しくは、Je me suis promené）と書いている。だがこの点を考慮しても、あいまいさは残っている。

＊3　ルイーズ宛、四六年八月八日。『書簡集』第一巻、二二七ページ。

なるほど、彼はこう付け加える。「ぼくがヌミディア式に育てられたことを考えてごらんなさい」。だがこの文章は——いずれにせよ、ここでも〈生みの父〉は、他の二つの文章と同様に、直接現われることはない——、ことわざ的な表現であるる「私はスパルタ式に育てられた」の一変種にすぎず、そのリズムだけが踏襲されたのだ。したがって、われわれはここで警戒が必要だ。彼が言いたいのがこのことなら、なぜそう言わないのか？　何の必要があってヘロドトスまで引用するのか？　紋切型を粉飾するためだろうか？　それもある。ギュスターヴはいつもそうするし、われわれはその理由を知っている。だがここで真の理由は、ラケダイモン（スパルタの正式名称）は子供を厳格に教育したが、拷問で苦しめたりはしなかったということだ。口先上手の狡猾なギュスターヴは、われわれにとんでもない間違いを犯させ、ヌミディア人が耐えた拷問をスパルタの少年たちの厳しい訓練だと思わせたがっている。彼は、自分の父と自分が受けた教育を、自慢するふりをしている。実際それらを自慢しているのだが、何くわぬ顔をしてルイーズに伝えようとしているのは、新生児の無垢の頭に損傷を押しつけるあの赤熱の燠に対する、身体的な耐え難い恐怖なのだ。いずれにせよわれわれは今や、火傷を負わされた彼の手が、父の呪いを象徴していることを知っている。暗示的で狡猾なこの言葉は、一方で、遥か昔の時代をわれわれに指し示す。それは、ギュスターヴが恥と裏切られた愛とで気も狂わんばかりになって家長の厳しい監督の下で読み方を学びながら、自分のなかに怨恨が蓄積されるのを感じていた時代であり、後に彼はその怨恨を『この香を嗅げ』のなかで、父に鞭打たれて血を流す才能のない綱渡りの若者にわが身を託して表現したのだ。他方で、この言葉は——それを書いている者だけにとってだが——、無能な医者でもある残忍な父親の究極のへまと結びつく。すなわち、自分の死んだ青春の象徴にして結論だと思われるあの傷痕（原文の cicatrise を cicatrice と取る）と、いやむしろ、彼の手に押印された死んだ皮膚となったこの青春そのものであるあの傷痕と結びつく。このことを手懸りとして、第二のテクストの謎が明らかとなる。ギュスターヴが、「火をくぐり抜けてきた」自分の魂を、腕の先にぶらさがっている「ミイラ」になぞらえているのは、偶然ではない。この魂もまた、〈教育者〉の不手際ないしは不誠実によって、ミイラ化されたのだ。ここでギュスターヴは、まだ少しほらを吹いている。彼は、みずから作り出して自分専用に手直しした黒い禁欲主義の尊大さを、失ってはいないのだ。とは言え、アッティラのような人物が彼の心を荒廃させたことにかわりはない。だがそれを自分に言う必要はない。じっと手を見れば十分なのだ。何という自虐的な復讐だろうか！　そして、アシル＝クレオファスがそれを見るまいとしたり、すまなさそうに見たりするなら、何という喜びだろうか！　発作がめざしていたのは、まさしくこれなのだ。死のうとする意図は、自分の殺害者が見せるだろうおもねるような顔つきを見るために生き続けようとする意図と、連結している。

　この第二度熱傷は、なるほど全くの偶然である。外科部長が患者たちに熱湯をかけておもしろがっていたなら、名声を獲得することはなかっただろうし、持っていた名声もたちまち失われたことだろう。しかるに何という僥倖であろうか、彼がこの特別な厚遇をあてがうのは自分の息子にだけであり、それも呪われた息子にだけなのだ。ギュスターヴがポン＝レヴェックで兄の足許に身を投げたのは、父の野蛮さの補足的な証拠をそこで得るためではない。彼は単に、われわれがすでに述べたアンガージュマンによって、治療されるべき病人になり、それによって、アシル＝クレオファスのあらゆる誤りがみずからその罪を認めるような枠組と環境を作っただけである。そこでは、今回のケースがそれに当てはまるのだが、父の誤りが修復不可能だと判明した場合、[*1] それは不可逆性の象徴、すなわちブルジョワ教育の弊害とその結果の象徴そのものとなるだろう。そのうえ、アシル＝クレオファスの誤りは、この病人が常に疑ってきたことの証拠にもなるだろう。すなわち、医学は精神と身体の不思議な関係を研究したことがなく、ギュスターヴが経験によって知りかつ了解していたもの、後に心身医学と名付けられるものを、想像すらできないのだから、医学に彼を治す力などないのである。ポン＝レヴェックで、ギュスターヴは間違いなくこれを求めていた。つまり、医学の名士から生存不能という診断書を得ることだ。彼は倒れ、前もってあらゆる治癒を拒否して凝固し、生ける屍となった。それは、自分に惜しみなく与えられる治療の無効性を通じて、分析的合理主義や機械論や実証主義の愚かしさと功利主義的道徳の害を糾弾し、アシル＝

クレオファスの行動主義は――したがって、人間のあらゆる活動は――、実際は、予測不可能な結果に至る目的なき馬鹿騒ぎにすぎないことを暴くためだ。要するに、ポン＝レヴェックの発作は、心理の深層部においては、象徴的父親の転落でもある。しかし、受動的行為者であるギュスターヴがそれを実現できるのは、殉教者になることによってのみであり、すなわちまず自分を殺すことによってのみなのであった。

＊1　ギュスターヴの片手は、部分的にではあるが永遠に機能を失った。つまり折り曲げることができなくなったのだ。作家にとって、この軽い障害は何の妨げにもならない。しかし臨床医なら、おそらく職を放棄せざるを得なかっただろう。この青年が、持ち前の自己欺瞞によって、自分は父の不手際により決定的に外科医のキャリアから排除されたと考えただろうことは、難なく想像できる。

たいした労は要らなかった。少年期からすでに準備はすべて整っていたのだ。復讐のための自己処罰というテーマは、早くも『マテオ・ファルコーネ』に現われ、それ以来ギュスターヴが夢想で何度も描き出したものだが、四四年一月にはごく自然に、彼の神経症的な態度を主導するテーマの一つになったのである。

容易に推測できるが、アシル＝クレオファスは、自分の信用が永遠に失墜させられたことに決して気づかないだろう。また、父の権威から解放されるために、息子があらゆる危険を冒したことも、知ることはあるまい。アシル＝クレオファスは何の悔恨も感じないし、自分の無能力も認知できない。彼は医学の限界をあまりにも自覚し、医学の未来をあまりにも信頼しているので、自分の無知を、科学の諸分野の発展における過渡的な一段階の歴史的な表明としか考えられないのだ。その証拠に、この過労の臨床医は、面倒を見るべき多くの学生、病人、ルーアンの大ブルジョワの患者たちを抱えているにもかかわらず、ほとんど毎日欠かさず研究のための時間を作っていた。彼は――同僚たちがほとんどそうであるように――進歩を信じ、また――フローベール家の巨大な自尊心とは別に――進歩に貢献しているという謙虚な誇りを持っていたに違いない。だがそれはどうでもよい。ギュスターヴの怨恨は受動的で、それを晴らす役を外部の世界に委ねている。彼は父の現実の感情などほとんど気にせず、自分の犠牲によって、客観的に耐え難いはずだと思える状況に父を陥れただけで十分なのだ。罪責感と信用失墜は外からアシル＝クレオファスに到来し、たとえ誰もそれに気づかなくとも、それらが父の存在を構成する。この父親は絶対的に、すなわち即自的に、残酷で無能なのだ。なるほど、父がこうした新しい形容を内面化して恥の中でそれらを体験するなら、それは望ましいことだろう。しかし彼がそうしなくても、むしろその方が一層悪いことになる。この場合、病人の恒常的神経症、水薬、瀉血、火傷させられた手、貫通法、こうしたすべてが父の滑稽なやり口を糾弾しており、しかも本人はそれを知らない。そして弟息子だけが、父の手の中の扱いやすい練り粉であり、木の梢にとまった鷲であるこの弟息子だけが、ただ一人、骨まで貫かんばかりの外科的眼差しを彼に注いでいるのだ。弟息子にとって、父は本人を惑わす状況に支配された哀れな男だ。そしてアシル＝クレオファスの真の顔を発見したという確信は、この発見が伝達不可能であるだけに、ギュスターヴにとって一層喜ばしいものとなる。ギュスターヴはその番人になり、もし〈神〉が存在するなら〈神〉とだけこれを共有するつもりだ。後に彼は、シャルル・ボヴァリーが鰐足の患者と格闘するあいだ、黙って表面上かいがいしく世話をやきながら軽蔑の愉悦を味わっているボヴァリー夫人をわれわれに描いてみせるときに、この苦い喜びを思い出すであろう。

　しかしながらこうした満足は、想像界の中でしか感じることができないことを認めよう。というのも、まず彼は、自分の知覚をいくつかの規則にしたがって非現実化しなければならないからだ。すなわち、父親を「母親化」するために、ギュスターヴは自分の受動性を一定のやり方で利用し（彼はベッドの中で、あらゆる力を失い、貫通法と包帯で身動きもできない）、知覚を停止して、その「生真面目さ」を取り除かねばならない。これは、この絶対的静寂主義者にとって、そう難しいことではない。知覚はプラクシスの一契機であり、企てにその執拗な現実性を提供する。ところが無関心は、企てを芝居の一場面扱いにし、企ての現実性を括弧に入れることを可能にする。そしてこれによって、役者や事物に、多かれ少なかれ無償の意味を負わせることができるからだ。同じように、医者が彼を診るとき、その医療態度は正確で手際よく、そこにグロテスクなものなど一切ない。だが、ものごとを劇場で見るように見て、この外科医を脱現実化し、「彼が焼いた」手を辛辣な陶酔とともに思い出すだけで十分なのだ。つまり、その正確な技量、診断の確実さ、すみやかな治療の決断にもかかわらず、彼の能力を超えた手に余る病気に惑わされ、過ちを犯した臨床医として彼を表象するだけで十分なのである。それで怨恨は満足させられる。しかるに、何よりも知覚である視覚が非現実化されるべきであるように、父フローベールも、もしディアフォワリュス（モリエールの喜劇『病いは気から』に出てくる医者の名前）を演じなければならないのなら、その不透明さが息子の「ぞっとする深層」と一体をなしている独自的で恐ろしい彼の現実性は奪われるべきだ。つまりギュスターヴは、長くは耐えられない精神集中によって、父を純然たる仮象の状態に保たねばならない。すなわち、父を平凡な人間の状態に保たねばならない。この理由により、彼が感じる喜びは真実でも偽りでもない。それは体験されるが、非現実の喜びである。つまり苛立たしい喜びなのだ。

　反対に、確実に現実のもので、絶えず病人の幻想を壊滅させているのは、アシル＝クレオファスの探るような眼差しである。これは糾問なのか、心遣いなのか？　その両方だ。というのも、アシル＝クレオファスの心配自体には、恒常的な要求が秘められているからだ。ギュスターヴは変調が再発するか、さもなければパリへ戻るかのどちらかでなければならない。家長は一歩も譲らない。すでにあまりに大勢の子供たちを育てそこなったために（フローベール家では、最終的に三人の子供が夭折している）、彼は弟息子の心的障害を認めることができないのだ。フローベール家のすべての男性のように、この息子も大人の仕事を遂行できるよう、自分が治してやるつもりである。臨床医は、病状好転の徴をじっとうかがう。朝から晩まで、いきなりやって来て息子の顔をじろじろ見ては脈をとり、あらゆる嘘を見抜く「外科医の一瞥」を彼に投げつける。もちろん、息子のいかさまを疑っているからではない。病気の経過を理解したいのだ。とはいえ、これだけでも状況が逆転して、物を言わない発話者が気難しい受話者に尋問されていると感じるのに十分だ。ギュスターヴは監視下に置かれ、管理されて生きている。表面上、彼は弱々しくアシル＝クレオファスに同意する。つまり、治らなければならないのだ。だが、父の探るような眼差しは、心の奥底をかき回す。ギュスターヴは自分が疑われていると思いこみ、それによって、自分の深いアンガージュマンの直観を「受け取る」。すなわち、病気を果てしなく続けるという誓いの直観である。類型的な発作は――もちろん即座にではないが――たいていこうして起きる。それは父が抱いていると彼の考える疑いに対する抗議であり、つまりは彼自身が育んでいる疑いに対する抗議である。だって、分かるだろう、ぼくは重い病気なのだ、相変わらず病人なのだ、というわけだ。彼は重ねて病気を確認させることで、罪責感――ほとんどの場合、父の眼差しと結びつく罪悪感――から自分を守る。いやむしろ、自分を守るために、治ろうとする表面的な意志を放棄して、わが身の不調に耳を傾け、身体のなすがままにまかせるのだ。倒れさえすればよいのであり、ポン＝レヴェックの荒削りで簡潔な原型を模倣しさえすればよいのだから、この暗示症の人にとってこれほど容易なことはない。しかしここから、類型的な発作は仮病であるという結論を下してはならない。わたしがすでに述べたように、ギュスターヴは時々好奇心に駆られて、自室に閉じこもり、それができないときにはマクシムの目の前で彼をかつぐために、この発作を再現したことがあるかもしれない。しかし、ほとんどの場合、発作は彼を不意打ちした。実際、類型的発作が表明するのは、ただひたすら自分の企てに対するギュスターヴの忠実さであり、ポン＝レヴェックの劇的事件の不可逆性に対する彼の変わらぬ信奉以外のなにものでもない。この器質的な思いこみは、彼に自分の受動的選択を隠蔽する。フローベールが二輪幌馬車《カブリオレ》の中で、この事件は自分の人生を変えるだろうと信じたかぎりにおいて、また事件を了解するために振り返りつつ、そこに自分が設けた宿命をなおも見出すかぎりにおいて、彼にはこの事件を再現することしかできない。それはただ単に、彼がそこから抜け出しておらず、あの闇の中での大胆不敵な行為と自分の密かな誓いとに、いまだに動揺させられ続けているからだ。ポン＝レヴェックで、彼は決定的に転落した。この転落は不滅であり、その観点からすると、病気が取り返しのつかない害を引き起こさぬ限り、治癒は不可能なのだ。かくして、原型の発作が類型的発作を生み出す。というより、原型の発作は、類型的発作の中で、おのれを再現するのだ。そして類型的発作は、最初の発作が生じさせた結果ではなくその更新であり、また隠れた病気の徴候ではなく病気そのものであって、それが改めて余すところなくおのれを明示し、そのことによってさらにまたおのれを再確認することを引き受けるのである。そこに新しい何かが付け加えられることはほとんどない。たとえば痙攣があるが、これは発作そのものがもたらすいずれ常同症になるようなものを、その悲壮な激しさで埋め合わせるのだ。したがって、ギュスターヴと父を対立させる聾者の対話において、類型的発作の根本的な意図は、ギュスターヴの神経性変調の重大さを誇張して父を欺くことではなく、逆に、最初の発作をわずかばかりの手心も加えず出し抜けに再現することで、ギュスターヴに——アシル＝クレオファスの眼差しに悩まされ、習慣的にいつも、自分の不誠実をみずから責めようとするギュスターヴに——この発作の深さと真実を保証して、彼を安心させることだと言えよう。そして当然のことながら、病院長によって刺激され、ギュスターヴの内的不安によって引き起こされたこれらの発作が、ギュスターヴに自分の誠実を納得させるかぎりにおいて、明白な神経症の事象に器質的な原因を求める家長は、ますますその発作によって欺かれる。そこで新たな逆転により、自分のアンガージュマンの持続を確信した息子は、モーセに、先の診断と同様にその誤りを本人が予感している新しい診断——癲癇——を下させ、彼を侮辱して喜ぶのである。要するに、父こそ病因なのだ。父の無言の絶えざる問診が、心身変調の直接の誘導源なのだ。そしてこの変調は繰り返されてギュスターヴをへとへとに衰弱させ、彼自身がそれを密かに作り出したにもかかわらず、ついには彼を怖がらせる。終いには、この変調が彼の心的能力を完全に危険にさらすのではなかろうか？　そのために理性が失われたらどうしよう？　こうした心配に根拠がないわけではない。病院長が四四年より前に死んでいたなら、ほぼ確実に、息子の神経症は潜伏状態にとどまっていただろう。そして彼は実際、発作を節約しながら閉じこもりになっていただろう。しかし四四年から四六年のあいだに、アシル＝クレオファスにあと二十年の余命などないと考えねばならぬ根拠はなかった。すると、何が起きるだろうか？　ギュスターヴの病気は、そんなに長く続けば、生体験の全領域に拡がってしまうのではないか？　この青年は、証拠を、それも有意的《シニフィアン》な内容の貧弱化が避けられないだけに一層強烈な証拠を、何度も繰り返して示すように求められるのではないか？　彼は多分アシル＝クレオファスの生存中に治るだろうが、それはできるだけ遅い方がよい。すなわち、三十歳か四十歳で、金利収入を得て生家に居座れることを確認してからだ。これはつまり、自分が使いものにならない残骸になってしまうまで、彼は自分を追いつめ続けるという意味だ。それは彼みずから望んでいることだろうか？　怨恨のサド＝マゾヒズムに身を委ねているときは、そうかもしれない。だが戦略的には――これは次の章で検討するつもりであるが――、彼が神経症という回答を選んだのは、見事な作品を創るためである。ところが発作を更新するという戦術は、彼を痴呆へと向かわせて――そう彼は考える――、戦略としての神経症を損なうだけだ。なるほど初稿『感情教育』を書き終える時間はある。だが一八四五年を通して、彼は何もしない。そしてこの無為は、〈偉大な証人〉の死後も続くのだ。われわれはその理由をいずれ考察しよう。しかしそうはいっても、この無為が確立され揺るぎないものにされたのは、アシル＝クレオファスの生存中にほかならない。したがって、これにはまず、否定的で戦術的な意味があると言ってよい。ギュスターヴはまるで、文学作品を多産すると、自分が治ったと周囲に思わせてしまうのではないかと恐れたかのようなのだ。

　つまり、怨恨が努力して想像界の中で必死になって侮辱しようとしても、哲学的臨床医は依然として強力で恐ろしい人物であり続けている。彼はもはやモーセではない。それは分かっているが、モーセとは実のところ初歩的な一つのカテゴリーでしかなく、幼少期の無力の中で体験されるがままの家庭生活の複雑な構造を表わしていた。しかし、この想像上の〈主〉を創るために、アシル＝クレオファスはあらゆる素材――力と栄光、権威、普遍的知、恣意的な絶対権力、不公平な正義――を提供してくれたので、こうしたものを絶対の域にまで高めればよかったのだ。この意味で、経験上の父親が象徴的父親とこれほど近かったことはなかったし、象徴的父親の人格化にこれほど寄与してくれたこともなかった。しかし、過激《ラディカル》だが受動的な選択によってこの二つの存在が原則として分離された今、現実の父親は本人自身に還元されたが、それでもあのやりきれない徳を保ち続けており、そのいちいちが弟息子にとっては恒常的な攻撃に感じられる。ただ、こうした徳にもはや無限は内包されておらず、根源的《ラディカル》な〈悪〉と〈善〉の充満とを交互に表象する威力もない。しかし、限界づけられ、値踏みされ、経験上の表出に還元され、プラトン思想において感覚の対象がその〈イデア〉からほど遠いのと同じくらいに、モーセの範列的特性からはかけ離れているものの、こうした徳はそれでもギュスターヴの根源的な異議申し立ての対象であることに変わりはない。一つの絆は断ち切られた。しかしだからといって、この主観的解放が、家長権という法律問題を解決するわけではない。アシル＝クレオファスは父親として一定の権限を備え、それを完全に行使したいと思っている。かくして、今や卑近な次元で演じられているとはいえ、ドラマは何一つ変わっていない。フローベール家の弟息子は、病気が治れば出世するだろう。この青年にとって――彼は多大の犠牲を払って、明晰である権利を獲得した――、もはやこうした父の意志に、悪魔的なものや絶対的なものなど一切ない。ブルジョワで盲目的なこの父親は、ブルジョワ的に働いて生活するブルジョワの息子たちが欲しい、というだけのことなのだ。彼は間違っている。これ以上明らかなことはない。彼は〈サタン〉ではなく、強いけれど自分の時代とみずから選んだ階級の偏見で盲目となった人間だ。ギュスターヴは、これを完全に意識している。だが絶えずそれを自分に繰り返しても、この認識は何も解決しない。必要なのは、説得するか――ところが二人は同じ言葉を話さない――、抵抗するかだろう――これはまさしく彼が決してできなかったことだ――。それゆえ、フローベールが弁護士のキャリアを逃れるには一つの解決しかない。すなわち、父か息子のどちらかが死なねばならないのだ。息子は、自分をすでに死んだ人間とみなしている。したがって、父が死ぬまで自分の死を延長するだけでよいのだ。かくして、この観点から見て、四四―四六年の病気は「長い忍耐」、すなわち待機と考えることができよう。生きられた待機だ、それは確かである。それは十分に自覚された待機と言うべきだろうか？　多くの場合はそうだった。彼が独白で自分の考えを表わすときがあるが、それらは家長の未来の死の反芻であった[*1]――まさしく、フローベールがまもなく言及することになる反芻である――。ギュスターヴが自分を解放する父の死を夢想したのは、これが最初ではあるまい。われわれがすでに見た通り、彼は四〇年から四二年のあいだ、父親からしか相続できないことが明らかな何千リーヴルもの金利によるナポリ定住を夢見ていた。だがわたしが想像するに、当時こうした願いはよりうまく隠されていた。[*2]それらは、陰気な夢想の中で、祈願としてよりもむしろ不安として提示されたにちがいない。しかし、四二年から四四年のあいだ、パリで少なくとも時折、怒りはその真の意味を開示することができた。霊安室で、「不健康な」瞑想のおりに、彼は誰のことを、どんな「残酷なドラマ」のことを、考えていただろうか？　そして四四年からは――わたしはもうすぐ、その証拠を示すつもりだが――、それらは公然と提示される。というのもギュスターヴは、四三年の末から、自分の生を父との死闘とみなしているからだ。もちろん父は何も気づいていない。父は自分を頑固だとも厳格だとも思っていないし、結局のところ、断固として拒否すれば、父の意図を変えさせることも多分できるだろう。しかるに、まさしくギュスターヴにはこのように父を拒否する力が欠けているので、最悪の事態に至るのだ。かくして、もっとも確信的に――夢の中での――親殺しを為す者とは、障碍物を迂回することも取り除くこともできないので、その障碍の空無化を願うこうした受動的行為者なのだ。それにしても、これが親殺しなのか？　然り、受動的な親殺しだ。青年は考える、父の死こそ唯一の解決なのに、と。時には叫んだかもしれない。くたばれ！　さっさとくたばれ！　しかるに、彼は指一本動かそうとせず、世界の秩序に、尿道に生じる砂粒に、黒い〈摂理〉に、そしてことによるとおそらく彼の星に、[*3] 自分の欲望をかなえてくれる役割を委ねるのだ。

＊1　彼が、自分はしばしば（もちろん不安の中で）アシル＝クレオファスの死を考えたと言ったり、この死があまりにも早く到来したときも大して驚かなかったと言ったりするときである。

＊2　しかしずっと以前に、彼は『苦悶』で、実に両義的な幻想を提示していた。腐肉となり、地中から掘り出されるのを見て、群衆が喜んでいるあの偉人は、一体誰なのか？　もちろん、これはまず何よりも、栄光の空しさを示すための教訓であり、したがって、われわれの野心の馬鹿らしさを示すための教訓である。ギュスターヴは自分を厳しく叱責する。おまえは栄光が欲しいのか、馬鹿者め？　栄光は、おまえが棺の中で腐らないようにしてくれるか？　しかるに、当時彼が知っていた唯一の名士は、まさしく父親であったことに留意するべきだろう。少年はひたすら栄光を望む。この教訓に必要とされる偉人は、事実において栄光を勝ち得ていなければならない。この寓話の教訓を、次のように述べることはできないだろうか？「おまえは栄光を望むのか、馬鹿者め？　父を見よ。彼は栄光を得ている。だがそれでも犬のようにくたばることに変わりはない！」この場合、フローベールは内心で、名望家の哲学的臨床医を、『苦悶』で描く「唾棄すべきもの」という形で想像して、いくらか満足しているのだろう。加えて、最後の数時間で自分の息子に変身するにもかかわらず、マチュランの名で死ぬのは、アシル＝クレオファスであることを忘れてはなるまい。

＊3　この呪われた者に星があるのか？　そうだ。今や、彼には一つの星がある。われわれは次の章で、それを明らかにするだろう。

一八四六年一月十五日、ギュスターヴは生涯最大の幸運に恵まれる。父を失ったのだ。対話に決着はつかないだろう。というよりむしろ、アシル＝クレオファスはこの世を去ることで、最終決定権を息子に委ねてしまう。フローベールがこの死を非常に意識的に解放と考えたことは、続く半年間に彼の内部で生じた三つの変化が明白に示している。まず、ギュスターヴがそれを自分で言っているのだが、埋葬の翌日、彼は治ったと宣言するのだ。「こういったことが、たぶん、いぼを焼き取るような効果を上げたのだった」。妹の埋葬がすぐ後に続く。すると彼は勝ち誇って叫ぶ。「やっと！　やっと！　ぼくは仕事ができる！」。アシルと母親だけなら、自分の決意を認めさせるために病気になる必要などないからだ。アシルは簒奪者にすぎず、ギュスターヴは恨みと軽蔑から、兄には決して服従しない力を汲み取れるだろう。また母は、父の代弁者でしかなかった。夫の口は死によって閉じられてしまったのだから、彼女にはもう伝達するべき命令がない。とはいえ、この点について、ギュスターヴはそれほど安心していない。彼は彼女に怯え、話しかけられると顔を赤くする。そこで、カロリーヌの死のすぐあとで、いっそのことフローベール夫人が悲しみのあまり死んでくれないか、とさえ願ってしまう。彼は少し失望して、マクシムに書くだろう。「母の具合は思ったよりよくなった。今は娘の子供にかかりきりで……ふたたび母親になろうとしているのだが、うまくいくだろうか？　まだ反動はないものの、ぼくはそれが本当に心配だ」*1。次いで、彼にあって常にそうであるように、願いは予言になる。「母の状態について、きみに説明できるような言葉も表現も見つからない。母については、悪い予感がするのだ。そして不幸なことに、ぼくは経験から、自分の予感があたることを知っている」*2。そして最後に、この陰気な見通しの実現を想定して、嬉しげに準備を整える。「母が死んだらどうするか、ぼくの計画はできている。一切合財すべて売り払い、ローマかシラクサかナポリに移るつもりだ。きみも来る？」*3。まさしくこれこそ、邪魔者を一掃するということだ。

*1　マクシム宛、四六年三月二十三日または二十四日。『書簡集』第一巻、一九七―一九八ページ。

*2　エルネスト宛、四六年四月五日。『書簡集』第一巻、一九九ページ。

*3　マクシム宛、四六年四月七日。『書簡集』第一巻、二〇三ページ。彼はまたこう書いている。「母は心底悲しんでいる。ぼくは母を愛するあまり、もし母が窓から飛び降りたがるならそれを止めないだろう」。ある意味で彼は間違っておらず、夫と娘に先立たれたあとで、この「あわれな老女」の人生は、もはや服すべき長い刑罰でしかなかったように思われる（彼女が娘に抱いていた愛情の一部を、孫のカロリーヌに向けなおせたとしても）。だが普通は、もっと分別を欠き、より盲目的で、ある程度はより利己的な感情を抱く方が、おそらく好まれるだろう。自分自身のために愛されることとは、実に結構なことだ。ただし、相手も自分のためにあなたを愛するかぎりにおいてである。

第三の変化も、重要さは劣らない。遅くとも四四年一月から、フローベールは性的関係を絶っていた。彼のヒステリー性去勢は、四三年秋までさかのぼれるのではないかと考えられるほどである。四五年の春、アルフレッドは彼に、プラディエの助言を伝えている。つまり「正常な生活に戻ること」、すなわち愛人を持つこと。四五年の六―七月に、ギュスターヴは彫刻家の提案を辞退している。それは次のような提案だったからだ。プラディエのアトリエは美しい鱒の生簀で、彼にも一匹の鱒がとってある。若くて実に美しく情熱的なこの鱒は、彼につれなくしたりしないだろう。なるほど、彼はまだ性的欲望や興奮を感じる（それとも単なる記憶にすぎないのか）。しかし、彼は享楽するようにはできておらず、女は彼の人生を狂わせるだろう。だが四六年一月に、父は市立病院から邪魔物を取り除いてくれた（父の死を指す）。するとそれから半年も待たずに、ギュスターヴは自分を待ち受けているものを知りつつ、誘惑に身を委ねるつもりで、再びアトリエへ行くのである。ルイーズがぱくりと彼に食らいつくだろう。この事態では、まるでアシル＝クレオファスが本当にギュスターヴの去勢コンプレックスの原因であったかのように、すべては進展するのだ。

こうした独特の三つの変化、つまり全快宣言、仕事の意欲、性行為のうち、われわれはここで、神経症の進行に関してもっとも重要な第一の変化のみを考察しよう。[*1] 事実すでに述べたように、ギュスターヴは病院長が納棺されるとすぐさま、断固として自分は治ったとする立場をとった。これは、彼の意図の完全な逆転を前提とする。なるほど、社会的事実と同様に、精神的事実としても、素質構成されたものの無気力〔惰性〕ということがあり、真の解放は、解放をもたらす事件のあとを遠くからついていくことができるにすぎない。それでもフローベールの状態は、目に見えて改善された。実に明快なあの告白をしている手紙で、彼は自分の治癒を、部分的に、この死別によって投げ入れられた諸活動のあわただしさで説明している。すべてを整理し、具合の悪いカロリーヌの心配をし、そして何よりも、アシル＝クレオファスからアシルへの権限の譲渡を確実なものにしなければならなかった。アシルの資質には異議が唱えられ、一人の同業者が陰謀をたくらんでいた。要するに、父がアシルにとっておいたポストへの任命は、外科部長の遺志にもかかわらず、確実ではなかったのだ。だが幸いにも、ギュスターヴがいた。ギュスターヴはすべてを一手に引き受け、せっせと訪問や奔走を重ねる。彼のおかげで、アシルは父の職務を委任される——ほんの少しばかり縮小されたが、それはアシルが若年であるがゆえのやむを得ぬ結果だ——。お察しの通りだ。ギュスターヴは行動に身を投じた。あの病人、あの閉じこもり、あの静寂主義者が、みずから進んで上級行政官や医学者たちに会いに行き、彼らに語りかけることができたのだ——普段は彼を茫然とさせたり、彼には外国語のように思われたりする、あの実践的な言葉を用いてである——。要するに、マキャヴェリストで慇懃な彼は、連中を手玉に取ったのだ。しかも、こうしたことはすべて、嫌悪する〈簒奪者〉に、簒奪された遺産を確実に得させるためなのだ。これをどう考えるべきだろうか？

＊1　第二の変化は、次の章で扱われるだろう。

まず、これらのことはおそらく正しい。ギュスターヴは根回しの訪問を重ねた。それは言うまでもない。ほかに誰がそうできただろう？　アシルでは駄目なのだ。スキャンダルになっただろうから。自分の悲しみに打ちひしがれたフローベール夫人も駄目だ。陰謀に通じていなかったアマールも使えなかった。残るは弟息子だけだ。この企ては、彼を自負心で満たした。後に彼はルイーズへの手紙で、このことに再び触れている。アシルがその地位を得たのは自分のおかげだ、ギュスターヴのおかげなのだ、と。そして、この挿話——ブイエの遺作劇を上演させるために尽力することになる時期までの、ほとんど唯一の挿話——のために、彼は時おり、自分の受動性をきわめて美化された形で示すことができた。彼が心底から自覚し、喜んで認めているのは、自分は行動するようにできていないということだった。そして「フローベールの継承問題」における自分の役割を思い出すとき、彼が時々繰り返して言うのは、自分は人間の策略を超越しているということである。彼は欠如による静寂主義者ではなく、過剰による静寂主義者なのだ。しかし、大事をなし得る者は小事もできる――これはフローベール好みの諺である――。彼は、必要とあらば、腕をまくり、「行動派の連中」を潰走させ、難問を「記録的な速さ」で見事に解決し、面目を保ちつつ隠遁所へ戻ることができる。ただしそれは、企てが無償で、自分には無縁の利害のために鷹揚さから手を貸すような場合に限られる、とほのめかす。したがって、彼は自分が兄を助けてその職務につかせた、と確信している。真実はどうであろうか？　確かに彼は根回しの訪問をしたが、本当に彼が勝利をおさめたのだろうか？　実際に抵抗はあったのか？　彼は本当に抵抗勢力と対決して勝ったのか？　われわれは断言できない。しかし、アシル＝クレオファスの並はずれた信用や、アシルが享受していた特別待遇を考慮するなら、また反対に、老獪な行政官たちを操作するよりも、仲間たちと大声で騒ぎちらすようにできている孤独な弟息子の不器用さを思い出すなら、賭けは前もってすでになされていたという方が真実らしく思われるだろう。なるほど陰謀はあったかもしれない。が、そのようなものは失敗するはずであった。せいぜいのところ、フローベール家の人びとを数日間やきもきさせただけだ。十中八九、ギュスターヴは、役にも立たぬくせに恩着せがましく飛び回っただけなのだ。とはいえ、全くの役立たずというわけでもない。礼儀上、若干の人と接触する必要があった。彼はそれを果たした。彼がなかなかうまくやってのけたのは、この行動が礼儀でしかなかったからである。つまり、一つの役割にすぎなかったからである。

それでもやはり、彼は行動していると思いこんでいる。すなわち、自分の利益に反して、大嫌いな簒奪者の目的に奉仕している、と思いこんでいるのだ。これに驚くほうが間違いだろう。もし受動的に権限の委譲に立ち会うだけなら、彼は自分が身ぐるみはがれたように感じるだろう。だが、見下すような態度で、修道僧の隠遁所から出てきて、かつてはおそらく自分のものであったが今では軽蔑している世俗の権力を、彼の方から兄に与えようとするのなら、彼の相続権剝奪〔欲求不満〕は――そしてアシルの価値と権利もまた――消滅する。二つの要因が――この二つだけが――問題なのだ。すなわち、亡き父の栄光と、弟息子の巧妙な駆け引きであるが、この息子は自由な服従によってまだ父に屈服し続けている。勝利をおさめ、アシルを――ギュスターヴから見て――無気力な高給取りに変えるには、これで十分だった。何度かの耳打ちがあり、水は葡萄酒に、葡萄酒は水になる。受動性が行動して、アシルの行動主義――父親のプラクシスの猿真似――は、その真の本性を、すなわち過分な贈与の受動的待機を開示する。それにしても、父の不公平なえこ贔屓を確認して、弟息子は苦しまないだろうか？　この疑問は、われわれを本質的な問題へと導く。いや、ギュスターヴはそれに苦しまないのだ。というのも、この場合、彼は家長の役を演じているからであり、したがって、死によって欠けた父に取って代わることで、彼が生身の家長であるからだ。もちろん彼自身にとってそうなのであり、誰もそれに気づくことはない。アシルが弟に、そのとりなしを感謝したようには見えない。兄はあいかわらず、弟を晩餐会に招待できない無能者だとみなし続けているからだ。そしてフローベール夫人は、何一つ気づかなかった。かまうことはない。ギュスターヴは、数日間父に取って代わった後にしか、父から解放されることはなかったのだ。これは親殺しだろうか？　然り。まったくその通りだ。というのも、老闘士は一敗地にまみれたからだ。父は――四四年一月の弟息子のように――もはや横臥像でしかない。その残忍なサディスト的意志には、揺りかごの赤子の気まぐれほどの重さもない。そうした父の意志をみずからの責任で引き継ぐように決心し、それによって、父の父にならねばならない。これらの死んだ意志、「死に際の」意志が、踏みにじられるか否かはギュスターヴ次第である。こうした父の意志に、自分の効力ある生きた意志を取って代えることで、青年は父親の意志を執行するが、同時にそれを貶めもする。というのも、故人への彼の服従は屈服であるどころか、憐れみにそっくりの、父には過ぎたる愛によって説明されるものだからだ。そして彼が自分の修道生活に戻るとき、道に迷い凌駕された家長には、もはやアシルの生よりほかに地上の生はないだろう。アシルとはつまり父のおそまつな化身であり、ヴィクトル・ユゴーによれば小ナポレオンが大ナポレオンの懲罰であるように、父の悪意のまぎれもない恒久的な処罰なのだ。ギュスターヴはといえば、鷹揚な復讐の後で、父とその長男息子から永遠に顔をそむけるだろう。

　彼は解放された。この解放の客観的理由が、明敏で全能の恐ろしい〈主〉の廃滅にあるなら、それを体験することが必要だ。すなわち、その性質からして、解放する諸要素を含む主観的な諸構造を通して、それを内面化しなければならない。たとえ死後であってもアシル＝クレオファスの支配からギュスターヴが自分を引き剝がすためには、父を退位させ、自分が父に取って代わる演技をしなければならなかった。換言すれば、あれほど待たれたこの重要事件は、彼によって儀式的な父殺しとして、体験されなければならなかった。あらゆる男児と同様に、ギュスターヴも、生みの父を厄介払いするためには、彼を殺して一時的にその代わりをする必要があったのだ。ただ、彼がしていると思いこんでいた行為は、実際は身振りでしかなかったので、この神聖な犯罪も犯罪の想像力に還元されたのである。[*1]

＊1　わたしはここで、他の人たちの場合、父殺しは、ピストルやナイフで現実的に遂行され得ると言いたいのではない。実践的行為者の場合、現実的なことは、自分の家庭を築いたり、父に代わって企業の指導者になったり、社会的階層でより上位を占めたりして、自分にとってのモーセを退位させ、彼に取って代われるような諸行為の総体である。こうして父殺しの意図は、それを確実なものにする象徴的だが真実のプラクシスによって支えられるのだ。

親殺しの意図が、四五年以降、フローベールの中であれほど強く自覚されるのは、おそらくこの理由による。マクシムは『文学的回想』で、当時しばしばこの病気の友の相手をしに行ったと語っている。二人の青年は、ある日、コードベックへ行き、そこの教会に入った。フローベールは、救護修道会士聖ジュリアンの生涯をたどったステンドグラスに目を奪われ、「彼の物語の着想を得た」[*1]。だがこの後には、絶対的な沈黙が続く。五六年まで、フローベールの書簡集には、一度も聖ジュリアンへのほのめかしがない。彼の計画に通じていたはずのマクシムに対しても、同様だ。当時ギュスターヴは、自分が書いているものや書くつもりのものを、友人たちに始終打ち明けているだけに、これには興味をそそられる。しかし、計画は放棄されたわけではない。これについて、彼はブイエに話したことがある。というのも、十年後の五六年六月一日に、詳しい説明は抜きで、彼にこう書いているからだ。「……ぼくは聖人伝を準備していて、『聖アントワーヌ』を見直している」。彼はこのとき、「書き終えた『聖アントワーヌ』と執筆中の『聖ジュリアン伝』を携えて、十月にパリへ戻る」つもりだった。彼はいかなる理由で、この物語を再開することにしたのだろうか？「五七年に、近代と中世と古代を提供する」ためである。この動機は浅薄なものではない。彼は常に、弓の三本の弦を同時に示すことを夢見てきており、同じこの理由によって、七五年から七七年のあいだに三つの小説《コント》を書くだろうが、最初に完成されたのはまさしく『聖ジュリアン伝』なのだ。しかし、五六年に彼が自分の「聖人伝」に執着していたとは思えない。彼は当時そこに、何よりも、狩猟に関する作品を読んだり、古語の魅力を楽しんだりする口実を見出していた。その証拠に、彼はすべてを途中で放り出し、七五年までもう『聖ジュリアン伝』については何も語らないからだ。まるで、小説を企てるには、何か本心からの理由が欠けていたかのように。実際、ほとんど二十年後に、彼が本気でそれに取り組むときには、状況は変わっていた。彼はプーシェだけを連れて、コンカルノーにいる。破産し、取り乱し、みじめな状態で、「過去に責め苛まれ」た彼が、「あの呪われた問題」を考えずにすむのは、「記憶を思いめぐらす」ときだけだ。まるで彼が『聖ジュリアン伝』を着想したときも、はるか後にそれを実現したときも、いずれも彼は不幸や不安や――七五年の彼の気分については後述する――また家族のことに苛まれていたかのようだ。彼の「聖人伝」は、波乱を糧とする。それは、彼の心の奥底によどんでいる。というのも、静かな池であるこの心が風に騒ぎ、「底の泥」が浮き上がってくるときに、聖人伝は再び現われるからだ。それ以外のときは、それについてひとことだに触れられない。

＊1　マクシムは、例によって、すべてを混同している。このステンドグラスは、ルーアンの大聖堂にあったのである。コードベックには、聖ジュリアンの小像しかなかった。ここからあえて大胆な仮説を立ててみれば、この日ギュスターヴは、物語の「着想を得た」のではなく――小像は彼にほとんど霊感を与えなかった――、ルーアンのステンドグラスで見たままのこの聖人の生涯をコードベックで物語り、これを小説にするつもりだとマクシムに打ち明けたのだ。そしてマクシムは、またしても、この挿話を潤色したのだろう。

いずれにせよ、四四年から四七年の間、彼が心を惹かれた主題は抒情的なものだ。彼は自分を全体化し、自分の人生を作品に凝縮させたかった。そしてこれこそまさに、初稿『感情教育』の最後の数ページで彼がやったばかりのことなのだ。ジュリアンの物語で彼が魅了されるのは、中世独特の画趣だけではありえない。この物語は、彼にとって、意義を持つのでなければならない。ところで、それは何について語っているだろうか？　聖アントワーヌに匹敵するような厳しい悔悛を日々課され、もっとも許し難い罪の贖いに執念を燃やしている、一人の聖人についてだ。この聖人は、若いころに両親を殺した。もしギュスターヴがこれを四五年に書いていたなら、どのように描いていたか、われわれには知る由もない。だが間違いなく、小説《コント》はその七五年版と根本的に異なっていただろう。＊1 確かなことは、親殺しと聖性の結びつき（長い忍耐、苦悶、天才）が、そのあらゆる複雑さを備えたまま、直ちに彼の前に出現した、ということだ。そしてこれもまた驚くべきことだが、決定稿テクストでは、母殺しが――フローベールはしばしば自分の母親の死を願ったのに――、二次的な重要性でしかないように思われる。母親も生みの父と同様に死ぬだろうが、それは明らかに、第二の殺人によって第一の殺人の儀式的重要性を隠蔽するためなのだ。まず、親殺しの原因となる誤解に注意しよう。ジュリアンの留守中に、彼がはるか昔にその元から逃げ去った両親が、ジュリアンの城へやって来て、彼の妻に自分たちの身分をあかす。妻は義父母を敬って、婚礼のベッドを二人に譲る。両親はそこで眠りこむ。すさまじい狩猟で半狂乱になったジュリアンが、夜遅く帰ってきて、闇の中で身をかがめ、妻の唇に触れようとしたところ、「ひげに触れたような気がする」。怒り狂った彼は、短刀をつかむと、二人の身体を何度も突き刺した。したがって、虐殺の原因は姦通である。「男が妻と寝ている！」。成人となった彼のこの怒号は、彼の初期作品にしばしばその痕跡を認めることができたあの遠い昔の激怒、「男が母のベッドに寝ている」という、エディプス・コンプレックスの古典的な局面に対する激怒の木魂のようだ。この場合、罪は男にあり、ジュリアンとその妻の愛の関係を汚したのは、男なのだ。したがって、殺すべきはこの男だ。母も続いて殺されるが、それはあくまでついでに殺されたのだ。いやむしろこう言おう。母は現実に犯した罪の報いを受けるが、まず男がその罪で彼女を汚したのだ。しかるに、ジュリアンが鹿の呪い（「いつかお前は自分の父と母を殺すだろう」）を逃れ、世界各地で——半ば遍歴の騎士、半ば傭兵隊長として——戦っていたとき、殺すのではないかと恐れていたのは、自分の父であった。「それというのも日ごろ宗門の人や孤児や寡婦や、殊に老人を庇ってやっていたからであった。自分の前を歩いていく老人の姿を見かけると、誤って殺すのを恐れるかのように、その顔を見届けるために声をかけてみた」。そして大罪が犯され、彼は良心の呵責のあまり自殺に追いやられるが、それを思いとどまらせるのは、突然現れた父の顔である。「……（泉のほとりに立って）のぞきこむと、眼の前に肉のすっかり落ちた白髭の老人が現われた。それがいかにも哀れな様子をしているので涙をおさえることができなかった。相手も、やはり、涙を流している。自分の顔とは知らずに、ジュリアンはそれに似た顔をぼんやりと思いだしていた。あっと叫んだ。父上だ。それきり自殺は思いとまった」。言い換えれば、苦しみと過酷な生活で老いたジュリアンは、水の上にかがみ込み、そこに映った自分の姿を見て、それを父だと思いこむのである。生みの父は殺されたが、今や、彼は父にそっくりだ。ギュスターヴも、父を殺したという事実そのものによって、アシル＝クレオファスに変身した。そして、ついに頬を涙で濡らす。この涙を、彼はあれほど病院長から引き出したかったのであり、おそらくは少なくとも一度、四四年のあの恐ろしい数カ月のあいだ、眠ったふりをして睫毛ごしに、自分をじっと見ているフローベール博士を見つめていたとき、「外科的」な峻厳な目から涙があふれるのを見たのだろう。七五年のこの悔恨は、幼少期のよみがえりと結び付けられることに読者は気がつくだろう。ギュスターヴがコンカルノーで、すべての文通相手に、思い出は彼を窒息させ、「過去は彼を責め苛む」と書いたそのとき、彼は聖人伝に次のように書いた。「幾月か過ぎたがジュリアンは一人も人を見なかった。眼をつむっては、記憶の力で、若い時分にかえろうとつとめた——すると、城の中庭が現われ……また……毛皮にくるまる老人と高い角巻の帽子をかぶった貴婦人のあいだに金髪の少年の立っている姿が浮かぶ。たちまち、二つの死骸が横たわる。ジュリアンは寝台の上に腹這いになって、涙を流しながら、『ああ！　父上！　母上！　母上！』と繰り返し、やがて眠りに落ちていったが、気味の悪い幻がつづいてゆく。[*2]」

＊1　この点については、次の章でまた触れるつもりだ。

＊2　プレイヤード版『フローベール作品集』第二巻、六四六ページ。フローベール夫人は、少し前に亡くなっていた。コンカルノーからの手紙その他と比較されたい。「ぼくは、書くのが肉体的に骨が折れるし、涙で窒息しそうだ……自分の神経の弱さに

われながら驚いており、恥ずかしく思う……ここで再び目にする多くのものは、ぼくのブルターニュ旅行の思い出を呼び起こすので、つい気が沈んでしまうのだ……過ぎ去った年月や、もう戻ってこない人たちのことしか頭に浮かばない……ぼくはとりとめもなく空想にふけり、思い出と悲しみを反芻して一日が過ぎる……ほとんど毎晩、クロワッセや死んだ何人かの友を夢に見るなんて、信じられるだろうか？　昨夜はフェドーだった」、等々。

他方で、親殺しは大罪であると同時に懲罰でもあることに注意しよう。ジュリアンの運命が――まさしくオイディプスの運命と同様に――父を殺してそれを償うことであるにしても、それはギリシャの伝説のように無動機ではなく、彼の病的な動物虐殺の欲望を罰するためだ。ギュスターヴが自分の意地の悪さを語っている初期作品の多くのくだりを思い出すなら、そして動物がギュスターヴを魅了する力や、彼が「獣性」――彼自身の内部のものであれ、いわゆる「野生」動物のものであれ――に抱く敬意や、さらに犬に寄せる彼の愛情を思い出すなら、この狩猟の残忍な好みは、彼が二十歳のときに誇示した人間への尊大で敵意に満ちた憎悪と、『十一月』の中でさえ述べている獰猛な殺人の衝動とを表わしていると理解できよう。そうだ、百回も千回も、ギュスターヴは我を忘れ、惨めさと怒りの限界に達して、殺してやりたいと思った。彼にアシル＝クレオファスの死を望ませたのは、まさしくこの犯罪的気質なのだ。『聖ジュリアン伝』には、啓示的なくだりがある。瀕死の鹿は、人間の声で予言した。「お前は自分の父と母を殺すであろう」。ジュリアンは家に戻った。その夜、彼はこの予言にとりつかれる。「吊るされたランプの揺らぐ影に、あの真黒な大きな牡鹿がいつまでも見えた。鹿の予言が耳につきまとった。ジュリアンはそれを打ち消そうとして身をもがいた。『いや！　いや！　いや！　殺せるはずがない！』が、またそのあとから、考えた。『だが、殺す気が出たら？……』。ジュリアンは、悪魔が自分にそんな心を起こさせてはと恐ろしかった」[*1]。これらのくだりは、この小説《コント》全体を解明している。われわれは、ジュリアンが大惨事の後で、自分が犯さなかった過失を躍起になって償おうとするのに驚かされるだろう。というのも、これは不幸な誤解でしかなかったからだ。事件の客観的な重大さによって、彼の悔恨が説明されると言われるかもしれない。息子がその父親を殺したのだ。フローベールは、こうした素朴で絶対的な精神の持ち主に、なされてしまったことの優位性を指摘したかったのだろう。良心の究明はその後からやってくる。オイディプスは、父殺しも母との姦淫も欲したのではない。しかし、だからといって、彼が償いのために自分の目をつぶすのをやめるだろうか？　問題は、古代的中世的世界の壮大な性格を外在性として示すことだったのだろう。だがこれは確かだろうか？　まず、ギュスターヴは、帝政ローマと中世をきっぱり区別する。

「キリスト教がそこを通過した」。すなわち、彼にとって重要なものは、意識や内面性や自己省察である。そしてまさしく、近代のオイディプスは、それと知らずに親殺しになる者ではなく、罪にまで至ることなく殺人を夢見る者である。つまるところ、時代に先んじたフロイト派であるギュスターヴは、あたかも自分の主人公の悔恨の真の意味を捉えていたかのようだ。偶然に父を殺してしまったことがジュリアンにとって絶対に許し難いのは、心の底で、自分は無垢ではないと知っているからだ。なるほど、この罪は外見上は完全に事故であり、人違いがあっただけだ。だが彼は、一生を通じて、罪を犯そうと欲するのを恐れなかっただろうか？　自分の悪しき考えに打ち勝つ自信が十分ではなかったので、父の家から逃げたのではなかったか？　彼は、鹿の予言の実現が物理的に不可能な状態に身をおこうと決めたのだ。なぜなら自分の中には、鹿の予言の実現を精神的に不可能とするために必要な、愛と徳が欠けているからだ。もちろん、家族の生活においては悪い偶然が重なり、ジュリアンが〔柱から〕はずした剣が滑り落ちて、父の首をあやうく切りそこなったことがある。彼が動物めがけて放った矢が、母の帽子を貫いたこともある。だがこうした不運な出来事が、まったく悪意を隠していないと誰が断言できようか？　とりわけ、第二の事件はあやしい。瀕死の怒り狂った鹿が発する予言があって、ジュリアンは「もう決して狩りをしない」ことにした。これ以上よいことはない。これは取引なのだ。私はもはや動物を殺めない、だから両親は命拾いをする。しかしそれでは、あの殺意の衝動の突然のよみがえりを、どう解釈するべきなのか？　「夏のある夕方……真白な二枚の羽が眼にとまった。鶴《こうづる》であることは疑えなかった。ジュリアンは手にした槍を投げつけた。悲痛な叫び声があがった。それはジュリアンの母であった。うしろの壁にはその領巾《ひれ》の長い帽子が突き刺さっていた」[*2]。彼はそれが鳥であることを疑わなかった。われわれは彼の言葉を信じる。だが彼は今や、親殺しが自分の呪われた狩猟者本能と解き難く結びついていることを知っているのだから、たとえ一度きりであろうと、動物の殺害は親殺しへの同意ではないのか？　結局、永久に城を棄てるとき、彼は家族からだけではなく、自分自身からも逃げるのだ。それでも、自分と別れることはない。皇帝の女婿となった彼は、憂いに沈む。彼は狩猟を拒む。「この禽獣の殺生こそ、両親の運命にかかわるものと思われたのである。（ある日）恐ろしい心の中を（妻に）打ち明けた」。事態はかくの如くで、親殺しの恐怖が薄れたわけでもないのに、「別の渇望」（動物を殺したいという欲望）は抑え難くなる。ある夜、再び殺しの欲望に負けて、陰鬱に沈みこみ、自分がすでに人殺しになったように感じながら、それでも抵抗できずに、彼は出かける。彼がこの狩から帰ってくると、両親は刺し殺されるだろう。

＊1　プレイヤード版『フローベール作品集』第二巻、六三二ペー

ジ。

＊2　プレイヤード版『フローベール作品集』第二巻、六三三ページ。

だがギュスターヴはさらに先へ進む。なぜなら彼は、四四年の発作の起源を、身の毛もよだつアシル＝クレオファス殺害を突然確信したことに帰しているからだ。鹿の予言の効力を語りながら、ギュスターヴは「それと闘っている」ジュリアンをわれわれに示した。夜である。「『だが、殺す気が出たら？……』ジュリアンは、悪魔が自分にそんな心を起こさせてはと恐ろしかった」。ギュスターヴはここでいきなり改行して続ける。「三カ月のあいだ、ジュリアンの母は懊悩《おうのう》のあまり息子の枕許で神に祈った。父は、溜息をつきながら、絶えず廊下を往き来した。すぐれて名のある医者を聘《よ》んだ。医者はいくつとなく薬を処方した。ジュリアンの病の因《もと》は、医者たちのいうには、悪い風に当たったか、それとも恋の煩いである。しかし当のジュリアンは、なにを訊いても、首をふった。またもとの元気が出てきた。老僧と優しい領主は、めいめい片方の腕を支えて、中庭を歩かせた」。われわれは、このわけの分からぬ神経の病に見覚えがある。これは、恐怖の一夜の後にフローベールを蝕んだ病だ。この病は、悪い空気や卒中の危険のせいにされ、親切なフェイディアスは、アトリエで言ったものだ。彼にはセックスが必要だ、と。だがギュスターヴは自分の衰弱の原因を知っており、それを口外しなかった。彼は——家族全員が自分の枕許に集まり、そこでは優しい〈領主〉が、思いやりのあまり彼を歩き始めた子供のように力の限り支えてくれさえしていた、まさにそのときに——、自分を「フローベール家の転落」の首謀者にするような、深く耐え難い怨恨を体験していたのである。

　もちろん、これらのページは発作から三十年以上たって書かれたものだ。人間は変わり、その記憶もまた変わった。しかし、現在の状況に苛まれて、「人生をやり直す」ことも未来を考えることもできない彼は——たえず彼は姪にこう繰り返している——、過去に逃避しそれを美化して楽しむ。聖人伝には、フローベール医師の悪魔主義も、その妻の高慢な冷たさも、見出せないだろう。息子は彼らを、心優しくお人好しで少々滑稽でもある、素朴《ナイーヴ》な老人たちにしてしまった。二人はどれほど彼を愛したことか！＊1　取り乱して逃走し続けるジュリアンは、果てしない道のりを遍歴した。だが、年老いて疲れ果てた善良な両親もまた、彼の足跡をたどって、同じ道のりを遍歴する。両親は彼を探し求めているのだ。たとえ一日だけでも、アシル＝クレオファスが自分を追いかけてくれるなら、われらがギュスターヴは何でもさし出しただろう。要するに、彼は自分の父母に見出したかった「封建的な」徳を、ジュリアンの両親にすべて付与しているのだ。これは、彼がコンカルノーの自室で、自分自身のことを思って泣き始める時期である。泣きじゃくりでもしなければ、子供にとって――当然の逆転により――相対的存在となった両親の、愛情に満ちたこうした偽りの素朴な像を、おそらく完成できなかったであろう。この絶えざる感動のもたらした結果は、物語がまたしても不完全であることだ。ジュリアンの殺害嗜好が突然明らかになるが、その「恐ろしくかつ厄介な」理由について、われわれには何の説明も与えられない。もちろん、それで作品に傷がつくわけではない。作品の素朴な趣きのためには、あまり説明せずに事実を提供するほうが望ましい。ある日、子供が二十日鼠を殺した。子供にはそれが楽しかった、彼は繰り返した、それだけのことだ。この子は多分そのように作られていたか、そうでなければ、〈悪魔〉に駆り立てられたのだろう。かまうことはない。大人になり、偉大な隊長となって、皇帝の女婿としておそらく帝位を継承するであろうジュリアンを見出すとき、そして陰気で孤独な彼が、「過ぎし日の狩のことを思いだしては、窓べりに肘をもたせて」いたり、自分が「まるでわれらの父なる楽園のアダムのように、あらゆる鳥や獣に取り巻かれて」「肘を払えば、たちどころにそれらが死ぬ」と夢想したりするのを見るとき、現代の読者であるわれわれの感受性は、こうした強迫観念のおぞましい悪夢を前にして不安になる。われわれは、この気の毒なジュリアンの苦悩の原因を依然として知らないが、それはともかく彼が深く傷ついていることを疑うことはできない。それは単に、幼年期について思い違いをしたために、作者がかなり意図的にわれわれから冒険の鍵を奪っているからだ。ジュリアンが親殺しになるのをあれほど恐れたのは、自分には父を殺すための確固とした理由があり、そのうちのいくつかは、ごく幼い時期に遡ると信じこんでいたからなのだ。十五歳のときのジュリアンとは、兄フランチェスコのことはいっさいほのめかされていないが、実は腹黒く描かれたガルシアにほかならない。

＊1　しかし、注意するべきは、ジュリアンの父親は彼を理解しておらず、息子を戦士（典型的な行動家）にしたがるのに対し、もっと感受性の鋭い母親の方は、彼が聖人（芸術家）になるようにと願うことだろう。

もしギュスターヴが、マクシムに聖人伝について語った四五年ごろにそれを書いていたなら、この呪われた狩猟者の両親をどのように描いていただろうか？　「優しい領主」はひそかに、コジモ・デ・メディチやマチュラン博士に似せられていたのではないか？　決定的なことは言えない。われわれは知っているが、ギュスターヴは巧みに事を分かりにくくするからだ。だがいずれにせよ、カテドラルのステンドグラスの前に行って夢想したとき、彼が探し求めていたのは彼自身であり、アシル＝クレオファスではなかった。聖性は彼を引きつけていた。魂の生まれつきの気高さとしての聖性ではなく、恐ろしい形で腐敗を制圧したとみなされる聖性である。それどころか、彼がこの物語で気に入ったのは、徹底した原罪的な〈悪〉が、そこでは〈善〉の条件にされている点である。流血好みの粗暴な人物だったジュリアンは、ついで禁欲的になり、怒りを自分自身にぶちまけるが、決して善良になったわけではない。フローベールにとって無味乾燥に見えたこの美徳を、ジュリアンはいささかも持ち合わせていない。彼は多くの生命や国を救い、人びとの役に立つが、それは贖いのためであり、けっして愛ゆえにではない。われわれは次の章で、この場合に救済とはいかなる意味なのかを考察するつもりだ。というのも、それが聖人伝のもう一つの意味であり、そして――われわれはそのことをいずれ見るだろうが――発作のもう一つの意味だからだ。つまり、問題はギュスターヴがどのように救済され得るかを示すことなのだ。今のところ確実なことは、フローベールの新しい象徴であるジュリアンは、親殺しにもかかわらず天国に迎え入れられるのではなく、ほかでもない親殺しゆえに、そして親殺しが彼の逆上した魂に及ぼす浄化作用ゆえに、救済されるということだ。同様にギュスターヴは、一八四五年にステンドグラスの前で、同時にアシル＝クレオファスを考えないでは、救済を思い描くことができなかった。哲学医師は非常な悪意をこめて彼を作り上げたので、この怒れる若者は象徴的殺人によってしか父の呪いから自分を引き剝がすことができなかったのだ。ジュリアンの一生は見事に彼を助けた。そこには誤解や事故があり、短刀は刺す相手を間違えた――そして、実際、フローベールも、ポン＝レヴェックで崩れ落ちながら、父の意志が構築したものを偽りの発作によって崩壊させようなどとは片時も望まなかった。それでもジュリアンは恐怖の中で、ギュスターヴは硬直した自負心の中で、それぞれ自分は有罪だと認めていたのだ。罪の前には夢想があり、忌むべき誘惑があり、密かに温めては否定した投企があった。そしてこの投企は、「恐ろしい奥底」で幾層にも重なって蓄積され、それと見分けがたい、ほとんど動かないものとなりながら、行動の動機の最深層に潜んでいたにちがいなかった。罪はないが責任はある。二輪幌馬車《カブリオレ》の床に鼻先から突っ込んだとき、ギュスターヴはこのように自分を規定しようとしていた。そして四四年の発作そのものは、偶然の無意味さと受動的行動の多様な意味とを兼ね備えていたにちがいない。受動的行動は、いずれにせよ、父に対して向けられている。それはおのれを父の呪いの結果だと思わせることで、父を父自身の目に悪魔のごとき父親であると規定する。さらに、父にその冷酷な意志を見直させ、悔恨とともに、これらの意志を過ちとして告発させさえする。最後に、受動的行動は父から象徴的父親の役を奪い、自分の犠牲者に対して母親のような心遣いをさせるが、この新たな役目においてすら父を笑いものにしているのだ。彼の専門である〈薬〉は効かず、誤診さえ下すのだから。こうしたことはすべて、ギュスターヴの意図に雑然と含まれているものの、何一つなされることはできない。転落から無言の軽蔑まで、すべては否応なく押しつけられるのだ。したがって、父が笑いものにされるとき、ギュスターヴは官能をそそる幻滅を身に蒙るのである。だから父殺しは、予測不可能の事故であると同時に、出来事の不透明な本体を取り囲む光背のような意味となってだけ現われる行動であるはずなのだ。

要するに、〈転落〉の前には、二つの存在が一体化していた。すなわち、象徴的父親と経験的な父親とが重なり合っていた。それがアシル＝クレオファスである。つまり、あの山羊の毛皮のコートを着たやせて背の高い髭面の男であり、この男がギュスターヴをその受胎以前から呪い始め、日々その呪いを重ね続けていたのだ。もちろん、完全にこの通りだったわけではない。父は優しいときもあった。ギュスターヴとアシル＝クレオファスの間には日常的な結びつきが出来あがり、「真面目な」議論や習慣となっていた冗談などが交わされていた。しかし、こうした気さくさも――それはいずれにせよ間歇的でしかなかったが――、ギュスターヴが毎日食事をともにする生身の人間と、ある日彼に呪いをかけたペルソナとを区別するには、十分ではなかった。モーセこそ、この男の〈真実〉であった。象徴的父親は決してその場にいなかったが、不在の方がよりいっそう恐ろしく思われた。彼は謎めいた死体解体人であり、連日の死者との交流から得た恐ろしい知識を用いて、生者を治療する学者であり、学生から魂を抜き取り自分の猿真似をする何体ものロボットにして毎年全県に派遣する、畏怖された教授であり、すべては物質であり物質は空無であると主張する哲学者であった。この人物は、ルーアンの自宅のアパルトマンを除けば、いたる所にいた。四一年以降、外科部長の中に住まう二人は、各人が自分だけで明確に定立されることもないまま、互いに区別された。われわれが見たように、アシル＝クレオファスのブルジョワ的野心は――彼は検事の息子を欲しがっていた――、ギュスターヴにとっていっそう耐え難かったものの、もっとも恥ずべき死へと続く究極の転落を弟息子に求める家長の悪魔的な意図とは、合致していなかった。四〇―四一年に、自分を病気だと思いこむ想像上の病人だったギュスターヴは、善良な医者をあざむき、医者は自分の過ちを、当時はもっとよそよそしかったモーセに譲り渡して、彼に過ちを共有させた。四四年一月になると、われわれはすでに見たが、ギュスターヴは二人を互いに対立させざるをえない状態に陥った。狂気じみた死へ、死にいたる狂気へと堕ちてゆく転落によって、彼はもっぱらモーセにすがりつき、経験的な父親の頑固さから逃れるために、原初的呪いの実現をみずから引き受けたのだ。そして今、ことは完遂され、勝利を収め、幕は閉じた。だが同時に、黒い〈領主〉も消える。残っているのは、状況についてゆけずに正しく行為したがっているつまらない男だ。ギュスターヴが恨んでいるのはこの男ではなく、〈他者〉の方なのだ。そして、彼が〈象徴的父親〉の転落を確認できたと思いこむたびに、たちまちモーセは消える。モーセは、本質的に滑稽さを逃れるからであり、それが〈法〉だからである。二人の父親の間で、当時のギュスターヴはどちらか一方を選ばなかった。マクシムへの打明け話やエルネストへの手紙は、経験的な父に狙いを定めている。しかし後になると、ルイーズへの手紙（焼かれた手、ヌミディア人、等）では、その死後でさえ、黒い〈領主〉が小道具屋に片づけられてはいないことが明らかになるだろう。そして四六年一月十五日、ついに二人とも死ぬ。するとたちまち、ギュスターヴの前論理的な古い素地がよみがえり、心の底から願っていた死の全責任を、彼自身に引き受けさせようとするのだ。四四年の発作によって、自分は悪魔的〈領主〉の転落を引き起こし、その化け物じみた力を棄てさせようとした、と彼は考える。しかし、絶対権力をもつ〈宗主〉にとって、退位するとはいかなることか？　剃髪と僧院を受け入れることか？　いや、むしろくたばることだ。そして実際、彼はくたばる。彼はまず身を引き、アシル＝クレオファスに自力で何とか切り抜けさせる。それから、ついに経験的な父を削除して、自分と世界を結びつけていた最後の絆まで断ち切る。そしてこうすることで、〈宗主〉はギュスターヴに、四四年一月の自殺の真似事は、多くの現実の自殺がそうであるように、偽装された殺人だと納得させるのである。つまり、モーセは死んで存在しなくなるということだろうか？　いや、逆なのだ。彼は、息子の情熱的な生命と同様に、存在論的変質を蒙る。これは当然だ。彼は息子の生命と解き難く結ばれていて、思い出すすべてのエピソードの原初的基本的な要因として、この生命そのものと同じ資格で、生き残った無感動な男の記憶にとりついているのだから。かくして、故[*1]ギュスターヴ・ジュニアとその父は、二重殺人の犠牲者であり、切り離せない状態で、ともに〈即‐自〉の至高の尊厳に到達する。いずれにせよ、父はやはりこの消え去った若い心の中で、〈他者〉であり続けるだろう。だが――過去‐存在の不透明な密度を持つものの――、無力な一人の他人である。束縛され、口をきくこともなく、自分を凝視する永遠の現在に働きかけることもできないモーセは、もはや瓶詰めにされた悪魔でしかない。彼は息子の青春を徹底的に破壊したが、その青春が彼を中に閉じ込め、おのれを全体化することで彼をも全体化する。今や自分自身の罠に捕われたこの〈デーモン〉は、今度は、かつての餌食に向けていた峻厳な眼差しの犠牲者になるだろう。破滅の抽象的な生き残りであるこの眼差しは、過去の一つひとつの事件が充実していようと空っぽであろうと、鮮明に残っていようと影が薄れていようと、さらに、乗り越えられたものであろうと、不在の中で絶えず思い出されるものであろうと、コルク栓にピン刺しにされた蝶のように、その事件に彼を釘ざしにするのである。そして、「創造的」な想像力がおのれの図式を記憶から引き出すかぎりにおいて、老〈領主〉は、見分け難くではあるが、息子の未来のあらゆる本の中に出てくるだろう。その意味は、単に彼が作中人物（ラリヴィエール医師、など）として利用されるということだけでなく、彼が体現するのは、各主人公にとってのアダムの呪いであり、運命であり、転落の冷酷でふやけた時間であり、主人公たちの高揚を嘲笑する分析であり、最悪の事態を告知する有り余る予言である、ということなのだ。しかし各人が、たとえ苦しみによってだけであろうと、ひっそりと否定的に、無言で彼を乗り越えるかぎりにおいて、彼は毎回その勝利自体において打ち負かされる。かくして、これ以後、ギュスターヴのあらゆる作品は、――多くの機能の中でもとりわけ――起源となる発作を、すなわち息子の〈受難〉と父殺しを、想像界の中で更新する役割を担うのだ。

＊1　父は息子を殺し、息子の死は父を殺す。これは、ギュスターヴが自分の発作に与える意味の一つである。そして逆に、少々求められすぎたこの息子の死は、彼の考えでは、自分の殺人者を殺す投企を含んでいる。

したがって、彼は父殺しである。しかし、ルイーズへの手紙での漠然としたほのめかしや、想像的なものの現実的な効力について述べるくどくどした文句にもかかわらず、彼に自責の念はない。それどころか、呪いによるこの人殺しに、むしろ気をよくしているようなのだ。彼はこの殺人を、いっそう不吉な、いっそう呪われたものにする。言い表わし得ない苦悩と未知の大罪を心の底に秘めて、宿命の男という自分の役を膨らませる。それに、この時期、この死はまだ彼の怨恨を静めてはいなかった。しかし、彼の現実の思考には――こちらは、完全に正しい思考だが――、こうした魔術的な響きはない。手短に言えばこういうことだ。われわれ二人のうち、一人は余計な存在だ。今日ぼくが人間であるのは、父親の生命を代償に、自分の自由を獲得したからだ。この理由で、彼は聖ジュリアンの伝説に執着する。ジュリアンが聖性に達したのは、生みの父を刺殺したからにほかならない。ジュリアンの自己憎悪を掻き立て、彼を極端な貧窮へと追いやるのは、この怪しげな勘違いなのだ。同様にギュスターヴも、アシル＝クレオファスの早すぎる死によってしか、天才を得られないだろう。ずっと後になって、栄光が訪れたときに、フローベール家の弟息子の黒い〈領主〉は、あの一人息子ジュリアンの「よき領主」になる。ギュスターヴの恨みは静められたのだ。コマンヴィルの破産により、彼は自分の幼少期へと逃避を強いられる。そして今度は、この幼少期が美しかったことにしたいと思う。もはや彼は、アシル＝クレオファスに、ちょうど良い時にいとまごいのできた男しか見ようとしないのだ。

＊

この第一の考察で、われわれは発作の意味を論じつくしたであろうか？　そして発作に、純然たる否定だけを探求するべきであろうか？　そうすることはとりもなおさず、発作を単なる防御上の戦術として描くことになるだろう。この戦術の主たる目的は、ギュスターヴを人間の条件より下に突き落とす転落によって徹底された受動性を暴露し、彼に自分の階級の義務を、すなわちブルジョワの父の意志を、免れさせることだ。われわれがこれまでこの発作を検討するために身を置いてきたレヴェルにおいては、ポン＝レヴェックの「発作」は明らかに、なによりもまずこのような防御戦術である。いずれにせよ、発作がそのようなものとして体験されたことに疑いの余地はない。フローベール自身、四四年の発作とそれ以降みずからにあてがった生活——引きこもり、合意の上での耐乏生活、等々——に、〈芸術〉との関係においても、ときとして完全に否定的な戦術上の手段しか認めていないように思われる。たとえば七五年、まさしく『聖ジュリアン伝』を書いていたときの彼は、手紙の中で、自分の「修道」生活に実際的意味しか、つまるところかなりあさましい自己中心的な意味しか与えていないように見える。実際、周知の通り、自分に物質的な打撃を与えるコマンヴィル家の破産、彼のもっとも大切なもの——姪の所有物であり、彼女が売却できるクロワッセ——を脅かすこの破産に対して、彼は涙および常軌を逸したいらだちと、みずからにとっては老化の始まりを示す以外のなにものでもない虚脱状態によって反応している。彼の姪は、この途方もない絶望に立ち向かおうとして——この絶望によって、伯父は早すぎる老化の後に本当に死んでしまうだろう——、かなり滑稽にも、ストイックであれと彼に呼びかける。それは彼をいらだたせるだけだ。とりわけ、彼に「冷酷になる」ようすすめたり、人生をやり直すように、「新しい生活を始める」ように、と提案したりすると、彼はいきり立つ。それでも姪の方が有利だ。伯父様はいつも、〈芸術〉に到達するにはこの世の財と手を切るしかない、と主張なさってきたではありませんか？ そして、みずからストイックな人間をもって任じてこられたのではないでしょうか？ 彼は激昂して姪に答える。ストイシズムは終わった、それがよかったのは、かつて自分が若かったころであり、壮年だったころである。「私の感受性は極端に過敏で、神経と脳は病んでいる。ひどく病んでいる。自分でそれを感じるのだ……だから、花崗岩も古くなれば粘土層になることがあるとわきまえなさい。……おまえは若くて体力もあるので、私の言うことが理解できないのだ」。また別の手紙では、激しく抗議している。いわく、運命を忍従するよう彼に要求する権利はない。「私はこれまで、もっとも正当な心の糧さえ断って生きてきた。実に勤勉で厳しい生活を送ってきたのだ。だが、もう精根尽き果てた！ 自分は限界だと感じる。内に抑えた涙で窒息せんばかりで、堰を切ったように泣いてしまう。そして、自分にはもう住居がない、我が家《ホーム》がない、という考えに耐えられないのだ。私は今、『いつまでこれが続くのだろう』とつぶやきながら、肺結核のわが子を見つめる母の目で、クロワッセを見ている。決定的にここを離れるという可能性に、慣れることなどできないのだ」。このような気掛かりを抱えて、仕事をすることはできない。コンカルノーに出発するよりずっと以前に、彼は『ブヴァールとペキュシェ』を放棄し、「恐ろしい無為の中に溶け込んでいる」。それでも彼は、この財政破綻により自分が全くの無一文になるわけではないと認める。だがそれは、直ちに、自分の「引き裂かれた心」によって創作力の枯渇へと追い込まれることを、改めて確認するためなのだ。「私の生活は、今や根底から覆された。食べていくだけのものは残るだろうが、状況はすっかり変わってしまった。文学について言えば、仕事などまったくできない」。彼があえて希望するなら、書斎に戻るために何を要求するだろうか？　清算を済ませた後で、自分に一万リーヴルの年金とクロワッセが残されることだ。彼はコンカルノーで、もしここで生活しなければならないのなら、その気になれば六千リーヴルで十分だろうと明言している。だがまたすぐに、気の滅入る考えに陥る。正確には、彼は何を嘆いているのか？　彼はそれについて、気の置けない数人の知人に告げている。例えばブレーヌ夫人に、七五年七月十八日の手紙でこう書いている。「私は知性の自由のために、人生ですべてを犠牲にしました。それなのにこの財政破綻によって、[*1] この自由を取り上げられたのです。私が何より絶望しているのは、このことなのです」。すべてを犠牲にした？　そうだろう、クロワッセ以外は。というのも、同じ手紙にこうも書いているからだ。「……ドーヴィルが私に残されて……私たちがクロワッセを手放さずにすめば、まだ生きてゆけるでしょう。そうでなければ、不可能です」。ドーヴィルとクロワッセは彼に「心の平安」を保障し、それはインスピレーションを可能にする。したがって、年金と住居を失うことを危惧するかぎり、彼は「空っぽになった」と感じるだろう。「思想に、本の主題に、没頭するべきなのでしょう。でも、もはやそのような〈信仰〉はありません」。思想は、彼のペンの下で明確になる。「私は若いころから、自分の精神の平安のために、すべてを犠牲にしてきました。しかるに、この平安は永久に壊されたのです……それで、もう二行たりとも続けて書くことはできないだろうと思います」。この奇妙な文章は、発作以後のフローベールの全人生にあてはまり、したがって、発作そのものにあてはまる。発作は、その影響とともに、犠牲として与えられる。四五年一月のギュスターヴは、自分が行動不能で人間以下であると称し、「享楽するようには生まれついていない」と認めることで、「心の正当な糧」をみずから絶っていた。もはや欲望はなく、したがって、平穏であった。だがそれは、彼の客観的存在を保てば、すなわち年金付きでクロワッセを保持すれば、という条件付きでなのだ。これが矛盾していることに気がつかれよう。もし彼が魂の平安のためにすべてを犠牲にしたのなら、何であれ誰であれ、それを彼から取り上げることはできない。だから、たとえば浮浪者になって橋の下で眠ろうとも、平安は残るはずだ。ところが、まさしくそうではないのだ。つまり、貧窮の探求は、ブルジョワの所有権に基づいてのみ可能なのだ。彼はこのことを、七五年十月二日付のブレーヌ夫人への手紙で再び取り上げている。「私は『デカダンスの人間』です。キリスト教徒でもストイックな人間でもなく、生存闘争をするようには生まれついていないのです。私は、精神の平安を得るために、自分の人生を設計してきました。そのためにすべてを犠牲にし、欲情を抑圧し、心を封じてきたのです。ところが今、自分は間違っていたと認めざるを得ません。もっとも賢明な予想でさえ何の役にも立たず、私は破産し、打ちひしがれ、頭がおかしくなっています……芸術創作のためには、金銭的に無頓着であることが必要ですが、[*2]私は今後、そのような状態にはなれないでしょう！　頭はさもしい心配でいっぱいです。私も落ちたものです！　結局、あなたの友は、もう駄目になった男なのです」。

＊1　強調はサルトル。
＊2　強調はサルトル。

今度は、すべて言及されている。すなわち、芸術創作のためには――したがって、人生の上空を飛翔するためには――、二つのことが必要とされる。意欲欠乏の徹底的な実践（禁欲、節制、野心および人間的情念の拒否）、そして、年金にのみその源を見出せる金銭的な無頓着である。芸術の志願者には、諸々の欲望を放棄することが求められる。だがその代わりに、諸々の欲求が自動的に満たされるよう要求する権利がある、というわけだ。一八七五年五月十日にジョルジュ・サンドに、同じ年の八月初めにはジョルジュ・シャルパンティエ（フローベールの本の出版者）に、彼は同じことを同じ言い回しで述べている。「よいものを書くためには、ある種の快活さが必要です！　それを取り戻すために、何を為すべきでしょうか？」「見事に書くためには、私に欠けているある種の快活さが必要です。いつになったら、痛めつけられた私のあわれな脳味噌を、完全に取り戻せるのでしょうか？」快活さという語は、入念に選ばれており、この語が三カ月後に再び用いられていることは、フローベールがこれに与えていた重要性を証明している。快活さとは、心の平静《アタラクシー》の積極的な側面であり、自由な魂の無拘束性についての反省的感情であり、この自由な魂がことごとく集められて、心霊修業によって鍛えられるのを見る静かな満足であり、その結果生じる、魂の無拘束を超人的な目的に利用しようとする鷹揚な欲望である。つまるところ、この快活さは、酒もタバコもセックスも抜きで、自分の力だけを楽しむ休息中のスポーツ選手の快活さであり、彼が別の手紙で知性の自由と呼んでいるものの、完全で意識的な占有なのだ。七五年に、〈未来〉――彼が四四年一月に抹殺したと思いこんでいたもの――の復活とともに、心配の種が彼の人生になだれ込み、「翌日のことを思いわずらわ」ねばならなくなると、この快活な平穏はただちに消え去るのである。

　ギュスターヴが、一八四四年に起きたことを一八七五年に了解しているというのは、確かだろうか？　打ちひしがれ、怒り狂って、姪やジョルジュ・サンドに手紙を書くとき、彼はなによりもまず、心の平静《アタラクシー》を強調する。これを彼はまもなく失うことになるだろうが、作家としての自分の仕事への数度のほのめかしにもかかわらず、たちまちこの平静こそが彼にとって至高の善だと思われるのだ。彼は反抗するブルジョワであり、無一物になった不動産所有者だ。そしてたえず、こう繰り返す、私くらいの歳になると、自分を作り変えるようなことはしないものだし、死ぬまで棄てられないいくつかの習慣があるのだ、と。彼は言う、私は老人だ、もはや自分を変えることなどできない、と。そして今回、これは本当である。いずれにせよ、この七五年の春に、気違いじみた企てである『ブヴァールとペキュシェ』は、彼をへとへとにして方向を見失わせ、収拾がつかなくなった彼はこれを放棄しようと考える。つまり、芸術はしばらく、彼の重要な関心事であることをやめたのだ。彼が懐かしむのは、自分の生活である。孤独で、規則正しく、快適で、祭日と四季が永劫回帰する、あのつまらない生活である。彼は「空っぽ」であり、コンカルノーで『聖ジュリアン伝』に着手したのは、本人によれば、「ただ何かに専念するため、自分がまだ文章を作れるかどうか確かめるためだが、これを私は危ぶんでいる」[1]からである。このような状況では、ギュスターヴは自己逃避をするだけで、自分の主要な選択をもはや了解していないことが認められる。いずれにせよ、彼が直接自分について語るとき、それが真実であることはほとんどない。だがそれでいて、熱意もなく始めたのに少しずつ彼を虜にしていったこの『聖ジュリアン伝』の中での方が、彼ははるかに誠実で深遠だと言えないだろうか？　つまり、彼はこの聖人伝で、悪意、罪、自己憎悪、贖いのために希望もなく我が身を破滅させようとする意志と、聖性――つまりはついに見出された〈芸術〉との、困難で複雑だが厳密な絆を、察知させようとしているのではないか？　これらのページでは、最初の転落を構成するあらゆる要素が、配置され直されている。それらをよく読めば、四四年にギュスターヴが闇の中で倒れたとき、彼は父に対抗してであると同時に、唾棄すべき「偉人のなり損ない」である弟息子にも対抗して、自分を犠牲にしたのだと理解できる。どうしてそうでないことがありえようか？　泣き言をいう彼を真に受けることは、若いころの自分にお膳立てされていたブルジョワの運命に対する彼の受動的抵抗が、常に、天才に生まれ変わるという激越だが虚しい希望と一対をなしていたことを忘れることになるだろう。われわれは、当時、弁護士業に対する彼の憎悪は、文学的な希望が手厳しく裏切られれば裏切られるほど激しくなる、とも指摘した。四四年の一月に、ルーアンとパリへの帰還を彼にとって不可能にしたのは、自分は人生の落伍者でしかないという確信である。ポン＝レヴェックで彼が倒れるのは、したがって、〈運命〉に逆らってであり、かつ〈芸術〉のためにでもある。この屈辱的な犠牲は、自分に書くための時間を与えるということを唯一の目的とするどころか、芸術家たちの栄光ある集団に仲間入りできるように、ホロコーストによって不遇を打ち破ることを直接めざしているのではないか、と考えるべきではなかろうか？　少し前にわれわれは、彼の神経症があるレヴェルにおいて、父の死に対する受動的な期待として形成されたことを指摘した。神経症は、そのうえ、来たるべき傑作に対する期待ではないだろうか？　とはいえ、よく理解しなければならない。第一の期待は完全に消極的〔否定的〕なもので、われわれには、少しでも純粋の受動性に肉薄するための、すなわち、時間が跡も残さずその上を流れていく花崗岩質の永遠の純然たる塊になるための、内面的努力だと思われた。しかし、積極的な期待というものもある。〈観念〉〈理念〉(Idée) の期待は、単に空白を信頼することではない。それが待ち受けているまさにそのものによって、それは罠であろうとする。言いかえれば、それは方向づけられた開口部になるのだ。四四年に構造化された暗示症的な期待の神経症は、芸術との関係において、受動性の単なる消極的な道具化だろうか、それとも、将来の傑作との内的かつ未来展望的な関係を、そこに認めるべきだろうか？

＊1　ロジェ・デ・ジュネット夫人宛——コンカルノー、七五年十月三十日付。『書簡集』第七巻、二六七ページ。他にもいくつか動機があることを、われわれはいずれ見るだろう。彼は自分の企てを矮小化している。

　一月の末からフローベールが示す、あの奇妙な魂の平穏に戻ろう。われわれは先程、彼が「自分はどこまで行き過ぎるか」漠然と見抜いていると指摘した。それにこの平静は、身体が心配事を引き受けるときの、ヒステリー性の疾患に特有のものだ。それでも発作の前には、不安が彼を責め苛んでいた。それは、目もくらむ恐ろしい出口である転落が日ごとにますます迫ってきたからであり、この耐え難い屈辱を彼は力の限り拒んでいたからである。ところが今、ことはなされ、フローベールは客観的に衰弱している。彼はこれに怒りの声をあげるべきだろう。もはや栄光の夢に逃避することさえできないのだから、なおさらそうだ。最初の半年は、ペンを手に取ることすら許されないだろう。せめていつの日か書く力を取り戻せるかどうかくらい、彼には分かっているのだろうか？　いずれにせよ、すべてを失い、書く力さえ失ったのなら、なぜ彼は屈辱を感じないのか？

　それはまさしく、〈芸術〉が直接に問題となっているからではないのか？　そして発作の意義は、本を書くために彼が必要だと思う時間と孤独を、引きこもりによってフローベールに得させるだけではなく、彼をしてそれが内的に可能であるようにすることでもあるとしたら？　「唯一人のために作られた厳密なシステム」のもう一つの目的——おそらく主要な目的——

が、「偉人のなり損ない」の停滞と無能力を乗り越えて、彼を芸術家に変身させることだとしたら？　われわれは『スマール』の構想が、世界と自分自身に対するギュスターヴの心的態度と分かち難いことを見た。逆に、転落〔失墜〕と仮死によって引き起こされたこの態度の変化は、美的苦行の始まりではないだろうか？　実のところ、フローベールの立場は複雑である。彼の〈法律〉アレルギーは、それだけでは何の意味もない。このアレルギーを了解するには、ギュスターヴが自分はそれに苦しんでいると信じこんでいる文学的無能さに、これを直接関係づける必要がある。万人の認める天才である彼ならば――したがって、間違いなくブルジョワの条件を免れることのできる彼ならば――、難なく試験に通るだろう――四二年の秋、『十一月』を書き終えてからそうしたように。彼を人間以下の状態に突き落とす転落は、彼が自分自身の中に芸術家の超人性を実現する助けとなるはずではないのか？　この場合、重要なことは、非‐人間（non-humain）であることだろう。人間以下だろうが以上だろうが、構わない。おそらく、どちらでも同じなのだ。必要なことは、人類の目的を共有できなくなることだ。そこから〈芸術〉が始まる。または、白痴が始まる。ポン＝レヴェックで、フローベールは大胆な賭けをやってのけたようだ。すなわち、〈転落〉は、彼に天才か痴呆のいずれかをもたらすはずだから、彼は天才の方に賭けて倒れたのだろう。こうした作業仮説を受け入れるなら、屈辱は彼に軽く触れただけで、彼を打ち負かしはしなかったことが理解できる。なぜならまず、彼は自分の発作を、単なる失墜の実現としてではなく、内的進歩に不可欠の条件として体験したからだ。次に、そして何よりも、人間の目的を放棄することは、それが全面的で真摯なものであれば、事実それ自体によって、恥の消滅をもたらすからだ。

　人間の目的に、ギュスターヴは常に異議を唱えてきた。だが、多かれ少なかれ、彼はそれに与してきた。あまりにも御しやすい身体に助けられて、様々な欲求を拒否してみたものの、欲求は遅かれ早かれ、当然のことながら急ぎ足で戻ってきたのだ。彼は野心を軽蔑していたが、フローベール家の恐るべき出世主義にすでに感染してしまっていた。学業を嫌っていたけれども、だからといって成功に無関心だったわけではなく、われわれがすでに見たように、『思い出』では「サロンで注目される」のをときには望んだと認めている。彼の神経症がもたらす第一の結果は、あらゆる退路が断たれたことだ。四五年九月――最初の発作から二十カ月後――に、彼はアルフレッドに書いている。「今では、ぼくと世間の人たちとの間に、あまりにも大きな隔たりができてしまったので、ごく自然で単純極まりないことが話されるのを聞いても、ぎょっとすることがある。どれほど月並みな言葉であろうと、ときどき奇妙に感服させられてしまうのだ。いまだに驚きが消えない身振りや声があるし、いくつかの愚かしい言動には……眩惑されてしまう。きみは、理解できない外国語を話す人びとに、注意深く耳を傾けたことがあるかい？　ぼくはそんな状態になってしまった。すべてを理解したいと望んだために、すべてがぼくに夢を見させてしまう。それでもぼくには、こうした驚愕が愚鈍だとは思えないのだ」[*1]。このテクストには、あの疎隔感の原因が、明白に説明されている。つまり、フローベールは、人間の興味や情熱を理解したいと望んでいるのだ。だがそれは、みずからそこに加わらなければできないことだ。しかるに今、彼は人類から身を引いた。「隔たり」によって、彼は人類から引き離されている。したがって、了解は途方に暮れた凝視に変わる。すべてがここにある。諸々の活動とその動機や目的について、彼はそれらのつながりを復元することはできるが、プロセス全体は不透明なままである。彼がその中に身を置かなかったからだ。これはごく初期のテクストが強調していたことで、そこにはフローベールがその神経症の最初の半年間に感じた印象が描かれている。初稿『感情教育』の二十六章で、ジュールはこう指摘しているのだ。「行動の中にはいりこんでいる者はみんな、その全体を見ないし、演奏者は自分の中にある演奏の抒情を感じない。放蕩者は放蕩の偉大さを（……）正しく感じとることはないだろう。もし一つひとつの情熱、人生を支配する考えが、その周囲や拡がりを眺めようとして、ぼくらがめぐりまわっている円形状のものであるとしても、ぼくらはそこに閉じこもっていてはならず、その外に出てゆかねばならないのだ」。しかし初稿『感情教育』のテクストと、四五年のアルフレッド宛の手紙の文面の間には、矛盾があるように思われる。というのも、「隔たり」は、古い方のテクストでは、包括的で全体化する——したがって、われわれの振る舞いの循環性全体が見て取れる——上空飛翔の了解に通じているが、新しい方のテクストでは、それが疎隔感に通じているからである。だがこれは、四四年一月以降、ギュスターヴが楽観主義《オプティミズム》と悲観主義《ペシミズム》の間を、たえず揺れ動いているからなのだ。かくしてこれ以後は、〈芸術〉を世界に対する絶対的な視点として提示した手紙と、これを田舎住まいのブルジョワの一番ましな時間つぶしに矮小化している手紙とが、交互に見出されるだろう。この点については、また後で触れよう。とはいえ、優位に立っているのは肯定的なものの方である。アルフレッド宛の手紙においてさえ、フローベールは自分の放心状態を愚鈍と同一視するのを拒んでいるからだ。彼の無理解とは優れた理解のことであり、それは、人間の行動を見通す明晰な眼力に加えて、こうした行動の虚しさに茫然となった意識を内包しているのだ。

＊1　アルフレッド宛、四五年九月、『書簡集』第一巻、一九一ページ。

実を言えば、ここに斬新なものは何もない——少なくとも外見上は——。われわれは何度となく、同じように茫然としながら人類の活動を凝視している彼の姿を見てきた。これは自負心の「跳ね返り《リバウンド》」であり、否定的無限の活用である。「塔に登れ……」。実のところ、ここではわれわれが上空飛翔の意識と呼んだものの新しい利用法が問題なのだ。初稿『感情教育』の次の二つのテクストが示すように、彼が飛翔すると主張しているのは、まず彼自身の上空である。それらのテクストのうち、一方は——おそらく、彼が再び原稿に取り組んだときに書かれたものだが——その手段を示し、他方は結果を示している。「(ジュールは)ことさらに好んで自分を卑下し、汚泥の中をはいまわって、まるで、自分自身にむかって自ら復讐でもしたがっているようだった。けれども、彼が問題にしていたのはただ自分のことだけであった。彼は自分をとことんまで(……)分析しつくし、自分を顕微鏡にかけて眺め、あるいは、自分の全体を俯瞰していた。あたかも彼の自負の念が彼を自分よりも上において、憐れみながら自分を見ているかのようだった」。われわれは、『十一月』のテーマ——「ぼくは自分にとって小さすぎる」——が、いらだちの中で再び取り上げられているのを見出す。しかし、苦行もまた見て取れる。汚泥の中をはいまわること、自分自身に自ら復讐すること。そして次のように続く。「ジュールがエゴイズムから望んでいた静かな生活と、彼が自尊心の働きによって身を持していた不毛の高みとは、彼をあまりに唐突に、[*1]その青春時代から遠ざけ、彼から、非常にきびしい、一貫した意志を要求したので、彼は(……)ほとんど心を石化させてしまったのだった」。「あまりに唐突に」(si brusquement)という二語が注意を引く。苦行は一貫した意志の対象なのだから、むしろ変化は漸進的なものになると予想されよう。しかるに、変身が急激であると強調されたために、われわれには選択の余地がない。つまり、これは暗に発作を喚起しているのだ——フローベールがこの小説で、決して直接に言及することのなかった発作である。この場合、意志は、仕事を完成させるために、後からやってくるだろう。この解釈は、すでに引用した四六年の手紙によって裏づけられる。「ぼくは、以前はこうではなかった。この変化は、自然になされたのだ。ぼくの意志もこれに一役買っていた。この意志がぼくをさらに先へ進ませてくれるだろうと期待している」。要するに、彼は自分に恐ろしい拷問を課して、自分の凡庸さに復讐したのであり、この拷問の結果が、四四年の例のダイビングであった。そのとき彼が自分自身より高い位置に留まったのか、そのなさけない特異性よりさらに下に落ちたのか、それはどうでもよい。このダイビングの目的は、まさしく、彼の不毛で傲慢な自負心を、彼の独自な人格から解放することだったからだ。一か八か決断したとき、彼は自分の異常性を抹消することはできなかったものの、心を石化させることはできた。これはつまり、最初の発作の起源と結果と目的が、自己への密着を断ち切ることであり、ギュスターヴからその現実を取り除くある種の異化であった、という意味なのだ。

＊1　強調はサルトル。

最初の発作は、ギュスターヴの内部で最悪に対する受動的な同意が生じるまで起きなかった。自分の心を傷つけるだけでは、十分ではない。彼は自分に汚辱を課すまで、復讐を徹底させるだろう。しかし、最悪なことを受け入れ、これを思いこみとして体験することによって、彼は自分がそうなるようにおのれに強いていた死体や精神異常者と、すでに部分的に手を切ったのだ。それはまるで、自負心が目指すものと彼の能力との不均衡がすでにあまりに際立っていたので、この不均衡がさらに誇張されても、彼にとってはどうでもよいと思われているかのようだった。だが判決を下すのは自負心なのだから、彼の処刑に立ち会うのも、自負心であろう。何かがアシルの足許に沈みこみ、何かがこの災厄の上空を飛翔して、冷ややかにそれを観察しているのでなければならない。彼が決して意識を失わなかったのは、このためだ。純然たる失神をしてしまえば、全面的な消滅を象徴することになるからだ。ギュスターヴは、覚醒が残ることを承知している。「私は自分の理性にしがみついたのです。理性は、たとえ四方八方から取り囲まれ打ちのめされても、すべてを支配していました」。この〈理性〉は、一歩も譲らずに狂気と闘おうとしているわけではない。理性は乱闘を超越したところで、普遍的なもの、ストア派の「われ思う」の、虚しくも堂々とした主張にとどまっているだけだ。これまで自負心は、好むと好まざるとにかかわらず、異常性と連帯し、異常性は偶然で有限の規定である一方で、秩序立てられた全体を成していた。ところが、自負心はもはや、異常性がその中で解体されたように見えるイマージュの混乱と連帯することができない。四三年の秋の間に長々と反芻された自己拒否である異化は、発作を助長し、発作はこの係留気球〔自負心〕と具体的な〈自我〉とのつながりを断ち切って、〈自我〉は散り散りに分裂したのである。

フローベールは長い間、自分の分身と闘ってきた。冷酷な分析的理性であるアルマロエは、ねじ曲げられた記憶である泣き虫〈サタン〉と、死闘を繰り広げてきた。転落が彼らを引き離す。呑みこまれたのは、現在の現実である。〈サタン〉は現実という支えを奪われて純粋記憶に変わり、アルマロエは自分の身体を失って、もはやいかなる物でも人間でもなく、想像界でなければもう何も感じることができない。生体験は凝固し、苦悩はそこに閉じ込められる。生体験は若い死者のものなのだ。残るのは、記憶に基づく想像力と、気違いじみているがつなぎとめるもののない、したがって脱現実化した、自負心である。

発作の起源でも結果でもある異化（distanciation）は、深いレヴェルにおいて発作の積極的な目的ではあるまいか？　だとすれば、異化は、発作の目的論的な意図、その方向づけ、その意味として、発作そのものに同一化されるということになるだろう。実際、ギュスターヴは、転落を何度か繰り返すにもかかわらず、初期作品の熱っぽい雄弁とはやがて縁を切るだろう。初稿『感情教育』の最終章以後、〈芸術〉は至高の異化であることが明らかになるだろう。ギュスターヴが、自分を直接的な生につなぎとめていた係留索を断ち切ったのは、芸術家に生まれ変わるためではないだろうか？

わたしが今やったように、最初の発作の考察と類型的発作の記述にとどまるかぎり、こうした疑問に答えることはできない。その目的が短期的なものである戦術的な意図は、実存分析で直ちに解明できるにしても、戦略的な意図の方は、その時間的発展においてしか把握できない。その理由は、戦略的意図の目的が遠方にあるだけでなく、この意図はそれ自体として反復されることがなく、たとえ特権的な瞬間であろうと、一瞬間に凝縮されることもできないからである。戦略的意図は、時間化作用を蒙るにつれてその意味が生成してゆく時間的な統一体とみなさねばならない。この神経症の戦略的方針――そのようなものがあるとして――を記述するためには、この病人を、最初の「発作」に続く三年間、すなわち初稿『聖アントワーヌの誘惑』を書く決意にいたるまで、観察する必要があるだろう。われわれは、類型的発作の研究にとどまってはなるまい――類型的発作は早くも紋切型と化したようで、それについてわれわれは不運にも、ほとんどマクシムが述べていることしか知らない――。反対に、フローベールがこれらの年月をどんなふうに生きたか、すなわち彼はその間に何をし、その年月をどうしたか、何を感じ、何を書いたか、その年月について何を書いたか、こうしたことをわれわれは理解し、言葉で定着させようと努めるだろう。実際、この期間を通して、彼の病気は、衰退しつつあったとはいえ、一瞬たりとも彼から離れることはなく、二つの類型的発作の合間にさえ、体験されると同時に忍耐強く解読されるエクシスとしてとどまっている。この意味で、この病気は彼の人生である。彼は生きることのヒステリックな忘却を生きているのだ。

だが、〈芸術〉や文化との彼の関係も、さまざまな感情、思考、振る舞い、役割となって現われるかぎりにおいて、彼の実存の重要な部分を表わしているのではないか？　そしてこの関係は、彼の神経症と切り離せるものだろうか？　彼の神経症は、一見したところ症状がはっきりしない不完全な性格のものであるにもかかわらず、「作家の病気」、もしくは文化人の神経症として考察されるしかない。文化的世界、そして特に文学は、ギュスターヴがそこで自分の病気を生きなければならない意味のある環境を提供し、維持する。もっとも、逆にこうした客観的精神の表明は、ギュスターヴの場合、彼の変調と関連して規定される。したがって、エクリチュールが神経症になり、神経症が文学になってしまうほど、芸術的投企と神経症の投企が互いに条件づけ合うような弁証法的運動の検討に取り組まねばなるまい。

こうした検討のみが、われわれの基本的な疑問に答えを提供できるだろう。また、可能な二つの答えのうち、真実により近いのはどちらかを決定できるようにするのも、この検討である。というのも、選ばねばならないからだ。一方の答えによれば、〈転落〉は、父との対話の一契機以外のなにものでもない――すなわちそれは、言うに言われぬ言葉が、身体化された症状に取って代わられる契機だ。そうだとすれば、神経症‐エクリチュールの統一性は、意味を持たない。なるほど、両者の関係は外在的ではないだろうが、両者の唯一の基礎は、生体験の全体化する統一性となり、そこでは外的な諸関係が、全体を貫く諸部分間の内的つながりとして構成されるだろう。言い換えれば、文学的投企と神経症の投企は、共存するだけにとどまるどころか、互いに条件づけ合うだろう。しかしそれでもやはり、両者ともに、他方の外で生じたことにかかわりはない。エクリチュールによって神経症が余すところなく表現されることもなければ、神経症の起源に書くことの根源的意図が見出されることもないだろう。しかし、もう一方の答えによれば、神経症とエクリチュールの二つの意図は、本来の統一性を明らかにする。このとき神経症は、あるレヴェルにおいては、早くから準備されていたにもかかわらず緊急に引き起こされた、戦術的で否定的な父への回答として現われるだろうが、もっとも深いレヴェルにおいては、ギュスターヴにとって〈芸術家〉であることの必然性と不可能性とによって提起される疑問への、戦略的で肯定的な回答として現われるだろう。この場合、神経症の投企は、人格の根源的な変貌をめざし、この変貌には、〈美〉の本質についての新しいヴィジョンが伴われるであろう。そして戦略上、〈転落〉はこのとき回心として現われるだろうし、ギュスターヴは、もはやその回心の結果を発展させるしかないだろう。この変化は、電撃的な一瞬で完全に体験され尽くすと同時に、続く数年の間に時間化されて、楽観主義への回心になるだろう。だがそれは聖フローベール流の楽観主義への回心である。言い換えるなら、最悪の事態はかつてなかったほど確実になるにしても、敗北の徹底化こそ勝利にほかならないだろう。初めは外在的であった二つの投企が、偶然に同一の全体に属したことで、統一されたのだろうか？　それとも、戦術的レヴェルと戦略的レヴェルとが、互いの象徴化と関係するような、根源的な一つの回心だったのだろうか？　フローベールが半睡状態であった数年間を通して、彼の後を一歩一歩追っていけば、われわれはこれらの問いに決着をつけることが出来るはずだ。

II

後に続く事実に照らして、肯定的な戦略と見なされる発作、もしくは楽観主義への回心としての「負けるが勝ち」

四　合理化された「負けるが勝ち」

一八四四年六月の最初の小康状態が訪れたとき、ギュスターヴは、『感情教育』を再び取り上げ、これを書き終えた。四五年一月に完成したこの著作の最後の数章では、病気の影響は否定すべくもない。つまりジュールの役割がとつぜん大きくなり、彼がこの本の主役になるのだ。この部分は注意深く読まねばならない。著者が自分の病気について記した最初の証言になっているからだ。執筆することなく過ごした六カ月の間、彼は自分に何が起きているのかじっくり考察する時間があった。彼は絶えず自問した。精神病理学の著作を読んだ。とりわけ、自分の発作になじみ、それについて徐々に深い了解を獲得するに至った。だが、とりわけ、まるで自分の神経症を回収するかのように、彼は書いた。なるほど彼はけっして直接そのことについて語りはしないが、ジュールの人生のうちに、なんらかの神慮《プロヴィダンス》のごとき意図を示しており、それがジュールの人生を支配し、彼を幻滅から幻滅へと、そして「あまりに突然の」回心へと進ませ、さらにそれを越えて、勝利へと歩ませるというのだ。実際、ジュールの冒険とは、彼が絶対的な挫折を経て、天才へと至ることなのである。それは偶然によってではなく、意図によってなされる。別の言い方をすると、ギュスターヴの病気にはひとつの意味《サンス》がある。しかし彼は、たとえこれまでの不幸のうちに主観的な合目的性があることを予感しているにしても、それを知りたいとも思わないし、知ることもできないのだ。彼は自分を未来の傑作へと、ゆっくりと、だが断固として導く心遣いが、外部から自分に働きかけてほしいと考えているのである。四四年以前の彼は、父親の機械的決定論を、より以上に自分の非観主義にふさわしい予言的宿命論に変えていた。つまり、すべての事実は厳格な法則に基づいて外部から結びつけられていたが、しかし過程の総体は別の意志によって、ひとつの目的へ、まさに最悪以外のなにものでもない目的へと方向付けられていたのである。四四年以降、宿命は向きを変えて、神慮《プロヴィダンス》となる。原因結果のつながりの外的な厳格さと、計画的な企てにおいて手段を目的に結びつける目的論的必然性との混同は、そのまま存続している。ただこの目的論的必然性は記号を変えた。プラスになったのだ。こうしてギュスターヴは、さほどの自己欺瞞もなしに、自分を病に選ばれた者、無実の犠牲者と見なすことができたが、実は彼をむしばむこの病を秘密裏に作りだしているのもギュスターヴなのである。言うまでもないが、彼が自分の神経症的意図を、このように客観性のうちに投影することは、彼の神経症そのものによって求められており、この神経症は、彼の戦略的意図が露呈してしまえば、そのまま生き残ることはないだろう。深い了解はある。しかし彼には自分を明白に認識することは、禁じられているのである。

このテクスト自体、いうなれば「熱い状態で」書かれており、それだけでも重要なのだが、フローベールが全著作の内で――『書簡集』をも含めて――自らに許した唯一の勝利の歌であるという点で、独自なものである。もし彼に仕事を幾度も中断させたこの間の事情を考慮にいれるなら、このことは驚きであろう。彼が『感情教育』を再びとり上げたとき、それはすでにかなり進んでおり、それを終えるのに六カ月かかったというのは――著者の多産性を思い出していただけるなら――相当に長い時間である。ここから認めねばならないのは、類型的発作がなおも頻発し、その一つひとつに数日間の休養を余儀なくされたということだ――これはマクシムの証言によって確かである。この惨めな、きわめて不安定な状態のさなかで、まさに書いている瞬間に「癲癇の発作」が突然ぶり返し、次の瞬間、ペンは原稿の上で折れ、自分は床にたたきつけられるかもしれないと思いながら、ギュスターヴはジュールをもっとも偉大な作家たち、おそらくはシェークスピアに比肩する存在にまで高める。彼は痙攣に身を任せ、深い眠りに落ち、床に就く。そしてふたたび起き上がるやいなや、くたくたになりながら机にもどり、歓喜のうちに叫ぶ。ついに、ついに、ぼくは〈芸術家〉になった、と。彼はもっと遠くまで行く。この最後のページには、彼自身は認めていないものの、〈詩法〉が含まれており、それはロマン派以後の作家たちのマニフェストにもなり得るし、いずれにせよフローベールの未来の作品を見事に定義している。だが、こう言われるかもしれない。彼は自分の神経症の内に実際に肯定的な戦略を発見したのか、それとも自負心の跳ね返り《リバウンド》のなかで、そうした戦略を神経症のせいにしたのか、それはまだ分からない、と。これに対してわたしはこう答えよう。その判断を示すためには、まずわれわれは彼の小説の結末を再読し、それを同時期に彼が書いた書簡と比較することが不可欠だろう、と。もし、彼の〈芸術〉の考え方が、たとえ神経症的なものでなくとも、必然的に彼の神経症を含んでいることや、また、それが神経症に由来したもので、神経症を乗り越えつつもそれを反映しているのでなければ理解不能になるであろうということが証明されるなら、われわれは得心がいくだろう。つまりギュスターヴは〈芸術家〉へと変身するために、ポン＝レヴェックで下劣なものへと身を投げたのだろう、と。別の言い方をするなら、書く技術を再発見するために、彼は自分の暗示症的素質構成を利用したのだろう、と。

*

ジュールとは何者か。田舎の若者であり、アンリーの「引き立て役」である。第一部で——より正確には小説の三分の二において——彼は凡庸な者として現われ、華々しい友人のそばで、さえない姿をさらす。ギュスターヴは彼を甘やかすことはしなかった。彼の嘆きさえもありふれている。不幸な愛がひとつ、文学的失望がいくつか、さらに裏切られた友情という言葉も著者は口にする。著者はジュールを苦しめるために、自分が逃れたばかりの不幸を使う。だがこの不幸はあまりに月並みなので、感銘を与えるものではない。おまけになんと、ジュールは働きさえするのである。彼は生活費を稼ぐために仕事をする。つまるところ、ひとりの夢想家、大した才能なき詩人である。だからといって自負心がないわけではない。またしても、我が身を自分にとってあまりに卑小と感じる人間なのである。こうしたことはすべて、無造作に告げられる。この登場人物は相対的な存在しか持っていない。これは究明する労にも値しない、『十一月』の主人公のさえないリメイクなのだ。それから不意に——アンリーはだいぶ前からアメリカにいて、ルノー夫人にうんざりし始めているのだが——哀れな若者の落胆は途方もなく膨張する。しかしジュールが別の失望を体験したのか、それとも従来の失望にフローベールがとつぜん、高貴な魂における地獄の苦しみを表わす役割を与えたのかは、知る術もない。いずれにせよこれらの不幸は偶然に帰せられているのではなく、著者はわれわれにその意味を明かすべく、慎重に配慮しており、繰り返しこれらの不幸に立ち戻っている。「彼は友人たちから誤解され、からかわれ、野次られ、見捨てられ、自分自身からは傷つけられた。彼の献身はそのエゴイズムに帰せられ、彼の犠牲はその残酷さに帰せられた。彼はあらゆる企てに失敗し、あらゆる衝動にかられては押し戻され、あらゆる愛情の苦悶に直面した」。ギュスターヴがアンリーについて述べた次の一節は、こうした不幸の全体が、人間の条件をその一般性において定義するためのものではまったくなく、選ばれたものという価値を持っていることをよく示している。ジュールはかくも多くの辛酸をなめることができたから、特別に指名されたのだ。というのも、彼の友人のアンリーの方は「柔軟にして強く、大胆にして巧妙……優雅きわまるフランス人だ……女たちは彼を愛する。彼が女たちに言い寄るからである。男たちは彼に献身的だ。彼が男たちに役だつからである。人は彼を恐れる。彼が復讐をするからだ。人は彼に道をあける。彼が押してくるからだ。人は彼を迎えに行く。彼がひきよせるからだ」。

つまりジュールを殉教者に指名したのは彼の存在そのものであると結論せざるを得ない。彼はすべてをしくじり、誰からも、まず自分自身からも、嫌われるようにできているのである。事実、彼がアンリーに宛てた手紙には、まるで自身に復讐するかのように、好んで自らを貶《おとし》める彼がいる。[*1] かくして、彼はこれまで以上に関心をひくが、そこにいささか意外なものがないわけではない。われわれはこうしたことをこの穏やかな夢想家から期待していなかった。それは著者が自分の登場人物の中に飛び込んだからである（発作の直前にか？　六カ月後か？　それは一切分からないだろう）。この凡庸な人間は怒り狂う人間へと変貌する。彼は胸を爪でかきむしって、憔悴する。「偉人のなり損ない」の高みにまで上昇した彼は、ギュスターヴがその身に抱く、怒りに満ちた憎しみを自分に感じるという使命を持つ。これが彼を変貌させたのだ。以前の彼は、苦悩にいくらか悦にいっていたところがある。彼の創造者（フローベール）が昔そうだったように。「かつての彼は、キリスト教的にしてロマン主義的苦悩の本質である絶望的な執拗さで、（苦悩の中に）わけもなく浸っていた」。終わったのだ。四四年一月、ポン＝レヴェックで、ロマン主義は死んだ。ロマン派以後の世代は、成人となったことを宣言した。突然、ジュールの不幸は性質を変える。それは繰り返された挫折によって引き起こされた恐ろしい自負心の傷である。ギュスターヴの空間を構造化する垂直的否定という串で身体を貫かれたジュールは、落下し、跳ね返り、再び落下する。彼を怒りへと追いやるのは、「自分のいた高みから、毎回いっそう深くなってゆく落下という屈辱」[*2] である。

＊1　奇妙なことに、彼は自分の青春時代の大恋愛にも泥を塗る——これはアンリーに宛てた手紙の中ではなく、もっとずっと後になって、彼が世間から離脱して、傑作を生み出したときである。「ジュールは彼女のことを話すのが好きだった。ベルナルディーそのひとの口から、彼女を貶めるような数々の内輪話や、自分が大切にしてきた思い出を汚すような数々の事実を聞くのが好きだった……彼はこの奇妙な欲求を十分満足させたので、そうした欲求を感じることがなくなった。青春時代のやさしくも苦しい恋愛に泥を塗り、ひっくり返し、断片へと砕いてしまったとき、残忍な心がこの光景に満ち足りたとき、彼はベルナルディーとのつきあいに、前ほどの魅力を味わえなくなった」。この挿話はギュスターヴがシュレザンジェとの交際で得た喜びに関して、独特な光を投げかける。ベルナルディーはジュールが愛していた女優の愛人である。彼は滑稽でさもしい役者であり、（ギュスターヴによれば）シュレザンジェや、アルヌーのようだ。もし、青年フローベールが、トゥルヴィルにおいても、自分の大切な「幻」に猥褻でグロテスクなポーズをとらせ、想像の内にシュレザンジェに委ねることで、その幻を汚していることを思い出していただけるなら、われわれが彼の「大恋愛」の性質について留保したことを、そしてわれわれがそこに、少なくとも部分的には、韜晦とはいわないまでもひとつ

の神話を見ていたことを理解していただけるだろう〔韜晦はギュスターヴ自身によって、〈ミューズ〉〔ルイーズ・コレ〕の嫉妬心を刺激するためになされた〕。

＊2　この一節においてフローベールは、これらの落下〔転落〕が彼の内に引き起こした「屈辱」を包み隠さず語っている。この文は曖昧に見えるかもしれない（なぜ落下はそのたびごとにより深いのだろうか。どのようにして、彼は落下のたびに以前より高いところにもどってくるのだろうか）。だが、われわれは跳ね返り《リバウンド》の自己防御のメカニズムをすでに知っている。いずれにせよ、ジュールは過去形で語っている。最後の、一番深い落下は、明らかに四四年一月の発作に対応する。それが彼の心を最終的に殺したのだ。もしくは彼が言うように心の「感じやすい部分を無感覚にした」のである。失望から次の失望へと、増大するのは転落の幅であり、減少するのは、屈辱の度合いである。それは最後には、ゼロに接近する。作者は少しさきで自分の考えを再びとりあげているが、しかし今度は、ロマン派的な美辞麗句が、彼の思考を隠したり、迷わせたりする。「あなたが昼食で堪能するあのトリュフを添えたストラスブールのパテ料理の肉、あれを口の中であんなにもよい味にしているのは何か、ご存じでしょうか。それは、あなたのために動物を、真っ赤に焼けた……プレートの上で、焼いたということです。そしてまた、食べごろになるまで、肝臓をふくらませ大きくしたあとで、それを殺したということなのです。ぼくらの喜びを大きくしてくれさえすれば、その苦しみなどどうでもいいことです！　天才が成長してゆくのも、ゆっくりとした苦しみのなかにおいてなのです。あなたが讃えるその心の叫び、あなたの胸を高鳴らせるその高邁な思想、それらはあなたが見ることのなかった涙や、知ることのなかった苦悩の中にその源があったのです」。さっと読むと、アルフレッド・ド・ミュッセの意見、「もっとも深い絶望がもっとも美しい歌だ……」を彼が共有しているように思えてしまうかもしれない。だが、彼が言いたいのは全く反対のことである。つまり苦しみが肝臓肥大の動物を殺したこと、われわれがそれを味わうのは、動物が死んだ後であるということを忘れてはならないし、天才とは、かつて心をもてあまして苦しんだが、今はもうそれを苦しんでいない死んだ子供である、ということだ。後に、ギュスターヴはルイーズに宛てて、自分の病気の否定的な側面を示している。もしぼくがもっと強い精神を持っていたなら、ぼくの苦しみは、頭蓋骨のなかにとどまり、四肢の内に流れ出すことはなかっただろう、と。だが、四四年には、自分の登場人物についてもっぱら語っているふりをしながら、彼は病気の反対の側面を示しているのだ。

ところで、いまや突然、彼は断崖の別の側に身を置いている。何が起きたのか。われわれはそれを直接には知り得ないだろう。『感情教育』の中にはポン＝レヴェックの事故の写実主義的等価物は何もない。しかし、よく読むならば、ある一章全体がジュールの自分の過去との断絶を象徴的に描いている。つまり、回心した男が、恐れとおののきを覚えつつ、自分の人生が醜さのなかで全体化されるのを見て、そこにしがみつきたくなり、ついで逃げだし、閉じこもることで、そこから逃れる瞬間を描いているのである。それは犬の挿話である。フローベールはその数ページ先で自ら定義する正確な意味において、これが「幻想的」であることを望んだ。つまり「幻想的なものは、われわれの魂の内的本質の発展として、精神的要素の過剰として、理解され、芸術においてふさわしい場所を持つ」[*1]。もちろんファウストのむく犬(1)が影響を与えなかったはずはない。つまり、すでに回心の道の途上にあったジュールがある晩、出会った犬は「痩せていて、牝狼のように脇腹がへこんでいた。野生のようで不幸そうだった。体中泥だらけで、その皮膚は、何カ所か疥癬にかかって、まばらな長い毛がほとんど抜けていた……後脚が一本、びっこをひいていた」。この可哀想な動物が、「きゃんきゃん啼《な》いて、彼にとびかかってきて手をなめた。その目は恐るべき好奇心をこめて、じっとジュールの上に注がれていた」。ジュールは「はじめ恐怖を、それから憐れみを抱いた」。彼がそこに見たのは、ただ「主人を失い、声を上げて追いたてられ、たまたま野原をさまよい、道ばたで死んでいるのが見つかる犬たちの一匹」である。この図式には見覚えがあるだろう。かつては人びとに野次られ、捨てられ、川を流れていったマルグリットだ。今は、それが犬である。だが、胸のむかつくような重い病気のこの犬は、おぼれ死んだ哀れな曲芸師と同様に、フローベールの人生を表現している。実際ジュールは犬を追い払おうと空しく試み、最後には石を投げつける。犬は彼のもとにあまりに「執拗に」もどってくるので、若者は、以前見たことがあったのだろうか、と考えをめぐらすほどだ。かつて愛した女、リュサンドに贈ったスパニエル犬のフォックスだろうか。彼女は道化者と寝ていたのであり、ジュールには何も許さないまま、来たときと同じように立ち去ったのだ。要するに、シュレザンジェ夫人の悪意に満ちた戯画だ。彼は「自分をこれほどの愛情をこめて見つめているこの下等動物に、はてしない同情」[*2]を感じた。しかしこの説明できない愛情に彼は怖くなる。「おぞましい動物」[*3]の醜さにうんざりして、彼は犬を見ないように努めるが、「打勝ちがたい力が彼の目を犬の方にひきよせるのだった」。犬は「彼についてくるように懇願するかのようである」。「行ったり来たり、ジュールに近づき、自分の歩く方に引き寄せ」、最後には、橋へと導く。若者ははっとして「思い出した。ある日、――ああ、何と昔のことか――自分がこの橋の上にやってきて、死にたいと思ったことを。彼の足許をぐるぐるまわっているこの不吉な動物が言おうとしていたのは、そのことだったのか」。それともリュサンドが死んだと言いたいのだろうか。呪われた犬と人間は「互いをこわがっていた。人間は、動物の眼差しに、魂がそこに見えるような気がしてふるえていた。動物は、人間の眼差しに、〈神〉が見える気がしてふるえていた」。ジュールは犬を殴りはじめた、犬はあとずさりする、彼は逃げる。家に帰ると「自分に起きたことについて考えた」。「彼と怪物との間に起ったこと、この事件に関係のあるすべてのことには、とても内密で、とても奥深く、とても明確な何かがあったので、同時にもうひとつ別の種類の現実を認めねばならなかった。それは卑俗な現実を否定するように見えるが、同じように現実的なのだ。ところで、生活が提供する触れることができるもの、感じられるものは、二義的で無用なものとして、そしてうわべだけにすぎない幻影として、彼の思考から消えていった」。*4 彼は疑いと、自分をつけてきた犬をもう一度見てみたいという奇妙な気持にとらわれて、階段を下り、戸を開ける。「犬は戸口に寝ていた」。これが二十六章の最後の言葉だ。次章はつぎのように始まる。「これは、彼にとって最後の悲愴な一日になった。これ以後、彼は迷信的な恐怖感を一掃した……」。

*1　加えて、おそらくは迷い犬に出会った記憶もあるだろう。彼は——ルイーズに宛てて——子供や、白痴、動物が自分に寄ってくる事実に言及し、「奇妙な」挿話を思い出してほしいと書いているが、残念ながら彼はこの挿話を口頭で語っただけである。

*2　ここには封臣の絆まで含めて、すべてがある。

*3　この醜さへの嫌悪はまさにフローベール的である。

*4　強調はサルトル。

犬は、悲愴なもの〔パトス的なもの〕の誘惑である。同時に、それは彼の過去の人生であり、彼のいくつかの愛であり、彼の失望であり、リュサンドである。彼が自殺を考えていた不幸な時間、偽りの幸福の瞬間である。こうした人生が彼に近づいていいてきて語りかけるかのようだ。私はお前のものだ、私をとりもどせ。もしお前が私を捨てるなら私は死ぬ、もしお前が私を生き続けるなら、私は生きる、と。ジュールは魅了される。しかし、同時に人生がどうであったかを仮借なきまでに見る。その人生は、このぞっとするような動物、嫌らしくもやさしい動物によってよく象徴されている。本当は、彼は誘惑などまったくされていないのだ。言ってみれば、自分の人生とのこの突然の遭遇は、発作に対応しているのである（これは、彼にとって最後の悲愴な〔パトス的な〕一日になった）。彼は自分の人生を自分とは異質の人生として見出し、それが彼を魅了する。結びつきは断ち切られてはいない。「彼と怪物との間にはとても内密で、とても奥深く、とても明確な何かがあった」とされているのだから。しかしまさにこの夜、結びつきは断たれるのだ。奇妙なことに、われわれは決定的な断絶に立ち会うことはない。ジュールは階段を下りてきて、戸を開ける。犬はそこにいた。何が起きただろうか。フローベールがそのことについて何も語ることなく、次の章で「これは、彼にとって最後の悲愴な一日になった」と宣言するのはきわめて意味深長である。まるで、二十六章の最後のくだりと二十七章の最初のくだりとの間に、本物の発作が置かれているかのようだ。事実、あの神経の状態では、ドアの前に犬がいるのを見つけたとき、ジュールは——それを恐れてもいたし、望みもしていたので——失神したかもしれない。または「奔流となった火」のなかに落ちて、死んだと思ったかもしれない。多分、近所の人たちが来たのだ。彼は瀉血された。そしてふたたび彼は目を開いたのだろう。要するにどんなことも想像可能だ。ただ、犬を見て、彼が心静かに、ドアを閉め、階段を上がり、ベッドに入ったということだけは想像できない。というのも、彼はこのときは、まだ悲愴〔パトス的〕だったからだ。その翌日、永久にパトス的であることを彼にやめさせたのは何だったのか。いずれにせよ、犬との遭遇は、ポン＝レヴェックの本当の事件を暴露すると同時に、それを隠している隠れ蓑の事件である。印象深いのは、フローベールが、実際の事件については口を閉ざしながらも、そこに暗示的に超自然的な次元を与えようとしたことである。感覚的なもの、触知できるものは「二義的で無用なものとして、そしてうわべだけにすぎない幻影として、彼の思考から消えていく」。彼は「もうひとつ別の種類の現実、卑俗な現実を否定するように見えるが、同じくらいリアルな現実」の存在を認める。この超現実は、完全に聖なるものではないが、それにきわめて近い。そして彼の経験をわれわれに告げるこのやり方は、回心する者がとるやり方にきわめて似ている。現実——日常的な卑俗なものと同一視される現実——は崩壊し、それを根底的に否定するような超現実が現われるのである。したがってわれわれは恐れることなく断言できる、フローベールは、「発作」に続く——少なくとも——夏と秋の間、語の宗教的な意味ではなくとも形而上学的な意味において、自分の発作を真正の回心であると見なしていた、と。

　超現実的な経験によって、安心し、乾ききったジュールは、思い切って過去を振り返る。そしてたちまち、彼の思考は、作者のそれまでの思考よりも先に進んでしまう。と言うよりむしろ、「三人称に仮託する」ことで安心して自分の青春期のやり方にもどった作者が、他者性のただなかに飛び込むことで自分の考えを極限にまで推し進め、しかもその考えを自分の登場人物の内に見出すふりができたのである。こうしてジュールの内に「発作」の肯定的側面があらわになる。「しかしながら、これらすべてから、結果として彼の現在の状態が生じた。それは先行するすべての状態の総和であり、それらを彼が再び見ることができるようにしていた。おのおのの出来事は次の出来事を生み出していたし、おのおのの感情はひとつの観念の内に溶けてしまっていた……それに、と彼は思った。自分自身を正当化するために、自分の生活の一時期を否定することは、偏狭で愚かなことだろう。それは歴史家が、歴史の一部分は認めながら、一部分は認めず、こうして歴史の一時期を否定し、……〈神慮〉の位置に身を置き、自分の作品を構成しようとするようなものだ。だから、彼が感じ、体験し、苦しんだすべてのことが起きたのは、おそらく、知られていない結末を目指してであり、確固として安定した目的、気付かれることはないが、現実にある目的にもとづいてである」。

これ以上明断ではあり得ない。この一節を読み返すとき、私はキルケゴールの「反復」(2)を思い出さすにはいられない。回心の瞬間にフローベールは、すべてを失うことに同意し、そしてまさにそのために、すべてが完璧に彼に返されるのだから。自分の人生になお執着しているあいだは、彼は自分の人生を——少なくとも人生のいくつかの側面、いくつかの時期を——嫌っていた。ところが彼が手を離し、落ちるにまかせると、なんたる奇跡、偽りの死の向こう側で、彼は自分の人生をまるごと過去形で愛することができるようになる。それは「彼が感じ、体験し、苦しんだすべてのことを介して」、人生が彼を、〈神慮《プロヴィダンス》〉によって定められていた崇高な目的へと導くことになっていたからである。

苦行の第一段階。ジュール＝フローベールはもはや苦しまない。「彼は愛情に対して頑なになっていた。心をほとんど石にしていた……このほとんど超人的な禁欲主義のもとで、彼は自分自身の情熱を忘れるに至ったのだ」。このくだりは四四—四五年のギュスターヴの状態についてのある一つの貴重な情報を含んでいる。もちろん、ギュスターヴはわれわれに、自分は情熱を捨てた、情熱を抑制した、自らの平静は魂の現実の空虚さから生まれてくる、などとは言っていない。逆に彼は、情熱はまだ存在するが、自分はそれを忘れているのだ、という事実を強調する。これはきわめて正確に、彼が情熱に関して、ヒステリー性の放心状態に生きていることを示しているのだ。実際、かくも熱烈で、かくも激しい欲動（怨恨、自己憎悪、恥、怒り、殺人もしくは自殺へのすさまじい欲望、狂おしいまでの野心）をたちまち抑圧して、文字通りの病的精神状態を身につけないでいられるなどということを、どうして認められようか。すでに述べたように、彼の得た静けさはなによりも、その多大な犠牲を払うピュロス的な勝利(3)に由来しており、これによって彼は自分のブルジョワ的存在、自分の宿命、時代から逃れることができたし、また人間の目的を諦めることで、恥からも解放されていたのだった。それはそれでよい。しかしそれでも、この放棄を生きることができなければならない。友人と別れること、愛する女と別れること、それは一定の条件で、可能である。だが、通例こうした決断に続いて起こる陰鬱な後悔、嫉妬、復縁の誘惑などといったものを避けるのは、そうはいかない。耐え抜くということがどれほど高くつくかは、だれでも知っている。別れの労苦はしばしば、喪の労苦と同じくらい長く続き、疲れるものだ。ところでギュスターヴと彼の作り出したジュールは、情熱のさなかで、十年続いた関係を断ち、それに一切苦しまなかったと主張する。それでもフローベールの根底的な欲動が、彼の発作のあとも生き残ったことは明らかだ。自負心は無傷である——それは、マクシムとルイが初稿『聖アントワーヌ』に判決を下したときに、見てとれるだろう。ずっと後になって、ブイエはゴンクール兄弟にむかって、一種の畏怖をこめて、自分の友人の信じがたいほどの感じやすさを語っていた。怨恨、サディズム、マゾヒズム、羨望、多くの挿話が証言するとおり、それらは決して消えることがなかった。文学的野心とそれがギュスターヴのうちにしばしば引き起こす絶望に関しては、後でゆっくりと語ることにしよう。実際は、彼が解放されたと思いこんでいるということだ。しかしこの思いこみは、彼の病気の理解によって密かに否認されている。事実、澄んだ沼のイマージュは――風に揺れれば、泥土が戻って来て水面を曇らせる――、前に引用したテクストに完全に一致する。ジュールが自分の情熱を忘れたのと同様に、沼は泥土を忘れたのだ。これをどう理解すべきか。まず、「放心」は、数限りない用心によってしか保たれることはないだろう、ということだ。それはたった一人にしか役立たないシステムである。次に、もし羨望や憎悪に身を委ねる誘惑が再び生じるなら、身体が介入してすべてのトラブルを引き受け、それらを痙攣のうちに身体化する、ということだ。結論は自ずから引き出される。すなわち、ギュスターヴはすでに半ば以上、想像界の存在だったが、発作の後では完全にそうなったのだ。ただしそれは、暗示症的な思いこみが彼のうちに、体験はされても非現実的な心の平静を生み出す限りにおいてである。もしくは、逆に言うなら、自分を非現実化することによってのみ、パトス的なものから逃れられる限りにおいてである。誰でも、別のことを考えて、一時的に悩みを（悩みの原因ではなく）停止させるということは経験している。このような精神的傾向が病的なものになるのは、それがいつまでも持続する場合に限られる。したがって、情熱の忘却がギュスターヴのうちで続くためには、絶えず思考される別のことによって強力に動かされることが必要である。それは何だろうか。われわれはこれからそれを知ろうと試みるだろう。だがまずは、この探求を照らすために次のことに注意しよう。現実の人間が自分の現実性を失うことなく、想像界に完全に飲み込まれるとき、彼が自分の精神と呼んでいるものは、彼の想像力に一致する傾向があり、その結果、彼がかかわることのできる唯一の対象は、非現実化される限りでの現実の世界になる。ギュスターヴはあるときルイーズに宛てて、「審美的態度」と呼ぶもののうちに、毎日、そして一日中、身を置くことのできない人たちを自分は憐れむと書いている。彼は何も付け加えてはいない。しかし四四―四六年にかけての彼の手紙と、『感情教育』から、ここで問題になっているのは暗示症的意識喪失戦術[4]であるということが、われわれは理解できる。それによって彼は世界を脱現実化するために自らを非現実化すると同時に、自らを非現実化するために、世界を脱現実化することができるのである。要するに、〈存在〉を想像的なものにする必要があるのだ。このことの意味するところをもっと仔細に見てみよう。

ジュールに戻ろう。フローベールは、ジュールがその内的空虚を意図的に保っていることをわれわれに隠さない。そして彼のやり方のいくつかを列挙する。「何かが彼の内に入るとすぐに、彼はそれを容赦なく追い出すのだった。彼は歓待とは無縁の主人で、自分の宮殿を気ままに歩けるように、そこがからっぽであることを望んでいた。すべては、彼の皮肉の鞭によって逃げ出していくのであった。恐ろしいほどの皮肉はまず自分に向かい、さらに激しく辛辣な皮肉が他人へと向けられた……自分の過去に対しては公正さを欠き、自分に対しては厳しく、超人的なストイシズムのうちに、彼は自分自身の情熱を忘れ、かつて持っていた情熱をもはやよく理解できないまでになっていた……時折まだ、彼は生きて、行動したい誘惑を感じた。だが皮肉がすぐに戻ってきて、行動の下に入り込むので、彼はその行動を成し遂げることができなかった……彼はあらゆるものに素早く沈潜するので、ただちにそこに無を見るのだった……見捨てられ、前景においても不毛で、爽やかな木陰もざわめく泉も失ってしまったジュールの存在は、砂漠のように静かである」*1。

*1　ひとは、何らかの本質的傾向を特権化し、先鋭化させることで、自分がそれであるものへと回心する。ただしその傾向は、変身の前は別の欲動によってブレーキをかけられており、その十全な展開に達することができなかったのである。フローベールが一八三九年から、静寂主義者の相貌のもとに自分を描いていることを思い出そう。この静寂主義者はその皮肉な懐疑主義によって、身を投じることを夢見たあらゆる企てに対し、あらかじめ気持を挫かれていた。こうした態度は今や一般化され、恒久的に生きられている。無関心が一つのエクシスとなるのだ。

要するに、彼は何でもなく、何も感じず、何も欲しない。ある意味で、この「放心」は、それ自体で考察するなら、否定的な戦術という水準にとどまっている。ジュールが自分の心を殺したのは、彼がもはや苦しむことに耐えられなかったからだ、という人もあるだろう。だが、こうした見解はすぐさま乗り越えられる。無感覚化は、〈芸術〉への回心に不可欠な一契機として、提示されているからだ。「彼が身に蒙った予備的な苦しみがなかったら、そして、彼が有限なもののすべてのつながりのうちにいまだにとらわれていたとしたら、彼はこのような〈芸術〉の観念、純粋〈芸術〉の観念を獲得できただろうか」。何者かであること、それはその規定に隷属することである。ギュスターヴはそのことをずっと以前から繰り返し語っている。誰でもないこと、それは絶対的な未規定を選ぶことであり、これはまず第一に、それ自身、否定的無限の類同代理物(*analogon*)として価値がある。このことについては後ほど論じることにしよう。だが、これはとりわけ、小宇宙《ミクロコスモス》の大宇宙《マクロコスモス》に対する関係から、その関係をゆがめ曖昧にする狂暴なまでの生きんとする意志を取り除くことである。ギュスターヴは、展開の後の時期のジュールを次のようにわれわれに示している。

「感覚のうちの生真面目なものが、感覚そのものと同じく、すばやく消え去るように努めていた」。生真面目とは、なんとも言い得て妙である。そう、生真面目な精神(5)が感覚を支配するとき、感覚は生真面目である。感覚が、世界の圧倒的な現実と、われわれを脅かす危険を証言するときも、また感覚が、われわれの企てにおいて、事物の逆行率を示す警報装置として、もしくは可能事の隘路へと続く場所での青信号として現われるときも、これは生真面目である。感覚がいっぱいに広がり、支配するとき、われわれのあらゆる利害でふくれあがったとき、われわれの欲望と恐れをわれわれに向かって映し出すとき、一言で言えば、感覚がわれわれに、われわれの世界への投錨を示すとき、つまり、感覚が外部世界をわれわれの内部の現実の基盤としてあらわにするとき、それは生真面目である。感覚は人間の目的を分かち持つすべての人びとにとって生真面目であるが、自分がもはやその目的を分かち持っていないと思う者には誰であれ、その実践的な深さを失ってしまう。そして知覚が、こうした目眩くような重々しさを除かれ、もはやわれわれの生も死も欲求も人間の共同体も反映しないなら、それは、単なる表象以外のなにものでもないではないか。ここで、ひとりの哲学者が思い起こされる。フローベールの時代にフランスでは知られておらず、フローベールは一八七四年以前には読んだことのなかった哲学者[*1]、ショーペンハウアーである。ショーペンハウアーにとって、世界の現実性は力への意志からくる。無数の意識へと分かれた激しい努力〔コナトゥス〕(6)が、われわれをとりまく環境に、脅威、望ましさ、道具性の重みを、要するにその存在を与えるのである。このとどまることのない欲動を一瞬停止することに成功する者にとって、〈宇宙〉はもはや表象の総体でしかなく、その統一は利害を離れた観照〔凝視〕に、つまり審美的な観照に、〈観念〉〔理念〕として与えられる。この観点からすると、ギュスターヴの発作は、彼のうちで力への意志――別の言い方をすると、フローベール家の野心と自負心――を打ち破るための巨大な努力として現われる。彼はそれに、自分がそこから二度と立ち上がることのできない崩壊をぶつけたのだ。彼は欲望を満たす手段を自分から完全に取り除くことで、欲望から解放されたが、それは人間に対してだけでなく、この世界の富に対しても、単に「眼《まなこ》の関係(7)」のみを持つことになった。しかし彼の意図は、現実界を一連の「表象」に変えて、受動的な観照に、その真の構造を明かすことではない。彼が目指すのは、世界の無秩序を緊密なものにし、純粋な仮象としての〈宇宙《コスモス》〉を、自分が与える秩序と形式的統一によって構成することである。この観点からすると、彼は『スマール』から変わっていない。つまり〈美〉は、形を与える限りにおいて脱現実化するのである。しかし一八三九年においては、脱現実化は言語に働きかける芸術家の作業によって、作品の水準でなされるはずだった。四四年になると、文学的な挫折によって、彼は理解した、芸術作品――その機能を保っているもの――

は、もし未来の作家が、あらかじめ生体験の水準で、自分の経験を多様なものの非現実的総合として、象徴的な総合として、把握していないのなら、存在しないだろう、と。要するに、大宇宙《マクロコスモス》を自分の幻想に変えるために、若者は真逆さまに想像界へと落ちていき、そこに飲み込まれるという受動的な選択をしたのである。

＊1　『書簡集』のなかに、この年以前にたった一つの言及もない。それに彼が七四年に触れているのは、その文章が下手で、考えが間違っていると述べるためである。よって、彼が〈芸術〉についての自分の理論を支えるために、そこから引き出すことのできる構想を見ていなかったことは確かだ。

なるほど、ずっと以前から彼は、現実の不都合を「想像力の翼によって」逃げる習慣があった。われわれがすでに見たように、彼は自分がネロやティムールであると夢見ることで、自分の家族、仲間、教師に復讐した。もしくは閉じ込められた自習室や部屋から逃げ出すために、オリエントやインドに行った気になった。『十一月』の中で彼はその技法をわれわれに教えている。これが――彼の暗示症と、俳優になりたいという欲望と同様に（そもそもこの三つのものはひとつである）――われわれをして、彼のうちに半ば以上、想像的な子供を見るように導いたのである。『フィレンツェのペスト』を書いていた若きイマージュの狩人と、ポン＝レヴェックの発作を生きながらえた「老人」との間の差異は、次の点にあると思われる。ギュスターヴが若者から老人へと移行したのは、文学上の挫折の原因を、自分のイマージュ自体があまりに「生真面目」すぎたという事実[8]に帰することができると思った時である。つまり、感情的負荷がイマージュを幻覚的に自分の欲望を満たすためにつかってしまい、そのために、イマージュが美的真実のうちで、そのものとして立てられるのを妨げていたのである。彼がネロに自分を見ていたのは、彼独自の人格を構成する特徴である怨恨、根深くきわめて現実的な怨恨を、鎮めるためである。棒の一振りで、彼がインドの宮殿の王《ラジャー》と化したのは、ブルジョワ階級から逃れ、富がもたらす全能を享受したいという、自らの激しい欲望を満たすためであった。短剣によってえぐられたフランチェスコ・ディ・メディチ、殺人を犯し、打ち倒れ、剥製にされたジャリオ、自分の家族を毒殺するマッツア、どれもフローベールが霊安室《モルグ》で、死体を前に自分のために作った病的な短篇である。いずれも屈辱的なイマージュであり、それらがイマージュの有する輝くばかりの純粋さと壮大な無効性を捨てて、人間の子供の陰気な反芻に奉仕している。この生身の存在は――その異常性にもかかわらず――人類の関心事にまだ影響されていた。言いかえると、彼は自分の想像力を自慰的目的に使ったこと、そのために想像力をその創造的機能からそらしてしまったことで、自分をとがめているのである。彼は『感情教育』でこう書いている。「……詩人は、彼が詩人であると同時に人間であらねばならない。つまり自分の心のうちに人類を凝縮し、しかも彼自身がそのありふれた一部分であらねばならない……」。イマージュが役割を果たすのは、詩的探求と人の心に関する生得的な知識についての水準においてである。しかし人類の「ありふれた部分」が、自分のあまりに人間的な目的に役立てるためにイマージュを使う権利はない。われわれは『スマール』において、ギュスターヴがこの「部分」に対しても他のすべての部分に対してと同じように、無限の視点をとるべくつとめるのを見た。要するに、彼は自負心の飛翔によってそこから身を引き離し、鷲の眼差しの下でそれを小さくしようとしたのである。無駄な努力だった。この離脱は、たとえ純粋に言葉だけではないにしても、演じられたものだったからだ。それに人類のこの部分は、四四年まで、自分の独自な情熱、特徴、関心、物語を手放さなかったのである。ギュスターヴは実に長い間、「偉人のなり損ない」であり、自分にとってあまりに小さい存在であったが、今や彼はそれが自分の凡庸さから来たのではなく、単純に自分の規定から来ていたことを理解したと思う。たとえ彼が別様に規定されていたとしても、同じことだったろう。〈普遍的なもの〉の創造者としての〈芸術家〉は、自分を条件付ける個別性によって、卵のうちに押しつぶされるものだからだ。一月の発作は、その規定を決定的に清算するための根本的な努力だった。この半人前は、アシルの足許に崩れ落ちるがよい、絶望と屈辱でくたばるがよい。なんとすっきりすることか！　その結果は、イマージュの祝祭だ。ついに無償のものとなったイマージュは、ノミのようにはねまわるが、その間も「理性存在」――凝縮された人類――は依然としてとどまり、君臨している。これまで彼は生きることに懸命な動物で、自分の生を永続させるために想像界を使ってきたのだ。もはや何も生きてはいない。古い情熱は消え失せ、想像力は人気《ひとけ》がなくなり、目的なき合目的性(9)の非人間的な自由な戯れに戻ったのだ。

この無関心は、もしそれが夢のように受け止められるのでなかったら、ギュスターヴは長くそこに留まってはいられないだろう。自分自身の選択を身に蒙るほど、自動的に自己暗示をすることができるのは、ヒステリー性の「素質構成」のおかげである。単に外部からのあまりに強い攻撃に対して、体が、痙攣によってこの若者の平静を守ろうと反応するだけではない。体こそが、彼の内になにやら分からぬ半睡状態、審美的態度に適した無気力を保っているのである。この点について、われわれにはマクシムの証言があり、それは愚かで、悪意があるだけに、いっそう意味深長である。『文学的回想』にはこう書かれている。「次第に彼はその行動半径を狭めていき、その瞬間の夢想に集中した。彼は時折数カ月も新聞を開くことがなかった。外部世界に無関心で、自分が直接関心のないことについて話しかけられることに我慢できないことさえあった。現実生活の諸観念を失って、彼は永続的な夢想の中に漂っているように見え、その夢想から脱出するにも骨が折れる始末だった」。重要なのは、マクシムが、友人の行動を癲癇に帰していることである。それは当時、小脳か大脳にかかわる損傷――偶発的か、体質的か、いずれにせよ器質的なもの――と見なされていた。だから彼は、友人の不随意な部分に衝撃を受けたのである。もし病気がなかったら、ギュスターヴは天才であっただろうと、彼は大真面目で書いている。フローベール家の次男坊がシェークスピアになりつつあった時、一つの事故が襲いかかってきて、彼を反復（キルケゴール『反復』を踏まえた表現）に追いやり、「そこから脱出するのにも骨の折れる」白昼夢に陥らせたのである。だから当時、外部の人にとっても、フローベール自身にとっても、すべては――何か分からぬ悪意のこもった暗黙の監視を考慮に入れないとしても――まるでポン＝レヴェックでの転落が、彼の現実への適応をひどく損ねたかのように進行したのである。そして事実、彼の受動的選択は、現実がもはや夢想でしかないことを含んでいる。この受動的選択は、すでにきわめてあやしくなっていた真と偽の観念や、現実と非現実の感覚を彼から失わせようとする。だがここから、デュ・カンが行なおうとしているように、フローベールが『ラ・スピラール』の主人公に似ていると結論してはならないだろう。この主人公は「意志によって現実の生活から逃げ出し、その幻想を黄金の晴れやかなイマージュで満たすことができ[*1]」、精神病院での監禁のうちに、完璧な幸福を見つけるのである。ギュスターヴとこの幸福な画家との違いは、画家の方は世間に背を向け、自分の気晴らしのために、美しいオペラ・コミックを生み出すようにと自分の幻想に懇願するのだが、一方、ギュスターヴの方は、彼もまたひとつの夢想となって、現実を、それに正確に対応する非現実の内に厳密に変容させることを目指している、ということである。要するに、この夢想家は待ち構えているのだ。彼は世界と夢幻の非存在との仲介者である。しかし彼は生きているのだから、そこには「二重の性質」がある。彼には欲求があり、特定の付き合いがあり、すべてのひととの関係がある。だがこの生は、生でないものによってのみ意味を持つ。この生が再生産され、持続するのは、生を糧とする厳密な夢想のうちに蒸発していくためにすぎない。「服は、それが覆う身体に従っているように、この生は観念に従っている」。それはあるがままの現実をイマージュに呑み尽くさせることが肝要だからである。奔流のような焔と花火の時は過ぎた。病気の推移そのものによって、想像は、その無償性を保ちながらも、厳密な技術になる。ジュールは文学における幻想的なものの使用を批判することで、かつての自分の馬鹿げた思いつきに、今彼が行なっている体系的な修業を対比させる。以下の一節はまるまる引用しなければならない。四四年一月以前と以後のギュスターヴが描かれているからである。「人間の生や個人の生涯のある時期には、異様な形をとって表われる説明しがたい飛躍《エラン》が生じるのではないだろうか……われわれの本性がわれわれを当惑させ、そこで息苦しくなり、そこから抜け出たいと思う……好んで並外れたもの、怪物的なものの中に向かう……平静に戻ると、人間はもう自分自身が分からず、自分自身の心がこわくなり、自分の夢に恐れおののく。どうして自分は鬼神や吸血鬼を作り出してしまったのだろう、グリフォン[10]の背にのって自分はどこへ行くつもりだったのだろう、と自問する。どんな肉体の熱に浮かされて、男根像に翼をつけたのか、どんな苦悶の時に、自分は地獄を夢みたのだろうか、と。われわれの魂の内なる本質の展開、精神の要素の過剰と考えられる幻想的なものは、芸術の中に自分の場所を持つ……芸術家が、現実的で人間的な形によってその観念を表現することが不可能な時、彼の空想力が断固として生み出そうとする幻想にかんしていえば、それが示すのは、……普通に考えられている以上にひどい想像力の貧困なのである。実際、想像力はキマイラ[11]とともに生きているのではない。想像力には、実の部分《ポジティフ》があり、それは諸君が自分の実の部分を持っているの同様である。幻想を生むために、想像力は悩み、輾転反側する。それに現実的な存在を、触わることのできる、永続的な、重みのある、しっかりとした存在を与えたときに、はじめて想像力は満足するのである」。

＊1　デュメニル『ギュスターヴ・フローベール』、四八一ページ。

フローベールが想像物の実の部分「ポジティフ」という言葉をどういう意味で用いているかが、理解できた。キマイラは純粋な非存在である。キマイラは何も脱現実化しない。なぜならそれは生きているいかなる被造物にも対応していないからである。「実の部分《ポジティフ》」の脱現実化は、その堅固さを、それが無化する存在から引き出す。非現実の罠に捕えるべきは、馬と人間であって、ケンタウロス[12]ではない。女性と魚であって、セイレンではない。ジュールは自分の情熱を忘れてしまった。「もし、彼が芸術家として、情熱を研究したり、それを他人のうちに探ったり、ついで、もっとも具体的な、もっとも目立つ形式によって、それを再現したり、もしくは文体の造形のもとで賛美したりする必要を感じなかったのなら、彼は情熱をほとんど軽蔑しただろうとぼくは思う……」。しかしながら情熱を理解しなければならない。彼はどのように取りかかるのだろうか。それはきわめて単純である。「彼は自分の感受性を自分の想像力によって刺激しつつも、自分の精神がその効果を払拭し、感覚の生真面目さが感覚そのものと同じように素早く消えさるようにつとめるのだった」。これらの言葉は一見すると、フッサールが「本質看取[13]」によって意味したものと、形相的直観の支えとしてのイメージに持たせた役割とを、われわれに思い起こさせる。しかし、純粋認識にこだわるこの哲学者において、想像力は明証性に奉仕する。ギュスターヴにおいては、まったく別のことが問題になっている。つまり、自分がもはや感じていない情熱を他人のうちで理解するためには、想像的に情熱を身につけなければならないのだ。これはまず肯定、次に否定という二重の運動を前提とする。もし彼が肉欲を描こうとしたら、心に興奮を生じさせる目的で性的な場面を喚起するだろう。だが、それを広がるままにして、自分のうちに生真面目な欲望が引き起こされ、自慰によって鎮めねばならなくするかわりに、彼は途中で心の興奮を停止させる。つまり詩人である彼は、人類のあまりに感じやすい部分と一致することを拒絶し、自負心によって、そこから身を引きはなすのだ。こんな風に、彼が強く感じるものはことごとく想像的なものなのである。ここでもほかでも、身体が彼を助けるのだと、私は想像する。痙攣、神経の狂乱によって疲れきり、かなり前からヒステリー性の去勢に冒された彼は、エロチックなうずきに反応したとしても、せいぜい身震いするぐらいなのだ。

　彼は少なくとも本質を定着するまでに至ったのだろうか。ジュールはいくどかそう主張する。「権力には、権力者にとって未知の力がある。葡萄酒には、それを飲む人間には分からない味わいがある。女性には、女性をあしらう男には気づかない悦楽がある。愛には、愛に満たされている人間には無縁の抒情がある」。これらの断言は、一見きわめて単純だが、少し仔細に眺めてみると怪しくなってくる。だがそこには少なくとも、フローベールにおける脱現実化の二大要因を際立たせる利点があるだろう。すなわち欲求不満と記憶である。

　つまり原則的には、すべてが明白である。皇帝の権力は皇帝に対し、その現実的な本質を隠しているが、それはまさに皇帝が絶対的な権力を享受することに没頭しているからである。これに反してギュスターヴは、何年ものあいだ、それを夢想したために、その「未知の味わい」を把握したのだ。なぜなら彼は、欠落の基盤の上に、その味わいを発見したからである。欲求不満の男の想像力は輾転反側することをやめない。無力な彼は、自分の楽しみのために、また自らの欲望をごまかして満足させるために、王ならば可能なあらゆる権威の行使をつぶさに吟味する。鎮めがたい情熱によってつねにいたぶられていた彼は、歴史によって自らを養い、ネロの悦楽をめぐる挿話を集め、サディズムと快楽をさらに遠くへと押し進め、ついにはローマの十二皇帝をはるかに超えて自分ひとりが屹立する地点までいく。彼ら皇帝といえども創意の点で彼に決して及ぶことはなく、この快楽を超えた快楽、存在を超えた存在を、決して知ることがなかったのだ。それは不可能なるものが示す、とげとげしくも張りつめた姿である。少し後になるが、ギュスターヴはアルフレッド宛の手紙で、自分の方法をかなりよく定義している。「息苦しいのかい？　辛抱だね、おお、砂漠のライオンよ……人間などを気にせず、ミューズのなすがままにまかせよう。そうすれば知性が毎日驚くような仕方で増大するのが感じられるはずだ。不幸でなくなるための唯一の手段は、〈芸術〉のうちに自分を閉じ込めること、残りのすべてを無視することだ。しっかりとした基盤の上に立った自負心は、すべてにとって代わる……ぼくには欠けているものがたくさんあって、もっとも裕福な人とおなじくらい寛容にはなれなかっただろうし、恋する人びとと同じくらいにやさしく、たがの外れた連中と同じくらい官能的にはなれなかっただろう、とは思わないか？　だけど、ぼくは富にも愛にも肉体にも未練を持っていない。ぼくがあまりに分別くさいのを見て人は驚くよ[*1]」。

＊1　ミラノ、一八四五年五月十三日、『書簡集』第一巻、一七一―一七二ページ、アルフレッド宛。

このくだりには明らかな矛盾があるが、意味は明白である。ギュスターヴには富、愛、肉体の喜びが欠けているのだが、彼はそれらに未練を持っていないのだ。つまり未練を感情としては体験したが――悲しみの中で、おそらくは涙のうちに、それとも地団駄を踏みながら体験したのかもしれない――それへの未練を芸術家であるギュスターヴは受け入れない、ということだ。そうした動揺は仕事の邪魔になってしまうだろう。それに対して、欠如は彼にとって、感じられるというより、彼と世界との関係を構造化する存在論的特徴として、必要不可欠なものに見える。もしくは、より正確に言えば、この存在論的特徴が、実際に感じられた弱い未練と尽きることのない想像上の未練との境界として直感に与えられる場合にはじめて、それは〈芸術〉を構成するものとなる。演じられた未練〔想像上の未練〕が果たす役割は、小宇宙《ミクロコスモス》と大宇宙《マクロコスモス》の関係の欠落的な面を強調することにあるのだ。もし肉体の悦楽が欠けていないなら、どうしてそれを語ったりするのか。もし欠落によって気持が動転しているなら、やはりそれを語ることはないだろう。逆に、不快感を背景にして演じられた欠落は、人としての〈芸術家〉を構成する非存在と、享楽の代わりになるイマージュの非存在とを、同時に強調する。「ぼくはもっとも裕福なひととおなじくらい寛容になれただろう」。彼が裕福でなくて幸いだった！　そのために、彼の寛容さはいかなる現実の限界にもぶつかることはないだろうから。金持ちは自分の富のうちに閉じこめられているとギュスターヴは考える。その富がどんなに莫大であろうと、それは彼の否定的規定でありつづける。というのは、財産の限界が彼自身の限界になるからだ。金持ちは「寛容さ」をそこまで推し進めるだろうが、それ以上ではない。そうでないなら破産である。ギュスターヴは寛容さをあらゆる限界を越えて推し進めることができる。彼が一文無しだからだ。ただし〈欲望〉を無力化したあとで、その存在論的構造、つまり大宇宙《マクロコスモス》への超越的関係だけを保持しているというのが条件である。そうなると、彼は相続した金の意味を暴くことになるだろうし、その意味とは、糸目をつけない出費によって無になることだ、と彼は考える。かくして彼はルイーズに手紙を書くことになる。ぼくはすべての人に余剰分を与えられるほど金持ちであることを夢見る、と。また、結局同じことになるが、ぼくはインドの宮殿で、宝石に囲まれていれば、腹も空かず、のども渇かず、眠くもなくなるだろう、と。

彼はこうした精神の戯れ〔演技〕によって、本当に富の本質を定着したのだろうか。それに、金持ちの知らない逸楽、だが自己受容を構成している逸楽とは、余剰分の所有（もしくは分配）によって必要なものから解放されたと感じることだろうか。信じがたいことだ。そのかわり、この考え方がどの点で、フローベール独自の古くからの夢想から生じたかは、きわめてよく見てとれる。彼はアルフレッドという贅沢な人間とつきあったことで、自分が中産階級出身の中流の人間〔手段と化した平均的人間〕であることを知らされていた（邦訳第三巻三九六ページ参照）。もし財産が遺産の形で自分のところにくるなら、それは、手段の輪舞《ロンド》から自分を引き離して、ひとつの目的に、もしくは至高の目的の本質的手段にしてくれるだろう。一般的には、「未知の味わい」という言葉をどう理解すべきだろうか。皇帝や地主の客観的現実は、たいてい彼らにはとらえられないこと、それを知るために皇帝や大富豪である必要などないことは、疑いを入れる余地がない。しかしフローベールが彼らの権力や金の味わいについて語るとき、彼は権力についても富についても、いずれも主観的現実を目指している。つまり、彼らが感じているはずのことを決めるために、彼は彼らの立場に身を置いている、ということだ。そして疑いもなく、力や富を存在する[14]やり方は、たくさんあるが、それらのうちから選ぶためには、すでに金持ちないし権力者の状況にいることが必要である。この世界の偉人たちが自分の客観的現実を内面化していくのは、具体的な経験の土台のうえに立って、さまざまな条件付けにもとづいてのことであり、その条件のいくつかのものは原始史にまでさかのぼりうる。もし小説家が彼らとつきあったなら、ある程度まで、彼らが感じていることを想像できる。別の言い方をすると彼らの「既知の味わい」を想像できるのだ。この場合、小説家は写実主義者として、自分の想像力を実践的認識に役立てるのである。[*1] もし彼が「未知の味わい」を、つまり彼らが一度も感じたことのなかった味わいを暴こうとするなら、彼が示すことになるのは金持ちの主観的本質ではなく、むしろ貧乏人の主観的本質になるだろう。つまり、百万長者の状況に対応する歴史的条件付けのいかなる経験も持たないからこそ、自分を百万長者と想像できる人の主観的本質である。これはありのままの彼が、瞬間的に――いわば何の変更もなく、貧乏人の過去と、貧乏人の現在の欲望とともに――過去を持たず、自分の富に疎外されることのないような金持ち、つまりは、金のない金持ちの皮膚の下に入り込むことである。こうした指摘によってわたしは、フローベールの「実験の試み」を貶めようというのではない。その射程を見極めることだけが問題なのである。ところで、こうした困窮の夢想があれこれの本質を復元するのではなく、それを練り上げることを目指しているのはあまりに明らかである。ギュスターヴはよく理解している――そこに彼の直感があるからだ――自分が皇帝も、恋人や酒飲みも、いずれも脱現実化しようと試みていることを。なぜなら、彼が現実の所与（権力、金、葡萄酒、愛）を土台として構成しようとしているのは、彼らのあるがままの姿でも、あらねばならぬ姿でもなく、あるがままではない姿、また絶対にそうなりえない姿だからである。

＊1　『金《かね》』、『ウージェヌ・ルーゴン閣下』のゾラ。

ただ酒飲みに関しては、事情は複雑である。ギュスターヴは葡萄酒を飲んだ。そして彼の食生活は依然として監視されていたにもかかわらず、彼は自分がまた飲み出すことを知っている。それはどうでもよい。「ジュールは節制と禁欲のうちに生きつつ、愛と悦楽と乱痴気騒ぎを夢見ていた」のだから。フローベールのもう一つの補助手段は彼の記憶である――つまり、一八四四年以来、自分のうちに持ち続けている死んだ子供の人生である。彼がシュレザンジェ夫人を本当に愛し始めたのは、次の年に、彼女がもうトゥルヴィルに来ることはないだろうと確信した後だったことを思い出そう。この幻の非存在に、彼がどんなに深い魅力を見ていたことか。それは病気で欲求不満のとき、自分が飲めないソーテルヌの葡萄酒に見ていたものと同じ魅力である。ギュスターヴはここで、プルーストと彼の純粋記憶へと続いていく長い系譜の最初の存在として現われる――純粋記憶は、偶然に何の実践的意図もなく引き起こされるとき、われわれが決して体験したことのないような思い出を、還元不可能で、独自で、その特異性のうちにおいても形相的な本質として、われわれに委ねてくれる。フローベールは四四年、未来に対抗して過去を選んだ。彼は生涯の終わりに至るまで、自分がほとんど愛してもいなかった幼少期と少年期の方を向き続ける。五二年三月四日、われわれは彼がルイーズに宛ててこう書くのを見ることになるだろう。「ぼくは自分の小説のために、子供向けの本をたくさん読み返したところです。何枚かの版画を見て、小さかったときと同じ恐怖を味わいました。気晴らしに何かしたいところです……旅行、子供の時の思い出、その一つひとつが、互いに色を染めあい、つながりあい、途方もない焔を上げて踊りながら、螺旋状に舞い上がっていくのです」。彼をプルーストから分かつ点は、プルーストが純粋な思い出の現実性を（このタイプの現実性は日常的な現実性とは完全に異なるにしても）強調するのに対して、ギュスターヴは、絶えず自分の思い出に浸りながらも、思い出が持つ想像的なものをいっそう強調することにある。事実、無意識的記憶《レミニッサンス》はその影の面によってわれわれを実際に体験した出来事に送り返し、その光の面によって、ひとつのイマージュとして与えられる。このイマージュは消え去った過去を再現するというより、過去を目指すものであり、われわれはある種の緊張によってイマージュを存在させるのだが、多くの側面でこのイマージュはわれわれの手を逃れて漠然としたものに溶け込んでしまう。他の側面では、それは知識から出発した論理的な再構成であるように見える。唯一、最良のケースにおいて、還元不可能でそれ自体定義不可能な核が、依然として記憶に生体験の不透明性を保たせることになる。それを除けば、記憶の構造はイマージュの構造である。つまり、志向が類同代理物を介して、不在もしくは消え去った対象を、それがわれわれの感覚に与えられていたままの姿で狙うのである。ギュスターヴは思い出の両義性を利用して、それを非現実化することによって思い出を白熱状態にまでもっていく。あのソーテルヌの葡萄酒が、もう口にしなくなったときにより美味しく、より豊かになるのは、まさに記憶というものが、ギュスターヴの目には、想像界の特別な一区域であるからだ。記憶もまた、欠落なのである。記憶は、感覚を充満として再現するのではなく、感覚を、ひとが思いのままに使うことができる非存在として、さらには空想としてのイマージュ以上の現実性を持っていないがために、そうしたイマージュと一緒にされてしまう非存在として、暗示的に喚起するのである*1。四四年のフローベールはプルーストと異なり、自分の記憶をよみがえらせようとするのではなく、目覚めた夢としてそれを生き、もうひとつの別の夢をふくらませるためにそれを使うことを選んだ。すなわち、一瞬一瞬、死に至るまで見続けることになる方向づけられた夢であり、彼はそれを自分の日常生活によって育むのである。すでに述べたように、フローベールは『十一月』を書いたとき、自分を二重化することを夢みていた。こうして一人の老人が、若き死者の墓守になるだろう。そしてわれわれは、彼がこの二重化をポン゠レヴェックで実行するのを見た。今やわれわれは四二年の夢と四四年のその現実化とを区別することができる。同一の象徴によって示されているものの、この二つの二重化は同じ意味を持ってはいない。前者においては老人が、終わった人生の純粋な証人である。老人は終わった人生を、その真実において再現しようとする。後者においては老人は、若き犠牲者の血を吸い、死後まだ固まっていないその血で自分を養う。別の言い方をすると、故人の記憶は確実な方法によって扱われるなら、生き残った人の想像力に素材を提供できるのだ。生き残った人はその記憶によって、「我思う」の抽象的条件を逃れ、具体的で想像的な豊かさで満たされることが可能になる。四二年には、子供が崩れおちて、老人が生まれた。二つの出来事は弁証法的に結ばれていたが、明白な目的性はなかった。四四年には、老人が生まれるために、子供は自らを殺すのだ。彼は苦しむのをやめて、自分の人生を記憶にかえ、それを想像力の貯蔵庫とする。これがジュールの選択である。芸術家になるための必要条件とは、自分の記憶を夢み、自分の知覚を想像的なものにすることなのである。

*1　『狂人の手記』においてギュスターヴは、自分の思い出を復元し、それと戯れることに、創造主の喜びを感じていたことを思い出そう。

知覚を想像的なものにすること。目と耳を開き、触れようと手を伸ばすこと、そして、ものが自分を取り囲み、それがあまりに近いので、自分に入りこんで来るように見える瞬間に、ものを生のまま、まるごと脱現実化して自分の夢の中に飲み込むこと。これは疑いもなく、きわめてデリケートな作業だ――多くの人には不可能である。だが、運のいいことに、ギュスターヴは「夢の中を漂っている」。事物は彼にとって、その生真面目さを失っていた。それらは純粋な現前であり、なおもきらめき、魅力的であるが、――彼が自分の情熱と人類の目的を忘れてしまって以来――もはや彼になにも語りかけないし、往々にして彼の方も、もはやそれらを理解できないのである。すでに想像界にいる彼は、自分が見続けている夢との関わりで、それらを配置するだけでいい。するとそれらもまた想像的なものになるだろう。美的態度とはおおむね、〈存在〉を想像的なものにすることである。つまり、〈存在〉を、それが仮象に姿を変えるように扱うことである。マクシムがギュスターヴのうちに気づいた錯乱の背後には、受動的だが執拗な活動が隠れているのだ。この転換を恒久的に実行するためにフローベールがとった手段について、いましばらく考察してみるならば、われわれは彼の神経症にも、また同時に〈詩学〉にも、より深く入りこむことになるだろう。

　ジュールが示すのは規範であって、方法ではない。彼は幻想を持ち出すことを正当化してその動機を述べるとき、次のように書いているが、これは実を言うとギュスターヴの態度全般に当てはまる。「人には存在しないすべてのものが必要であり、存在するすべてのものは無用になる。ときにはそれは、人生を愛するあまり、現在のうちに人生を倍増するためであり、人生を超えて、これを永遠化するためであり……」。だがフローベールは、『書簡集』において、もっと明瞭に述べている。一八四五年四月二日付のアルフレッド宛書簡には次の文字が読まれる。「ぼくはシャンゼリゼに行った。そこでぼくは昔、いくどか午後をずっと一緒に過ごしたことのある二人の女性に再会[*1]した。病身の女性の方はいまも肘掛け椅子になかば横になっていた。彼女は同じ微笑、同じ声でぼくを迎えてくれた。家具も相変わらず同じもので、絨毯も前よりすり切れてはいなかった。絶妙な親和力によって、芸術家の統覚だけがとらえる心地よい調和によって、手回しオルガンが窓の下で、奏でられ始めた。ちょうどかつてぼくが『エルナニ』か『ルネ』を読んでいたときのように[*2]」。〈芸術家〉の統覚は、見ての通り、総合的である。彼は自分が経験するこの新しい瞬間を、〈永遠〉の単なる循環的な回帰として構成して楽しんでいる。状況もそれに適している。彼はジェルトリュードとアンリエットを憎からず思っていた。しかしそれは静かな愛情であり、彼女たちに再会したことで、動揺したわけではない。他方、この二人の若い娘はほとんど変わっていなかった。彼ができるのはそれを喜ぶことだけだった。というのも彼女たちは二人とも多かれ少なかれ彼に夢中で、彼はそれを知っていたからである。ここまでは、われわれは現実を離れていない。しかし突然、手回しオルガンが奏でられ始める。昔のように。この偶然によって、彼は独自で幻想的な全体性のうちに、事物と人物を集めるように促される。その隠された合目的性は、彼の永遠に対する欲望を満足させることにある。実際は、完全に「もどってきた」ものなど何もない。もし二人の女性が、循環する時間に支配され、彼には同一に思えたところで、彼は根本的に別人になっていた。そして、この生きられた総体を〈永劫回帰〉の類同代理物とするために、彼はそのとき窓からはいってくる個別のメロディーを無視して、ひとつの手回しオルガンが奏でられ始めたという抽象的な事実のみで満足しなければならない。しかし、まさにこの瞬間に、彼は自身を芸術家であると感じているのだ。なぜなら彼は、個別的な事柄を使って、生体験のすべての要素の間に、「絶妙な親和力」を打ちたてたからで、その親和力が実在しないことはよく承知しているが、またまさに実在しないからこそ、彼はそれを愛しているのだ。なぜなら親和力が現実を純粋な想像界として構造化するからであり、もしくは、こう言った方がよければ——生体験の何ものも消えることがないままに——親和力のおかげで、彼は自分が知覚しているものを想像しているからである。これは『感情教育』の次の文が意味していることだ。「事実の観察にとどまっている学者からも、事実を美化することしか気にかけない雄弁家からも遠く離れ、（ジュール）にとっては、事物そのもののうちに感情があった……」。この感情は、彼が現実を自らに与えるスペクタクルとして体験することによって、彼がそこにおくものなのである。

＊1　アンリエットとジェルトリュードのコリエ姉妹。
＊2　『書簡集』第一巻、一六一ページ。

数週間後に、『書簡集』がわれわれに示してくれるのは、まずはっきりと体験され、ついで想像に変えられた欲望の例である。これは同時に現実の想像的性格を発見するのに役立ちもする。一八四五年の旅の間、彼は苛立ち、しばしば退屈していた。漠とした性的欲望が彼をさいなんでいたのだ。「アルルで、ぼくはすてきな娘たちを見た。日曜はミサにいき、彼女たちをさらにじっくりと吟味した」。しかしほんの数日後のジェノヴァでは、欲望は「感覚の生真面目さ」を失くしていた。それは美的統一の道具と化したのである。それはもはや所有欲としてではなく、演じるべき役割として現われる。彼はドン・ジュアンを「ゆたかな象徴」として喚起したあと、こう続ける。「ドン・ジュアンについてだが、彼について夢想するためにはこの地に来る必要がある。こうしたイタリアの教会の中を、大理石のかげで、深紅のカーテン越しのばら色の光の下を散策し、跪く女たちの褐色の首筋を見ながら、ドン・ジュアンの姿を思い描くのは楽しいことだ。そうした女たちは一様に白い大きなヴェールを被り、金か銀の長いイヤリングをつけている。夕方、ランプに灯がともる頃、告解室の後ろに隠れて愛したら、さぞよろしかろう。だが、そうしたことは、ぼくらには向かない。ぼくらはそれを語り、感じるように作られた人間で、所有するように出来ていないのだ」[*1]。彼の欲望と冷静な反省的意識とのあいだに、「象徴的」人物が滑り込んできて、彼に眼を貸し与えている。この虚構の眼差しを通して彼は――所有をあきらめる瞬間から――イタリアの教会の隠されたエロチシズムを発見する。それは、独自の意味深い全体性であり、語ることはできようが、概念化することはできないものだ。性的欲望の非現実化は、そのこと自体が生きることの拒絶であるが、同時にそれは、欲望に象徴の意味を与えることによって、その欲望を現実の総合的かつ脱現実化的な図式として再現しているのである。

*1 『書簡集』第一巻、一六九―一七〇ページ（一八四五年五月一日付、ポワトヴァン宛の手紙）。

こうしたことが、カロリーヌの死からほどなく、マクシムに宛てて書いた次の文の意味を十全に明らかにする。「先ごろの不幸は、ぼくを悲しませたが、驚かせはしなかった。ぼくは、感覚から何も取り去ることなく、この不幸を芸術家として分析した」。そして同じ書簡で、彼は、出来事を脱現実化するために用いる技法の見事な例を示している。「姪が洗礼を受けたのは昨日だ。その子と列席者とぼく、そして食事をしたばかりで、真っ赤な顔をしていた司祭自身も、誰も自分たちが何をしているのか理解していなかった。ぼくたちにとって無意味なこうした象徴を凝視しながら、ぼくは、埃の中から掘り出されたはるかに遠い宗教の、なんらかの儀式に参列しているような印象を受けた。それはとても単純で、よく知られているものだが、それでもぼくは驚きを抑えることができなかった。司祭は自分が分かってもいないラテン語を口早に、もぐもぐと喋った。ぼくたちは、それを聴いていなかった。子供は注がれる水に小さな頭を差し出していた。ろうそくが燃え、堂守がアーメンと答えた。もっとも知的なのは、疑いもなく、かつてこうしたことすべてを理解し、おそらくその何かを記憶に留めている石だった」。ギュスターヴは、ここで、芸術家として振る舞っている。彼の態度の根底には、もちろん単純で現実的な動機付けがある。彼にとって、教会に行くのは愚かな行為で、カトリシズムの儀式は、フェティシズムの儀礼とまったく同じ茶番劇である。したがって、前者をまるで後者の反復であるかのように見ることを妨げるものは何もないし、端的に言えば、この二つは同一のものなのだ。しかし、われわれが見たとおり、まさにその瞬間に、彼は「宗教的本能」が自ずと、特殊なものに化する傾向があることを知っている。だから儀式は、それがどんなにばかげているように見えようと、宗教的本能から切り離しがたいのだ。宗教的本能は儀式に具現されるのである。したがって儀式をあざけると同時に、儀式のうちに「人間のもつ絶対への希求」を把握することが肝要である。聖なるものの面においても、グロテスクなものの面と同様に、こうしたあらゆる「茶番劇」と根本的に同等のものが認められる。宗教遺物は護符《グリグリ》と同じくらい滑稽だが、逆に宗教は縁起物《フェティッシュ》に寄せる崇拝のうちに――そして聖人の手の骨に寄せる崇拝のうちに――そっくり具現されている。いずれにせよギュスターヴが嫌悪しているのは、この崇拝を司る者たちである。彼の作品において、彼らは常に――『苦悶』(15)で素描した人物から、ブールニジアン司祭(16)に至るまで――食べ物とのあいだに本質的な関係を持っており、ここでは、そのことから、彼の証言に対する疑念が生じるのである。司祭は食事をしたばかりだ。たいへん結構。午後なのだから。ギュスターヴは何も食べていないのだろうか。この司祭は本当に「真っ赤な顔」をしていたのかどうか、と疑うことも可能である。ことによるとフローベールがそのように見たのは、司祭が定義上、真っ赤な顔をしていなければならないという理由からではないか、と。[*1] いずれにせよ、われわれはまだ現実の動機の地平を離れていない。そうした動機はご覧の通り存在しているのだが、影は薄くなっている。それらはここで、導きの図式になっているのである。

＊1　それとも彼の顔色――本当に赤ら顔――には食後の高揚以外に他の理由はなかったかどうか。

さてこれからが作業である。最初の全体化においてフローベールは、司祭、洗礼を施されている子供、列席者を脱現実化する。「誰も彼が何をしているのか理解していない」。そして、この瞬間から、彼は事実をねじ曲げる。彼は同じ項目の下にさまざまな無知を併置する、と言うか、むしろそれらすべてを、幼いカロリーヌの――本源的な――無知に結びつけている。というのもフローベール家の人びとが、自分たちが何をしているのか知らないというのは、本当ではないからだ。（おそらくアシル夫人のように）有神論者であろうと、（ギュスターヴが自称していたように）不可知論者であろうと、（フローベール夫人が夫の死以降、確実にそうであったように）無神論者であろうと、彼らは厳密に社会的で、功利的な命令に従っているのである。ルーアンの大ブルジョワはカトリックだから、もしカロリーヌに洗礼をしなかったら、彼らの顰蹙《ひんしゅく》を買うだろうし、門は閉ざされ、アシルは顧客を失うだろう。司祭について言えば、彼は本当に無意識だろうか？　彼がもぐもぐと口にしているラテン語を理解していないというのは本当だろうか？　だが、神学校ではラテン語を教わっているのだ。たしかに司祭職もまた官僚制度である。洗礼や婚礼はすばやく片付けるべき日々の営みである。しかしこの司祭が、洗礼の行為をどの程度深く評価していたか、それにどのような宗教的意味を与えているか、そのことをわれわれは知らない。ギュスターヴただひとりが、反教権主義によって、そして芸術的全体化への好みによって、それを決めているのである。まさにこうした好みが彼を、「人類の部分」として否応なしに列席者のうちに溶けこませる。これは不当な話である。というのは、儀式の意味を知らないわけではない者がいるとしたら、それはまさしく彼だからだ。われわれは今しがた見たばかりである、彼が儀式を——われわれの単なる漠然とした宗教性の——何世紀にもわたる反復による、滑稽で、型にはまった具現と見なしているのを。それに、テクストをさらによく読むなら、彼が無知と無関心を故意に混同していることが見てとれる。ギュスターヴはラテン語を知っているが、聴いていないのだ。「これらの象徴」は彼にとって馴染み深いものだが、彼は「自分にとって無意味」であると言い放つ。これは正確だろうか？　むしろ妹の娘に対して無関心なのではないだろうか。この乳児はほとんど彼の関心をひかない。アマールの娘であることを根に持っているのかもしれない。後に彼が彼女に愛着を抱き、彼女が意識と思考を持ったひとりの小さな人格になったときには、姪の最初の聖体拝領の日に、こうした「象徴」が彼を奇妙なほど動揺させることになる。それはともかく、ギュスターヴはこうした強引な同一視によって、最初の美的現実化を生み出した。(17)彼を襲った驚き、これはプラトンが言う、哲学の根源にある驚きではない。まったく逆に、これは美的異化なのである。その結果として、古い起源のものではあるがカトリックの共同体が存続するかぎり生きたものであり続ける祭儀が、「埃の中から掘り出された、はるかに遠い宗教の儀式」に置き換えられる。まさにここで彼は、理解の全体化的拒否によって、現在を魔術的に蘇らせた過去へと変えているのである。この瞬間から、知覚するのは想像力になる。儀式が復活であるなら、これを理解することなく宗教の絶対的な厳粛さのうちに復元している集団は、この儀式にとりつかれているにちがいない。フローベールが示そうとしている人間集団では、各人が集団としての成果を生み出すべく賢明に協力するのでもないし、個々人はそのために彼らが生み出し支えている実践的関係によって相互に繋がっているわけでもない。彼はこれらの人を、忘れられていた儀式、再生を望む儀式によって、操縦され、操作されているロボットとして思い描く。彼らは遠隔操作され、理解することなくやらされている仕草にとらわれ、自分たちの血を吸いつくすこの埃まみれの慣習《ハビトゥス》（『家の馬鹿息子』邦訳第三巻七二七ページ注参照）に、自己を疎外しているのである。ここにギュスターヴが生涯——とりわけ、『心の城』において——用いることになる脱現実化の図式の一つを認めることができる。すなわち、人間を何であれその生産物に従属させること、とりわけ、紋切り型としての言語に従属させること、言語の方を本質的で持続的なものとし、人間をかりそめの、非本質的なものとすることである。*1

*1　もちろん、彼に対して逆のヴィジョン（労働によって自己を客体化しながらも、直ちに自分を疎外することのない自由な実践的行為者）を対置させようとする人も、同じように全面的に現実性を欠いており、フローベールの幻想の黒いユーモアに達

することはできないだろう。

　ただしギュスターヴは同時に、自分を過去において繰り広げられつつあった儀式のいまここでの証人として、ただ一人の立会人として捉えることを、楽しんでいないわけではない。これはアクチュアルなものの見事な脱現実化で、それは知覚であると同時に想起になり、また、実効性のある予測しきれない出来事であると同時に、反省的な凝視にとっての余りに知り尽くされた無力な純粋対象にもなる。「埃の中から掘り出された、はるかに遠い宗教の儀式に参加する（こと）」というテクストの両義性によって、われわれは、彼がひとつの全体化的ヴィジョンからもうひとつのそれへと絶えず気ままに移動していた、と想像することができる。つまり彼は、人間を物に遠隔操作されている奴隷とすることで、現在において、この洗礼のひとたちを脱人間化することもあれば、また現在自体を脱現実化して、過去に直接かかわり、生者たちを、自分たちがとうの昔に死の鎌で刈られたことをまだ知らない者として眺めることもある。二重の清算である。その一方から他方へと行けるのは、目的が同じだからであり、ギュスターヴが残忍な美意識に突き動かされて、人間を非人間の観点に立って眺めているからだ。つまり人間を、非人間的儀式――物質性のあらゆる特徴を備えた、惰性的で、不条理な儀式――が、自らを維持するために選んだ手段と見なして、これをロボットとするか、もしくは生を死の観点から眺めるかである。ジュールが乳児の笑い声に、その子がいずれそうなる老人の臨終のあえぎを聞こうとつとめるとき、もっとも単純な仕方で行なっていると主張するのが、まさにこれである。ただしこの場合では、死の観点は未来にあり、そのために脱現実化は効果が弱くなっている。それに対してここでは逆に、ギュスターヴは自分の「疎隔」を利用して、それを現在に対する現在の観点とする。すなわち人類との意思の非-疎通《ノン・コミュニカシオン》は、人類への非-帰属として（これが第一の「ヴィジョン」である）、もしくは理解なき確認という透明な遮断幕ごしに絶滅種（人類）を凝視することとして、ヒステリックに生きられるのである。

　いずれにせよ、彼が自分の驚きをどのように利用しようとも――そして、彼が自ら作りだした茫然自失状態を身に蒙りながら自分を実践するのは、この水準においてであるが――人間の悪意ある脱人間化は、非人間の同じく倒錯的な人間化を伴っている。「もっとも知的なのは、疑いもなく、かつてこうしたことすべてを理解し、おそらくはその何かを記憶に留めている石だった」。文字どおりにとれば、この文は厳密には何も語っていない。ただ、非現実化的全体化を締めくくっているだけである。石の知性とは、もちろん建造物の美のことで、それが知性の類同代理物（*analogon*）となっている。この「考え」を合理的にとらえるなら、以下のように表現することができるだろう。「かつて信仰が美しいものだった時代があった。そしてまさにその時代において、強い信仰はいくつもの高い建築物を生み出したが、それらは、初期の時代の新鮮さにおいて、これらの敬虔な儀式を含み、それを芸術によって象徴化することで、昇華させていた。信仰が茶番劇に変わったとき、残ったものは、惰性的な永遠性、線が作り出す造形的な美であり、それらは今日でもなお、その過去の意味のなにがしかを保っている」。しかしこうした月並みな言葉はフローベールにおいて、より入念な脱現実化の道具でしかない。言い換えると、彼の言明を字義通り受け取らなければならない。つまり、彼の眼差しは柱から柱へ、オジーヴからオジーヴへ、身廊からステンドグラスへと移り、その間、彼の耳はぶつぶつと唱えられている中世のラテン語で満たされている。そして彼は、全体の力強い優美さを、知性として捉えようと心を決める。もしくはこう言った方がよければ、彼は作った人たちを抹消して、比率、バランス、動きについての彼らの繊細な感覚を石に内面化させるのだ。[18]ある意味で、これは容易である。美しい物は、合目的性なき目的として、純粋なプラクシスを示し、世界をまるで、それが自由の生産物であるかのように表わすのであって、まっさきに芸術家を指し示すことはないからだ。美しい物はその創造者の意図を単なる惰性的要請として匿名性のうちに吸収し、表現する。とはいえ、これは単に最初の契機にすぎず、それに執着するのがフローベールの選択である。結果は、彼の願望をかなえるものになる。彼は人間を純粋な物質性に対比し、まさに人間的な能力を物質性に与えるが、その能力を人間には許さない。石は見る、聞く、思い出す。こうして、彼は時間作用を永遠化すること、つまりそれを石化させつつも、運動として保つという、倒錯的な喜びを味わう。惰性的なもの《イネルシー》こそが、〈歴史〉の番人となるのだ。物質は記憶である。人間は、かつては意味を持っていた儀式を理解しないまま繰り返すことで、物質とは逆に、瞬間の繰り返し、反復による堕落をあらわにする。記憶とはまさに人間に欠けているものである。このように極端な転倒によって、惰性はその惰性そのものによって生となる（というのも、石が与えられた形態を保つのを可能にするのは惰性であるからだ）。そして生は、その実践的な時間性により、惰性的になる（というのも、次々と続く世代は確かに実践を凝固させる傾向があるからだ）。脱現実化の図式はもちろんフローベールの深い意図に役立つ。〈歴史〉は彼にとって、大抵の場合、（記録や証言をもとにした合理的な再構成というよりもむしろ）廃墟や記念建造物《モニュメント》をめぐる瞑想の到達し得ない想像上の対象にすぎないが、それは彼が実践的行為者を、その客体化によって疎外された者として把握することを好んでいるからである。重々しく固定された眼差しを持つこれらの石のうちに、彼は単に自分の同時代人を脱人間化する手段のみを見たのではない。彼はまたそこに、物質の不透明な未分化のうちに、魔法にかけられた建築家を住まわせて楽しんでいるのだ。動機がどうであれ、動き《ムーヴメント》はそれ自身のために、また〈芸術〉のために実行される。それは脱現実化の行使であり、人間の脱人間化と無機的なものの人間化を分かちがたく伴っている。さらにその深い目的は存在を括弧にいれ、存在に非存在の不安定さを与えることにある。この目標が達成されるのは、壁の知性と人間の惰性を想像する肯定的な力によってではなく、逆に、想像力の無力さを利用する技術のおかげなのだ。

　別のケースでは、ギュスターヴは現実を直接に無の暗号として把握する。そのとき、知覚の総合的統一を作っている意味作用は、まずひとつの不在として現実に体験されねばならない。「マルセイユで、ぼくはリシュリュー・ホテルの住人たちに再会できなかった。ぼくはその前を通って、石段と入口を見た。鎧戸は閉められ、ホテルは見捨てられていた。危うくそれと分からないほどだった。これは象徴ではないだろうか。つまりすでに、ずっと以前からぼくの心は、鎧戸が閉められ、石段からは人影が消え、かつては騒々しかったものの、いまはまるで死体のない大きな墳墓のようにがらんとした音の響くホテルになっているのだ」。彼にとって重要なのは、現実が彼に向ける拒絶である。ユーラリー・フーコーとその出会いに関する一切の痕跡は消えてしまった。しかしそれこそ彼が求めていたことなのである。彼が来たのは彼女に会うためである以上に、会わないためである。実際彼はこう書いている。「もう少し注意深く、また熱意があれば、ぼくはおそらく〝彼女〟がどこに住んでいるのか見つけ出すことができたであろう。しかしぼくがもらった情報はとても不完全なものなので、そこで終わってしまった。〈芸術〉ならざるすべてのものに対してぼくに欠けているものが、ここでも欠けている。それは、どん欲さだ。そもそも、ぼくは自分の過去に立ち戻ることに極端な嫌悪感を持っているのだ」[*1]。ここでの統一は、主観的なものと客観的なものとが互いに相手を象徴できるようにしている視点の相互性から来るが、そのことが、主観的なものと客観的なものの両者を〈無〉のイマージュへと還元してしまう。それに、比喩そのもののうちに、脱現実化を完成させる副次的な変換がある。つまり、閉鎖されたホテルがフローベールの内的空虚を表わす限りにおいて、ホテル自体が「死体なき大きな墳墓」になっているのである。

＊1　『書簡集』第一巻。一六六ページ。この嫌悪感はそれ自体、非現実化をもたらす。フローベールに嫌悪を催させるのは、思い出の疑似－非現実性を保たせつつ過去を喚起することではなく、過去が生きていると知ることである。つまり、穴だらけで、実現できない、曖昧な無意識的記憶《レミニサンス》としてのユーラリーではなく、生身のユーラリーに出会ってしまうことである。

　これらの例はわれわれに、美的態度の二つの正反対の技術を明らかにしてくれる。自分自身を非存在とすることで現実に異議をとなえることと、存在そのもののうちに個別的な非存在を（それがもともと存在しないものであれ、もはや存在しないものであれ）見出すことである。この個別的な非存在は、たとえ心的イマージュのなかでも、生み出されたり、生き返ったりすることはできないうえに、それは現実の全般的な不十分さを暴いている。この二つの手段を再検討する必要があり、フローベールの想像力はこの二極間を揺れることになる。後にわれわれは彼の円熟期の偉大な作品のうちに、両方の方法を再び見出すであろう[*1]。

*1　これら二つの技術が同じ一つの操作のうちに共存することもある。しかし両者は互いに邪魔し合うのだ。一八四五年の四月末、ギュスターヴは再びアルルを通った。「私は五年前に初めて見た闘技場を再び見た[19]。そのときから私は何をしただろうか」。第一の脱現実化。〈時間的存在〉であるギュスターヴは――クロケとの旅行以来――人生の五年を生きた。そのギュスターヴの目の前で、闘技場は（コリエ姉妹のアパルトマンと同様に）〈永遠〉を表わし、彼はここからすぐに石と化した問いをつくる。彼はこう付け加えるのだ。「歓声を上げ、拍手をしたすべての人たちのことを考えながら、私は最後の段まで上った。それから、そうしたすべてを捨てねばならなくなった。ひとは自然や歴史と一体化しはじめるとき、突然そこから引き離される……」。第二の脱現実化。それはこの若者にとって、現在（不揃いの黄色くなった段、石の間の草、孤独、同行するフローベール一家の好ましからぬ存在）を非現実にすること、そして過去（出来たばかりの闘技場、ガロ・ロマンの群衆、わき上がるどよめき）を現在「アクチュアリテ」の崩壊の上に現実化することである。これは彼自身、最後までやりぬくことができないと知っている操作だ。彼が過去の幻覚的な現前を引き起こすことはないからだ。過去が姿を表わすのは、ただ二つの形式においてのみである。それはおそらく漠然とした心的イマージュの連鎖となって、彼が円形闘技場を知覚するのをやめたときに出現するか、もしくは彼が目を開いたままであるなら、現在《アクチュエル》の廃墟の存在の不十分さを暴露し、その非現実性を告発する腐食性の酸として出現するかである（なぜならその円形闘技場の存在理由が過去のものになっているからだ）。ただしこうした、存在と非存在の間を漂う劣化した知覚は、幻影（わめく群衆など）によって豊かになることはない。簡単に言うならこの過去は、これ以上明瞭になることがなく、ギュスターヴにとって、この現在の非存在になるのだ。私はさきほど、これらの脱現実化の試みに、「脳の絵画的能力」を行使したいという芸術家としての欲求よりも、強力で根深い動機として、怨恨《ルサンチマン》があることを示した。それはフローベール一家のそこにいる全員を無の中に沈めることだ。彼らの存在を多数のガロ・ロマンの死者の名において変容させるのである。かくして、死者は生きているが目に見えず、生者はしっかり見えているが死んでいるのだ。見ての通りこの操作は限定的だが、野心的なものである。なぜなら、ギュスターヴはこう叫んでいるからだ。「ひとは自然や歴史と一体化しはじめるとき……」。もし彼が正しいなら、この時以後に闘技場を訪れ、それを眺め、自分たちの『ベン・ハー』[20]の記憶を思いおこしながら心が満たされなかった何十万という観光客も、満足を得ることが可能になる。ジュールダン氏がそれと知

らずに散文を作ったのと同様に、彼らはそれと知らずに歴史と一体化したのだから。これは実は冗談だ。しかし文は滑稽だが、意図はそうではない。これには後ほどまたふれることにしよう。いずれにせよ、この操作がそれほど成功しなかったことに変わりはない――これに似たあらゆる操作もまた同様である。その結果は不安定だ。なぜなら存在をそのままで非現実化、つまり存在をそのあらゆる豊かさをそなえたままで非現実化することには、その本質的貧困性が明らかになることによって、つまり、われわれを消えさった現実へと導くことが不可能であると暴露されることによって、異議がとなえられているためである。

自らを脱現実化することで、現実を非現実に屈服させること、それは現実を貧困化することではない。まったく逆である。主導図式は想像的なものだが、これは考察対象の詳細な脱現実化を要求すると同時に、次のような脱現実化の規則を提供する。対象を想像的なものにする観察は、対象のうちに、実践的な観察よりも多くの特徴をあらわにするが、ただしその観察がそうした特徴を明らかにするのは、それらをひとつの想像的全体に組み入れるためなのである。われわれはフローベールがドン・ジュアンを演じつつ、イタリアの教会を詳細に描写し、当初の何も見分けのつかないところから大理石を、光の色を、跪く女たちの肌の色を、装いとアクセサリーを、ばら色の光と褐色の首との関係などをとりだすのを見た。見事な、現実主義の絵画《タブロー》である。ただしそれが偽ドン・ジュアンの想像上の眼差しに現われるままに描写されている、という点は別である。同じ旅の間に書かれた一通の手紙には、より意味深く、より豊かな一節を見つけることができる。「ぼくは一昨日、シヨンの囚人[21]が閉じ込められた地下牢の支柱のひとつに、バイロンの名前が書かれているのを見た。この光景はぼくにえもいわれぬ喜びをもたらした……その間ずっとぼくは、ある日ここに来て、歩きまわり、……石の上に自分の名前を書いて立ち去ったあの青白い男のことを考えていた……バイロンの名は斜めに刻まれていて、目立たせるためにインクを流したかのように、すでに黒ずんでいた。実際それは灰色の円柱の上で際だっており、入るとすぐに目に飛び込んできた。名前の下の石はすこしへこんでいて、まるで巨大な手がよりかかり、その重みによってすり減らしたかのようだ。ぼくはこの五文字〔Byron〕を前にして、考え込んでしまった」。「ここに来た青白い男のことを考える」とは何が言いたいのだろうか。たいしたことではない。バイロンについて考えるべきことは――少なくともこの地下牢においては――何もない、彼がここに来て、自分の名前を刻み、立ち去った、ということ以外には。逆に、真実の響きがあるのは、「ぼくはこの五文字を前にして、考え込んでしまった」である。ギュスターヴは柱を見た。入ったときから、名前が「目に飛び込んできた」。彼は近づき、いつものように、ある種の放心状態におちいった。彼がバイロンを人類のもっとも偉大な二人の天才のうちの一人（もう一人はラブレー）と見なしていたのは、それほど前のことではない。今や、マンフレッド[22]の名声はいささか陰り、二人の偉人は、サドを読んで以来、三人になった。——そしてポン＝レヴェックの発作はまた、すでに見たようにロマン主義の否認でもある。それでもなおこの青白い男に、若きフローベールが深い敬意を寄せていることは変わらない。同じ手紙のなかの一文が、彼のもっとも奥深く秘められた欲望と、それを充たすことの嫌悪感をわれわれに教えてくれる。「このような場所にまで来て、自分の名を書くには、きわめて大胆であるか、きわめて愚かであることが必要である」。まさにその通り。もし彼が詩人の名の下に「ギュスターヴ・フローベール」と書くような大胆さがあるなら、それはまるで文学的庇護を受け入れるようなものだろう。彼は英国貴族《ロード》の後ろ盾の下に、偉人クラブに入ることになる。おそらく、いつの日か、一人の青年が心に大切なこれら二つの名を見て、その前で考え込むであろう。ギュスターヴには、そうする勇気はない。負けるが勝ちを演じるには——というのも、われわれがこれから見るように、それこそ、彼の神経症のもっとも深い意味なのだから——ほんのわずかな希望でさえも拒否することが不可欠なのである。かくして、彼の放心状態の誘因《モチーフ》は次の通りだ。彼には、その名前がひとつの約束のように、あえて自分を天才と見なすことへの誘惑のように思えたのだ。それとほとんど同時に、この名前は脅迫であり、禁忌なのだ。将来なきプチ・ブルである一人の病人が、この詩聖を真似るのは冒瀆であろう。ギュスターヴはこの男とその行為を崇める。そしてこの男は、真似ることのできない不遜な行為によって、彼を完全に打ちのめすのである。

しかしこうした反芻はすべて、非現実界においてなされる。ギュスターヴが自己に対して抱く輝かしいイマージュ、そして荒々しく消去されるこのイマージュは、非現実である。青白い男がした行為は、この日の時点では非現実である。非現実であるが、完全に想像的なものではない。行為は存在したが、今はもうないのだ。それでもこれは想像的なものである。ギュスターヴはその行為を呼び起こすとき、思い出を現実化などしていない。一つのイマージュをこしらえているのだ。この心的イマージュを彼は長く大切にするだろうか？　いや、彼にとって大切なのは、行為の痕跡、柱の上の五文字である。そしてまさしく、それらの文字は痕跡であるのだから、過去によって脱現実化されている。もちろん、ヴァンセンヌの森に落ちている空の缶詰について、その客観的構造が同一だからといって、同じことが言えるわけではない。これは過ぎ去った企て（ピクニック、遊び、草上の昼寝）を指し示す名残ではある。しかしこの企てはきわめて一般的で、匿名的であり、まさに今この時も、フランスの多数の公園において、繰り返されていることはまったく確実なので、最終的に缶詰はその過去をとりこみ、それを自分の現在の意味と実践的な現実にしている。しかし、若く不幸な作家にとって、栄えある偶像《アイドル》の行為は、一回限りのものである。バイロンはひとりしかいない――それに彼が余所で自分の名前を刻むために時間をさいたかどうかなど、誰が知ろう。したがって、本質的なもの、普遍的歴史の中での独自の出来事は、過ぎ去った。それはもはやない。と同時に、それは永遠である。というのは、何ものも、地球の破壊さえも、それがあったことを妨げられないからだ。したがって、石に刻まれた文字の惰性は、流れた瞬間が破壊不可能であることを象徴している。それゆえ、名前は自らを脱現実化する。名前は、単に一瞬きらめいた過去の痕跡にすぎないだけでなく、また同様に、この過去という即自存在を象徴しているのである。名前は、現在の不透明性を通して煌めくこの過去そのものである。まさにこの理由によって、その名前はギュスターヴを魅了する。消えた栄光、未来の栄光、約束され、そして拒絶された栄光、ごく近いところにありながら手の届かない行為、ギュスターヴの足許の敷石までも変容させるこの青白い男の消え去った存在《プレザンス》、こうしたことすべてがこの聖遺物のうちに与えられ、すべては彼を現実から、現在から、引き離すことに貢献する。しかしながら、目に飛び込んでくるのはこの聖遺物であり、この牢獄で輝いているのは、この聖遺物である。それなくしては、何もないだろう。ギュスターヴはバイロンがここに来たことさえ気づかなかっただろう。そしてもし偶然、バイロンの訪問をすでに知っていたとしても、彼はそれをどこにも特定することはできなかっただろう。さらにバイロンの来訪をまさにその非現実性自体のうちに現前化し、それを想像的に享受するという苦く偽りの喜びを得るために、類同代理物として彼に役立つものは何もなかっただろう。このような理由で、彼はこの対象に魅了される。彼はそれをできるだけ近くで見たいと思うし、まるで雷のように時間を横切り、一瞬、全バイロンであった一つの行為の物質的客観化の思い出を、最小の細部にいたるまで持ち続けたいと考える。だから彼は観察するのだ。名前は斜めに彫られており、すでに黒ずんでいるが、灰色の柱の上で輝いている。その下の石は少しへこんでいる。こうした物質面でのいっさいの規定は、彼の意図を裏切る。というのも、こうした規定はその惰性によって、彼の直観に渡されるべき生きている人間の対極であるからだ。にもかかわらず、これらの規定が彼であり、彼の残した一切であり、一つの行為のかさぶたなのである。これらの規定は彼の栄光を永続させ、鉱物化する。この矛盾が若きフローベールを呆然とさせる。しかし、いずれにせよ、新たな発見の一つひとつは直ちに非現実化される。痕跡である以上に、隠喩《メタフォール》であることが求められるのである。名前が輝いているのは、いくつもの傑作がその名前を高めたからだ。そして、御覧の通り、下の石は「まるで巨大な手が（……）重みでそれをすり減らしたかのように」へこんでいる。隠喩《メタフォール》は二重である。まず「まるで」があり、この消え去った出来事によって摩滅を説明しようとする。これは行動の意味を存在にまで拡張するためであり、この出来事の記録する痕跡が、単に消え去った者をその意志によって象徴するだけではなく、その肉体的存在《プレザンス》、その重さによっても象徴するためである。ついで、突然ひとは固有の意味から、比喩的意味へ移行する。バイロンの栄光、彼の天才は、その手の――まったく想像上の――巨大さによって表現される。それはどうでもいい。重要なのはフローベールが無機的な物質性に没入していることである。彼は石の柱に受動的に支えられている刻み跡しか見ないし、またそれしか見えない。接触するのは〈存在〉とである。脱現実化は――〈存在〉をしてもはや存在しないものの非本質的な表現とするが――その何ものも変えることがない。というのも、即自の不透明な充満が、人間の時間化作用に対抗し、〈歴史〉に対抗して、再び形成されたからである。物質の絶えざる現在は過去をふさいでしまう。ただ、非現実への移行は、観察を伴っている。それどころか、ただ脱現実化だけが、フローベールを観察へと導くのである。彼が物を微に入り細を穿って検討するためには、それらが、その手ざわり《テクスチャー》に至るまでもが、そのもの以外の何かを意味している必要がある。ここにおいてわれわれはギュスターヴの本質的な傾向に出会ったのであり、その傾向が『ボヴァリー夫人』のなかで、物の描写に意義を与えているのである。つまり〈存在〉に飲み込まれながらも彼がそれを脱現実化するのは、隠喩《メタフォール》的な観察によってであって、この観察は〈存在〉の細部をあらわにするが、それらの細部を一つひとつ、総合的全体の部分としてさしだし、この総合的全体は、もろもろの感覚的な外観の形でしか現われないが、それを定義するのはその非現実性なのだ。要するに、現実は人をのみ込むが、非現実――つまりイマージュ人間そのもの――を意味する必要から、存在と非存在との間で宙づりにされており、それ自体が、思いがけない詳細な夢となって、いくつかの観念に従って組織される。その観念はギュスターヴ自身のものでありながら、彼にも知られておらず――なぜなら「彼の生の下に」あるからだ――彼はこれらの観念を、それと分からないままに、自分の現実の環境を全体化し、脱現実化する意味として凝視する。このような視点からわれわれは、彼が五月一日付けで、ジェノヴァからアルフレッドに伝えた考察を理解しなければならない。「ここまでぼくがしてきた旅は、物質面では最高だったが、詩的な面ではあまりに雑駁で、さらに続けたいと思うものではなかった。もしナポリだったら、あまりに甘美な感触のために、そこがさまざまに、崩れていくのを見ると考えると、恐ろしくなっただろう。訪れるときは、その太古の時代を骨の髄まで知りたいものだ。自由でいたい、すべて思いのままに、ひとりか、もしくは君と一緒に。他の人とはご免だ……こうして、妨げるものもためらいもなく、ぼくは自分の考えを熱いまま流れるに任せるだろう。考えが浮かび、気ままに沸騰するには、時間が必要だからだ。ぼくは対象の色の中にはまり込み、惜しみのない愛を持って対象にのみ込まれるだろう。旅とは、真剣な仕事にちがいない……」[*1]。この仕事とは、脱現実化をもたらす長い瞑想〔凝視〕であり、そこでは人が自分自身を観察しているのだ。そのとき一つひとつの細部は、人が出現させたすべての細部と結びついており、観察者はそれに、過ぎ去った全体性〔そのようなものとしては決して現実に存在しなかった全体性〕を表現させるのだが、これは観察者の幻想の〈エゴ〉という、別の全体化された非現実の客観的な形象化に他ならない。ポッツオリ[23]の街を急ぐ人波、見えはしないが、感じられる人波、ギュスターヴは、舗石と道に沿った小さな家なみの脱‐現実化を通して――つまり詳細で全体化的なそれらの観察を通して――その人波にのみ込まれるだろうし、そこに逃れようとするだろう。しかし逆に、この不在の全体が彼に意味するのは、彼自身の自分に対する不在であり、イマージュ人間である彼の非存在である。このことを彼は少し後に、初稿『聖アントワーヌ』の一節の中で表明することになる。

＊1　『書簡集』第一巻、一六七―一六八ページ。

悪魔

おまえは、なんによらず、水の滴りにでも、貝殻にでも、髪の毛にでも、しばしば心をとめて、身動きもせず、瞳をすえて、心を開いていた。おまえが見つめているものは、おまえが関心を注げば注ぐほど、おまえにしみとおってくるようだったな。そのようにして絆が確立していったのだ。おまえたちは互いに抱きしめあい、微妙な数え切れない執着力によってふれあった。続いてじっと見つめあったために、おまえにはもう何も見えなくなった。耳をすませても、何も聞き分けられなくなった。そしておまえの精神そのものが、自分を目覚めさせているこの特殊性の観念を失うにいたった。それは不思議な震えを伴って、おまえの魂に流れ込む広大な調和のようなものだった。そしておまえはその充実のうちに、まだ明かされぬ全体の、言葉に表わせぬ理解を味わっていた。おまえと対象との隔たりは、二つの縁が近づいている深淵のように、ますます近づいていって、ついにはその違いが消えうせてしまうほどになったが、それはおまえたちを両者ともに浸していた無限のためなのだ。おまえたちは同じように奥深く入りこみあった。そして微妙な流れがおまえから物質の中へと移っていった。一方、万象の生命が幹をのぼる樹液のように、ゆっくりとおまえを浸していったのだ。いま一歩で、おまえは自然になろうとしていた。あるいはむしろ、自然がおまえになろうとしていた[24]。

このように観察は、脱現実化をもたらす瞑想〔凝視〕の枠内で生まれるもので、その一契機にすぎない。観察の目的は、分析よりも総合にある。それが、細部の一つひとつを進行中の全体化の表現として提示しているからだ。別の言い方をすると、観察は、把握するものを全体化していくのだから、即自の充実を脱現実化するのである。その役割が終わると、観察は消える。残るのは、〈自我〉を反映する〈自然〉、〈自然〉として自己を全体化していく〈自我〉という、ふたつの想像上の全体性の曰く言い難い相互性である。対象を想像的なものにしていく観察によって、大宇宙《マクロコスモス》は小宇宙《ミクロコスモス》の中に移り、逆も同様である。ギュスターヴは、最初の発作から、自らの受動性を身に蒙ることによって、また決定し、独自化し、否定するといった行動を諦めることによって、汎神論的志向を自分の想像の極の一つとして構成する。無の中で彼は、存在の充実を自分自身の充実のイマージュとして、わがものにする。そして、夢見るように知覚する彼は、「科学的」観察を用いて、現実的な細部を想像的なものの構造として生み出す。

だが、正反対の技法に移ろう。大宇宙《マクロコスモス》の想像的全体化に類同代理物として役立つ現実があった。次いで、すでに考察したように、彼の夢想生活を埋め尽くす多くの不安定な形成物のうちには、純粋な非現実、自らの不安定さを告げる想像的なものがある。彼が両者の間で揺れていることに、驚くひとはいないだろう。彼が若い頃から、常に全体化された存在を無と同一視する誘惑にかられていたことを、わたしはすでに示したのだから。しかし新しい点がある。『スマール』のときに予感していたことに、彼はいまや確信を持つに至ったのだ。つまり、イマージュは固有の現実性を持たないのである。イマージュはよみがえった感覚ではなく、寄生的な無である。ひとが触らないときには、つかの間のあいだ輝くが、もし手で触れるなら、粉々の灰となる。フローベールがのみ込まれることを受け入れるのは、住人のいなくなった意識というこの静かな空虚をして、イマージュを捕まえる罠とするためである。〈無〉を愛し、自らも無である意識は、イマージュと同じ性質なのだ。この若き死者の情熱は、身をすり減らして維持しようとつとめていた幻影のむなしさを往々にしてあらわにしてきた。それは激しく現実的な情熱が、これらの幻想《ファンタスム》を現実として扱おうとしていたからである。今やそれは空虚であり、静寂である。イマージュは大胆になって、すばやくこの純粋な意識のなかにはいりこみ、意識はそうしたイマージュに占められるままになるが、そのイマージュを役立てることもないし、その堅牢さを確かめることもない。幻は、試されることがなく、自ら非現実性を示しながらも、不安定さを露呈するように迫られることもないだろう。それどころか、創作者の思考力にとって、不安定さは積極的な美点となりうる。ジュールは感受性を想像力によって刺激するが、それがもたらす効果を精神が無効にするように努める。つまり、彼はイマージュをその無効性ゆえに追い求めているのである。それでもイマージュは依然として甚大な効果があり、それによって感受性が乱される恐れがあるので、彼は幻想《ファンタスム》の豊かさそのものに注意を向けると同時に、この存在の幻影が、見せかけの興奮しか引き起こすことがないように、その本質的貧困性、それが現実に存在しないことにも注意を向ける。

このことを彼は別の一節でよりよく説明しているが、そこではマラルメ的側面を認めることができよう。「がらんとした柱廊にかこまれた、崩壊した宮殿に彼が求めるのは、穹窿の下で反響していた宴《うたげ》の声の木魂《こだま》であり、また、あたりの壁を輝かしていた枝付燭台の煌めく光だ。彼が打忘れられた砂の上に探し求めるのは、巨大な波の打ち寄せた痕跡である。その波が、死に絶えた怪物と、真珠母色や真青な色の大きな貝殻とを押し流したのだ。彼は柩の中に横たえられた人びとの忘れ去られた恋、笑いながらゆりかごの縁に身を乗り出す赤ん坊たちのやがて訪れる死の苦しみに思いをはせる」。なるほど、普遍的な無というありふれた考えは彼にとって馴染みのものである。たとえば、彼はエルネストに宛てて、すべては灰となって終わるとか、パイプのたばこのように煙となって消え去るなどと、好んで書いている。しかし、ここで目を惹くのは[25]、彼の方法である。彼の精神の修業《エグゼルシス・スピリチュエル》は、ロヨラの心霊修業の対極である。ロヨラは、自分の心の舞台に背景をセットして、磔刑の細部に至るまで綿密に復元しようと没頭する。心の中で十字架上の盗賊を見ようと努め、最後に、十字架上のキリストを呼び起こす。これは現前そのものではないにしても、少なくとも、それによってかき立てられた感情の力と迫真性とによる現実的な現前である。これは、ロヨラがイマージュについて誤解をしていたのでもなく、そこに無以外の何かを見ていたのでもない。単純に、イマージュを自分の企てと現実の世界に従属させていたのである。イマージュは現実の世界の代わりになるはずだったし、無限の存在がわれわれの内になんらかの仕方でイマージュを作り出した以上、それらは非存在であるにもかかわらず、神の手助けによって現実の世界を再現するはずであった。ジュールがイマージュを選ぶのはこの非存在ゆえにである。このことは先の引用の一節のなかで、二重の否定の意図的使用が示しているとおりである。列挙の最後の例を別にして、作者は無に無自体を掛け合わせている。つまり彼が消え去った宴の木魂《こだま》を返してくれるように願うのは、保存の行きとどいたごく稀な宮殿や、無傷で残っている城館に対してではない。彼の想像力が活気づくためには、まずそれらが崩壊したものでなければならない。つまりそれ自体では過去の出来事の背景と枠組を提供できないものでなければならない。この取り返しのつかないほど壊れた容れ物に中身を入れたい気持になるためには、すでに心の中で建物自体を復元するのが——不可能ではないにしても——困難なことでなければならない。この操作において、彼の辛辣な喜びは、つかみがたいイマージュへ向かう二重の超出から出てくる。このイマージュは、何らかの過去に存在したものの代用品というよりも、自らを不可能の彼方として示しており、つまりイマージュとしてはある形の不在、すなわち空虚な志向の接近不可能な対象として、自らを示すのである。同様に、物忘れの激しい砂は、有史以前の巨大な波の痕跡をとどめてはいない。そこに見るべきものは現在の波のうねりと静まりだけである。ジュールが波に求めるのは、液状の山を自分のために再現することですらなく、それを介しての、死に絶えた怪物、真珠母色と真青な色の大きな貝殻を再現することである。おそらく一つの痕跡があれば彼の夢想を導くであろう。だが、対象の不在に類同代理物として役立つ痕跡の不在については、何と言ったらいいのだろうか。[*1] 死者たちもまた、現前するものとしては考えられない。遺骸そのものも土に呑みこまれて、不在なのだ。ギュスターヴが墓にきて思いをめぐらすのは、死者についてではなく、彼らの忘れられた愛についてである。誰によって忘れられたのか。もちろん今日ではすべての人に、である。ただしこの忘れられたという語は、うまい位置に置かれている。それは感情を修飾しているのであって、人を修飾しているのではない。意味は明らかだ。問題になっているのは、死にはるかに先立っているかつての感情、死者たち自身によって、しかも彼らの存命中に忘れられた感情である。ここでもまた無は自乗されている。単に、心の中で死者たちを甦らせることが問題ではなく、この第一の契機を介して、彼らが記憶を保持しなかった愛に狙いをつけることが問題なのである。

＊1　この二重の不在こそ後に、われわれが見るように、『サランボー』の執筆を計画したときの彼の関心事である。

つれ添う花なき汲みも尽くせぬ孤独のほか、
いかなる酒も全く盛られてはいないこの壺は、
瀕死の苦しみに悶えつつ、しかもなお……
一輪の薔薇を　暗闇の中に予告するものを
何ひとつとして　吐き出すことに同意はしない。[26]

この何ひとつとしてない（*rien*）は、雪だるま式にふくれあがり、他の何ひとつとしてないによって豊かになっていくことで、その関節を折り畳み、仮象の廃滅のかなたに、想像上の無として、または〈無〉の想像性として姿を現わすのだが、この否定の学をその最高点にまで高めたのはもちろんマラルメである。だが一八四四年のフローベールも、この迷路のなかを結構うまく切り抜けている。誰も彼のために道を開いてくれたり、アリアドネの糸を残してくれた者はいない。[27] それでも彼はまっすぐに目標へ向かう。イマージュは彼にとって〈存在〉の寄生物だった。いま彼は〈存在〉をイマージュの寄生物として扱うことで、その価値を剝奪する。というのも、彼はときには自分の経験の内容を隠喩《メタフォール》として生き、ときには目指す想像的なものによってのみ統一性を与えられている状況を組織するが、それは想像意識をかき立てながらいかなる類同代理物もその意識に提供しないために、自らの構造そのものによって想像的なものの無を示しているからだ。この場合、想像的なものはもはや幻影でさえない。それは喚起されることさえ拒む仮象の非存在である。ジュールはそれを「求める」。それが彼にできるすべてのことだ。しかしもし求められたイマージュがその無から出てこないなら、現実（廃墟、砂など）は――「求め」により――自らの統一性と意味《サンス》としてのイマージュを呼び起こすために組織されているのに、それが果たせないので、美学的に価値が低下し、雑然とした充実のうちに、根底的な無力さを帯びたつまらぬ存在として現われる。その根底的な無力さとは、〈無〉を喚起できない無力さであり、現実はその〈無〉から出現して、そこへ再び落ちていくのだが、現実を深層において構造化しているのも〈無〉なのである。この第二の場合においては、言語の果たす重要性が見てとれる。言語は、不可能だが不可能なイマージュの輪郭を縁取っている。それどころか、少しでも機会があれば、言語がその類同代理物になるのだ。まさにわたしが注釈を加えた文においては、「痕跡」「砂」「求める」という語が構成する限定された枠組のなかで、「巨大な波」という語によって、一つのイマージュが引き起こされているように。われわれはいずれ、経験を脱現実化する受動的選択が、言語を想像上のものにする選択に帰着するかどうか、考えねばならないだろう。

今やわれわれはフローベールがジュールを介して、彼の〈詩法〉の第一の規範を定式化している難解な箇所を理解することができる。「……霊感はそれのみに属さねばならない……外部的刺激はあまりにしばしば霊感を弱めたり、ねじ曲げたりする……だから酒壜を歌うためには酒に口をつけてはならない」。

この考えは、十九世紀の後半に広まっていくことになる。それでもこの思想が、このままの形では、晦渋で逆説的に見える懼れがあることは変わらない。おそらく、ギュスターヴがこの考えを表明した最初の人物であるからだろう。否定的に表明したのであり、これがギュスターヴが立てた諸前提からの厳密な結論である。つまり、もし〈芸術〉が異化作用〔距離化〕と欲求不満から生まれるのであれば、もし一つの感情を描くためには、何よりもまずそれを強く感じないことが必要であれば、そしてもし〈芸術家〉とは非現実にとらわれた人間であるのなら、いかなる現実も彼に霊感を与えることができない、ということだ。霊感がそれのみに属するためには、これで十分だろうか。霊感はほんのわずかな誘因《モチーフ》さえなくても、出現することが可能なのだろうか。フローベールの規範は、論点先取の虚偽〔霊感を有するためには、霊感を吹き込まれていなければならない〕を含んでいないだろうか。もしくは霊感の消去に帰着しないだろうか（霊感が無から生まれることが不可能にして不可欠である以上、それは現実に存在しないのではあるまいか）、さらに霊感をビュッフォン的な長い忍耐に置き換えることに帰着しないだろうか[28]。

もし、読者がギュスターヴの美学思想をその歩みのすべてにおいて辿ろうと望んだのなら、彼の世代を長く苦しめることになる問題に対し、一見思いがけない姿で、彼の定式化が優雅な解答を与えていることをすでに理解されただろう。霊感はもともと〈神〉に属していた。フランスでは、ジャコバン派のブルジョワジーが脱キリスト教へと向かった後、問題は複雑になる。詩人であり予言者(vates)[29]であるユゴーは、なおも天からの口述によって書くと主張する。しかし多くのロマン派――とくにミュッセ――は、不可知論にさらされながらもこれを甘受できず、迷いつつも、自分たちの詩の源泉に、〈至高の存在〉に替えて、それを失ったことの苦しみをおく。より一般的には、この根本的な不幸を象徴している限りにおいて、どんな痛みでも代わりにおく。一八三〇年当時の、感情の強さが詩の美をなすというよくある発想はこれに由来する。ギュスターヴの考え方は、〈霊感を吹き込む偉大な存在〉に戻ることなく、芸術作品の存在論的独自性、この想像的なるものを強調する利点がある。彼は〈美〉の根源に、生きた物質のしわがれ声によるつぶやきを、別の言い方では偶然をおくことを拒否する。もし作品が本質的に想像的なものであるなら、それを生み出す霊感は、想像力それ自体による自由な決定であるはずだ。その意味は、実践的な行為者はたとえ苦しみにかられたとしても、今ここでイマージュへの突然の移行を果たし、至高の詩を書き、ついで再び、自分の悩み、恋の悲しみ、挫折した野心といった現実の事柄に戻るなどという芸当は決してできないということだ。組織されたイマージュのみを生み出すためには、芸術家がまず自分を単なるイマージュにする必要があり、その後の現実への帰還は彼において、断続的で、いやな目覚めのように辛く、常に外部からの刺激によって引き起こされる必要がある。

したがってイマージュを作り出すイマージュ、もしくはお望みであれば、彼につきまとうすべてのイマージュの想像的統一となった芸術家、生体験を絶えず非現実化することによって自分の人生を夢見みているこの芸術家にとってのみ、想像は限界を持たないひとつの全体になるが、[*1]この全体は休みなくまざりあって、自らを全体化し、その個別的あらわれの一つひとつは、深層においては絶えざる全体化作用を、表層においては別のあらわれの一つひとつを指し示す。イマージュの組織的統一とは、ひとつの想像的生の統一であるが、今度はそれが、身に蒙られ方向づけられた忘我のなかで体験された生の現実的な統一から、そのまとまりを引き出してくる。霊感とはフローベールにとって、神秘的な贈り物でもなければ、瞬間的な恩寵でもない。それは、ストア派の賢人[30]が智慧に向かうのにも似て、過去との突然で決定的な断絶によってのみ、真の内的革命によってのみ、近づくことができる生のあり方である。それは、統合的機能であるプラクシスを除くことによって、故意に歪められた想像力であり、労働ではなく――労働だと必然的に実践的になってしまう――反労働によって、現実に対する永続的な征服としての想像的なものを生みだしていく。[31]この反労働は受動的活動にふさわしい唯一のもので、エクシスとして身に蒙った無関心を基礎に、行動を断念することにより――これは常に繰り返され、次第に容易になっていく――受動性が真と偽の区別の不可能性を目的とし、またそれを必然的結果とする限りにおいて、受動性の先鋭化と一体になる。したがって中間はない。どんなに絵を描いたり物を書いたりしようと思っても、前提となる離脱を行なっていないために、決して霊感を受けることがないか、または、たとえ一行も書かなくとも、常に霊感を受け続けずにはいないか、である。『感情教育』の末尾で、ギュスターヴはジュールの存在を砂漠にたとえている。それは「砂漠のように静謐で、輝く地平と気付かれることのない富とに恵まれている。あらゆるそよ風、あらゆる嵐、あらゆるため息、あらゆる叫び、あらゆる喜び、あらゆる絶望、それらの反響を秘めている」。彼が聖職者的生活に入ったあと、すべては彼に戻されたが、ただし、それは反射として、幻《まぼろし》としてである。彼は一八四六年、マクシム宛の書簡のなかで明確に述べている。「ぼくは空虚が何なのか知っている。だがひょっとすると、そこには偉大さがあるのかもしれない。未来がそこで芽吹いている。ただ夢想だけには注意したまえ」[*2]。最後の文に含まれている警告は、意味深い。霊感は、心的イマージュの流れにだらりと身を委ねることとは全く共通点がなく、心的イマージュは心地よいものであれ、憂鬱なものであれ、いずれにせよ危険である。というのは、忘れなければならないような情熱をあおるし、最良の場合でも、時間つぶしだからである。〈芸術家〉は空虚であり、その霊感は外部にあって、倦むことなく現実界を探り、現実界を可能態に、つまり仮象に変える。したがって、霊感は永続的で、無限である。その素材とは、まさに潜在的なイマージュの汲みつくしがたい宝庫であるこの世界にほかならない。それらの潜在的なイマージュは非現実化されるだろうが、それでもその本来の場所を離れることはないし、すべてを自分に見せるために無であることを選んだ者の空虚な意識に入っていくこともないだろう。これはギュスターヴが、『感情教育』の最後に、適切な言葉で、われわれに告げていることである。「自分をまどわす情動を止めることで、（ジュールは）自分のうちに、何かを作り出していく感受性を生み出すことができる。生活は彼に偶発的なものを与え、彼は不変のものを返す。生が自分にさしだすものを、彼は芸術に与える。世界の満潮、彼自身からの引潮、すべてが彼を目指しておしよせ、すべてが彼からまた流れ出る。服が、被《おお》っている体に合っていくように、彼の生はその観念に順応していく。彼は自分の[*3]力を意識することで、その力を楽しむ。彼は、あらゆる要素へと分岐してひろがりながら、すべてを自分にもちかえる。そして彼自身はまるごと、自分をその天職、その使命、その天才と労苦の宿命のうちに具現化していく。はてしれぬ汎神論であり、それが彼を通して、芸術の中にふたたび現われてくるのだ」。

*1　『感情教育』シャルパンティエ版、二八九ページ。われわれが注釈した節にすぐ続く節において、ギュスターヴはジュールについて書いている。「そのとき、至高の詩、限界なき知性、あらゆる面を見せる自然、あらゆる叫びをもたらす情熱、あらゆる深淵をもつ人の心、それらが組み合わさって巨大な総合にな

る。彼は、その各部分を全体への愛によって大切にし、人の目から一滴の涙も、森から一枚の葉も取り除きたくなかった」。この「そのとき」は、明らかに「霊感はそれのみに属さねばならない」を指示し、全体化作用が非現実のうちでなされること、それが、純粋に想像的な汎神論の刻印をギュスターヴの環境に印していることを示している。事実、この総合的な直観は何物の直観でもない。フローベールの「哲学」は前進していないのである。

＊2　マクシム宛、一八四六年四月。『書簡集』第一巻、二〇四ページ。
＊3　彼はそれをのちに「快活」[32]と呼ぶ。

ここでまたも問題になっているのは、小宇宙《ミクロコスモス》が大宇宙《マクロコスモス》を内面化し、それを想像的全体化によって〈芸術〉のうちに再外在化することである。事実、観念は生体験の下にあり、それを条件付けている。これが彼の暗示症《ピチアチスム》の的確な定義である。日々の生活が彼に提供する偶発事については、それを不変なものとして〈芸術〉に与える際に、彼は必ずそれを絶対的なものにまで推し進めることによって、さらに、それが持っていない意味、もしくは完全には持っていない意味をそれに担わせることによって、それを脱現実化しないではいられない。われわれはこの方法の具体例をいくつか挙げたばかりである。それが『スマール』のわれわれに示した方法といかに異なるかは、明らかに見てとれる。ギュスターヴは、世界の上空を飛行して、上から彼固有の個別性を眺めるというよりも、むしろ自分の個別性を存在とイマージュの媒介にしているのだ。この非現実化の中心は、それ自体が非現実である。投錨によって条件付けられている彼は、なんらかの現実を内面化するが、それをイマージュとして再外在化することで、この投錨そのものを単なる想像する手段にしようとする。事実性は消された現実——むしろ、言うならば、忘れられた現実——として、もはや世界への最小限の挿入にすぎず、詩人が〈存在〉を捕えて、それを仮象の形で表現する変換者になることを可能にする。別の言葉で言えば、彼は上空飛行的意識を、離脱に置き換えるのだ。離脱によって彼は、自分を取り囲むものに対して、巻き込まれずにすむだけのごくわずかな距離を取ることができ、世界の内部に留まりながら、自分の環境をじっくり解読する手段を得るのである。

おそらくこの征服的受動性のうちに、アルフレッドの例の「生きることなく生きる」と、そこに由来するアルフレッドの美的統覚の模倣を見ようとする読者もいるだろう。それも可能である。ヒステリー患者は〈他者〉に魅了されると、すすんで模倣するものだ。われわれは、ギュスターヴが二輪幌馬車《カブリオレ》のなかで倒れたのは、ル・ポワトヴァン家の息子が父親の富のおかげで持ちえた審美的現状維持主義〔不動主義〕を、病気によって正当化するためだった、という仮定をアプリオリには排除できない。また、堪え忍んでいた病気が癲癇のような症状で表われたのは、ギュスターヴが長いあいだ、ヌヴェールの新聞記者の真似をしたためだった、という仮定も排除できない。それにしても、なんと豊かなものを、彼は友人のやせこけた空想に盛ったのだろう！　彼の新しい考え方の深さと大胆さを完全に理解するためには、さらに遠くまで彼についていかねばならないし、彼が経験の体系的な脱現実化に与えている絶対的な基盤が何であるかを考えてみなければならない。

　ジュールの情念は、彼がもはやそれを強く感じていないときになると、観念に変わる。禁欲的な彼はもはや官能を感じない。そうなると、それについて理論を作ることになる。[*1] よく理解しよう。これはもう経験的な認識ではない。観念を生み出すのは経験ではない。観念は逆に生体験の希薄さから生まれる。感じられた官能は消えることで理論の中に要約され、全体化される。となると、理論は官能を自分のうちに取りいれることで、自己を意識している官能になる。著者は直ちに続けて誤謬についてのきわめてスピノザ的な理論[33]を表明する。「もし（この観念が）間違っていたとすれば、それが不完全だったからである。もしそれが偏狭なものだったとすれば、それを拡大するように努めねばならなかった。したがって、多様な知覚のこの連鎖のなかには、帰結とさらにその続きがあったのだ。それは、問題解決の各段階がその部分的解決であるような問題であった」。誤謬とは、思索の全体化運動の恣意的な中断である。実際、人は常に中断する。事実から観念に移行すること――たしかに、それは拡大であり、常に欠けた部分のある感覚的認識を、知的認識に変えることである。しかしこの最初の契機において、今度はその知的認識が限定されている。それは結局のところ、人がそこにおいたものしか含んでいない。つまり、それは独自の経験の全体化である。したがって、全体化作用の一段上位のものとなり、前のものより真理に近いが、にもかかわらず、それを超出する運動の外で捉えれば、それは誤謬である。人はその限界をやぶり、想像力によってそれを拡大するだろう。われわれは科学的実験主義から遥かに遠い地点にいる。科学者は実験の場を決して離れない。彼は事実から出発し、自分の推測を検証するために事実に戻ってくる。その推測が、「不完全」か「偏狭」かを彼に告げるのは事実である。これはギュスターヴがすることと正反対だ。彼にとって、観念は、自らを補うことによって、常により広く、常により高く――質においても、強度においても――観念を初歩的な形態で生み出した貧弱な知覚からはますます離れていく。というのも、最終的には、一つの真の観念だけしかないからだ。すなわち大宇宙《マクロコスモス》と小宇宙《ミクロコスモス》を全体化する観念である。フローベールは上記のくだりのすぐあとで、われわれに明瞭にそのことを告げている。「だが、最後の言葉というものが、決してやってこないものである以上、それを待つことが、何の役に立つだろうか？　それを予感することはできないのだろうか？　そして、世界には、真理の意識に達する、何らかの手立てではないのだろうか？　もし彼にとって芸術がこの手段であったなら……」等々。この観念は、あるものとないもの、存在と想像的なものの全体性を包括する。もし、ひとがそれに到達することができるなら、それはもはや全体のヴィジョンでさえないだろう、なぜなら――各段階において――内容は対象そのものではあるが観念化された、自己を意識している対象なので、それは〈全体〉そのもの、絶対的‐主体（l'absolu-sujet）になってしまうだろうから。フローベールが確信していたこと、それは、ひとはどんなに高く上がろうとも、決してそこには到達しないということだ。「最後の言葉」――生成した真理――をひとは予感することしか出来ない。どのようにしてか。ジュールにとっては、芸術が真理の予感に到達する手段になるだろう。しかし〈科学〉は除外されているにしても、別の手段は考えられないだろうか？　おそらく、瞑想のある水準において、哲学者は自分が決して到達しない限界として、〈絶対〉を垣間見るだろう。とは言っても――詩人と同じく思索者にとっても――上昇超越で空虚な志向だけが問題なのだ。すなわち絶対的‐主体は、終わりなき上昇の不在の到着点としてのみ、目指されうるのである。それは、〔思考の〕歩みのどの契機においても、否定性として現前しており、停止することのない必然性として感じられているが、絶対的‐主体「そのもの」は、想像的なものとしてしか与えられない。純粋な想像力こそが、この無限への移行の向こう側に身を置くことが出来るし、現実態の全体化を生成した全体性として把握することが出来る。この観点からすると、哲学者は芸術家に対して、些かも利点を持ってはいない。どちらにとっても、真理は想像的なものなのである。[*2] ギュスターヴは真実を打ち立てるために仮象から身を引き離すと主張するが、彼の真の意図は全く異なっている。つまり、〈全体〉との想像的関係の役割は、誤謬を告発すること、言いかえると、それぞれの有限の真実のもとでの非存在を告発すること、より一般的には、それぞれの個別の現実を脱現実化することである。この観点からすると、恵まれているのは芸術家の方である。実際、思索者は不器用に全体性を想像する。それは彼が想像界の技術を持たないからである。逆に〈芸術〉は、活動中のこの技術そのものとして姿を現わす。

＊1　「それぞれの感情は一つの観念の中に溶け込んでいた。たとえば彼はもはや感じることのなかった官能からいくつかの理論を引き出していた。彼のそれ《ママ》〔彼の官能〕は最後に事実の結論のように現われていた」。

＊2　当然のことだが、われわれはギュスターヴにこれらの考え方の全責任を委ねている。

実際、ジュールがそれについてわれわれに語っていることに再び戻ってみよう。彼はまず初めに、自分の苦しみが自分の感受性を殺したと伝える。これは、彼が苦しみによって浄化されたこと、生体験、感性的なもの、つまりは有限から、解放されたということを意味する。こうして彼は、その生成変化の最初の契機において、観念のうちに身を置くのである。「もし一つひとつの情熱が、……われわれがそのなかで回っている円環であるなら、その周囲や拡がりを見るためには、そこに閉じこもったままではだめで、外に身を置かねばならないのだ」。ジュールは外にいる。それは、「自分の放蕩の偉大さが分からない」放蕩者に勝って、彼が自分の個別性の「偉大さ」を把握する瞬間である。これは、彼が自分の個別性の上に身を置いたこと、それを死の観点から眺めているということ以外の何ものでもない。この点において、すでに彼は、哲学者に勝っている。哲学者は、自身のレアリスト的意思によって限定されて、現実的な〔思考の〕歩みしか行なわないし、短いイマージュの煌めきのときを別にすれば、生成変化から出ることはないからだ。ところで、まさに「芸術的な」最初の歩みとは、事件と人物とをまるで全体化がすでに終わったかのように考察することである。カントールは超限を、実行されたと仮定する操作の無限の連鎖の結果として定義する(34)。この観点からわれわれは、次のように言うだろう。手は届かないが非現実的に与えられる絶対的‐主体は、超限的実体であり、この実体はどちらも超限的である二つの属性を持っている、と*1。事実われわれは、フローベールが「自然と歴史に自己同一化する」ことで、自分の個別的環境を検討するのを見た。つまり彼は無限の眼差しによって拡がり全体を見渡し、自分を時間の終わりに位置づけているのである。したがって、絶対的‐主体とは、操作の無限の連鎖の想像的な到着点としてのギュスターヴ自身に他ならない。いやむしろ、ギュスターヴは超限的実体と、二つの基体《イポスターズ》（空間‐時間）の視点から、自分を位置づけると言っておこう。超限は、不在なものを抽象的に狙う場合は別にして、芸術家に直接与えられることは決してない。しかし芸術家は、自分の経験をいかようにも現実的に規定するにしても、超限的なものをその規定の全的な（そして想像的な）真理として否定的に出現させるチャンスがある。もしくは、お望みならば、ジュールは個別性を、場所と日付が定められた〈超限〉の表現として扱うことを可能にするひとつの方法を開発した、と言ってもいい。したがって、束の間の挿話は誤謬として示されるが、それはその限界を吹き飛ばすことで、その「真実の」意味である「不変」なものを引き渡すのである。ジュールは、偶発的なものの真理を――自分の知覚の脱構造化により――想像することで、「巨大な汎神論」の表現として作り出す。われわれはすでにいくつもの操作が、どのようにして少女カロリーヌの洗礼に、現在の過去化、つまりは〈永遠〉と弁証法的に結びついて、永劫回帰と過去の現在化を表現させるかを見た。この〈永遠〉は、コリエ姉妹の窓辺で「甘美な親和力」によって演奏された手回しオルガンを介して垣間見られたものと同一である。この二つのケースにおいて――そしてそのほかのすべてのケースにおいても――絶対的なものは、なんであれ、その部分において現前する全体として姿を現わす。部分は全体の内容であり、素材である

——また独自の形式はその否定的規定にすぎない。この意味でフローベールの技法は、形式をその現実的な個別性のうちに中和し、それを括弧に入れて保持しつつ、それが含んでいる超限を表現するように仕向けることにある。たとえば、日付を与えられた詳細な洗礼の現実は、フローベールによって強調されることで、それ自体は消え、その代わりに「発掘された」儀式の蘇りを介して無限の過去が出現する。具体的な出来事の一つひとつの細部は、知覚され、他のすべての細部と関連づけられるが、ただしそれは想像的なものとしてである。その機能は、自分とは別のもの、時‐空的超限の別の面を表現することにある。

＊1　実際には、それは三つの属性を持つ。三つ目の属性は後段で見ることになる。

ギュスターヴはこうした観念を一つの発見として提示する。「身に蒙った予備的な苦しみがなかったら、彼はこのような〈芸術〉の観念、〈純粋芸術〉の観念を獲得できただろうか」。別の言い方をすると、四四年一月の発作なしに獲得できただろうか。そしてそれは実際には、一つの発明である。『スマール』と『十一月』のとき、この青年は内面的全体化と外面的全体化の間で揺れていた。しかし、外面的全体化が心的態度に——つまり「跳ね返り《リバウンド》」の自負心に——対応していたのに対し、内面的全体化の方は依然として文学的解決策でしかなかった。ポン＝レヴェックで、彼の青春は閉じ、完結した。彼は死ぬ。今度こそ、彼は本格的に内面的全体化を実行する。そのために彼は、恥辱とたたかうために高い地点に身をおくことを余儀なくされる。彼は外部による全体化を再開するために十分成熟している。もっとも、それを彼はこの時から数年後に行なうことになり、それは再度の転落となる。すなわち初稿『聖アントワーヌ』だ。しかし今、この世界での死によって彼が発見したのは、第三の出口である。かつて有限の絆のうちに巻き込まれていたときに、彼はひょいと跳び上がって、自分を上空飛行的意識としてとらえ、〈宇宙〉を一瞥で見渡すことができた。だが、事物と人間の細部を描くことはできなかった。そのどちらについても、実践的側面——つまり有用率もしくは逆行率しかとらえていなかったのだ。すべての出来事がもはや彼の役に立たず、不利益を蒙らせることもできなくなった現在、彼はそれらの出来事を眺め、その一つひとつが——少しでも死の観点から眺めさえすれば——内面的全体化であり、彼はそのすべての契機を外部から把握することができると気付く。あの洗礼はいきいきとした旋律豊かな統一として現われる。その洗礼のうちに、〈超限〉は生成し、自らを全体化するからだ。もはや世界の上空を飛翔し、すべてを網羅的に数え上げ、人類の美徳と悪徳を検討し、〈歴史〉のまったくばらばらな時代を互いに結びつけ、誘導された悪夢のうちに、宗教やそれが生んだ怪物の果てしない行進をくりひろげる必要もない。自分自身の人生を、身に蒙った悲劇的な〈宇宙〉の開示として最後まで生きぬいた男は、いまや、その代償に内面的全体化の経験を獲得したのである。それを繰り返す必要は少しもない。この世界のどんなものでもその経験の代わりをしてくれるからだ。自分の環境を規定する個別のもの一つひとつのなかに――もっとも意味がない、もしくはもっともはかないもののなかにも――彼は自身が体験したものを再び見出すだろう。それは〈全体〉の偏在性であり、つまり〈全体〉の諸々の部分にはその隅々にまで〈全体〉が絶えず行きわたり、同時にそれらの横糸ともなれば、それらの展開の厳格な秩序ともなっているのだ。文学面で、ギュスターヴが彼の思索のこの時点において思い定めたのは、大宇宙《マクロコスモス》の受肉のためにはひとつの対象が必要であるということであり、同時にその対象は重要ではないということである。文学においてそれが意味するのは、〈神〉なき宇宙の悲劇的にして壮大な空虚よりほかに語るべきものはないということ、しかし、それを語るには、個別的な、つまり場所と時間が確定された冒険を介さねばならないということである。世界が地獄であるということを示すためには、もちろん、ひとりの聖人を頂上において、悪魔によって苦しめることも可能である。しかしひとつの洗礼でも十分である以上、今日、我が国の田舎での医師と不貞な妻を取り上げることもできる。二人はこれにぴったりだろう。決定的なのは見る角度である。今や、それと知らずにフローベールは、――ファウストと『スマール』を再開したいという狂おしい欲望によって相変わらずつきまとわれつつ――『ボヴァリー夫人』を書く許可を自分に与えたのである。『感情教育』の時代、彼はまだ、自分の発見が含意するものをすべて理解していたわけではない。というのはこの不安で苦い魂は楽観論の喜びを味わいたがっており、身に蒙った苦しみは予備的なものであると自分を納得させたかったからである。そこから彼の汎悪魔論を隠している白い汎神論が出てくる。「かつては惨めに見えていたすべてが、自らの美と調和を持つこともありえる〔と彼は思った〕。すべてを総合し、絶対的原理に帰着させることで、彼は奇跡的な均斉《シンメトリー》を見た……彼には全世界が、無限なるものを再現し、〈神〉の顔を映し出しているように思えた」（引用はやや不正確。原文に従い訂正）。〈人格神〉は存在しないが、すべてが目的を持つなら、世界は目的論的統一を持つのである。

直ちに目を引くのは、残念ながら、全体性と、「歴史‐自然」というその超限的属性が、いかなる具体的な内容も持っていないことである。「アルフレッドには思想があったが、ぼくにはなかった」。そう、彼には思想がないのだ。理神論者ではなく、有神論者でもなく、無神論者でも、唯物論者でも、唯心論者でもなく、「どちらかといえば唯物論者」であるこの不可知論者は、哲学を嫌い、「結論を引き出す」ことを拒否し、自分の目には「無への信仰」（『苦悶』の冒頭部分にある表現）によって定義されるように映る。もしそうなら、彼の汎神論を〈宇宙〉の構造化されたヴィジョンと見なすことができるだろうか。四五年に彼は、結局のところ〈人格神〉はいないが、世界は目的論的統一を持っているとわれわれに告げている。しかしこの楽観論は循環論法である。大宇宙《マクロコスモス》の統一性とは、内在的目的性があるということだが、〈宇宙〉が自らに定め得る唯一の〔内在的〕目的は、現象〔大宇宙〕の統合なのだから。まさにこのとき、彼は自分の発見に目がくらみ、真剣に黒いインクで白を描こうとする。彼は自分の〈詩学〉が壮大なものであることを願い、ユゴーの宇宙的な霊感を再発見したいと思う。ユゴーには〈神〉が何の仲介もなく話しかけ、彼は〈美〉が〈真〉の感覚的な啓示であることを深く信じていたのである。そんなわけでフローベールは、その当時の言葉と意味とを借用する――半世紀前に、サドが〈自然〉というブルジョワ的観念を借りざるを得なかったように。しかし、サドの手の内での〈自然〉の観念と同様に、ユゴーの観念は、フローベールの手の内で、常軌を逸したものとなる。ユゴーは有神論者であり、〈神慮《プロヴィダンス》〉を信じている。〈美〉は彼の目に、単に〈真〉の表現であるだけでなく、〈善〉のしるしでもあった。だから彼、ユゴーならば、「惨め《ミゼラブル》に見えるものも……自らの調和をもっているはずだ」と書くかもしれない。というのもこの調和が〈創造者〉の卓越した智慧を指し示しているからである。それに、〈神〉が彼の耳許で囁く以上、彼はもはや世界で死ぬ必要がない。逆にそこで生きなければならず、そこで自分を拘束《アンガジェ》しなければならない。絶対的な確信は天上から、しかるべき時期に彼に伝えられるだろう。

フローベールにおいては、〈神〉は消えうせ、絶対的なものは死の観点にすぎない。もし世界で死ななければならないのなら、反対に、人が生きながら〈存在〉の全体性と一体となることを要求する汎神論に、どうして忠実でいられるだろう。世界の統一は、世界を離れた意識に現われる。このように、借用した語の下に、カタリ派の思想が残っている。肉体を離れた眼差しに現われるのは、〈悪〉による世界の統一、つまり〈美〉である。これがまさにギュスターヴの脱現実化の技法が向かっていく先である。つまりこれは適切な修業によって、提示される出来事を否定的に全体化することである。何らかのやり方で、出来事をその具体的な豊かさのうちに、〈全体〉が同一化されるあの〈無〉の十全な表現として表わさねばならない。もはや『スマール』におけるように、部分の悲惨さを示すために、〈全体〉の光に照らして部分を研究するときではない。部分の「振動しながらの消滅[35]」により、部分の中に〈全体〉を開示するときである。〈全体〉はもちろん〈存在〉ではなく、〈存在〉と〈無〉の等価物であり、そして結局のところ、〈無〉の〈存在〉に対する勝利である。それは言い換えれば、〈悪〉である。この点について、ギュスターヴは変わっていない。新しいのは無化する操作が決して終わらない、という点である。現実が壊れていく運動は、決して最後まで遂行されることはない。その運動は、現実が非現実化されながら、扇子のように拡がり、ばらばらになって消滅するために、そのうちに閉じこめられていたすべての豊かなニュアンスをさらけ出すときも、依然として続いている。このように、〈全体〉における消滅は最後まで行くことはないし、〈全体〉が〈全体〉のまま、その貧困性のなかでギュスターヴに現われることもない。このように滑り〔変化〕は中断され、そこでは目に見えない超限が、〈存在〉の諸性質を脱現実化するけれども、同時に〈存在〉はその多様な細部の無限の輝きを〈超限〉に貸し与える。現実は絶対の個別的で汲みつくしがたい凝結物として夢見られ、〈超限〉は――あらゆる現実の意味として想像され――すべての目に見える対象に悲劇的な時間性を与えるが、それは〈超限〉がそれらの意味として現われることによってであり、それらの背後に生じて、自らは消えることによって、対象を〈無〉へと引きずりこむことによってである。この視点からすると、また美的態度の技法のおかげで、ひとつの帽子《カスケット》、一度の洗礼、一本のタンポポさえもが、絶対的‐主体の観点から見た悲劇の内的時間を表明しているのだが、それはこれらの出来事‐対象が開花するのは、ただ無に帰るためにすぎないからである。すでに死者になったジュールが、今日、六十年後に死ぬ子供の微笑みを読み解くのは、〈歴史〉の終わりの名においてである。しかし、死は与えられない。ジュールは依然として日常の陰鬱でおぼろげな時間のうちに留まっている。もしくは少なくとも、彼の神経症が彼を絶対者として無限の彼方へと投げ出しながら、彼を非現実化しない限りは、そこに留まることだろう。彼が世界へ投げかける眼差しは、それ自体、ひとつのイマージュである。この観点からすれば、ギュスターヴは『スマール』以来変わっていない。この当時からすでに彼には、もつれた偶然性や無秩序が現実を特徴づけているように思われていたし、そのために彼は、現実のものは真実の水準にはないと納得していた。〈真理〉は――四四年においても三九年においても――目に見える宇宙の特徴ではない。〈真理〉とは、神のような芸術家の手が宇宙を作りかえて、その下絵を比類なき芸術作品に変えたとした場合に、宇宙がとるだろうあり方である。われわれはそのとき指摘しておいたが、〈真実〉と絶対的な想像物とのこの逆説的な混同も、われわれを驚かすことはできなかった。それというのも、受動的行為者であるフローベールは、〈真理〉という語は受けとったが、その語と結びついた概念《コンセプト》は受けとらなかったからである。しかし『スマール』の作者は自分自身を疑っていた。それに、彼はすでに〈芸術〉については語っていたが、自分を芸術家と見なしてはいなかった。では、ジュールに全く新しい自信を与えた変化とはなんであろうか。それはごく単純に、彼の技法が整ったこと、彼が見者[36]になったことである。そしてここで私は、見るという行為を知覚の反義語として用いている。いわば彼は今、いずれにせよ経験から与えられたものを、無限の全体性の類同代理物として把握することができるのだ。彼はもはや多様性を全体の厳格な統一へと統合するために、上空飛行をする必要はない。離脱すること、ほんのわずかな距離をとることだけで十分なのだ。彼の技法が残りを仕上げてくれる。その技法は、日常を陳腐なものとして理解することの単純な拒絶である主観的な疎隔化によって、日常の疎隔性を暴くであろうし、現在を——ギリシャ人にとってムネモシュネの女神[37]が過去と同様に未来をも表象していたような意味で——完全な記憶に変えるだろう。さらに時間の三つの脱自性を悪魔的な巧みさで操ることで、その技法は現在を全時間性の準安定的《メタスタブル》な圧縮に変貌させるだろう——それによってフローベールは、ときには超限としての時間を、ときには瞬間の永劫回帰としての〈永遠〉を、そこに見ることが可能になる。それどころか彼の技法はいたるところで、「精妙な親和力」を見つけ出すだろうし、その親和力は諸関係を緊密なものに変え、時間化作用の律動的な統一としての意味〔サンス〕を浮かびあがらせるだろう。このように明らかになった目的論的厳格さを通して、フローベールは普遍的〈運命〉の厳しさを把握するだろう。すべてはそこにある。ジュールは『スマール』の若き著者を凌いでいる。なぜなら彼は熱いままで変換を行なう術を知っているからであり、またその場で現実の豊かさを想像界に組み入れるからである。そこに彼の勝利がある。心的イマージュは貧しいものだ。しかし異化作用を巧みに用いて、彼は知覚することなく見るように自分を条件づけているので——つまり彼は事物に襲われるがままになっているが、行為によってそれらの事物を実践的領野に入れることなく、また現実に追求している目的の現実的手段としてそれらを自分の企てに統合することもないので——ひとつの空、ひとつの生地のあらゆるニュアンスが、ひとつの儀式のあらゆる細部が、彼の外的想像力の素材として役立つことになるだろう。それらはその神秘的な不透明性や、手ざわりや、多様性を、彼の「世界観」(*Weltanschauung*)を構成するいくつかの抽象的な図式に提供するだろう。この「あらゆる感覚の組織的な錯乱[38]」——ランボーが実行しようとしたそれとはきわめて遠いが、同じように深いもの——によって、ジュールは大宇宙《マクロコスモス》と向かい合って生きる。なるほど最初のうちの彼は、まだ芸術作品を生み出してはいないが、精神の技法によって自分の経験を熱いうちに作り直すことで、世界を傑作として絶えず創造していけるように自分を操作する術を心得ている。この「芸術の観念、純粋芸術の観念」、それが意味するものをわれわれは今や理解する。それは想像力の帝国主義《アンペリアリスム》〔支配〕である。想像力は、現実を逃れるのではなく、現実に背き、現実を攻撃し、統合された全体性によって、現実を食いつくさせる。存在しないその全体性は、世界とも地獄ともまたは〈美〉とも呼ぶことができ、そして精妙な操作によって、のみ込まれた現実の意味〔サンス〕として、その深い真理として、示されるだろう。「ジュールは色彩を吸収し、実体と一つになり、精神に肉体を与え、物質を精神に変える。彼はひとの感じないものを知覚し、ひとの言うことの出来ないものを実感し、ひとの言い表わせぬものを語る。彼は、ひとの素描した思想や、不意に襲いくる稲妻を示す」。書かれた作品に関係する最後の二つの命題を別にすると、それ以外のものはすべて、見るという行為に、つまり、経験の方法的かつ即時的な転換に関係する。〈芸術〉は、驚くべきバランスに違いない。実際、脱現実化は現実がその新鮮さをいっさい失わないようにしなければならないし、それどころか現実の思いがけない面を開示しなければならない。同時に、大宇宙《マクロコスモス》の想像的現在化は、決して明瞭な照準の対象ではありえない。もし転換が完全に明晰であるなら、それは「起きないだろう」し、想像的なものと現実は、相容れないもの、分離したものに留まるだろう。実際のところ、驚いたり、見ているものの意味を探したりする以外に、意図して何かをしてはならないのである。そのとき技法が仕事を行ない、意味が現われるだろう——すでに出来事がイマージュに変換したあとであるから、その意味は想像的なものであり、また無限に曖昧である。なぜなら世界が感覚的なものの不透明性によって仲介されているかぎりにおいて、それは世界そのものになるのだから。この匙加減がどれほどの技量を必要とするかは自明である。いささかの明晰さといささかの無意識の配合。加えて、知覚を現実への愛によって「扱っている」と自覚しながらも、この操作が〈無〉への暗い情熱から生じていることを完全には忘れない仕方。大宇宙《マクロコスモス》の明らかな、しかしどんなわずかな仕草にも消え去ってしまうほど控えめな現前。示されてはいるが、決して明瞭に説明されない、陰影に富む「意味」。これは、誰も探しているように見えないときに現われるものであり、まるでひとが出来事やその内容の考察に没頭しているときに、おまけとして与えられるようなものだ。さらに、何も強いることなく、現実の葉脈によって脱現実化的発見を導く注意深い柔軟さ。こうした精神の操作における職人的巧みさゆえに、フローベールは、ジュールを芸術家と呼ぶことができるのである。

われわれは先ほど、フローベールにとって美的態度の絶対的根源は何であったかと考えた。彼はわれわれに答えてくれた。それは全体的な観念である、と。これをわれわれは次のような想像的確信であると理解しよう。全体は部分を高めると同時に消滅させるべく、部分のうちにそのものとして現前するという確信、さらにこの怪物じみた現前は、部分を存在と非存在の境界上に、つまり純粋な仮象の辺境《リンボ》において維持するという確信。しかし全体それ自体は結局〈無〉であるので、部分はその具体的豊かさによって、全体が部分に偽りの不安定さを与えるまさにその程度において、全体に偽りの堅牢さを与えるのである。

A　第三の基体

変身は完成したのだろうか。見るという行為はジュールをして、第一級の芸術家たらしめた。それによって彼は、厳密な意味での〈芸術〉に至ることが出来たのだろうか？　われわれは一八四〇年のアポリアに再び陥ったように思われる。なるほど、当時ギュスターヴは——少なくとも部分的には——まだ〈詩人〉だった。だがいずれにせよ、彼の恍惚は——現実界を忍耐強く崩すのではなく、現実界を回避するもので——伝達できない内容を有しており、彼の不幸は、その恍惚感を言説によって表現しようとすると、かならずそれを貧しいものにしてしまったり、歪めてしまったりすることにあった。ところで、彼の態度は四四年以来、根本的に変わったとはいえ、問題は依然として同じではないだろうか。いかにして見るという行為の直観を作品に、つまり非現実化作用の現実的中心に変えるか、いかにしてその直観を殺すことなく言語のうちに流し込むか、である。神経症による回心が完全に成功するとすれば、精神の作業としての個々の変換は、その外在化と客観化の道具を自ら作り出さなければならない。しかしある意味で、脱現実化の具体的な瞬間は、最初の発作の抽象的な反復のようなものである。ところで、この繰り返される死——現実の人生から人生の想像へのこの移行、厳密に主観的な操作、この主観性の選択と自閉症にまでいきつく非伝達《ノン・コミュニカシオン》の選択——どうしてこれが才能と呼ばれる伝達の王道によって客観化されるという約束をそのうちに含んでいるのだろうか。全く逆に、伝達できないものとしての想像界の選択と、文学という芸術の要求、つまり言説を重層的に決定する能力——これは意味の伝達によって人間同士を結びつけると主張する——この間に矛盾があるとは言えないだろうか。夢想家、自分の死を夢見る脱人間化した人間は、必ずしも発話者ではない。それどころか、彼は発話者にはなれそうもない。さらに、受動的な行為者、つまり死に至るまで——根底的な非活動性が彼に世界の〈美〉を開示する瞬間まで——自分自身の受動性を身に蒙っている者が、どうして文体のよき職人に脱皮できるだろうか。この職人とは、フローベールが当時の手紙の中で描いたように文を鉄床《かなとこ》の上で金槌で叩いて鍛え上げる者であり、〈芸術〉が仕事であり、活動であることの鮮やかな象徴なのだ。

フローベールはこの問題を意識している。『感情教育』の第二十六章（二十七章の誤記か）において、ジュールは、脱現実化の修業には慣れたものの、自分には文体が欠けていることを知っている。文体を獲得することが肝要なのだ。彼の方法とは、たくさん読み、優れた作者たちを吸収すること。要するに彼は、〈芸術〉に即座に通じる通路としての「この世界での死」から、修業と「長い忍耐」という考えに立ち戻ったのである。確かに、これは後退である。どうして折衷主義が原則の問題に答えを出せるだろうか。彼は――それが伝達可能であろうとなかろうと――偉大な死者たちが伝達したものを研究することで、言葉の内に自分自身の非伝達的なものを流し込むことができるだろうか。フローベールは書いている。「ジュールが望みとしていたのはルネッサンスの活力の何かを、新しい趣味の奥底にある古代の香りを添えて、十七世紀の明るく澄んで響きのよい散文のうちに再現し、さらに十八世紀の分析的な明確性や心理学的な深みや方法を加えていきたいということだった。それでいて、現代芸術の収穫も見逃すことなく、勿論、自分の時代の詩をも含めていきたいのだった。その詩については、彼は別の感じ方でうけとり、自分の欲求に従ってそれを拡張していた」。このテクストにおいてギュスターヴは、ホメロス、ラブレー、モリエール、ヴォルテールとルソー、バイロンといった自分の偏愛する作家たちを寄せ集め、それを差し出しているだけである。彼は自分のエクリチュールがこれらすべての要素の盛り合わせ料理であることを願っている。若い著者である彼が、自分でもたらすのは、調合の秘密だけになるだろう。彼は自分の深い直感を見失ったのだ。というのも他者たちの文体は、それがどんなものであれ、彼を苛むからだ。彼は魅惑され、羨望し、自分の内に、崇拝するそれぞれの作家を真似るというヒステリックな誘惑を抱く。彼の救いは作家たちの数と、彼らの企て《プロジェ》の違いである。そこで、彼は全員を凝縮し、自分の文が一杯のカクテルになることを夢想する。だが、モリエールに少量のバイロンを加えて引き立たせることが果たしてできるだろうか。

突然、すべてが一変する。ギュスターヴは、自分の問題を理解した。彼は、少し先で、いきなり、われわれに次のようなジュールを示す。「精神に肉体を与え、物質を精神に変える。彼はひとが感じないものを知覚し、ひとの言うことの出来ないものを感じとり、ひとの言い表わせぬものを語る……」。最後の二つの命題の間に、彼は意図して深淵を置いた。つまり、ひとが言うことの出来ないものを体験することで、ジュールは、原則として、あらゆる伝達の外に位置している。しかし、この深淵は突然、飛び越えられる。彼は、ひとの言い表わせないもの、つまりまさに彼の伝達不可能な経験を語るからである。第一の歩みと第二の歩みとの間に、テクストはいかなる媒介も暗示していない。ただ二つを並置するだけだ。しかしながら、われわれはルイーズ宛の書簡によって知っている、すべての問題はそこに存在する、ということを。つまり、語られねばならない言い表わし得ぬものがあり、彼が生涯『十一月』に対して愛情を持っていたのは、そこで幾度か、そのことをほのめかしたという気持があるからだ。つまり『感情教育』の最後で、フローベールは自分の楽観主義を示しているのである。ジュールは成功した、今や彼は言語を操るすべを知っている、というのだ。彼は「有限の絆から自分を解き放った」後で、言い表わし得ぬものが、文学の限界であるどころか、文学の唯一の対象であることに気づいたのである。

一つの語がわれわれに光を与える。ひとの言うことの出来ないものを感じ、ひとの言い表わせないものを物語る、にあるこのハイデッガー的なひと（*on*）とは、言語を自分の些細な目的のために役立てている大多数の人間のことである。もし文体が語のよりよい実践的な用法などではなく、まさに語の別の用法にすぎないとしたら？　ギュスターヴは子供の頃から、出来合いの文句や紋切り型の重みにつぶされながら、そう思っていたようだ。なぜ彼が子供の頃から、地口の練習に懸命になり、息苦しいほどそれに熱中したのか、それは漠たる予知による以外にわたしには説明がつかない。「最も気前のよさから遠いスペイン人とは？　ナバラの人である。なぜなら、ナバラで暮らしているのだから[1]。最も呆けたスイス人とは？　ユリにいる人である[2]」。妹やエルネストに宛てた彼の書簡は、地口にあふれている。彼がごく若かったからだという人もあるかもしれない。とんでもない。人生の最初から最後まで、彼は言葉遊びをして楽しんでいるのだ。死が近づいているときも、姪に次のように書いている。「私がドリュシュという名前だとしよう。そしたら私にこう言ってほしい。伯父さんは美男のドリュシュよ、と[3]」。こうした悪趣味の継続にはひとつの意味しかない。つまり、それがフローベールの気に入っていたのは、どの地口も、彼に言語の本質的な曖昧さをあらわにしたからであり、さらにそれは、当初は漠然としたものだったが、後には次第に明瞭に、文学作品のおおまかな象徴として現われたからだ。実際これは、コードの、そして最終的には話し言葉《パロール》一般の、ある種の不明確さに拠っているのである。つまり一つの同じ言説が、二つの水準において生じているのだ——つまり口頭と記述の水準で、これらは正確には一致することがない。書記記号〔文字〕、とりわけその組み合わせは、音素よりも数が多い——その結果、正確さをもって書かれた一つの情報に対して、ある場合には、複数の聞き取りが可能になる。われわれの古く、使い古された言語においてフローベールを喜ばせるのは、そこでも目でなんらかのメッセージを読みながら、それを伝えているつもりで、別のメッセージを口で伝えることが今なお可能であるということだ。地口は彼の宿命論を喜ばせる。彼は中学生なら誰でもするように、コルネイユのあまりに有名な欲望に関する詩句、成果が先送りされるとき欲望は高まる[4]、を笑ったことがある。またしても、人間の企てが物笑いにされているのであり、それというのも作者コルネイユは、自分の手段を選ぶために取った配慮そのものによって、目指した目的とは全く別の結末にいたることを余儀なくされたからである。たとえばライオス[5]は、自分を将来殺害するはずの者を抹殺するつもりで、この弑逆者が定められた場所、定められた時に、自分を殺さざるを得ないように、すべてを自ら整えてしまう。フローベールの下品な冗談にはサディズムがある。そして彼の言葉遊びは、発見であると同時に、話者の徹底的な挫折の暴露として示される。しかしまさにこの挫折の上にこそ、彼は文体を据える可能性をほのかに垣間見ているのである。彼を魅了するのは二重の意味である。彼の言葉遊びは書かれたものだ。ところで、彼のいたずら用小道具は発音の仕方に依存しており、目によって読まれるものに、異なる二つの意味作用が含まれているわけではない。エルネストは、最も気前の良さから遠いスペイン人とは？という問を把握している。相手は彼に回答と説明と称して、こう言う、ナバラの人だ、なぜなら……と。だが、そうした回答と説明は――自明なものとして提出されているものの――純粋な書記法の領域にとどまる限り、無意味（*non-sens*）に見える。無意味か、それとも探索への誘いか。この悪ふざけの若者はあまりの自信を示すので、文通相手は本当になにか理解すべきものがありはしないかといぶかる。そして実際、書かれた文のうちに、何かが底の方に存在し、それがわれわれを愚か者として差し示す。またはそれが書かれた文の価値を貶める。なぜなら書かれた文は自己充足していると主張しているが、実は不十分だからである。もちろん、わたしは誇張しているのであって、フローベールの言葉遊びは即座に理解される。それにしても、生まれつきの聾唖者は、もし読むことを学んでいたなら、ナバラの人に関するあらゆる情報を書物から引き出すことはできるが、まさにギュスターヴの問いへの答えだけは見つけることができないだろう。地口を理解することは素質構成のうえから彼に向いておらず、「なぜならナバラに住んでいるからだ」という説明は彼にとって無意味か、最後まで謎のままだろう。このように、フローベールを喜ばせるのは、答えが質問と同じ水準にないということである。一方は書いたもの《エクリチュール》の水準にあり、他方は口頭の読み《レクチュール・オラル》の水準にある。エルネストとカロリーヌは訓練を受けている。彼らは即座に、口頭のものである内的独白の水準に身を置く。この移行はかくも容易で、かくも自然なので、文もしくは語句の視覚面と聴覚面が――これらは実際、〈言葉〉（Verbe）の二つの契機であるが――その同時的な二つの次元として現われる。したがって、フローベールの文通相手は、満足すると同時に、してやられたという気持になる。満足というのは、理解がほぼ即座のものだからであり、してやられたというのは、自分のなかで言語が、変質ではないが、変貌させられたこと、言語が突然、これまで意味していなかったものを意味するようになり、そしてある形で、意味できないものでもあり続けていることを漠然と感じるからである。そしてとりわけこの新しい意味作用は――まるで別の言語のなかに姿を現わしたように見えるが――実は意味作用とは反対のものである。それは無意味である。もしくはお望みなら、それは自由に放置された言語、つまり人間なしの言語のなかで、絶えず生じるような、偽の意味作用と言ってもいい。地口は意図して作り出されたものではない（少なくともそのようなものとしては与えられない）、それは耳に聞きとられた言説の現実の一つの決定だが、ただし口頭の言語が、書かれた言説と正確に対応しつつ、また同時に口語の自律性の表明として、つまり発話者であるわれわれの他律性の表明として、地口を自発的に産みだしているのだ。さまざまな語は規則に基づいて結びつくが、もたらされた結果は非人間的な意味作用である。つまりわれわれにとっては不条理であり、言語にとっては自分の内部だけの自由な関係である。要するに、地口によってわれわれは、逆説としての言語を見出し、そしてまさにこの逆説の上に、ギュスターヴは書く〈芸術〉を据えなければならないと予感しているのである。なるほど彼は、その言葉遊びにおいて、エクリチュールの不完全性のなかで、その不完全性によって、書かれたものに対する口頭によるものの優位性の主張に喜びを見出している――後に彼は名文家として「口に心地よい」美しい語句を選び、それらを音の親和性によって結びつけてそうするのだが[*1]。しかし何よりも――しかもきわめて若いころから――彼を楽しませた気晴らしは、文にひとつの不在のものをつきまとわせることで、気になることわざ的な言い回しに対して、復讐することだった――この不在とは出された問いへの答えであると同時に、言語を使用する人びとに逆らって、自分自身の法則に従い自らを決定する言語そのものでもある――。また、意味作用を結びつけて、とらえ難い超-意味を作ることも、気晴らしとなる。その超-意味は明らかになるにつれて、〔意味を〕破壊するからだ。

＊1　しかしながら、地口は口頭によって伝達される場合、対話者が地口として理解するのは、ただ書かれた語のイマージュを参照することによってであるということは留意する必要がある。というのも、彼に与えられるのは、読まれる命題とは逆のものなのだから。彼の耳には、ナバルの人は吝嗇家として生きている、と聞こえる。なぜなら「最も気前の良さから遠いスペイン人」によって、テーマが導入されているからだ。そして彼が「言葉遊び」の目的である無意味《ノン・シニフィカシオン》を確定するのは、視覚上の想像物を介してなのである。

一八四四年の変身以後、実践的言語は彼にとって、広大な地口として現われる。すでに引用したものだが、少し後になって、彼がアルフレッドに宛てた手紙の中に書いている次の一節がそれである。「……ぼくはときおり、もっとも自然で、もっとも単純なことがらが語られるのを聞いて驚くことがある。もっとも平凡な語がぼくに特別な感嘆の念をもたらすことがある……君はときどき、自分の知らない外国語を話す人たちの会話に注意深く耳を傾けたことがあるかい。ぼくはまさにそうなんだ」。われわれはすでに、このように茫然とするいくつかの動機を示した（勝ち誇る常套句、そして他方では、回心、人間的な目的との決定的乖離）。さらにここではギュスターヴが言語に対して美的な位置をとっていることに注意する必要がある。「もっとも自然で、もっとも単純なことがら、もっとも平凡な語……」。これらの語句は一八四六年四月七日、ギュスターヴがマクシムに姪の洗礼式とその脱現実化の試みを語るときに繰り返されることになる。「それはとても単純で、とてもよく知られているものだが、ぼくは驚きから、立ち直れなかった」。目的は同一で、技法が隣接していることは明らかだ。ただし先の手紙では、脱現実化されているのは言語である。もちろん、フローベール自身が言っているように、ある種の発言の愚かさは彼を唖然とさせる。しかしそれは重要ではない。彼を呆然とさせるのは――つまり彼が自分を呆然とさせる役をになわせているのは――言語があるということではなく、ひとが話すということ、つまり言葉をその根源にある沈黙から引きはがして、それから日常のおしゃべりを作り出していることである。従って、彼は語句において、沈黙の部分以外には目もくれない。語は他の者たちがそれを使用している瞬間も、役に立たないものとして切り離され、それ自体として措定される。「もっとも平凡な語がぼくに特別な感嘆の念をもたらす」。「感嘆の念」はここでは「驚き」の単純な変型ではない。この言葉をもっとも強い意味で捉えなければならない。もっともよく知られた、もっとも「平凡な」語句も、未知のものとして姿を現わすのだ。それが音を発する対象としての独自性を開示するのは、フローベールが意味作用の短絡化を実行する限りにおいてである。語はまったく慣れ親しんだものとしてそこにあるが、呆然とさせる。それがもはやなにも意味していないからであり、ギュスターヴがそれを、意味されるもの、もしくは指示対象へと、乗り越えることを拒否しているからだ。しかしこの若者は、他の人たちが依然としてその物質的な不透明性を通して、なんらかの有限な現実、一つの道具、一つの実践を変わることなく目指しているということを、よくわきまえている。ただこの機能はもはや彼に関係がない。それは彼にとって非本質的なものになっている。こうして意味は音素の背後に退く。意味は他者性とプラクシスと有限性の世界を指示するものと化している。それ自体として措定されるのは、固有名詞の独自性であるか、またはひとつの文である。そして何よりもこれらの独自性は、語ることの可能性そのものを問い直す解決不可能な問題の核心として現われる。ギュスターヴが開けはなたれたドアから飛び込んできて彼に襲いかかる次のような言葉を前に、夢想している姿を思い描いても、彼を裏切ることにはならないだろうとわたしは思う。それは「天気がいい（Il fait beau）」[6]という言葉だ。この「彼（il）」とは誰か。それにどうやって「美をつくる（faire beau）」のか。「美」はここに何をしに来るのか。この「美しい」と、純粋観念に現われる美とは、どんな関係があるのか。もちろん彼は、何も気にすることなく、情報を理解している。暑さ、多少の日射し、雨は降らないだろう――そしてその実践面の含意として、コートはいらない、ということ。しかしこの二次的な機能は彼の目に、ただ、こうした語句の連鎖の奇妙さを強調する効果しかないのである。この三つの語とその関係のなかには、なんと多くの神秘があることか。この言い回し——明らかに理解不能で、われわれの言語の構造全体とフランス人の歴史、さらにはローマの歴史へとわれわれを送り返すもの——が、どうして他人の耳には、コートは家に置いていけという実践的な忠告に変わり得るのだろうか。彼はこう考える、もし人びとがこれらの語の言わんとすることを聞く代わりに、ただ単に語の言っていることのみを聞くなら、彼らもまた茫然として、もはや語ることもできないだろう、と。記号の歴史的奥行きと、記号のうちに現前する全体性としての言語が、意味作用そのものを疑問に付し、意味作用はつけたしで、それをもたらす言語物体とは月並みな約束事の関係しか持っていないように見える。しかし意味が消えていくのと同時に、言語物体は無縁の自立的な存在であるということが明確になり、話し手はそれを押しつけられる。実践的な人間は語らない、彼は語られるのだ。[*1] 言説は彼の内に、彼を介して、その規定を生み出していく。かくて話し手は、自分では気づくことさえない出来事の連鎖の劇場となる。フローベールはそれらの出来事を眺めている。彼はそれらをひとつの別の話しことば《パロール》として発見する。事実、実践的利害と有限の絆とから離れた者に対しても、「天気がいい」という文は依然として語っている。しかし、この奇妙な非人称主語の起源を知らない者、もしくは「彼が（il）」「美しくする（faire beau）」ことはできるが「醜くする（faire laid）」ことはできないという、言い方を知らない者は、どうして理解できるだろうか。この水準において、意味作用——これは超越である——は、三つの語句の内在的で解読不能な統一である意味《サンス》に取って代わられる。ギュスターヴが家族内で、自分の理解できない「外国語を注意深く聴いている」と主張するとき、もちろん、彼は自分の関心をひかない話題にかんするフローベール家の議論のことを暗示しているのだ。しかし、それは重要ではない。外国語（langue étrangère）というのは実際のところ——地口におけるのと同様に——無縁のもの（étranger）として把握された言語である。(7) 次々と表われる言葉のまとまりは、リズム、口調、区切り、抑揚が示す通り、明らかに意味《サンス》を備えている。だが意思の疎通はそこで停止している。実を言うと、ここで姿を現わしたのは、人間なき言語である。それを見出すためには、人類としての活動をいったん拒絶し、言語の前に単なる受動性の状態で身を置くだけでいい。そのとき、たとえ理解できるものは何もなくとも、すべてが示唆される。語はその美をあらわにする。音や図像的配置は、暗示的に別の体験を、別の感覚を、色を、味わいを、多くの判然としない思い出を喚起する。どの細部も孤立していない。すべては、多様な相互浸透のぼんやりとした統一のうちに一緒に与えられる。その統一こそが、語句にその深い物質性とその不透明性を与えるのである。

＊1　これは少なくともフローベールの意見である。実を言うと、事はさらに複雑である。人間は語る限りにおいてのみ「語られ

> ている」――そして逆も同様である。そこには弁証法的関係があるが、それは今日忘れられがちである。言語は実践的‐惰性態の一部門である。言語には何にもまして、弁証法的法則を適用できる。人間は事物が人間同士の媒介である限りにおいて、物質的事物間の媒介だからだ。

　あらゆる有限の事物の想像的骨組みと考えられた超限を前にして、ギュスターヴが感じる疎隔を、われわれはここで、〈言葉〉に関しても、再び見出す。実際、言語の奇妙な両義性があるのだ。言語は、もし統一された全体性としてとらえれば、ひとつの存在である――存在の表現ではない――。そしてもし、その個別の規定の一つひとつの目的と本質が、意味することであるとしても、言語そのものはその有機的な統一において意味しないものである。まるで〈言葉〉は沈黙であり、個別化されることで、ことば《パロール》と化すように。ここで、疎隔は、超限である「歴史‐自然」が個別的契機のそれぞれに現前するのと同様に、全体がその部分の一つひとつに現前することから来る。このように、意味論的全体をもう一つの新たな超限と見なすならば、あらゆる「言い回し」の深層は沈黙となるだろう。もっとも、この超限はそれほど新しいものだろうか。ギュスターヴとジュールを、大宇宙《マクロコスモス》と、全体性としての〈言葉〉との面前に、つまり両者の外部におくのも、同じ一つの歩みではないだろうか。いずれにせよ確実なことは、これら二つの深層が厳密な親近性を持っていること、そしてあらゆることば《パロール》に現われる沈黙は――全体が部分より上位の優越した意味《サンス》であるのと同様――、世界を意味することは決してありえないのだけれども、世界との相互的な象徴化の関係にあるということである。別の言い方をすると、ただ一度の回心を代償として、内容と形式は分け難い統一の内にともに現われるのである。

　こうした次第であるなら、ギュスターヴの楽観主義は、もっともな理由の上に立っていることになる。文体とはまず充実ではない、つまり言葉の蓄えや、表現の卓抜さに満ち溢れていることではない。要するに、そこに天賦の才を見てはならない。そうではなく、言語に対する一つの態度を見るべきであって、その態度は必然的に変身から――つまり彼が一八四四年一月に自分自身と世界と人生に対してとった根本的態度から――生じ、また変身を反映している。文体が雄弁の断念から生まれるのは、「純粋〈芸術〉の観念」が情熱と人生の断念から生まれるのと同様である。別の言葉で言うと――あとになってどんなに豊かなものがそこに見出されようと――文体の始まりは剝奪にある。これは予想できていたことだ。実践的な言語の機能はある種の関係を（情報の伝達などによって）、共通の目的によって結びつけられた同一種のメンバー間に打ち立てることにある。これらの目的はメンバーたちを近づけもすれば遠ざけもするものだが、こうした目的を諦めることで、ギュスターヴは言語の外部に身を置くのである。実践的なものとしての言語は、目的との関係で規定されるからだ。したがって彼は、離れた位置から、自分には属していないものとして、〈言葉〉の領野を発見する。彼は自分の過去の誤りに気付く。情熱によって「人生に詩を注ぎ込む」ことを願うあまり、こうした雄弁の反応を芸術家のエクリチュールと勘違いしていたのだ。そのような雄弁は「人間の本性」をその普遍性において表現するどころか、いまだに〈生体験〉の性質を持ち、そこにあるパトス的なものを伝えようとするものである。嘆きや荒々しい呼びかけの言葉で中断されるこうした長台詞は、気分や猛り狂った欲動に支配されており、「支離滅裂な叙述」や、その過剰さのなかにさえ、感情性の産み出した効果が残っている。「距離をとること」〈異化効果〉がないので、長台詞は経験した感情を伝える〈共有させる〉ことを目指すが、その描写に失敗する。崩壊と跳ね返り《リバウンド》が、ギュスターヴを有限の絆から引き離したとき、同時にそれは彼に〈言葉〉をその全体化された無限性のうちにあらわにした。こうして芸術家の文体は、言語の脱現実化として現われる。語は有限の存在者によって、自分たちの有限性への気遣いを表現するために使われるなら、その実践的使用において有限の道具である。つまり、その機能そのものによって限定された道具である。ここに語の現実がある。それぞれの語は言語全体を指し示すが、現実的な現前としての言語は、それを限定的な目的に利用する有限の人間たちに自らを与えると同時に、彼らから逃れてしまう。しかしもはやそれを使用する理由を持たない者にとって、言語は、いかなる実践的有用性もない全体として、非現実的に開示される。[*1] そしてこのことから、この全体は存在として、プラクシスが言語に付与しようとする有限の規定の一つひとつに異議を唱えるのである。

＊1　ここで問題にしているのは、詩的なカタルシスであって、言語学者による、構造化された全体性としての示差性による言語の復元ではない。

一八四四年の苦行によってギュスターヴは、自分が文体の問題を逆に考えていたことを突然理解した。彼がずっと以前から嘆いていたのは、語ではプラム・プディングの味わいを、つまりは裸の感覚を表わせないということだった。しかし、それはまだ彼が世界と言語の「生真面目なもの」のうちに、余りに入れ込みすぎていたからだった。誤りは二重だったと、今や彼は考える。一方で彼は語句に、意味するものとして、原則的に意味の領域を逃れるもの、感覚的なものの質的内容を表現するように求めていた。他方で彼は、この時期にはすでにその全体化の志向によって、宇宙には統一があることをぼんやり予感していたが、まだ脱現実化の恒常的要因としての超限を具体的現実のうちに降ろしてきてはいなかった。別の言い方をすると、彼はまだ、感覚的なものの「言い表わし得ぬ」深層と、全体がその部分の一つひとつに現前することとを同一視していなかった。このように彼は絶えず、抽象――統一の総合的観念――から、感覚の無限の多様性へと移行していた。その当時に彼が文体を持っていないことを嘆いていたのは——彼が思い込んでいたのとは反対に——天賦の才が彼に欠けていたからではない、もしくは単にそれだけではない。何よりもまず、彼が語りたかった対象——具体的な多数性なき〈一者〉、もしくは超限的統一なき多様なもの——は、「芸術的文章」によっては扱えないものだったからだ。書く前に、完全な変身を遂行することが必要だったのであり、すっかり想像的なものになりきって、言い表わし得ぬものの全的で脱現実的な経験をすること、つまり方法的な修業によって感覚的なもののうちに超限を把握することが必要だったのだ。同時に、実践的言語は——宇宙〔コスモス〕をその統一性のうちに表現するようにはできておらず——全く役立たないことを把握したうえで、にもかかわらずそれが文学作品の唯一可能な素材であることを認めることが必要だった。そこから、文体の観念が明らかになる。すなわちそれは実践《プラクシス》から言説の分節を取り戻すことを目指す、素材の独特の扱いのことであり、もともと言われ得ることをより巧みに——より優雅に、より正確に——語るためではなく、全く逆に、当然のことながら言葉からすり抜けてしまうものを、言葉のなんらかの用法によって固定するためのものである。文体とは——彼が後に語るように——絶対的な視点である。なぜならそれは、有限のただなかで超限の現前を示唆し、相対的なもののうちに絶対的なものの現前を示唆するために言説を構成するのであるから。フローベールの目には、実践的言語——唯一の現実の言語——における意味するものと意味されるものの関係は——少なくとも原則的には——直接的なものに見える。つまり文または語句を介して、わたしは明らかに対象、出来事、概念を目指しているのだ。文学が始まるのは、言語を盗み出し、これをその目的からそらし、直接的な意味作用は放棄しないまま、それを分節できないものを現前化する手段にするという決断を下すときである。わたしは「現前化する」（*présentifier*）と言ったが、それはフローベールによれば、分節できないものを示さずに、見せ、聞かせることが必要であるからだ。それは言説のうちに——もしわたしが読んでいるのなら聞きとれるものとして、もし人がわたしに朗読してくれているのなら、見えるものとして——語と文の内在的で最高の統一として現われるだろう。しかしそれは——現前しながらも解読不可能なものとして——附随的にしか出現しえないだろう。つまり、直接的な意味作用が保たれ、読者がメッセージの解読とそこからの最大限の意味の獲得という実践的な努力に没頭しているときにしか出現しないだろう。実を言うと、それはトリックなのである。つまり意義《サンス》が読者に現われるのは、読者が取りかかるようにと求められて、読書の最初から最後まで続ける実践的作業を通してなのだが、その作業自体は、読者の目の前でその意に反して崩壊し、おのずとそれが空虚（inanité）であることを示すからだ。もちろんこの罠は組み立てられるであろう。意味は、物語や、挿話の素描《エスキース》であるように、したがって、絶えず最初の動機づけとして視界に留まるように、選ばれるだろう。読者は物語を知るために読むことになるのだ。だが、それと同時に芸術家は、世界と言語に対して距離をとり、それを保つことによって、それらの意味を意味しないもの〔無意味《アンシニフィアンス》〕として保持するのである。このように「芸術家的」読解にとっての直接的だが非本質的な対象である意味作用の総合（これから何が起きるのかという問いへの前進的な回答と期待）は、情熱なく行なわれ、その結果、非本質的なものと化していく。そのため、内在的言語すなわち「意義《サンス》」が――ほとんど主体の知らない間に――〈言葉〉の真理とその本質的目的として現実化されるのである。

われわれが見てきたように、すでにずっと以前からギュスターヴは、語を物のように愛し、自分の夢を現前化するためにその物質性を用いていた。「ぼくはシナとよばれている黄色の国に行くのだ……猛り狂うマラバルと、人が殺し合うその踊りが見たい……カルカッタでコレラのために死ぬか、もしくはコンスタンチノープルでペストのために死んでしまいたい……」(8)。しかしこれまでのところ、それは原理も方法も欠いた好みの問題でしかなく、しかも常に雄弁へと向かう手に負えない性癖に押されぎみだった。今や彼ははっきりとした見通しを持つ。文体――彼の文体――は、言い表わし得ぬものを附随的に表現するために、言説の非意味的な要素を組織的に用いることによって鍛え上げられることになるだろう。われわれが先に述べたように、言語の実践的で個別的な現勢化はどれもこれも、意味するかたまりとして構成され、外部の対象を指示するために自らは消えるが、その全体性において把握された言語は一つの存在であり、つまり自らのみを指し示す構造化された現実である。フローベールが自分の文体を作り出したのは、意味作用を通してこの存在を、部分のそれぞれに内在する全体として浮かび上がらせようと決断したときである。そのことによって、彼は言説のうちに、宇宙《コスモス》がその有限の形の一つひとつにおいて、沈黙のまま出現するのをわれわれに見せることになる。もしくはお望みなら、超限としてすでに全体化された言語が世界になり、もうひとつの超限である時‐空を形象化する、とも言えるだろう。文体はフローベールにとって、永遠の二分化を、つまり意義《サンス》と意味作用《シニフィカシオン》の絶えざる弁証法を要求するのである。単なる「美しい」語の蒐集では、探求の目的、つまり世界の有限の現われを通して世界の肉をあらわにすることという目的には、到達できないだろう。ひとが語の「美しい」物質性を通して、物の深層を感じるためには、対象が明白に目指されていることが不可欠である。この点でフローベールは同時代の画家たちに似ている。彼らは色を燃えあがらせ、それを色とは別のもの、色以上のものにするために、「主題」――それが単なる静物であれ――を必要としたが、その主要な目的は、意味（扱ったテーマ）を通して、非意味的な造形的存在を、色価《ヴァルール》と色調の組み合わせである何らかのものを、あらわにすることであった。

　わたしは他のところで、ゴルゴダの丘の上空の黄色い裂け目について語ったことがあるが[9]、その裂け目が描かれたのは、苦悩を意味するためでも、それを喚起するためでもない。それは、ヴェロネーゼの画布の中で、「ものになった苦悩である。その苦悩は、空の黄色い裂け目と化し、同時に、それは……事物に固有の性質によって、その不浸透性によって、広がりや絶対的不変性によって厚く塗られており、もはや全く読み取り不能である」。だが、言い添えなければならない、もし、選ばれた意味（キリストの磔刑）が主題系〔テマチック〕として役立っておらず、この息苦しい色合いの暗い恐怖を現実化していないなら、この黄色い裂け目は、苦悩というその内在的意義〔サンス〕さえも失ってしまうであろう、と。この黄色は、それ自体ではあまりに曖昧なままになり、そこに「ものになった苦悩」を見ることさえできないだろう。もし「非具象の《ノン・フィギュラティフ》」絵画の上で、他の色と結びついていたら、この黄色は、その色価《ヴァルール》を全体から引き出すだろうし、それはもはや、全体性 - オブジェの美的な一決定でしかないであろう。*1 後に画家と鑑賞者の絵画に対する態度に根本的な変化があって、絵画は——少なくともしばらくの間——単純なものになり、存在と記号の弁証法を、無益なもの、もしくは文学的なものとして捨て去ることになるだろう。しかしフローベールの時代には、ドラクロワがこの点についてヴェロネーゼと別の考えを持っていたわけではない。これに反してまったく新しいのは、フローベールの目をくらませるこの突然の明証である。すなわち、作家が文体に到達し得るのは、画家が描くように、つまり自分の企てを同時に二つの面で、どちらも見失うことなく、また両者の動的な関係も見失しなわずに追い求めながら、書くことに向かうときなのだ。なるほど、彼がこのような仕方で自分の考えを明確にまとめたことは、一度もない。しかし、もし彼が〈芸術〉の一体性に確信を持っていなかったとしたら、「芸術家」たらんとするために、これほどの忍耐を積み重ねただろうか。こうした考えは広まっており、この頃、パリでは、ゴンクール兄弟もまた、「芸術的文章《エクリチュール・アルチスト》」を夢想しはじめている。しかし彼らには、ノルマンディの荷馬のような鈍さ、頑固さ、深みがなかった。彼らは画家からその語彙を盗んだだけだった。本当の転倒はフローベールからやって来る。しかしその転倒の射程を測り、確定しなければならない。

*1　ここの手短な指摘は、タシスムや、アクション・ペインティング（act-painting）や、ルベロルの作品を考慮に入れていない。わたしは別のところで自分の考えを述べている[10]。

〈言葉〉のこうした存在は、常にそこにある。ジュールダン氏の散文のなかにさえもある。命題がどうであれ、それはあらゆる水準において、さまざまな関係の体系を前提としており、その体系は可能な言説の全体性に他ならない。つまり一つの言語《ラング》であり、音素から語彙素まで上がっていくピラミッドであって、その一つひとつの層はすぐ上の層に比べて、非意味的なものとして現われる。これは前々から分かっていたことで、フローベールを待たずとも、「美しい」散文のうちに言語の意味以外の要素を探求すること、そこから散文のリズムと音楽性を生み出すことは行なわれていた。ある一つの語句の特異性、豪華さ、歴史的な奥行き――つまり語彙がその歴史からなおもとどめているもの――どれもが、どの時代においても、作家がその語を採用するための動機になる。*1 要するに、程度の差はあれ〈言葉〉の物質性を意識して用いることなく書いた者など一人もいないのであり、ただ単にそこにあるというこの存在《エートル・ラ》を乗り越えて、志向的狙いは名指した事物の沈黙の不透明性へと向かうのである。しかしまず注意しなければならないのは、語っているのがジュールダン氏の場合、部分における全体の現前は、現実化していないということである。彼の言説は示差的なものであり、それゆえ、それは全体化される限りにおいて、全体化する。ことば《パロール》のこの二つの側面は、できあがった全体性よりも、常に進行中の二重の全体化作用を指し示す。フローベールにとって言語は超限である。つまりジュールは実行された全体化作用の外に立っており、このことは――後にわれわれはまたこれにふれるが――言語の総体《アンサンブル》との想像的関係を含んでいる。フローベールはそれを強く意識している。なぜなら彼は身近なひとの話を聞くときに、意味を掻き落して、その意味の下に、また意味に逆らって、「外国語としての」言語を見出すこと、つまり話し手にとっては非意味的な存在の層を、超意味的なものとして把握するのを楽しんだからである。この作業はきわめて正確に、彼がカロリーヌの洗礼式の時にしたことに似ている。そこでの彼は人びとを物にしてしまい、彼らの話や振る舞いの無意味さを明らかにし（司祭は文字通り、自分が何を語っているのか分かっていない）、石の物質性のうちにさえ凝固した意義《サンス》を見出すことで、石を人間化していたのである。語る者も、文字通り、口にしているのが天気の話であれ、公務であれ、自分が何を語っているのか知らないのだ。ギュスターヴにとって、それは言語の表層的水準に立っていることを意味する。しかしながら、彼の母や兄が、まったく無意識のうちに決まり文句を交わすとき、彼らは能動的な発話者であり、彼らの言葉は、言語の全体性を深いところでかき混ぜているのだ。弟のフローベールは、じっとしたまま、受動的に、脱現実化の夢を追い、次のような役割の逆転を楽しんでいる。すなわちフローベール夫人と長男のアシルは――司祭や観客と同様に――生命のない操り人形であり、言語がその物質性において彼らを動かしているのである。二重の意味でそうなのだ。つまり、言語は彼らに紋切り型を課し、それによって、自分のすべてを、その秘法にいたるまで、語らせるのである。だがギュスターヴは、言語の唯一の与えられた現実は実践的なものであることをよく知っている。この理由から、発話者たちの物化と〈ロゴス〉の生きた深い人格化が与えられるのは、ただ、想像的なものによって蝕まれた受動的行為者に対してだけなのだ。そして、彼の試み――明白で無意味な意味作用を、言語が非‐意味的なその深層、超限としてのその全体的意味〔サンス〕において、姿を現わすために選んだ手段として把握すること――、これは一語一語、彼が文体について持つ考えに対応する（ただし〈芸術家〉は自分がしていることに意識的になる、という点は別である）。このことからして、怨恨《ルサンチマン》から生まれた文体が、フローベールにとって、なによりもことば《パロール》の組織的な脱現実化であるということが理解できるのである。

＊1　それ以上のことを可能にする言語もある。日本では三島が、多くの作家に続いて、単語をその造形的な美しさからも選んでいる。

そのうえ、古典主義の世紀の大作家たちの場合、散文は――フィクションにおいてさえも――その実践的な機能を保っている。それは意思疎通《コミュニカシオン》の手段である。モリエールの登場人物たちは、彼らのうちで意思疎通を行ない、彼らを介してモリエールは、観客と意思疎通を行なう。もちろん、彼らは事実を隠したり、ねじ曲げたり、老いぼれや愚か者をだますこともあるが、これらの嘘さえも、作者と観客においては、〈真理〉は常に「言い表わし得る」という確信を前提としている。これはあらゆる古典文学の原理である。すなわち言語は思考と区別されるが、思考を適切に表現することができるのである。

よく分かっていることは明瞭に語られ、
それを告げる語は容易に浮かんでくる。（ボワロー『詩法』。第一篇。一五三―一五四行）

この観点からすると、散文の楽しみは、表現された内容になにも付け加えない。ここではアリストテレスをもじって、[11]「快楽が〔言語〕行為に対して持つ関係は、若い盛りが若さに対して持つ関係に等しい」と言わなければならないだろう。フェヌロンの音楽性は高く評価されるが、彼の文章の調和《ハーモニー》は意味の要素ではない。それはメロディーのようにひとを魅了する。たしかに、作者は言語の物質性に働きかける。文は、流れるように、律動的になるだろう。作者は強拍と弱拍を適切に繰り出すように心がけ、不協和音をさけ、快い音《ユーフォニー》を探し求めるといったことさえするだろう。繰り返しを排除し、同義語を広く用いるだろう。つまり、表現内容にとっては、いかなる利点もないけれども、形に変化をつけるだろう。ペン先にうっかり出てきてしまった十二音綴《アレクサンドラン》を慎重に取り除いて、「詩句が入りこんだ散文」[12]を読者に提供しないようにするだろう。しかしこうした労苦の一切は――少なくとも意識の水準では――消極的な、そして結局のところ、儀礼的な前提条件である。視覚、聴覚に不快感を与えないようにするためだ。また気に入られるためでもある。エクリチュールは依然として、良家の人たちの社交的な行為なのだ。従って、彫琢は古典的文体のもっとも表層的な面にすぎない。なぜなら古典的文体は非伝達《ノン・コミュニカシオン》を克服する手段などではなく、普遍的な透明性の内部で生み出されていくもの、詳細には入ることなく、手段の節約によって定義されるものだからだ。パスカルの言葉、「私には短くする時間がなかった」[13]は、文体の好例を提供するだけではなく、十七世紀の作家の関心事をかなりよく示している。文は思考の要約を提供しなければならないのだ。最も少ない言葉で、最も多くの事柄を表現すること、これは用語をある形で結びつけ、命題のなかに占める語の場所を選ぶことによって、語の意味を引き立てることだ。この語の選択を極度の厳密さで行なう結果、一つひとつの語が他の語によって引き立てられ、先鋭化される。啓蒙の諸世紀では、感情と愛情は原則としてつねに伝達可能であると仮定されており、作家は自分の思想を表現するのに千通りの仕方があるが、そのなかの一つだけが書かれるに値すると確信していた。もっとも経済的なものがそれである。しかし、その文においては、ひとつの明確な観念に対して、言葉の数は可能なかぎり少なくなければならないから、個々の語は、他の複数の語の価値を持つ必要があった。こういうことが想定可能なのは、厳密な構成によって、一つひとつの語にすべての語を介して、超意味的なある種の力が与えられるときだけである。そのために、古典主義時代の作家たちは、たとえば、逆説に霊感を求めた。この観念の遊びは、彼らの文体にとって、後のフローベールの文体にとっての言葉遊びと同じ関係である。逆説めいたものは読者に、一見したところ曖昧さを伴って提供されるが、その曖昧さは読者の眼差しのもとで解消されていく。他の短縮法もいくらでも可能である。いずれも結果としてわれわれに、普遍的な透明性のただなかでの、偽の伝達不可能なものを与えるが、それは絶対的な伝達《コミュニカシオン》の光り輝くエーテルのなかで徐々に希薄になっていく。なぜ、こうした節約への配慮が、われわれをある種の美に近づけるのか、それをここで説明するのは、あまりに長くなってしまうだろう。わたしは単に目的と手段を指摘するにとどめておく。

　フローベールの革命は、子供の時から言語を疑っていたこの作家が、古典主義時代の作家とは逆に、生体験の伝達不可能性の原則を立てることから始めたことに由来する。この態度の理由は、彼においては、主観的であると同時に歴史的なものである。われわれは、言葉が彼にとって幼少時からどのようなものだったかを、すでに知っている。しかし、もし問題が時代に属していなかったら、もし先行する世代が、情熱を歌いながら、主観性を強調することをしなかったら、彼は言語との否定的関係を文体の肯定的な考え方へと変換することはできなかっただろう。ロマン派のパトスには、意味されるものの置き換えが伴う。もはや情念を厳密な分節と概念化可能な契機をそなえた過程として記述するのが問題なのではなく、生きられた現実としての情念の意味を表現するための言葉を見つけることが問題なのである。

実を言えば、ロマン派の大作家たちは——いくつかの例外的ケースをのぞいて——この問題を明白にしていない。十八世紀の文体を壊し、修正し、それまで「禁じられていた」語彙によって文体を豊かにしつつも、彼らはその問いにこたえる役目を、自分の甥たちに残した。四〇年代の若きロマン派以降の若者たちに提起された問題とは、次のようなものである。もし、ロマネスクな散文の目的が、もはやエクリチュールによって、分析的心理学の成果を定着することでないならば、[*1]別の言い方をすると、もし、語がもはや、概念の暗示的意味《コノテーション》と明示的意味《デノテーション》のために用いられるのではなく、まったく反対に、小説家は、生きられたもの、感じられたものを、そのまま、つまりそれが概念化可能ではないものとして表現するのが望ましいのならば、言語をこの新たな文学的使命にどのように適応させるべきなのだろうか？　もちろん、ここでわれわれは伝達し得ないものにぶつかる。なぜなら、わたしはともかく自分の苦悩や喜びを名指すことはでき、その原因によってこれを知らせることは可能だが、その独自な味わいを伝えることはできないからだ。しかし、ロマン派がその後継者たちに強調したように、もし問題なのがこの味わいそのものであるなら、さらにもし、感覚的なものが、その特異性そのものにおいて、概念化はできないが、客観的な構造を主観性の中心に保持しているのなら（「プラム・プディング」の味わいは体験された非概念的な独自性であると同時に、それを感じたことのあるすべての人において、その思い出を喚起することのできる共通感覚でもある）、この伝達し得ないものはそれでもやはり、ある種のやり方で伝えることができるのである。人は言うかもしれない、言語を情報の手段にするのを諦めなければならない、と。もしくは、いずれにせよ、情報的機能を分有〔融即〕[14]とでも呼ぶことができる新しい機能に従属させなければならない、と。別の言い方をすると、プラム・プディングの味わいを単に名指すのではなく、それを感じさせなければならないのだ。読んだ文がこの新しい役割を完全にはたすことができるとしたら、それはこの文が、この食べ物とその消費を結ぶ概念の絆を意味しつつも、読者の目から心にはいってくる味わいそのものであるときだろう。こうした文学的志向の変化が明らかになるのは、権力にある階級が個人主義を強調する時であることに人は気づくだろう。個人を価値あるものとすることは、自ずから「人間存在には入り込むことができない」という断定を含んでいる。したがって、「自然」言語は深層における意思疎通のためにできているのではないのだが、しかしそれはこの言語の使命でなければならないだろう。なぜなら伝達できないもの——つまり特異質——は、このイデオロギーにおいて、根本的な価値なのであるから。漠然と感じられていたこの矛盾は、多くのロマン派が口にした気高い孤独の言語的な基盤であると、誇張なく言えるだろう。彼らは自分が理解されていないと公言する。というのも彼らのエクリチュールがどれほど見事であっても、それは彼らが感じたものを感じさせることに失敗するからだ。そして彼らにとって否定的限界であるものを、四〇年代の若き作家たちは――ボードレールと呼ばれようと、フローベールと呼ばれようと――言語の反自然（*antiphysis*）を作り出す積極的な誘いとして見る。実践的な言説を転倒させることが問題であり、さらにその言説を言い表わせないものとの関わりで、その存在に働きかけることによって、記号を十二分に用いつつ、いかなる概念的な意味も伝えない意思疎通を超える沈黙のものを提示する言説たらしめることが問題なのだ。

＊1　バンジャマン・コンスタンにおけるケースもまたこれである――だがすでに、『アドルフ』と『赤い手帳』は深い矛盾を示しており、分析を、したがって概念を乗り越えるための絶え間ない努力から、その奥行きを引き出している。

筋金入りの個人主義者であるボードレールは、自分の解決策を詩の転覆のうちに見出す。しかし彼は自分がしていることに明白な意識を持っていなかった。このことが十九世紀最大の詩人の一人のうちに、ほとんど彼のすべての詩のうちに、〔ルコント・〕ド・リールでも書けたような多くのひどい詩句があることを説明している。彼はたえず意義《サンス》と意味作用の間で揺れている。ギュスターヴの場合、四四年には、考えがもっとはっきりしている。文体は言い表わせないものを言語の非現実化によって伝える、というのだ。この問題が彼のうちに定式化されたとしても、驚くべきものはなにもない。この若者は自分を愛しておらず、個人主義者ではないけれども、ブルジョワ的個人主義の環境に生きており、彼の父親が――農民の血筋にもかかわらず――その見事な一例を示しているからだ。ところで彼は、異常という名前のもとに、ある種の根底的な非適応性を内面化するべく強いられた。この異常は、伝達可能ではない。その理由は、それが何も語るべきことなどないつまらぬ存在であるからだ。それでも彼はこの異常を、恥辱と怒りのうちに、ときには誇りのうちに生きる。彼が語りたいのはこの異常なのだ。それに喜びを見出すためではない。それは彼をおののかせる。むしろ、すでにわれわれが見たように、他のひとたちにそれを伝染させるためだ。『スマール』以来、彼は明らかに堕落させる文体を夢見ていた。この時期、彼はひとを堕落している。いったい彼は猥褻《わいせつ》な挿話を語り、みだらな場面を描写することで、人びとを退廃させるのだろうか。その通りだが、この視点からすると、われわれは意味作用の領域にとどまっている。だがそれは、文体が美しいという条件においてであり、つまり言説が、その内的性質によって、その存在に施された作業によって、それ自体が心を乱すものであるという条件においてである。『シャルトルー修道会の受付係修道士[15]』を書き直すことが問題ではない。生み出した文の言い表わしがたい独自性によって、堕落〔倒錯〕をまるで毒のように精神のうちに流し込むことが問題なのだ。しかしながら、当時、彼はどのようにすべきか知らなかった。彼が知っているすべてのことは目的であり——きみたちは私を卑劣漢にした、私はこの卑劣さを私の散文の美によって、きみたちに摑ませてやろう、きみたちを私よりも下劣にしてやろう——手段ではなかった。四四年、彼にはいまだにためらいが生まれる。われわれは、彼が再び折衷主義に陥るのを見た。しかしそれは、発見をする者が誰でもそうするように、一時的な気後れにすぎなかった。彼らは精神的な習慣のために、常に発見の高みに身を持することが出来ないのである。それを納得するためには、前に引いた一節（本書二二五ページ、上段）のすぐあとに続く次の段落を読めば十分である。「彼は心から……この壮大な文体研究に入った。彼は観念の誕生と同時に、観念が溶けこんでいる形式を観察した。両者は平行し、相互にぴったり適合して、神秘的に発展していく。これは神々しい融合であり、そこでは精神が物質を同化して、物質を自分と同様に永遠のものとしている。だがそうした秘密は語られず、その秘密のいくつかなりとも知るためには、すでに多くの秘密を知っていなくてはならないのだ」。精神が物質を同化するのだろうか、それとも物質がその惰性的な永遠性を伝えて、精神を同化するのだろうか。いずれにせよ、確実なのは彼の企てである。具体的な事物の肌理《きめ》のうちに無限の〈全体〉——同時に物質でもあれば無でもあるもの——の現前を捉え、さらにその把握を——言説の内在的な意義として——伝えるべく、言語をその物質性のうちに扱うことである。この水準においては、もはや規則はない。各人は自分の規則を作り出さなければならない。〈唯一のもの〉は〈唯一のもの〉によって伝えられる。ギュスターヴは同じ段落のなかで、「すべての〈詩法〉」を断罪している。＊1 もし各人の目標が、その言い表わし得ない特異質を「自分の才能の独特な性格に従って、それなくしては作品の特殊性がありえないような具体的で唯一の形式のもとで」、言語のなかに客観化することに他ならないなら、どうしてモデルを示すことなどできよう。〈芸術〉が困難なのは、それぞれの芸術家が秘訣も安全網《ネット》もないまま仕事をし、各人にとってすべては作り出されるべきものであるからだ。こういうことは、われわれが検討したばかりの折衷的な主張に対する静かな反駁になっている。ギュスターヴは、大宇宙《マクロコスモス》と自分との、異常だが普遍的な関係を表現するために、いかなる修辞法《レトリック》にも頼ることはできない。そうした修辞法はすべて、言語の実践的機能に基づいており、彼に言語の反自然を実現するすべを教えることはできないからである。唯一の規則——彼の規則ではあるが、むしろ抽象的な命令のようにも見える規則——とは、すなわち、世界とお前自身が、視野の相互性の内に互いを言説の沈黙の意義《サンス》として見出すように書け、というものである。

＊1　同時に彼は自分の詩法を得意になって開陳する。

ここからわれわれは、ジュールが行ない、ギュスターヴが行なおうとする読書の本当の意味を理解することができる。しかも、彼はわれわれに手がかりを与えてくれる。「立派な作品を心をこめてじっくり見つめ、それを生みだした原理を吸収し、さらにその美について、それらの作品が示し、開陳している真理にかんして、その力について、それぞれを切り離して見ることで、彼は独自性とは何か、天才とは何かを理解した……」。彼は大作家を読み、彼らのうちに創造の契機をとらえようした。その一人一人において、この契機は独自なもので、したがって真似のできないものであり、それはモデルにも、範例にも使うことができなかった。ただ、どの作家も、その独自性において、観念と表現とのなんらかの関係を問題にしていた。ギュスターヴが自分自身の回答を出す前に、飽くまで特殊なそれぞれの解決策を通して把握したのはこの一般的な問題である。それに、数ページ先で彼は、われわれにこの修業の意味をもっとよく示している。「巨匠たちの形式に基づいて自分の形式を研究し、それが持つべき内容を自分自身から引き出すことで、彼は新しいやり方、本物の独自性をおのずと手に入れたことに気付いた」。ジュールは、自分の形式を、過去の作品のうちに探さない。彼は偉大な巨匠たちの形式にもとづいて、それを研究する。彼が、彼らにもとづいて明らかにするのは、内容と形式の錯綜した問題である。しかし過去の「やり方」のどれもが、彼にはぴったりこない。なぜなら、まさにそれらは別の関心に対応しているものだからだ。彼にはすでに存在する形式を、この彼自身である「内容」、つまり彼の異常性に適応させるという考えは生じない。重要なのは、単に問題を研究し、それぞれの場合に、ひとがそれに答えた独特のやり方を見つけることだ。そうすることで今度は彼が——明晰かつ抽象的にではなく、具体的決定の闇のなかで——それに答えることができるのである。

B　合理化された「負けるが勝ち」に関するいくつかの注記

　初稿『感情教育』の文体——あるいは、少なくとも最後の数章の文体——は、ギュスターヴの要求に答えていると言えるだろうか。むろんそうではない。その文体は若き著者のいくらか進歩したことを示している。『十一月』の第一部よりも雄弁はひかえめになって、事実の描写、具体的事件の語りに、より適応している。それに、『十一月』の冒頭に見られるいささか冗長な美も、その結末に刻まれた簡潔な荒々しさもここにはない。要するに、かなり平板な文体で、『ボヴァリー夫人』のどの行にも認められる意味の重層的決定は、ジュールがまさにその理論家になったのに、まったくもたらされていないのだ。そのうえフローベールはまだこうした難しい題材を扱ったことがなく、思想は逃げていき、彼はそれを制御することができない。こうした理由から、彼は語や隠喩《メタフォール》を扱いながら行きづまり、曖昧さや不正確さも避けられていない。われわれは、彼のそうした点を非難するのではない。全く逆に、この自分と戦う思考、自分を脅かす悪〔病気〕と戦う思考のうちには、また彼が自分の神経症からとりだし、この世紀において最初の発見者となったその〈詩法〉のうちには、何か悲壮な素晴らしいものがあるのだ。

　しかし彼はどうか。作品を読み返したときに、どのように判断するのか。彼は書いたばかりのものにすぐにうんざりし、すべてを投げ出してしまう冷酷な自己検閲者である。怒りにかられて怒鳴りまくり、自分を口汚く罵ることになるだろうか。とんでもない。彼は最後まで行く。とりわけ、得々として、主人公の途方もない変身をわれわれに目撃させる。最後の数ページに至るまで、われわれは主人公のうちに、著者の趣味、関心事、不幸を認めることができた。われわれはギュスターヴが主人公の読む本を選ぶのを見たし、主人公の文学的見解も知った。そして挫折を繰り返しながら、彼の「感情教育」がわれわれの目の前でなされていった。彼はパリの社交界にまじり、人間の虚栄と狂気を自分の目で確かめるところまで行った。調子《トーン》がすでに意表を突くものだった。これまでフローベールは自分の主人公たちを殺す前に、彼らを拷問にかけては悦にいっていた。ここにはもはやそのようなものはない。まるで彼はそれまでのサディズムとマゾヒズムをともに失ってしまったかのようである。ジュールは苦しんだ。そしてなおも苦しんでさえいる。しかしそれはあくまで苦行であり、この登場人物は作者の共感を十分に享受している。彼の歩みの一つひとつが、救済への道における進歩として評価される。再転落はない——ただし最後の部分の冒頭、二十六章の「野原での疥癬病みの犬」の挿話は例外である。マルグリット、ジャリオ、マッツァに対して拷問を執行した男も、ジュールに悪辣な真似をして面白がることはしない。フローベールは後の著作で、エンマやマトーやフレデリックにさえ、しまいには、二人の独学者〔ブヴァールとペキュシェ〕に対しても、情け容赦なく襲いかかっていくのだから、これはなおのこと奇妙である。ただ、救護修道会士ジュリアンだけが——その理由はすぐ後に見ることになるが——同様の寛容さを享受している。ジュールは最後まで、問題のある登場人物として残ることができた。ギュスターヴが彼を殺すというのは問題外だった。彼がすでに死んでいるからである。それでも作者はわれわれを不確かな気持に置くこともできたはずである。二十七章の初めの数ページに描かれているようなジュールの姿は、アンリーと十分釣り合いがとれていた。もしフローベールが「つづきもありえよう」[1]によって草稿を終えて、ジュールをそこで投げだしていたなら、それはそれで公平だったろうし、要するに、穏当な楽観主義だっただろう。

　だが突然この楽観主義はたけり狂い、誇張へと移る。ジュールは修業を終えた。これが意味するのは、彼は想像のなか以外ではもはやなにものでもなく、感情教育は彼に、非現実でないものは何も感じないように教えた、ということである。この瞬間、ギュスターヴは語調を変えて、われわれに主人公がシェークスピアに比肩する存在になったことを告げる。すでに引用したテクストを再読して判断してほしい。「生活は彼に偶発的なものを与え、彼はそれを不変のものにする……すべてが彼を目指しておしよせ、すべてが彼からまた流れ出る。世界の満潮、彼自身からの引潮……彼は、あらゆる要素へと分岐してひろがりながら、すべてを自分にもちかえる。そして彼自身はまるごと、自分をその天職、その使命、その天才と労苦の宿命のうちに具現化していく。はてしれぬ汎神論であり、それが彼を通して、芸術の中にふたたび現われてくるのだ……彼は重々しく偉大な芸術家になった。彼の文体の簡潔さは彼を辛辣にし、その多彩さは彼をしなやかにする。言葉遣いの正確さがなかったら、彼の情熱はあれほどの激しさを持たないだろうし、彼の優美さはあれほどの魅力を持たないだろう」。『十一月』の主人公を思い起こそう。彼は自分にとって我が身のあまりの卑小さに死ぬ思いだった。このことだけで、ジュールの信じられないほどの幸運を強調するのに十分である。ギュスターヴは通常、甘い顔を見せたりはしないのだが、ジュールのことは甘やかした。だが彼はただ単に、心にかなう〈芸術家〉の肖像で小説を終えたくなっただけではないだろうか。実際、われわれは、彼がジュールに突然「天才の宿命」を与えたことを見て、驚きなしとはしない——この資質‐運命というものを彼は一度も自分に許すことはなかったし、初稿『感情教育』のなかでも結論のページまでこれは問題になっていないのだ。結局すべては、まるでフローベールが、自分が抱く「重々しく偉大な芸術家」の基本的特徴をせめて一度は定着しようと、ジュールをそれに充て、結末で彼を「天才的な作家」に変貌させようと計画の途中で決めたかのように、またそうすることでこうした抽象物が、以前ギュスターヴが登場人物に与えておいた具体的性格の恩恵を受け、彼の物語の独自性で、肖像の肉付けを欠いた一般性を隠そうとしたかのように進行したのである。いやそれ以上だ。さらにそれは、芸術家になるという時間化された物語によって、最後の考察の理論的規範的側面を隠すためのようでもある。もし彼が恩寵に触れた田舎の若者の途方もない冒険を語るとあらかじめ告げていなかったら、われわれは次のように読みたくなるだろう。「生活は偶然的なものをわれわれに与える、偉大な〈芸術家〉は不変のものを返さねばならない」。もしくは「〈芸術家〉になるためには、人生がわれわれに与えるものを〈芸術〉に返さねばならない」。『感情教育』のとってつけたような結末は、「文学に入る」ために満たさなければならない条件についての、短い倫理‐美学論になるだろう。

　わたしはこの仮説を維持する必要があるとは思わない。たしかにこうした記述といわれるものの規範的側面は、なおざりにされるべきではないだろう。だが考察や命令の一般性によって、ジュールの物語が作りだした彼だけに関わるいくつかのきわめて個別化された性格が、われわれから隠されているわけではない。たとえば、次のようなことが言われる。「彼は自分自身の作品をほとんど思い出さないほどである。作品がひとたび生み出された後は、かつてそれらの誕生に抱いた不安にくらべても、それ以上に、作品の行く末について無頓着である」。彼は栄光についてほとんど気にかけない。「彼を喜ばすのはとりわけ精神の満足であり、自分の著作をながめ、それが自分にふさわしいと思うことである」。彼の芝居は上演されないし、詩は印刷されないが、彼はそんなことを気にもとめない。「自分の詩の均整美《ハーモニー》を聞きたいと思うとき、彼は一人でそれを読む……自分のドラマが演じられるのを見たいと思うとき、彼は目に手をやり、広くゆったりとして高さがあり、天辺まで満員の劇場を思い描く……彼は彫像のポーズをとる役者たちを夢想し、彼らが力強い声で、彼の書いた堂々とした長台詞を語ったり、彼の恋の物語をささやくのを聞く。そして彼は心を充たされ、晴れやかな顔で出ていく」。ギュスターヴはここで、自分が一般的な型のうちに捉えた大作家なるものを描写しているとは、思わないだろう。実際、彼が優れた作家を知っているのは、彼らが出版されたからであり、彼らの戯曲が上演されているからである。ここでわれわれが見出すのは、文学的倫理学の命令である以上に、若きフローベールのきわめて特殊な考え方である。彼が次のようにメモしたのはそれほど以前ではない。「ぼくは自分を喜ばすために書く」。さらに次のように友人たちに告白したのはさらに最近のことだ。ぼくは自分が本を出すかどうかわからない——あるいはさらに、五十歳まで読者に何も渡さないのもいいじゃないか、それから突然「全集」を出すんだ、と。それに、彼が後に初稿『感情教育』について行なった批判が、アンリーの人物像に向けられ、さらにいっそうジュールの人物像に向けられていることをわれわれは知っている。実際、彼は原因のない結果を示してしまったこと、ごくわずかな絶え間ない変化がアンリーをブルジョワの社交生活へと導き、ジュールを天才の孤独へと導くことになるのを理解させられなかったことを、自分に批判している。結論がとってつけたように見えるのは、『タルチュフ』[2]の大団円のように、人工的に付け加えられたからではない。それは単に、作者の告白によれば、彼がそれを導くすべを知らなかったからである。これは明らかにフローベールがジュールの進化を必然的なものと捉えていたことを意味する。たとえジュールを偉大な芸術家にするという発想が彼に浮かんだのは——これについては誰も疑わないが——四四年一月以降であったとしても、それは厳密な生成変化の必然的到達点として、現われたのである。もしその発想が偶然に見えるとしたら、それは彼が途中を飛ばして進んだからである。

　ではこのハッピーエンドは誰に適用されるのだろうか。ジュールにか、ギュスターヴにか。その必然性はどこに由来するのか。事実、ギュスターヴが登場人物を、自分が超えることのできなかった限界のかなたへと押しやることが自分に許されていると思ったのは、きわめてよく理解できることだ。ある時期フローベールは、「絵画や音楽のことは何も分からないのに」、想像界において自分を画家や音楽家として思い描いていたことがあった。彼は初稿『感情教育』のなかで自分の夢を極限まで押し進めてみたい、つまりは書くものによって、大作家になった自分を夢見たい、と思ったのではないだろうか。心的イマージュに比して、ペンによってつづられた言葉には、やはり、客体化されたものであるという呪術的優位性がある。それを誰よりもよく知っているのは落書きの作者である。エクリチュールは夢を定着させ、気の遠くなるほどの惰性を夢に移す。エクリチュールはいったん心から夢を奪い、あとでそれを外部の現実として心に提示するのであり、その魅惑的な幻影が思いこみに近いものをもたらすのである。こうして、ジュールは「偉人のなり損ない」があれほど頻繁に夢見たものを、想像上で達成するものとなるだろう。

　この推測は疑いもなく真理の一面を含んでいる。別の言い方をすると、ギュスターヴは、自分の主人公の苦行と孤独の上昇を示すことで、喜びを得ていたのだ。執筆中の彼は、いくども涙ぐんだはずだと、わたしは想像する。これだけで、それが夢想の強化であると言うための十分な理由になっているだろうか？　さらに仔細に見るならば、ジュールの変化のうちには明らかな矛盾があって、われわれは不意に驚かされる。これは苦しい修業の最後に、自分の道を見つけた男である。彼は現実界と行動の両方に失望し、徹底して想像界を選んだのだ。当然の帰結として、彼は本当に書くよりも、むしろ書くことを想像するのではないだろうか。作家であるということは、たとえそれが世界を脱現実化するためであろうと、世界の内で行動することである。要するに、それは最初から、言語的現実およびその逆行率と格闘する現実の企てである。思い出してみよう。ジュールは「自分のすべての企てに挫折した」のだ。作品を作るのも、ひとつの企てではないだろうか。ではどうしてこの企てにおいて成功できるのだろうか。もし彼が〈世界〉は地獄であると本当に理解したのなら、厄介なことに足を突っこむはずはない。いっさい危険にさらされなければ、彼の喜びはすべて想像のものになるだろう。これは、彼が栄光を望むのは、夢想においてであることからも一層明白である。彼は出版しないが、目に手をやって、役者たちの唇からでる自分の長台詞によって、天井桟敷まで一杯になった劇場が沸くのを想像する。何故最後まで突き詰めないのだろうか。何故この長台詞を書かねばならないのか。何故自分が書いたと夢想しないのか。これが当然の結論である。ギュスターヴは後にもうひとりの芸術家についてこの結論を引き出している。『ラ・スピラール』の画家である。実際、注目すべきは、この画家が〈芸術〉から始めて、最後は純粋な想像界によって、つまり彼の周辺では狂気と呼ばれるもの[*1]によって終わるということだ。精神病院に閉じ込められて、彼はもはや絵を描くことさえない。彼は絵を描くことを夢想しているのだろうか。それについては何も分からない。確実なことは、彼にとって想像界が全体を形成しており、彼はそこから出ないし、この全体の現実界に対する唯一の関係は内的否定であるということだ。私はこの内的否定という語によって、単に両者を分かつ存在論的差異を意味するだけではなく、フローベールが強調する具体的対立、夢幻的な全体性のなかで、一つひとつのイマージュを、現実の厳密なアンチテーゼとして生み出す具体的対立をも、意味しているのである。ところでこの芸術家は、四四年の病気の経験、とりわけ「神経的幻覚」を利用することで、現実に対する非現実、〈存在〉に対する〈無〉の漸進的勝利に、生き生きとした具体的内容を与えたいと、明快なまでに言明したフローベールそのひとでもある。したがって、ギュスターヴは初稿『感情教育』に二つの結末を与えることができたように思われる。一つは、徹底した論理的な結末。これをフローベールは退け、『ラ・スピラール』で再度取り上げる。もう一つは、一見すると、まるで彼が自身の思考をとことんまで突き詰めるのを怖がったかのような、ひとつの妥協のように見える結末だ。実際、彼はルイーズ宛の手紙で、「形而上学的で、幻の出てくる小説」の企てに言及するとき、こうつけ加えている[*2]、「これは健康面で言うならば、ぼくを怖がらせる主題です」と。彼は、自分がそこから霊感を引き出そうとする病気の経験の、あまりに近くにいすぎるのだ。待たねばならない。この理由から、またすぐにわれわれが見るようなもう一つの理由から、彼は決してそれを書くことはないだろう。もしポン＝レヴェックの発作から十年近くたって、どうやら窮地を切り抜けたと思っていた時期でも、彼は自分が「その印象」のあまり近くにいすぎるので、それを「観念的に」、したがって「自分にとっても作品にとっても」危険がないように、自分のものとすることはできないと思っているのなら、四四年に癲癇で倒れることを毎日覚悟していた日々の不安がどれほどのものであったかは、苦もなく理解できるであろう。しかしこれが『感情教育』に、冷酷にして論理的な結末、つまり天才ではなく狂気を与えることを彼に妨げた動機であろうか？　そうなると、ジュールの経験は、その真実の言語において読者に伝えられてはいないことになるだろう。そこに暗号で描かれた絶望的なメッセージを見なければならなくなるだろう。

＊1　たとえば〈ガルソン〉は初め詩人だが、〈悪ふざけの館〉の狂った主人になる。

＊2　ルイーズ宛。一八五三年三月三十一日。『書簡集』第三巻。一四六ページ。強調はフローベール。

だがわたしはそのような動機だとは考えない。たしかに『ラ・スピラール』は、フローベールの善悪二元論《マニケイスム》を正確に反映している。もし世界が〈地獄〉であるなら、このカタリ派は、非存在のなかにしか救済を見出さないだろうし、その救済はそれ自体、つまらぬもの〔無〕であろう。しかし、それは理論上の結論である。いずれにしても、かつて大作家たちが存在したし、今も存在しており、これからも存在するだろうという事実によって、また彼の悲劇は、『感情教育』に至るまで、自分を大作家のうちに数えることができるとは思っていなかったことに由来するという事実によって、この結論は破綻している。別の言い方をすると、四四年以前には、彼は絶対的〈地獄〉に決まり文句〔共通の場所〕を見ようとして果せなかった。彼は始終、地獄が、偉人のなり損ないたち——つまりは彼自身——のために用意されていると考えていたのだ。五三年の彼ははるかに自信を持っている。多くの発作の後で——それについては後で語ろう——彼は『ボヴァリー夫人』に取り組み、退屈な仕事をやっていると同時に傑作を書いているという錯綜した感情を持っている。いずれにせよ、彼は「自分の文体」を見つけていた。そのために彼は善悪二元論的《マニケイスト》で徹底的な体験を夢想することが許され、自分自身の病気の印象でその体験を豊かにしようと考えているにもかかわらず、それが自分に直接かかわるようには見えてこないのだ。〔『ラ・スピラール』の〕精神病院はもちろん、市立病院であり、そしてクロワッセである。作家を骨の髄まで蝕む「幻」の雛型を、彼は自分の神経的幻覚のうちに見つけるだろう。結局のところ、五三年のフローベールは狂人ではない。なにしろ彼は執筆しているのだ。『ラ・スピラール』は、むしろはるかに『聖アントワーヌ』の置き換えのように見える。この驚異的なオペラ[3]には歴史的な喚起を含まねばならなかった。「東方《オリエント》は幻想の要素としては十分ではないだろう——それに何よりもあまりに遠くに位置している——少しずつ時をさかのぼる必要があるだろう。革命、ルイ十五世、十字軍、封建制。——そこから東方《オリエント》——、ついで驚異的東方《オリエント》」*1。別の言い方をすると、あまりに静的で、あまりに抽象的な『聖アントワーヌ』の失敗によって、彼はしばらくの間、現代の悲劇的で具体的な幻想を夢みるように強いられるが、そこでは狂気が〈悪魔〉にとって代わり、またそこでは個性化され、現代に位置づけられた主人公が、日付を持つわれわれの日々の現実と、〈歴史〉の脱現実化的復活との果てしない葛藤の場となるだろう。『ラ・スピラール』が計画の段階にとどまったのは、彼が『聖アントワーヌ』のためのよりよい形式を見つけ出すことになるからでもある。その形式によって彼にはその第三稿において、『誘惑』の中心に歴史的な喚起を組み込むことが可能になるだろう。

*1　『ラ・スピラール』についてのギュスターヴのメモ。

一八四四年においてはまったく別である。議論の中心は天職である。ポン＝レヴェックでの発作は、彼が毎日自問している問い、ぼくは偉大な作家となるように定められているのだろうか、という問いに対する、曖昧な、病的な回答として現われる。フローベールが初稿『感情教育』の結末に書き写すのはこの答えであり、それは肯定である。ここから最後の数章の混成的な性格が出てくる。一方では、ジュールの経験は本質的に病的なもので、根本的な挫折は理性の難破を含んでいるが、しかし彼は狂気までは行かなかった。他方では、彼を単なる非存在に変え、彼のかつての生きる情熱を静寂主義に変える実体変化のうちで、ただ一つの活動だけが免除されている。それが芸術である。現実界とは唯一の接触だけが保たれている。それが言語との関係である。この異常性がわれわれに明らかにしてくれるのは、関係を逆転させる必要がある、ということだ。ジュールが狂気のうちに沈みこまなかったのは、作者が臆病さから彼を引きとめたからではなく、（一月の発作の後に構想された）最後の数ページの本来の目的が、まさに天才に至るための必要な条件を示すことにあったからである。

必要にして十分な条件。これが四四年のフローベールの観点である。このために、われわれも彼と同様に、視点《パースペクティヴ》を変えるべく強いられる。文学に入るためには世界で死なねばならないというのは、ずっと以前から彼が言っていたことだ。しかしこの苦行は彼にとって、それまでは単なる必要不可欠な条件として現われていた。そのあとは、自分が天才になるか、偉人のなり損ないになるかは、運次第である。『感情教育』においては、事態はまったく異なっている。苦行は、それが徹底したものであるなら、それ自体で天才を生みだすのだ。別の言い方をすると、文学活動はジュールにおいて、先行する時期の説明不能な残滓ではない。それはまさしく、彼のすべての挫折の弁証法的結果である。ひとはすべてを失ったとき、書くのだ。もしくはお望みならば、こう言ってもよい。存在の逆転——そしてその非存在への変身——がとことんまで貫かれるなら、必ずその徹底性の契機およびその印としての文体が生まれることになるのだ。世界で死ぬとは、芸術家として生まれ変わることなのである。

C　三つの基体の弁証法

人は文学について、なんらかの活動を語るように語ることなどできるのか。われわれはさきほど次の困難さを指摘しておいた。すなわち生きている死者であり、惰性に身を委ねているギュスターヴが、「芸術の職人」になれるのだろうか、と。『感情教育』が出している答えは、ジュールは活動的である必要がないというものである。なるほどギュスターヴは、四五年から四六年の『書簡集』の中で、脱現実化の技法をいささか自慢しているし、「芸術家として」自分の不幸を「分析する」とも言っている。しかし小説の中では、そのようなことは何もない。偉大で重々しい作家は、取るに足らない人間にすぎないのだ。ただ彼を通して想像界が、大宇宙《マクロコスモス》とその本質的な無を取り戻すことを引き受ける。可能態《ポシブル》が、現実界を扱ってそれを仮象に変え、有限の様相にその奥行きを与える。つまり彼を通して、〈無〉をその隠された意味《サンス》とする〈存在〉の全体的統一を垣間見せるのだ。想像力の到来こそが、言語を無償だが組織化された全体性――これも本質が〈無〉である存在――へと変えるのだが、それが始まるのは、不可能人間が、自身の不可能性そのものにより、自分たちの根底的な不可能性に目を覆っている同類の人間とは意思疎通もできず、〈言葉〉の無力さを深く意識して、〈言葉〉を夢想しはじめた瞬間である。〈言葉〉を夢想する、もしくは語について夢見る、それは同じことだ。というのも――音の空虚なオブジェ[1]としての――語は、一方では、想像上の不可思議――ひとが中国や東方《オリエント》などといった語について夢見つつ想像するもの――を指し示し、他方では、自然‐歴史という別の超限のイマージュである言語というこの超限を指し示すからだ。この場合、書くことは行為ではない。それはペンの夢である。想像的人間は語が紙の上で、夢のイマージュのように組み合わさっていくままにするだけだ。したがって、文体はもともと、獲得されるべき特質などではなく、言説の要素を人がそれ自体として愛するときに、それらが精神のうちで、もしくはペンの下で、並んでいく、その単なる並び方である。フローベールは、『感情教育』において明快である。「彼は、あらゆる要素へと分岐してひろがりながら、すべてを自分にもちかえる。そして彼自身はまるごと、自分を天職、使命、天才と労苦の宿命のうちに具現化していく。はてしれぬ汎神論であり、それが彼を通して、〈芸術〉の中にふたたび現われてくるのだ。こうした必然性の器官、こうした二つの項のつなぎ目である彼は、そのときから、虚栄も自己満足もなく自分を見つめる。霊感と作品化との間に彼が占めていると感じる場所はなんとわずかなことか！　彼が自分の才能を評価するのは、他人の才能と比較することによってであって、語らねばならぬ美に関して、自負しているからではない」。「偉大な」作家は――というのも、われわれが知っているように、ジュールは偉大であるからだ――、媒介者以外のなにものでもない。すべては彼を通して出来ていくが、それに彼が手を貸すことはない。本質的なこと、それは彼自身がイマージュであるということだ。したがって外部――「偶然的なもの」――を通して戯れる、〈存在〉と〈無〉の想像的統一――は、彼の内に内面化され、そして、個別の語を介して、非‐伝達の手段としての言語の想像的統一の内に再外在化される。より簡単に言えば、この媒体を通して世界はことば《パロール》になる。これはひとつの必然である、とフローベールは言う。別の言い方をすると、世界と言語の想像的関係は彼以前に存在し、以後も存在するだろう。しかしひとりの個人がその存在の不可能性によって自分をイマージュに、イマージュのコンピューターにするように心を決めるならば、それだけで文体は彼を通して、ほとんど自ずと現実化する。霊感（内面化されるイマージュとしての宇宙）と実現（作品化）（宇宙をその存在において映し出すイマージュであることば《パロール》）との間で、ジュールはほんの小さな役割しか演じていないことを意識している。「彼が占めている場所はなんとわずかなことか！」。活動はない。フローベール以降、文学に一つの傾向が現われる。それは作品からその作者を追放しようとする傾向である。単にサント＝ブーヴ式の「文学的肖像」に対して、完成した傑作が自らのみを指示する「自立性」（*Selbstständigkeit*）の名のもとに、異議をとなえるだけではない。実際、この態度は——のちに「フォルマリスム」へと続くもので——それだけをとってみれば、むしろ古典的客観主義への退行であろう。フローベールから生まれたこの流れは（それは彼の双生児《ふたご》の兄弟であるボードレールからも生まれたが、ただボードレールはより個人主義的であり、ときどき気まぐれにも主観性へと回帰する）、とりわけ象徴主義の時代に、マラルメにおいて明確になる。マラルメは、その演劇にかんする考え方において、登場人物、筋立て《アクション》、劇作家を同時に拒否して、舞台だけを残すことを考えたが、その舞台は「壮麗な開口部であって、その神秘の偉大さを眼前にするために人はこの世に生きている」(2)。それに彼は演劇と〈書物〉とが「作品の等価値の翻訳」(3)であると主張する。そして彼が「〈詩〉と呼ばれる操作によって」(4)生みだすことを考えていた書物は、〈舞台〉と同様に、操作主体を偶然の手段の列に、必然ではあるが任意の、匿名性の内に消えていくべき手段の列に追いやる。彼にとって、そしてこの世代の多くの著者にとって、〈自然〉の盲目的な努力〔コナトゥス〕のようなものがあり、それは人間を介して、言語のうちに流れ込んでいき、そこで完成されて、この努力を表現する語の内在的存在になる。この水準において、実践的主体の価値の切り下げがなされる。行動はもはや存在しないからだ。忘れさられた主体性は、〈自然〉と〈言語〉が、一方は内面化され、他方は外在化されつつ、一致する純粋な場所になる。したがって、書かれたものがいくら多数あっても、ただ一冊の〈書物〉だけが存在する。そのページはまだ真っ白だが、永遠にすべてを語り、過去の偉大な作家たちを濫書狂の列におとしめるだろう。これはまさにフローベールが考えていることである。書かれるべき一冊の書物しか存在しない——それが『聖アントワーヌ』と呼ばれようと『ブヴァールとペキュシェ』と呼ばれようと。そして当然、そこでは全体だけが問題たり得る。ただ、彼は寒冷な天井に浮かぶ空気《シルフ》の精ほど(5)精妙ではなく、ときにはこの全体を総和と見なすことがある。それはここでは重要ではない。大切なのは、系譜である。われわれはその系譜を、二十世紀の第一次世界大戦後まで、辿ることができる。自動筆記の信奉者たちが、われわれのブルジョワ的部分である〈エゴ〉*1を暫定的に無化し、そのうえに言語の形而上学的で啓示的な煌めきを据えたときである。なるほど、シュルレアリストは自動筆記の結果を文体を備えた作品と見なされたなら、飛び上がって憤ったであろう。シュルレアリストたちにとってそれは、〈主体〉の死によって実践的機能から解き放たれた〈言葉〉の神秘であり、この神秘は〈存在〉と大いなる〈欲望〉とを同時に示し、対象なき指示の壮麗な異常性によって、現実という名の小さなゲットーを取り囲む汚らしい恐怖の壁を取り壊すものであった。しかし、フローベールは彼の時代のイデオロギーによって、こうした大胆不敵なことは考えることさえかなわなかったのではあるが、それでも別のことを言っているのではない。彼が四四年に文体と呼んでいるものは、まさしく、語られているのではなく、霊感を受けた者の耳許でひとり語っている言語そのもので、彼はその言語の口述を書きとめるだけでよいのである。

＊1　この単語をなおも彼らは使っている。しかし彼らはそれに別の意味を与えている。超現実性という意味である。

作家の抹殺によって、シュルレアリストたちは世界の変革を意図する。行為はないが、世界を変える地下の力に耳を澄まさねばならない。彼らにおいては、文学という観念は想像力という観念とともに消えてしまった。より懐疑的なマラルメは、想像力を信じている。しかし彼にとって、それは否定的な力である。彼は〈劇《ドラマ》〉が——それに〈書物〉も——夢でしかないことを恐れている。どうやって賽の一振りによって偶然を廃滅するのか——この一振りこそいずれにせよあらゆる言説の始まりである——そして、それゆえに言説全体である。彼は「とても素晴らしいものになりえただろう」と言いつつ死んでいくが、その難破のうちに「何ものも起こりはしなかった　ただ起こるための場の他には(6)」と完全に確信していた。英雄マラルメの慎ましくも傲慢な偉大さがいかなるものであろうと、フローベールが、シュルレアリストたちにもマラルメにもまさっているのは、根底的なエポケーから始めたことである。括弧入れされた世界と言語は、いずれも現実ではない。両方とも想像物である。物のイマージュをイマージュである語によって表現するのだ。たしかに語もまた、物ではある。少なくとも彼の語の捉え方はそうだ。しかし彼はこれらの物を結び合わせ、それらの関係から、声にならない想像する力を表現させる。彼の文体の考え方に関しては、自分の探求について語るマラルメのように、語句は自らの炎によって互いに点火しあわねばならないと言うこともできよう(7)。しかしマラルメの文は故意に逆説的である。火がつく語句は、それゆえ消えていたのだが、では、すべての語句が消えているなら、それぞれは、いかなる炎で、他を燃やすのだろうか。この問いに、マラルメは素晴らしい答えを出すが、ここでそれを提示するのはわれわれの意図ではない。フローベールは別の答えを示す。実践的なとき、語の火は消えているが、もし静寂主義者がそれらを想像するなら、すべては輝き、互いに他の語のなかで反射しあう、というのだ。語句を想像することは、それを観察することと正反対である。それはその語句に魅惑されることであり、それを正確に見もしないで、夢の跳躍台としてそれをとらえることである。その形、その味わい、その色、その密度、その顔つき——現実の構造をもとに想像されたこれらの諸性格自体——を、その隠された存在、つまり、意味するもの《シニフィアン》のうちにおける意味されるもの《シニフィエ》の内在的現前を啓示するものとしてとらえることである。それはコンスタンチノープルというきわめて豊かな単語に、それが指し示す古いトルコの都市を、その狭く汚い路地、下層民、ヴェールを被った女たちを、これら全体を、ある種の還元不可能な性質——

都市ごとにある特有の匂い――とともに、ぼんやりと現前化するように求めることである。この性質はおそらく、都市が旅行者に与える現実の性質ではないが、それは、そこへ行ったことがない人に都市をその特異質のうちに還元不可能なものとして委ねるのだ。語について夢見ること、世界を脱現実化したように語を脱現実化すること、夢との関連で、それどころか、この夢の内部で、しかも夢を見続けるために、語を選び、組み合わせること、それは書いていると夢想することだろうか、それが書くことだろうか。フローベールの答えはその楽観主義をわれわれに説明することになる。『十一月』の時代には、彼の頭一杯に交響曲が鳴り響いていたが、彼は音楽について何ひとつ理解していなかった。だから彼は自分の反芻を、作曲家の実践的活動と区別していた。しかし作曲家もまた、頭の中の音の塊《マッス》を組織化する前に、心に音楽の図式を、音楽のイマージュを持っているのだ。したがって、違いは作曲家が音と音の関係を想像するのに対し、青年ギュスターヴは彼がそれを想像しているのを夢想していたということにあった。頭の中にはメロディーがなく、存在しないメロディー――イマージュとしてさえ存在しないメロディー――を目指す空虚で包括的な志向だけがあった。まさに音を聞けるひとはわずかであり（騒音は誰でも聞くが）、色を見る人もそれ以上に多いわけではない。またギュスターヴが当時、芸術にかんする行動主義的な考え方を持っていたということもある。彼はそれを持ち続けるが、あくまで他人向けである。働け、働け、袖をまくれ、など。しかし、芸術家と「よき職人」との比較が、彼の『書簡集』[*1]に頻出するからといって、それに惑わされてはならない。四四年には、文学は労苦ではなかった。それは恩寵に浴する状態である。たしかに一月の災厄はギュスターヴの頭のなかに交響曲を生み出すことはなかった。人はそのように変わったり、自分を変えたりするのではない。だが、語は、それとは別問題である。彼の思考の内には、すでに半‐辞書があった。ポン＝レヴェックで彼は生きることの不可能性を意識する。そしてそのことが彼をして、語について夢想し、その美を求めるようにさせる。現実ではあるが非現実化された性質の美、想像上の延長から成る美である。言語が彼に世界をさしだしても無駄で、彼は一本の糸によって世界につながっているにすぎない。彼は語を自分の好み、語同士の親和力によって集め、これら言葉の花束が彼に喚起する非現実の全体を目指す。それはもちろん夢見ることである。しかしまさにそれが書くと呼ばれていることである――ただし彼の手の動きが紙の上に、これらの方向づけられた夢を定着するという条件において――。そうなると、大作家とは行動主義的人間ではなく、彼の天職は、現実そのものである彼の脳の皺のどこにも刻まれていない。むしろそれは不在のものである。彼の天才の第一の条件は、言語の使用どころか、言語を利用することの拒否である。彼が言語に仕えていると言えるだろうか。そうとさえ言えない。存在の不可能性、つまり行動の不可能性によって非現実化された、このイマージュ人間は、言語の総体の内に、想像性の次元をあらわにする。この水準において、言語は、彼の内でひとり語りだすことになる。実践的な人びとは、すでに語られている。紋切り型の言葉のベルトコンベアーが彼らの間に敷かれている。ポン＝レヴェックの死者はこの規則を逃れることができない。彼の内で言語は語られているのだ。しかしまったくの無償性においてである。語は互いに引きよせあい、互いの炎で輝き、組織化されていく。そして、もはや指示する対象から区別されないまま、夢を形作る。彼がそれらを書きとめれば、ここにジュールと同様の、ひとりの偉大で重々しい作家が生まれるのである。

＊1　その多様な意味を説明するために、われわれは後に再びこのことを語るだろう。

別の言い方をすると、天賦の才はない。これにて一件落着である。人は回心によって〈芸術家〉になるのだ。長くつづいた挫折の連鎖によって、根底的な逆転を敢行することを余儀なくされた時、そして、自分自身がイマージュとなり、現実界を想像界のうちに溶かすことを余儀なくされた時――すべてがイマージュである以上――書いていると思いこむことと、想像の語を使って、想像しているものを書くこととの間に、一切の差異はなくなる。実践的人間は、すべての時間を良質な作家たちを読むことと文学を「作る」ことに費やしたとしても――原理的には――作家になることができない。それに反して、転落をすればそれだけで十分で、〈芸術〉はおまけとして与えられる。〈芸術〉とは非現実の選択を示すための語である。そして文体は単に、なされた回心の結果であり、象徴である。ただし、あまり誇張しないようにしよう。〈芸術家〉がどれほど想像的なものであっても――そして大いなる〈難破〉の瞬間に彼の〈エゴ〉が消えて失われたにもかかわらず――〈芸術家〉とは個別化されたイマージュである。偶発的なものを受け取り、われわれに不変のものを返すときに、彼は――媒介者として――双面神ヤヌス（ローマ神話の双面の神）になり、偶発事にも接近可能で、したがって彼自身が偶発的であると同時に、それでいて永遠の方をも向いていると理解しなければならない。彼における偶発事は彼の事実性から残ったものである。すなわちそれは彼の記憶であり、彼を不可能性へと転落させた特殊な長い苦難《カルヴァリオ》の道のりである。この意味で、彼の〈芸術〉――もしくは方向づけられた夢想――は、不変のものを生み出すが、それを偶発的なニュアンスで色づけている。このニュアンスはたしかに探し求めたものではなく、ある視点から見るなら、〈書物〉の境界を定めるものであり、もしくは、お望みならば、その規定を――それが否定である限りにおいて――定めるものである。しかし、別の視点から見ると、ほとんどとらえ難く、読者にはおおむね気づかれないこの色づけは、具象化の必然性――現実の実践的な分野にも想像界にもあてはまる必然性――を示している。観念は——それがなんであれ——具象化され、その結果、何らかの側面で独自化されねばならないし、個別の事実性を介して、その事実性の存在理由であると同時に、その否定として、そのかなたとして、自らを垣間見せなければならない。このように作者の特異質は作品の事実性として現われる。しかし、想像界に属する逆転した世界においては、偶然性としての事実性、内面性のただなかにおける外在性としての事実性は、われわれ皆がそうしているようにこれを受けとるのではなく、作品がその事実性を生みだしているように見える。この場合、具象化は崇めるべきものになる。それはジュールが独創性と呼ぶものである。このように災厄の際に沈んだ個性の残滓は、永遠で想像的な対象である作品によって引き受けられると、たちまち不変なものの独自性として不朽のものとなる。しかし分かっていただけただろうが、この特異質はそれ自体として求められるのではなく、芸術家が不変なものを、偶発事を介して現われてくる実体（〈存在〉と〈非存在〉との厳密な等価）として想像的に把握することに没頭しているときに、進行中の作品に色をつけるものなのである。われわれはロマン派的個人主義からはるかに遠い地点にいるし、この特異質が文体を作るのではない。それは文体に単にその「独創性」を分け与えるだけである。ジュールは——シャトーブリヤンなどとは異なり——自分の語の味わい、文の組織、それらの区切りによって、その人格を永遠化するために書いているのではない。彼にとってエクリチュールとは、自分の言説の構造を通して、そのなかで、自分の〈エゴ〉を描くことが目的ではない。彼の〈エゴ〉は、その情熱と希望もろとも死んだ。目的はまさに〈書物〉である。つまり「彼の中を通って芸術のうちに再び現われる広大な汎神論」である。独創性はそのものとして目指されていない。けっしてそれを考えてはならない。そうすると作品を狭め、「汎神論」を個別主観性のみじめな視点へと還元してしまうことになる。むしろ独創性はそれ自体から来るのであり、それは、偶発的なものを脱個性化することになるある作品において、ジッドが悪魔の部分[8]と呼んだものである。われわれはここで初めて、フローベールの「客観主義」と後に呼ばれるものに出会う。この客観主義はきわめてニュアンスに富むものであることを認めねばならない。しかしながら、それが発作〔危機〕の結果であることは疑えないだろう。この客観主義を生み出しはしないまでも、少なくとも、それを完成させたのは、自我の消失という、主観的で日付のある出来事である。*1 この意味で、三つの超限的基体の想像的母体である絶対的主体は——おそらく一つのニュアンスの抽象化でないとすれば——、不幸が殺してしまった〈エゴ〉の壮麗な代理物、独自の内容を一切欠いた虚構の代理物以外のなにものでもない。

*1 『書簡集』の発作以前のさまざまな部分には、フローベールが作品の内に自分を出すのをますます嫌がるようになったことが

示されている。この観点からすると、『十一月』は抒情性《リリシズム》への別れである。しかしこの嫌悪感に彼が与えている理由は、文学的なものではない。彼は怖い、それだけである。この暗い若者は、率直さを装っているが、実際はその異常さに閉じこもっており、自分を嫌い、自分の〈自我〉を隠すか、せめて、それを覆いたいと思っている。もし、〈他人〉がそれに気づきでもしたら、彼を馬鹿にするだろうし、それには彼のささくれだった感受性が耐えられないだろう。初稿『感情教育』になると、そうではない。もはや隠すべきものは何もない。〈エゴ〉は抹殺されたからだ。ここでの客観主義は直接的である。すなわち文学の目的は、宇宙《コスモス》の想像的全体性を言語の想像的全体性によって表現することなのだ。この水準において、独創性は可能である。というのも独創性とは、一人の人間の現実や情熱の表現でも、その異常性の表現でさえもなく、ただその人間が世界に挿入されていることを反映し、またそれを昇華するからであり、作品は著者から離れて、――キリスト教の神が自発的に人になるように――独創性を全体の自由な化身として想像的に再生産するからである。フローベールは彼のやり方で、作品がまさにその非人格性そのものにおいて、「独自的普遍」であることをわれわれに理解させる。

それでもロマン派が後継者たちに残した課題である伝達できないものを伝達するということに彼が失敗したことは変わらない、と言われるかもしれない。とんでもない。たしかに、現実主義者の読者に彼が伝えるのは、今度はきみが自分を非現実化せよという魅力的な提案だけである。この読者はフローベールの直接の対話者ではまったくないが、もし彼が誘惑に身を委ねて、作品の想像的読者になるならば――意味作用の背後に意義《サンス》をとらえるにはそれが不可欠だ――そのとき、プラム・プディングの味わいを含めて、あらゆる言い表わしがたいものが彼に暗示的に示されるだろう。

フローベールがきわめて意識的に、そして『感情教育』の中では明白な形で、否定の否定を肯定にかえる逆転に対して与えている意味を理解するためには、彼の善悪二元論に戻らなければならない。彼は三八年から、少しずつ、自分が落伍者であることを納得していくが、この考えはいくつかの文学的挫折、それもそもそも疑問の余地のある文学的挫折に由来するだけではない。われわれが示したように、その起源が幼少期にまでさかのぼるイデオロギー的見解にも由来する。自分の初期作品の偏執的内容と、当時自分の天才に対して自ずと抱いていた信念が対立するという矛盾に、どうして彼が盲目のままでいられただろうか。マルグリット、ジャリオ、ガルシア、マッツァは苦しむために生まれた。ギュスターヴの被造物がなによりも彼自身の化身であるだけに、いっそう真剣であった彼は、彼らの煩悶を語ることで、自分が世界をあるがままの姿で見せていると思う。そうなると、痛ましい殉教者たちのうちに身を投げいれている作者が、自身はこの非情の定めを逃れることができるなどと、どうして考えられるだろうか。作者は彼らの欲望の大きさに応じて、苦悩する魂をわれわれに示している。そもそも〈芸術家〉になり、この卑しい世界で〈美〉を生みだそうとする欲望以上に、大きく、常軌を逸した、高潔な欲望があるだろうか。結論は明らかである。『汝何を望まんとも』を書く者は、恋愛におけるジャリオと同様、いやそれ以上に、文学的野心において罰せられるべきである。もし彼が自分の結論を最後まで突き詰めたならば、この青年はこう独り言をいったにちがいない。ぼくは〈人間〉の〈情熱〉を書くが、それは真実であるから、それを下手くそに書くことを余儀なくされている、と。当時、彼は自分自身よく分からないままに、雄弁の喜びによって押し流されていた。そして、よく分かる矛盾によって、作家としての彼は、われわれのものでもあれば、自分のものでもあるとして提示した人間の条件を、自分自身は逃れていると感じていた。最初の何回かの挫折の後、彼の眼は開かれる。われわれは〈大ペテン師〉の手のなかにあるのだから、すべてはペテンである、と。書くことへの激しい欲求、運命づけられているという気持、青年が自分の天才を思って流す涙、彼のうちにひしめき、語られることを求める漠とした豊かな思考の世界、これらはどれも〈サタン〉が用意した道へと彼をおだやかにそして確実に導く。この青年は、真摯な気持から才能と栄光を欲したことによって、まさに悪文書きになるだろう。驚き疲れはてた彼がそれに気づいたときには、もうおそい。彼は永久に書くのをやめることができず、うまく書くこともできない。

すべては三八年と四四年の間に起きる。まるでギュスターヴが人間の不幸と彼自身の悲惨について自問したかのように、まるで自分にこう尋ねたかのように。われわれは〈悪魔〉の犠牲者であるが、〈悪魔〉の共犯者ではないのだろうか、と。実際、この善悪二元論者にとって、人間と〈サタン〉との間には常にインチキがある。われわれはまさにこの低劣な世界で勝つつもりでいるが、この世界はまさに〈サタン〉のものである。すぐに、〈サタン〉はわれわれに邪悪な手助けを申し出る、われわれに仕えると見せかけて、われわれを逸脱させるのに長けた配下をよこす。もしその協力を受け入れるなら、われわれは自分のせいで破滅することになるだろう。要するに、この現実の世界では、勝とうとする者が確実に負けるのだ。マッツァがその肉体のうちに求めるのは、生身の男である。ガルシアの嫉妬深い欲望が激しく求めるのは、名誉と権力である。では芸術家は？　芸術家は自分の才能――仮に天賦の才が存在するなら、現実的なものになる才能――に賭け、〈栄光〉という壮麗な現実へ、そしておそらくときにそこから出てくるもう一つの現実である〈豪奢〉への到達をめざす。十七歳のときに次のようなメモを残していたギュスターヴは、それを知るのにふさわしい位置にある。「ぼくは偉大な作家たちの人生に嫉妬している。金銭の喜び、芸術の喜び、豪奢の喜び、すべてが彼らのものだ」（『思い出・覚書・瞑想』の原書六九ページ）。事実、彼はフローベール家の野心と――これは彼の受動性ときわめて折り合いが悪い――家族の功利主義とから作られている。もちろん、彼の贅沢への夢は、彼を純粋な想像界へと進ませるのだが、日常生活においては、彼は金銭の価値をよく知っている。彼は自分の中にある欲望、社交界で輝き、君臨し、人びとの称賛を引き起こして、他の人びとからの軽蔑に復讐したいという欲望に気づいている。彼は常に〈芸術〉が自分を地上より高いところに引き上げることを望んでいたが、よくよく見ると、彼は自分の〈美〉への愛のうちにまったく地上的な理由を認めているのである。もし彼が、企てた作品の向こう側に、なおも社交的な動機を持っているなら――たとえそれが自分の階級と、用意された職業から逃れるためであろうと――作品を世俗的な目的に従属させることで非現実性を汚すことにならないだろうか。まさにこのことが、原則として、彼が見事に書くのを妨げているのではないか。というのも、彼の心のうちに潜む関心事があるだけで、言語には――たとえ間接的であってもその関心事によって条件づけられているので――その実践的現実、その日常の重みが残ってしまうからである。したがって、彼のペンが書きつける文は、人間なしの語の自由な戯れから生まれるのではない。彼は心ならずもそれを万人の日常の言説から引き出すことになるので、簡潔さを目指すのではなく、文の生まれの卑俗さをを隠すために、雄弁の偽の混乱や、修辞《レトリック》の貧弱な策略に頼ることを余儀なくされてしまう。それに、自分の心を占めること以外の何についても語ることができるのだろうか。それでも彼が人びとの評価を必要とするのは、彼が人びとを下から見ているからだ。その主張とはうらはらに、彼は決して上から見るということはない。もし人びとに依存しているなら、どうして彼らを理解することができよう。もし――たとえただ気に入られたいという気持からだけであろうと――人類の鎖のうちにからまれているなら、どうして小宇宙《ミクロコスモス》と大宇宙《マクロコスモス》の恐ろしくも不可思議な一体化を把握できようか。あまりに人間的な情熱に捉われた作家は――自負心もその一つである――人間について、人間が互いの間で自分たち自身について語っていることしか語らないだろう。彼は人がサロンや喫煙室で語り合っている話を、もっと上手に語るという無駄な努力をしながら人びとに語ることになる。要するに、彼は写実主義者〔レアリスト〕になるだろう。つまり彼らの興味と彼らの策謀の平板な姿《イマージュ》を、彼らに映して見せることになるだろう。彼は、虚構《フィクション》を現実に従属させつつ、現実から虚構を分かつ質的な差異を把握することはないだろうし、想像的なものをそのものとしてではなく、現実を示唆する手段として使おうとするだろう。フローベールが感じたのは、人間の目的をひとつ共有すれば、すべての目的を共有することになるということだ。芸術家が栄光だけを望むとしても、彼は勝ちたくなる。それゆえ〈美〉を見つけることができない場所に〈美〉を求めてしまう。それは無益に身を滅ぼすことである。したがって、このカタリ派は言う、この地上で生きるなら、誰も自分の救済をかなえることはできない、なぜなら指を一本あげるだけで、この地を汚している悪にあずかることになるからだ、と。
そうだとすれば、〈サタン〉に打ち勝つためには何をなすべきか。何もない。〈悪魔〉は現実界の領主であり、すべての「なす」は、現実を変えるための現実的な手段に支えられているのであるから。だがこれは問いの出し方が悪かった。むしろ〈悪魔〉の力に限界はあるのか、事物の流れは、〈悪魔〉に支配されているにせよ、ときには停止し、〈悪魔〉が手を出せない竜巻やサイクロンを人間の内に作り出すことができるだろうか、と問わねばならない。この場合なら、答えは明瞭である。もし偽の勝者がつねに敗者であるなら、勝つためには負けねばならない。つまりこういうことである。〈暗闇〉の帝王によって定められた日よりも前に、状況に引きずられて、早く負け、破滅し、生きながら自分を無化すること、そして自身で引き起こしたのではない難破に深く同意し、受動的に、だがぴったりとそれにはりつき、〈非存在〉以外のなにものでもない深海の底により速く達するようにと、さらにいっそう身を重くすること。なぜなら〈悪魔〉は〈存在〉の全能の主であるがゆえに、〈無〉に対しては無力であるからだ。もし不慮の事故が、そもそも誰でもいいような人間のうちに存在の不可能性を現実のものにすることで、〈歴史〉のなかに些細な汚点を作り出すなら、そして、もしこの人間がこれで死なないなら、彼は死にそこなった体験を少しでも理解している限り、非存在における誕生の、現世での裏面としてその死を生きることになる。この非存在こそ彼の王国であり、〈サタン〉もその手先も彼を追いかけてくることはない。〈悪魔〉をだますために、ジュールは状況を利用して、ある種の虫が危険を感じた時にするように、死んだふりをしたのである。彼はぴくりとも動かず、欲望もなしに、息をひそめていなければならず、すべてを失ったこと、名誉さえも、人間を事物から隔てる超越さえも失ったことを、可能なかぎり誠実に認めねばならない。彼は仰向けに横たわり、頭の中には自分の不可能性の意識しかない。彼の身体は、〈悪魔〉のうちにあり、〈悪魔〉はたっぷりの電気ショックで彼を拷問することをやめない。だが、存在の不可能性は、彼を世界とその諸目的の外へ、現実化できない無限の可能事のなかへと投げ出した（その可能事のいくつかは——他の人にとっては——実現の対象となりうるが、不可能な人間には、眺めるべき単なる非存在として与えられる）。同時に、現実界へと振り向くとき、不可能な人間はそれを構成する無の部分を発見し、非存在を人間のあらゆる企ての不可欠な部分として把握する。それどころか現実界は彼に、隠された不可能性[*1]とでも定義できるような可能性の部門として現われるのである。

*1　いわゆる実践的成功は、実は秘められた挫折であるという理由による。

〈悪魔〉が知らないこと、それは絶対的空虚が想像界に属しており、自分がいためつけているこの横たわった男が、己のうちに、これまで作ることのできなかった作品が生まれ、組織されていくのを感じているということである。ジュール＝フローベールは素知らぬ顔で、その作品を成長するがままにする。〈サタン〉の注意をひかないように黙って、非現実で、ほとんど無頓着で。しかし彼はひそかに知っているのだ、

　　沈黙の微粒子の一粒一粒《ひとつぶひとつぶ》は
　　濫熟する果実《このみ》の機会を作る(9)

ということを。こうしてついに三つの超限的基体の切り離せない作用が、夢遊病者のような彼の手をとって、無——事物のイマージュを目指す言葉のイマージュ——を書き写させるとき、〈悪の領主〉は、それを妨げることができないだろう。

　それでも〈悪魔〉は災いをもたらすことができる。脱現実化の中心としての作品は〈悪魔〉から逃れる。しかし作品には通常、〈悪魔〉が働きかけずにはいない現実の続きがある。作者とその作品との関係、書物と読者との関係である。ジュールは自分が閉じこもった想像界から離れるのを拒否して、〈ぺてん師〉の裏をかくだろう。もし自分の小説の一つ、戯曲の一つに、現実の情熱を抱いたら、もしそこに生身の自分が生み出した果実を見て、自分の客観的現実を認めたら、彼は心の平静《アタラクシア》を失ってしまうだろうことを弁えている。だから彼は超然とした態度をとる。終えた作品はもはや彼のものではない。「彼は自分の着想[*1]の方を愛する。彼は自分自身の作品をほとんど思い出さないほどである。作品がひとたび生み出された後は[*2]、かつてそれらの誕生に抱いた不安にくらべても、それ以上に、作品の行く末について無頓着である」。この奇妙な文は読者に記憶を喚起するだろう。われわれはギュスターヴが自分を、進行中の作品よりも未来の作品を気にかけている者として、何度も描いたのを見てきた。これは彼にとって一つの心理的特徴であった。彼はいつもこぼしていた。それは、彼の語によると、この夢見た〈未来〉が絶えず自分を失望させるからだった。彼が書き終わろうとしているもの、または完成させたばかりのものに対して感じていたのは、無関心ではなかった、ほとんどの場合、それは嫌悪であった。この気持は彼によれば正当である。というのも、作品は夢においてしか——つまり未来においてしか——優れたものではなく、また彼には才能がなかったからだ。しかし今引用したばかりの一節では、調子が変わっている。自分の欲望と手段とのあまりに大きな乖離を示す情熱面の特徴として提示されていたものを、彼はいまや情熱の死の結果として示すのである。ジュールが偉大な作家であるのは、まさに情熱が死んだからだ。その結果、われわれは彼が自分の作品を愛すると予想してはならない。彼はそれらを「作られる」がままにする。そしてもし彼が未来の作品にある種の優しさを持ち続けるなら、その理由はもはや希望でも、進行中の作品に対する不満でもない。ただ、徐々に形をとる進行中の作品は、第

一段階の夢にすぎない。一方、未来の作品は、曖昧で、固定した輪郭はないが、約束に満ちており、夢の夢、つまり第二段階の夢である。そもそも、前者は方向づけられている。空虚への信頼はあっても、そこから期待できるものは多少なりとも分かっている。後者は、まだ取り組まないうちなら、想像の自由な戯れであり続ける。しかしながら、かつては自分の企ての野心を前に興奮していたギュスターヴが、いまはジュールを、より冷静な作者として描いていることに読者は気づくであろう。彼は自分の着想「の方を好む」。それだけだ。これは控えめな言い方である。というのも、完成した書物が彼にもたらすのは無関心だけだからだ。この理由で、十六歳から二十歳までの間に、ギュスターヴがきわめて頻繁に言及していた心理的特徴は、初稿『感情教育』において倫理的命令の地位にまで高められたことに気づかされる。「もしきみがうまく書きたいなら、何物にも情熱を持ってはならぬ、きみがいま書いているものや、これから書くものにもだ」。自分の作るものを好むなら、夢を壊すことになり、〈サタン〉の監督下に再転落することになるだろう。同じ理由で、嫌悪感もまた消え去った。ギュスターヴは自分の草稿を激しい嫌悪の内に放棄してきた。ジュールは、作業の調整にちょうど必要な程度の不安をもって自分の草稿を終えるのである。

＊1　彼がテーマと主題を構想する時点での作品、と理解しよう。

＊2　この部分の強調はサルトル。これは、ギュスターヴが彼の中に自分を生みだす対象に対して、受動的に感じていることを明白に示している。

読者について言えば、最良の解決策は、これを望まないことである。〈悪魔〉は、この地上なら、容易に報復を行なうことができる。〈悪魔〉はジュールが傑作の書かれるための手段になるのを妨げることはないが、その戯曲が不運にも舞台にかけられることにでもなれば、それを野次《やじ》の口笛で貶めることはできる。思慮深いこの若き著者は、誰のためにも書かない。プロの批評家たちは門前払いされる。そして同じように読者も。となると、誰が作品を——もしくは死によって眺められた生を——判断できるのだろうか、あらゆる事物や作品そのものに、永遠の視点をとる死者でないとすれば？　したがって、〈書物〉はその形而上的重要性を獲得する。それは存在するのに読まれる必要がないからだ。「ナイチンゲールの歌は人に聞かれないからといって、その美しさが減るだろうか。花が空気中に発散させ、空へと立ち上げる香りは、人にかがれないからといって、その甘美さが減るだろうか」。もし人びとがいつの日か、彼の著作のうちの一冊を繙くことが許されるとしても、それは圧倒的な賛意によって、その書物がまだ得たことがなかった、もしくは潜在的にしか持っていなかった深さと濃密さをこの書物に与えるためではないだろう。否。単に、彼らには、完成した対象を賛美することが許されるだけだろうし、読書はミサのようなものになり、人びとはそこに何も加えはしないだろう。ジュールがときおり——きわめて稀だが——自分の本が出版されるのを夢見るのは、「（人びとの）精神のうちにはいりこみ、彼らの思考、彼らの存在に化身し、彼らが彼と同じものを崇拝するのを眺め、彼を熱狂させるもので彼らが活気づくのを眺めるためである」。要するに、読者は相対的な存在である。読者は、作品によって規定され、自分のうちに死と美の観念を据えられるが、その代りに読者が与えられるものは何もない。この生ける死者にとって、書くことは必然である。出版は随意で、そもそも余計である。彼の寛大な心次第だ。もし、孤独に疲れて、思わず栄光を望んでしまっても、大したことではない。イマージュ人間は肘掛椅子から立ち上がることなく、想像界のなかで自分に栄光を与えるだろう。呼びかけると即座にパリ中の名士たちが劇場に詰めかける。ジュールは気持よく感動し、喝采の声を聞く。彼は自分が喝采に値することを知らないのだろうか？　細工は流々。彼の作品は決して想像の世界を出ることがないだろう。ジュールはそこを決して離れないという条件で、非現実の王なのである。〈サタン〉はうんざりして遠ざかり、彼を忘れるふりをする。以上が初稿『感情教育』の「負けるが勝ち」である。ぼくは現実の場面で敗れるだろうが、その直接的な結果として、非現実性の場面で勝利を収めるのだ。要するに、それこそはフローベールが四五年に、自分の神経症に認める深い意味《サンス》であろう。すなわち神経症は、彼が天才であることを数学的に可能にするすべての条件を、意図的に一つにまとめたことになる。彼はこの解釈についてどう考えるだろうか。

たしかに、まずこの解釈は、われわれがこの章の中で論証しようと試みた次のことを裏付けている。フローベールの芸術との関係は、彼の神経症の鍵であり、逆に神経症は、彼に作家としての問題の解決策を提示した。受動性を徹底することで神経症は彼に、そこから引き出すことのできる方針と、彼にふさわしい文学の形式——受動的行為者のみが生み出せる形式——を発見させたのである。四四年一月と四五年一月との間に、神経症的発明があったことは疑いない。何もかも最初の発作からあったとは断言できないが、それはすでに述べたように、戦略というものは——病理的なものであろうとなかろうと——時間性をもっているからである。そもそも、明白なことだが、初稿『感情教育』のなかの厳密に神経症的な要素は、ギュスターヴがそこで述べている〈詩法〉と分かちがたい。ジュールと読者の関係、出版されることへの恐怖と欲望、自己暗示に属し、人間嫌いと引きこもりによって妨げられるあの栄光の夢、これらはみな疑いもなく病的であるが、同時に彼の美的態度の厳密な延長でもあることを認めなければならない。もし芸術の霊媒になるためには自分をイマージュ人間にしなければならないとしたら、自己を現実化〔実現〕する者は芸術家であるのをやめることになる。この意味で、四五年のフローベールについては、自分を想像的なものと思いこんでいる人間と言うことができよう（変身の否定的で、暗示症的、神経症的な裏面）。なぜならこうした思い込みは、その受動性にふさわしい芸術作品を構想し、制作するために不可欠であるからだ（肯定的な表面）。この人間とこの芸術の根源的関係の直観。一方を通しての、他方の発明であり、逆もまた同じである）。

つけ加えなければならないのは、フローベールの証言が、たとえ多くの点で疑念の余地があるとしても、それが当事者の証言であることは変わらないし、伝えられた事件との深い共犯を前提としているということだ。この意味で、奇妙な賭けであるポン＝レヴェックの「負けるが勝ち」が生じたに違いない。そうでないなら作者はどこからそれを引き出したのだろうか。『十一月』と『感情教育』の間には深淵がある。青年、若者としてのフローベールは、怨恨《ルサンチマン》のマゾヒズムとサディズムによって、負けるために負けていた。なるほど彼は、完全な難破のなかで消えていくことに、自負心を覚えていた。不幸は選ばれた印であった。偉大な魂だけが、大いなる〈欲望〉の犠牲者となって全面的に沈んでいったのだ。この想像上の苦痛礼賛は、疑いもなく「負けるが勝ち」の起源である。いずれにせよ、彼は全面的に飲み込まれるのを求めていた。何も生き残らず、海はたった一片の漂流物も返さない。狂うか死ぬか老いぼれになった敗北者は、自分の最高の品位を活用することができなかった。作品の内にそれを表現することとも、それを味わうことも、それを認知することさえできなかった。せいぜい、ただひとりの証人だけが、抽象的に断言できるのだった、彼の挫折は彼の偉大さを破壊しながらも、その偉大さの印であると。もしくはそれどころか、彼の挫折は彼の偉大さの破壊によって、その偉大さを生み出すのだと。逆にはじめ凡庸であったジュールは、生きている間にその挫折によって成長する。挫折こそが「啓示的に」彼を頂上へと導く。この発明は、昔の悲観主義にかなり良く一致するものの、完全にはそれに属さない。これは次のような表現で定式化できるように思われる。悲観主義を徹底せよ、それは楽観主義に変わるだろう。四四年一月に何かが起きた。還元不可能で、意図的な変化をギュスターヴは感じとった（そこから彼の奇妙な静けさがくる）、それを彼は長い時間考えて、明白にし得たと思い、その解釈を『感情教育』の最後の数ページで示した。別の言葉で言うと、神経症の表明とともに「負けるが勝ち」が登場することは、疑いえない。ギュスターヴがわれわれに手渡すのはこの「負けるが勝ち」なのだろうか。これこそ真の問題である。

ジュールの話を読み直すなら、フローベールが神経症の事実を隠している、もしくは無視したがっていることを確認できる。われわれがその物語からこの事実を引き出すことができたのは、先行する出来事を知っているからであり、それらの出来事や書簡集の内で彼が思わず漏らす打ち明け話によって、『感情教育』の結末の病理的側面が即座に明白になるからである。だがそれは彼の意に反してである。彼が欲したのは、逆に、自分の言い表わしがたい経験を合理化すること、そしていつものように、普遍化することである。その理由は明白だ。安心する必要があるし、闇に射しこむつつましい楽観主義が神経症からくる幻覚的なものではなく、いくつかの合理的な証拠によって補強できるものだと、自分に証明する必要があるからだ。要するに、ジュールに自分が夢見ている運命を割り当てることで、フローベールは自分に役立つように、「負けるが勝ち」の理論的、実践的概論を書く機会を手に入れたのであり、自分自身の出来事の疑わしい独自性はそこから厳密に除かれることになる。問題は弁証法的逆転によって、人間の根底的な挫折が必然的に〈芸術家〉の成功へと裏返るのを示すことである。媒介はない。彼は一切の補助を拒絶する。〈神慮〉がこのことで一役買っているとするなら、それが人としての彼を、予想を上回る多くの不幸で満たしたからである。しかしそのあとにつづく逆転は、自ずと起きる。彼は後にルイーズにあてて、自分の四四年の危機を自分の不幸な青春の数学的な帰結として提示することになる。『感情教育』の時なら、彼はむしろ自分の天才は、ポン＝レヴェックでの偽りの死の数学的結果、極限にまで至った絶望でしかないと言うだろう。彼はもはや著名な先行者たちの存在に悩まされていないように見える。おそらく彼は、彼らもまた自分と同様、並外れた落伍者であると自分を納得させたのだろう。事実、後に書いた手紙の中で彼は、シェークスピアその人はまったくわけがわからない、それほどにこの作家は、互いに矛盾していていちどきに体験するのは不可能な情熱の描写に深みを与えている、と指摘しているのだ。われわれはこの難解な文面を、初稿『感情教育』の光で照らすことができる。シェークスピアがかくも多くの、多岐にわたる情熱を描写することができるのは、あらゆる情熱がともに彼の内に潜んでいるからではなく、逆に彼がそれらの情熱を、想像力による以外は感じないからなのである。彼が人それぞれの立場に身を置くのは、彼がもはや誰でもないからである。この「巨人」のうちには個人的なものはなにもない。ただ、まさに彼の作品の「独創性」となる豊かな記憶があるのみである。見事な例ではある。シェークスピアとは誰であったか誰も知らない。だからギュスターヴは反証を恐れることなく、この著者が世人と同じく暴力と混乱の内に二十年なり三十年なりを生き、その後死んで、それから書き始めたと断言することができる。それにその言説内に必然の語を導入するは彼自身なのである。「巨大な汎神論が彼を通って、芸術の内に再び現われる。（ジュールは）この必然性の器官、これら二つの項の通路になる」。宇宙《コスモス》と言語の結びつきは——芸術家の受動性がそのいずれをも想像的なものとして彼に見せるやいなや——必然的なものになる。この理由によって、イマージュ人間の天才は宿命的である。逆転は厳密なものである。〈父〉の呪いは寝返って呪い自身にはね返る。

息子を挫折から挫折へと、存在することの不可能性の意識にまで導くことで、彼の内に、天才という非存在の選択を引き起こしたのである。もし誰かが、世界というこの〈地獄〉で、偉大な〈芸術家〉が何故きわめて稀なのかと尋ねたとしたら、ギュスターヴはおそらくこう答えただろう。大多数の人は、世界が彼らの熱望に対置する容赦ない拒絶に気づくのがおそすぎる、彼らは自分をごまかす、自分に嘘をつく、あるいは彼らの難破は、彼の場合と同様に全面的であっても、より巧みに処理されて、生涯にわたって引き延ばされる、あるいはもっと端的に言えば、彼らは負けるのが怖くて、最後まで自分をごまかし続けるからだ、と。証明終わり。ここには〈神〉も、〈悪魔〉も、〈父〉も、神経症もない。すべては外部に、以前にある。ある瞬間において、世界は大きく揺れ、回心は自ずとひとりでになされる。主体の自由はそこでは何の関係もない。その方が確実だ。それに、主体の自由は存在しない。したがって「負けるが勝ち」をもっとも厳密な決定論の言語によって述べることもできるだろう。

疑わしきは、まさにこの厳密さである。われわれはそれが抽象であり、ことはそのように起きえなかったことをよく知っている。それまで、ギュスターヴは神経症にはりついていた。突然、彼はそこから身を離し、自分の経験をもとに、安心感のある完璧すぎるモデルを作る。まさにこの理由から、あらゆる困難さが始まる。そしてもし彼の思考を少し仔細にみるなら、偽の正確さのもとに、その曖昧さと不正確さを苦もなく見つけることができる。

彼の内に二つの「負けるが勝ち」があるのではないか。日付けにおいて二番目の、表層的な方は、その明晰で合理化された表現を、必要に応じて変更されたジュールの人物像のうちに認めることになるだろうし、さらに、第一の「負けるが勝ち」の漠とした直観に起源をもつことになるだろう。この第一の「負けるが勝ち」は、隠されていて、前論理的で、異常なものであり、根源的な危機のさなかに、もしくは直後に、その根本的で目的論的な構造として現われていたのではないか。これこそわれわれがこれから証明しようとするものであるが、そのために検討すべきは、四五年から四七年の間の彼の行動であり、ついで、より一般的に、彼が壮年期に作り上げる霊感と仕事との関係であり、最後に、彼がある物語で、生涯のうちに書いた二度目にして最後のハッピーエンド、すなわち、聖ジュリアンの被昇天が持つ本当の意味である。

五　「負けるが勝ち」の現実の意味

A　四五年から四七年のギュスターヴ・フローベール

ジュールはギュスターヴの化身だろうか。完全に化身というわけではない。いやむしろ、まだそうではない。四四年の長い冬の数カ月のあいだ、執筆ができない状態にあった彼はたえず身の上に起こったことについて考察し、「負けるが勝ち」に関する理論をまとめようと試みた。自分はやがて偉大な作家になるだろう、そのことにもはや疑問の余地はない。春が訪れ、執筆が許される。誕生を要求している傑作に、自分はすぐさま取りかかるべきか？　いや、フローベール家の次男は慎重さを欠いていない。彼は分かっている。まず力を取り戻し、困難な任務に耐えられるようにならねばならない。彼の任務とは、〈存在〉を非現実化して、想像力によって生きるという彼の厄介な習慣を〈芸術〉のために用いることである。そのうえ、もう何カ月も書いていなかったということもあった。あらためて文学と接する必要がある。最も単純なやり方は中断していた作品を再開し、完成させることだ。彼は謙虚だ。いまから天才を発揮するわけにいかないのは知っている。いまだ盲目で自分がよく分かっていないこの天才の力を用いようとすれば、それは混乱した暴力を振るい、作業の妨げとなるだろう。そう、まだ翼を拡げる時ではないのだ。彼はアンリーの恋愛の結末とジュールの身に起こったことを語るだろう。同じ文体で。それは素晴らしい訓練だ。そして、何よりも誇張せずに。とはいえ、ジュールについて述べるときに、彼はよき知らせを告げずにはいられない。たしかに、主人公がやすやすと書くとされる文の一行すら、ギュスターヴは書くことができないだろう。しかし、すでに自信をもって、真の〈芸術家〉の行動や習慣や内面生活を書きとめることはできる。そうできるのは、自分を描きさえすればよいからであると同時に、彼のうちではまだ胚種状態ではあるが、今後の発展の方向が分かっているある種の力を増幅する能力をすでに持っているからである。一般に——小説家なら誰でもそれを知らぬ者はないが——例外的な人物の内面を示すことほど難しいことはない。平凡な人間を描くためにでさえ、偉大な才能をもってしてやっとのことなのだ。それゆえ、作家は小説的な筋立てのうちに偉大な人物を登場させるのが不可欠なとき、やや斜め側面から、手早くさっと描く工夫をする。しかし、見習い作家ギュスターヴのやりかたは手荒だ。彼は主人公のうちに入り込み、その内面生活を暴き出す。こうして、天才がどのように生き、どのように考え、何を感じるかをわれわれは知ることになる。それはギュスターヴにとって、ジュールが未来の自分の自画像に他ならないからだ。それどころか、未来によって高められた現在の肖像なのだ。いまの私はこうだ、やがてこうなる、というのも、そうでなければ〈芸術家〉にはなれないからである。将来と現在のこの衝突がジュールに——二十六章以降——あの奇妙な様相を与える。そこには真の厚みがあるが〈それは私がまだそうなっていない〈芸術家〉というの〈他者〉、病人の私の上に不意に送りこまれた〈他者〉だ〉、ときには極度に抽象的でもある。この男はしばしば詩法でしかないからだ。この企ては奇妙なもので、わたしの知るかぎり、そんな危険を冒した者は他にいない。現在の自分ではなく、確実にそうなる未来の自分について語ること、なんという大胆さだろうか！　四四年の夏から秋にかけて、ギュスターヴは危機を脱していなかった。仕事をすることはできたが、長くはつづかなかったし、すぐに疲れが出た。とはいえ、彼が自信を持つために選んだのはまさにこの時期だった。生まれて初めて彼は自分の星を信じる勇気を持つ。これが初めてで、後は一回だけ同じことが起こるのだが——『聖ジュリアン伝』執筆のときだ——、彼は最悪のものこそ、辛い道ではあるが、悪から善へと向かう確実な道であると確信したのである。

四五年一月、原稿は完成する。ギュスターヴが息切れしていたことは想像に難くない。健康がなかなか回復しなかったからなおさらである。それに、既に述べたように、フローベール博士がつねに傍にいて、ほんのわずかな回復の兆しのうちにも本復の兆候を読み取ろうとして、息子にできるだけ書かせないようにしていた。とはいえ、ギュスターヴがジュールのうちにほんとうに自らの将来に関する予言的な姿《イマージュ》を見ていたとしたら、自分の力を見せつけるためにすぐにでも新たな作品に取りかかりたくて仕方がなかったにちがいない。いずれにせよ、たとえ自分にも、扱う主題にも自信を持てずにいたとしても、また、さらなる成熟を求めていたとしても、少なくとも、この人物〔ジュール〕が「偉大で重厚な作家」になることを助けた「文体に関するあの偉大な研究」にフローベールが取り組むことを、ひとは期待するだろう。ところが、そのようなことはいっさい行なわれない。重要なこと——書くこと——で確認できるのは、素描された後に放棄された東方物語の[1]「筋書き《シナリオ》」を別にすれば、彼が三十二カ月間なにひとつ生産しなかったということだ。読書に関しては、後ほど詳しく見ることにするが、さしあたり言えることは、彼の読書が、ジュールが自らに課した広大なプログラムとまるで共通点を持たないことである。四五年一月以降、ギュスターヴは立ち直ったということか。彼は早くも「負けるが勝ち」を信じることをやめたのか。それとも一度も信じたことがなかったのか。いや、それはほぼありえない。その奇妙な態度の意味を理解するためには、彼のやっていることを細部にわたって検討する必要がある。

四五年一月。彼は小説を完成し、シェークスピアを読み、「ギリシャ語をたくさん勉強し、歴史のおさらいをしている」。三月三日、カロリーヌがアマールと結婚し、フローベール一家はアシル夫妻を除いて、総出で新婚旅行に同伴した。悲しい旅だった。出発してしばらくして、全員が病気になった。アシル＝クレオファスは眼を痛め、カロリーヌは腰の痛みを再発し、ギュスターヴは義弟の存在に苛立ち、「二度目の地中海を俗物として見ることに」激怒し、なんと神経の発作を二度も起こした。誰もが退屈していた。二人だけでいたかっただろうとわたしが想像する新婚カップルは別だったかもしれない。とはいえ、フローベールには文学の計画がいくつもあった。彼は四五年から四六年の冬の間に書こうと考えている東方物語を「反芻」していた。ジェノヴァ史を読み、[2]「コルシカ戦争の一挿話に関するかなり地味な戯曲の構想が」浮かんだ。そして最後に、「『聖アントワーヌの誘惑』を描いたブリューゲルの絵を見て、『聖アントワーヌ』を芝居に仕立ててみたらという気持になった。だが、それにはぼくとは違った屈強な男が必要だろう」[*1]。この手紙は多くのことを教えてくれる。まず、ギュスターヴが『デルヴィシュの七人の息子』の構想を、初稿『感情教育』を終えた直後、あるいはひょっとすると執筆中に得たこと。いずれにせよ、一八四五年三月以前のことである。彼はアルフレッドに、二人がルーアンにいた時にそれを告白しているからだ（「ぼくはあいかわらず東方物語を反芻している」）。したがって、彼が筆を執るのをためらっていたのは、題材不足のためではない。むしろ逆で、五月に書かれたこの手紙によれば、ギュスターヴは彼の物語《コント》に少なくとも六カ月後でなければ着手しない決心をしたと告げている。最初に取りかかろうと考えていたのは『聖アントワーヌ』だから、コルシカ戦争の戯曲と『聖アントワーヌ』はさらに数年先に間隔を置いて書くつもりだったことは明らかである。このように、すでに四五年の時点でギュスターヴは、四六年十二月にルイーズに説明することになる文学生活の規則を固めたのである。つまり、「……たくさん考え……できるだけ少なく書く」。この点については後に述べることにしよう。考えることと反芻することは一つだ。構想の期間は長くなければならず、筆を執るのは最後の瞬間、そうせざるをえなくなった時でなければならない。しかし、昔のテーマが新たな形式で戻ってきたことも指摘すべきだろう。ギュスターヴは自分の『聖アントワーヌ』を書くつもりだとは言っていない。せいぜいのところ、試してみようとしているのだ。というのも、「それにはぼくとは違った屈強な男が必要だろう」からだ。どんな屈強な男か？　たぶんシェークスピア、それともゲーテか。われわれの前にいるのはもはや「偉人のなり損ない」ではない。かつての絶望や疑いはおおっぴらな謙虚さに取って替えられた。ギュスターヴは自分の限界を悟ったかのようだ。彼が成功できる文学的企てがある。東方物語はそういったものの一つだ。なぜなら、彼はこの年の五月に、翌年には完成することを疑っていないからだ。彼がまったく持ちあわせない能力を必要とする別の企てもある。ジュールには天才があった。ギュスターヴが自分に認めるのは才能くらいだ。この卑下は絶望の極みではなかろうか。かくも長いあいだ天才を夢見ていた者が、自分が本当になれるもの、つまり小作家を発見することほど、滑稽で苦痛に満ちたことがあろうか。いずれにせよ、このことはギュスターヴが——前の冬にジュールを自分の化身と信じていたとしての話だが——いまでは幻想をすっかり失ったことの証ではなかろうか。もう少し見てみよう。

＊1　アルフレッド宛、四五年五月十三日、ミラノ発。『書簡集』第一巻、一七三ページ。

彼はルーアンに戻ったところだ。彼は心に決める。「従来どおり読み、書き、夢想しよう。……ギリシャ語はまた上達するだろう、もし二年後に読めるようにならないなら、決定的に放りだしてしまおう。なぜなら、何も分からぬまま悪戦苦闘してずいぶんになるのだから」。この上機嫌は六月十五日のものだ。八月十三日、それはまだ続いている。「ぼくはギリシャ語をまた始め、根気よく続けている。わが師シェークスピアもまた始めた……」。同じころ、彼はアルフレッドにもう少し詳しい説明をしている。「ぼくはあいかわず少しギリシャ語をやっている。[*1] ヘロドトスの『エジプト』(3)を終えた。三カ月後にはよく分かるようになり、一年後には、忍耐強くやれば、ソポクレスだ。ぼくは、クイントゥス・クルティウスも読んでいる。アレクサンドロスというのはなんとすごい奴なんだろう！　今日、シェークスピアの『アテネのタイモン』を読了した。シェークスピアのことを考えれば考えるほど、ぼくは圧倒される。……夕べは寝床でスタンダールの『赤と黒』の第一巻を読んだ。これは卓越した精神と、大いなる繊細さを持ったものだね。文体はフランス的だ。しかし、これが文体、真の文体なのだろうか。現在ではもはや人びとの知らないこの古い文体が」[*2]。同じ手紙で、彼はまるで異なる活動についても仄めかしている。「ぼくはあいかわらずヴォルテールの演劇の分析をしている。これは退屈だが、後で役に立つだろう。それでもおそろしく愚かな詩句に出会ったりする」。こういった作業はデュ・カンを驚かした。「（フローベールは四五年に）ぼくには有用性がまるっきり理解できない骨折り仕事に従事した。ペンを片手に十八世紀のフランス演劇、つまり、ヴォルテールやマルモンテルの悲劇を研究したのだ」。ギュスターヴがどのくらいのあいだ根気よくこの「骨折り仕事」をしたかは詳らかにしないが、つけていたノートは、フランクラン・グルー夫人相続目録[4]で「フローベールの手によって『ヴォルテールの演劇』と記されたファイル」という名の資料となっている。[*3] 四五年九月、フローベールはサン＝マルク・ジラルダンの『劇文学講座』を陽気な憤慨を示しながら読んでいる。「愚かさと破廉恥がどこまで行けるものなのかを知るためにこれを読むのはよいことだ」。その後は情報がなくなる。そして喪が訪れる。四六年一月十五日、アシル＝クレオファスの死。三月二十一日、カロリーヌの死。四月七日、彼は書く。「ぼくはいよいよ仕事に取りかかるぞ！　いよいよだ！　途轍もなく、じっくりと、猛勉強してみたいのだ。その望みを持っている」。その同じ手紙で彼は宣言する。「ぼくは自分が見識が狭く、ひどく凡庸であるような気がする。ぼくは芸術家的に気むずかしい性質になり、それが情けない。ついにはもう一行も書けなくなってしまうだろう。いいものが書けそうな気はしている。だが、いつもそれが何になると思ってしまう」。『デルヴィシュの七人の息子』については「東方物語は来年に延期だ。おそらくは再来年、あるいは永久にかもしれない」と言っている。彼は書かないし、書きたくないと言っているのも同じだ。ギリシャ語に関しては、事件のせいで勉強できないことを認めている。しかし、不思議なことに、想像できるように六カ月前からではなく、六年前から遠ざかっていたと言うのだ。「……ギリシャ語を再開しようと思ってから六年になるが、状況がひどいので、まだ動詞にまでもたどりつけていない」。だとすると、何をしているのだろうか。彼は夢想し、「〈観念〉の世界に戻り」、「ちょっと気違い」になっている。四月、彼はミシュレの『ローマ史』を読み返す（「古代には目がくらんでしまう」）。六月、われわれは再び「かなり理性的に、つまり日に八時間仕事をしている」彼を見出す。彼は付け加えて言う。「ぼくはギリシャ語と歴史をやっている。ラテン語を読み、こういったまっとうな古代人たちに少し馴染んできた。こうした連中をいまや芸術的に敬うようになった。古代世界を生きようと努めている。神のご加護があれば、うまくいくだろう」。別の手紙では、自分はそこで生きたのだと確言している。四六年七月の終わり、ルイーズ・コレが彼の愛人となる。彼は九月十二日に彼女に書く。「今晩、ぼくは仕事を再開したけれど、無理やりだ。きみを知ってから六週間になる……。ぼくは何もしていない。だが、この状態から抜け出さなければならない」。じっさい、彼はそこから脱する。「ぼくはかなり仕事をしている」と彼は三日後に書く。「毎日、ギリシャ語にラテン語、晩は東洋《オリエント》」。東洋《オリエント》、もちろん、それは彼の東方物語のためだ。しかし、彼は読んでいるばかりだ。彼はヴァスに頼んで本を送ってもらっている。「十月末までに……ぼくはこの二冊を終えるだろう。ぼくは目下のところ少し東洋《オリエント》をやっている、学術的ではなく、絵画的な目的のためだ。色彩、詩情、音を出すもの、暑いもの、美しいものを探しているのだ。バガヴァッド・ギータ(5)、ナーラ、仏教に関するビュルヌーフの大部の著作、リグヴェーダ賛歌(6)、マヌ法典(7)、コーラン、それに中国の本をいくつか読んだ、それだけだ。もしきみが、アラブ人やインド人やペルシャ人、マレー人、日本人などによって書かれた多少とも滑稽な詩集やお芝居《ヴォードヴィル》でも掘り出したら、送ってくれたまえ。東洋《オリエント》の宗教や哲学に関するよい研究（本の紹介）があったら、教えてほしい。広大な領域であることが分かるだろう。しかし、それでも思ったほどは見つからない。たくさん読む必要があるが、その成果はゼロだ。そこにあるのは多くの無駄口、それ以外じゃない」。彼は当然のことながら付け加えている。「ぼくはあいかわらずギリシャ語を少し勉強し、ラテン詩人たちを詰め込んでいる」。九月十七日、ルイーズ宛の手紙では、これらラテン詩人はウェルギリウスただ一人に減少する。そのほかには、「ぼくはあいかわらずインドの芝居を読んでいる。夜は、パルナッソス山〔詩〕の立法者であるあのお人好しのボワローを読み返している」。少し後——九月二十七日——には彼が「ぼくの古きシェークスピアを端から端まで読み返し、今度はそのページが手に貼りつくまでは離さない」つもりであることが分かる。数カ月のあいだ、彼はもう自分のやっていることを話そうともしない。ルイーズがついに苛立つと彼女の怒りを静めようとする。それから、ブイエやマクシムに会い、彼らと文学に関する長談義をする。十二月五日、ずいぶん前から何もしていないと彼は告白する。「まだ仕事はしていない。それでも、月曜日は友人のデュ・カンが寝ているのを利用して、午前中少しギリシャ語をやった」。四七年の初めも、読書はほとんど変化を見せない。「今日、バイロンの『カイン』を読了したところだ[*4]。なんという詩人だろう！　およそ一カ月後には、テオクリトスを終えると思う」。彼は「多くの読書のために身動きがとれなくなって」いることを嘆いている。読書を早く終えたくて仕方がない。「ぼくは可能なかぎり仕事をしているが、あまり捗らない。どんなものであれ、ひとつの観念を得るためには二百年は生きなければならないだろう」。二月二十三日。「……ぼくはギリシャ語を続けている。テオクリトス、ルクレティウス、バイロン、聖アウグスティヌス、聖書を読んでいる」。彼がようやく書くことを自らに許すのは、夏になり、マクシムと旅行するときのことだ。彼はマクシムと協同して、『ブルターニュ』と名づけた「ルポルタージュ」を書くが、これは生前に発表されることはなかった。彼が仕事に取りかかるのは四七年九月のことである。それがどんな精神状態であったかは、次の文章が率直に語っている。「ぼくたちはいま旅行記を書くのに没頭している。この仕事には、効果を大いに練り上げることも、全体の配列をあらかじめ考えぬくことも、要求されていないけれど、ぼくには書く習慣がほとんどなく、そのために、書くことに、そしてとりわけ自分自身に対して気むずかしくなっているので、心配になるばかりだ。あたかも音感は正しいのに、ヴァイオリンの演奏は音をはずす男のようだ。意識している音を、指が正しく演奏してくれないのだ。それで哀れなへぼ楽士の眼からは涙が流れ、指から弓は落ちてしまう」。二人が奇妙なやりかたで執筆したことをわれわれは知っている。ギュスターヴが奇数章を書き、マクシムが偶数章を担当することにしたのだ。フローベールはすぐにやる気をなくす。九月末には「およそ六週間後には」けりをつけようと彼は考えている。十二月末には、彼は最初の執筆を終え、「全体を直し、言葉の反復を除き、多くの繰り返しを省くのに」あと六週間かかると言っている。その間、残念なことに日付のない数通の手紙で、彼はこの「へとへとになる」仕事についてこぼしている。「もう三カ月半も、ぼくは朝から晩までひっきりなしに書いている。それが引きおこすたえまない苛立ちは頂点に達し、ぼくはつねに表現する *rendre* ことの不可能性のうちにいる」。

＊1　アルフレッドに対して、ギュスターヴは可能なかぎり誠実である。この「あいかわらず少し」という謙遜は、エルネスト宛の四五年一月の手紙に見られる「たくさん」と対照をなしている。

＊2　『書簡集』第一巻、一八九ページ。アルフレッド宛。

＊3　ブリュノー、前掲書、五七三―五七四ページ。(8)

＊4　これはおそらく読み返しであろう。ビドーの目録が示すところでは、クロワッセには、一八三〇年のフュルヌ版（六巻本）のバイロンがある。たしかに、フローベールがこれを手に入れたのは三七年以降である。シュヴァリエ宛の手紙が、これ以前には彼が本を所有していなかったことを証明している。しかし、この時期、この詩人に対する彼の賛美はたいへんなものであったから、ほどなく本を入手したことだろう。

それでも、「聖アントワーヌの誘惑を舞台にのせよう」という思いは継続している。ところが、彼が最初にそのことをルイーズに書くとき（すでにそれを話してはいたのだが）、それは……東方物語の場合とまったく同じで……まだ取りかからないと告げるためだ。「この冬は、かなり激しく仕事をするつもりだ。スエーデンボルグと聖女テレサを読む必要がある。『聖アントワーヌ』は後回しだ。残念だけれど。むろん、そんなことで、できがよくなるとは思っていない。ただ、準備半ばで作品に取りかかるよりは、何も書かないほうがましなのだ」

以上が事実である。これをたとえ表面的であれ検討すれば、第一の明白な事態に驚かされる。四五年一月から四八年夏まで、ギュスターヴは書くことを恐れているのだ。『ブルターニュ』は二人の友人同士で一緒に構想したが、散文芸術に関して一度たりとも自問したことのないマクシムの影響によることはほとんど確実である。いずれにせよ、この取り決めは友情の興奮状態のうちで決まったのであり、その後は、二人の著者のどちらにとっても、この共同作業の約束を放棄したならば、相手に対して面子を失わざるをえなくなったのである。こうして、フローベールはすっかり自分のものだと考えることができない企てに投げ込まれた。なぜなら、それは偶然の機会から生まれたものであって、内的必然性から生まれたものではなかったからだ。もっとも、彼は二章のうち一章しか書かなかったし、ルイーズ宛の手紙では奇妙にも、彼らの方法が作品に与えるだろう非人格性（*impersonnalité*）を強調している。奇妙というのは、彼が日ごろ気にかけているのはこのような無名性ではないからだ。作者は決して現われてはならないが、いたるところに隠れている、と彼はしばしば言っていた。ところが、ここでは、事情はまるで異なる。二人を結ぶ友情がいかなるものであれ、マクシムが書いた章にはギュスターヴはまったく参加していないのだ。この理由から、彼は自分の責任は少ないと判断すると同時に、『ブルータニュ』を取るに足らない作品と見なしていることをルイーズに隠さない。ともあれ、彼は運まかせに書きはじめる。しかし、筆を執る決心をするや否や、なんという不安、なんという叫び！　われわれはすでにこの苦悩を十分に証言する文章をいくつか引用した。今後も、さらに意味深長な別の文章を提示する機会があるだろう。この旅行記によって、突然、〈芸術〉と〈芸術家〉が疑問に付されたのだ。そして、陽気さのうちで考えついたこの計画〔投企〕は、実行に移さねばならなくなると地獄の責め苦となった。*1

＊1　一度原稿が仕上がると、彼は結局のところそれほど不満ではない。ルイーズに対して、ゴーチエに読んでもらうように頼んでいるからである。より正確に言えば、作品の価値に自信がなく、おそらく自己評価が厳しすぎたと考え、より厳格ではないゴーチエがその興奮によって、彼自身の判断を考え直す理由を与えてくれることを願ったのである。

彼個人の（*personnelles*）作品――「東方物語」と『聖アントワーヌ』――に関しては、事情はさらにひどい。最初の言葉を書きつけねばならない瞬間を彼はたえず後回しにする。毎回、さまざまな口実がある。どんなことでも彼にはよい口実になる。「準備」に必要だからと言って、膨大な量の資料を注文しては貪り読むが、後にはそれらは何ももたらさなかったと告白する様を見ると、仕事に着手せねばならぬ瞬間を遅らせるためだけに読書をしているのではないかと思いたくなる。もちろん、この疑いはかならずしも正しくない。彼の全体的で百科全書的な野心も考慮に入れなければならないからだ。それでも、彼がこれほど長いこと書かずにいたことはかつてなかったし、引き延ばし作戦がこれほど恐怖をあらわに示したこともないのだ。彼が恐怖に怯えるのも当然である。『感情教育』の結末で、「厳格な法則にしたがい、徹底的挫折によって、不可能と思われた天才に私はなったのだ」と彼は宣言したばかりだったのだから。自分に対してこれよりたちの悪い罠を仕かけることが難しいことは、衆目の一致するところだろう。じっさい、このような結論を下した後では、傑作を作るか、まったく書かなくなるかのどちらかでなければならない。構想する作品はどれ一つとして、彼には十分に美しいものとは思われない。最初の衝動の興奮が醒めると、勘違いではないか、よく考えもせずに自分にふさわしくない主題や明らかに力量を越えた主題を選んでしまったのではないかと思って、気持が離れてしまう。しかし、それはまだ大したことではない。主題がしっかりしているときは、彼は実現を恐れる。第一章から、あるいは最初の台詞から、自分の真価が証明されると考えてしまう。かくして、二つの相反する力、つまり希望と、幻滅の恐怖とによって、身動きがとれなくなってしまうのだ。

仕事と読書

しかし、これらは表面的緊張でしかない。彼が書けない本当の理由は別にある。四五年から四七年にかけて彼が何をしていたのかを見直し、遡行的分析の枠組でそれを検討してみよう。

彼はたえず自分の「仕事」について語っている。彼は「仕事をしている」、「六週間前からもう仕事をしていない」し、「かなり激しく仕事をする」と自らに約束したりする。仕事をするとは彼にとって何なのか。彼は読書をしている。バイロン、シェークスピア、テオクリトス等々。読書とは何なのか。神経症の平衡を保つ要因として、読書と仕事はいかなる重要性を持つのか。

まずは仕事から見ていこう。それは、物語《コント》や『聖アントワーヌ』のための資料収集、「ギリシャ語とラテン語をやること」、ペンを片手にヴォルテールの演劇を分析することだ。これらの多様な活動の共通点が挫折への意図であることを最初に指摘したのはチボーデである。

なぜヴォルテールの演劇を「分析する」のか。その動機《モチーフ》の一つは、ジラルダンの『劇文学講座』をほとんど同時期に読んでいるという事実によって明らかになる。それはこの時期、彼の三つの文学的計画のうちの二つまでが「演劇的」なものだからだ。既に見たように、コルシカ戦争についての芝居を書こうとしているし、『聖アントワーヌの誘惑』を劇化しようともしている。そこで、ブリュノー氏は「この仕事の理由はごく単純である。フローベールはプランを作る練習をしていたのであり、ヴォルテールの戯曲の見事な構成は彼にとって自分の筋書き《シナリオ》のモデルとなったのである」[*1]と指摘している。しかし、この動機づけ《モチヴェーション》が現実的で熟慮の末だったにせよ、それだけでは、

「人を愚鈍にする」と形容されたこの作業の理由をすっかり説明することはできない。第一に、ヴォルテールの戯曲の構成に関するブリュノー氏の評価は、わたしにはたいへん主観的に思われる。『ザイール』の構成はそれほどすぐれたものだろうか。『フェードル』以上だろうか。[*2] プランが厳格で、われわれがそれを本当に「見事だ」と考えることになるとしても、そのためにこの戯曲が――ヴォルテールの芝居のなかではましだとしても――凡庸な作品でないことになるだろうか。ヴォルテールに対するギュスターヴの両義的な態度をわれわれは知っている。彼は『カンディード』をこよなく称賛するが、「悲劇」のうちには「驚くほど愚かな詩句」を発見する。形式と内容の統一を断言するのにあれほど心を砕く作家が、内容が低劣と思われ、観客にも見放されたことをよく知っている作品を、形式的構造だけのために研究したりできるだろうか。しかも、ほんのしばらく前に彼が「思想」と呼んだものが、つねにそれを「間接的に表現する」固有の文学形式を要求するのだとすれば、ロマン派の演劇の染みこんだ、シェークスピアの大ファンであるギュスターヴが、なぜ十八世紀の悲劇――三一致の法則を緩和したとはいえ、それを完全には放棄しなかった悲劇――のうちに自分の作品を造り上げるための手本《モデル》を見出さねばならないのだろうか。ヴォルテールの構成が称賛されるべきものとなるのは、彼がその込み入った筋立て《プロット》に場所と時間の一致を課さねばならなかったと、初めから考える場合だけだ。筋の一致についても同様のことが言える。ヴォルテールは同一の作品中で複数の平行した筋を描くことを拒む。一方、周知のようにエリザベス朝演劇はそれを避けなかった。どちらが正しいのだろうか。そのことはさほど重要ではない。演劇は生きているのであり、その法則は多様なのだから。重要なことは、フローベールがシェークスピアの方を選んだということだ。彼は少年期に、筋が二十年にも及ぶ筋書き《シナリオ》、何場にもわたる史劇を数多く書いているし、戯曲のなかにも他の作品のなかにも、世界全体を注ぎ込むことを望んだのである。以上のことから見て、彼が「反芻する」作品は、時空間における全体化作用であるために、〔三一致の法則とは〕別種の一致〔統一性〕を必要とする。[*3] シェークスピアが偉大な作品のそれぞれのなかに宇宙全体を注ぎ込んだことを称賛する彼が、なぜそれを研究しないのか。シェークスピア演劇の優れた点は構成の厳格さにはないと言う人もあるかもしれない。しかし、それが真実なのは、まず模範を悲劇の構造に、つまりフランス的統合に採る場合だけだ。異論を挟む向きもあるかもしれない。偉大な作品はジャンルの滅亡後も生き残るとか、モデルなど重要ではないとか、ロマン派以降の作家にとって、その立ち位置から見ても古典研究は役に立つのであり、無数の微細な内的関連を彼に発見させ、それがある時代のあらゆる規則を超えて彼の霊感《インスピレーション》を導くことができるとか。そういう人には、こう答えよう。もしそうなら、フローベールはラシーヌを、それどころか、あのモリエールを

「分析」すべきだったのだ、と。彼は子どものころモリエールの作品を何度も演出上演したのだし、その「構成」は『ザイール』や『オイディプス』[*4]（ソポクレスの悲劇、『オイディプス王』）よりはるかに厳格かつ厳正であり、後になって、フローベール自身が、モリエールをロマン派だと言うくらいだからだ[*5]。それに、彼は本当にヴォルテールの戯曲の解析が劇作術を学ぶのによいと信じていたのだろうか。演劇を学ぶ唯一の仕方はすぐさま創作を始めることであるという点では、あらゆる作者の意見が一致している。そして、物語《コント》や短篇小説の場合にギュスターヴが考えることもまさにそれだ。彼はお気に入り作家たちの分析などせず、シェニエが奇妙にも「創造的模倣」と呼んだものを実践した。つまり、解剖をいつまでも続けるのではなく、即座に総合に移ったのだ。それは借用でも模作《パスティーシュ》でもない[*6]。より簡単に、ある作品の死体を解剖する代わりに、企ての内部で作品を機能させることによって、そこに固有の生を吹き込むのであり、その企ては作品の主導図式と文体を独自の目的へと超出しながら、それを我が物にするのである。この方法の最良の例が『僧院長の指輪』である。これはギュスターヴが課題作文の本のうちに見出した模範解答とほとんど違わないが、そのわずかな差異のなかにまさに驚くべき深遠さが見出される。ヴォルテール悲劇の分析は、劇作法を習得する現実的な方法どころか、逆に決断を迫られた若き作家の優柔不断を示し、書かないための口実となっているのだ[*7]。だからこそまさに、彼は『ザイール』のノートを取る際にとても退屈しているのではなかろうか。彼は遅延任務を遂行しているのだが、心はそこにない。この作業の話をする際に彼のペンから出てくるのは「これはたぶん後で役に立つだろう」というまことに奇妙な言葉だ。この仕事を彼に命じるのは、功利主義そのものということだ――フローベールがあれほど嫌悪した功利主義である――。ギュスターヴは出世を望む勤め人と同じ言葉を使う。「ぼくは週に二回商業簿記の授業を受けている。退屈だが、これは後で役に立つだろう」。つまり、この企図のうちにも、また彼がそれに与える正当化のうちにも、同じくらい常軌を逸したものがある。それは彼が自分の仕事の無用性を完璧に意識しているだけになおさらである。彼は生涯を通じて、文学に「熟練」はないと様々な形で言い続けた。それは正しい。形式と内容は不可分であるから、芸術家は作品に新たな発想を注入しようとする度に、自らの課題の前で新たな存在となる。つまり、それまでの仕事で培われた習慣は助けになるどころか、現在の企てのうちでは硬直したものや紋切り型《ステレオタイプ》となってしまい、主題に直面した時に適した真に自由な態度を採用することができなくなってしまう。したがって、そんなものはできるかぎり取り去ったほうがよいし、習慣が与えるような容易さは捨てたほうがよいのだ。

＊1　ブリュノー、前掲書、五七三―五七四ページ。
＊2　フローベールはラシーヌよりもシェークスピアを好んだが、

劇作家ヴォルテールよりはラシーヌを好んだ。

＊3　『聖アントワーヌ』は一種の仕方で、場所（彼の庵《いおり》）と時間（誘惑の現実の持続）の一致を守っている、と言われるかもしれない。しかし、第一に、筋はどこにあるのか？　そして第二に現実（聖アントワーヌが特定の場所であるこの頂きの上にいること）は幻覚とすっかりもつれて混じり合っているので、われわれの目には世界が、つまり、三つの超限の弁証法的な全体化とそれらの相互的な関係が、映っているように思われるほどだ。作品の統一性は別のところにあり、古典悲劇はそれほど野心的ではないので、その統一性を明らかにすることができない。

＊4　ことに、喜劇的効果は入念な準備と緻密な筋立てを要求する。

＊5　『書簡集』第八巻、三七一ページ。レオン・エニック宛、一八八〇年二月三日。

＊6　とはいえ、きわめて明晰なギュスターヴは、サドから漠然と霊感《インスピレーション》を受けたある物語《コント》——それはすぐに放棄されたが——を頑固に「模作《パスティーシュ》」と名づけていた。私の考えではそれはむしろ「サディズムの練習」と呼ばれたほうがよかったであろう。

＊7　ある批評家のように、ヴォルテールの解剖が後になって『ボヴァリー夫人』のプランを立てるときに役だったなどと主張するためには、フローベールの〔ヴォルテールに対する〕愛を狂気にまで押し進める必要があるだろう。第一に、演劇と小説はあまりにも異なるものであり、いずれにせよ、芝居の「筋立てを巧妙に仕立てる」作者が、同じように小説作品を構成しうるとはかぎらない。そしてその逆もまた真だ。作家が演劇術と物語術を交互に試みるとき、一方で獲得した経験は他方ではむしろ邪魔にしかならないのであり、それを忘れる必要がある。さらに、フローベールが近代小説を創り上げたとすれば、それは本の「筋立てを巧妙に仕立てる」ことができなかったというまさにその理由によるのだ。われわれにとって幸いなことに、彼は「構成の規則」を知らなかった。『ボヴァリー夫人』が伸びゆく植物の一貫性と緩やかな小川の流れの統一性を持ち、いくつもの「山場」があるにもかかわらず、自然同様の曖昧な調和が見出されるのは、彼が計画的に書くことがまったくできなかったからである。これについては後ほど触れる。

したがって、——ギュスターヴの場合はしばしばそうなのだが——彼が言おうとしていることではなく、言っていることのうちにこそ、行動の説明を探す必要がある。「悲劇のうちには驚くほど愚かな詩句があるにもかかわらず、……ぼくには役に立つだろう」。そして、サン＝マルク・ジラルダンの『劇文学講座』に関しては、「愚かさがどこまで行けるものなのかを知るためにこれを読むのはよいことだ（「よい」とは「これを読むのは役に立つだろう」を意味するブルジョワ的語法だ）」。第二の文の「愚かだから」は正確に第一文の「愚かにもかかわらず」に照合していることに注意していただきたい。この「にもかかわらず」[9]は、プルーストの言う「であるがゆえに」の見落としではなかろうか。だとすれば、ヴォルテール悲劇を研究しようとしたのは、低劣であるにもかかわらずではなく、低劣であるがゆえにではないのか。フローベールはあいかわらず、大作家を格下げしようと、偉大な作品の弱点を見つけるために粗探しする怨恨の人なのだ。ジュールはこそこそやったりしなかった。いや、むしろ誇示するほどだ。「こうして、彼は臆病者が示した勇気を探し求めた（中略）。悪徳の人間が行なった善行を探し、善良な人間が犯した罪を嘲笑った。どんな性質《たち》であれ、どこにいるのであれ、人間がたえまなく持つこの平等性は、彼には正義だと思われた。この正義が自負心をおとしめ、内面の卑下の心を慰めてくれ、ついには人間としての真の性質を彼に取り戻させ、本来の位置に戻してくれるのだ」。フローベールは生涯このような態度をとり続けることになる。近年刊行された『ブヴァールとペキュシェ』第二部はそこに由来する。[*1]物語《コント》作者のヴォルテール[*2]は称賛の対象となる。『カンディード』は「おそろしく偉大な」作品である。完璧だ、劇作家ヴォルテールを研究しよう、つまり、偉人の最悪の部分を。そこから引き出しうるのは、すべきでないことに関する漠然とした観念にすぎないだろう。そして、最良の者のうちにある人間的な弱さを、善人ぶって不憫に思うのだ。

*1　ペンから滑り出たあらゆる愚言を網羅的に集めようとした目録［「紋切型辞典」のこと］。

*2　ルイーズ・コレ宛、一八四七年。『書簡集』第二巻、六七ページ。

しかし、それが唯一の理由だろうか。そうではない。ギュスターヴは構成が苦手だ、これは『十一月』において十分見た通りである。彼もそれを十分意識しており、このことを考えて、不安に駆られる。また、初稿『感情教育』は、副次的人物が不意に肥大して、主人公を押しやってしまうことで、統一性の手本とはならないことも知らないわけではない。ところで、〈芸術〉の原理そのものを、彼は全体化のうちに発見していたのだった。すべてが全体化に左右される。いかなるものも他より優先されてはならない、これが鉄則だ。細部、性格、情景は最終的には消え去り、捉えがたいがあらゆる部分に現前する全体を暗示しなければならないのだ。したがって、技術と構成を習得することは芸術家にとって死活問題だ、と彼には思われた。かくして、彼は不安をしばし鎮めるためにヴォルテールに取りかかったのだった。しかし、この空しい構成分解作業は、何の役に立つというのか。誰よりも彼自身がその空しさを知っているのに。現実界に留まれば、それは何の役にも立たない。しかし、なぜ彼が現実界に留まったと考える必要があろうか。もしこの作業が過去の疑似行動の象徴的な蘇生にすぎないとしたら〔どうだろうか〕。四二年から四四年にかけて、彼はペンを片手に〈民法〉を読み、分析するふりをしていた。まるでこの見せかけの仕事熱心を、法律から〈芸術〉へと転移しようと望んだかのようだ。あたかも、文学修業も含めて、あらゆる形での活動を滑稽化すると同時に、学生生活のころの気詰まりと激しい苦痛の思い出を芸術生活のうちに導入することで、自己正当化をもしようと望んだかのように。あたかもうんざりする愚かな仕事——写本を行なう修道僧にも似たもの——を、方法獲得のためではなく、功徳‐価値を与えられるためにしているかのように。正当化か？　それとも功徳‐価値か？　だが、誰の目に対してか。それを決定するのはまだ早い。

少なくとも、膨大な図書資料を貪りながら東方物語を「準備する」とき、——そして、初稿『［聖アントワーヌの］誘惑』の肉づけのためにスエーデンボルグや聖女テレサまで含む別の膨大な資料を貪るとき、彼は仕事をしていると言ってもよいのではないか。このときは、企て全体を調整し、はっきりした主題について学ぶという積極的な目的があるのだから。しかし、さらによく見てみよう。すると、まずは、この突然現われ、その後も念頭を離れぬ資料収集の必要性なるものが、アリバイであることが分かるだろう。資料収集するために、彼はたえず東方物語を先延ばしにするのであり、資料収集するために『誘惑』を来年の夏へ、またその次の夏へと延期するのだ。その結果、この準備の「仕事」は、われわれが後に明らかにする別の諸側面を持っているにもかかわらず、ここでは四五年から四八年までになされる時間稼ぎの企て全体に統合されるのだ。つぎに、これは果たして仕事なのだろうか。まず指摘しておくが、この準備作業には二つの異なる契機がある。それは第一に、夢をはぐくむこと、つまり想像力の自由な働きになんらかの図式を与えることに存する。問題となっているのは、「地方色」よりも、むしろ地方的な音楽なのだ。「ぼくは目下のところ、少し東洋《オリエント》をやっている、学術的ではなく、絵画的《ピトレスク》な目的のためだ。色彩、詩情、音を出すもの、暑いもの、美しいものを探しているのだ」。表向きの目的は、一言で言えば東洋的「オリエンタル」なものを想像するということになろうか。ただ、たとえ方向づけられているとはいえ、この非現実化は、ある種の夢幻的性格を保っており、その性格がこれを、ギュスターヴ自身がマクシムに警告した「夢想」に近づけている。ところが、同じ段落でいきなりフローベールはこの「活動」の第二の側面を指摘する。目的は絵画的《ピトレスク》な東洋《オリエント》を発見することだけだと宣言した直後に、自分が読んだ多数の書物のうちから「仏教に関するビュルヌーフの大部の著作、そしてコーラン」を挙げる。そして彼は付け加える。「東洋《オリエント》の宗教や哲学に関するよい研究（本の紹介）があったら、教えてほしい」。今度は、準備作業は「学術的」と言える。知の獲得が問題になっているからである。どんな目的のためだろう？　新たな知識から出発して、主人公の行動や言葉を直接ないしは間接的に決定することで、将来の作品を豊かにしようというのか。これは後にゾラが行なうことだ。だとすれば、フローベールの意図はまったく現実主義的《リアリスト》ということになろう。あるいは、ただ防御壁を設けて、単純な間違いや時代錯誤に陥ることを避けようとしているのかもしれない。この難しい問題にわれわれは後ほど、現実主義《リアリズム》に直面したギュスターヴの態度を検討するときに立ち戻ることにしよう。ここでわれわれの関心を惹くのは、彼が自分の企てている「仕事」に対して、予め、そして根本的に疑義を呈していることである。「広大な領域であることが分かるだろう。しかし、それでも思ったほどは見つからないのだ。たくさん読む必要があるが、その成果はゼロだ。そこにあるのは多くの無駄口、それ以外ではない」。彼は間違っていない。全般的な主題について組織的に学ぼうとした者は、誰でもこのことを知っている。たいていの場合、基礎的著作が一、二あり、一定期間、他の本はどれもそれに関する注釈や祖述にすぎない。そのため、後者のうちに独自な情報を発見するためには、繰り返しや無益な注釈、要するに彼が呼ぶところの「無駄口」を甘受しなければならない。しかし、ギュスターヴの書いたものを注意深く読むならば、またもや、ペンが彼を裏切っていること、明確な意図を越えて、彼の深い層にある考えを明らかにしていることを認めることになる。というのも、普通なら、「たくさん読む必要があるが、その成果は貧弱だ。そこにあるのは多くの無駄口で、新たな知見は少ない」とでも言うところだろうから。しかし、もし結果がゼロであり、無駄口がすべてを満たすのであれば、なぜフローベールは苦労して読むのか。彼がここで同時に二つの面で考え、感じているという事実が、最後の文章の構造によって確認できる。「そこにあるのは多くの無駄口……」ということは、無駄口以外のものもあることを意味している。しかしながら、フローベールは付け加えて「それ以外ではない」と言う。このように、二つの文は、さっと読むと単なる限定のように見えるが、注意深く読むと根本的な否定として現われるのだ。このような光のもとで考察すると、そこには文化に対する彼の態度がかなりよく表われているように見える。これこそが、後に『ブヴァールとペキュシェ』を誕生させる態度である。なぜ彼は読むのか？　時間の無駄にすぎないこれらの本をなぜ注文するのか。それはなによりもまず時間を無駄にするためである。そして第二に、理論上は、それでもやはりひとつの知を獲得するためである。実際には——彼が自覚しているか否かは別として——この知を破壊するために、言い換えれば、専門家の言うところの知識を内面化して、彼のうちでその空しさを明らかにするためにである。最後に、より深い理由として、彼の嫌悪感によって、書く権利に値するようになるためにである。ここに、彼のヴォルテール悲劇の分析を支配する奇妙な意図が再び見出される。彼は吐き気を催し、かつ何の役にも立たない——ことを十分承知している——仕事をしてうんざりする。あたかもこの無用な苦痛が犠牲ないしは祈りの価値を持っているかのように。またあたかも刻苦勉励（*labor improbus*）（ウェルギリウスの言葉）が、その拘束によって、彼を見えない証人の気に入る者にする役目を担っているかのように。この点については後に見ることにしよう。

ギリシャ語とラテン語を「やる」という点が残っている。これはほとんど信じがたい。古典的教養を身につけた二十歳のブルジョワ青年、ブルデューとパスロン[10]の表現を用いれば「遺産相続者」が、「毎日数時間ギリシャ語をやり」ながらも、「動詞まで辿り着けない」などということがどうすればありえようか。一八四五年八月には、「忍耐強くやって、一年後には、ソポクレスがよく読めるようになり」たいと希望していた。予定の時期から七年後の五三年九月三十日に彼は書いている。「ぼくは少しソポクレスが読めるようになって、気をよくしている」。四一年三月三十一日金曜日に彼は、翌日の時間の使い方についてこんな風にエルネストに説明していたのだった。「いつものように四時起きで、ホメロスをやるつもりだ」。一八五〇年二月十四日はベニスーエフからナイル川を遡る帆かけ船に乗ったが、そこで綴られた母への手紙で、彼は自分が送っている「すばらしい生活」について書いている。「ぼくたちは怠け、ぶらぶらし、夢想しています。朝、ぼくはギリシャ語の勉強をし、ホメロスを読んでいます」。このような根気を称賛すべきか、それともそれがほとんど報われないことを悲しむべきか。ラテン語の場合は少し事情が異なる。五三年、ルイーズに「ユウェナリスに関して言えば、うまく行っている。いくつか読み違いをしたが、すぐに気づいた」と書いているが、これは額面どおりに受けとってよかろう。というのも、ラテン語に関しては、彼は堅固な基礎を中学で身につけていたからだ。当時ラテン語教育は今よりも重要視されていた。ラテン語が、直接フランス語の起源であると同時に、聖なる言語だからであり（教会はこの死者を活かしていた）、同時に、何世紀にもわたって共通語として使われてきた——そして、この後も依然として多少は使われつづける——からであった。ユウェナリスをある程度よく理解するには、知識を少し押し進めるだけでよかっただろう。一方、ソポクレスを理解するには、ギリシャ語を学ぶ必要があったが、中学卒業の時点で、彼はギリシャ語をほとんど知らなかった。どのようにして取りかかったのか。おそらく、翻訳を助けにしたのだろう。六四年に彼は姪に「おまえは自分が頼んだホメロスのことを私があまり考えてないと決め込んでいるね。私の知っている一番良い翻訳はバレストのものだ。もうしばらく辛抱しておくれ、きっと探してあげる」と書いているからだ。彼はギリシャ語の単語を解読し、意味を感じ取り、フランス語版を読み、原本に戻り、訳本に照らして理解したのだ[*1]。この受動的な活動はオリエント旅行のさいまで、エジプトで暇があったときに継続された。それは断続的に五三年まで続けられた。その後は書簡では言及すらされなくなる。ギリシャ語の習得の何が残ったか。何も残らなかった。結局きちんとギリシャ語が読めるようにはならなかった。五三年ないしは五四年のある日、彼はこの努力の空しさに気づき、本や辞書を投げ出す。この根気はいったい何に呼応するのだろうか。彼が古代に関する自分の知識を完璧なものにしたいと望んだことは疑う余地がない。しかし、それだけだったなら、十五年もかけてものにならなかったことが信じられようか。この驚くべき挫折を理解しようとするならば、事態をその根本において理解する必要がある。そして、――彼は「ホメロスを読んだ」というのだから――彼にとって読書が何を意味したのかを問う必要がある。

＊1　いずれにせよ、これがシェークスピアを読んだときのやり方であり、そのことは書簡ではっきりと語られている。

まず、何よりもこれが読み返しである点に注目しよう。たしかに、彼は情報を仕入れることもする。彼はスタンダールを読んだ。それから、すでに見たように、東方物語と『誘惑』の「準備」のために、専門家たちの作品を読んだり、――ごたまぜに――インドの芝居（『シャクンタラー』）や聖典を読んだりしている。しかし、彼が読書と呼ぶもの、芸術家としての義務の一つと見なしているもの、それは読み返しだと本人がはっきりと述べている。四七年二月二十三日、エルネストに書いている。「もし、きみが戻ってくるのが十年先だったとしても……ぼくがいつものようにこの机に同じ姿勢で同じ本に向かっていたり、肘掛け椅子に座ってタバコをふかしながら暖をとったりしているのを見出すことだろう」。同じ段落で彼は言う。「ぼくだけが留まり、場所を変えず、生活も地位も変えないのだ」[＊1]。読み返しというテーマが不変性というテーマといかに結びついているかが分かるだろう[＊2]。彼は同じ本に向かっている、彼が同じ男だからだ。彼は同じ男だ、同じ本に向かっているからだ。ときに彼はこの考えを正確に語ろうとする。彼はシェークスピアを「終え」たところだ。そしてほとんどすぐに最初から読み返し、「ページが手に貼りつくまで」この読書を絶え間なく再開すると宣言する。これこそ、彼が他の多くの著作に関して行なうことだ。ゲーテ、ペトロニウス、アプレイウス、ラブレー、モンテーニュ。モンテーニュに関しては、十年後にその読み返しを方法論にまで仕立て上げることになる。どんな本を読むべきかと尋ねてきたルロワイエ・ド・シャントピー嬢に向かって彼は書く。「モンテーニュをお読みなさい、ゆっくりと落ち着いて読んでごらんなさい。心が静まりますよ。彼の利己主義を口にする人びとに耳を傾けてはいけません。……けれども、子供のように楽しむために読んだり、野心を持つ人のように、知識を増やすために読んだりしてはいけません。そうではなく、生きるために読むのです。あなたの魂に、あらゆる偉大な精神の放射物の合成された、知的雰囲気を作りだしてごらんなさい。シェークスピアとゲーテを徹底的に研究《エチュディエ》してごらんなさい。……しかし、まずモンテーニュをお薦めします。端から端まで読み、終わったらまた初めから読んでみるのです」[＊3]。このように、傑作は周期的時間のうちに組み込まれるのだが、フローベールにとって周期的時間とは無時間性の代用物である。

シェークスピアは反復される。季節や祝日のように、家族の儀式、食事、昼と夜のように。お気に入りの本は反復的秩序の一部をなしている。シェークスピアやサドは回帰する。これらの永遠性の様態は、永遠回帰のそれである。ひょっとしたら、こう言ったほうがよいかもしれない。これらの甘美な屍体[11]は、いまだなお時間的であるこの反復のうちに、真の永遠の感触を導入する、つまり死の感触を、と。

＊1　『書簡集』第二巻、一一ページ。
＊2　読書の時期——彼が新たな本を貪るように読み、ゲーテやバイロンやシェークスピアに心酔するようになったとき——は、少年期と青年期だった。彼は四四年一月に「閉じこもった」。生き延びた老人は、死んだ若者がかつて読んだ文章を読み返す。
＊3　一八五七年六月、『書簡集』第四巻、一九七ページ。強調はフローベール。

しかしながら、ギュスターヴは——自らが作り上げ、自分にはうまく行ったと言う方法を文通相手に助言しながら——「生きるために読みなさい」と言っている。生とは方向づけられた過程などではないということか。おそらくは。しかし、生はまた——生命を持たぬ物質以上に——反復の場所でもある。同じ器官が同じ要求を満たすからだ。そして、このような様相のもとで、ただその様相のみのもとで、ギュスターヴは人生を見ている。したがって、五七年の手紙は啓示的である。楽しみのために読んではならない、とりわけ知識を増やすために読んではならない。どちらの場合でも、読者は変わってしまう。「面白い」小説は方向性をもった時間を再導入する。物語の先を知りたいと思うし、早く結末に至ろうとする。要するにギュスターヴが決定的に己れから剝ぎ取りたいと思ったものを、数時間のあいだとはいえ、己れのうちに取り込んでしまうのだ。つまり、一つの運命を、他者の宿命といったものを。知識を増やすことについて言えば、こちらは自分のなかに新たな知識を生産することであり、内部の均衡を変えてしまう危険がある。そして、いずれにせよ、知の獲得は弁証法的過程だから、時間化でもある。それでも、フローベールは、ルロワイエ・ド・シャントピー嬢に「シェークスピアとゲーテを徹底的に研究《エチュディエ》してごらんなさい」と強く薦めている。研究とは、知識を増やすことではあるまいか。いや、そうではないのだ。——彼の書簡に頻出する奇妙な書き間違いがなんであれ——彼が同じ段落で意識的に自己矛盾しているとは想像できない。むしろ、この言葉をアマチュアのピアニストが「いまショパンを研究して〔さらって〕いる」というときの意味で取るべきであろう。これはむしろ、ある種の精神生理学的な組み立て《モンタージュ》の獲得、おそらく、指の速さの全般的な進歩などを想定しているが、ショパンの芸術や、方法や、彼が好んだ楽器〔ピアノ〕にもたらした豊かさなどに関するどんな正確な知識も含みはしない。ひとは多少ともよく演奏することや、初見で弾くことすら学ぶのだが、作者その人に関しては、彼の感受性に関するある種の了解に達するにすぎない。その了解はかなり正確ではあるが、「言い表わしえぬもの」である。そう、ショパンを研究する〔さらう〕とは、音楽家、音楽学者、芸術家の場合をのぞけば、ショパン本人にとっては現実だったが、素人にとっては自分の感情の想像上のヴァリアントでしかないような感受性を自らのうちに取り込むことだ。そして、これこそフローベールがやろうとすることである。「自らの魂に、あらゆる偉大な精神からなる知的雰囲気をつくりだすこと」。折衷主義は当時の風潮であり、ギュスターヴは中学のときにそれをクーザンのうちに学んだ。それに、彼もまた後年アランが言うように、「真のヘーゲルとは、真であるヘーゲルのことだ」と言うことができたかもしれない[*1]――このアランの見解はわたしとは異なるが、弁解の余地あるものではある――。フローベールの考えでは、彼が留保なしに賛美する何人かの「偉大な精神」は、頂点で一堂に会する。だから彼は、意図的に相互に浸透する多様性を引きおこすような、そしてそれを攪拌する流れの下では根本的な同質性をさえ引きおこすような知的雰囲気というイマージュを選んだのだ。本当のところを言えば、彼にとって、想像的な感受性を助けとして得ることが問題なのだ。というのも、自らの感受性は――彼が繰り返し言ったように――ポン＝レヴェックで死んでしまったので、なおさら彼はそれを必要としていたからである。この借用された感受性は当然のこととして審美的である――非現実的に感じることだけが問題なのではなく、芸術家の統覚によって感じることが問題なのだ。結局のところ、彼は自分の楽器に弦を付け加えるのだ。ラブレー的な笑い、バイロン的な反逆と嘲弄、ゲーテの宇宙創造者《デミウルゴス》的な誇り、サドのエロチックで叙事詩的な作り話、モンテーニュのアイロニーと懐疑主義、シェークスピアの宇宙的な情熱《パッション》などを。要するに、笑いによってラブレーとなり、激昂によりバイロンになる、等々ということを意味する。これらの天才たちは、彼が折りを見て順番に演ずる役割なのである。彼らを徹底的に研究するとは、フローベールからすれば、天才たちの作品を批評的に検討することでも、様々な主題を調査することでも、ましてや意味の多様性を通して目指す意義の統一性を――まさにいまわれわれがしているように――探求することでもない。ただ、彼らのうちに目まいの機会を探し、永続的な可能性として「自分の魂の周りに」それらを取り込むことである。まさにこの理由から、すべきことは読み返すことだけ、ということになる。それはラブレーを演じたりやモンテーニュを演じたりした記憶を絶えず甦らせることだ。この種の活動をよりよく理解するために、読み返し行為の現場を押さえることにしよう。たとえば、シェークスピアを読み返しているところを。

＊1　いかなる真理の真だろうか、どんな時代の、誰の目にとっての？　それに、人は誤謬のうちにおいてもまた真なのではなか

ろうか。犯罪は英雄的行為に比べて、それを行なった者を特徴づけることが少ないとでも言うのか？　そして、よくあるように、同じ行為者がどちらも行なうとしたら、肯定的な行為のみを考慮するなどというのは、なんと馬鹿げた楽観主義だろうか。

四五年八月、「今日、『アテネのタイモン』を読了した。……シェークスピアのことを考えれば考えるほど、ぼくは圧倒される。タイモンが食事の時に大皿のことで食客たちをうんざりさせた場面のことをきみに語るのをぼくが忘れていたら、言ってくれ」[12][*1]。四六年九月二十七日付ルイーズ宛、「シェークスピアを読むと、ぼくはより大きく、より頭が良く、より純粋になる。彼の作品のひとつの最高点に到達すると、高い山の上にいるような気がする。すべてが消え去り、そしてすべてが現われるのだ。ひとはもはや人間ではなく、目になる。新たな地平線が立ち現われ、展望が無限に延びてゆく。……あの雑踏のなかでじたばたしていたことも、自分がその一部であることも考えなくなる。かつて、幸福な自負心に動かされて（その自負心を取り戻したいものだ）、ぼくは一つの文を書いたが、きみならそれを理解してくれるだろう。それは偉大な詩人たちを読むことによってもたらされる喜びについて語ったものだった。『ときには彼らに感激したあまり、自分が彼らと肩を並べ、彼らのところまで高められるように思われることもあった』[*2]と」。

*1　同じ主題、同じ言葉が、九年後に、『リア王』に関して言われる。「……ぼくは二日のあいだシェークスピアの一場に圧倒された……この男のおかげで頭がおかしくなってしまう」。五四年一月二十九日。『書簡集』第四巻、一八ページ。

*2　同じ主題、同じ言葉が、八年後に、『リア王』に関して言われる。「その作品の総体はまるで太陽系の概念のように頭をぼーっとさせたり、かっとさせたりする作用があります。そこには、頭がくらくらとして視線が消え入ってしまうような広大さが見あたるばかりです」。五四年三月。『書簡集』第四巻、四六ページ。

ここまで見た文章や、注に引用した文章、そしてその他の多くは、ギュスターヴが自身との直接的でほとんど内向的な関係でのみシェークスピアを読んでいることを十分に示している。彼はときに、自らの「才能」をシェークスピアの「天才」と比較することで圧倒されたと感じ、ときには、「高揚感」によって、それを惹きおこした著者と肩を並べる。われわれはそこに、彼が「偉人たち」に対して常に培う両義的な感情を認めることができる。彼は読書の運動によって彼らと同一化できるとき、彼らを称賛する。だが、ひとたび本を閉じ、高揚感が落下すると、彼らと肩を並べることはなかろうと思って、孤独の中で激怒するのだ。上昇と失墜が交互に現われる上下の図式は、われわれのよく知るところのものだ。フローベールは忘我に達するために読む。シェークスピアは彼の高みにまで臣下を昇らせるよう合図を送る良き君主だ。それはまたもや、〈父〉のイマージュだが、ここでは人を迎え入れる父であり、外科医などではなく、芸術家であり、弟息子に自己同一化を許す者である。読書の後は、再び落下し、追放が始まり、圧倒される。しかし、自分で作り出した傷を癒すために、本は相変わらずそこにある。再び開きさえすればよいのだ。同じページであっても構わない。五四年の手紙はギュスターヴの読み返しの様子をわれわれに明らかにしてくれる。一月二十九日、『リア王』の第三幕第一場によって「二日のあいだ圧倒されていた」と彼は書く。この場面を自らの作品と比較していることは文脈によって明らかだ。――彼は『ボヴァリー夫人』を書いているところなのだから。*1 それでも、彼は読書を再開する。三月には「今週『リア王』の第一幕を読み返した」と書いている。したがって、彼は第三幕から始めて、第一幕で終えたことになる。つまり、読み返しは決して頭から行なわれるわけではないのだ。彼は自分が見出したい部分が何かをすでに知っており、直ちにそこに行く――それが作品の半ばか終わりかはほとんど意味を持たない。彼が崇高だと判断する場面、それによって与えられる感情を予見できるほど十分よく知っている場面の前に、時間の外で身を置き、著者と交流するのだ。そのあとで、前に戻ったり、選んだ部分が作品の中盤だったら冒頭まで帰ったりすることもありうる。しかし、それは必ずしも必要ではない。言い換えれば、この神秘主義的接触《コンタクト》は、作品の時間性、内的発展、弁証法を破壊する。ギュスターヴは、永遠なる者として、永遠なる瞬間のなかに生きるのだ。

*1 「自分が卑小なものに感じられるのは、まさにこうした霊峰を眺める時だ。凡庸の徒にふさわしく生まれし我らは、高貴なる精神の持ち主に圧倒されぬ、です」。

そもそも、彼はシェークスピアに何を求め、何を見出すのか。これを知りたければ、書簡をめくりさえすればよい。この件に関して、ほとんど毎年繰り返される同じ評価を見出すことができるからである。まずシェークスピアは宇宙的であるがゆえに、最も偉大だとされる。一八四六年、「最も偉大な者たちは……人類の縮図を作ります。……自分の人格はお払い箱にして、他人の人格の中に没頭する彼らは、宇宙を再現するのです。……シェークスピアは（この種族に）属しています……。おそろしい巨像です。彼が人間だったとは考えがたい」。一八五二年、「シェークスピアはこの点から見て、何か素晴らしいものを持っています。彼は人間ではなく、大陸です。彼のうちには多くの偉人がおり、群衆があり、風景があります……」。要するに、彼はギュスターヴが〈芸術〉の究極の目的と考えていたものを成し遂げた。つまり全体化である。特にフローベールが彼のうちに称賛するのは、その非人格性（impersonnalité）である。「シェークスピアが愛したもの、憎んだものなどと誰が言うだろうか」。彼は自らの情熱を括弧に入れた。ポン＝レヴェックでのギュスターヴや、『感情教育』の結末でのジュールのように。まさにこのことによって、彼は超人であり、彼を読み返すと、「もはや人間ではなく、人は目になる」。要するに、シェークスピアの非人格性は、読者の非人格化を生み出す。こういった主題すべてではどれもお馴染みのものである。フローベールがシェークスピアの作品のうちに称賛しているのは、成功した際の自分の計画である。だからこそ彼は、シェークスピアのうちで自分を非現実化できるのだ。シェークスピア役は、ギュスターヴのものであり、彼はそうでありたいものを演じているのだ。したがって、自己の壮麗な同一化は常に可能である。このように、読み返しの目的は最終的には夢を惹きおこすことなのである。「〈芸術〉において最も高度な（そして最も困難な）ことだとぼくが思うのは、笑わせることでも泣かせることでも、発情させたり怒らせたりすることでもない。そうではなくて、自然と同じような働きかけをすること、すなわち夢想させることです。[*1] 現に、きわめて美しい作品はみなこの性格を持っています。……ホメロス、ラブレー、ミケランジェロ、シェークスピア……などは、ぼくには非情に見える。底なしで無限で多様です。ほんの小さな裂け目から深淵が見え、下の方には暗黒があり、目まいがある。それなのに、何かしら不思議と優しいものが全体の上に漂っているのです[*2]」。

＊1　これこそまさに、すでに見たように、ジュールが四四年に、作者と読者の一義的（で間接的な）関係として考察したもの、すなわち、夢想への誘いである。

＊2　ルイーズ宛、五三年八月二十六日。『書簡集』第三巻、三二二ページ。強調はフローベール。

フローベールの読み返しには丹念な解読という趣はまったくない。方向づけられた夢幻に役立ちそうなものを行間に探すのだ。テクストそのものにはほとんど関心がない。それは口実を与える、ただそれだけなのだ。たとえば、『リア王』の一場に二日のあいだ圧倒されたとルイーズに書くときの例を見てみよう[13]。「三幕一場では……すべての人物が、悲惨さの極みと充実しきった生の頂点に達し、理性を失いおかしなことを口走っています。そこでは三人の異なった気違いが同時にわめきたて、いっぽうでは道化役者が冗談を言い、雨が降り、稲妻が光るのです。発端では裕福で美男だった若い領主が言う、『ああ、おれは女たちを知ったのだ。云々。おれは女たちによって破産させられた。女たちのドレスの軽やかな音には気をつけるがいい、繻子の靴の立てる音には気をつけるがよい[*1]』」。このくだりには少々注釈が必要だろう。まずは、参照箇所が誤っていることで、一場ではなく、二場と四場だということ。このような細部はギュスターヴがこの作品を――あるいは、いずれにせよ三幕を……読み返したばかりでなかったとすればさほど重要ではない。より深刻なのは、三人の気違いを探しても無駄なことである。何度も繰り返して数えたが、わたしには二人しか見つからなかった。というのも、第二場は、リア、道化、そしてリアをかくまう忠臣で良識の人ケント伯の三人のあいだで展開する。一人目の気違い、それは放浪する老王だ。それとて、かなり譲っての話であり、ロマン派の時代にはよくあった誤謬のためだ。本当を言えば、これは頑固で老いた愚か者にすぎず、少し先で悲惨さによって偉大さに達し、ついで理性を失うことになるのだ。次にグロスター伯とその息子エドマンドによるつなぎの場が来る。騙されている老いぼれと裏切り者はどちらも正常者だ。リアに話が戻り、四場が始まる、フローベールがその美しさに戦慄する場面である。リア、ケント伯、道化が、エドガーの隠れている廃屋の前にいる。エドガーはすぐに出てくる。これが二人目の気違いであろう。だが、三人目はどこにいるのか。最後に登場する老グロスター伯はその間に正気を失ったりはしない。しかし、ここに最も興味深いことがある。エドガーの狂気は装われたものだったということだ。追われる身の彼は独白で「港はすべて押さえられ、どこもかしこも昼夜を問わず、厳しい監視の目を光らせ、おれを捉えようと手ぐすね引いて待っている。逃げられるだけ逃げ延びよう。いい考えがある、できるだけ卑しく惨めな姿に身を窶《やつ》すのだ。貧しさ極まって畜生同然、人間とはなんと浅ましいものか。その証となるような姿に」(二幕三場)とはっきり言う。だが、彼はすぐに正気に戻る。身を守るために狂気を演じていたのだ――そこで彼は言う。「苦痛を前にして狂人を演じるとはなんと悲しき仕事か」。近年、批評家は彼が過剰偽装者だという説を出した、つまり、狂気を演じることが本当の狂気を隠しているというのだ。これはハムレットについては許容できるだろうが、ここではそうはいくまい、偽装は見え見えであり、過剰偽装はまったく無用だからだ。ただ重要なことは、彼が狂っているとリアが信じていることだ。というのも、場面の主要人物は、自らの裸性を見出す王、リアだからだ。そして、フローベールに見えていないことがある――もし見えていたらば、「三人の気違いが同時にわめきたて」(まるっきり勘違いだ)などと言うだろうか――。それは、リアが変化するためには、ある種の懐疑的〈理性〉の似姿《イマージュ》であり職業的狂人である道化と、狂気を装う者とが必要だということである。これらの人物たちは「同時にわめきたてる」どころか、奇妙な対話、嚙み合わない問答、暗黙の会話をしているのであり、その結果として少しずつもたらされるのが、リア王の衝撃的な直観なのだ。「文明のびらびら飾りを剝ぎ取ってしまえば、人間とはお前と同様、そんな哀れ、裸の、二本足の獣にすぎぬ。脱げ、脱いでしまえ、こんな借り物なんぞ! おい、このボタンをはずしてくれ[14]」。この場面の弁証法的意味を明らかにフローベールは見逃している。「すべての人物が、悲惨さの極みと存在の絶頂に達している」ことは感じたにもかかわらずである。しかし、さらに衝撃的なことは、細部や副次的な意味にもまったく気づかず見落としてしまうことだ。エドガーは「ああ、おれは女たちを知ったのだ。おれは女たちによって破産させられた」とは言っていない。——そんなことはまるで意味がなかろう。というのも、実のところ、異母弟によって中傷されたこの偽りの狂人は、老グロスターによる処罰を逃れるために財産を捨て、よい暮らしぶりを諦めたからだ。「女たちのドレスの軽やかな音には気をつけるがいい、繻子の靴の立てる音には気をつけるがよい[2]」と彼が叫ぶ長い台詞の意味はまったく異なるものだ。彼は自分の来し方を思い起こすが、それを懐かしみ、思い出を楽しむどころか、容赦なくそれを裁くのだ。この一件で、エドガーもリアと同様の、いや、リア以上[3]の急激な心境の変化を蒙っている。そして、リアに最後に「脱げ、脱いでしまえ、こんな借り物なんぞ！」と叫ばせるのは彼だ。狂気と見せかけながら、追放された男は、郷愁《ノスタルジー》と自己告発の驚くべき混合を示す——その郷愁は、過去をけなすことでおのれから身を守っており、一方、自己告発はどの文句にも過ぎ去った日々に対する現在の判決のように現われて、意図的に追憶がもつ魅惑を台無しにする。そして、「靴の立てる音には気をつけるがよい」云々という台詞は、「さもなければ、おまえは破滅するだろう」などといった言葉によって補足されてはならないのだ。この台詞はそれ自体、見出された厳しさ——キリスト教的モラルに通じる——によって人生訓を定義する定言命令なのだ。というのも直前のエドガーの台詞は「悪魔には気をつけろ、親には従え（『リア王』前掲書、一五八ページ）」等々の戒律を要約したものなのだから。実は、この場面の美しさは、二人の娘に騙され、末娘のことは誤解した父親を、異母弟の奸計によって実父から誤解され、勘当された息子と対峙させた点に由来する。それはあたかもリアが、別人となった、つまり性を変えたコーディリアと対面し、この類似のせいで、本能的にエドガーに惹かれているかのようだ[4]。このレヴェルでは、会話のやりとり、人物の変貌、対応関係は哲学的結論をもたらすことなどまったくないし、ましてやいかなるものの象徴でもないけれども、ただこの場面全体に意味の充満した曖昧で深い統一を与えるのだ。これこそが、フローベールの気に入るはずのことだった。なぜならここでの問題は、美的形式であり、それが内容を間接的に示唆するからだ。彼がそれを感じなかったとすれば、それは単に、彼が二回読み返す間に、エドガーの人物像を忘れてしまったからである。その証拠に、この人物を「発端では裕福で美男だった若い領主」などと曖昧な仕方で呈示している。ところが、少なくともここでは、富も美も問題にされていないことは明白だ。エドガーが最初に登場するとき、異母弟で私生児のエドマンドがすでにグロスター伯をほとんど説得してしまっている。だからわれわれはまず彼のうちに、無辜にもかかわらず破滅に向かう、危険にひんした好青年を見出すのである。

＊1　『書簡集』第四巻、一八ページ、五四年一月二十九日。

＊2　ピエール・レリスとエリザベット・オランドによる翻訳、プレイヤード版、二巻、九一五–九一六ページ。

＊3　彼が「できるだけ卑しく惨めな姿に身を窶すのだ。貧しさ極まって畜生同然、人間とはなんと浅ましいものか。その証となるような姿になろう」と自ら決意したことを思い出そう。すなわち、人間性のゼロ地点である。この欠乏の視点から、そして悲惨さに関するピューリタニズムから、いまや、彼は贅沢の虚飾や文明生活の嘘を告発する。裸の人間が下から上へと宮廷の人間を裁くのだ。

＊4　とはいえ、エドガーは自分だけを非難しているが、おそらく彼もまた、父のことをまったく告発したくないのだろう。

同じ時期、フローベールはブイエやルイーズの作品を注意深く読み、賢明な助言を与えることができたし、少し後には、同時代の作家たちの本をかなりよく判断し批評することができた。ところがここでは、ある場面に圧倒されたと言っていながら、全体の意図も細部も正確に報告することさえできない。それでも、この場面が美しく、この作品中で最も美しいとさえ言えることは本当である。つまり、逆説的だが、理由はおかしいけれども、彼がこの場面を嘆賞するのは正しいのである。あたかも、彼の好み［美的趣味］が最も稀な美を見つけ出す術を知っていながら、それでいて自分の選択の理由を後でうまく伝えられないかのようだ。本当を言えば、ある戯曲や小説や詩を前にして深い感動を覚えながら、何に感動したのかを説明できないことは誰にでもある。しかし、フローベールの場合は、この無能力が極限にまで押し進められる。というのも、彼は自分が読んでいるものを理解せずに熱狂しているように見えるからである。それに、自らを圧倒したものに立ち戻り、その豊かさをよりよく細部にわたって検証し、登場人物同士の関係を明確にしようともせずに、「二日のあいだ圧倒されていた」などということをどうして認めることができようか。

要するに、彼は夢見ているのだ。彼はシェークスピアを読んだ際に陥った観念の混乱について、何度も記している。「すべてが消え去り、すべてが現われ……」とか、「底なしで、無限で、多様で……下の方には暗黒があり、目まいがある」など。あるときなど――それはおそらく最初に読んだときだろうが――彼は対象と、そこから出てくる意味と、形式によるこの意味の間接的な全体化としての美とに関して、完全だが「言い表わし得ぬ」統覚を持ったように見える。その結果、その場やその章は記憶にとどまることになる。後になって、最も良い部分を選んだと確信してそこに戻るとき、彼はもはや読んではいない、読んでいると夢見ているのだ。言語をイマージュ化し、言葉を口実にして、想像力を奔放に巡らせるのだ。とすると、『リア王』のこの部分の何を彼は好むのか。おそらく、以前に好んだ何かではない。一幕をざっと読んで記憶を蘇らせることをしなかったために、もはやそれは思い出せなくなっている。むしろ、まずは人間と自然を一挙に与えるまったく表面的で視聴覚的な全体化作用である。不幸によって惑わされた四つの声が（というのも、気違いが三人と道化が一人いるからだ）、それぞれの仕方で、宇宙《コスモス》のただなかで人間の苦しみを叫ぶ。宇宙《コスモス》は雨、風、雷、稲妻によって、そのまぎれもない汎神論的本質と人類に対する根底的な敵意を表明する。それに、ひょっとするとギュスターヴは、エドガーが生きることを諦めて、「卑しく、惨めな姿」を受け入れ、人間以下のものに頭から突込むときに、自分の姿をエドガーのうちに見ているのかもしれない。むろん、エドガーの選択が断固としているのに対して、ギュスターヴの方は身に蒙った選択という違いはある。しかし、おそらくそのためにこそ、彼はエドガーを気違いだと執拗に思いこんだのであり、父親の呪詛と、不当にも寵愛を受けた私生児とによって犠牲者となったこのもうひとりの人物の言葉のうちに、自分の冒険を読み込んだのだ。リア王、または罰せられた父親たち。というのも、グロスターの後悔も、老いたる王の後悔も遅すぎるのであり、彼らはエドガーとコーディリアの愛を見誤ったために、恐怖の内でくたばるからだ。二人ともそれぞれのアシルによって殺されるからだ。この――人は人の子であるという――永遠の物語、ギュスターヴが小声で自分に語って聞かせる物語が、作品中では彼に向かって大声で叫ばれている。[*1] シェークスピアの「広大さ」が、ギュスターヴが自らに拒んだ権利、「髪をかき乱す」権利を与えるのだ。この「超人的」天才を保証人とすることで、若者は安心して身を任せ、大宇宙《マクロコスモス》と小宇宙《ミクロコスモス》をひそかに統一し――前者が後者を老サトゥルヌスのように貪り食う――、夢幻的な宇宙開闢説の初めと終わりにアダムの呪いを置き、〈創造者〉を下劣な父親に変えることができる。そしてついに、自分こそをシェークスピアだと考えることで、彼は存在の絶頂にまで登り詰め、叫び、吼え立て、稲妻と雷を落とし、燦然と輝き、眩惑することができる。人間の苦痛の四重奏と、猛り狂った〔宇宙《コスモス》の〕諸要素の怒号する合唱とを、交互に、あるいは同時に演じることができるのだ。これは確かに「共鳴によって」読むことではある。だが、共鳴はあまりに深い場所にあり、あまりに遠くから来るために、暗示的思い込みを自分に与えることは容易で、想像的な読書によって呼び覚まされた言葉が、自分の「恐ろしい深淵」から立ち上っていると思うことができるのだ。

＊1　シェークスピア劇の内容への言及が稀なのは、フローベールが劇中に自分が置いたものしか見出さないことを示している。『アテネのタイモン』に熱狂するのは、そこに人間嫌いの反映を発見するためだ。エドガーの長広舌からは、自分の女性嫌いをくすぐる部分を変形して抜き出している。〔一方、〕不当な父の犠牲者である広き心のコーディリアについて彼は語らないが、この人物が女性であるということで、自らの密かな女性性に不安を覚えているのではなかろうか。

『リア王』には、このような悲観主義《ペシミズム》の信仰告白以上のものがある。悲惨な状況に打ちのめされたリアは、自分よりさらに悲惨な者がいることを発見して、人間の条件に関する直観を得る。彼の台詞の奇妙さは精神錯乱からではなく、明晰さから生まれるのであるが、この明晰さはまだ新しく、強烈すぎるために、容易に表明されえない。そのために、「行為への移行」が起こる。「借り物」、つまり彼をいまだ覆っているぼろきれを脱ぎ去ろうとする試みが起こる——もっとも、これはすぐさまそこにいる者たちによって制止される——。この試みは王権の最後の名残を廃棄し、裸の動物を出現させようとするもので、その動物からおそらく人間にふさわしい秩序が創設されるだろう。あたかも何世紀にも及ぶ努力はすべて自然の欲求を隠すため、身体を覆うため、要するに、人間の条件の真理に背を向けるために行なわれてきたとでもいうかのようだ。しかるに、真の人間主義《ユマニスム》は、私たちの動物性、欠乏によって募ってきた欲求を覆い隠すどころか、そこから出発すべきもので、決してそこから遠ざかるべきではないのだ。希望は姿を現わしたのが遅すぎて、すぐに消え去る。リアの真正な偉大さをもってしても、彼の狂気、彼の死、コーディリアの死を妨げることはできない。しかし、それが何だろうか、人間は可能なのだ、幕。これこそまさにフローベールにとって受け入れがたいことである。「師」は弟子に根本的な悲観主義を映し出す役を負わされており、その悲観主義がついには弟子の構成された性格となったからだ。だからこそ、若き読者［ギュスターヴ］は注意深く検討することを避ける。彼はこの場面を隔離し、続く場面から切り離し、この場面を大いなる混合の塊《マッス》——嵐、狂気、等々——、彼の瞑想の対象へと仕立て上げる、あるいはなんらかの言葉について夢想に浸る。「女たちのドレスの軽やかな音」とか「繻子の靴の立てる音」は間違いなく、——実際、引用しているのだから——無限なる夢想の機会である。それに彼は、こういった不幸な連中がみな恐ろしい死に出会うことをよく知っているし、それこそ願ってもないことなのだ。存在しえたかもしれないことなどどうでもいい、重要なのはいま存在するもの、すなわち挫折だ。ある意味で彼は正しい。姿を現わした秩序はおそらく幻影に過ぎない。この幻影は、悲惨な者たちが不可避の歯車によって捕捉され、ずたずたにされるときに、彼らに現われるのだから、よけい残酷なものだ。この観点からすれば、ギュスターヴはあら筋のレベルに留まっていると言えるし、結局のところ、残余は解釈の問題だとも言える。夢幻的な読書はそれでも読書であるし、そうであり続けると付け加えることは正しいであろう。非現実化的受動性によって、彼は全体を犠牲にしながら、想像的倍音とでも呼びうるものを一度ならず捉えることができたのだから。これは批判的分析によっても接近不可能であり、「了解」にも適さないものだが、にもかかわらず作者の深い意図に照合するものであり、文を脱現実化し、行間を読むと主張する読者[15]に、客観的決定が崩壊した後に、テクストの重層的決定のように現われるものだ。というのも、作者が文章のうちに「入れたもの」の他に、作者が入れようと夢見たものもあり、これは夢に対してしか現われないからである。

これらの読み返しで何がフローベールに残ったのか？　答は明白だ。読み返し前に彼のうちにあったものだけだ。人生は「白痴が語る物語、わめき立てる響きと怒りのすさまじいこと」（『マクベス』五幕五場）。この言葉はシェークスピアの真髄ではありえないだろうが、フローベールの真髄ではある。確かなことは、彼がこの言葉に深い喜びを覚え、作者の最も気高い思考をそこに見てとったこと、そして『マクベス』のそのページの角を折ってしるしをつけたことだ。彼はときおりそれを探し、印刷物の客観的な永遠性のうちに、自分自身の幻想《ファンタスム》を見出そうとした。天才である〈他者〉が、彼にこの幻想を確証してくれる。それは〈福音〉の言葉〔不動の真理〕だ、と。同時に、彼が見出すのは自分自身の他なる思想である。というのもまずそれを彼はシェークスピアを知る前に一人で*1構想したからであり、とりわけ、作品の理解とはその再創造だと確信したからである——これはすでに指摘した——。ギュスターヴにとって、読み返しとは、シェークスピアやモンテーニュに仮装した自分自身によって生き血を吸われに行くことだ。彼が作る偉大な死者たちの詞華集は、呪文集なのである。

＊1　これはかなり的確な考えである。ただ、彼の確信が一方通行であることは指摘できよう。彼がこの規則を読書全般に当てはめるなら、もはや自分の読者たちを軽蔑することはできなくなる。しかし、彼はこの規則が自分だけに当てはまると考える。それに、夢幻的読み返しはまさに了解的読書とは反対のものだ。

彼はさらに先まで行く。「詩人であるぼくたちは、文章を……通して、生を呼吸する。……そして、それらをこの世で一番美しいものと思うのだ」*1。これらの言葉は創造という天職に明瞭に関係している。しかし、その曖昧さのために——そして「それからまた、ぼくはシェークスピアのある場面によって二日のあいだ圧倒されていた」という文がすぐその後に続くという事実によって——これらの言葉が書くことと読むことに区別なく用いられていると推測できるのだ。この二つの振る舞いの親近性は、ここでは、ギュスターヴが「楽しむために」、つまり自分を読み返すために書くということに由来する。したがって、彼においては、読み返しが創造より優位を占めていると言えるかもしれない。読み返しは最初（偉人たちの文集）にあり、また結末[16]（彼一人で、あるいは聞いている人びとの前で「グーロワールにかけられた」フローベールの言葉そのもの）にある。そして、結局のところ、彼がシェークスピアとともに髪を乱し、ラブレーとともに嘲笑するとき、彼は予め自分を読み返しているのだと誇張ではなく言うことができよう（それゆえ、こうした高揚に続き、本を閉じた後に、真っ逆さまの墜落が生じる——彼は目覚めるのだ。作者は自分ではなかった、と）。あるいは、お望みならば、読み返しの夢幻的側面は、彼においては、読み返した文に親しみ、それに共鳴して、その文を非現実的に自分自身の制作として把握することが可能になったということから来ていると言ってもよいだろう。それゆえ、われわれは彼の宣言を文字通り受け取らねばならない。彼にとって作家という天職は、いずれにせよ——そしておそらくはまず——読者という天職として現われるということである。これは、フローベールにおける朗読の重要性と、発話された言葉、音声の風[17]（*flatus vocis*）のもともとの優位を思い出すなら、驚くべきことではなかろう。偉大な作品を読むことは、文学に関する批判的な考え方によって一時的に無力に追いやられているこの不幸な若者にとって、自らが信奉しないあの霊感を観念的に復権させることだ。神は不在だから、シェークスピアが息を吹き込むのだ。書かれたものと芸術との関係——いまだ未分化のこの関係——に関するこの定義、「文を通して、生を呼吸する」に、最大限の重要性を与えるべきである。いかなる生だろうか。真の生か。いや、そうではない。なぜなら偉大な作品がそこにあるのは、「われわれを夢見させる」ためなのだから。実は、彼が夢見るのは想像的世界についてですらなく、世界を言説に変える操作についてだ。要するに、文学についてである。彼はある日、わたしのことを愛してる？とまたもや尋ねてきたルイーズに言っている。「（愛していない）もし、きみが愛ということで、愛する相手のことだけを気遣うということを考えているならば……（愛している）もし……もし……、（そして）最も素晴らしい思い出よりもテオクリトスの詩句のほうが多くのことを夢想させてくれると感じるときに、人は愛することができる、ということをもしきみが認めてくれるなら」*2。彼が愛の思い出より夢想を好むということ自体は驚くには及ばない。しかし、いったい彼は何について夢見るのか。古代ギリシャか、テオクリトスが呼び起こす鄙びた習俗についてか。とんでもない。「テオクリトスの田園詩は……、おそらく足が猛烈に匂うシチリアの汚らしい羊飼いに想を得たものだろう」*3と彼は書く。彼は夢について夢見るのだ。言葉の奥底以外のどこにも存在しない羊飼いや牧童について夢見ているのだ。言葉が現実のエネルギーを捉え、それを変貌させるかぎりにおいて、言葉について夢見ているのだ。読み返しは、読んだテクストをさらに一段と非現実化することなのだ。

*1　『書簡集』第四巻、一八ページ。
*2　『書簡集』第二巻、二〇ページ。
*3　ルイーズ宛、『書簡集』第一巻、四二八ページ。

四五年以降、フローベールの言う読み返しは彼の文通相手にとって、そしてたぶん彼自身にとっても、ジュールが『感情教育』の最後で「熱心に」始めた「文体の大いなる研究」の等価物を意味するようになる。事実、読み返しは偉大な著者たちとの絶えざる接触《コンタクト》を要求するがゆえに、文体研究の代わりをする。しかし、フローベールの自己欺瞞は誰も騙すことができない。彼は何も研究していない、技法も、構造も。研究とは、分析した後に、再構成し、観察し、仮説を立て、これを検証することだが、こういったことすべてに彼はほとんど関心がないし、彼にそれができないこともわれわれは知っている。絶えず同じ選集をひもときながらも、その抜粋の元である全体と結びつけることに関心はないのだから、これは活動どころではまるでなく、逆に、受動的活動のタイプそのものである。視線は文を追う。言葉は、慣れのために意味が明瞭であり、受動的にお互いに結びつく。この不活発な働きかけからギュスターヴにお馴染みの幻想がまた生まれ、幻想を生じさせた文章は不注意の闇に包まれ消滅する。こうして、シェークスピアやセルバンテスといった仮定の名前のもとで天才の役割を演じるフローベールという小宇宙《ミクロコスモス》が出来上がる。そして、大宇宙《マクロコスモス》が生まれる。ラマンチャやカスティーリャの太陽に晒された街道、イングランドの雷や雨だ。それらは狂気や人間の悲惨さのアイロニカルな木魂《こだま》である。失敗行動(18)は明白である。フローベールは傑作の作者であることを夢見ているのだから。彼は悦に入って告白する。「何も書かずに美しい作品を夢見ること（ぼくがいましているように）、これは実に愉しいものだ。しかし、こういった快い野心には、後でどんなに高い代償を払わされることか！」*1。それでも、この文章は剝き出しの夢想を指している。それは、『十一月』の主人公が画家や音楽家である自分を想像していたように、未来のフローベールであることを想像するギュスターヴである。読み返しの場合には、夢幻的な構造はより複雑であり、読んだ作品は将来の作品のイマージュの類同代理物（*analogon*）として用いられるが、それは作者――シェークスピアやサドやラブレー――が、ギュスターヴ自身の類同代理物として用いられるかぎりにおいてである。そうだとしても、この受動的な活動が文学活動の代用であることに変わりはない。彼は書かないために読むのだ。行為に代わるこの自慰的な営みにおいて、彼はすぐさま別の名前で作者となり、自分がそうなりたいと望む天才作家になるための努力はやろうとしない。外的な状況がすべて整い、ついに仕事に取りかかれることになった今、彼の主要な目標は自らの客観的な自由が発する無言の要求から逃げることだ。もし存在しないもの以外に美しいものが何もないのだとすれば、幻想以外に真であるものが何もないのだとすれば、夢見ながら生き、死ぬほうがよいではないか。そして、書くことよりは、むしろ〈天才作家〉であるという絶えざる完璧な幻想を自らに与えるために、傑作の生き血を吸うことのほうがよいではないか。

＊1　ルイーズ宛、五三年八月二十六日。『書簡集』第三巻、三二二ページ。この考察は、現在われわれが扱っている時代よりも後になされているのであり、その当時フローベールが仕事の真最

中であったことに留意せねばならない。彼が夢見るのは、「『ボヴァリー』が完成した」ときに書くものについてである。彼が言うには、それは「まっすぐに屹立して上から下まで彩色された大いなる物語」になるだろう。しかし、この点は重要ではない。こういった避難の夢想はそのとき、進行中の作品に対する避難場所を提供しているのだが、それでも、彼が四五年に培っていたものと同じである。唯一の相違は、当時は、それらが彼をあらゆる文学的企図から免れさせていたという点である。

以上の考察を踏まえ、ギュスターヴが死語〔古典語〕に対して取った奇妙な態度に戻ることができる。今や、われわれはおそらくこの問題をよりよく理解できる。なぜギリシャ語を「やる」のか。そして、ラテン語を。それはまちがいなく、偉大な作者たちを原文で読むためである。同じように、すでに見たように、彼は英語でシェークスピアを読むといういつも空しく終わった希望を懐き続けた。それ自体として捉えた場合には、この関心は彼に名誉をもたらすものであるが、実態は私たちがすでに見たとおりである。読み返しは脱現実化なのだ。たとえフランス語でであっても、本質的な部分は見逃してしまう。というのも、彼は冒頭から始めさえせずに、作品のさわりをつまみ食いするからである。実のところ、たとえホメロスのように語れたとしても、彼は『イリアス』のうちに夢想の口実しか求めていない以上、なぜホメロスのように語る必要があるのか。ところが、まさにその必要があるのだ。死んだ言語の言葉について夢見るためにである。死んでいるにもかかわらずではない。死んでいるがゆえにであり、またそれらの語句の各々に残る浸透不可能性の還元できない残余のためである。この点は、彼がよりよく理解できたラテン語の場合にはっきりしている。例えば、ギュスターヴがウェルギリウスを「反芻している」ことは、四六年八月十二日付の手紙から分かっているが、九月十七日、彼はルイーズに向かってこの特異な表現の意味を説明している。「ぼくは『アエネイス』を読み返して、いくつかの詩句をあきるほど繰り返している。もうすぐそれも終わりだ。ぼくは自分で精神を疲労させるのだ。いくつかの文章は頭に残り、ぼくはそれに取り憑かれている。ちょうど愛しすぎたためにつねによみがえり、苦しくなるアリアのように」。これが読むということだろうか[*1]。『リア王』の有名な部分を開く時以上に読んでいるとは言えない。シェークスピアであれば、少なくとも場面全体を読むが、ウェルギリウスとなると、彼は孤立した詩句――一度に二、三行で、六行を越えることはない――を見つけるために、ぱらぱらとめくるだけだ。そして、それがきわめて美しいことを思い出し、たえずそれを繰り返しながら自分のうちにそれを据え付け、内面化された惰性の力によってそれが彼の意識のうちに留まるようにする。こういった一群の言葉が彼を占拠しているのだ。ときには、それらは立ち去ったように見えるが、メロディーのように再び現われる。このことが意味するのは、これらの言葉が機械的行為《オートマティズム》のような偽の自発性によって互いに結びついていること、この受動的総合が彼の感受性の他律を表わしていることである。言葉の位置、言葉のメロディー、言葉の意味そのものの中に、彼にとって解読不可能な何かが残ってしまうからだ。その理由はと言えば、ただ彼が古代ローマ人ではないということ、そして、もはやウェルギリウスの言語を話す者は誰もおらず、彼にこの言語の独自性を内部から感じさせ、文を生きた形で新たな発明として観念に一致させる者が誰もいないということだけである。「彼らは暗く孤独な宵闇を進みけり」(19)(*Et ibant oscuri sub sola nocte*)。彼はたえずこの詩句とこの修辞の形式について長々と講釈をすることができる。だが、アウグストゥスの時代に読み手がどのようにそれを受け取ったのかは決して知ることができないだろう――それは彼自身が、自らの原始史において、自分の録音テープの中からこれらの言葉を切り取った経験がないからであり、そこに厳格な必然性と完全な道具性とを同時に発見することができないからである――。その一方で、ラテン語の言葉の意味、意味作用そのものは、深められるどころか、彼の頭のなかで反復されるにつれて消し去られる傾向にある。たとえば――彼自身の比較を用いるならば――愛して、何度も口ずさんだアリアは、はじめ「愛しすぎたために苦しくなる」ほどなのだが、しばらくすると流行歌のリフレーンに変わってしまう。つまり、すべてはあるべき場所にあり、メロディーは時間性の客観的な確定として復元されているにもかかわらず、われわれの感受性の主観的な確定としては消え去っているのだ。*2 われわれはもはやメロディーを感じなくなる。ギュスターヴの場合、ある種の――文体レヴェルでの――解読不可能性と、彼の中での機械的行為《オートマティズム》の高まりとが一致することで、ラテン語の物質性が強調される傾向にある。最後には、音のオブジェが残り、慣れから生まれたその繰り返しは、反復の時間を内面から彼に強制するという利点を持つ(反復の時間は彼が要求するものではあるが、多くの場合、外的な強制として身に蒙るのであり、彼はそれを自分の永遠性の生きた証拠として内面化したいのだ)。彼は「反芻する」。つまり、人の住んでいたこの物質性、彼に抵抗しながらも、「表現可能な」秘密はいっさい持たないこの物質性を前にして、吐き気がするほどよく知っているこの壁を前にして、彼はほとんど苦しみを伴った放心に陥るのだ――それは彼が親しい連中の実用的言語を耳にする時に落ち込む放心の対極にある。後者の場合、言われた言葉はその醜さや物質的な味気なさによって、また同時に実利的な意味作用の彼方に示された超意味によって、彼を打ちのめす。一方、ウェルギリウスの詩句を茫然と反芻する場合は、彼は音の美の媒介によって、永遠の物質に立ちあうのだ。この物質の秘かな抵抗――真昼の神秘――は、物質の〈存在〉の無限の奥深さを感じさせると同時に、彼自身の追放をも感じさせる。(20)ヴェルコール言うところの「脱自然の動物」は、「物質になる」のを夢見ることはできるかもしれないが、まさに、人類を特徴づけるこの突然の変化ゆえに、この望みの実現は――死のうち以外では――永遠に禁じられている。この追放は、苦しいものにはちがいないが、ギュスターヴはそれを楽しもうとする。というのも、死んだ言語の媒介で、彼は自分と古代の関係を打ち立てようとするからである。

＊1　『書簡集』第一巻、三一五ページ。
＊2　もちろん、ギュスターヴにおいて知はつねに実在する――彼は暗唱している詩句の意味を知っている――。しかし、少し時間がたつと、この知はもう現働化されなくなる。言葉はひとりでに反応し、意味は潜在的となる。すなわち、意味は現前すると同時に、電光のようにすばやく、常に行なうことのできる操作の対象である。とはいえ、フローベールは節約してこれをあまり行なわない。というのもまさしく、この操作は容易で、あまりに操作を繰り返しているともう何も与えなくなるからだ。

彼はしばしば、記憶と同じくらい明瞭に古代世界の姿《イマージュ》が見えると主張した。「ぼくはそこで生きたのだ！」と、そのとき彼は断言する。この四五年から四七年ごろの書簡の別の場所でも、アルフレッドから借りた輪廻の語彙は捨てさりながらも、「ぼくはそこで生きてやろう」とやはり断定的である。その意味は、ソポクレスを原文で読み、ユウェナリスを間違いなく読めたとき、死んだ言語の訓練が想像界のうちにこの消えた世界を蘇生させるだろう、ということだ。ここでわれわれは、彼がまるで信じていない現実的断言（ぼくはこの目で古代の群衆を見た）から、幻想の絶対的な優位性の厳かな承認――彼の原則により合致しているもの――へと移行する。しかし、ここでわれわれにとって重要なことは、彼がこの消えた都市で生きたいと思っているということではない。どのようにそこで生きたいのか、それを知らねばならない。ローマの騎士としてか、元老院議員としてか。依然としてネロであろうと望んでいるのか。いや、まるっきりちがうのだ。四六年の手紙がこのあたりの事情を明らかにしている――ルイーズが彼の恋人になったのはほんの一週間前のことだ[＊1]――。彼はそこで包み隠さず自分の意図を明示している。「きみはぼくを異教徒にしようとしている、そうだね、ああぼくのミューズ、きみの血管にはローマ人の血が流れている。けれど、ぼくは想像力と決意で自分を奮い立たせようとしても、しょせんは生まれたときに吸い込んだ北方の霧が魂の奥底にある。ぼくのうちにはあの蛮族の憂鬱が、移動の本能と人生に対する生来の嫌悪とともにある。それらが彼らを自分の国から離れさせ……自分からも離れさせたのだ。彼らだって太陽を好んだのだ、死ぬためにイタリアにやってきたあらゆる蛮族は……。ぼくはいつでも先祖に感じるような優しい共感を彼らに覚えたものだった。ぼくは彼らの喧噪に満ちた歴史のうちに、自分の未知なる平穏な物語を見出したのではなかったか？　ローマに入城したアラリックの歓びの叫びは、その十四世紀後の、哀れな子供の心の秘密の狂気に通じるものがある。ああ無念だ。だが、ぼくは古代人ではない。古代人はぼくのように神経の病には罹っていなかった」。

＊1　ルイーズ宛、四六年八月六日『書簡集』第一巻、二二八ページ。傍点での強調はサルトル。

いまやギュスターヴが古代文明を習得しようとするのは、野蛮人、北の人としてである。彼は決してネロになることはないし、ペトロニウスですらないだろう。彼が化身するのはアラリックなのだ。降伏しながらも拒みつづけているこの征服された街の美に眩惑される、虱だらけの北の人である。かくして、――無意識的回想によるものであれ、想像によるものであれ――古代に身を置くと主張しながらも、彼は敬服する異教徒と自分との間に一定の距離を保とうとする。ソポクレスのアテネや、皇帝たちのローマに接近できるとしても、彼は追放されて生きていると考える。古代都市の一員になりたいとは思わず、そこにいながら活動には関わらず、住民たちと「眼《まなこ》の関係」だけを持ちたいと思う。眼、否、それだけでは十分ではない。全感覚が祝祭に加わるのだ。彼が拒否するのは相互交流《コミュニカシオン》である。彼に欠けているのは二重の力を持つ魔法の指輪、時間を遡り、透明人間になることを可能にする指輪だ。文化研究の用語で言えば、彼は古代人たちの「客観的精神」を我が物としようとはするが、同化しようとはまったくしない。これこそ、古代人は「神経の病いに罹っていなかった」と大胆に断言するときに、もっともらしくへりくだりつつ、彼が表明するものだ。彼自身はこの病に罹っている。「キリスト教はその病を経てきた」。したがって、プルタルコスが描いた偉大な人物たちに魅了されることはあっても、彼らを模倣することはおろか、完全に理解することすらありえない。彼がローマ人やギリシャ人のうちに――とくにローマ人のうちに――嘆賞するのは、自己との静かな一致だが、彼はそれを自分には望まない。ネロに「目まいを感じる」のは、もちろん、彼がネロに認めるサディズムゆえだが、なによりもこの皇帝らしい気まぐれが、決して異議を受けることなく自然に処刑の判決文へと変化するように見えるためだ。これらの――キリスト教にまったく冒されていないために――魂を持たない偉人たちはみな、フローベールにとって、純粋な〈存在〉の顕現、つまり、無機質でありながら生きている物質の顕現である。彼は古代人を大理石と青銅の冷たい感情の持ち主だと見なす。古代の歴史家たちが彼のこうした理解を助けたことは、確かだろう。しかし、彼は誇張する。あらゆる手段を尽くして、自分の前に、われわれの文化の対極として彼らの文化を再構築するのだ。ウェルギリウスやユウェナリスの詩句を――たとえ百回繰り返しても――彫像の唇から漏れる石の言葉にしてしまうこの接近不可能性、これによって彼はこの文化を象徴させるのだ。このように、古代世界の美はギュスターヴにとって、その浸透不可能性から来る。書物は言葉が彫られた石碑だ。しかし、〈存在〉の絶対的な濃密さであるこの浸透不可能性は、その完璧な非存在を示すための別の仕方でしかない。ローマはもはや実在しない。だからこそ、それは存在する。このことをギュスターヴは完全に自覚している。「ぼくは一カ月後にはテオクリトスを読み終えるだろう。古代の作品を四苦八苦しながら読めば読むほど、もはや戻らぬ過ぎ去った壮麗で魅惑的なこの美の時代、見事に振動し、見事に輝き、かくも彩られ、かくも純粋で、かくも単純で、かくも多様なこの世界を夢想しながら、桁外れの悲しみに襲われる」[*1]。古代の著者たちが彼を魅了するのは、彼らがキリスト教の到来によっていわばわれわれと隔てられており、それゆえ十六世紀の大作家たち以上に死んでいるからである。後者の作家たちに関しては、様々な差異はあっても、根本的には自分も彼らと同一の観点を保っているとフローベールは考えているのだ。かくして、死んだ言語から鋏で切りとられたこれらの詩句は、初稿『感情教育』で表明されている〈美〉の本質をなすものを所有している。すなわち、完全な不可触性としての絶対的な内実、決定的な不在としての魅惑的な現前、感覚で捉えられず、言語的物質を通して想像されるかぎりでの純粋な物質性、非存在と全体化された存在との厳格な同一性である[*2]。要するに、古代が彼を魅了するのは、それに関して彼が死の観点に立てるからである。

まさにこの理由のために、ギリシャ語はおろかラテン語でさえ、彼は完璧に習得しようとは真には望んでいないのだ。確かに、誤解や意味の取り違いをできるだけ避けるために上達したいとは望んでいる。しかし、ある種の不透明性を分解できないことを楽しんでいるのだ。この不透明性がラテン詩句を根本的に吸収不可能な実体とし、何よりも廃墟とするからで、廃墟は不在なものを想像的に再現するための類同代理物として役に立つのだ。古代世界との距離を保ち、古代世界を人類の別の可能性、過去には実現されたが今日では実現できない可能性とすることが問題なのである。要するに、古代人によって近代人に異議を唱えるわけだが、その際にこの達成されたモデルがわれわれの役に立つことはない。というのも、われわれがいまなお自分たちの行動を彼らのそれに一致させることができるのなら、希望はあるのだが、フローベールの目的はわれわれを絶望させることだからである。というわけで、シェークスピアを読み返すとき、あるいはテオクリトスを「やる」とき、彼の追求する目的は異なるものだが補い合っている。前者の場合、目的は明確だ。想像上の作家は、現実の天才、つまり作業中の天才には捉えられない非現実の享楽を知っていることを示すことだ。後者の場合は、廃墟と化し模倣不可能で死んだ範例を提示することで、執筆を断念させることだ。古代の範例はその石の堅固さによって、近代人がこれまでに生産しえた、そして現在生産しうる、また未来に生産しうるすべてのものに異議を唱える。この二つの挫折の様態は、どちらも同じ沈黙の立場へと通じている。若き野心家が沈黙するのは、彼がウェルギリウス——死からその美を引き出す、死んだ世界の死んだ人——になりえないからであり、また、現実にシェークスピアとなるよりは、その役を演じることにより多くの楽しみを見出すからである。ラブレーであれウェルギリウスであれ、フローベールにおいて読み返しは、天才の周期的回帰、反復として生きられた永遠を表わすだけではないし、想像界の名において、可能なあらゆるエクリチュールに異を唱えることを表わすのでさえもない。むしろ、読むという行為の破壊そのものであり、読むという行為を夢や反芻に取り替えることなのである。[*3]

*1　ルイーズ宛、ルーアン、四七年初め、『書簡集』第二巻、五ページ。

*2　というのも、ギリシャ語やラテン語の文献のどんな些細な読書も全体化を含むからだ。シェークスピアとは、もちろん、十七世紀初期のイギリスである。しかし、フローベールはそのことを決して言わない。彼にとっては、この天才の力はあらゆる時代を超出しており、この天才をすべてのキリスト教的世紀の同時代人にする。ところがまさに、古代世界はわれわれの世界以前にある完全な一世界とされる。フローベールは、ローマ帝国後期から中世前期への移行、転換にほとんど関心がなく、ひとつの閉じた全体性を古代世界に見る。あたかも人類には二つの歴史があったかのように。

*3　だからといって、死者たちとのこの接触が彼の役に立たなかっただろうと言おうとしているのではない。『ボヴァリー夫人』の時期における「フローベールの文章のラテン語的構造」については後に触れることにしよう。いまのところ問題なのは、古典教養が彼に何をもたらしたかではなく、彼が一八四五年ごろ古典教養に何を求めていたかである。

こういった蜃気楼ともいうべき行為のいたるところに、われわれは挫折の意図を見出すことができる。とはいえ、それはあまりにも多様な姿をしているので、その唯一の意味を見出すことは難しい。ときには仕事〈労働〉と知を軽蔑しなければならない。ただしそれはけっして報われることのない執拗さによって曖昧な功徳‐価値を獲得しながらである――あたかも、からっぽの空の下でギュスターヴが挫折するのは、〈寡黙公〉(オラニエ公ヴィレム一世)のモットー「企てるために希望は要らず、続けるには成功は要らぬ」を自らのものとしたことを証明するためであるかのように[*1]――。また、ときには彼の目的は明らかに、古代からの追放をとことんまで培いながら、心を痛めることである(「ああ、ぼくはけっして古代人となることはなかろう」)。なぜかと言えば、彼によれば、不可能な〈美〉は「痛みを与える」に決まっているからだ。しかし、われわれの遡行的分析をさらに押し進める必要がある。そして、四五年冬以来、挫折はフローベールの「ライフスタイル」となったのだから、彼の生体験そのものを、その日常の味わいまでも、彼が感じ行なう通りの仕方で、彼の化身ジュールに与えている想像上の生の輝きと比較する必要があるだろう。

*1　しかし、実のところ彼が採用するのは、このモットーを裏返しにした悪魔的な似姿だけである。つまり、「企てるためには絶望しなければならない、続けるためには挫折を予見しなければならない」。

たしかに、回心後のジュールの生は、あまり陽気なものではない。ただし、それは見かけのことであり、つまり一大転換が現実に行なわれたことを考慮する場合であり、あるいは、彼の生をただの現実に限定してしまおうとする場合のことだ。ただの現実なるものは——まるで網羅的でないために——部分的に切除された観念、したがって偽りの観念の対象であり、ひとつの見かけに限定されてしまう。「表面的には他人にも自分自身にも悲しげな様子をして、彼の人生は単調な同じ仕事、単調な同じ孤独な瞑想の中で流れてゆく」。この言葉のうちに、他人にも自分自身にも悲しげという彼の「構成された本性」の特徴が認められるだろう。この特徴は後に人格形成の動きによって捉え直される。主観的事実を指示する際の〈他者〉の優位性は、ここでもまた明白である。現実界を決定するのは他者たちだ。他者たちが、「彼の人生はなんと悲しいのだろう」と宣言する[*1]。そして、ジュールはきわめて従順に彼らの判断を内面化する。そう、彼らの観点——常にぼくの観点に勝っていた観点——によれば、この人生は悲しい、悲しくなければならない。ぼくは何もかも諦めてしまったのではないか。ところが、彼は急いで付け加える。「しかし、（ジュールの人生は）内部では、魔法のような光と、身も心もとろかす焔であかあかと輝いているのだ。それは陽の光の差し込む東方《オリエント》の青々とした空なのだ」。この本の最後の部分を読み返していただきたい。毎回異なる比喩を用い、それを存分に展開しながら、彼が何度もこの点に戻ってくることが見てとれるだろう。だとすれば、四五—四八年の書簡にざっと眼を通し、どこに約束された光があるのか、どこに身も心もとろかす焔があるのかと問うてもよかろう。もちろん、ジュールの祝祭は彼の想像力のなせる業であった。それはともかく、「彼の思考の中では眩惑がうずまき、心の中はいろいろな感情が起伏し、肉体の中は淫乱の情があふれていた」。これこそ、彼の明示的な「負けるが勝ち」の意味そのもの、極度の弁証法的な厳密さを備えた知的な意味だった。それはすでに見た通りだ。現実が失われると、自動的にイマージュに対する絶対的な力が現われたのだ。四五年一月以降、ギュスターヴはひとつの信念に忠実でありつづけた。想像界は絶対である、と。かなり後でも、「絶対的真理は一つしかない、それは〈幻想〉だ」と彼はルイーズに書くだろう。事実、彼が脱現実化の技術を完成し、それを「美的態度」という項目のもとにまとめたことをわれわれは見た。そうはいっても、脱現実化すべきものが必要である。「芸術家として分析した」[21]死、洗礼、古代劇場、円柱に書きつけられたバイロンの名前、男たらしプラディエ夫人の不幸、要するに外の世界——〈歴史〉、社会、情熱、遺跡、自然である。機会に巡り会えば、彼はそれを決して逃しはしない。しかし、四四年から四六年にかけて、彼はついていない。いくつかの家族の儀式があっただけだ（結婚、葬式、「俗物として再訪した」地中海、パリへの短期滞在、それだけだ）。彼は征服の夢のうちに生きるが、征服すべきものと言えば、あまりに身近な市立病院と、しばらく前からクロワッセが、つまり窓辺から見えるセーヌ河があるのみだ。それ以外には、もちろん、彼はシェークスピアとともに高揚し、テオクリトスとともに夢を見、ウェルギリウスを「グーロワール」にかける。しかし、そんな衝撃は長続きしない。いまやギュスターヴは、夢見るために書かれた言葉を必要としている。部屋に閉じこもっていては、世界を脱現実化することはできない。そこで自らの時代と世界を非現実化した死者たちの作品を脱現実化するのだ。少年期のフローベールは、幻想を育み、欲望を充足させ、怨恨やマゾヒズムやサディズムを満足させたものだった。こういった訓練は、暗示症《ピチアチスム》によってたぐい稀な魅力を与えられて、想像界の超現実性を彼に確信させるのに大いに寄与した。今や、彼は一人で部屋にいる。扉越しに聞こえる慣れ親しんだ物音は邪魔になるどころか、それを聞くと落ち着く。彼は内面のオペラの蘇生を自分に禁じ、夢想を封印する。というのも、夢想はいまだあまりに人間的であり、時間の無駄だからである（『ザイール』の分析以上にか？）。彼は恐れているのか。そのように見える。ルイーズに、イマージュの出血発作の主な原因は想像力の過剰だと打ち明けている。自分が夢想すれば、気まぐれ女〔空想〕を刺激し、「花火」が増殖するのではないかと恐れているのだ。「ひとりだけのための体系《システム》」は厳格な規律を含む。自分の夢幻《オニリスム》を抑制し、客観的で非人格的な枠組をこれに与えるためには、他人の言葉が必要なのだ。夢想に耽れば、どんな泥が浮き上がってくるか分からない。つまり彼は用心しているのだ。それでも時には夢想に耽ることもあるが――そうでなければ、このような欠点に陥ることがほとんどないマクシムに注意を与えていることを、どのように説明できようか――しかし、吐き気を感じてそこから脱出すると、二度と繰り返さないと自分に誓う。恐怖ですべてを説明できるだろうか。それは無理だ。われわれはうわべに留まっている。確実なことは――理由がいかなるものであれ――結果である。本を読んでいるときを除いて、彼が自らのうちに見出すのは、あのジュールの砂漠ではない。美しく非人間的で孤独だが、あらゆる蜃気楼に満ちた砂漠ではない。そうではなく、空虚なのだ。彼自身がマクシムに言っている（四六年四月）。「ぼくは空虚が何であるか知っている。でも、ひょっとしたら偉大さがそこにはあるかもしれない。それがそこで芽生えているかもしれない」。この芽生えは感じ取れない。それは敬虔な希望が目ざすものである。生きられた現実は、広大な欠如だ。数カ月後、彼は有名な台詞をルイーズに向かって書くことになる。「ぼくの空虚の深さと比べられるのは、ぼくがそれを観想するのに費やす忍耐だけだ」。そしてまたこんなふうに。「ぼくの中には、ぼくの奥底には、根本的にいやでたまらないものがある。それは親密で、渋く、絶え間がなく、そのせいでぼくは何も味わうことができないし、それは魂が破裂するほど充満している」。今回、彼が象徴として用いるのは、充満だ。それはさほど重要ではない。どちらの場合も、病は根本的である。空虚のうちには、何もない。イマージュの曙光すらも。一方、いやでたまらないものがすべてを満たし、そのために彼は何も味わうことができない。

*1　事実、マクシムの言うのが聞こえるようだ。「同じ仕事、同じ瞑想……」

彼自身はと言えば――どちらもアルフレッド宛の手紙で――この組織的な貧困化に二つの異なる仕方で評価を与えている。第一のものには自負心が刻み込まれており、この貧困化に禁欲の意味と価値とが与えられている。ギュスターヴはあるがままの自分の姿を示すために余計なものをそぎ落とすというのだ。これが四五年九月の手紙だ。「自分の性質がどんなものなのかを探り、その性質と仲良くすること。『自分自身と一致する(*Sibi constat*)』[22]とはホラチウスの言だ。問題はそれだ」[*1]。たしかに、彼はこの自己との一致が自分にとってまったく新しいものであることを認めている。「以前はこうではなかった。この変化は自然に起こったのだ。それにはぼくの意志も、ひと役買っていた」。作戦はまだ終わってすらいない。[*2]「それはさらに先までぼくを連れて行ってくれるだろう。心配なのは、それが弱まりはしないかということだけだ」。これはいわば「病の善用」である。自らの「性質」と完全に一致するためには努力しさえすればよい――この「性質」は彼が種族と呼ぶもの(幸福とは、ぼくらのような種族の者にあっては、観念の中にあるもので、ほかの所にはない)であり、要するに彼の特有な本質に照応するものだ――。この手紙が書かれたのが、『感情教育』脱稿のわずか数カ月後である点に注目すべきだろう。ここでは、心の平静《アタラクシー》は人間が自らの存在と全面的に一致することによって可能だとされ、これは彼の不変性に通じる。ギュスターヴは受動的だが、矯正されたのだ――矯正された左利きがいるように――。彼は時間のうちに投げ入れられることで、悔しさと苦痛を味わったが、それらは借り物と言える。というのも、悔しさも苦痛も、最初の過ちと、彼が演じることを強制された役柄に由来するからである。誤って時間化された彼は、時間性を利用することを学び(ポン=レヴェック)、時間を破壊し、不変の状態で己に合一するのだ。大まかに言って、これが自負心に駆られたときの彼の感情である。ここで問題になっているのは自我を育むことではない。そうではなくて、ただ単に自分の「性質」、あらゆる変化を拒否するあの不変の要素を取り戻すことだけが問題なのだ。だとすれば、彼がジュールから少しずつ離れていくことも理解できる。ジュールは、アシル=クレオファスが死体を解剖するように、作家たちを解剖していた。偶然的なものを取りあげ、不変なものは返した（そのためには少なくとも、出来事がやってくるがままにしなければならなかった。それを自らの酸によって浸蝕させるというそれだけの意図であったにしても）。ジュールは傑作を産みだそうとしていた。つまり——彼の人生は単調だったとはいえ——彼は変化していたということだ。ギュスターヴの方はといえば、四五年夏、彼が唯一自らに許すのは、自分自身と同一のものとして、生まれ直すことを可能にするような変化、すなわち反復である。フローベールとジュールの違いは、二人の「世界への立ちあい」〔現前〕の型を考察するとき、さらに際立ってくる。『感情教育』においてギュスターヴは一大進歩を果たした。それによってやがて『ボヴァリー夫人』の執筆が可能になるのだが、その進歩とは、彼がジュールに細部を備えた世界に立ちあうという意図を与えたことである。つまり、どんな小さな細部のうちにも全体を見出し、どんな些細な心の動きのうちにも人間の本性全体を見出すという意図だ。なるほどギュスターヴも脱現実化の技術を忘れてはいないし、自ら望んだ牢獄から抜け出すときにはそれを用いたりもする。しかし、部屋にとどまるとき、彼は昔ながらの忘我状態に戻り——否定的無限の時代のように——媒介なしに全体に立ちあおうと努めるのだ。ところで、その個別的な規定を通して、独自なものの地平として捉えられていない場合、全体とは何ものでもない。あるいは、こう言っても同じことだが、それは普遍的なものについての抽象的な観念でしかない。「ぼくはかつてないほど純粋な観念のうちに、無限のうちに入り込む。ぼくは無限にあこがれ、無限がぼくを惹きつける。ぼくはバラモンになる。というよりむしろちょっと気違いになるのだ」。ここで注目すべきは、問題になっているのが無限を観想することではなく、そこに入ること、つまり無限が未分化の純粋な観念であるかぎりにおいて、そこに溶け込むことであるということだ。このように、ギュスターヴの「性質‐自然」、彼の固有の本質、彼の「種族」とは、現実界に対する非‐現前として捉えられた不動性のことである。非‐有限性として、つまり非‐決定性として、他者に対してだけでなく、なによりも経験的な自我を構成する主観的な諸事実の総体に対して行なう厳密な意識喪失戦術として捉えられた不動性のことである。ここでなされる努力は熟慮されたものだ。自らを純粋な非存在として実現〔実感〕し、知覚しなければならないというのだ。あるいはお望みならば、ギュスターヴが不動となるのは、己のうちで、自ら固有の実存において、いくばくかの存在を非存在に与えるという、維持することが困難で常にやり直される試みによってなのだ。このことは、彼が常に〈存在〉と〈無〉を同一視していたことを思い起こせば、いささかも驚くべきことではない。むしろここで衝撃的なことは、この企ての自己破壊的な側面である。彼は自らの性質をあらゆる性質の否定のうちに、すなわち意識的な無化のうちに見出している。

あるいは、逆に言えば、彼は極度の緊張によって、自分が〈無〉――あらゆる個別的存在を食い尽くす者――を存在へと到来させ、それに取って代わらせるという根源的否定になんらかの存在論的なステイタスを与えることに、苦い喜びを覚えるのだ。この態度には内実があるのか、とひとは問うかもしれない。あるいは、この態度を経験として生きることができるのか、と。否である。というのも、それを維持するための、いやおそらくは実現するためのいかなる方途もないことは間違いないからである。換言すれば、彼はそれを真に実行するのではなく、実行するという幻想を抱くのだ。つまり、脱現実化の企てをさらに徹底するのだ。脱現実化の企ては、外部の物質に働きかけるとき、彼の目には芸術的と映るからだ。ここでは非現実化の中心はもはや外部にある現実の事物《オブジェ》ではなく、彼自身であり、非現実化はさらに一段階高まっている。というのも、〈存在〉を〈無〉と同一視すること（現実界の消滅）と、〈無〉を〈存在〉と同一視すること（外観の実体化）は、結果（一篇の詩、一体の彫像）として与えられるのではまったくなく、この同一視そのものが意識的な幻想の対象だからである。彼は自分で、そうなると言っているあの「バラモン」ではない。彼は己のうちで自分を非現実化する、言い換えれば、彼は〈観念〉のうちに入り込んでいると夢見ているのだ。この観点からすると、〈存在〉の無であり、〈無〉の存在であろうとするこの夢は、〈想像力〉の零度、あるいは、完璧に裸形にある想像力、すなわち、自らの存在論的な単純構造を現働化することによって、イマージュを生み出すことなく現われる想像力を表わしていると言えるかもしれない。周知のように、想像力とは不在へと向かって〈存在〉から身を引き離すことであり、その不在に関して存在と無をともに定立するからだ。かくして、ギュスターヴにとって自らの性質に合一するということは、根本的に自らを想像的なものとしながら、それでいて、自己に関するいかなるイマージュも生み出さず、演じるべきどんな役割も（ティムールもネロも）[23]自らに与えないことである。ただ一つ例外がある。それは、想像力の純粋な離脱と一致する少々気の違ったバラモンの役である。厳格で根本的な単純さのうちになされた、この想像界の自らへの回帰は、非現実化の勝利――つまり、夢の夢――とも見えるし、意図的な挫折とも見える。ここで現実的なことは、彼の変調と結びつきながら、放心状態が猛烈な勢いで戻ってくることだ。この体験された自己への不在の上に、ギュスターヴは「観念のうちに入り込む」という自らの非現実的な印象を打ち立てる。ただし、何も夢想しないこの夢想者のうちで、絶えずこういった印象を再生産することが、いかなる隠れた意図であるのかを問わねばなるまい。これには十分な理由がある。ギュスターヴの病は――マクシムが信じているのとは逆で――器質的な損傷によって条件づけられたものではないからである。

＊1　アルフレッド宛、四五年九月、『書簡集』第一巻、一九一ページ。

＊2　彼の意志。

事実、彼が自らの不動主義〔現状維持主義〕の二番目の解釈のうちで強調するのは、挫折の意図である。四五年六月から八月に書かれた二通の手紙がこれを証言している。プラディエは彼に情婦を持つようにという浅はかな忠告をした。この忠告はギュスターヴのうちに「心底嫌気がさしているというのに、恋愛への不思議な憧れ」＊1を引き起こさずにはいなかった。彼は、試してみようという漠然とした誘惑を感じた。しかし、すぐさま、周章《あわ》てる。「ぼくはプラディエの助言を考えてみた。それはよいものだ。だがどうやって従うのか。そして、どこでやめればいいのか。……正常で、合法的で、中身があり、堅実な恋愛は、ぼくをあまりにも自分の外に連れ出して混乱させるだろう。ぼくは活動的な生活に、物質的な真実のうちに、要するに常識の中に入ってしまうだろう。ところがそれこそ、それをやってみようとした時には必ず、ぼくを損なうものだったのだ」。「活動的な生活」に対する嫌悪は、四三年の時点では、とくに出世してブルジョワの地位を得ることに対する嫌悪感という形をとっていた。今では、生はどんな形式であれ嫌悪を催させる。彼はすでに自らの神経症を理解したし、「常識」への回帰、換言すれば、「正常な」人生に戻ることは身の破滅となることを知っているからだ。引き籠もりはもはや法学部を避けるための神経症的な方法ではなく、自己目的となったのである。彼には、自分の意志で牢獄に留まる以外の「自由」がない。そして、四五年八月十三日にエルネストに宛てた手紙は、この内なる議論と克服した誘惑の木魂《こだま》である――そこには苦渋も見られるのだが。「ぼくが恐れるものは熱狂や感激で、幸福というものがどこかにあるとしたら、それは停滞の中にあると思う。沼に嵐はない」。調子は諦めたもので、比喩も同様だ。かつて彼はシェークスピアのように大洋にならんと欲していたのに、いまは恐怖から沼ほどの規模に縮まっている。こうして不動主義の役割は変わる。〔かつての〕不動主義はフローベールをその「性質」へと合一させていた、つまり、彼を生体験から引き離し、〈非存在〉の存在に合一させ、〈観念〉のうちに、つまり純粋な想像力のうちに没入させていた。しかし、自らを沼に喩えることで、ギュスターヴは死の苦行〔不動主義〕に別の意味を与える。この観点からすると、停滞はもはや非現実界の永遠性を表わさない。むしろ、守りの姿勢と見なすべきなのだ。まったく動かず、一言も語らず、息一つしないこと。この不幸な男がちょっとでも動けば、昔ながらの騒々しくも苦い情熱が、羨望、怨恨、彼の臓腑を蝕むあの否定的な自負心、そういったもの一切が目覚め、大騒ぎとなるだろう。それだけではない。もし彼がバラモンでないのなら、愛撫しようと美しい肩に手を伸ばしたとたんに、ポン＝レヴェックでの転落が突然、彼に泥炭の苦しみを舐めさせることにならないと誰が言えるだろうか——これは、彼を世間から切り離し、あらゆる実践を、したがって世俗的なあらゆる野心を禁じる役目をしているかぎりは、容易に耐えることができるものだった——。彼がひとりきりで、身動きもせず、語ることもなければ、崩壊は彼を偉大にするだろう。ただし、それには彼がそこからあらゆる結果を引き出し、なかんずくそれを「正常な生活」を送ることの絶対的な禁止と見なす必要がある。クロワッセでは、彼は優越や劣等などに無頓着である。要は、他人と比較されえないことだ。しかし、プラディエのサロンに通って、花盛りの婦人たちを口説いたりすれば、彼は競争の世界に入ってしまう。これらの婦人には他にも言い寄る男たちがおり、自然と比較が行なわれるからだ。若く美男だと見なされるかもしれないが、またぞろフローベール家の次男となり、何もできず、あやしげな病気のために学業を止めざるを得なかった哀れな青年になるかもしれない。家族の方は気の毒ですよ、裕福な方たちでしょ。お父さんは外科部長、ご長男は素晴らしい地位を約束されている、だけど財産はそれほどでもない、お分かりになるでしょう、言おうとしていることは、といった具合だ。要するに、彼を引き留めているのは恐れだ。自分の劣等性をみんなにさらけだして苦しむのではないかという恐れだ。だとすれば、フローベールが「〈観念〉のうちに入り込む」と毅然として宣言しながら、当時の別の手紙や別の相手への手紙の中で、ぼくの傷ついた魂は生きることを恐れるがゆえに、あらゆる欲求不満を甘受する、と告白していることを見ても、驚くことでもなかろう。これこそかなり後になって、彼がジョルジュ・サンドに告げることである。ぼくは若いころ、臆病者でした、と。

＊1　ギュスターヴとジュールの違いがここにもある。ジュールは、「生真面目な感覚」から解放された。しかし、その代わりに非現実を制御することを獲得した。「心の中はいろいろな感情が起伏し、肉体の中は淫乱の情があふれていた」。淫乱の情が彼を惑わせることはなく、乱痴気騒ぎが彼を疲れさせることもない。というのも、これらは想像界特有の素晴らしい薄弱さを持っているからだ。ストア派の賢者が三度でんぐり返しができるように（同じ例が『存在と無』にも出てくる）、非現実の男ジュールは、完璧に平静な気持で、あらゆる逸楽を自分に与えることができる。ギュスターヴの場合は逆で、彼の感覚は麻痺しており、恋愛は嫌悪を催す。嫌悪は「真面目」で、「はらわたまで」体験されている。その後で、軽やかな放蕩に満足を見出せるだろうか。あまりに孤独な彼は、自慰の誘惑に——おそらく——屈するが、それは生理的欲求であり——きわめて現実的な決定だ——、そこから脱け出すと自己嫌悪に駈られる。孤独な快楽の間、彼はイマージュに頼るが、そのイマージュは、その非存在のために想起されているどころか、彼の性的興奮を高める刺激剤として役立っている。それ以外の時は、肉体は平静で、嫌悪からの抑制がある。ジュールの場合は、自分の傑作に満足し、自慰の欲求など感じない。彼のセックスは死んでいる。美しい娘と寝た

らどうかなどと言って彼を惑乱させることはできない。彼ならば言うだろう。「いったい何のために？　夢のなかで、ぼくにはもっと美人がいる、実在しない美人が」と。ギュスターヴは、まだ感情教育のこの段階に達していないように見える。嫌悪は現実のものであり、プラディエの提案は本当の惑乱を引きおこす。彼は女たちを夢見ていなかったが、提案されて、可能性が彼のうちにセックスしたいという欲望を起こす。別の言葉で言うと、抑制され、ねじ曲げられ、矛盾したまま、情動性が彼のうちには残っている。そして性欲も。

彼はほんとうに臆病者だったのか。彼が生きることを拒否する起源には、より深い、ある意味で肯定的な欲動がありはしなかったか。いずれにせよ、壮年期の彼が、隠遁と禁欲を犠牲と見なしていたことは確かである。それを疑う者は、コマンヴィルの破産[24]の後で書いた手紙と狼狽から生じた激昂を思い起こせばよい。彼はいたるところで、あまりに不当だと繰り返している。すべてを絶ち、誰より厳しい生活を送ってきた自分は、運命のこの最後の一撃を受けるに値しない、と。値する？　では、彼は〈運命〉に対して権利があったというのか。彼はその権利を善行によって獲得していたのか。この涙にくれた男はますますジュールとは似つかなくなっていく。ジュールは悔いを知らない。〈神慮〉と自負心は彼の情熱に息を吹きかけて情熱の火を消してしまった。彼は、われわれが先に検討した弁証法的必然によって傑作を書くのであり、「他のなにものにもよらない」彼の霊感は、いかなる意味でも窮乏の報いとはなりえない。彼はこの窮乏を蒙り、これを巧妙に活用したが、窮乏は〔芸術に対する〕敬虔な禁欲の対象とはけっしてならなかった。彼が書くのは心が死んでしまったからであり、これ以上に単純なことは何もないのだ。彼が荒野に隠遁したことになんの功徳‐価値もない。荒野は想像界の壮麗さに包まれて、彼へとやって来たのだ。ところが〈もう一人〉、ジュールを創造した者のほうは、七四年になって、当てにしていた報いをもらえなかったことを嘆くのだ。彼は自分が美徳によって禁欲生活を実践したと確信している。彼の人生は彼にとって芸術的道徳性の範例と思われ、この試練の時において、もはやキリスト教の隠者に自らを比較するだけでは十分ではなく、自分をはっきり聖人だと思っているのだ。もちろん、これは冗談だった、最初のうちは。しかし、われわれは彼の流儀を知っているし、友人たちが生きたまま彼を列聖するまで彼がやめないことも知っている。真実はどこにあるのか。彼が四六年に、人生の最良の二年間を過ごしたばかりだと宣言し、それと名指さずに『感情教育』のなかで快活さについて語り、自分を休息中の運動選手に喩え、自分の心の平静を――常にというわけではないが――強調するとき、彼は嘘をついているのか。それとも、七四年に、彼は自分の思い出を歪曲し、殉教者の顔で自画像を描き、自らの悲嘆の説明にさらなる力を与えようとしているのか。そのどちらでもない。実際、二つの説明は常に共存していた。彼はときには一方を強調し、ときにはもう一方を強調する。しかし、この複雑な態度を理解するには、解明すべき最後の点が残っている。四五年から四七年にかけて、彼が自分と〈芸術〉との関係をどのように見なしていたのかという点だ。ジュールは〈芸術家〉だった。したがってフローベールは、自分自身に関してもこの肩書きを要求する大胆さがあったのだ――少なくとも近い将来のものとして。しかし、数週間後、完成した原稿が抽斗《ひきだし》にしまい込まれたとき、想像力が枯渇しても動じないこの青年は、「語ろうとする唖者」の熱狂まで失ってしまったかのようなのだ。読書や「仕事」なるものの目的はいろいろあったが、なによりも書かねばならぬ時期を先延ばしにするためだったことはすでに見た。しかしそれだけでは、書く気そのものが失せた理由を理解できまい。わたしは前に、彼がきわめて野心的な目的を自らに課したために、到達できないことを恐れたのだと述べた。この単純な説明は――このレヴェルでは正しかったと思うが――それだけでは不十分であろう。彼はすでに自分の無力を自覚し、それに苦しんでいた。『思い出』がその証拠だ。もし自分の高い目標にふさわしくないことを恐れていただけだとすれば、このまったく新たな平静はどこからやってくるのだろう。というのも、これはいくら強調してもしすぎることはないが、彼が破滅しながらもこの高い目標を保持したというだけでは不十分だからである。彼はそれを保持するために破滅したのだ。たとえ「負けるが勝ち」があまりに合理化されているにしても、これこそ初稿『感情教育』から分かることである。要するに、四四年冬に彼は先鋭化し、人格形成の動きは最後の螺旋《スピラル》を描いたのだ。あらゆる情熱から彼が解放されたというのは事実ではない。いまや情熱が沈黙したとすれば、それは彼が一つの情熱を決定的に特権化して、他の情熱をそれに服従させたからである。ギュスターヴは四五年頃にはジュール、すなわち自分の心によって神意のごとく操作されるロボット〈芸術家〉でもなければ、彼が時に手紙で描写するような虚弱体質の男――苦しむのではないかという恐怖から食欲不振になり、その結果として無関心《アパシー》に陥る男――でもない。じつは、情熱家そのものなのだ。彼が失ったのは、感動である――あるいは、ただならぬ神経性の興奮によって、彼は感動を摩滅させたのだ（見失ったペンのために叫ぶのは、悲惨さや孤独を叫ばないための彼流のやり方だ）。しかし、「ただひとりのために作られている体系《システム》」とは、彼の用心や計算や吝嗇《りんしょく》やマキャヴェリズムとともに、神経症であり、純粋な情熱《パッション》なのだ。あるいはむしろ、それは神経症的に生きられた情熱、情熱に奉仕する神経症である。情熱家は、周知のように、感動することはほとんどなく、熱気を示すこともほとんどない。ただし野次馬たちを遠ざけておく最良の手段だと判断して、誠意は装っている。周囲の者の計画や企てに対しては冷淡なままだが、この無関心は彼が唯一の計画を持つ男になったためであり、一つの固定観念によって全身突き動かされ、占有されているためだ。この固定観念は、同時に衝動であり、反芻された権利であり、計画的活動であり、世界に関する選択的ヴィジョンである。この男が実践的な行為者であるなら、理性と能力を自らの企てのために用い、複雑な体系《システム》を完成することや、手段のための手段を組み合わせることに没頭し、自ら定めた唯一の目標へと長い忍耐の末に、間接的に遠回りしてたどり着こうとするだろう。一方、ギュスターヴのように受動的な人間ならば、（彼を引きずっていく）運命と（可能性の領野を探査することで彼に役立つ）計算的な理性のあいだのこの区別は——それはまったく相対的なものだが——、もはや意味を持たなくなる。彼は自らの企てとなる。それは彼を自閉症まで導きかねない——われわれは、ギュスターヴが内向性をそこまで押し進める可能性があることを見た——。しかし、道半ばで止まるにしても、受動的なタイプの情熱家は目標を内面化し、彼に許された唯一の活動によってそれに到達しようと試みる。その活動とは、受動的な活動、あるいは自己による自己の操作だ。それでもやはり、彼はそっくり超越、投企、期待であるし、自己自身の方へ来たるべきものとして自らを構造化している。ギュスターヴも同様だ。彼は自らの空虚を探り、そこに萌芽としての自らの未来（つまり、自己のあの有機的な変身、天才）を発見しようとする。したがって、四五年から四七年にかけての躊躇や弱さや無力といったあらゆる失敗行動（本巻二九六ページ注(18)参照）は、否定的にかつ多元論的な観点に立って、彼の主要な企てにブレーキをかけうる比較的自立的な諸力の結果とは見なされえないだろう。そうではなく反対に、全体化しつつ、全体化され、脱全体化され、たえず自らを再全体化していく進行中の全体化作用の基盤の上に、書くという情熱的な投企のために用いられる手段として失敗行動を見なすべきである。言い換えると、彼が時間を無駄にし、書かないために、愚かしい雑務に没頭しているときでさえも、この愚かさは見せかけのものでしかなく、彼が書かないことに固執するのはまさに書くためなのだと考えるべきなのだ。自分が未熟であるとか、道具を手に入れ、文体を獲得することが必要だとか（後で検討することになろうが、これは彼がふだん繰り返し言うことだ）、こういったあまりに合理的な考えによってではなく、より曖昧で、おそらくは論理以前のなんらかの意図によると見なければならない。この意図は彼の深淵の中から引き上げてこなければならない——ただし、気圧変化によってこの意図を目の前で爆発させないように——。したがって、分析的遡行によってこの意図に到達するための最良の方法は、フローベールに彼と〈芸術〉との関係について問いかけることである。この決定的な時期に、文学を目指す彼のやり方自体のうちに多少ともおおっぴらな敗北主義が見出されるのであれば、直接彼の情熱の奥底に根源的な挫折行動を探すべきであろう。だとすれば、答は二つに一つだ。すなわち、彼が要求しているのが〈芸術〉ではなく破滅であるのか。それとも、彼は四四年にすべてを失ったわけではなく、そのことに気づいた彼が、まさに勝ち取りたいものをまず失うことなしには何も勝ち取ることができないと確信して、掛け金を増やしたのか。そのどちらかだ。

当時の手紙には、彼が自分の才能に絶望しているときに、〈芸術〉自体の価値を貶めようとする奇妙な傾向を示す段落や文章が頻繁に見られる。カロリーヌの死後少し経って、彼はたとえばマクシムに書いている。「ぼくは仕事に取りかかる！　ついに！　ついにだ！　途轍もなく、じっくりと、（……）猛勉強してみたいのだ。それは、ぼくら自身の空しさに、ぼくらの計画、幸福、美、善、すべてのものの空しさに触れてみたためだろうか。しかし、自分は見識が狭く、ひどく凡庸である気がする。ぼくは芸術家的に気むずかしい性質になり、それが情けない。ついにはもう一行も書けなくなってしまうだろう。いいものが書けそうな気はしている。だが、いつもそれが何になると思ってしまう。気落ちしたとも思わないだけにより滑稽だ。逆に、ぼくはかつてなく純粋な観念に、無限のうちに入り込む。ぼくは無限にあこがれ、無限がぼくを惹きつける。ぼくはバラモンになる。というよりむしろちょっと気違いになるのだ。この夏に、何か書くかどうかはおおいに疑問だ」[*1]。彼が至高ではあるが接近不可能な目的である〈芸術〉に自らの凡庸さを対立させるとき、理解するのは容易だった。また、彼が『狂人の手記』で芸術活動の無益さを強調しながらも、芸術を自分にとって最も親しい幻影とすることも驚くにあたらなかった。というのも、彼は自らの雄弁にかきたてられ、創作意欲に燃え上がって、自らに関して問いかける時間がなかったからだ。というかむしろ、自らの天才にかんする副次的意識によって支えられていたのだ。そうだとすれば、矛盾した態度というよりは、完璧に論理的な二つの違った態度があったわけだ。一方は、主観的な絶望――「〈芸術〉は偉大で、私は卑小だ」――であり、他方は客観的な絶望で、ずっと快適なもの、「私は文学においておそらく卓越するだろう。ただ、文学はおそらくこの世で最良のものであるかもしれないが、本当は大したものでない」という考えだ。一方から他方へと彼が移行するのはきわめて当然である。それに対して、あまり当然でないのは、マクシム宛のこの手紙に見られる、〈芸術〉と〈芸術家〉とのあいだに交わされる奇妙な相互異議申し立てである。冒頭は明白だ。死を前にして、生き残った者たちの苦痛を前にして、美自身が自らの空しさをあらわにする、というのである。この指摘は、偉大な作品の無用性を非難するどころか、無用性ゆえに深く愛するという、フローベールの「体系《システム》」全体と矛盾している。〈美しきもの〉が絶対的であるのは、それが空しい幻影だからなのだ[*2]。したがって、断乎として固められている彼の考えと合致しないこのような宣言、「しょせん死ぬのだから、書いて何になろうか」という言葉に要約されるような宣言が彼の口から発せられるとは、思いもよらないことだろう。このような言葉は、〈文学〉が彼にとって生に対する死の観点であることからしても、そして、近親者二人の死から当人が主張するほどには影響を受けなかったことからしても、驚くべきことである。とはいえ、彼が〈芸術〉を前にして相矛盾する態度を取っていることは認めてよかろう。仕事をすることは、創造することであり、それゆえ、再生することである。しかしその一方で、創造は模倣でしかなく、人が生み出すものは妄想《キマイラ》でしかない、というのだ。以上のことから、そして、こういった気まぐれは彼の造物主《デミウルゴス》的意志との関係においてのみ起こるということを明記するという条件で、フローベールが自己矛盾していることを受け入れることができる。彼はときには仮象の〈神〉であろうとし、またときには〈創造者〉を真似る猿として自らを告発するのだから。それに対して、より認めにくいことは、〈芸術〉の空しさについての直観が、ギュスターヴから一時的に書く意志を奪うどころか、芸術家としての彼を「見識が狭く、ひどく凡庸」にしたということである。やる価値がないのなら、なぜ下手であることを嘆くのか。奇妙な回転装置だ。この段落のうちには〈美〉に関する二つの正反対の考え方があるようだ。一方は明示化され、もう一方は隠されている。第一の考えは〈芸術〉を名指しで普遍的な異議申し立てに関連させている。しかし、「見識が狭く、ひどく凡庸」という語が第二の考えを示唆する。ただ、こちらは伏せられている。おそらくこれを以下のように翻訳するべきだろう。「〈美〉の空しさによってあまりにも深く冒されてしまったために、ぼくは〈美〉という至高な命令にもはや従うことができない」と。実際、彼はすぐに付け加える。「ぼくは芸術家的に気むずかしい性質になり、それが情けない。ついにはもう一行も書けなくなってしまうだろう」。〈美〉は普遍的な〈無〉のうちに沈んだばかりである。自分のことを気むずかしいなどと言っている場合だろうか。もちろん、ここでもまたすでに述べたことを繰り返すことができよう。『感情教育』の奇妙な賭のために、彼は自らの作品についての非常に厳しい検閲官になってしまい、筆を執る前に嫌悪を感じてしまうほどなのだ、と。そうだとすれば、彼の思考の動きを再構成するためには、この文章を最後から始めて書き直す必要がある。「ぼくはもう一行も書かなくなった」。というのも、芸術家的に気むずかしくなったために、頭に浮かぶすべてが狭くてさもしいものに思われるからだ。しかし、そんなことはどうでもよい。ぼくはこの喪をきっかけに〈美〉を含めてあらゆるものが空しいことを発見したのだから」[*3]。このような再構成は確かに有効であろう。それでも、ここで再確認されているギュスターヴの言う「何も信じないこと」と、別の場所では彼の「美的感覚」と呼ばれている「芸術家的気むずかしさ」とは、正反対とまでは言わぬとしても異なった価値の二つの体系にわれわれを送り返す。ちなみに、この後にすぐ続く「いいものが書けそうな気はしている。だが、いつもそれが何になると思ってしまう」という文からは、この二つの体系のどちらとも解釈できるような曖昧さが見て取れる。段落の最初、つまり〈美〉の空しさに引きつければ、この文はただ単に「すべては塵なのだから、人間の判断に基づいたよい作品を作ったとしても何になるだろうか、本当のところ、それは単なる見せかけにすぎないのだから」という意味である。それに対して、別の動きに照らして読めば、つまりこれを「芸術家的気むずかしさ」と結びつければ、「ぼくはいいものが書けるだろう、そう、熱心にやればあらゆる群小作家ができるように。しかし、それが何になろう、芸術は天才を要求する。シェークスピアにならねばならぬ、しからずんば無だ」[*4]ということになろう。正反対でありどちらも完璧に有効な二つの解釈を招くためにギュスターヴが意図的にこの曖昧さをそのままにしたということはおおいにありうることに思われる。いずれにせよ、「ぼくは仕事に取りかかる。ついに！　ついに！」で始まり、「ぼくはバラモンになる。……この夏に、何か書くかどうかはおおいに疑問だ」という静寂主義的な信仰告白で終わる段落には驚かざるをえない。それはあたかも、最初の言葉を一種の陶酔のうちでさっと記した後、迷信的な恐怖に捕らえられて、突然方向を変え、普遍的な〈無〉というテーマ――彼のお決まりのテーマ――を再び持ち出し、疫病神の視線を避けようとするかのようだ。[*5]

*1　マクシム宛、四六年四月七日。『書簡集』第一巻、二〇三ページ。

*2　おそらく、彼はとりわけ妹のカロリーヌの美しさのことを考えているのだ。その美しさは彼女を死から守ってくれなかった。この月並みな考えも、通夜の際にその美しさが深く感じられるとき、そして見事な顔が崩れていくのを前にして、「彼女にとっても他の人にとっても幸福の約束であったこの美しさも、騙《かた》りでしかなかった」と心に思うとき、もはや月並みではなくなる。マクシムはカロリーヌを知っていて、彼女を美人だと思っていた。だから、はっきり示すまでもなく彼は暗示を理解できただろう。しかし、ギュスターヴが表面上は妹の生まれながらの〔自然の〕美しさを指そうと意図していたことを認めるにせよ、それでも文章のこの部分は深いところで、あらゆる美の無力さと結びついている。彼はここで〈自然〉と〈芸術〉を対立させようとはしていない。逆に、この唯物論的プラトン[25]主義者は、〈自然〉も〈芸術〉も、しょせん〈美〉のエイドスの想像的反映でしかないことを強く意識しているのだ。

*3　言い換えれば、「あれはあまりに青すぎる、下種《げす》が食うのにちょうどいい」。（ラ・フォンテーヌ『寓話』にある「狐と葡萄」より）

*4　この場合、「あらゆるものの空しさ」は要求となるだろう。空しいものでなくなるためには、〈美〉は完璧であらねばならぬ、と。人間の悲惨さ、人間の喪の悲しみ、未来における人間の死、これらが異論の余地のない傑作によって報われることを要求するのだ。そして、傑作の唯一の主題は、「あらゆるものの空しさ」、つまり無限である。

*5　確かに、既に見たように「仕事」はこの時期の彼にとってヴォルテールの悲劇を研究し、ギリシャ語やラテン語を再びやることであり、それゆえ、「創作」と対立する。創作とはじつは、作品が構想されるがままに委せることを意味する。しかし、アルフレッドは、「よき職人」ということでだまされても、

こうした意味の変化についてはまちがいなく理解していない。

この手紙は特に驚くべきものだが、唯一の例ではない。この沈黙の時期、フローベールはしばしば〈文学〉の重要性を過小評価しているからだ。彼はヴァス宛四六年六月四日の手紙で書いている。「幸福に生きるためには、とは言わない（そんな目標は有害な幻想だ）、そうではなく、静かに生きるためには、目に見え、万人に共通で、一般的な生活の外で、もう一つ別の生活を自らのために創りあげる必要がある。それは内的であり、哲学者たちが言うように偶然の領域に属するものには動かされない。コルクの薄片に昆虫をピンで留めたり、ローマ皇帝の像が刻まれた錆びたメダルをルーペで眺めたりしながら日々を送っている者は幸せだ！　そこにわずかな詩情や活気が加われば、こんな風に生まれたことを天に感謝せねばなるまい」[*1]。こうして突然、文学は古銭学の次元に引きずり下ろされてしまう。実際、同じ手紙でギュスターヴは自分の日課を知らせている。「ぼくはギリシャ語と歴史をやっている。ラテン語を読み、こういったまっとうな〔純朴な〕古代人たちに少し馴染んできた。彼らをいまや芸術的に敬うようになった。ぼくは古代世界を生きようと努めている。〈神〉のご加護があれば、うまくいくだろう」[*2]。古代世界に逃げることだけが問題なのであれば、皇帝のメダルはすばらしい手段を提供している。ただしそれらが非現実化するまでそれを眺めるというのが条件である。解読可能だが抵抗を示すサルスティウスやウェルギリウスのテクストも、同じことに役立つ。メダルもテクストも結局のところ自己暗示の優れた補助手段なのだ。〈芸術〉もまた別の補助手段であり、それが観想的であるか（シェークスピアを読む）創造的であるかは重要ではない。数年後にマクシム宛にフローベールが以下のように書くとき、彼は自らを――ほとんど――同じ言葉で定義することだろう。ぼくは田舎で文学に従事しながら生きるブルジョワだ。古銭学者の勤め人は、「目に見え、万人に共通で、一般的な生活」を十時間過ごした後、すなわち、会社で働いた後、家族で夕食をとる前に二階にあがり、自分のコレクションとともに部屋に閉じこもる。同様に芸術家は、その社会的・家庭的義務を果たした後、部屋に引きこもり、シェークスピアを読み返したり、自分だけのために紙を文字で埋め尽くしたりするのだ。それは活動（*occupation*）なのだ。あまり手をかけずに意識喪失戦術〔ずる休み〕（本書一八二ページ注（4）参照）を実践するために、収集家であることを夢見るこの作家ほど胸を引き裂かれるものがあるだろうか。意識喪失戦術と言ったのは、ギュスターヴが幻想を抱いていないためだ。権力の絶頂にあるブルジョワジーが自分も魂を持とうと腐心するときに、エストニエの小説を読むような人びとが、これこそ自らの最も秘められた現実だと思っているものを、ギュスターヴのほうは、それが実は脱現実化であることをよく知っている。そして、自己のこの部分が伝達不可能であるとすれば、その理由についてもよく心得ている。想像界は、離陸の単なる契機に還元された場合、伝達を意図的に中断するからである。彼の自負心はどうなってしまったのか？『感情教育』のなかで、脱現実化を〈神慮〉の贈り物にしてかつ、〈芸術〉に至るための必要条件であると提示したのは、さほど昔のことではない。いまや、彼の言うところによれば、芸術ももはや脱現実化に到達するための他の手段のうちの一つ――しかし一番犠牲が少ないというわけでもない手段――でしかない。脱現実化は――かつては特別に選ばれたことの徴であったが――、いまでは彼にもっともありふれた実践と見えるのだ。なぜなら、それに秀でるためには、ルイ十四世治下で鋳造されたエキュ金貨が一枚あれば十分だからだ。もはや観念に魅了される必要も、無限のうちに溶け込むことを夢見る必要もない。ひとつの単純なこだわりで十分なのだ。諦めた調子のこの告白はそれが陽気な様子でなされるだけにいっそう悲痛である。こうした告白は、多様な形で書簡集のいたるところに見られ、彼がジョルジュ・サンドに対して行なったあの有名な告白、「私の一生は不安と倦怠から逃れるために、紙を文字で埋めつくすことに要約されます」まで続いている。このような時にはつねに、神経症が――それを彼は退屈や異常と呼ぶ――本質的なものとして、書くという決心が神経症の副産物のひとつとして、提示される。彼はエルネストに対して――なんとエルネストにだ！――慢性的な病人という様相で自分を描くことさえ受け入れる、家庭で看病を受けている少しばかり心身の衰えた者、時間潰しをするために道楽（*hobby*）に没頭している者として。「ぼくの習慣はほぼ固定してしまった。規則的に、落ち着いて、几帳面に、ひたすら文学と歴史に取り組んで生きている」[*3]。彼は一カ月後にアルフレッド宛の、後ほどわれわれが注釈する手紙で書いている。「ぼくは本当に、名声を得ようとは考えていない。〈芸術〉のこともあまり考えていない」（ル・ポワトヴァン宛、一八四五年九月）。まるで、気違いじみた野心を自分に隠すこと、自分のことを、人生に打ちひしがれ、隠居しながら、予め負けがきまっている上に面白くもない戦いを力なく行なっている年取った独身男だと本気で思うことが、必要であるかのようだ。

＊1　『書簡集』第一巻、二〇九―二一〇ページ。
＊2　同前。
＊3　四五年八月十三日。

確かに、彼はときおり別の調子を見出すこともある。しかし、それはとりわけ他人の〈芸術〉について語るときだ。シェークスピアは大陸だ、ホメロスは「神的な動揺を引き起こした」、彼は「人間を超えた性質」を持っていたと考えたくなる、モンテーニュの『エッセー』は他のどんな本よりも「平穏さをもたらす」、など。はたして、文学の空しさを告発し、それを隠遁者のくだらぬ活動と見なすと同時に、このような形容詞によって文学に聖なる活動の神聖な性格を与えることができるものだろうか？　彼はアルフレッドにやたらに助言を授けるとき、友人に対して謙虚であろうとする日頃の用心を忘れる。アルフレッドは、退屈で死にそうだと告げていた。ギュスターヴがこの手紙を受け取ったとき、彼も同じ精神状態のうちにいた。「三日のあいだそれは悲しい思いをしたものだから、おかげで死んでしまいそうだと数回も思ったほどだ。……退屈では人は死なないなと思いはじめた。ぼくは生きているのだからね」[*1]。しかしながら、彼はすぐに友人に勧める。「辛抱だね、砂漠のライオンよ。ぼくだって長いあいだ窒息していたんだ。エスト街のぼくの部屋の壁は、ひとりで発していた苦痛の叫びをまだ覚えているだろう。なんと、そこではかわるがわるに吼えたりあくびをしたりしたんだ……」。だとすれば、彼はこんなにも変わってしまったのだろうか、前夜にはまだ悲しみのために死のうと思っていたのに。しかしどうだ、彼はとつぜん語気を強める。「自分の肺にほとんど空気を消費しない術を教えるんだ。そうすれば巨峰の頂きに行ったり、あるいは暴風の時に呼吸しなければならないような折に、わずかな空気でも更に大きな喜びを感じながら肺は拡がることだろう。考えろ、仕事しろ、ものを書け……よき職人のように自分の大理石を刻むんだ。……不幸にならない唯一の道は、〈芸術〉の中に閉じこもって、その他のことは取るに足らぬものだと考えることだ。自負心は、大きな基礎の上にどっかりと腰を据えている時には、何のかわりにでもなる」[*2]。この尊大さに満ちたお説教を、彼はいったいどこから引き出してきたのか。もちろん、〈芸術〉と〈自負心〉の緊密な関係を見る人もいるだろう――少年期以来のこの関係をわれわれも指摘したのだが、四五年から四七年の書簡で彼はこれを隠そうとしている――。だが、今や事態はすっかり逆転している。〈自負心〉が何のかわりにでもなるのだ。言葉を換えれば、作品によって最も偉大な者たちに並ぶという気違い染みた投企以外に救いはないのである。ところで、このすばらしい叫びをあげる若き作家は、同時に、自分のことを、両親とともに俗物のように旅行する恨みっぽく病身の次男にすぎないと主張するのだ。この手紙で自分の話に戻ると、まるで瀕死の人間のようになる。「（退屈で）死んでしまいそうだと思った。これは文字通りだ。どんなに努力してみても、食いしばっていた歯を弛めることはできなかった」[26]。もちろん、こうした考察――原因を言わずに示した結果――は実際のところ、アマールとフローベール家の両親に対する告発である。ギュスターヴは友人が読み違いしないことをよく知っている。しかし、そんなことは重要ではない。こうした考察は、彼の治癒しがたい「心配事」への他の多くの仄めかしと同じく互いに一致しているので、この「断末魔の苦しみ」は状況によって引きおこされた事故には見えず、むしろ外部の要因の作用を受けた慢性的状態のぶり返しのように見える。要するに、ジュールがその感情教育の終わりで与えるであろう助言を、アルフレッドに与えるのは、哀れなギュスターヴ――この惨めな奴――なのだ。わずかな違いは、このお説教が〈芸術〉の行動主義的理論から来ているように見える点である。働かなければならない、よき職人のように大理石を刻まねばならない、と。この最後のイマージュは、特に激しい労働を、疲労困憊させると同時に筋肉を鍛える肉体労働さえをも喚起する。ギュスターヴは自ら範を垂れているのだろうか。けっして、そんなことはない。というのも、彼は続けて「ぼくは現実の生活には決定的な別れの言葉を与えてしまった。これからはずっと、ぼくの部屋には五、六時間の静けさと、冬には赤々と燃える暖炉と、毎晩、照明のために二本のろうそくを必要とするばかりだ」と記すからだ。それだけである。彼は求めた孤独で何をしようとしているかは言わない。いやわずかに、手紙の最後で彼は、次の冬に「東方物語」を書くつもりだと教えてくれる。しかし、終えるに際して、卑下した言葉が記される。ジェノヴァで、『誘惑』の最初の構想を得たが、それを書くためには「ぼくとは違った屈強な男が必要だろう」。

＊1　四五年五月十三日、ミラノにて。『書簡集』第一巻、一七一ページ。

＊2　四五年五月、ギュスターヴはミラノから書いている。

この手紙が衝撃的なのは、それが示すものよりも、それが隠しているものによってである。この手紙を読むとき、どこにも書かれていないが彼のお説教全体が要求している次の言葉、「ぼくのようにしたまえ」を付け加えずには理解できない。ギュスターヴはこれをしっかりと頭にたたき込んでいた。このことはひとつの細部がはっきりと示している。彼自身が主語である動詞の時制――「ぼくだって窒息したんだ……吼えたりあくびをしたんだ」――は、彼がそこから脱したこと、退屈が彼を窒息させていた時期が終わったことを含意する。「自分の肺にほとんど空気を消費しない術を教え」たのは、市立病院の幽閉者でないとすれば、誰だというのだ。つまり、彼がこの方法を推奨するのは、自分がそのお蔭で治ったからだ。彼がそれを言わないのは、言いたくないからである。友人の気分を害したくないからか。彼にそんな気遣いはない。むしろ、彼は同時に二つの役割を演じており、最初の役割を強調しすぎて二番目との矛盾が露呈してしまうのを恐れているように見える。

　もっとも、四五年五月に欠けていた言葉〔「ぼくのようにしたまえ」〕を、四カ月後[＊1]の同じアルフレッドへの手紙にわれわれは見出すことになる。そこにもまたよき職人の比喩があり、今回はギュスターヴその人に適用されている。フローベールは夏の初めからクロワッセに滞在している。彼は、ミラノではそれだけが願いの対象だった「五、六時間の静けさ」を享受している。アルフレッドは、成功を称賛すると書いてよこした。ギュスターヴはこう返答する。「よく考えてみると、ぼくはもうほとんど笑うこともなく、もう悲しくもない。きみはぼくの平穏なんてことを言っているけれど、それを羨んでいるね。たしかにそれで人は驚くかもしれない。病気で、いらだち、日に幾度となく耐えがたい苦悩の瞬間に襲われ、女もおらず、元気もなく、この世の浮かれさわぎは何ひとつやらず、雨が降ろうが風が吹こうが、雹《ひょう》が降ろうが雷が鳴ろうが無頓着に、袖をたくしあげ、髪は汗びっしょりで鉄床の上をたたいているよき職人さながらに、ぼくは自分の時間のかかる作品を続けている」。

＊1　四五年九月、『書簡集』第一巻、一九一ページ。

この時間のかかる作品とは何だろうか。時は九月である。『感情教育』を終えたのは一月だから、もう八カ月も一行も書いていないことになる。彼はすぐに筆を執る気はない。というのも、同じ手紙で彼は「近いうちに少しばかり東方物語を整理することに専念しよう、だが骨が折れる」と言っているからだ。整理する、すなわち物語《コント》に内的法則を与えるのであって、書くのではない。したがってそれは創作ですらない。ただ単に、主題を「反芻する」だけだ。彼はやがて東洋《オリエント》に関する書物をたくさん注文し、「地方色」を吸収しようとするだろう。この手紙を送った時期、そしてその後の数カ月に行なっている彼の読書を、ジュールには不可欠の修業と思われた「あの文体の大研究」と捉えることはまずできない。ギュスターヴは中国哲学の本を前にしてあくびをし、またあとでつづけるからと心に誓ってその本を離れ、自らの愚言集のために『劇文学講座』を分析しながらくつろいでいる。八月、彼は「相変わらずヴォルテールの戯曲の分析をしていた」。おそらくこの九月にも続けているのだろう。それだけだ。どこに金槌はあるのか。どこに鉄床と熱い鉄があるのか。嘘をついているのだろうか。アルフレッドに「何かをしている最中だ」と思わせようとしているのだろうか。とんでもない。「ぼくは本当に名声を得ようとは考えていない。〈芸術〉のこともあまり考えていない。いちばん不愉快でないやり方で時を過ごそうとしており、ぼくはそのやり方を発見したのだ」。ひとはこれ以上誠実とは言わぬまでも、これ以上率直ではありえないだろう。

この新たな矛盾を理解するためには、このくだりがどんな文脈で書かれたかを見る必要がある。少し前に『ブルータスとドンキホーテの対話』と「韻文劇『バッカントの合唱』」を書き上げたアルフレッドは、四五年九月二十三日にフローベールにこんな手紙を書いてよこした。「ねえきみ、ぼくは物語《コント》を一篇書き上げた。きみを楽しませることができるといいけれど。タイトルは『不思議な長靴』だ。筋書きや冗談については何も言わずにおこう、この冗談はぼくの考えでは崇高で（残念、言ってしまった）、これによって作品は終わる。これほど心地よく滑稽なものを作るのは難しいと思う。エンマ・カイユの芝居は延期した、いまでは即座に出版されそうなもの以外はほとんどやっていない」。同じ書簡で、彼はほとんど読書をしていないと告げる。キノー「素晴らしい詩人だ」、ロラン、ダーウィン。(27) 彼は珍しいことに上機嫌で、——自分にかなり満足している。「哲学、詩……この二つが、私めのうちに〈神〉が結びつけた霊感だ」。彼は、このよき知らせがギュスターヴを激昂させることを知らないのだろうか。なんだと？　奴は働いている？　四月以来、対話篇を一篇、韻文劇を一篇、滑稽詩を一篇書いた。それなのにダーウィンを読む暇がまだあるというのか？　それこそまさにギュスターヴがすべきことではないか。その前の九月十五日付の手紙で、アルフレッドは自分の長い沈黙についてわずかに「ぼくは大いに仕事した」と説明していただけだった。ギュスターヴは羨ましがらずにはいられなかっただろう。彼のほうは、一月から何もしていなかったし、本を読むことや読み返しがアリバイであることを十分自覚していたからである。さらに、彼を深く苛立たせたのは、友人がこの「すごい」ことをまるで当然のことのように知らせる無頓着さである。「いまでは即座に出版されそうなもの以外はほとんどやっていない」。当時のフローベールは自分の作品がいつか出版されることがあるのだろうかと自問していたことをわれわれは知っている。彼があげる理由のうちには非常に誠実な考えがある。芸術とは無関係なこと、特に作品が出版されそうかどうかなどという心配によって執筆を進めたり止めたりしてはならないということだ。アルフレッドがひけらかしたこの関心だけで、ギュスターヴにとって友人の新しい作品が凡庸なものだと予測するのに十分であった。その上、彼は思い違いをしていない。アルフレッドは彼を喜ばせる習慣がないのに、一カ月もしないうちに二通の手紙を書いて寄こしたのは——最初の手紙に対して返事がないうちに二通目は送られている——、自分の「滑稽な物語」に満足しており、この満足感をギュスターヴに伝えずにはいられなかったからだ。フローベールは、アルフレッドはついていると思うと同時に、あまりに簡単に満足しているとも思う。そしてそのために「不思議な長靴」は気の抜けたものではないか、そしてその「親友〔自分の分身〕」を少し軽蔑することになるのではないか、と恐れている。しかし、また——あまり信じていないとはいえ——傑作を前にしてしまうのではないかという危惧も持っている。いずれにせよ、そしてその結果がいかなるものであれ、文学におけるこの行動主義は彼には不安なものに思われた。あまりに安易なのだ。もしこんな安易さが実りを結ぶようなら、忍耐に賭けたギュスターヴにとって残念なことになるし、実りを結ばないならば、アルフレッドにとって残念なことになる。彼の返信は恨みが口述したものだ。確かに、彼は幸せそうな作者を祝福することから始める。「きみの『不思議な長靴』の話と『バッカントの合唱』をとても見てみたい。そして他のものもね——仕事だ、仕事だ、書くんだ、書くんだ、可能なかぎり、きみの詩想《ミューズ》がきみを駆り立てているかぎり。人生を走り抜けて行くにはそれが最上の駿馬だ、最高級の四輪馬車だ。創作しているときは、生きていることの倦怠感がぼくらの肩にのしかかることはない。それに続いてくる疲労と休息(28)の時間は、そのためもっと恐ろしいものになるが、それは仕方ない。葡萄酒を混ぜた一杯の水よりも、お酢を二杯と葡萄酒を一杯のほうがずっとましだ。ぼくの方は、青春の血気盛んな熱狂ぶりも、かつての胸に沁みいる苦しみも今では感じない。すべては一つにもつれあい、すべてを含む色調をなしている」。冒頭の勧告は霊感《インスピレーション》の理論を標榜しているが、これはギュスターヴがもうずいぶん前に放棄したものである。アルフレッドは「彼の詩想《ミューズ》に駆り立て」られるままになっているる。すなわち、彼は自発性の平凡な運動に身を委せている——これこそフローベールが少年期に、美的感覚への偏執によって無力になる前に、していたことである。さらに、この愛想のよい優越感の調子のうちには——彼はいつもの調子で書くが、それは、アルフレッドが自分の意見をきかずに自然にした決定〔書くこと〕を、自分からの厳命（「働け、働け、書くんだ、書くんだ」）として送りかえすためだ——軽い背信がある。ギュスターヴは、アルフレッドの作品が関心を惹くのは、その美的な価値によってではなく、ただ実践的効用のためだと匂わせているのだ。きみは創作しているかぎり退屈しない、これが彼の言いたいことだ。あたかも退屈から抜け出すために書けと命令しているようなものだ。こうして、[*1]アルフレッドの制作は、いきなり置かれることになる。自分がその作品をどう考えているかギュスターヴが作品を批判されるときに逃げ込む場所に、いきなり置かれることになる。自分がその作品をどう考えているかを間接的に知らせるためであるかのように。おまけに彼はご丁寧にも「それに続いてくる疲労の時間は……そのためもっと恐ろしい」と付け加える。なぜか？　こんな時間には、自分が書いたものを読み返し、かつて良いと考えていたものをお粗末だと思うからにほかなるまい。もちろん、生体験の吐き気を催すような偶然性のうちに再転落したということもある。しかし、ギュスターヴにおいては、両者は一緒に起こるのであり、自分が書いたばかりの原稿に不満であればあるほど、人生の刺すような味気なさをよりいっそう感じるのである。要するに、ギュスターヴの恩着せがましい態度には一つの観念が貫通している。あたかもこんな風に言っているかのようだ。「書くんだ、それがきみを楽しませるのだから。やめたときに味わうのは苦痛、そして凡庸なものしかできなかったという恐ろしい失望だろう。しかし、それがなんだというのだ、よい瞬間を過ごしたのだから」。

＊1　後に『ブルターニュ』をゴーチエに見せることをルイーズが拒否したときに彼が取った態度はそのことを示している。

そうこうするうちに、彼はさっと自分の話に移る。彼がもはや高揚とも絶望とも無縁であること、要するに、彼は先輩よりも大人になったのだ——アルフレッドにとって芸術はいまも子供の遊びである——ということを告げる。いまだに生きており、葡萄酒一杯のために酢を二杯呑み込む危険を冒しているアルフレッドを前にして、ギュスターヴは死者としての自分の優越性を仄めかすのだ。

それは、かつては崇拝し、今でも尊敬しているものの、もはや称賛はしないこの先輩よりも、自分のほうが優れていると感じる必要があるからだ。彼がマクシムに対して次のように書く日も遠くない。「ぼくに（きみの）シナリオを送ってくれたまえ……アルフレッド……は、全く別なものに専念している。とても奇妙な人間だ」[*1]。不安で、妬み深く、屈辱を受け、恨みっぽく、少し軽蔑的な彼は、高みに止まる必要を感じる。しかし、自分の作品をアルフレッドのものに対抗させることはできない。何も書いていないからだ。その時になって、彼は友人の前便に――これには返信をしなかった（おそらく怨恨と自尊心のためだ。長い沈黙の後に、この手紙は届いたが、あまりに遅かったからだ）――、アルフレッドによるきわめて稀な賛辞が含まれていたことに気づくのだ[*2]。「ぼくはきみの平穏を称賛する。それはきみがぼくよりも周囲に気をとられていないこと、外部に悩まされることが少ないことに起因するのだろうか。それとも、きみにはより多くの力があるのだろうか。きみはつねに幸いにも何らかの方法で自分を救う。ぼくも使える方法だが、ぼくはそれにしがみつきたいと思ったことはこれまでない」。友人から優越性をひとつ認められたように思えたので、この優越性をギュスターヴはあわてて際立たせようとする。それを口実にしてアルフレッドに文学上の助言を浴びせかける。不思議なことに、彼は友人が書いたのと同じ文章を繰り返しているつもりだが、実際にはその言葉と意味とを変えている。アルフレッドはある種の皮肉《アイロニー》を交えながら、ギュスターヴの平穏さを称賛する、と書いたのだったが、ギュスターヴは彼に、「ぼくの平穏なんてことを言っているけれど、それを羨んでいるね」と答えるのだ。ところで、羨望こそはフローベールの恒常的な懊悩である。まさにこのときも彼は羨望を感じ、突然それをル・ポワトヴァンに当てはめずにはおれなくなる。ところが相手は、本当のところ、他人のものを欲望するにはあまりに無関心で、あまりにナルシストな人物だ。この見当違いの誤解が二人のかみあわないやりとりの発端にある。ギュスターヴは、友人から心の平静の秘訣を尋ねられたと思いこみ、それを急いで与えるのだ。「ぼくのようにしたまえ！」と。ところが、アルフレッドの手紙は明白である。彼は「外部によって」〈家庭生活や社交界、娼婦、酒〉苛まれており、道を誤っていることを知っているが、そんなことを気にかけていない。いずれにせよ、文学のうちに救いを求めるつもりなど毛頭ないとはっきりと言っているのだ。だが、フローベールはそれを分かろうとはしない。あたかもこの自殺志願者もまた自分と同じく〈芸術〉を至高の価値と見なしていながら、軽率さや放蕩のために自らの真の天職を見失っているかのように、彼を厳しく叱責するのである[*3]。

*1　四六年四月――つまり七カ月後のことだ。『書簡集』第一巻、

二〇六ページ。これはすでに、おそらくアルフレッドの結婚のことだ。フローベールはエルネストに、それについて六月四日に報せることになる。(29)

＊2　もっとも、それはかなり曖昧である。「ぼくが書く気になれば、きみと同じくらい書けるだろう」と言っているのだから。

＊3　「ぼくらのような種族の者」と彼は相手に書いている。しかし、アルフレッドは文学の種族ではないし、本人もそのことをよく知っている。

以上の考察によって、「時間のかかる作品」の意味が明らかになる。表面上は、それは友人が努力もせずに、そそくさと書き上げた軽薄な作品に対するいらだちの反応である。ギュスターヴはこの「時間のかかる作品」という言葉のうちに文学に関する倫理の教訓をそっくり込めたかったのだ。きみはがらくたを書き、出版社を探し、文学においてまで社交的になっている。それに対して、ぼくは天才というものが長い忍耐であることを知っている。すぐによき職人が呼び出され、連れてこられ、それは芸術の職人的側面を体現し、執筆を気晴らしとみなす文学の小貴族に対立させられる。やっかいなことは、アルフレッドのほうは書いており、ギュスターヴが書いていないことも知っていることだ。[*1] したがって、後輩を叱責すべきはむしろ先輩のほうであろう。それだけで金槌が役割を変えるには十分だ。ミラノからの手紙では、金槌で叩くことは創造を象徴化していた。さらに、職人は高い技能を持ち高く評価されていた。それは大理石というじっと動かないが貴重な物質を削るミケランジェロであった。それがいまや鍛冶屋になって、安物の鉄片を叩いている。重要なのはもはや仕上がった作品ではない。努力であり、忍耐であり、職務とは無縁なあらゆるものに対する無関心である。要するに、質の低い能力である。より正確にいえば、この職人においてフローベールの関心を惹くのは、仕事よりも不変性のほうだ。周囲のものは変化する。晴天の後には嵐が来る。しかし、ギュスターヴの考える鍛冶屋は変化しない。永遠は彼においては反復の形で現われる。同じ仕草、同じ音だ。彫像は、今回は彼自身なのだ。大理石の腕で大理石の槌を振り上げた彼は、ルーアンのとある公園で、稲妻に照らされている。あるいは太陽が再び現われれば鳩たちに囲まれている。鍛冶屋、すなわち彫像となったギュスターヴ。病気で、不安に駆られているが、ぼくは変わらない、空虚に身を任せ、受動的な活動のあらゆる計略を用いて、自分のうちに空虚を維持するのだ。ぼくの時間のかかる作品とはそれだ。このように自分を条件づけることで、ぼくは非現実への開口部以外の何ものでもなくなる、「あらゆるものを、自分もろともほっぽり出す」のだ、想像界のうちに普遍的な主体としてぼくを再び見出すために。その結果は何だろうか。この開口部はイマージュを捉える罠だろうか。それとも、長く忍耐づよい裂け目として、この開口部は、何も希望しさえしなければ、イマージュの降臨に値するのではなかろうか？

＊1　四五年九月の最初の手紙でアルフレッドはギュスターヴに、相変わらず東方物語のことを考えているのか、「その構想はまとまってきたか」と尋ねている――このことから、アルフレッドがその構想がぼんやりしたものにすぎないと思い、そう考えていることを相手に隠さなかったに違いないことは明らかだ。

われわれはそれについて何も知ることはできない、少なくともこの手紙のなかでは。尊大な助言者として傲慢な「ぼくのようにしたまえ」という文句を投げつけると、ただちに彼はしりごみする。彼はジュールのように、きっぱりと語り、感情における「エポケー」の必要性を断言したばかりなのに、同じ段落で、突然方向を変え、自己否定する。「幸福とは、ぼくらのような種族の者にあっては、観念の中にあるもので、ほかの所にはない」とまで彼は言ったのに。ところが彼はそこに付け加える。「〈芸術〉のことも……あまり考えていない。いちばん不愉快でないやり方で時を過ごそうとしており、ぼくはそのやり方を発見したのだ」。いったい大理石の鍛冶屋はどうなったのか。「時間のかかる作品」と「いちばん不愉快でない時間の過ごし方」とのあいだにどんな関係を見出せばよいのか。それでも、この二つはただ一つの同じものなのだ。ただ、一方ではそれは美的‐倫理的な歩みとして、〈芸術〉に到達するためには不可欠で十分なものとして現われる。もう一方では、それは効力を失ったがために、死ぬのを待つ間に人生を消費するための最良の方途として示される。ここでわれわれは、ギュスターヴの書簡においてたえず出会ってきた回転装置を、より明白な形で見出す。〈芸術〉に関する二つの考え方は対立するが、かなり曖昧であり、われわれ読む者は同じ文章のうちで一方から他方へと移動する。一方で、芸術とはひとつの神秘で、方法的苦行に伴われた新たな誕生によってのみ接近可能であり、その苦行は厳密に実践されれば、それだけで十分であるとされる。もう一方で、芸術とは年金生活者の、隠居の道楽（*hobby*）であるとされる。しかし、この第二の考え方のうちにあっても、フローベールの気晴らしの文学に対する嫌悪は変わらない。ともあれ、偉大な作家たちを読み返す必要がある、と。こうして、二つの考え方の間に、通路が設けられる。文学に従事するブルジョワの目にさえ、非存在と悪との絶対的存在、すなわち〈美〉は、過去の傑作を通して啓示されるのだ。ただ、そのことさえも――文学の諸聖人との目眩いばかりの交流さえも――しばしば、そして明示的に病人の道楽として提示されるのである。

同時期のこのような矛盾した評価を前にすると――これは四五年から四七年にかけて、至るところで、すべてのことについて見られるのだが――、フローベールが〈芸術〉に関する自分の本当の考えを隠しているかのように、すなわち〈美〉に与えた価値だけでなく、自らの苦行の性質、彼の現実的な目標、生体験の意味そのものをも隠そうとしているかのように思われる。芸術に関する考えは、彼が警戒せずにシェークスピアについて無邪気に語るときや、四五年九月の手紙のように、苛立ちによって自分の言うことを制御できなくなってしまったときに、副次的に現われる。〔しかし〕本心をさらけだしてしまったことに気づくやいなや、彼は突然話題を変え、文通相手に、気晴らしとしての芸術理論を押しつけたり、あまりに真情を吐露しすぎたときは、芸術家になることなど一生不可能だなどと宣言する。アルフレッドのぞんざいな態度に憤った彼は、自分の時間のかかる作品について語ることで反論する。しかし、やがて彼は自制心を取り戻す。言い過ぎてしまった、と。いずれにせよ、彼は超然とすることを説くけれども、それは彼が完全に誠実なときは、宇宙の美的な表象に到達する唯一の方法をそこに見ているからである。一方、警戒心をおこすやいなや、それは停滞への最短の道になる。停滞は幸せではないとしても、少なくとも平穏に生きる唯一の仕方なのだ。それにもかかわらず、彼が文通相手に、波が立たず穏やかであるが、泥を秘めている沼の価値を誉めたたえる時と、彼の魂の奥底には平穏さがあり、持続的な激昂や病や、彼を「日に千回も」苦しめる恐ろしい苦悩の下にそれが隠れていると書く時とでは、本当の意味で同じことを語っているわけではない。一方で、静けさは表面的で、情熱は地下室に身を潜め、彼が動きさえすればよみがえろうとしている。他方で、暴力、激情、苦悩は直接的な生体験であり、平穏さは深奥のエクシスであって、感情のエポケーによってのみ得られるものなのだ。このエポケーはこういった表層的な喧噪を括弧の中に入れ、あたかも生体験でないかのように、無価値な小銭のようにそれらを生きることであり、主観的なものの否定によって、その下に間接的に、パルメニデス的〈一者〉の不同の静寂を指し示すことである。結果自体がまるで異なるのだ。一方では意識の直接的与件は心の平静である。もう一方の場合は、刺すような怒りであり、マクシムが注目せずにはおれなかった錯乱であり、ギュスターヴの仕事――デュ・カンの単純な眼差しには捉えられなかったもの――は、それらを骨抜きにし、そのあるがままのもののみに、すなわち彼を拘束《アンガジェ》しない音や震えに還元することだ。それにもかかわらず、彼はときにはこの態度の一方によって、ときには他方によって自分を定義しようとする。そして、彼が――倫理的な緊張の果実としての――平穏さを強調しすぎたと感じるやいなや、生きることに対する恐怖から生まれた収縮性の態度である停滞に戻り、両方の状態が等価であるという印象を与えようとする。したがって、〈芸術〉への一本の道があり、フローベールはそのうちに入り込んだのだ。ぼくはまだ自分の『感情教育』を終えていないが、終わりは近い〔と言うのだから〕。にもかかわらず、彼はそれについて何も言わない――あるいはできるだけわずかのことしか言わない。なぜか。なぜ彼の書簡――四五年から四七年――にはこれほど曖昧なページがあり、一行一行が矛盾するのか。華麗なるジュールは、あいかわらずそこにいて、あいかわらず愛されているのに、なぜ言及されることがないのか。ギュスターヴは誰を騙そうとしているのか。彼はいったい何を恐れているのか。

B　奇跡の待機としての「負けるが勝ち」

「負けるが勝ち」という考えをギュスターヴがおぼろげながら把握したのは、彼が兄の足許に倒れ込んだ決定的瞬間のことであった。あるいはもう少し後、何度かあった類型的発作の間、病床で自分の病を反芻しつつ、その意味を見出そうとしたときかもしれない。これが他の人間の場合なら、そこに代償作用というテーマを見ることも可能だろう。一人の「将来ある」青年が事故によって障害者になったのだ。自分の人生を打ち砕いた不幸な出来事を、世界から自分を引き離して自分自身へと、あるいは〈神〉へと立ち返るための天からの贈り物だと考えるならば、偶然で、思いがけない、不測の屈辱の意味を、彼はおそらく後から変えようとするだろう。この外部から襲いかかった屈辱を、彼はそれでも内面化せざるをえないのだ。しかし、われわれは知っている。四四年一月の発作において偶然の果たした役目は大したものではなかった。ギュスターヴの病は幼少時から準備され、本人によって二十度も予言されており、彼の人生と区別されず、それは彼が身に蒙ったものであると同時に意図したものでもあった。要するに、彼は発作〔転落〕の根本的意味、芸術家の才能を獲得するために、人間を否定するという意図を、すぐに発見したのであり、この直観の上に初稿『感情教育』の結末を打ち立てたのだ。しかし、この経験主義者は——彼は、〈理念〉を愛しながらも、思想や殊に体系《システム》を嫌うのだが——今回ばかりはあまりにも体系《システム》化しすぎた。彼は魔術的減点法を論理的に再構成した——そこには、代償作用ではないにしても、少なくともごまかしがあると言えるだろう。というのも、なんらかの必然性をあとから設定することで、彼は保証を得ることを望んだからで、たとえ〈神慮〉が存在しないとしても、ゲームの規則を——彼が世界の認識と名づけるものをもとにして——規定することを望んだからである。この規則は、負けが自動的にそれに相当する勝ちに換算され、しかも常に勝ちが上回るというものである。彼が否定弁証法さえ編み出したことをわれわれはすでに見たが、その最良の例は——これは同時に『感情教育』の最後の数ページを支配する根本図式の言語的表現でもあるが——「ジュールはこうして自分が失うあらゆる幻想で自分を豊かにしていった」*1という文によって示される。

*1　ここで彼が語っている幻想は、ルイーズに「それこそが絶対的な真理だ」と後に述べることになる大いなる全的な〈幻想〉とはまったく関係がない。そうではなくて、これは実は情熱に結びついた思い込みなのだ。友人の忠実さ、愛人の貞節は、この意味で幻想ということになるだろう。というのも、この場合、忠実とか貞節という想像は現実に、実際行動に縛られているからである。したがって、幻想を失うとは、限定を失うことである。フローベールは続く文で、幻想の喪失が否定の否定であることをかなり明瞭に説明している。「彼をとりまいていた障壁がくずれるにつれて、彼の目は新たな地平を見出していった」と。

しかし、よく考えてみれば、彼を二輪幌馬車《カブリオレ》の奥に突き落とし、疲労困憊させることになった意図は、より慎ましいと同時に、より途方もなく大胆なものだったことが分かる。彼がまだ体系《システム》を完成していないことは確かだ。パリから逃げ、アマールの苦しみから逃げたとき、彼は依然として信じていた、最悪のものは確実であり、最良のものは負ける、と。だとすれば、天才を獲得するために下劣さの奈落に落ちるという漠たる賭は、何の保証もないことになる。それはチャンスを計算するということでさえない。上級決定機関の裁量に任せなければならないし、何があっても信頼しなければならない。彼は後からの再構成を通してあらゆる手管を用いてこの賭けを隠したのだが、実は、こうした手管を取り除いてみると、「負けるが勝ち」の賭けとは、疲れ切った泳者の突然の断念のように見える。逆流や波と戦うのをやめ、彼は成り行きに任せるのだ。さあ、ぼくはあなたに屈服します、ぼくが最後まで戦ったことの証人となってください。もしぼくが死ぬのなら、それは生きるようにはできていなかったためです。もし生き延びるなら、それはあなたがなんの根拠もなしに、あるいはあなただけがご存じの理由から、ぼくを救ってくれたからです、と。つまり、この〈転落〉は、彼が落下するのを手を拱《こまね》いて無言で眺める権力者へと宛てられた言葉なのだ。そして、その権力者が下した決定については、彼は眼を再び開けるときも知らぬままだ。すでに述べたように、これらの半ば象徴的な人物たちとは、アシル゠クレオファスの二つの顔、表と裏、〈神〉と〈悪魔〉、熱狂し、昇華した二つの顔である。

〈悪魔〉に対して同情を誘うことなど問題外である。〔むしろ〕徹底的に相手を正しいとすることで、相手の力を削がなければならない。〈闇の帝王〉とは、父親の――そしてブルジョワジーの――イデオロギーの人格化、つまり決定論でなくして、何だろうか。絶望のうちでフローベールによって生きられたこの科学万能主義の考えは、〈道徳〉と〈芸術〉を同時に抹殺する。というのも、外在性の法則は創作をしないからだ。現実界は、つねに己れ自身の外にあり、統一の幻想しか与えることはできない。したがって、超統合の力である天才は、現実には実在しないことになる。ぶつかり合う分子の群れがどのようにして天才を産みだすことができようか？　その一方で、天才が想像界の決定として実在する可能性も排除されている。〈自然〉の法則が認識するのは現実のみだからである。知性人〔ホモ・サピエンス〕も工作人〔ホモ・ファベール〕も、想像力を承認するのは、想像力を実践的な投企に従わせる限りでしかない。〈知〉とは――哲学的臨床医が常に考えてきたように――〈存在〉に対する理論的かつ実践的な行動であり、それゆえ〈絶対者〉へと向かう。それに対して、〈非存在〉の金銀細工品である芸術は、怠惰なおしゃべりでしかない。自らの発見によって熱に浮かされたように『感情教育《アンガージュマン》』を書いていた時、ギュスターヴはまだ自らの選んだ道の射程を理解していなかった。問題は、人間として、さらには芸術家としてすべてを失うことだけではなかった。この災厄が自分の愚かな野心の論理的な帰結であったと宣言せねばならなかったのだ。新たなイカロスである彼は空を飛ぼうとしたが、さもしい〈悪魔〉がわれわれを地表に這わせて、われわれを地球の引力に委ねたことを知らなかったのである。ギュスターヴはいまや自分の過ちを認めねばならない。天才と〈自然〉の法則は両立しない、不可能なことを望んだがゆえに、彼をたたきのめしたあの記憶すべき転落が当然の報いとして起こったのだと。「恐ろしい不安」に苛まれたこの痙攣教徒(1)は、精神構造をすっかり破壊してしまう。それさえ残っていれば、「当然のことだ。父は正しかった、なぜ自分は言うことを聞かなかったのか？」と堂々と主張することもできただろうに。マクシムが「フローベールは大いなる才能をもった小説家だった。病気でさえなかったら、天才でありえたろう」と言うとき、それは単なる悪意からではない。というのも、フローベールはマクシムの前ではこの役を引き受けようとしたからだ。いわゆる失墜の証人にマクシムを仕立てようとしたのだ。もちろん、彼は自負心のためにこの役柄からしばしば離れざるを得なかった。とりわけ、他の連中がこの役柄を真に受けすぎたときにはそうだった。彼が自分の「時間のかかる作品」について語るのはまさにそうしたときだ。しかし、彼はすぐに怖くなり——〈悪魔〉が聞いているから——、障害をかかえて田舎に釘付けになったブルジョワ、書く力がなくなり、他人の作品を読み返すブルジョワの役割を再び演じはじめるのである。

というのも、かつては大陸のごとき人間がいたからだ。今日でさえ、ユゴーがいる。要するに、天才は今でも実在するし、過去にも実在したし、未来も実在するだろう。しかし、天才が〈宇宙〉の法則と矛盾することは明らかなのだから、全能の神の意志はそれぞれの特殊な場合としてこの法則を一時停止したことになる。偉大な作家とは常にラザロのようなものだ。彼は万人共通の運命を蒙って死亡し、腐臭を放ちはじめる。ところがその瞬間に、誰かがやってきて指を鳴らす。すると、まるで砂時計をひっくり返すように時が逆戻りし、天才として蘇生するのだ。もしギュスターヴが〈悪魔〉を欺きたいだけならば、自分の役柄を信じる必要はまるでない。計画を他人に隠し、孤独のうちで自分にこの計画を語ることを避け、黙って精進して計画を推進しさえすれば、十分である。しかし、〈神〉がそこに入ってくるや、この不幸な青年は絶望せざるをえなくなる。〈神〉が実在するとすれば——これ以上に不確実なことはないのだが——〈神〉は地上の世界を〈悪魔〉に引き渡したことになるからだ。とにかく、あたかもそうであるかのようにすべては起こっている。〈神〉が現前する証拠はひとつもない、現前を推定させるものさえひとつもない、あるのは宗教的本能だけ、愚行のうちにのみ形を見出すまばゆい渇望だけだ。世界が地獄であるならば、聖なるもののあらゆる形象化が必然的に世界の地獄的模造《シミュラークル》となるのは当然である。いずれにせよ、ひとつの点に関しては、〈全能者〉は〈サタン〉と意見が一致している。人生は長い茨の道でなければならない、という点だ。少年期のギュスターヴは手帖に書いている、「人類はたった一つの目的しか持たない。それは苦しむことだ」と。いずれにせよ、ぼくの目的はそれだ、と言っていると見てよい。今や彼は、〈神〉の意志に従いながら功徳‐価値を獲得するために、自らの苦悩主義を用いる。これこそ、彼を砕きかねなかったあの夜に行なわれた無謀な賭である。つまり、不在の〈神〉の立ち合いのもとで苦しむことだ。これは二重の賭と言うべきだろう。悪魔的な父が彼のうちなる信仰を殺したために不可知論者となったギュスターヴは——自らの不可知論を失うことなく——パスカル的な賭を行なう。魂を救うためにではない。この世界における彼の最後のチャンスを救うためだ。〈神〉は実在する、なぜなら〈神〉だけが天才を可能にするのだから、と。四四年一月に苦しみを全面的に受け入れることにより、またそれに続く数年のあいだは諦めの気持から、彼は二番目の賭を行なう。〈神〉がこの苦痛を望む以上、病人である彼は苦痛をうまく用いれば、〈神〉の眼に対して功徳－価値を得る、と。ただし、功徳がいつも報われるとはかぎらない、ギュスターヴはこのことを身にしみて知っている。それでいて、自分も他人と同様の成功に値するとあいかわらず信じている。だからこそ、彼は賭けるのだ、〈神〉がこの地上で彼を選び、悲しくも単調な人生の果てに天才と栄光を与えるだろうことに。

しかし、この二重の賭に勝つためには、意識の最深部にこの賭をしまい込み、それについてぜったいに語ってはならない。それがゲームの規則である。〈神〉は自らを与えることを拒む、これは明らかだ。そうだとすれば、あらゆる宗教を拒まねばなるまい。それこそ〈神〉が望むことだ。ここで、不可知論がギュスターヴの役に立つ。この信じることとの不可能性を徹底的に生きなければならないし、信仰の誘惑を拒まねばならないし、最後まで叫ばねばならない、人は地上で孤独であり、〈悪魔〉、つまり機械仕掛に委ねられている、と。神意と完全に一致するためには、呻きながら求める必要さえない。地上には見出しえないという確信を持てばよいのだ。ただ、絶えずそのことに苦しまねばならない。ここにこそ、ごまかしと最も根本的な挫折の意図がある。ギュスターヴは生涯にわたって〈神〉の不在に苦しむことになるが、それはまさに自分の苦しみが〈神〉に気に入るだろうと考えるからだ。彼が絶望しながら〈神〉の実在に異を唱えるのは、四四年一月に、〈神〉が実在することに無言で賭けたからである。彼にとってこのような態度をとるのがきわめて容易だったのは、それが、不信仰とその結果生じた欲求不満を自己欺瞞によって組織化し徹底化したものにすぎなかったからである。とはいえ、意図の構造は逆転している。以前の彼は信仰を持てないことに苦しんでいた。いまや苦しむために不信仰を肯定するのだ。不可知論という契機は元のままである。たしかに彼は信仰を持てない。だが、それから生じる苦痛——善きものとなった苦痛——によって、彼は自らが否定する〈神〉を肯定するのだ。かつて信仰は一時の迷いでしかなかったが、いまでは功徳をもたらすものなのであり、この功徳によってその位置づけは変わり、信仰は〈超越性〉にたいする無言の権利要求となった。ギュスターヴは役割に没入する。彼は——永遠の〈存在〉の見解にしたがって——信ずることを宇宙全体が束になって断念させようとする者になり、それでいて、理性、科学、その他の高い権威によって、〈神〉の非実在を確信しながらも、諦めることを単に徹底的に拒むことだけで、自らの不信仰にもかかわらず、〈神〉の実在をたえず肯定しつづける者となるだろう。一八四五年以来、ギュスターヴは自分の病気が宗教的な意味での回心であることを理解した。しかし、彼のマニ教〔善悪二元論〕的世界では、この回心はいかなる場合でも〈神的なもの〉との直接的な交流として現われることはない。というのも、悪魔が人びとの魂そのものに君臨しているからだ。〔とはいえ〕ただひとつ変化がある。以前の彼は信じることができなかった。それに対していま、信じることを警戒しているのは、信じているからである。彼の自己欺瞞は一貫しているということか。まったく違う。フローベールにおいて、これほど用意周到なものはなにもない。そのうえ、彼がこの作戦〔賭け〕について意識の奥底においても沈黙を保っているために、作戦は不安定になる。いかなる疑いもなく、彼はしばしば素朴な不可知論──発作前の彼を特徴づける不可知論──のうちに再び陥り、またそれより稀であるとはいえ、少年期に見られたように信仰のすぐ傍まで近づいていく。にもかかわらず、いまやなによりもごまかしに重点が置かれる。そのことをこれからわたしは示してゆこう。

信者が〈悪魔〉の見え透いた計略を避けることができるのなら、〈全能の神〉は彼らを認め、現世で彼らを救うことができるはずである。しかし、それには一つの条件が必要だ。すなわち、信者が希望を警戒すること、それどころか、あくまでも地上での野心を期待しないことである。ギュスターヴにとって、これ以上に明白なことはない。神を信じてはならない以上、どうして〈神慮〉を信じることができようか。ジュールは〈神慮〉を享受していた。このことはフローベールの密かな願いをかなりよく示している。しかし、われわれが知っているように、フローベールが心を明かすのは、虚構においてのみである。原稿が書き上がると、牡蠣は殻を閉じてしまう。負けるように努めなければならない、それが命令なのだ。『感情教育』のなかでギュスターヴは彼の計画の技術的な意味をわれわれにあらわにした。その意味とは、受け取った印象すべてを徹底的に貶めること、そして、生体験を括弧に入れることで、純粋な平穏さとして、すなわち〈存在〉と〈非存在〉の絶対的な等価として、深いところで自己を空洞化することである。苦行の果てに、彼はすっかり自己を実現するであろう。その結果、自らの実在に到達できるのは、想像界のうちでのみ、そして想像に固有な離脱によってのみとなるだろう。そのとき、彼はイマージュの〈主人〉となるのだ。これこそ、時間のかかる作品の意味である。しかし、もちろん、これは言葉にすることも、いや考えることさえも、用心深く避けるべきことだ。修業中であるかぎり、ギュスターヴは〈芸術〉について考えることを控えるだろうし、なによりも〈芸術〉を自らの企ての目的とすることを控えるだろう。同じ不誠実さで、良きキリスト教徒は善をなすが、それは従順ないしは愛徳《カリタス》によってであって、〈天国〉に値するためではない。ギュスターヴが栄光のため、あるいは自分の天才を解放するために、「〈観念〉の世界に戻る」のだとしても、彼は依然として地上的な利益の虜のままである。それどころか、苦行のあいだは、〈美〉の空しさについて大いに強調し、副次的な活動である文学に対して若干の軽蔑を示し、それとともに自分の無力についても嘆くのが望ましい。〈美〉に対して異を唱えるのは、この精神修業の一部である。というのも、この神秘家がすっかり空の状態に達しないかぎりは、そして〈美〉の固有の本質が極度に精緻化された現実界と想像界との同一性だと規定されないかぎりは、彼が途上で出会う〈美しいもの〉は――ウェルギリウスの詩句であれ、『リア王』の一場であれ――真の〈美〉ではありえないからだ。あるいは、少なくとも、ギュスターヴはまだ〈美〉を十全に捉える状態にはないからだ。いまだ多くのしがらみによって地上につなぎとめられているのに、〈美〉を捉えたなどと言ったりすれば、彼は救われないだろう。しかしまた、あたかも高次の状態ではその意味をよりよく捉えられると予感するかのように、なんらかの確信の名の下に〈美〉を拒否することもしてはならない。このような態度は、彼が合図や指示を受け取ったと想定することになり、彼が通過すべき暗闇においては考えることさえできないからである。〈美〉とは、ひとが見出すものではない。ある日、神的な要求として否応なく課せられるものなのだ。だからこそ、フローベールはむきになって疑うのである。ルイーズに「ぼくは〈芸術〉を愛しているが、それをほとんど信じていない」[*1]と書いたかと思うと、またこんな風に書いたりもする。「ぼくが研究や芸術に専念しているからという理由で、ぼくが研究や芸術を愛しているときみは考えているようだね。だが、深く自分を探ってみたら、たぶんこれらに関しては習慣以外のものは見つけられないと思う。ぼくが信ずるのはただ、ある事柄の永遠性だけだ。それは幻影の永遠性だ。幻影こそが本当の真実だ。その他のすべての真実は、相対的なものにすぎない」[*2]。そして、たまたま書くことについて語るとなると、まるで身体機能について語るようだ。「ぼくは自分のために書く、自分のためだけにね、タバコを吸ったり、眠ったりするように。これはほとんど動物的な機能で、それほど個人的で内面的なものだ」[*3]。時間のかかる作品は、宗教的な理想への、希望なき、純粋な忠誠として、〈神〉に提示される。というのも、〈神〉を信じるのと、自らの天才を信じるのは、まったく同一のことだからではなかろうか。なぜなら天才とは〈神〉によって与えられた恩寵であることが証明されたからだ。実直な若者は、人間的目的をまさに聖者のように拒否する。しかし、〈天〉は黙し、〈恩寵〉は拒まれているのだから、彼は否定的〈無限〉の次元にとどまり、あらゆることに、「手始めに自分自身に」異を唱える。このことは、天才が到来するために、自らの力でできることはすべて行なうということを意味する。彼は〈観念〉の世界に戻り、バラモンになる、言い換えればすこしおかしくなる。このヒンドゥー教への言及は（これは間違いではないか。この「バラモン」は、わたしにはむしろ〔仏教の〕僧侶のように見える）、そのあとにすぐ自らの精神状態への仄めかしが続き、フローベールが自らの意識喪失戦術の二つの側面《アスペクト》を区別しようとしていたことを示すように思われる。すなわち、もし〈神〉が実在するならば、「〈観念〉の世界に戻ること」とは、聖なるものとの不断の接触に入ることだ。もし〈神〉が実在しないなら、それは狂気のなかに沈み込むことだ。こういったことすべては彼の望んだことではない（というか、ほとんどすべてはそうでない。「ぼくの意志もまたそこに少しは関与していた」（と言っているのだから））。事態は起こるべくして、起こったのだ。ギュスターヴが継続するために、成功は必要でなかった。この「偉人のなり損ない」の「本性」はこのようにできているので、彼は、誰にも向けられていないが居すわり続ける要求となって、あらゆる明証に抗して、いささかの希望もなしに、空っぽの空の下の非人間的な孤独のさなかで、自分の請願を維持したのだ。〈神〉はぼくに欠けている天才をぼくに与えるために実在すべきだろうし、ぼくは自説を諦め、空っぽのままでいよう、いつでも受け入れる状態にあって、決して与えられることのない恩寵に値することにこだわろう。さあ、今度は〈神〉の番だ。

＊1 『書簡集』第二巻、一三ページ。
＊2 『書簡集』第二巻、五一ページ。
＊3 『書簡集』第二巻、四〇ページ。

時間のかかる作品の一般的な意味は、ジュールが自分の変化に与えた意味にかなり近い。ジュールにとって空無とは、〈存在〉からの撤退として生きられ、傑作をものするための必要十分条件であった。というのも、重要なことは二つの観念——空無化と天才——の間の内的関係だったからであり、前者は媒介なしに後者を生み出すとされたからだ。ところがいまや、撤退は天才の必要条件であるが——この点では、ギュスターヴも変わっていない——、十分条件ではなくなる。空無とはいわば、内部にあると同時に外部にある力（〈他者〉とはフローベールにとってつねにこのようなものであった）の介入を引き起こすことができる条件作りなのだ。それはまさに〈神〉を試すこと、それだけのことだ。空洞であることと〈芸術〉との関係はもはや厳密ではなくなっている。というのも、この関係が成立するためには第三者の媒介が必要だからである。見方によっては、媒介する第三者は〈全体〉以外の何ものでもないがゆえに、この諸々の観念の秩序は変わっていない。ただ、〈全体〉は二重化している。〈全体〉は公式には諸々の超限からなる汎神論的宇宙そのままだ。しかし、ギュスターヴはひそかに、もっぱら恭順から、この〈全体〉を〈人格神〉による〈連続創造説〉(2)だと見なしている。この〈人格神〉は〈調和的宇宙《コスモス》〉の厳密で思惟する統一体であり、この〈神〉だけが、諸可能性のどこまでも無限な世界をおのれの被造者たちに開く可能性をもっているのだ。フローベールは祈りはしない——ただし、例外はある、その例の一つは後に見ることにしよう——。なぜなら、彼の〈受難〉のために「意に反した不可知論者」を体現しなければならないからだ。しかし、彼がバラモンと化すことは一種の祈りではあるまいか。〈隠れた神〉よ、ぼくはあなたを信じてはならないが、もし許されるならあなたを心から愛したい。ご覧じあれ、ぼくは人間から与えられたすべてを手放し、こうして孤独で無一物で、生まれたときのような純粋蜜蠟で す、なぜならぼくはあなただけに属すことを望むからです、と。

ギュスターヴは、ビュッフォンの言葉〔才能は長い忍耐〕を好んで繰り返しているが、これに新しい意味を与える。その上、彼が仕事をしていないのに、どうしてこの言葉にその古典的な意味――「推敲二十遍」（ボワローの『詩法』の一節）――を持たせ続けることができようか。自らをつましい努力家として描くとき、それは用心からであり、不誠実にも自分の才能の貧しさをひけらかすためだ。しかし、「天才が長い忍耐の結果ならば、ぼく以上にそれに値するものがあるだろうか」と言いながら、実際には二年半も机に向かうことなく無為に過ごしているとき、忍耐は当初関係づけられた刻苦勉励とは明らかに何の共通点もない。この忍耐なるものは、どれほど続くか知らされていない慎ましい待機にすぎない。このことから、ギュスターヴは彼の構成された性格により適合した〈芸術〉観を明かしている。芸術とは受動的活動なのだ。何もせず、何も意志せず、何も懇願せず、この待機のことすら知らずにいるべきなのだ。そのとき、――実在しない〈神〉の助けを借りて――死の、不動の、〈無〉の観点が、〈芸術〉の観点になるかもしれない。その場合には、想像界の果てしない全体化は、この死という空隙の騒々しく雑多な表現として、〈非存在〉の中に未決定のまま現われる。そして〈観念〉は、この〈無〉が、非現実的妄想と非現実化された現実界の揺れ動きに対して持つ志向的で親和的な関係であり、この喧噪を永遠に固着するような言葉を要求し、生産する。四六年十二月十三日付のルイーズ・コレ宛の手紙には、十九世紀後半の作家や詩人たちの特徴である「無力の選択」の最初の現われと容易に見なすことができるものが見事に説明されている。「毎日、忍耐強く同じ時間だけ仕事をするんだ。勤勉で静かな生活の習慣をつけるんだ。そうすれば、そのことにまずは大いなる魅力を味わうだろうし、そこから力を得ることになるだろう。ぼくは徹夜をするという〔悪〕癖もあったけれど、そんなものは疲れるだけで何の役にも立たない。霊感に似たすべてを警戒すべきだ。それはたいてい先入観でしかなく、自然に湧いたのではなく、意図的に自分に与える人工的な高揚感にすぎない。それに、ひとは霊感のうちで生きるわけではない。ペガサスは天翔るよりもずっと頻繁に歩いている。才能とは、ペガサスを望むままに御し得るということだ。だが、そのためには、乗馬術で言うように力以上のことをさせてはならない。読書し、たくさん瞑想し、つねに文体について考えること。そして、できるだけ少なく書くこと、ただ〈観念〉のいらだちを鎮めるためだけに書くこと。〈観念〉は形を取ることを要求し、ぼくらがそれに適した正確で精密な形を見つけるまで、ぼくらの内部でもがきつづける。いいかい、人が美しいものを作りうるのは、忍耐と長期にわたる活力の末なのだ。

ビュッフォンの言葉は暴言とはいえ、これまであまりに否定されすぎてきた……」

忍耐づよく仕事する（ラテン語、ギリシャ語、英語）。じつはこれらの疑似活動は魂の空洞とその拒食症を維持することを目ざしている。文体について考える。これは言語を想像界と見なすことに慣れることである（ジュールができると信じたように他人の言い回しややり方を自分のものにすることではない）。何よりも書かないでいること、これはロマン派的霊感を斥けることを指す。ロマン派的霊感は情念から発するがゆえに、したがって人工的であると同時にあまりにも現実的だからだ（人は自己放棄を、つまり忍耐を徹底しないがゆえに、霊感を自分に与えるのだ）。瞑想する。これは、非現実に対して開かれた状態に身を置くことである。ただし、やむを得ない場合にだけ筆を執る。この場合は霊感が要求にとって代わられるのだ。観念は「ぼくらがその形を見つけるまで、ぼくらの内部でもがきつづける」。しかし、この要求そのものが恩寵である。というのも、この要求が言葉を導き、生み出し、投げ出すからだ。観念の要求の「いらだち」が収まり、われわれが平和を見出すとき、要求が最適な表現を見つけたことがはっきりとわれわれには分かる。作家のうちに能動的なものは何もない。〈観念〉とは作家をさいなみ、排除によっておのれの形を選ぶ〈無限〉だからだ。〈観念〉とは言語の他律なのだ。じつは、作家の「いらだち」がいくつかの小品を生んで、彼はそれで辛抱させられることもあり、時にはこの「いらだち」がペンから未知の単純な文を生み出させたりする。もし〈神〉が顕現し、作家に完全な恩寵を与えるなら、〈観念〉の要求は全体的となるだろう。それはまるまる一冊の本として表現されることを求めることだろう。そうなれば、勝負はもう勝ちとなる。

ロマン派的霊感は斥けられている。フローベールは少年期の熱狂や雄弁の炸裂や筆の勢いを思い起こし、厳しく批判する。それは不誠実そのものだった、自分で引き起こした高揚感のなかで言うべき何かを見つけるためにさんざん苦労したのだ、と。それでも彼は別の形態で霊感を受けた作家という観念を保持している。〈神〉がそこに、不可視のままいるのだから。ただ、ロマン派的な考えは肯定的だ。〈神〉がわれらの耳元で語り、突然取り憑かれた魂が溢れ出し、紙片にそれが流れ込むからである。フローベールの考えは否定的で、神的なものの不在を根拠としている。しかし、これはたいしたことではない。確実だが知られざる恩寵に値するには、忍耐強い恭順によらねばならないが、その恩寵によって、絶対的否定が――つまり魂の完璧な空隙が――言語全体に火をつけることを要求する瞬間がやってくる。非現実の現実化と現実の非現実化によって、世界の前にその純粋な否定として魂の空隙を固定するためだ。問題となっているのは聖なる命令であり、これが押しつけられるときには同時にそれに従う方法を示されないことはありえない。つまり〈観念〉は、言語全体を非現実化する(3)以前には、その形を要求できないのだ。これこそ、〈神〉の部分である。したがって、作家とは服従でしかないのだ。作家は自分の非現実性からひとつの規範的関係が生まれるようにするために、自らを犠牲にしたのだ。その規範的関係とは、〈無〉が、つまり未分化の〈想像力〉（いかなる固有なイメージもない）としての〈観念〉が、言語的イメージの貯蔵庫と捉えられた言語に対して持つ関係である。この関係はしかるべき時にやってくる。したがって、文体について瞑想することは、文体を少しずつ改良することを目指していない。それは心霊修業なのだ。言葉について夢見ることで、言葉を夢だと考える習慣がつく。それだけのことだ。熟考された美しい文は——もちろん、他人が書いた場合だが——実践的な言語と比べて、その文の脱現実的な機能を明らかにする。理想的には、何度も読み直すことによって、文の意味が残りながらも、あまりに親しいために押しつけではなくなり、文の口実となる瞬間、さらに、文の音声的な厚みが想像界によって全面的に蝕まれた悩ましい物質性であるかのように提示される瞬間に到達することである。こういった熟考は何も教えることはできないし、教えることを目指してもいない。その機能は精神を高めて——聖典を介入させることで——聖なるものと接触させることであり、精神に功徳‐価値を与えることである。たえず文体のことを考えること、とフローベールは言う。その口調はたえず〈神〉のことを考えているというキリスト教徒の口調を思わせる。じっさい、〈神〉のことを思いながらもけっして〈神〉に出会うことのない信者と、稀な瞬間に〈神〉と出会い、自分が〈神〉を所有しているのか〈神〉に所有されているのか分からなくなってしまう神秘家との違いは、質的なものだ。信者がいかに瞑想の頻度や勤勉さを増しても、神秘家の地位に達することはありえない。むろん、〈神〉が望む場合は別であるが。同じように、たえず文体のことを考えている男も、彼の野心がいかなるものであれ、作家という神秘家にはなりえないだろう。ただ彼は、沈黙する超限としての言語といつも触れ合うことで、自分が〈全能の神〉の意にかなうようにする宗教的な緊張を自らのうちに維持するだけである。

　こうして、四五年一月から『聖アントワーヌの誘惑』の初稿を執筆するまで[4]、意図的にフローベールが行なったのは、待つことであった。いまや、彼の失敗行動の意味は理解できよう。それは——類型的発作と同様だが、独自の仕方で——四四年一月の根本的な挫折を繰り返すことであった。フローベールの諸々の活動はなんらかの実践的な進歩を目指してなどいないのだ。これらを真に理解するには、それらのうちにあらゆる現実の活動のまねごとと否定を見なければならない。たとえ書くという活動であってもそうだ。これらの活動は、必ずばかげた戯画的なものでなければならない。したがって、これらの活動は、彼が行動に適していないこと、どんな行動も彼のうちでは解体し、その無意味さを垣間見せることを、内部からフローベールに示している。読み返しにはこれよりも深い目的がある。作者と読者の間の差異を抹消することだ。読者は読んだテクストを一連の受動的な総合として受け取ることで、あたかも自分がそれを生み出したと信じるほどに自分が偉大になったと感じるようになる。同時に、創造そのものを受動的な活動だと捉え、〈観念〉のコントロールのもとでいつか惰性的総合を生み出す気分になる。いずれにせよ、それは芸術家の自己破壊を、すなわち芸術家の想像界への移行を助けつつも、自分の人生の二人の証人〔悪魔と神〕に対してやる気を見せる暇つぶしである。ぼくは負けた、それは知っている、でも、ぼくは自分の破滅を仕上げるのだ、と。このことが意味するのは、一方の証人に対しては、ぼくはおまえの〈地獄〉から逃げない、それどころか敗北を引き受け、それをちっぽけで馬鹿げた挫折に鋳直しながら、そこに突入するのだ、ということであり、――他方の証人に対しては、ぼくは苦しんでいる、ぼくは〈あなた〉の手に身を委ねる、ぼくは自分自身では無であることしか望まず、存在が〈あなた〉から到来するのを待っている、ということである。いまや、ギュスターヴが文学において何も産み出さなかったのに、なぜ魂の静けさをまるで失なわずにいられたのかをよりよく理解できるだろう。四〇年に、唖は話すことを望んだができなかった。それで絶望して、悔し泣きした。四五年に、彼は沈黙を守ることを望み、この深い意図が彼の心の平静の起源となる。四五、四六、四七年、これは断固として何も産み出さなかった神秘家の三年間だ。ギュスターヴは〈悪魔〉と〈神〉の間で、受動的だが巧妙な外交官としてうまく立ち回り、悪魔の機嫌をそこねることなく〈神〉に気に入られようと試みるのである。

C　「芸術はぼくに恐怖を与える」

先に見たとおり、『感情教育』の最後のところでギュスターヴは困りきっている。ここで彼は自分が理解しているような芸術作品――〈非存在〉による〈存在〉の吸血、非現実化の中心、仮象の仮象としての勝利、〈悪〉と〈美〉との具体的な同一化――を、あるときは〈悪魔〉によって、またあるときは〈全能の神〉によって保証させている。その結果、両者の役割を入れ替える、というかむしろ『地獄への旅』以来彼のうちに見出されるこの役割の入れ替えを徹底させるようになる。われわれが、より深い所にある、より粗野な形の「負けるが勝ち」の存在を想定するようになったのはそのためであり、遡行的分析によってわれわれはこの存在を明らかになしえた。この「負けるが勝ち」においては、一見、〈悪〉の原理と〈善〉の原理がそれぞれの場におさまり、それぞれの権限をきちんと発揮しているように見える。〈サタン〉は害を与えることしかしない。従って、〈サタン〉には何も頼まず、これは欺くだけのことだ。〈神〉には懇願する、人が呻きながら求める（パスカルの言葉）のは〈神〉であり、恩寵を待ち望むのは〈神〉からである。けれどもよく考えてみると、こんなに粗野な形の賭けのなかには、合理的に練り上げた賭けの場合と同じ混乱が見られないだろうか？　いや、むしろこうだ。〈悪魔〉が実際には排除されている以上、これはまったく同じ混乱ではない。しかし〈全能の神〉が職務を兼任している。自分だけで〈光の神〉と〈闇の支配者〉の二つを演じている。ギュスターヴが助けを求め、毅然として苦痛を耐えながら誘惑しようとしているのは〈善なる神〉なのか？

〈神〉が隠れている。よろしい。十六世紀以来、周知のように、〈神〉は場所を引き払った。人間活動のあらゆる部門の世俗化は――商業資本主義の始まり以後――空間の中にも時間の中にも、もはやいかなる場所をも〈神〉に残さなかった。〈神〉が人間を苦しめることに喜びを覚える、これはよいとしよう。結局のところ、キリスト教徒の〈神〉の慣習としてこれはよくあることだ。それに有益な試練を考えだしたり、苦痛の善用を説いたりしたのはギュスターヴではない。ただこういうことがある。〈神〉にたいして彼は〈存在〉の非存在を保証するように求めているということ、しかもそれはまさしく〈神〉の仕事ではないということだ。仮象である人間は自分自身の無によって非存在に近づきうるが、絶対的な〈存在〉は己の充実性そのものによってそこから排除されているのだから。一体いかにしてフローベールは望みうるのか？　現実全体の〈創造主〉が女の夢魔［スクブス］と男の夢魔［インクブス］との闇の世界、まさしく〈サタン〉の王国であるところに彼を導いてくれるなどと？　そしてもしも最高の天才とは「〈人類〉の面前でせせら笑う」者であるとするなら、もしも〈芸術家〉の目的が堕落させることであるとするなら、もしもギュスターヴの願いが読者を獣に――おまけに盛りのついた獣に――するために天使のように完璧に書くことであるとしたら、要するに〈美〉とは〈悪〉にほかならないとするなら、彼の叩いているドアに間違いはないと確信できるのか？　『スマール』以後彼は変わっただと？　一切のことがその反対を証明している。『聖アントワーヌ』の初稿においても、一八三九年の「神秘劇」（『スマール』）においても、〈悪魔〉と〈作者〉とは、〈悪〉によって世界を全体化している。われらの若き改宗者は異端の匂いがする。彼が勝負をしなければならぬ相手は〈サタン〉だからだ。とはいっても、違う。そうなれば何の補償もなしに彼はすべてを失うであろうから。従って、彼が訴えるべき相手は〈神〉である。悪しき〈悪魔〉ではない〈悪魔的な神〉である。この苦しんでいる魂にこんなに多くの混乱があるのか？

　まず最初に、フローベールが黒ミサの人間であること、そして、自分は〈サタン〉だと思い込むことがあったということを覚えておこう。晩年になってから、伝説によって彼は心優しい気難し屋とされたが、彼の同時代人すべてがこの点についてごまかされたわけではなかった。彼は至る所で自分は人間嫌いだと叫んでいた。ジュール自身、いくらかの怪しげな熱狂を示したあと、人間に対する憎悪を得意げに告白している。だからといって、それが〈神〉に懇願せぬ理由になるだろうか？　教会は、自分の同類たちの懲罰を〈神〉に熱心に求める信徒たちで溢れている。教会に入るためには〈善〉しか望んではいけないとするなら、教会は空っぽになるだろう。読者はこう答えるかもしれない、少なくともこうした黒魔術全体によって、生前と死後との応報を心から求めることによって、人びとは〈善〉に奉仕しようとしている、信者は正しい行ないをしたと確信している。だから、倫理はともかくとして論理は無傷だ。正義の〈神〉に、無垢な者には報い悪人は罰するという正当な介入を求めているだけなのだから。ところが、これは認めねばなるまいが、ギュスターヴが〈創造主〉に要求するのは皆殺しなのだ、と。だからどうだというのだ？　彼が――自分を除外せずに――人類全体がそっくり腐敗していると判断するとき、空しくありたいというこの凶暴なしかし意識的な願望と、信心家ぶった連中の人殺しを望む祈りとの間には、程度の差しか存在しない。人間が〈神〉を創ったとき以来、〈神〉は〈悪〉にも〈善〉にも役に立つ。〈神〉は少しでも求められさえすれば、〈悪〉を〈善〉とみなさせ、〈善〉を〈悪〉とみなさせる文字通り悪魔的なあの職務さえ持っている。

　それに問題はこれではない。ポン＝レヴェックの暗い夜にフローベールが最悪の道を選んだ瞬間、彼は遠くに、心の暗部で、最悪のものは必ずしも確実ではあるまいという莫とした欲求を感じている。破滅に向かって突き進むギュスターヴの気違いじみた頑固さの中には、〈悪魔〉は甘くはないぞ、決定的に恐ろしく、堕落しても書く可能性さえ与えてはくれまい、という暗い確信がある。そこで、この世の真理は本当に恐ろしい〈彼はそれまでそう信じていた、つまり、そう信じることを演じていた〉という猛烈な恐怖に襲われて、彼は死んだ〈神〉を復活させ、その手に再び我が身を委ねる。この自己放棄の意図を詳述する余裕はない。問題はギュスターヴにとって、この「運命的瞬間」において、新たな構造を自分に与えることではなく、幼年期の構造を再発見することなのだ――この構造は暗黒の封建制のもとにずっと残存し続けている。ギュスターヴは〈父親〉に助けを求める。われわれはかつて、戦術的なレヴェルで、あの最初の発作には愛の意図が含まれていることを発見した。この愛されぬ者は幼年期に戻って、そこに父親の優しい愛情を再発見しようとしたのだ。いま、われわれは理解する、この退行が、別のレヴェルで、より曖昧だが根本的な、戦略的な意味を持っていたことを。すなわち永久に黄金時代に落ち込もうというのだった。世界はよきものであり、全能な〈父親〉と気前の良い〈神〉とが互いに支え合い、つまりは両者が一体をなしていたあの祝福された時代に。あの黄金時代にあっては、父親の封建制は宗教的封建制の象徴であり、その逆も真であった。幼い臣下にとって、それは、無垢の時期、自己との同意の時期だった。現在の葛藤の彼方に、陰険な〈領主〉に対する怨恨の彼方に、ポン＝レヴェックの改宗者が再発見しようと試みているもの、それは、彼の個人的同一性を保証する、〈父親〉と〈神〉とのこの同一化である。そのとき苦悩は功徳－価値となった。苦しむのは慰められるためだった。これこそフローベール的苦悩の深い意味ではないだろうか？　すでに受動的である少年フローベールは自分の傷を示しさえすればよかった。たしかに、その傷は彼にいかなる権利をも与えなかった。なぜなら、彼を包んでいる寛大な愛は、普通期待しうるすべてのものより多くのものを与えていたのだから。しかし、功徳は慎ましい訴えであり、子供は〈領主〉を信頼していた。願いは聞き入れられるだろう、と。願いがかなえられることを確信して、彼は自己を放棄し、構成された受動性の向きに従いさえすればよかった。そのとき、未来は、すでに運命だった、なぜなら未来は他人を通して彼のところにやってきたのだから。ただそれは幸福の運命だった。ところが今や、四四年一月のフローベールは破滅に向かって突き進む呪われた者である。と同時に自己を放棄している受動的行為者である（投げやりになることによってしか最悪なものに到達しないだろうというそれだけの理由から）。ところで、自己放棄――単にわれわれが記述しているこのケースにおいてだけでなく、一般的に、また本質直観[1]に与えられるような自己放棄――の意味は、決して絶望ではない。毛羽を逆立て、脅えきったあの抽象的な強直では決してなく、ましてや、実践的行為者の計算された希望でもない。むしろ、曖昧な期待、未来に対する信仰の行ないである。何かが生じようとしており、〈他者〉がなんらかの仕方で、皆が引き受けようとしないこの運命の面倒を見るだろう。これがポン＝レヴェックの「負けるが勝ち」の意味である。「お父さん、ぼくだめだ、抱いてよ、慰めてよ」。あたかもこの凄まじい全面的な破滅は希望を再生させるということを目的とし、その効果を生むかのごとくだ。あたかも、何をなそうと〈悪〉が勝利するというこの悲痛な証明は、〈善〉にたいする子供じみた信仰を再生させることなしには、〈受難〉として生きられないかのごとくだ。

現実の「負けるが勝ち」は、負けようとする執拗な意思の必然的な代償として現われる。ギュスターヴは、怨恨と落胆とでもうろうとして、「あんたがたはぼくをこんなふうにしたのだ」と、〈黒い父親〉、〈サタン〉のそばに崩れ落ちるまさにその瞬間に、この破滅を、彼自身がその考案者であると同時に犠牲者である人身御供に転換し、神の恩恵を自分に引き寄せようとするのだ。あるいはこう言ってよければ、臣従の誓いが善き封建制を復元しているのだ。しかし、いうまでもなく、待望の〈贈り物〉は何でも良いわけではない。〈父なる神〉は二十二歳の信徒によって懇願されている。彼は波乱に満ちた人生体験をしている。辛い幼年期によって作られ、そこから自分を作ったのだ。自分の苦痛が報われるのを要求するとき、彼はずっと前から、この苦痛に見合う唯一の報酬を決めている。それは天才だ。そしてずっと前から〈芸術〉を黒ミサと考えている。もしも〈神〉が存在するなら、もしも〈神〉がきわめて善良ならば、〈神〉は要求されるものを与えるだろう。無限かつ無償の〈神〉の寛大さ、待ち望んでいる贈り物、自然の法を一時的に停止するというそれだけのことにすぎぬ贈り物の壮麗さ、こういったすべてのことのためにギュスターヴ自身に次のことが見えなくなっている。彼が〈創造主〉に〈悪魔〉の役割を演じさせようとしているということが、また、彼が懇願しているのは〈創造〉の悪魔的イマージュを利する形で、〈創造〉の信用を落とすことであることが。実のところ、彼は〈絶対的他者〉から、ある恩恵を期待している。彼だけのための恩恵、彼の功徳－価値に報いてくれる愛の印を。恩恵の内容は完全に規定されていて、問題にはされないのだ。一つだけ確実なことがある。もしもギュスターヴの願いがかなえられるとしたら、それは〈善き神〉によってでしかありえないということだ。試練に関して、この高位の人物の残酷な不在について、彼はいっこうに驚いていない。すでにずっと前から、彼は〈象徴的父親〉（本巻六六五ページ注（7）参照）との関係を、両義的な形で生きてきた。彼は「神の永遠の沈黙」の背後に、たぶん自分がその対象となっている無限の愛が潜んでいると――もちろんはっきりと認識はしないにしても――思うだろう。ちょうど七歳の頃、〈転落〉のあとで、アシル＝クレオファスの苛々した無関心は見かけにすぎず、そこには次男に対する無限の愛情が隠されていると想像しようとしたように。

かくしてギュスターヴは、そっくりその身の上から、矛盾したプロセスのなかにまきこまれる。そのプロセスは、〈全能の神〉が彼に〈非存在〉の鍵を与えても、〈善なる神〉が彼に〈悪〉の権利を認めても、〈人間たちの父なる神〉が人類を堕落させることを彼に許しても、それは彼の悲痛な不可知論からして当然である、ということだ。彼はこのことに気付いたか？　この場合、『感情教育』の最後の部分は矛盾を解決するための――あまり自覚的ではないが体系的な――試みと思われるかもしれない。もしも「負けるが勝ち」が厳密な論理ならば、神は自ずから消滅する。神の媒介は無益であり、逆転は自動的になされる。それどころか、われわれは〈地獄〉を離れることがない、何故なら挫折は非存在に通じているからだ。というかこう言ったほうがよければ、存在することの不可能性は〈美〉の深い本質を表わしているからだ。というのも、美とは充実ではなく、その反対物だからだ。美は読者に欲求不満として現われる。それどころか、なんらかの作品を通して示されたとしても、美は読者を見出さないのだ。ジュールは出版を――純粋さから、〈非存在〉にたいする忠実さから――拒否する必要さえない。事実、作品を出版してみたらと言われたことがまったくないのだ。仮に出したとしても、あまりに美しすぎて人の気にはいらない。というわけで、『感情教育』においては、〈芸術〉は挫折の埋め合わせとしてはまったく現われていない。〈芸術〉とは挫折そのもので、挫折がそのすべての結果とともにひそかに全体化されているのだ。生ける死者であるジュールは、生に対して死の観点を取る。それも、この観点自体が幻想であるということを知りながら。というのも彼はあくまで――たしかに最小限にだが――生きようとするからだ。ある意味で、挫折は何も生み出しはしなかった、使おうとすると枯れ葉に化ける例のピストル金貨（スペイン、イタリア製造の古金貨。比喩の出所不明）以外には。けれども、まさしく枯れ葉のなかにあるピストル金貨の観念の残留こそ絶対的な異議申し立てを示しており（枯れ葉に化けることによって金属を脱現実化し、金という過去の越えられた現実化できない本質、にもかかわらず忘れ難いその実体の無意識的記憶によって支えられた本質によって、枯れ葉を脱現実化する）、美による魅惑として定義されるのだ。ジュールは何も借りがない。誰からも。

だがまさに、外部の助けなしに、彼は絶望を乗り越えることができるのか？　これこそ、思うに、『感情教育』の主たる欠陥である。書こうとする者にとってもっとも重大な挫折とは「偉人のなり損ない」の無能力である以上、この挫折を生きるだけで無能が天才に化ける、ということになるだろうか？　ギュスターヴはこの点について一度もはっきりしたことがない。そして、『感情教育』は主張しているだけで証明していない。根本的な挫折の契機はごまかされている。何故ならわれわれが見た通り、〈芸術家〉は人間の挫折から生まれるのだが、ここでは芸術家は芸術家の挫折から生まれるということを証明しなければならないからだ。[*1] 否定された人間は、場合によっては概念のちょっとした操作で、肯定された〈芸術家〉になり得る。これは否定の否定で、第二の概念が第一の概念と本性において異なる以上、弁証法的に可能なのだ。というのも〈芸術家〉とは、フローベールにとってわれわれの種族よりも高いところにおり、野心も目的も人間と共にしていないからだ。したがって、もしもこの前提を受け入れるなら、蝶が蛹から生まれるように、芸術家が人間から生まれるというのは理論的に考えられるだろう。ところが否定された〈芸術家〉（自分の欠陥を自覚している偉人のなり損ない）は挫折によって〈芸術家〉に化けることはできない。何故ならこの場合は否定が、同時にかつ同一の観点から、同じ概念をまるまる復元しなければならなくなるからだ。したがって、別の観点から、絶望した男に失われたものを返してやる媒介が必要となる。この理由からわれわれは、先のところで、キルケゴールの反復に触れたのである（本巻一八一ページ注（2）参照）。

＊1　本の最後のところでギュスターヴは暗々裏に神に助けを求めざるをえなくなり、そうすることで「負けるが勝ち」についての論理的かつ悪魔的な考え方と、神の善意に依拠する本来の曖昧な考え方とを混ぜ合わせている。

しかも、ギュスターヴは——より明示的にではないにしても[2]——より深層において、挫折の弁神論と呼び得るものをあちこちで素描している。想起されるのは、『感情教育』のなかでは〈美〉の非現実性が強調されているにもかかわらず、ギュスターヴがその悪魔的な側面をややぼかし、何箇所かでは、〈芸術〉を〈神〉をたたえる讃歌にまで仕立てていることだ。自分の考えを単に隠そうとしているだけだと思ってはなるまい。ものを書き始めて以来の彼の揺れや困難にわれわれは注目してきた。『スマール』を書いていたころ、彼は抒情性を、心情吐露を、魂の甘い涙を推奨していた。根本的には、フローベールは暗黒の作家であり、自分でもそのことをよく知っている。ただ彼は詩人‐予言者（*poète-vates*）（本巻二一二ページ注（29）参照）という考え方を抱いている。それは最初のころのロマン派との、それも主としてユゴーとの接触からきたものだ。〈芸術〉には形而上学的使命がある——芸術は宇宙の中の人間と人間の中の宇宙とを全体化するがゆえに——ということに彼は疑いを持たない。それはゲーテが『ファウスト』の中で試みたことではないか？『スマール』と『誘惑』の作者にとって、現実の開示は現実の否定と一体をなしている、だがそれは、現実は暴かれると、おのずから粉々になるからだ。というわけで、ギュスターヴは二通りの言い回しの間でまだ揺れている。ロマン派的言い回し（「詩人は星を眺め、道を指し示す」）と、もう一つの言い回しで（詩人は呪われている、詩人の作品は悪の華である、詩人には不運が付きまとう）、これはやがておおいに受けることになり、彼は結局そうした言い回しを用いた最初の者となる。ところで、〈白ミサ〉であるにせよ〈黒ミサ〉であるにせよ、いずれにしても〈芸術〉は、彼の眼にはミサに見える。その聖なる性格に疑いはない、したがって芸術には肯定的な要素が含まれているに違いなく、〈常に‐否定する‐精神〉はこれについては責任がありえない。主題が何であれ大作品を創るのは、こう言ってよければ、仮象の厳密な全体化、非現実の密度であり、それは秩序、〈善〉、したがって〈存在〉と似通っている。何故なら、〈悪〉はひとりで放っておくと混乱に陥るからだ。かくして『美徳の不幸』（サドの作品）においてすら、〈神〉は見えないが現存する。言うならば〈神〉とは制作を保証するものなのだ。そこからあの奇妙なパラドクスが生じる。〈善〉は〈悪〉がその本質にしたがって分解するのを妨げることによって〈悪〉を支え、その高い要求で〈悪〉を満たすが、同時に毒を与える。〈悪〉が効果的に害を与えうるのは、たとえば堕落させうるのは、それがもはや完全には〈悪〉でないからだ。そこから、〈悪〉が先鋭化するように思われるまさにそのかぎりで〈悪〉は〈善〉に奉仕しているのではないか、と考えるところまでは、わずかな違いしかないということを認めておこう。驚くことはあるまい。〈神〉の協力と許しとを得て人間にやってくる諸々の悪は、より一般的な善、例えば世界の秩序の維持といったことの必要条件である、ということを証明して〈神〉の名誉回復を果たそうとする神学者は枚挙にいとまがない。ギュスターヴの弁神論はもっと陰気だが、彼の善悪二元論にはこの方が合っている。少なくとも時として、彼は〈悪魔〉なしで済ませるのだ。〈全能の神〉はその〈善意〉から、休みなくわれわれを打ちのめすことでわれわれの価値‐功徳を高めようとする。あたかも、絶望から生まれた絶妙な犯罪である〈芸術〉は、われわれの不幸を永続させる役割を負っているかのように。あたかも〈神〉が〈芸術家〉に次のように言っているかのように。「お前は生まれ、絶望して死ぬ、呪われた者よ、お前は〈私〉の存在を否定しようと躍起になるが、私はお前の誤りを悟らせることはすまい。お前の種族を一番意気消沈させる作品を書くときだけ、目に見えぬ形の〈私〉の助けをお前に得させよう。〈私〉の目から見て、お前の価値‐功徳は二重だ、お前の不幸はこの上もなく、しかも他人にお前の不幸を移すからだ。〈私〉がお前に抱いている無限の愛はかくのごとく欲する」。というわけで、われわれから〈存在〉をよりよくすねとるために、われわれをさらに打ちのめすことによってわれわれの価値‐功徳を高めるために、魔法使いに、芸術家に、〈まやかしの領主たち〉に恩恵を与えるのは、〈永遠の父〉ということになるだろう。そしてこの連中は、〈悪魔〉に魂を売っていると思いながら、〈神慮〉の助手となるだろう。実をいえば、以上の弁神論は決して最後まで展開されない、何故なら、ギュスターヴは不可知論者でいる必要があるからだ。そこで、この不運な男はしばしば錯乱に陥る。彼がルイーズに「〈芸術〉はぼくに恐怖を与える」と書くのは、疑いなく、こうした錯乱の一つから抜け出たときである。たしかに彼は、創造と制作の技術的な難問を自分の関心事の最重要な位置に置いている。しかし、彼はそこに不可解で神聖な神秘を見ずにはいられない。その神秘は〈存在〉と〈非存在〉との厄介な弁証法である〈美〉の存在論に関わるものだ。というのも、作品が美しくあるためには、想像界のただならぬ密度が必要なので――そのとき〈美〉は超‐仮象、あるいは絶対的仮象として現われる――暗示的で近づき難い〈非存在〉を通して、わずかな存在が傑作に到来するらしいと彼は考えているからだ。その結果、最初の瞬間に〈無〉が〈存在〉の生命力を吸い取るとしても、よく考えてみると、〈存在〉こそが〈無〉の生命力を吸い取っているのでは、と考え得るのだ。というわけで、可能事の超限的全体としての非現実による現実への異議申し立てを越えて、〈美〉は真の〈存在〉の暗号(3)として姿を現わすだろう。この〈美〉は想像界とも現実とも一致せずに、〈幻影〉を必要として、まずこれを生みだし、ついで不在として、と同時に捧げ物（〈悪〉に捧げられた内的な統一）として、そこに姿を現わすだろう。というわけで、われわれは原初の〈負けるが勝ち〉の中に、われわれが早い時期にフローベールの中で出会った活用された「予感」を見出すことになる。イマージュは、その無そのものによって〈神〉との唯一の意志疎通の道であり、〈神〉はイマージュをとおして、この世においてまたこの世界において、永遠に逃れ去らねばならぬものとされる。そこから、ギュスターヴを「恐怖させる」あの回転装置が生じる。〈存在者〉[*1]の非現実化を通して、〈存在〉はこの非現実化の可能性そのものを根拠づけるものとして、不在という形で現われるのだ。

＊1　私はこの語をハイデッガーの《*Seiendes*》(4)の意味において用いる。

D「……魂の神よ！　我に力と希望を与えたまえ！」

四五年一月以後、フローベールは二つの面で生きることをもう決してやめなかった。絶対的悲観主義《ペシミズム》と、この悲観主義を糧とする隠れた楽観主義《オプティミズム》とだ。幾つもの文章がそのことを示しており、その例は彼の『書簡集』なり、私的ノートなりの中から行き当たりばったりに——あるいはほとんど行き当たりばったりに——拾い出すことができるだろう。たとえば読者は、いま読んだことを手がかりにして、エルサレムの〈聖蹟〉訪問についてのより完全な解釈をすることができよう。ところがもっと正確に言えば、ここではギュスターヴが〈芸術〉と〈宗教〉との間の関係を、それを生きることによって打ち立てており、その関係が問題である以上、私としてはむしろ数年を飛び越して、どちらも『サランボー』の制作に関連のある二つの重要なテクストを突き合わせてみたい。第一のテクストは五七年十一月四日付のルロワイエ・ド・シャントピー嬢宛の手紙の中に見出され、第二のテクストは五八年六月十二日から十三日にかけての夜の間に手帳に走り書きしたノートである。

五七年九月に彼は『サランボー』を書こうと試みた。その二カ月後に彼は文通相手にこう書いている「……仕事のために私はひどい拷問にさらされていて、これに耐えるにはヘラクレス的な気質を持たねばなりません。不可能を夢見ぬ人びとは何と幸せなことでしょう！　積極的な情念を放棄したが故に賢者であると思い込むなんて。何といううぬぼれでしょう！　百万長者になることの方がずっとやさしい……優れた一ページを書き、自分に満足することにくらべて。私は二カ月前に、古代小説を書き始め、その第一章を終えたところです。ところがいいところは何もなく、その点で昼も夜も絶望しています、なにかしらの解決にいたることがないままに。芸術の仕事で経験を積めば積むほど、この芸術は私にとって責め苦となる。想像力が停滞したままで、美的感覚が増大するからです。これが不幸なのです。思うに、私ほど文学によって苦しんだ者は少ししかいないでしょう……私たちは二人ともどんなに苦しみを愛しているかあなたはお気づきになりましたか？　あなたはご自分をすごく苦しめる宗教思想にかじりついていらっしゃる、私は文体の空想にかじりつき、それで心身をすりへらしています。けれども私たちはおそらく苦しみによってしか何かに値しないのです、何故なら苦しみはすべて渇望だからです。実に下劣な喜びと実につまらぬ理想しか持っていない人びとが沢山いるのですから、私たちは自分の不幸を祝福すべきでしょう、その不幸が私たちをよりいっそう尊厳ある者にするならば」。

フローベールは第一章に本当に満足していない。その少し前、十月に、彼は『ラ・プレス』誌の編集長に手紙[1]を書き、「この小説については、(もの笑いのたねにならぬよう)なかった場合と同様に、どうか一切語らぬように(……)制作不可能でこの作品を放棄するかもしれない――これは十分ありうることです――」と頼んでいる。とは言っても、この不満はそれほど大きくないに違いない、何故ならシャントピー嬢への手紙の二十日後に、彼はフェドーにこう書いているからだ。「なんとか第一章を書き終えた……すごいことを企てたんだよ、君、すごいことを。最後までいくまえに、頓挫するかもしれぬ。心配するな。ひるんだりはしない。憂鬱で、気難しく、絶望してるが、腑抜けじゃない」。十一月四日の嘆き節をこの栄光の歌に変えるには、この章にもう一度手を入れ、少し直すだけで十分だったのだろうか? これはあまり信じられない。つまり、彼の「親愛なる文通相手の女性」の心に向けて思いをぶちまけたとき、彼は幾分誇張していた。この老嬢は、回収の見込みなしに賭けている男の絶望を演ずるには理想の観客だったのだ。事実すべてのテーマがそこにあり、われわれはそれを一つひとつ再発見する。まず、彼は仕事と言っているが、「積極的な情念を放棄」した者として自分を提示することで、書くことを受動的な活動にしている。次に、彼は〈芸術〉を不可能の探求として定義している。美しいものとは単に存在しないものではなく、存在しえないものである。それ自体の中に、非存在の大きな力をもっているので、それに言及することが――想像上のこととしても――禁じられているものだ。それに、この不可能性について彼はフェドー宛の手紙ではっきり語っている。「僕が試みたことをちょっと……考えてみろ。何もわかっていない一文明全体を蘇生させようというのだぜ!」。われわれはジュールの二重の否定を再発見する。この当時、ギュスターヴは資料や証言をふんだんに持っているギリシャ - ラテン文明の一時期を蘇生させる気はすこしもないようだ。困難が大きくないからだ。ありとあらゆる建造物を根こそぎさらって無のなかに呑み込まれた一社会を、無から引き出さねばならぬとなると、困難は不可能性に変わる。とはいってもこの社会は存在した、だとするなら、それは想像可能だ。これこそフローベールの気をそそることだ。想像界の真の性質をあばき出すのだ。それ自体無である想像界は、消滅した存在を再出現させようとする不可能な仕事を彼が無から発しておのれに課するとき、純粋な形で姿を現わすのだ。同時に、もちろん表には出さないが、前論理的で楽観主義的な考えがある。想像力とは、使い方によっては〈存在〉の真のコンピューターである、すなわち、想像力は人が「存在者」に出会う以前に、あるいはもはや出会うことができないときに、その本質を委ねてくれる、という考えだ。いずれにせよギュスターヴの「価値」(valeur)と彼の殉教の源泉とは一体をなしている。彼は不可能と知りながら不可能を欲する。原理的に非存在であるものに存在を与えようと努める。換言すれば、彼は前もって負けることを受け入れている。それどころか、彼は負けようとしている、あくまでも負けようとする、それが彼の価値‐功徳なのだ。あらかじめ結果の分かっている強情さを発揮して、彼は存在者の部門の上にそびえ立ち、同時に、存在すべきものでありながら絶対に存在することがないものの名において存在者の部門全体を否認するのだ。というわけでまた「お前はなさねばならぬ、故にお前はなしえぬ」に戻る。これは、『スマール』の時代に、芸術作品が現実に対して示した悪魔的な命令を特徴づけていた。ところが今度は、この世の可能事と〈美〉の存在論的構造である不可能な「当為存在」との間の媒介者となるのは〈芸術家〉自身である。現実化しえないが、まさにそのために引き受けたこの義務によって規定されるのは芸術家なのだ。苦しみと業罰の場は芸術家なのだ。彼は心身ともに「すり減って」いる、「仕事のためにひどい拷問にさらされて」。とはいうものの、彼は「経験を積んでいる」。しかしまさにこのことが彼の不幸を増大することにしかならない。というのもここでフローベールは非常に古いテーマをまた取り入れているからだ。想像力と美的感覚（goût）との対立である。想像力は、われわれは知っているが、十五歳のときから彼の中で枯れてしまった――少なくとも彼はそう主張している。逆に、経験とともに成長するのは美的感覚、すなわち不可能なものへのむき出しの要求である。このズレは時とともに大きくなる。何故なら想像する力は停滞するからだ。換言すれば、美的感覚は定義できない図式を空白に描き出すが、イマージュも言葉もこの図式を満たすことができない。このことを、彼はもっと後になってから――相変わらず『サランボー』にかんして――フェドー宛の手紙ではっきり示している。「一行ごとに、一語ごとに、ぼくには言葉《ラング》が欠けていて、しばしば細部を変えざるをえない」。この場合、言語図式は規定された要求であり、具体的な事実によって求められている。しかし言語イマージュ（*image verbale*）が欠如しており、言葉――脱現実化された言語《ランガージュ》としての言葉《ラング》――は語を提供することができない。したがって「細部」を捨て、より「言い表わしがたく」ない別の細部に取り替えねばならない。しかしこれは、企てた作品の目標と公言された不可能事から、放棄と引き換えに、最良の可能事の選択へと舞い戻ることである。この妥協はそれ自体として敗北である。何故なら、作品は現実化し難いものの出現であるどころか、譲歩を重ねることによって、作者にとって、文章表現の可能性ならびに彼自身の可能性を単に総合的に限定するものとなりかねないがゆえに、作品の意味は変えられるからだ。そこで、これらの譲歩は絶望の中でなされる。譲歩をする度に、ギュスターヴはやろうとしていることとやっていることを隔てる無限の距離を計る。かくして芸術は彼にとって「責め苦」の細切れ、精製となる。〈観念〉は厳密で明確だが（定義上、手の届かないところにあり、作られたいかなる内容もこの容器を満たすことができず、したがって、その限界を記すことは出来ないが故に）見分けのつく輪郭を待たない要求であり、その結果絶えず、言葉やイマージュが心に浮かぶにつれてこれらを失格させ、言葉やイマージュの根本的な不適合性をまざまざと示すことになる。そこから、「意気消沈、苛立ち、倦怠」が生じる。何をなすべきか？　原稿を放り出すべきか？　彼はそう考えるが、そうしないことにする。事情を心得て仕事を始めた以上、不可能性そのもののために、また、現実とそこに付着している可能性の全体にたいし、虚しい否定――虚しいことを誇っている否定――によって異議申し立てをするために不可能事を望んだ以上、彼はこの異議申し立ての失敗行動を最後までやりとおさねばならない。最後まで。譲歩に次ぐ譲歩、拷問に次ぐ拷問をかさねつつ、近づきえぬ星座から眼をはなさずに、彼の敗北を確認する悪の作品を作りだすまで。彼が欲していたのは、おそらくは〈美〉だった。しかし〈美〉は彼の手に届かない。したがってその意図は、美を征服して地上に引き下ろすことではなく、呪われた者として〈美〉によって〈美〉のために苦しむことで、この世での〈美〉の証人となることだった。そこで、根本的な目的は回避され、別の目的がかわりにやってくる。「私たちは（……）苦しみによってしか何かに価しないのです。何故なら苦しみはすべて渇望だからです」。この瞬間、何をおいても重要なのは宗教的苦行であり、〈芸術〉は口実のレヴェルに貶められている。[*1] 彼はさらに先へ行く。われわれはすでに彼が芸術家を古銭学者になぞらえるのを見た。このテーマが「文体の空想」という苦悩主義と結びついてまた現われる。われわれは四五―四七年の曖昧さにまたぶつかる。妄想的なのは、言語の全面的脱現実化という考えそのものなのか？　それとも、他の場所、他の時代に、他人にとって可能であるこの非現実化が、いま、ここで、ギュスターヴにとって不可能であるということなのか？　〈芸術〉とは幻影だ、ぼくは芸術家になるにはあまりに「凡庸かつ愚鈍」だ、と。先の曖昧さは巧みに維持されている。最悪なものは確実でなければならぬ。しかし、最悪なものがどこにあるか誰が知ろう。フローベールが属する呪われた種族の徹底した無力さの中にか、それとも、彼に天才の持つ野心を与えながらも、凡庸さの中に留めおくために彼の想像力を麻痺させている悪魔的な〈神慮〉の中にか？　実を言うと、どちらの観点も受け入れうるものである。しかもそれぞれが他を否認するので、最良の策は一方の観点から他方の観点へと果てしなく移り――両項の未決定のおかげで――矛盾を回転装置に取り替えることである。一番まずいのは、結局、対立する二つの最悪なものが魔術的に相互浸透することだ。この曖昧さは幾分詐術の感じがする。老嬢の騙されやすい眼の前で、いかさま手品で曖昧さを維持しているのだ。つまり、凡庸存在に囚われている者にとって、渇望のとてつもない高みを示すことが問題なのだ。われわれはここで〈大いなる欲望〉と不満足との昔のライトモチーフに戻ったわけだ。ギュスターヴが彼自身の不運を文通相手の宗教的苦しみに近づけているのは偶然ではない。〈地獄〉において最大の苦悩は〈神〉の不在である。事実、ギュスターヴは立場を明らかにすることを拒まない。「私たちは……苦しみによってしか何かに値しないのです……私たちは自分の不幸を祝福すべきでしょう、その不幸が私たちをよりいっそう尊厳あるものにするなら」。絶えず意志的な失敗行動[2]をかさねることで、価値を獲得しようというのだ。苦痛はわれわれをよりいっそう尊厳ある者とする。しかしこの尊厳を決定するのは誰か？　苦悩主義の倫理的価値を保証するには絶対者が必要だ。それは〈サタン〉ではありえない、〈サタン〉に対抗してこの活動がなされているのであり、〈サタン〉は己の作品を完成させるために、犠牲者のこの上ない不幸が汚辱の中で終わるよう強要せねばならないからだ。不幸と功徳の関係が客観性のなかに移行するには、この関係が〈神〉に関わることが必要不可欠である。しかしわれわれが引用した文章に〈神〉の名は記されていないので、関係は主観的なままである。ただ「おそらく」という一語が巧みに滑り込んでいて（「私たちはおそらく……何かに値しないのです」）これによって、内在的な――したがって納得し得るいかなる根拠もない――絆が、もしかしたら超越者の保証を得る可能性があることが暗示されている。すべてはフローベールがあたかも次のように言ったかのごとくに起こる。「苦しみが同意されると、そこには、この苦しみを功徳‐価値とみなす超越者が存在しますように、といううつましい祈りが含まれている」。これは〈神〉の存在の証拠にはまったくならないが、その推定ではある。苦しみは己自身をあらかじめ功徳‐価値とすることによって、次の二者択一を提出する。〈神〉は存在し、苦悩主義は客観的に価値があるか、さもなければ、〈神〉は存在せず、このプロセスの主観的必然性として〈地獄〉が証明されるか――何故なら生体験がまったく自発的に発展するなどということはそれ自体欺瞞であって、われわれは骨の髄まで変造されているのだから――そのどちらかである。フローベールの説明はもちろん以下の暗い結論に向かう。「私たち二人ともどんなに苦しみを愛しているか、あなたはお気づきになりましたか？　あなたは……かじりついていらっしゃる」等々。愛する、かじりつく。アクセントは主観的なものにおかれている。それは彼がゲームの規則を守っているからだ。〈地獄〉にいる以上、彼には徹頭徹尾勝ち味がない。苦しみの中に見出したと思ったわずかな酵母は、自己欺瞞、下劣で馬鹿げた補償過剰[3]の行為だったことを、彼は今知っている。唯一の誇りは、瞞着されていると知りながらも、〈悪魔〉に対してこの幻想そのものを引き受け、功徳を積むために苦しむこととなるだろう。要するに、絶望の誇りの中で、負けるために負けるのだ。

＊1　このやり方には見覚えがおありだろう。フローベールは、『不思議な長靴』[4]と『ブルターニュ』について書いたときのように、突然〈芸術〉の代わりに〈倫理〉を持ってくる。〈芸術〉は不可能なので、〈芸術家〉の努力は、その虚しさそのものから、〈芸術〉に倫理的価値を授けるのだ。

これらの言葉に妙味を与えているのは、それが不運な作家から発せられているのではなく、雷のように栄光に襲われた人間から発せられたということである。『ボヴァリー夫人』のあと、ギュスターヴは四五年から四七年の間に言ったことを、同じ言葉で繰り返している。それは彼が嘘をついているということか？　違う。というか、自分自身に嘘をついているのだ。もし勝つために負けようとするなら、何を信じなければならぬかを彼はシャントピー嬢に説明する。かつて自分が愛していることを自分で納得するためにユーラリーに手紙を書いていたが、同様にいま、彼は自分で納得するためにそれを書いている。自己暗示であることは明らかだ。宗教的な「負けるが勝ち」においては、絶対的に負ける場合――すなわちゲームの規則を無視する場合――にしか彼に勝つチャンスはない。そこで彼はゲームの規則を無視する訓練をする。文学とは報いられることのない責め苦、おそらくは、空想さ。いずれにしたって、奇跡を信じないという苦しみがあるんだ。決して報いられることのない骨折り損の仕事はぼくのものさ。彼がたえず泣き言を言うのは――くたくただ、自分を苦しめる、心労で死ぬ等々――、仕事が彼にとって真の実践《プラクシス》ではないからだ。自由に選んだ活動にたずさわるとき、人はそんなに不幸になるだろうか？　彼が仕事をするのは、正確な表現、「濃厚でテンポの速い」文体、音楽的な文を見つけるためではなく、それらを見つけるにふさわしい者となるためである。彼は下書きを書き、これを書き直し、さらに十四回も書き直し、こうした愚かな骨折り仕事を自分に課している。すでに何回も写した語をまた写し直し、下書きから下書きへと、一語が変わるか変わらないかといったところだ。それは彼が待っているからだ。彼の絶望の罠に捉えられるであろう奇跡、彼の陰気なペンのもとで花を咲かせるであろう奇跡を待っている。実のところ、彼はブヴァールのように、ペキュシェのように、筆耕なのだ。自分自身の筆耕だ。彼の労働は必然的に喜劇となり、それは四二年から四三年にかけて〈法令〉を前にして自分に演じていた喜劇によく似ている――彼の学生の役割が、自制することで父親に従うという役割以外には何の功徳‐価値ももたらさなかった、という違いを別にすれば。それに対して四五年一月以来はどうか。彼が奇跡を――さらには〈永遠の神〉の存在をさえ――功徳‐価値として得ること、これが刻苦勉励（ウェルギリウスの言葉）、すなわち誰からそう命じられたのかも知らない命令への殉教者の献身的な服従の使命となる。彼が疲労困憊しながら文字を書きなぐっているとき、そこからシモーヌ・ド・ボーヴォワールのある女主人公（「モノローグ」の主人公ミュリエル）の次のつぶやき声の祈りが聞き取れる気がする。「〈神〉よ、どうか存在してくださいますように」。これは、彼にとって労働とはこういうことでしかない、ということか？　それを決めるには早すぎる。これからわれわれは、残されている草案、下書き、削除線、削除箇所などをこまかく検討するつもりだ。そしてこうした制作方法にははっきり異なる二つの役割があるのではないか、そのすくなくとも一方は実践的なのではないか、と問うてみる必要がある。さしあたっては――ある程度の意味において――知的労働が演じられていること、またその正確な役割とは挫折を生体験の具体的な決定因として示すことにあること、この二点を示しただけで十分である。というわけでギュスターヴは用語をひっくり返す。苦しみは仕事から生じると主張するのだ。じっさいには、苦しむために仕事をしているのだが。この受動的行為者にとっては、労働は本質的に苦痛‐罰であり、それはアダムの呪い、「額に汗してパンを得るべし」の内面化である。けれどもこの苦痛は――現実にパンを得ようというときには卑しいものとなるが――汗が「よき職人」の額を無駄に濡らしているとき、また何の役にも立たないばかりか、前もって失敗するだろうと分かっている作品を生み出すべく彼が自分を苦しめているときには、崇高なる拷問《ゲヘナ》となる。詩情と雄弁とにかられて憑かれたように書くのを止めたとき――一八四〇年頃――から、フローベールは奇妙なパラドクスにぶつかり、長い間これによって調子を乱された。というのも、美的感覚は導き手であり、また文学は批評〔危機〕であらねばならぬが、書くという企ては実践《プラクシス》だからだ。

　ギュスターヴは「パルナッソス山〔詩歌〕の立法者であるあの善きボワロー」が、作品を何度も書き直すようにと命じるとき、これに同意する。けれども受動的行為者であり悲観主義者であり人間嫌いである彼は――たとえそれが職業的作家のものであれ――人間活動のすべてを断罪する。そして、天才の〈発見物〉が物質の測り知れない惰性を持ち、いかなる製造マークもなしに受動的総合として彼の内部に形成されることを望む。彼は大作品にうっとりとする、なぜなら作者はそこから身を引いて、作品は自然物のように不透明で孤独な存在形態を取っているからだ。しかしまさにこの理由から、これらの作品は、その創造者がこれを書いているとき、事物の非人間的な寛大さをともなって、風景として創造者に与えられねばならない。峠を越えるとき、突如眼の前に開ける風景、しかも、その正当化しがたい無償性によって、贈り物として姿を現わすべき風景として。

　この二つ目の要求は、一番昔からの、一番深い所にある要求である。それは彼の素質構成の受動性と、彼の世界の封建的な構造に合致している。これに対して第一の要求は、より反省的であり、より構成的であり、後期ロマン派世代の主要路線、ならびに「選挙資格人」の息子、平均的人間としての彼の条件によりふさわしく、この要求が彼に押しつけられる必要があった。その時初めて、ある種の無能力の確認がなされ、彼はビュッフォンの「暴言」を、嫌悪感がないわけではないが、受け入れるに至ったのだ。仕事‐罰は、四五年一月以後の思いつきであり、矛盾を乗りこえようとする努力である。フローベールはこの努力を自分に課する。先ずはボワローに従うために、次いで、真の〈芸術家〉は自分の作品に決して満足しないが故に、彼らの不満足を分け持つことによってせめて彼らと肩を並べる機会を自分に与えるために。ところが、構想中の作品をひとつの企てにするまさにそのとき、彼はこう主張する、この作品は失敗の運命にある、何故なら〈美〉の本質がその不可能性にあるのに、この作品は可能性の分野に位置づけられているからだ、と。これは苦しみを自らに強いることであり、したがって功徳を積む〔価値を持つ〕ことである。不可能事は神聖さを失うべきではない、言い換えれば、これを「可能にするかもしれぬ」人間の企ての指定された目的であるべきでは絶対にない。ただし、まさしくこの企てが、失敗すること、俗と聖との根源的な異質性を前もって示すこと、という意図を持っているならば別なのだが。労働によって、ギュスターヴは原罪と彼の罰とを蘇らせる。そこで、至高の目的は天に飛び上がり、想像不可能、接近不可能なものとなり、再び純粋な「渇望」の未知の対象となる。ところが、ペン先が紙の上を走る間、それが記す言葉はあまりにもよく知っている言葉なので、直接的な注意を呼び覚ますことがなく、「補助的魅惑」（本巻六一ページ注（4）参照）をギュスターヴに及ぼす。筆耕はおのれの擬似的活動にすっかり没頭し、彼の精神は正確な思考を営めなくなる。しかし生体験の受動的総合に対する一種の二次的な注意力を奪うほどではない。仕事をしながら、ギュスターヴは「口を開けた状態」でいる、前もって〈贈り物〉に身を開いている。贋の活動によって一種のイマージュなき夢幻が、期待の夢想が保護される。いずれにせよ、あえぎながら、うめきながら、労働のお芝居をすることで、われわれ人間の条件をみずからの孤独をとおして現実化しながら、彼は起こるかもしれぬ奇跡のための準備、すなわち特殊な文体の巧みさとか、ある語、ある文の出現など、謎めいた受動的総合のための用意がいつもできている。彼はこれを書き写しさえすればよい。その不可解さは、その惰性と同じく、彼に次のことを想像するのを可能にする。その受動的総合はわざわざ彼のために、彼のうちに、ついに受けるに値する神の恩寵によって創造されたばかりなのだ、と。

かくしてギュスターヴは問題を解決したと思う。作品は労働の産物であると同時に砂漠に降ったマナ〔天の賜物〕、すなわち言説の幸運な規定、神からの不可解な贈与である。しかし、シャントピー嬢に手紙を書くとき、彼はごまかしをして、期待しているが希望はない、それどころか、それは絶望のもっとも激しい形だ、とはっきり述べている。見事な、ただし不誠実な明晰さで、彼は青年期の苦悩の、とりわけ神経の病の真の説明をしている。「自分自身を執拗に攻撃しながら、人間を両手で根こぎにしようとしていました、力と誇りとで一杯になった両手で。青々とした葉叢のこの木を、そっくり葉のない円柱にして、そこに、祭壇の上に据えるように、何かわからぬ天の炎のようなものを高々と据えたいと思っていました……というわけで私は三十六歳で、こんなに空っぽに、時としてこんなに疲れているのです」。全ては語られている。自己に対する、というかむしろ人間の条件に対する執拗な攻撃、欲求を否定するための、ヒステリックな無力さにまで押し進められた努力、情念と人間的な目的の拒否、生をつるりとして変化のない無機質の物質に変え、本来の木の垂直性だけを保持しようとする試み、一言で言えば、たとえ人間以下に転落するという犠牲を払ったとしても、非人間性を選ぶという常軌を逸した選択である。そしてこれらすべての準備作業、これらすべての執拗な否定は、ギュスターヴを破滅させ、彼に取って代わる死んだ柱の頂上に、「何かわからぬ天の炎」を生じさせるということ以外の目的を持たない。これらの言葉ははっきりと次のことを示している。本質的に規定できない、というかむしろ一切の存在規定の彼方に位置しているこの炎は、積極的かつ実践的な企ての最終項として考えられたのではない、そうではなく、この炎は——己を了解しているが己を認識することのない渇望の対象であり——〈存在〉のために実存が徹底的に自己破壊したその報いとしてある、ということを。文学的労働とは自己破壊を日々繰り返すことであり、類型的発作という間歇的であるがより根源的なあの非人間化の象徴的な等価物、さらには代用品である。「祭壇」とか「天の炎」という言葉は、生きることの拒否という「供犠」の性格を、また〈芸術〉とは聖典をとおして己の神話を再現することを目的とする宗教的儀式であることを、想起させるために置かれている。

松明を持つこの円柱、われわれはこれに見覚えがある。これはジュールだ。というかむしろ、ジュールの最後の変貌の後にそこから残っているものだ。そして、この人物を思い出すとそれだけで、ギュスターヴの自己欺瞞を暴くに足りる。というのも、この肯定的主人公が、ここではまったくの否定性として提示されているからだ。動詞の時制、語の選択、文脈、すべては彼の企ての根源的な挫折を告発し、これを断罪しているからだ。「少しずつ私は干涸び、すり減り、萎びました。ああ！私は自分自身以外誰も非難しません……私は自分の感覚と戦い、自分の心を苦しめることに喜びを覚えました……自分自身を執拗に攻撃し……」等々。つまり、このパラグラフの意味はこうだ。私は「実に見事な青春」を持ったが自分を駄目にした、今残るのは三十六歳の萎びた独身男だ。選んでいる比喩は愛すべき文通相手の女性の判断を丸め込みうるものだ。一体——こういう言い方は自然主義的紋切り型だが——円柱を作るために「青々とした葉叢の木」を根こぎにするのは犯罪だと、先ず考えない者がいるだろうか？　したがって、この企ては馬鹿げており、冒瀆である。せめて成功はしたのか？　しない。二つの半過去形〔根こぎにしようとしていた、据えたいと思っていた〕は失敗が根本的であることをそれとなくわれわれにほのめかしている。円柱の枝が切り払われることはなかった。半ば根こぎにされた樹木は、枯れ木の壮麗さも生きている植物の豊穣さも持っていない。それはすり減っている。そしてそばにある森がぎっしりと葉叢で覆われるとき、この木の折れ枝の上にやっとのことで病んだ葉が何枚か現われ、緑になることなく黄ばんで秋になる前に落ちて行く。要するにこうだ。ジュールとは狂人の夢だった、私は自分自身の過失で滅びた。生を、情熱を、愛を、自発性を、文学的豊穣さを選ぶべきだった。私はもう人間ではない、決して芸術家にはならぬだろう。むしろ次のように結論を下しても、さして誇張したことにはなるまい、大作家になる唯一の仕方は、人間の条件を完全に引き受けることだ、と。

　これは本当にフローベールだろうか、こういうことを考えるところまで卑下を徹底させているのは？　彼がずっと以前から生を、欲求を、人びとの興奮を憎んでいることを――そして憎み続けるであろうことを――われわれは知ってはいないだろうか？　一体どうして彼が同じ手紙の中で――すみからすみまで事実を歪めることによって――「絶大な自信、見事な魂の跳躍、人格全体にかかわる激情のごときもの」と失われた青春を賛美しながら、欲求不満と苦痛の上に自己の価値体系を築きうるのか？　それは、「暗い夜」の果てまで行かねばならぬからだ。すべての勝負で負けるには、不可能を欲しながらいかなる奇跡も訪れてこないことを知っている才能のない働きバチとして自分を見せるだけでは足りないのだ。ギュスターヴは――自分の「時間のかかる作品」全体についての取り乱してはいるが賞賛に値する無理解を示しながら――自分が道をあやまったこと、〈芸術〉にいたる道は自然なもの、自発性であったこと、もしそうなら、〈神〉があくまでも彼に拒否し続ける奇跡に値するどころではなく、実際に値しなかったこと、こういったことを告白せねばならない。自分は地獄への道にたった一つの過ちで迷い込んでしまったのだが、この道は何にも通じていない。これは引き込み線〔見込みのない仕事〕だ。自分はひとり置いて行かれるだろう、と。このパラグラフとこれに先立つパラグラフとの間の明らかな矛盾は、フローベールの場合、苦悩主義がその目的をやや明かし過ぎるところからきている。たとえ功徳‐価値というものが主観的な幻想だとしても、この幻想が少なくとも現実であるべきだと、彼の絶望の効力だけで主張し続けるのは、まだ傲慢すぎる。これは結局のところ、孤独な――そして苦悩によって保証された――挑戦、想像力が現実界にいどむ挑戦である。この楽観主義は彼の企みを十分に隠しおえていない。二つ目のパラグラフの暗黒の悲観主義は同じ目的を目ざしているが、仮面をつけて進む。もしも不幸が功徳‐価値を作り出すなら、希望のひとかけらさえ残してはならない。このパラグラフにはギュスターヴが選んだモデルが見て取れる。彼が自己否定を押し進めて、自分を典型的有罪者とみなすとき、無防備で、途方にくれ、孤独で、自己糾弾の重みでぐらつきながら、〈聖者〉はついに聖性に到達する。聖性に到達するが、それに気付いてさえいない。もしギュスターヴが聖性を演じねばならないなら、彼は無知であることも演じねばならず、救われる瞬間に、自分自身の過ちで呪われた者と自分を見なさねばならない。[*1] 換言すれば、彼の嘆きは神の恩寵を彼にもたらすかもしれぬが、それは彼がそのことを知らず、自分のしていることをあくまでも過小評価するという条件においてだ。では、いつ彼はそのことを知るのか？　これは決まっていない。もしかしたら絶対に、もしかしたら死の向こう側で、もしかしたら割れるような喝采のさなかで一瞬のうちに。いずれにしても、確かなのは、褒美は内々のことであり、その可能性は、暗い夜のさなかで、注意深く知られぬようになっていることである。

＊1　相違は、〈聖者〉は〈神〉の存在についても善意についても意識的に疑うことは決してないということだ。彼は自分の過ちを嘆くが、絶望という償いえぬ罪は犯さぬようにする。

それで、もしもこれが本当に絶望であるとしたら？　もしも彼がこのように作られていて、その結果絶対に夜から出られないとしたら？　これらの問いに対し、わたしは一つだけ答えを示そう。これはフローベール自身のものである。次の第二のテクストはこれまた『サランボー』の準備に関係しているが、今回はギュスターヴは自分ひとりのためにのみ書いている。彼はパリを離れてチュニスに行き、カルタゴで数日過ごした。それからコンスタンティヌ経由でフィリップヴィルに着き、そこからマルセイユ、パリ、クロワッセに。六月九日に帰り、四十八時間続けて眠った。それから、旅行ノートを読み直し、修正をしたあと、手帳に次の言葉を記している。「吸い込んだありとあらゆる自然のエネルギーがぼくに浸透して欲しい、そして本の中に漏れて出て欲しい！　ぼくのものだ、造形的な感動は！　過去の蘇生は、ぼくのものだ！　ぼくのものだ！　〈美〉をとおして、それでもやはり生きていて真実のものを作らねばならない。ぼくの意志に哀れみを、魂の神よ！〈力〉と〈希望〉を与えたまえ！　（六月十二日土曜の夜から十三日日曜、深夜にかけて）」。ルネ・デュメニルはこの短い雄弁な一節を懇願と呼んでおり、もちろんそれは間違ってはいない。とはいうものの、わたしはそこに、後に祈りの続く懇願を見た方がより正しいと思う。

始めに、フローベールは冥界の権力者たちに呼びかける。これはほとんど魔術的呪文である。「自然のエネルギー」は懇願されるという以上に、いやおうなしに召喚されている。われわれは彼の汎神論を再発見する、それは彼の宗教心の公的側面と呼びうるかもしれない。チュニジアでは、大宇宙《マクロコスモス》が彼の内部になだれ込む、あるいは――これは彼の場合まったく同じことなのだが――人間という小宇宙《ミクロコスモス》が彼をとおして宇宙的になるように思われる。彼はありとあらゆる毛穴から、自然の大いなる力を吸収した。太陽と熱、さまざまな香りで重みをました空気、まぶしい光、海のしぶきといったものだ。けれども、この世界との同一化は意図的なプロセスである。彼は再び自然になるために、異教《パガニスム》の壮大な宇宙に合一するために、彼の地に出発したのだ。というのも、彼の眼には、異教徒はその多神教によってよりも、その汎神論的な自然主義によって定義されるからだ。彼らは〈自然〉であるし、〈自然〉の持つ単純さ、基本的な力、近づきがたい偉大さを身につけている。というわけで、今や彼は想像上の異教徒となる。彼に浸透する熱、彼を押し返す風、太陽による眼のくらみ、これらは異教徒の魂を想像するための類同代理物（*analogon*）として役に立つ。そしてクロワッセに戻ると、彼はジュールに与えていた任務を自分に課した。偶然的なものを受け取って、不変のものを返すのだ。偶然的なものとは、きわめて特殊な（時期、季節等々）短い旅行が彼に提供しうるもので、旅行中、何もかもが「絶対に二度と見ることがないであろうもの」として姿を現わしていた。不変のものとは、〈永遠〉すなわち〈死〉と不在とによってそれ自体に変えられた〈古代〉である[5]。とはいっても、彼はこの日、汎神論的恍惚の時期は過ぎてしまったということをよく知っている。仮にギュスターヴが、夥しい量の光と、アフリカの陽光によってひび割れした大地とをひとたび自分のうちに感じたとしても、そのとき自分を貫ぬいていた地球のエネルギーを――これはすでに彼にとって、知覚の非現実化を背景としてしか存在しなかったのだが――彼は思い出すことしかしない。ところがまさに、われわれが見てきたとおり、彼にはこれで十分なのだ。記憶の主として、彼は思い出をかき集め、そこから発して想像上の古代を建設する。ノートを読み直し、手を入れ、風景を、事件を、とりわけ心理状態を思い出した。確信をもって、彼はしっかり手中に握っている軍勢に呼びかけ、その死から根源的な非現実が生まれるために犠牲になるように促す。ぼくのものだ、従順で忠実な記憶は。宇宙的な心情吐露は、ぼくのものだ。おとなしくぼくの手の中に滅びにおいで。お前たちのあいだから、至高の真理、ぼくの不断の創造物、〈幻想〉が生まれるために。このように抽象的な――そして結局のところ合理的な――形のもとで捉えると、懇願にはすでに深い楽観主義が含まれている。この面では支障はあるまい、と。事実、旅行の前に彼を不安にしていたのは、「（彼の）物語の心理的側面」だった。これは、彼がまだアラリック王のたぐいだと自分のことを感じていた、という意味に理解しよう。アラリック王は古代ローマ人に幻惑されながらも〈北国〉の霧によって付きまとわれ、あの太陽の汎神論の見かけの彼方に入り込むことができないのだ。古代人として考えるには――すなわちギュスターヴが〈古代人〉のものとみなしている鉱物的な感情を根源において捉えるには――自分自身まるごと古代になってしまうことが必要である。では、記念建造物がまったくなくなってしまっているのに、どうやってそれができるのか？　答えは簡単だ。アフリカの〈自然〉というもっとも全体的な記念建造物（何故なら〈自然〉はそれ自体で古代的だから）に合体することによって。任務完了だ。かれは彼の地で産みの母[6]、能産的自然（万物の内在的原因としての神、スピノザの用語）となり、砂と岩と海とから出発して、呑み込まれてしまった一社会を産み出し、思考した。かつてはこれらのものが太陽の作用のもとでこの社会を作り出したのだ。彼は物質になるという夢を実現した。彼の魂のこの鉱物化は、具体的現実としては消滅して気分として記憶に留められているだけだが、いまでは、古代的人物、その情念、その風俗、その世界観といったものを創造するときに操作図式として役立つだろう。彼がカルタゴに探しに行ったのはカルタゴ人の「心理」である。彼はそれを見つけた、というか、自分自身が古代世界というあの超限になった。だから同じ一つの〈古代〉のさまざまな化身として彼の主人公を作り出すことができるだろう[*1]。要するに、この隊長は勝つと確信している戦闘に力を総動員している——「過去の蘇生はぼくがやる！」これがほんとうに、十一月に、動揺している老嬢を前に泣き言を言っていた男だろうか？　彼の想像力は、その当時彼が陥っていた停滞から抜け出した。これは鍛冶場、炉床なのだ。想像力は役割を取り戻した。四四年以来自分にあてがっている役割、無からイマージュを生み出すのではなく、厳密な技法によって現実界を想像界に変換するという役割だ。一言で言えば彼は想像力に信頼を寄せているのだ。ところが、懇願はさらに遠くまで行く、そこで、フローベールの真の野心の広がりを暴き出す。大傑作は自然の産物のように現われる、と彼は言っていた。大傑作には断崖の、〈大洋〉の持つ神秘的な美しさがある、と。そして、われわれの方は知っている、こうした大傑作を創り出した人びとの天才によって「圧倒」されると、普段彼が主張していることを。彼らは灯台だが、自分はせいぜい松明にしかならぬだろう、と。ところで懇願は、こうした卑下が彼の行なっている地獄のゲームの一部をなしていることをよく示している。一人で仕事机に向かい——ノートを読み直しながら——書けそうだと感じて興奮しているとき、彼は自分に意図を明かすことに同意する。〈自然〉のエネルギーが本の中に発散されねばならぬと。換言すれば、『サランボー』は『リア王』のごとく、自然の一部分となるだろう。あらゆる自然の元素が集まってきてこの作品を生み出すだろう。それは空となり、海となり、荒々しい砂漠となり、風に舞う砂となるだろう。一言で言えば、この本によって、フローベールはもっとも偉大な人びとと肩を並べることになろう。彼の野心は〈古代〉を〈自然〉として、〈自然〉を永遠の〈古代〉として、復元することである。言うまでもなくこれは、神秘主義にいくらか助けを借りずには考えられない。フローベールは自分がエネルギーの変換器であると思わず信じこむにいたる。これは受動的行為者としての彼の素質構成に、〈芸術〉とは受動的活動だとする彼の奥深い信念に合っているのだ。この瞬間、彼は自分が自然の力を実際に溜め込んでおり、ペンによってそれが外在化され傑作になるだろう、と夢見ている。世界を信頼して、芸術作品を生み出す任務を冥界の盲目的な権力者に託すとは、なんという自信だろうか？　芸術作品の物質性は闇の力から来るが、その統一は彼から来るというわけだ。世界は善になったのだろうか？　まったく逆だ。『サランボー』はたぶんギュスターヴのもっともサディスト的な作品である。人間はそこで、内部でも（人は人にとってオオカミである *homo homini lupus*）外部でも（〈宇宙〉の根源的敵対性）、存在の二重の不可能性を〈自然〉によって付与されている。斧の峡道での傭兵たちの断末魔（『サランボー』第十四章）はアダムの呪いのこの二つの側面を縮約している。ギュスターヴが吸収したと考えているすべての自然界の力は、ジェノサイドという形で彼の本のなかに「発散」されている。非人間的な祈願をする彼は〈自然〉の非人間性に訴えて、根源的な〈悪〉によって〈美〉を実現しようとするのだ。自分自身については楽観主義者《オプティミスト》である彼は――彼は人間であることをやめている――、峻厳な大宇宙《マクロコスモス》に対しては、少年期以来彼の人間嫌いを楽しませているわれら人間種族に対するあの反感を示すように求める。この意味で、この懇願は五七年九月の自己批判をその真の光の下で示している。自分がそうであった人間を根こぎにしたことを後悔していると主張するとき、彼は不誠実を極限に押し進めているのだ。もしも彼が自分を責めるというのなら、あまりに人間的なままであるということについてとなるはずだ。何故なら、彼が旅に求めているのは自分の中に完全な非人間性を実現することだからだ。砂漠で再発見された〈古代〉とは、人間に対する物質性の執拗な攻撃である。古代として「復活」させられた人間とは、彫像、すなわち、すばらしく無機質的でありながら生きるという〈幻想〉によって取り憑かれた物質である。実際、次の意味深長な文章を見ていただきたい。「〈美〉をとおして、それでもやはり生きていて真実のものを作らねばならない」。それでもやはり生きていて真実の。〈美〉は真実と人生の対極にあるとは言うまい――それではテクストをあまりにも曲解することになる。そうではなくむしろ、芸術家が「美をとおして」生の真実を表現しようとするとき、〈美〉は抵抗する、と言おう。至高の〈美〉とは絶対的な〈幻想〉であり、〈芸術〉とは死の観点だからだ。一体何故フローベールは自分の作品にこうした極度の美的性質を与えていると言い張るのか？

それは、これらの美的性質が彼のもともとの計画の中に、要求として姿を現わしているからだ。この黒い魔術師は「過去を復活」させようと欲している、これがすべてを語っている。過去があり得る限り姿を消して最大限死んだものとして残るためには、この過去に最大限の現在の姿を与えねばならない。言い換えれば、幻想的なものは、現実的で平凡な人生の中で示される場合にしか十分に感じ取られないが、これと同様に〈美〉が取りかえしのつかぬ分離として姿を現わすのは、引き起こされた妄想がそれの持つ激しさ（色彩、動き、情念）の一切をあげて作品の中に現われる場合だけだろう。この瞬間、人生と考古学的真実とは美的要求となり、〈美〉は〈芸術家〉に二つの任務を定めうる。もしも現代の出来事を物語るのなら、現在時の混沌とした豊穣のなかに未来における消滅の装置を――あたかも将来における死が遡及効果をもっているかのように――回りやすい毒として滑り込ませるという任務。もしも過ぎた時代のことを語るのなら、取り返しがつかないほど明らかに消滅したものを、そこに現われていたあらゆるダイナミックな性格とともにわれわれに提示すること。両者とも、目的は同じである。〈永遠〉によって時間作用を失格させることだ。しかし、第一の場合には、人生と真実とはもっとも月並みな意味において与えられており、芸術家の作業は――コクトーが道路事故について言ったように――〈死〉が作中人物を「生け捕りにする」ようにすることである。これに対応するのが、例えばギュスターヴが『ボヴァリー夫人』を書いているときの会話部分の問題であり、これはギュスターヴを強烈に悩ませた。素材は、日常生活が彼に豊富に提供していた。生と真実についてはここでは問題がない。しかしいかにして実践的言語を「生け捕りにする」か、いかにしてこれを、そのリアリズム的構造を修正することなく、生のまま作品のなかに導入するか、他の語はすべて非現実化の微妙な絆によって互いに結ばれている作品のなかに？ 第二の場合には、逆に、〈死〉は基本的な与件である――しかも『サランボー』の場合は、死滅した文明について情報をもたらしてくれるかもしれないものがほとんど全面的に消滅している。そのとき、〈芸術家〉の仕事はそこに生を刻み付けることとなるにちがいない。ただしその生とは、その時代には未来のことであり、今は過去のこととなった、しかしずっと前から永遠であるあの消滅によって、前もって失格させられ嘲笑されていたその当時の生のことだ。というわけで、フローベールにとって「過去を復活させる」とは悪魔の行為であり、「生と真実」とは彼の手の中で悪魔的な道具となる。「それでもやはり」という言葉がいまや呑み込める。〈古代〉――二度死滅した――とともに〈美〉は前もって与えられている。そもそもギュスターヴは、ローマ人の何を愛しているのか、彼らの〈存在〉への変貌、つまりは彼らの非存在でなくして？ 自己を非現実化することだけが問題なら、ローマについて、カルタゴについて夢見るだけで足りる。これは美的態度なのだ。しかし、仕事をせねばならぬとなると、芸術家は、己に没頭している夢の反芻から身を引き離し、夢の書き物を制作せねばならない。欠くべからざる素材を〈歴史〉[*1]に求めることによって、脱現実化の現実的で持続的な中心を一冊の本によって構成しなければならない。われわれは結論することができる。フローベールはジュールのままであり、彼は『感情教育』の初稿で述べた考え方をまったく放棄しておらず、いわゆる懇願はそれ自体で、弁証法的な「負けるが勝ち」の再確認、すなわち原初の「負けるが勝ち」の合理化の再確認を表わしている。ただ彼は、この誇り高い忠実さを、〈悪魔〉への迷信的な恐れから、出来る限り自分に隠している、そしてごく稀な短い息抜きの時を除くと、わざとらしい悲惨主義で我慢している。

＊1　フローベールは――後にシュペングラーにとってそうであるように――古代世界が始まりも終わりも含めて全歴史であるように思われるだけに、この場合、難なく歴史を超限として考えられるのだ。

突然、調子が変化する、もう一つの「負けるが勝ち」が姿を現わし、魔術に基づいた弁証法的な合理化から、信仰の慎ましい賭けへ、祈りへと、いきなり移る。「我が意志に憐れみを、魂の〈神〉よ！　我に〈力〉と〈希望〉を与えたまえ！」実際、魂の〈神〉というこの奇妙な限定的な言い方をどのように理解すべきか？　たしかに、一見したところ、この言い方は、懇願の中に暗々裏に含まれているあの「肉体の〈神〉」と対立している。作品を成就させるのに必要な精神的な美徳を〈神〉の恩寵が与えてくれるようにと、彼は祈っているのだ。けれどもこの対比は、〈神〉がそれ自身として何であるかということではなく、何に対して規定されているかということを示している。フローベールにおいては、魂という言葉が決してキリスト教的な意味において捉えられていないだけにそうである。それに対して、彼の準唯物主義にとって、「魂」は意識には少しも一致せず、「独白《モノローグ》」と「恐るべき心の底」との全体としての「精神《プシケ》」にさえも一致しないということを思い起こすことで、事柄ははっきりする。われわれは以前の章で、彼がこの魂という名を、空隙に、というかむしろ大いなる喪失に、すなわち宗教的本能に与えていることを示した。したがって、「魂の〈神〉」は、われわれの「渇望」に対応する、ないしは対応するに違いない、隠れている原理、ないしは存在しない原理、として理解する必要がある。しかしギュスターヴはここで、意図的不可知論を脱して、〈人格神〉に対するかのように〈永遠の存在〉に直接話しかけている。実際、冥界の力は召集されているその力よりも彼の方が優位に立っていることが感じられるのだ。それに対して、〈全能の神〉には――ややぞんざいに、ということは認めるが――彼は〈神〉の憐れみを嘆願している。ところでスピノザの実体は、地震同様、慈悲深くありえない。憐れみは少なくとも意識を、ある意味では愛を想定する。何故なら、憐れみは常に〈正義〉を越えて行くからだ。もちろん、この祈りは「もし〈あなた〉が存在するなら」を暗に含んでいると主張することはできる。しかし、フローベールが書いている瞬間に、こうした心内留保が本気でなされたと想定させうるものは何もない。彼はノートを読み直し、書き終えたところだ。彼は満足している。それはこれらのノートをとおして、彼のものとなるであろう素晴らしい作品をすでに想像しているということだ。興奮が彼を捉える。驚嘆しながらも、彼は不安を持ち続ける。主題は見事だが、これを取り扱えるだろうか？　できる、〈神〉の加護があれば。こみ上げて来る素朴な情念の中で、彼は正体を現わし、この否定神学の原理をあらわにする。それは彼がとても必要としていたもの、誰にも教えてもらえなかったので自分一人で作り出したものだ。〈魂の神〉、それは正確には〈愛の神〉を意味し、その存在は〈あなた〉の許し難い不在によって証明されている。〈あなた〉を決して見出さなかったが故にかくも苦しんだのだから、これはぼくが所有すべき〈神〉だ。否定の否定は肯定に変わる。不可知論に対する本能の反抗が不可能な肯定の等価物として示されるのだ。それは否定神学が百年前のものだからだ。当時はこれらの詭弁は新しかった。今日では、これらすべての詭弁は古びて見える。それは否定神学〈神〉は実在（exister）しないが故に存在する（être）、と。今内在をそれ自体でしかないもの――すなわち純然たる絶望――に還元し、受け身に蒙ったが拒否したこの孤独を、超越者に対する絶対的な権利にしようとしたからだ。

フローベールが神に求めるのは〈効果的恩寵〉だ。「我が意志に憐れみを！」というこの奇妙な言い方は――受動的心身構成の持ち主なので――フローベールには意志がないこと、そしてそのことを自分で知っていることを思い出すなら、不思議には思われない。『汝何を望まんとも』以来、自分は情念を抑えることが出来ない、ということを彼は知っており、そのことを繰り返し言っている。これから書く本のことをいつも夢見ており、今書いている本にうんざりしていると、何度も繰り返している。今度は、自分の仕事に確信を持っている。『サランボー』は持ちこたえる。彼が疑っているのは自分だ。自分の情緒不安定を警戒しているのだ。では何が必要か？　力だ。すなわち見解の持続性、自己自身への、つまりは企てへの忠実さだ。けれども、どこから力を汲んでくるというのか、自分自身、無能の確認、すなわち肯定することの不可能性から出発して自分をまるごと作り上げたというのに？　となると神の助けを得なければならない。なんだと、と人は言うかもしれない、あれほど長いあいだ『ボヴァリー夫人』に執拗に取り組んだというのに、彼の粘り強さを疑うのか、と。まさにそうなのだ。彼は『ボヴァリー夫人』を憎んでいる、あれは試練だったのだ。『サランボー』を書くに値する者となるためには耐えることが大事だったのだ。

積み重ねた功徳‐価値の名において、彼はまた希望を求める、つまり絶望と受動性とが彼の中で、相互に条件づけあっていることを理解しているのだ。彼は情緒不安定のために、突如、一瞬前に自分を興奮させていた計画に絶望する。逆に、彼が毎回転落するのは、実践的に無能力であることをうすうす意識しているからだ。少なくとも、行動の兆しがなければ、何も希望することはできない、希望を夢見るだけだ。それが四七年以前のギュスターヴのケースだった。受動的である彼は、まったく想像にすぎない漠とした計画を頭に描いていた。この時期には、彼の希望は夢幻的だった。それは傑作になるだろうと夢見ていた。とたんに書きたいという現実的な欲望が戻ってきたが、同時に、われわれが前に指摘したパラドクス――芸術は行為であるが、ギュスターヴは情念〔受動〕でしかない――にぶつかってしまった、彼は自信を失い、なにもかも放り出した。とはいうものの、彼の心底にはあのもう一つの信仰があった。芸術とは受動的活動である、と。けれども、こうした迷路の糸が彼には見出せなかった。今では彼は少なくとも自分のアリアドネを知っている。それは〈神〉なのだ。彼が希望するなら、作品はおのずから織り上げられるだろう。信仰は彼の受動的活動の酵母となるだろう。奇跡の信仰、不可能事の例外的可能性の信仰である希望は、それ自体奇跡的な贈り物である、それは〈恩寵〉であり、〈恩寵〉はおそらく彼に訪れるだろう、もしも彼が〈神〉なき人間の悲惨を自分自身を通して実現することに専念したなら。この活動は、お分かりのとおり、ごまかしなしにはうまくいかない。それはともかく、この活動は、しばしば隠蔽されているだけにいっそう強烈になる信仰を彼のうちに生み出した。六月十二日から十三日の夜、暴き出されるのはこの信仰である。それは、浮上することによって、ある種のためらいを持ち続けている。彼は希望するとは言わず、希望を求める。けれども〈全能の神〉の善意へのこのアピールの中に、なんという途方もない希望‐期待がすでに存在していることか？ 翌日からフローベールは自分の闇のなかにまた落ち込むだろう。ただ、五七年十一月のおおっぴらの絶望と五八年六月の高揚とが補完的であるということを、われわれの眼に覆い隠すほどすみやかにではない。もしもときどき雲に晴れ間ができないなら、無力感の言説はやがてうんざりしたものとなるだろう。逆にもしも熱狂が引き延ばされるなら、作者は功徳‐価値をすべて失うだろう。フローベールは、何も求めるものがないことを知りつつ呻きながら探求する者であると同時に、押し殺した、聞き取りにくい声によって、ときとしてこう呼びかけられる者でなければならない。「すでにわたしを見出していなければわたしを探しはすまい[7]」。

E　「彼を天へ連れて行く我らの主イエス……」

「あふれんばかりの歓喜、超人的な喜びが、気を失ったジュリアンの魂の中に洪水のように降りてきた。（……）ジュリアンはといえば青々とした天空の方へ昇った、彼を天へと連れて行く我らの主イエスと差し向かいで」。これが『聖ジュリアン伝』の最後の言葉だ。テーマと言葉の持続性にお気づきになるだろう。『狂人の手記』の中でわれわれに示されていたとおりの言葉とテーマとを、三十六年の距離を隔ててわれわれは再発見する。まず絶対的な垂直線。喜びは降りて来る（奇妙なことに「洪水のように」。これは実際には――少なくともその原因は――水位の上昇のことである）、ジュリアンは昇る。ついで受動性だ。聖人は気を失っている――創造された世界の外れで「溺れかけていた」ときの生徒フローベールのように。最後に被昇天だ。ジュリアンは天に連れていかれる。こうした一貫性は主導理念の驚くべき変質とこれに伴う記号の変化とをひたすら際立たせるだけだ。降りてくるのは天上の喜びである。聖人の方は、戻って来る気がないままに昇り、天国にいつまでも留まるだろう。彼を掠い、永遠の空無への目の眩むような上昇を強いるのはもはや〈サタン〉ではない。キリストが彼を腕に取ったのだ、天空は青である。作者は中世初期の素朴な信仰を描こうとしたと言うべきだろうか？　それは言うまでもないことだ。ただ彼は彼自身の図式――もっとも古くからある、もっとも奥深くにある図式――を、それだけを使ったということがある。人はこう反論するかもしれない、それは主題から押しつけられている図式でもあると。まさしくそうだ。彼がこの主題を選んだのはそこにこの図式を認めたためであり、また外部から客観的な法則によってこの図式が押しつけられることを望んでいたからだ。この物語《コント》に戻る必要がある。

大聖堂のステンドグラスにもとづいてジュリアンの生涯を物語りたいという願望を彼がマクシムに打ち明けたのは四五年か四六年である。作品に取りかかる決心をするのは七五年である。つまり構想は彼の病いの初期の頃――最も辛い頃――に遡り、執筆は彼が破産したときに始まっている。三十年が両者を隔てている。とはいっても、フローベールはこの計画を放棄したことは一度もないが、ブイエを除いて、いやブイエでもごく稀で、近親者にもあまり考えを打ち明けていない。何故彼はこの話を物語る決心をしたのか？　何故彼は『誘惑』のためにこれを一時的に放棄したのか？　何故『聖ジュリアン伝』は、自らに約束した任務のように、これほど長い間、いつでも生き生きと、彼の中にとどまったのか？　何故彼は「台無しにした人生を嘆きながら」コンカルノーをさまよっているときに、これを書く決意をしたのか？　もしわれわれがこれらの問いに答えることが出来るなら、フローベールがどうやって彼の原初の「負けるが勝ち」を生きたかということを、そして同時に彼が自分にあてがった存在様式を、理解することがたぶんできるだろう。

　しかしまず『聖ジュリアン伝』を読み直す必要がある。人間と動物との殺戮者、おまけに親殺しのこの男の聖性はどこからくるのか？　慈愛心からか？　そんなものは彼にはほとんどない。その異常性のために彼は同類の社会から追い出されたのだ。「卑下の気持から、彼は身の上話を物語ってきた。するとみんな逃げて行くのだった（……）ドアが閉じられる、脅しの叫びがやってくる、石を投げつけられる（……）至る所で排斥され、彼は人間たちを避けた」。罵られ、ひどい目にあった後に、彼らを嫌いにならないなどとどうして信じられようか？　町から村から追い払われた親殺しは、ドアも窓も閉じられているのを眺めながら、ときとして嘆きのため息をつく。しかし実のところ、彼は〈自然〉に対してしか愛情を持っておらず、父親の血を流すことによって、動物の血に対して抱いていた激しいただならぬ渇きを鎮めた、と言っていいくらいだ。牧草地の牡馬や、巣の中の鳥や、昆虫にいたるまで「愛情の疼《うず》きを覚えつつ」じっと眺めるのだ。しかし動物たちの方は、何も忘れておらず、和解せずに逃げていく。彼は子供たちを救ったことがある。熱意なしに。命の危険を冒して、と作者はわざわざ書いている。ジュリアンは悲嘆にくれている親たちにこれらの悪童を戻してやることより、有益な自殺をすることの方を気にかけているのだ。それはまさしく真実なので、この鷹揚な救助者は、「深淵も彼を拒否し、炎も彼を見逃す」ことを確認した後、自分自身の手で死ぬことを決心する。しかしそれに成功しないので、隣人は自分らだけで危険を切り抜ければいいと、すげなくほっておく。では断崖のきわには、燃えている家には、もう子供はいないのか？　いるかどうか、ジュリアンは知りたくない。彼は川のほとりに居を定める、すると「他人のために自分の生を役立たせるという考えが浮かんで来る」。この生は取るに足らぬもの、人びとの眼から見て、まず第一にジュリアンの眼から見て、汚物である。けれども死でさえもこんな生を欲しがらない以上は、この生ができるだけ人の役に立つほうがいい。そこで彼は渡し守となる。ギュスターヴは彼の渡しを利用する旅人を数語でしか描いていないが、彼らをこきおろすにはこれで十分だ。その何人か（一番悪辣でない連中）は彼の労力に報いて食べ物の残りと、もう要らなくなった革ひもを与える。他の粗野な連中は――何故かわからぬが――がなりたてて、冒瀆的な言葉を吐いている。この連中をジュリアンはそっとなだめる、彼らの方はジュリアンを罵る。それに対し、卑下の気持から冷たくよそよそしい態度で、彼は〈神〉の加護あれかしと祝福を与える。縛り首になるがいい、神様がお引き受けになるさ、と。要するに、人間種族との接触は最小限に限られている。

　せめて信仰によって彼は救われるだろうか？　信仰に関しては非難の余地がない。彼は炭焼きが持つような素朴な信仰を持っている、子供のときから、何一つ問い直すことなく。「彼は〈この親殺しを〉押しつけた〈神〉に対して反抗はしなかったが、にもかかわらず、この罪を犯し得たことに絶望していた」。しかし、この確固とした信仰は、神秘的恍惚に、人が〈主〉の胸の中で消えていくときの甘美な失神にほとんど向いていない。このキリスト教徒は〈神〉によってしっかりと満たされているので、〈神〉のことをまったく考えず、祈ることさえもしない。彼は気晴らしを徹底しさえする、ついには〈全能の神〉の測り知れない善意に頼ってその許しを乞うことすら忘れてしまう。とりわけ、読者は気がつくだろうが、彼は好んで身の上話を――「卑下の気持から」――あらゆる人に、どんな人にもするが、司祭には決してしない。ギュスターヴが聖職者どもにどんな敬意を払っているかを思い起こせばこれは驚くにあたらない。とは言っても、読者は舌をまかれるだろう、彼がためらわずに中世の大罪人を、とりなす者なしに無言の天のもと、この世にひとりきりで放り出したことを。これは、〈教会〉が女王であった一時期の忠実な再構成たらんとするこの物語《コント》の最大の時代錯誤なのだ。

　というわけで、ジュリアンは信仰の衝動によっても慈愛によっても希望によっても秀でているわけではない。この最後の徳に関して言えば、これは彼にあまりにも欠けていて、殺人のあと、たえず絶望の罪を犯している。では彼の功徳‐価値は何か？　それは非常に大きなものでなければならない、この犯罪者が救済のみならず列聖を獲ちとるためには。とはいっても、それは自己嫌悪以外の何ものでもない。かくして聖性の根本的特徴は、フローベールの感性の構成された初期構造の一つを極限に押し進めることとなるだろう。

　ジュリアンは幼い頃から悪人である。ある日、彼は鼠を殺した際に、抑え難い殺人の欲求が自分のなかにあることを発見する。すぐそのあと、周辺にいる動物を片端から殺害し始める。この奇妙な熱狂はフローベールのサディズムのあらゆる性格を備えている。未来の聖者はまだ幼年期にいるのだが、仕留めたばかりでまだすっかり死んでいない鳩が溝の中にいるのを見て、この執拗な生命に「苛立つ」。「彼は絞め殺しにかかった。小鳥の痙攣は彼の心臓を高鳴らせ、残忍で狂おしい快感で彼を充たした。最後の硬直がやってきたとき、彼は気が遠くなる感じがした」。後になると「彼は殺すことに飽きない」。鹿が「小さな谷を埋め尽くし（……）互いにすり寄っている」のを目にすると、「このようなすごい殺戮ができると思うと快楽で息苦しくなる」。明らかに性的な起源を持つ殺人欲で、これに先立つ、あるいはこの後に来る失神や窒息がそのことを示している。しかし、とりわけ驚かされるのは、主人公が打ち興じている「殺戮」の猛烈に能動的な側面と、狩りによって得られる気絶に似ている快感の受動性とのコントラストである。ギュスターヴがこれらの殺害の夢幻的側面を強調していることを付け加えねばならない。「ジュリアンは殺すことに飽きなかった（……）そして何も考えず、それが何であれ覚えていなかった。何処かの国で、いつか分からぬ時から、狩りをしていた。そして、彼自身がいるということだけで、何事も、夢の中で経験されるようにやすやすと成し遂げられるのだった」[*1]。物語自体、そのリズムという点で、悪夢の何かしらを留めている。事物は突如、折よく、現われたり消えたりする。もしこれらの動物を人間に置き変えるなら、この伝説の自慰としての真実が得られるだろう。殺害は夢なのだ。少年ギュスターヴは拷問を想像しながら自慰にふけっている、オルガスムにともない生来の受動性に身を委ね幸せになる。毎回感覚を失う寸前である。一八四〇年頃、彼は自分を次のように見ていた。悪人だが受動的で、未曾有の苦痛を夢見ているが、それを押しつけることは出来ない。アシル＝クレオファスの死は自然死となるだろうが、若者は殺害の欲動によって、魔術的に、この死を惹き起こしてしまったのではないかと恐れるだろう。あたかも彼が人類に抱いているあの殺意の混じった憎悪は、両親に対して感じている憎悪の覆いでしかないかのごとく。真実は、われわれは知っているが、そうではない。ただ、ギュスターヴは自分のうちにこの誇り高い悪意――短篇小説の中で堂々と告白し、自慰的な幻影によってあまりにもしばしば満たしている悪意――を発見したために、いつものように一般化して、それを万人において原罪の直接的な結果とせずにはいられないのだ。彼がアダムの呪いを考え出すのはこの過激なジャンセニスムの形においてである。万人が呪われている、万人が骨の髄まで腐っている、万人が性を通して殺したいという抗し難い欲望に憑きまとわれている、と。要するに、出発点において、人類は破滅している。生きるとは単に、際限のない、無味乾燥な不幸というだけではない、それは永続的な犯罪なのだ。生きている限り、誰もそこから身を引きはがさない。したがって、〈聖性〉はより上の段階への上昇によっても、あるいは、悪の本能を打ち破ることを可能にする効果的恩寵によっても特色づけられないだろう。つまり聖者は地上の被造物であり、神の取り消し命令がない限り、とびきりの獲物なのだ。とはいうものの、鹿の予言は、あれほど長い年月を経たのちにも[*2]、『フィレンツェのペスト』の中の占い女の予言に非常に似ていて、ジュリアンのうちに自覚の兆しを生み出す。ジュリアンは自分の悪意を直接発見するのではなく、殺人の欲望の恐怖をその欲望の魔術的結果としての親殺しを通して捉える。狩りをすることの欲望はたえず彼に憑きまとうが、今では彼のうちに自己自身を前にしての激しい不安を惹き起こす。彼にはもう分からなくなるのだ、狩猟欲の目覚めとそのことを考えるときのうっとりとした気分とは、彼が両親よりも狩りの方を好んでいるということだけを示しているのか、あるいは、まったく逆に、彼が鹿や猪などの大型猟獣を殺したいと望むのは、そうと願ったわけではないのに親殺しを犯すように仕向けられるためにだけなのかが。いずれにせよ、ジュリアンの直接的悪意は間接的になった。他人によって告発され、自分で認識し、引き受けると同時に拒否したこの悪意は、それにふさわしい唯一の仕方で意識的に生きられる。恐怖〔嫌悪〕の中でだ。ギュスターヴにとって、この態度はまだ賞賛に値するものではない。それは単に真実なだけだ。人間本性はかくのごとくで、嫌悪の中でしか本来的に生きられることができないと考えるのだ。

＊1　傍点はサルトル。
＊2　またエンマ・ボヴァリーの苦難の道を示すさまざまな予言(1)に。

親殺しは思いもかけぬ〔神慮による〕さまざまな事情の重なりによって起こる（それがジュリアンを聖性に導くであろう、ジュールの思いもかけぬ欲求不満が彼を天才に押しやるように）。それ以外にあり得なかった、それは〈運命〉なのだ。とはいっても、ジュリアンはそこに自分の姿を認める。この事件には、彼自身の本性以外に別の宿命はないからだ。それに、彼の本性は実現されたばかりだ。この想像界の悪人は己自身の果てまで行き、真の犯罪者となったのだ。以前、彼は逃避が可能だと思っていた。今、出口は塞がれていて、目をくらませる光が彼の行為を照らしている。それまで、ジュリアンは自分を根源的な〈悪〉の哀れな製品として捉えていた。今、根源的な〈悪〉は彼の製品である。潜在的なものが不可逆的に顕在化され、ジュリアンは救いようがなくなる。彼の悪意は、以前は夢見られていて、嫌悪の夢を生み出していたが、今や世界の中に書き記された。彼を通して人間本性は客体化された。悪業によって、存在の頂点へと押しやられ、彼はもはや彼の本質以外のなにものでもないのだが、にもかかわらずその本質を自己の外に持っている。何故なら彼の本質は、時間によって本質の支配から引き離された一つの行動〔親殺し〕によって明確になったからだ。彼はこの本質を破壊せねばならないが、これは破壊不可能であり、彼の存在は彼の後ろにあり、過ぎ去り、追い越され、越えられないものとなっている。最初ジュリアンは自分の行為を激しく攻撃する。まるで自分を行為から切り離すことがまだできるかのように、まるで自分の親殺しを公に告発したら親殺しという存在であることを止められるかのごとくに。無駄なことだ。この自己批判は、世界中の指弾を自分に引きつけることによって、彼の犯罪を普遍化する以外の効果をもっていないからだ。実際には――しかし彼はこのことをまったく知らないのだが――この自己批判は彼が自分に対して行なうことになる恐るべき作業に必要な孤独を招き寄せる。この点について、作者の意図は否定しえない。作者がヒントを得た伝説の中では、ジュリアンは妻に付き添われて路上に物乞いに行く。これはまぎれもなく中世的な考え方である。重罪によって結婚の神聖な絆が解消されないのみならず、それどころか妻は、無実であるにもかかわらず、功徳‐価値の継承の闇の等価物である犯罪の継承によって、重罪に加担するのだ。ギュスターヴはこの忠実な伴侶を抹殺した。彼自身あれほど苦しむと同時にあれほど享受した大いなる孤独をジュリアンに与えるためだ。いずれにせよ、この贖罪の物乞いは、最も険しい道の最初の一歩、いまだ楽な一歩として現われる。この親殺しは自然の中に隠棲したが、卑下の姿勢によっては犯した重罪を償いえないことにすぐ気がつく。こうして彼は徹底的な自己破壊以外に残された道がないことを確信する。自分は自分自身の過失である以上、無と化することによって過失を消したいと願う。どうすることもできない。彼の敬虔な勇気ある行為も、彼の禁欲も二人の老人を蘇生させることはなく、彼らに加えた短刀の打撃からくる激しい精神的苦痛が消えることもない。その上、死は彼を受け入れない。彼は地上にあって、己の過去に脅えた純然たる観察者として留まるべく断罪されている。ここで、四四年一月の二元対立を予告している『十一月』の二元対立を思わずにはいられない(2)。情念、衝動、不幸が渦巻き、子供が死んでいく、子供の記憶を掘り起こす以外の役割をもたぬ老人が生まれるためにだ。ジュリアンにおいて、親殺しは死に等しい。情熱的で激しやすいこの男はその悪徳にいたるまで失った。これは脅えた純然たる視線であり、死んだ記憶の最後の思い出を絶えず眺めている。深淵が彼を受け入れず、火災が彼を見逃すことを理解したとき、彼は絶望を発見する。すなわち自分が不可能事を欲していることをはっきり理解する。かつて存在したという事実を消すことは出来ないのだ。失敗に終った自殺——これはフローベールの諸作品に点在し、その中でもっとも華々しいのは『十一月』で語られているが、その中の最後のもの——は、こうした無力感のまったく主観的で性急な結論として現われる。ジュリアンは償いえない過失をくどくど思いめぐらすことに耐えられず、これを抹殺しようとするのだ。注目すべきは、彼が〈天〉のことを気にかけないだけではなく、今では〈地獄〉も気にしていないことだ。中世キリスト教会のこの会員が〈無〉しか信じていない。一瞬たりとも、あの世で彼の三つの重罪——親殺し、自殺、絶望——に支払いが求められるとは想像していない。ジュリアンにとってもギュスターヴにとってと同様、地獄は地上にある。とはいっても彼は自殺を諦める。それは水に映る自分の影にかがみ込むと、父親が見える気がするからだ。これはさまざまな意味のあるエピソードだ。われわれはその一つの意味だけを取り上げよう。涙に濡れたこの顔を見ていると、親殺しの場面がまた現われてきて、自殺を妨げられる気がするのだ。言い換えれば、死は何も解決しない。なるほど死はあの蝮《まむし》と苦しみの絡み合い(3)を、ジュリアンの主観性を抹殺する。しかし、哀れなこの男は自分の主観性にはもはや非本質的な現実しかないことを理解している。この主観性が無に帰しても、過去の鉱物性の中に、彼のために彼の犯罪が永遠に彫った堕落の像はそのまま残るだろう。要するに、自殺は無駄な行為なのだ。死はジュリアンを必要とせぬが故に、また彼は自殺を諦めるが故に――結局のところおぞましい過去を引き受け、この過去に苦しむためには、なんらかの主観性が残っている方がよいかのごとく、また彼が死んでしまうとあの陰気で孤独な像を不可解な客観性の形で他人の手に残すことになるのを恐れるかのごとく――彼が営むことになる生は彼には緩慢な腐敗、それ自身として腐りきるには十分ではない腐敗に思われる。生は引き延ばされる、生について言い得ることはせいぜいそれだけだ。何故なら生は己の死を失ったからだ。彼はもはや自分の犯罪を生きることさえできない、初期のころ、たえず犯罪を続けているように思われたときにはそうしていたのだが。今は犯罪を反芻することもほとんどない、ときどき、血にまみれた二つの身体の、幻覚を催すようなイマージュが不意に現われ、恐怖で彼を押しつぶすことがあるかないかだ。しかし、このように呪われた夜からだんだん遠ざかるにつれて、絶望が和らぐどころか、日に日に強まっていく。というのは、彼の客観的本質は少しずつ彼の手を逃れながらも、彼の主観性を根本的に規定することを止めないからだ。実際、彼の主観性は現在からいかなる新たな性質も受け取ることがなく、犯罪のだんだんおぼろげになっていく耐えがたい追憶以外のものではないのだ。こうなると、絶望の罪は全面的である。自分を憎むために生きるということですらもうなくなってくる。ジュリアンは生きている、そして自分を憎んでいる、それだけのことだ。とはいっても、いまだたくましいこの身体をどうするか？「自分の生を他人のために用いる、という考えが浮かんで来た」とフローベールは書いている。こうした決意がどれほどギュスターヴにはつまらぬものと見えているかは、彼を少し知るだけで足りる。かつて彼が慈善家をどんなに罵っていたかを思い出しておこうか？そして、アルフレッドと彼とが、「未亡人や孤児を護るために」弁護士としての才能を用いることは決してすまいと、どんなに誓い合っていたかを？　ジュールが同胞にたいして公然と示す憎悪も、『書簡集』のあらゆるページに現われてくる人間の目的の拒否や行動に対する軽蔑も、われわれは忘れてはいない。その上、ジュリアンが応急修理をほどこした古ぼけた舟で、岸から岸へと運んでいるこれらの――乱暴で恩知らずの――連中は何者か？　隣の町でものを売るために川を渡る商人である。ときには僧院から僧院へと巡る巡礼者である。前者に尽くすことは、ギュスターヴがたえず軽蔑していた物質的利益に労働力を疎外することである。いわばジュリアンが功利的な企ての歯車となり、その下劣さを頭にかぶっているというに等しい。巡礼者について言えば、まあいいとしよう、彼らは自らの救いを確実にするために努力をしている。しかし、ジュリアンが自分は決して救われないと知りつつも自分に強いている肉体的苦痛、精神的拷問、極度の窮乏に比べると、この連中の道中がどんなにきついものであれ、彼らが自分に科している苦痛、やがて神の好意を彼らにもたらす苦痛はなんと快適なことか。要するに、彼は自覚的に自己破壊を続けている。苦労してへたばり、堕落していく、償いえないものを償うためにではなく、自分を苦しめるために、汚辱の底に滑り込むために。彼がなきがらのような自分を罰しようとするのは〈神〉に近づくためではなく、逆にもっと〈神〉から遠ざかるためだ。少しずつ、恐怖がなじみのものとなり、下劣さが日常的になる。頑固で、とっつきにくく、卑しめられ、自己であることの憎しみと嫌悪を生きながらも、もはや決して考えることをせず、ジュリアンは櫂の上にかがみ込み、ギュスターヴのように反復の人間になる。一方の岸からもう一方へ行ったり来たり、骨折り損の仕事の疲れで精神はもうろうとする。夜になると、彼は疲れ果てて崩れ落ち、次の日にまた再開する。ゆきずりに、不幸のさなかにおけるこの外見の平静さに敬意を表しよう。これは、永劫回帰から来るもので、嵐よりも悪い。

　突然、癩病者がやってくる、とても重く、舟があやうく流されそうになる。ジュリアンの最初に覚えた感情は、彼の憎しみから生まれる要求よりもはるかに強烈な、重大な要求をつきつけられている、というものだ。「これは背くべからざる命令だということを理解し、彼は櫂をまた手に取った」。もっと前のところで、われわれは、〈美〉がギュスターヴを訪れることがあるとすれば、それは果たすべき義務、奇妙な、ぞっとするような、抗し難い義務以外の形を取ることはない、ということを見てこなかっただろうか？　しかし、ジュリアンにとっては、まだこういうことが問題ではない。癩病者を向こう岸に渡し、食物を与え、渇きをいやさねばならないからだ。それから最後に、「生まれた日のように裸で」、腫瘍と「鱗状の膿のかさぶた」で覆われたこの腐った身体の上に「横たわら」ねばならぬだろう。胸と胸とをぴったり合わせてこの男を抱きしめ、「霧のように濃密でむかむかする息を吐く青みがかった唇」に口を押し当てる。では何故こんなことをするのか、と読者は言うかもしれぬ。愛からか？　確実に違う。この病者には愛すべきものは何もない。作者は「この男の態度には王者の威厳のようなもの」があると記してはいるが。たしかにジュリアンは慈愛に満ちている——ただし熱意なしにであることを、われわれは知っている。しかし、彼が病者の上に裸で寝そべるのは、まずは相手を暖めるためではない。それは、これらの傷、これらの流れる膿が、これまで覚えたことのない嫌悪で彼を満たすからなのだ。今こそ、身体全体の必死の抵抗を克服する機会、この上ない不快を自分に科して、克服すべき嫌悪感によって不快の強度を測る機会である。要するにこれは、逃してはならない恐るべき好機なのだ。それから、この直接的目的を越えて、より遠くの、より重要なもう一つの目的がある。感染して癩病にかかり、嫌悪を惹き起こすこのむしばまれた身体になろうとするのだ。作者が使っている動詞を見ていただきたい。ジュリアンは癩病者のうえに「横たわる」。受動的活動だ。癩の生けるベッドの上にのびのびと横たわり、旅人のぼろぼろの身体の上にのしかかる、まるでそこに身を沈めるかのようだ。この水平的な「横たわり」のうちには転落の兆しのようなものがある——転落は彼が身を沈めている膿の塊、すなわち癩によってのみ引き留められている、あたかも〈地獄〉への降下がついに底にぶつかったために止まるかのごとくに。ジュリアンのうちには、生ける身体の腐敗を前にしてのヒステリックな目まいのようなものがある、かつてギュスターヴのうちに、ヌヴェールの新聞記者を前にしての魅惑があったように。感染はここでは模倣を思い起こさせる。その動きは同じだ、何故ならギュスターヴは父親を信用して、狂気は伝染すると考えていたし、狂気のうちにおぞましさの頂点を見ていたからだ。本当なら、ジュリアンの物語は、下劣な快楽のように念入りに求められたあの大いなる嫌悪の次の日に終わるべきだろう。癩病者は癩を彼にうつしたのちに、最初の陽光とともに出て行く。親殺しは渡し守としての仕事まで放棄するだろう——これは、自分を苦しめるためでなければ、人を助けることなどどうでもよかったことの証拠となる。癩とは魂の本来の欠陥とアダムの呪いを、肉体が自分の責任で引き受けることである。この身体転換（精神的苦痛を身体的症状に転換すること）によってジュリアンの汚辱はそそがれたと、せめて信じてよいだろうか？　いずれにせよジュリアンは、癩病者を抱きしめるとき、自分の救済のことはまったく考えていない。彼はおぞましさの核心に触れたいと思い、死ぬことが出来ないからには、無限に引き延ばされる恐るべき苦悶を自分に付与しようとする。己自身に腹を立て、地獄に堕ちようとする。この瞬間イエスが身分を明かし、彼を天につれていく。カトリックの宗教の原理と明らかに矛盾して、ジュリアンが救われるのは〈神〉に絶望したためなのだ。

それは〈主〉がこの上ない善意から、起こった一切の事柄をはっきり欲していたからである。〈主〉はおのれに似せて人間を作ったのではない。むしろわれわれ各人のうちで、悪徳と、低劣さと、苦痛との極限を現実化しようとした。ついで、すべての魂の中に〈主〉を求める大いなる欲求を創り、自分は姿を消すことによって欲求不満を覚えさせたのだ。こうした神学においては、カタリ派教義のこの世からの逃避はそれ自体拒まれている。われわれは、世界の中におり、たとえ人間の目的と手を切ったとしても世界から逃れられないのだから。みずからを越えて高い所にとまろうとしても、本性が悪であるが故に、われわれの意図は出発点で悪に汚されており、その結果は邪悪なものでしかありえない。〈悪〉の特質は、それが根源的であるとき、そこから逃れられないということだ。したがって、被造物に残されているのは、おのれ自身を執拗に攻撃し、自己と世界を憎みつつ、徹底的な自己破壊を行なうことだけである。普通、人びとは恐るべき令状を自分に隠す。自分をごまかし、自分に嘘をつく。前もって呪われているからだ。ところが、おのれの〈真実〉をとおして自己を認知して、両手で胸をかきむしっているこの男は、〈神〉の選良であり、彼の苦痛は〈神〉にとって心地よい。ジュリアンは前もって列聖されている。そのことを生まれたときにある老人から予言された。すなわち、償いえない過失によって彼は非本来性の覆いを打ち砕き、希望なしに自分を憎むことが出来るだろう、と。かくして彼は、人間本性の本質、自己の拒否ということにほかならないこの本質を現実化する。〈神〉は彼を乱暴で血を好むものとして創った。〈神〉は彼の手を引いて親殺しへと導いた。これについて作者ははっきりと、〈神〉は親殺しの罪をジュリアンに「科した」と言っている。それから賽は投げられて、〈神〉はジュリアンを猛烈な苦しみに委ねた。この他者的な意志は〈運命〉を決定し、予言し、ついでこれを犠牲者に現実化させる。それも犠牲者が、夢のなかでしか見出されない事物の従順な共犯によって、抗し難い優しさで操られていると感じ、にもかかわらず同時に、自分はこの犯罪に責任がある、いずれにせよ極度に有罪である、これっぽっちの情状酌量もないと感じる、そのようなやりかたでだ。この他者的な意志、この意志の中にわれわれは、抗し難い〈宿命〉（*Fatum*）という昔ながらの考え、すなわち〈父親〉の呪いと、生みの父が自分の計画を実現するために用いる執拗な意志という昔ながらの考えを容易に認めるだろう。言うならば『伝説』において、人間は、かつて子供のギュスターヴがそうであったように、苦しむためにこの世に生まれた怪物である。『フィレンツェのペスト』以来、この点で何か変わったか？　一八七五年に、父親との和解がなされたということだ。故アシル＝クレオファスは『聖ジュリアン伝』の中に単に一人息子を愛する優しい田舎貴族という形で登場しているだけではない。彼はまた〈父なる神〉である。隠れた、しかし善き〈神〉である。〈神〉がジュリアンにあてがった恐るべきあの運命を、自分自身の虜となったジュリアンは、耐え忍ぶだけでそこに災難以外のものを発見しない。しかし作者は距離を置いている。事件をそのあらゆる次元で客観的に外から見ている。そして、敬虔な熱意をこめて、こう宣言することができる。ジュリアンが苦しんだのは彼自身のためであったことを証言する、と。ギュスターヴはもちろん、試練という考え、そして善き苦痛という考えを盗んでいる。ただ彼はこれらを自分専用のものに変えた。カトリック教徒は救いがないままに不幸の中に留まることはない。〈神〉は永遠の幸福を欲していると彼らに証言してくれる〈教会〉があり、仲介者――イエス、マリア、聖者たち――があり、さらに〈神〉が彼らに〈恩寵〉を送って来るかもしれない。苦痛は彼らを清める、たしかにそうだ。しかし、まず彼らはそのことを知っている、ついで他にも清めの儀式――告解、聖体拝領――がある、さらにトリエントの公会議はずっと前から、人間は弱きものであるが決して生まれながらに悪をする傾向はない、と定めている。これに対し、フローベールは公会議を覆し、すべてを徹底させる。人間は腐敗し、堕落している、これを望んだのは〈神〉だ、と。キリスト教的な生き方なるものが並べたてる心地よい一連の試練などは存在しない。生というあの吐き気のするおぞましいものが存在し、人間という怪物はこれを端から端まで生きねばならない。〈神〉は〈宇宙〉に憎悪なるものが存在するために人間を無から引き出した。ここで、二つの異なる道を経て、ギュスターヴとキリスト教徒とは意見が一致する。〈主〉は善なるがゆえに、己ひとりの楽しみのために〈悪〉を作り出すようことはしていない。〈神〉は人間の苦しみのうちに手段しか見ることはできない、と。いかなる目的のためか？　この点についてギュスターヴは饒舌ではない。しかしわれわれは、彼のことを十分に知っているのでその理由を推察することができる。すでに『苦悶』の中で、彼はそのことをわれわれに知らせている。人間の不幸のすべては人間の規定からやってくる、と。現実的なものは無限の可能事の衰弱でしかない、したがってそれは有限性であり無である、と。ところが——一八四四年以後に別の変化が突如生じた——〈天地創造〉はもはや償いえぬ過失ではなくなる。それは必要な悪になった。現実界は存在しなければならない、現実界が憎悪の中で己を否定するために、有限性の中でしか生まれ得ない無限へのあの宗教的な呼びかけによって己を越えることを空しく試みるために、そして〈神〉の曖昧な暗号である想像界によって己を浸食させるがままになるために。フローベールにとって現実——すなわち事実性と遺棄‐被投性(4)——の契機は〈天地創造〉の目的ではなく、それどころか逆に、〈存在〉への上昇の第一段階である。かくしてジュリアンの絶望に関心をよせるとき、〈神〉は彼が苦しむのに同情するが、この自己自身の熱烈な否定のうちにあるあらゆる「存在者」への異議申し立て、揺るぎないものとしてある存在論的真理なるものの名における異議申し立てを評価する。親殺しが自分の償いえない過失を消滅させようとする執拗さのうちに、〈神〉は、人類の徒刑囚たちによる不可能事の探求、失望に終わる苦い探求——〈神〉の眼から見れば唯一の偉大さ——を発見し、これを愛するすべを心得ている。それどころか、ジュリアンは選ばれた者だ、何故なら彼は人間とは己れ自身の不可能性である——この被造物は自分では考えることさえ出来ない無限の名において自己の有限な規定を拒否するがゆえに——という漠とした直感を有しているからである。とはいえ、我と我が身を罰する者（*l'héautontimorouménos* ボードレールにこの題名の詩がある）は自分自身ではこれ以上何もすることはできない。かといって（『十一月』の中で言われていることとは反対に）自己の不可能性の意識は消えることがなく、沈殿する時間のなかで細々と生育し続ける。完全に悪人であり、また完全に悪人であることに絶望した者として、ジュリアンが己の本質を現実化したとき、〈全能の神〉は奇跡によって介入し、不可能性を可能にする必要がある。ジュリアンの犯罪は消すことはできないが、〈主〉は消滅した重罪に触れることなく、その細部を一つも抹消することなく、彼を天に連れて行く、そうすることで、論理的かつ奇跡的な変貌をとおして、この犯罪を、ジュリアンを聖性の道に参加させるために己の〈全知〉を傾けて〈神〉が選んだ手段にするのだ。ギュスターヴは、少年期の呪われた暗黒の世界を無傷に保持しつつ、この世界を宗教的な穏やかな宇宙に組み入れる、というこの力業に成功したのである。

もちろんこれらすべては、一八七五年の『聖ジュリアン伝』、われわれが参照しうる唯一のテクストのなかに見出すことである。しかし、われわれは、物語は四五年に書かれていても同じであったと確信している。テーマ、諸価値、筋の展開は、彼がそれを知るまえから存在していた。彼はそれらを中世ドイツの物語からヒントを得たステンドグラス自体の中に、また彼の図画の先生の書いた『ガラス絵付けに関する歴史的、記述的試論』の中に見出した。聖者の冒険を、それが起こったとおりに、順序だてて——狩り、親殺し、絶望、救い——語るか、さもなければまったく語らぬか、どちらかにせねばならなかった。呪われた狩人の神話はその客観的な構造——まさにこれが作品の中に再現されている——によってしかフローベールの心を惹きえなかった。そしてそのとき彼がそこに発見していた意味は、自分が何であるか、あるいは何であると思っているかをその構造をとおして自分に知らせるというかぎりで、七五年にそこに込めた意味とそんなに違うことはあり得なかった。というわけで、二十三歳の病気の若者が自分の悲観主義を保持し続け、これを〈善〉の不可視の光で解き明かすことを選んだのだ、と言ってもかまうまい。とはいうものの、驚かされるのは、ジュリアンがジュールのあとにきて、さらに一時的にアントワーヌのために放棄されることである。あたかもフローベールは同時に三人の人物のなかにしか化身しえないかのごとく。彼の自己表象の三位一体的性格は多くの手紙によって確認される。そこで彼は作品を、三部作として思い描いている。古代、中世、現代だ。アントワーヌ、ジュリアン、ジュール。アントワーヌ、ジュリアン、ボヴァリー夫人。*1 アントワーヌ、ジュリアン、ブヴァールとペキュシェ。ヘロディアス、ジュリアン、純な心。

*1　彼が五六年にブイエに書いているのはそのことだ。『ボヴァリー夫人』が終わり、彼は『聖アントワーヌ』の断章を書いている。また『聖ジュリアン伝』を書きたいと思っている。ほとんど同時に、古代を想起し、中世を想起し、現代小説を出すためだ。この考えは七五年に、ほとんど文字通りまた取り上げられる。ただし違いは、まず書くのが『聖ジュリアン伝』であること、そして、執筆の間に、他の二つの話を後に付けることを思いついていることだ。

四五年頃、彼は非常に異なる二人の人物に化身し、自己を客体化している。ジュールとジュリアンだ。二人とも彼の中で生きており、彼で身を養っている。とはいっても、この時期に彼が語るのはジュールの物語であり、作者にたぶん最も大切なジュリアンは、影にとどまっている。何故か？　それは、ジュールが自尊心の息子だからだ。彼の最後の栄誉は驚異的な反転から生まれた。文無しで、栄光に夢中になっているジュールについては書くことができる。苦行は初め「思いもかけぬ〔神慮による〕」状況によって助けられ、ついで意識的に断固として継続され、最後に彼の天才で締めくくられる。ジュールとは誰にも何も負うことなしに生まれ変わりえた者である。自分がジュールであると感じることは、ほとんど耐えがたい喜びを与え、ニーチェの超人の恐るべき快活さと目もくらむような自由をもたらす。それは踊ることに等しい。この理由でギュスターヴは、この悪魔的な派手な役割を自分自身のためにかつ生体験の奥底で演ずる力をごく稀にしか感じない。彼はこの役割を紙の上に固定するほうを好むのだ。彼のインクが、乾くか乾かぬかのうちに、この役割を彼の不断の可能性、彼の最高の真実として映し出してくれるように、また同時に、この役割が遠くから、魅惑的なものとして存在し、しかし提示されるだけにとどまるようにと。ジュール、または心情の死。勝利の声をただちに上げねばならず、目の眩む人物を大急ぎで描き出すのだ。自己の外に投げ出されたこの自己自身が、できるだけ早く自分という他者存在になるために。

ジュリアンは暗黒の子である。彼を客体化するのは恥ずかしく、怖い。言うならば、これはギュスターヴのもっとも親密な役割、彼の死活にかかわる喜劇、原初の「負けるが勝ち」である。とはいうものの、構想するかしないかのうちに、彼はジュリアンを放り出す。ジェノヴァで彼はジュリアンを欺いて『聖アントワーヌ』と浮気する。フットライトの光のもとにジュリアンを登場させるには早すぎるからだ。懐疑の地獄に戻らねばならない。古代とは懐疑論だ。ただ、アントワーヌは、ジュールとジュリアンの間におくとみすぼらしい。前者の圧倒的な力もなければ後者の絶望の激しさもない。五六年に、彼は呪われた狩人に戻ってくるが、もう──とりあえずは──遅すぎる。ギュスターヴは『ボヴァリー夫人』を終えているからだ。これはアンチ・ジュール、天才なき絶望であり、刻苦を受けて死ぬのだ。彼は『ルヴュ・ド・パリ』誌に、パリのいくつかの出版社に戦いを挑む準備をする。「宿題」は結局のところ、それほど悪い出来とは思われない。幸運は彼に微笑むだろうか？　彼は『伝説』の抒情的な意味を理解出来なくなっている。とはいうものの、この作品が出るのはちょうどよい時期だ。世界と自分自身とにたいして激しく戦ったエンマの劫罰は、〈信仰〉の光のもとに置くとまったく別の意味を帯びるだろうから。エンマは身の破滅を招かねばならない、おそろしい形で身を滅ぼさねばならない。しかし、彼女が「渇望」によって救われないと誰が知ろう？　フローベールはそのことを感じている。彼はまた、からっとした「快活さ」のために、我が身の不運をかこつ可能性がまったくないことも感じている。書簡を読んで分かることだが、消え去った中世を、高踏派的な無感動な作品で復元する準備をしているのだ。あたかも、彼の奥にある衝動が、表面に到達しようとしてさらなる表層をよぎるにつれて、対象から逸らされ、遠ざけられていくかのごとくだ。彼は狩猟を主題とした作品を読んで、響きがよく華麗な言葉を探すが、これが面白すぎることが分かると、諦める。これはもっと後にしよう、ふさわしい機会がきたなら、と。

一八七五年。(5)甥の破産に動転し、彼はコンカルノーに逃げる。彼は苦痛に耐えている。第二帝政の崩壊はすでに彼を弱らせていたが、運命のこの新たな一撃は完璧に参らせる。彼は怒りちらし、続いて呼吸困難になる。部屋に一人でいる場合も、ときとして人前にいても、嗚咽の発作で身体を揺すぶり、涙を流し、ついで痴愚に近い麻痺状態に陥る。「ときどき不意に虚脱状態に襲われ、すっかりぐったりしてしまい、やがてくたばるような気がする」。姪に手紙を書くことさえできなくなる。それほど手が震えるのだ。胃の痙攣、神経の病、何もかもまた戻ってくる。最悪なのは、自分を叩き、自分は駄目になったと思うことだ。ぼくは年寄りだ、と少年期の頃から彼は繰り返し口にしている。ただ今度は本当なのだ。「精神が未来の方にごく自然にもう向かわぬとき、人は老人になったのだ。私はもうそこまで来ている」。彼にはもう「余力」がない。彼は終わった、彼は殺された、もう何も言うことはない。「文学にかんしては、私はもう私を信じない、自分が空っぽだと思う、これは慰めにならない発見だ」。ほとんど気力が湧かないので死にかけているように思われる。「内部の破産はとてもよく感じられる、もしこれに外部の破産が付け加わるなら、単に押しつぶされるだけだ」。立ち直ることはあるまい、と彼は言う、そして事実、破産が避けられクロワッセも保持されたにもかかわらず、彼は二度と立ち直ることはない。これは大作品が決して終えられぬということ、コマンヴィル家の破産はフローベールの芸術的破産を招くということを意味する。いつでも過去の作品に不満なギュスターヴは、未来の作品にしか希望を持っていなかったということをわれわれは知っている。未来の作品によってこそ、彼は〈巨匠たち〉と肩を並べるであろう。ところが未来が破壊される。サドと〈サタン〉とにこれほどはっきりと道理があったことはかつてなかった。美徳は罰せられねばならない、これはこの世の掟なのだ。彼はこれを確信していて、ロワヌ夫人にこう書いている。「私は心の安らぎのために実生活でなにもかも犠牲にしていました。この知恵は無駄となりました。それこそがとりわけ私を苦しめるのです」。彼の知恵、彼の犠牲、それがクロワッセでの長期にわたる瞑想的な隠居生活だ。まさにそのために、彼が脅かされていると感ずるのはクロワッセにおいてなのだ。彼の寛大さ、愛情、父親的な気遣い、それを受けていたのはカロリーヌだ。したがって、当然、不幸はカロリーヌの夫を通して彼にやってくるだろう。母親の死後、ギュスターヴは彼の全家族——まず絶対権力を持ち恐るべきものとしてあったがついで分裂したこの家族、これがなければこの独身男は生きて行くことができなかったであろう家族――を姪のうちに縮約した。やがてこの家族が破産を、そして最終的にこの家族人間の孤立状態を、是認することになる。『美徳の不幸』（サドの作品）に加えるべき何の章があるだろうか！「フラヴィー（フローベール家と親しいフラヴィー・ヴァアス）の献身には感動する。もとよりこれを疑ってはいなかった。彼女がそれで罰を受けなければよいが」。というわけで彼の悲観主義が確認される。彼の人間嫌いについても同じように言おう。彼は姪にたいして、姪からふんだんに受けるぶしつけな忠告にたいして苛立っている。おそらく彼女の恩知らずにたいしてもまた。「彼の哀れな甥」については、少し後になってから、この男は自分を喜ばせるようにはできていないと言い、あらゆることについて彼に責任を押しつけ、こっそりと憎み始めている。少年期の暗い直感がこれほどまで完全に確かめられたことはかつてない、人生がこれほど完全に、ほぼ半世紀前からその醜悪なものと唾棄すべきものとを見抜いていたあの「完全な予感」に正しさを認めたことはかつてない。一言で言えば出発点に戻ったのだ。ギュスターヴ伯父さんの人生は彼の少年期の予感を正当化した。地獄とは世界であり、劫罰を受けた者は抱いた野心に比例してそこで苦しんでいるのだ。

とはいうものの、コンカルノーにやってきたときから、彼はジュリアンのことを考え始める。そして数日後、九月二十五日、姪に知らせる。「〈修道士聖ジュリアンの伝説〉のプランについて（三日で）半ページ書いたよ」。手紙の中では、泣き言と仕事の近況とが代わるがわる記される。『聖ジュリアン伝』は初めゆっくりと、ついで調子よく進む。これは三十ページの仕事でしかない、と彼は繰り返している。そのとおりだ、しかし『サランボー』や『ボヴァリー夫人』の三十ページを書くために彼がかけた時間を考慮にいれるなら、九月二十二日に書き始め、クロワッセで、ついでパリで、財政的なごたごた騒ぎと引っ越しの間に書き続けた『聖ジュリアン伝』が終えられたのが七六年二月十八日、これはまあまあと考えていい。それは揺るぎない一貫した仕事ぶりを証明している。絶望のまっただ中で、彼の作品のなかの最も楽観主義的な作品を企てたこと、そしてこれを一息に見事に成し遂げたこと、これを彼はどのように説明するのか？ 周囲の状況という理由からだ。これは嘘ではない、しかしこれだけの理由では納得は得られまい。彼は『ブヴァールとペキュシェ』でやや道に迷った、ついで財政的破綻がやってきた、これで書くことができなくなった、いずれにせよ書く気がなくなった。大計画は放棄し、物語《コント》「短い小さなもの」を企てることに決める、悲嘆に身を委ねっぱなしにならぬため――要するに精神衛生のため――と同時に「まだ一寸した文章を書ける」かどうかを知るためだ。実際、外的な気苦労がなかったとしても、彼が一時期この大作品を脇においたであろうことに疑いはない。距離を取る必要があっただろうから。彼の不運は仕事を中断するためのもう一つの理由となる。ノートが、蔵書全体が必要だ。コンカルノーにはこのようなものは何もない、と。とはいってもこれは、彼がペンの手を動かすにあたって、三十年前から反芻している主題をことさらに選んだことを説明しはしない。

彼はこのことを意識しているに違いない。というのは、自分の「小品」を語るのに、やや軽蔑気味な調子をとっているからだ。これはがらくただ、と彼は言っている。気晴らしだ、文体修練だ、「くだらないものだ、母親が娘に読ませるかもしれぬような」と。かつて『スマール』にうんざりしたときにも、そんなふうにこれについて語っていた。もう一つの言葉が過去からまた現われてくる。「私は根こぎにされ、枯れた海草のようにあてどなく彷徨っているように感じられる。しかし無理してでも『聖ジュリアン伝』を書くことを欲している。宿題をやるようにそれをやろう、結果がどうなるかを見るために」。こうした意志至上主義が彼のペンのもとに現われるのは非常に奇妙で、彼自身これに驚き、姪が信じないのではないかと、欲しているという動詞を強調している。しかしこの意志至上主義はたまたまやってきたのではない。親殺しの〈聖者〉のテーマがずっと前から彼には重要に思われていたことを軽く見せようとしているが、物語自体は平凡だし、内容はゆきあたりばったりに選んだものさ、気持に抵抗があるけれど書く努力をしてるのさ、と言い張らないわけにはいかないからだ。これにはうんざりするね、このくだらない教化的作品は、これは宿題さ、と。そのとおりだ、『ボヴァリー夫人』と同じように。宿題という言葉は数年来『書簡集』から消えていたのだが、突如われわれの疑惑を呼び覚ます。それは五五年前後には、書く対象にしていた「下層の人びと」、物語をそこに位置づけざるをえなかった「卑しい」階層に対して、フローベールが覚えていた嫌悪感を示していた。ここでは宿題という言葉は何を示しているのか？　主題は高尚である。彼は常に〈中世〉を、中世の動物やつつましい信仰を、復元させることを夢見ていた。ついで、時代を表現するためには、新たな文体を練り上げねばならず、それを彼は夢見ている。この新しい文体は、意識的に古くさくすることで、実際以上に素朴さを目立たせることで、人びとを魅惑すべきだということを彼は十分心得ている。輝くように美しい、しかし半ば以上死んだにひとしい言葉がすでに耳のなかで鳴り響いているのが聞こえて来る、消滅した事柄と風俗とを指示するために、こうした言葉を壮麗な形で復元せねばならない。〈歴史〉は非現実化されて〈伝説〉となる。〈伝説〉とは、歴史的な一時期を蘇生させ、消え去った人間たちの感情を「科学的な」生真面目さで表現する純粋たる手段である。生の喧噪は死の観点から再現され、己れ自身に閉ざされた厳密な中世世界というこの大宇宙《マクロコスモス》が、破天荒な主人公の冒険をとおして全体化される。これは、フローベールが夢見る通りの、純粋そのものの芸術作品ではないだろうか？　これは「くだらぬもの」だろうか、〈神〉について、〈人間〉について、〈運命〉について語るこれほど密度の高い物語《コント》は？　彼がこの物語《コント》をくだらぬものと見なしえただろうか？　かつて彼が「がらくた」を書いたことがあっただろうか？　その場かぎりの作品を？　すべてを語らぬ作品を軽蔑しているのではないだろうか？　彼の自己欺瞞を証明せねばならぬなら、五六年のギュスターヴが『聖ジュリアン伝』を三部作の第三巻目にしようと望んでいたことを思い出していただくとしよう。他の二つは『聖アントワーヌ』と『ボヴァリー夫人』である。したがって、前者が後の二つほどの価値はあるまいと当時彼が考えていたなどということはあり得ない。フローベールは手のうちを隠し、不誠実を嘘すれすれのところまで押しやっていると結論しなければならない。ギュスターヴが不幸のために失書症に襲われ、悲嘆にもかかわらず、書く機能を回復するという目的だけでどんなことでも書いている、というのは誤りである。そうではなく逆に、彼は悲嘆ゆえに『伝説』に取りかかる、まるであれほど待ちこがれていたこの本を書く機会を不運の中に認めたかのように。今やわれわれはこのパラドクスを説明することができる。

四五年に、大聖堂の薄明の中で、ステンドグラスから降って来る赤く染まった光のもとでギュスターヴが発見したのは、複式の語りの技術とでも呼びうるものである。われわれは知っているが、ずっと前から彼の真実は他者性として彼に示されている。彼はまず物体《オブジェ》であり、彼の本質は自己の外に、他人の手の中にあり、そのため、他人が彼の主観性を一連の一貫性のない付帯現象に還元する。彼においては、主観〔主体〕そのものが疑われているのだ、それは単なるまやかしにすぎず、その統覚と称するものは他者の視線によってアプリオリに否認されている。そこから次の倫理的な、したがって美学的問題が生じる。どうやってこの視線を自分の方に取り戻すことができるか？　文学的にだ。主観性は己の薄暗がりの中で生きられていると同時に、その真実を知っている者によって解読され、客観化されるが、こうした主観性をどうやって示すか？　『聖ジュリアン伝』が彼に与えるのはこの問題の解決である。というのも、この作品は同時に二つのレヴェルで読むことでしか本当には理解しえないのだ。ジュリアンは聖者である。これはずっと以前から知られたことだ。彼の生涯を語る絵を眺めるすでに前から、われわれは予告されている。その絵が物語るのは聖者の生涯だ、と。したがって一つひとつの出来事は二重の意味を持って示される。生体験としては、それはジュリアンを最後の失墜に導く一連の重罪と破局のなかの一個の環である。したがってそれにはこの世での未来があり、この未来を出来事から切り離すことはできない。物語としては、それは列聖に通じる聖なる道の一段階を、説明はつかないものの確実に表わしている。換言すれば、一つひとつの出来事には天上の未来があり、われわれはそれがすでに現実化されているがゆえに前もってそれを知っている。この意味では、複式の物語はフローベールに何も新しいものをもたらさない。〈生体験〉があり、これは生きるべき出来事の不可避なつながりだ――読者あるいは観客もまた「砂糖が溶ける」（ベルグソン）のを待たねばならない――、生体験に向けられた視線があり、この視線をこの同じ観客は〈芸術家〉と共有する、これは〈歴史〉と死の視線で、この視線は非時間化された時間性を永遠の一点に圧縮し、冒険の終着点を冒険の意味ならびに目的として出発点の前に置くことによって、持続の時間を破壊する、というわけだ。それにたいして、新しいのは〈芸術家〉の視点が〈神〉の視点と一致していることである。というわけで、イエスは最後のページに来る以前には介入しないにもかかわらず、イエスの出現は非常に待たれていて、ギリシャ悲劇における思わぬ救いの神《デウス エクス マキナ》の出現とは何の共通性も持たない。実のところ、〈全能の神〉はこの物語の初めにも終わりにもいる、われわれはこの〈神〉と一緒にいて、ジュリアンを上から眺めているのだが、〈神〉の測り知れない意図を理解することはない。ただ最後はすべてがうまく行くということを〈教会〉をとおして確信している。そう、そう、奴は親父を殺しお袋を殺した、だけど、心配しなさんな、善良な人びとよ、これは予定されたこと。予防策はすべて取られているのさ。あいつは聖者だと言ってるじゃないか！

以上が予言者としてのギュスターヴの理解したことである。〈神〉の視点を言葉で表現する必要はない。題名だけで十分だ。そして、もしも細かく説明する必要があるなら、三つのお告げに頼ろう。その二つを呪われた狩人の誕生のときに置こう。「彼は帝国を建設するであろう」、「彼は〈聖人〉になるであろう」。第三のお告げは彼の生涯の最初の三分の一の終わりになされるであろう。「お前は親殺しになるであろう」。これらの予知によって、われわれは行間を読むことが許される。それどころか、それを強いられる。そうすればギュスターヴは主人公のすさまじい暴力とサディズムを強調し、彼のこの世での災難を語るだけですませられる、われわれはすでに天国にいて、われわれの恵み深い魂は、〈悪〉がなされるのは〈善〉に奉仕するためであることを知り――形式的で空疎な直感だ――また犯罪のこの上なく暗い部分から昇ってくる何か分からぬ聖性の匂いを嗅いで驚嘆する、というわけだ。ギュスターヴが物語るような『聖ジュリアン伝』は、地上のこの世ではおそるべきもの、天上のあの世では幸運をもたらすもの、という神聖さの両面性を見事に表現している。しかし作者は――少なくとも結論までは――黒の側面にしか関心を抱かぬふりをしている。だが実際には、われわれに白の神聖さの観点から出来事を読み解くように強いている。上部は注意深く隠されてはいるものの、そのためにいっそう存在度をつよめている。なぜなら作者はその高い所に読者をおいたからだ。そこから、世の人びとの目から見れば怪物であるジュリアンに対するわれわれの共感が次第に高まって行く。真っ当な人びとが彼に門戸を閉ざしたり、石を投げつけたりするとき――ギュスターヴに言わせれば彼らの立場になるとわれわれも同じことをするだろうが――われわれは止まり木の上から彼らを罵り、〈我等の救い主〉が彼に抱いている神の愛で彼を慈しむように努める、フローベールはこの愛をそっとわれわれに付与したのだ。下方には一人の悪人しかおらず、彼は悪意を己自身に向け、自分に我慢出来ないでいる。高所からは読者が殉教者を眺めている。彼はその過失自体によって、最大の苦痛、すなわち最大の「渇望」のために選ばれた殉教者で、彼に対するわれわれの愛情は彼がその中で生きている暗黒から、あの深い卑下から来ている。ところがこの卑下のために彼は自己の最良の部分である渇望自体に気付かない、この卑下のためにあの神格化された不満足、絶えず彼を悩まし彼が途中で立ち止まって自分はもう十分にやったと言うことを許さぬ不満足の中に、犯罪と憎悪と空しい悔悛しか見ていないのだ。

　フローベールはキリスト教的〈西欧〉のために書いている。ところでわれわれはすべて、今日でもなおキリスト教徒である。もっとも過激な無信仰とはキリスト教的無神論だ。すなわちこれは、その破壊的な力にもかかわらず、「キリスト教的」指導図式を――思想にかんしてはごくわずかに、想像力にかんしてはそれ以上に、とりわけ感受性にかんして――保持している。その指導図式の起源はわれわれが良くも悪くもその後継者となっているキリスト教の諸世紀の中に求めねばならない。というわけで、世の人びとを変えよう、世の人びとを邪魔している腐敗した大組織から彼らを解放しようとわれわれが望んだとしても、救済と贖罪とのモラルで人びとの魂を毒するのをわれわれが拒否したとしても、おのれを自覚せず悲嘆にくれて死にかけている聖者を、いくぶん気難しい作者が示してみせるとき、疑いなくわれわれは、一番幼い頃の薄明の中で感動している。一瞬だけ想像界の中でキリスト教徒になり、われわれは真に受けているのだ。ベルナノスがあの見事な『田舎司祭の日記』を発表したとき、われわれは真に受けた。この作品では――技法はフローベール以後進歩している――場面の上半分は欠如でしかない。[*1] その結果作品はこの地上で終わっている。作品は地上をはなれることがなく、われわれ無信者は心から感動しつつ、自分自身で被昇天を果たさねばならなくなる。というのも、彼は――無神論者から見ても――善良であり、純粋であるからだ、この若い司祭は。もし〈神〉が死んだなら、彼の行為は無駄になり、彼の苦痛はあまりにも現実的となり、不幸が打ち勝つことになる。われわれはこの瀕死の子供をかくも愛しているので、彼を救うために、〈神〉を蘇生させるのだ。

＊1　司祭は一人称で語っている。ジュリアンが『親殺しの日記』という題のもとに自分自身の物語を語っていると想像してみよう。ベルナノスの技術は内在性を去ることなく〈超越的なもの〉を感じさせる点にある。

とはいうものの、ベルナノスの作品とフローベールの作品とを比較すると、フローベールの悪巧みが分かる。彼は、最後まで陰険なままだ。そのままの姿で捉えると、ジュリアンはまったく愛らしい人間ではない。この堕落した魂には愛のかけらも見られない。まず見出されるのは至る所で生命を破壊しようという情念であり、ついで極限に押し進められた自己破壊である。人びとへの憎悪が自己への憎悪に変わったのだ。この点については、作者はいんちきをしていない。彼は十四歳のときに（おそらくは、もっとずっと早い時期に）、自分は悪人であり、その自分にうんざりしていると述べているのだから。人生の終わりにおいてもそうだとうそぶいている、一時期、自分の文学的遺言だと思っていたこのお話の中でだ。われわれの愛する主人公を救うために、ベルナノスは、われわれに想像界で古くからの信仰を蘇生させる。フローベールは、これより巧みに、自分の造り出したジュリアンを愛することができるようにと、われわれが〈超自然〉と上部を復活させざるを得ないようにする。ジュリアンの破壊の熱狂にたいして特別の共感はないものの、キリスト教教育によって、作者の見解にあらかじめ引き込まれているわれわれは、ジュリンが自分ではそうと知ることなく絶対的な愛によって愛されているがゆえに、彼を愛するのだ。かくして、彼の自己憎悪は氷解し、純然たる功徳－価値となるが、われわれはこの自己憎悪がこの世で及ぼしている害に相変わらず居合せている。要するにギュスターヴは非常にカトリック的な図式を使って、手品でわれわれの度肝をぬいているのだ。われわれはそのことを感じながら、感動に身を委ねる。すると、およそ信じ難いものを想像の中で信ずる気になる。愛らしくない男、悪意を自己に振り向けた悪人を愛することができるように。思い出されるのは、ガルシアの、マッツアの、マルグリットでさえもの両面性で、これらの愛されざるものは不幸によって反感をそそる存在になっていた。エンマでさえもそうで、彼女は憎悪と怨恨とに蝕まれている。ジュリアンは彼らに比べてよいわけではなく、ある意味では彼らを縮約している。何故なら彼らもまた自己にうんざりし、それと同じくらい彼らのうちに化身している作者をうんざりさせていたからだ。[*1] 何が変わったのか？　たった一つのことだ。ギュスターヴは断固として、しかしかなり巧みに、彼の作り出した親殺しが無限の愛の対象であるとわれわれを説き伏せる。そこでわれわれはやむを得ず反感を押し殺す。そうでないと浮かぬ顔をすることになるし、これでカトリックの図式が形式的に維持されるからだ。その結果われわれは、自分のなかにも歴史のなかにも、暗く捉え難い非理性が存在することを感じるのだ。この非理性はこの驚くべき作品の決して小さな魅力ではない。

＊1　ジュリアンは幼年期にほとんど愛されなかったという言い訳さえもっていない。

〈他者〉の犠牲であるギュスターヴは、〈神〉でしかありえない絶対的〈他者〉を他人たちに対立させることによって、あえて自分を護ろうとする。愛されざる者があえて信じようとする、神は私を無限に愛すると。自分をほとんど護ってくれないくだらぬ〈コギト（我思う）〉を放棄して、自分が絶対知の永遠の眼差しのもとで空しい存在であることを受け入れる。彼は自分が「見られて」おり、「知られて」いると感じている。誕生のときから未来の死、すでに過去となった死にいたるまで、ずっと以前からだ。自分を泥土から引き出し、連続的創造によって自分の存在を維持してくれている手によって、奇跡的に導かれることを彼はうまく受け入れる。最後に、いっさいの責任から解放されて、彼は働きかけられるという幸福を味わっている。なんと見事な解決であることか！　これを完全に信ずるべきか？　もちろん否《ノン》である。それでは話がうますぎる。たしかに、息切れがして、四四年一月の夜に彼が倒れるとき、この転落は〈神〉に身を委ねることであり、その深い意図は〈創造者〉が彼に抱いている目に見えぬ愛を作り出すことである。以後、彼は一つの〈眼差し〉のもとで生きることになる。ただしこれは、これについて何も知らぬという条件においてである。たった一筋の光もギュスターヴ＝ジュリアンの暗澹たる魂を照らしてはならない。そんなことは不可能だ、と人は言うかもしれぬ。違う。問題の解決は〈芸術〉の中に求められねばならない。四五年にステンドグラスの〈聖者〉と出会い、これによって彼は呪われた〈狩人〉の中に自分の姿を認めるようになる。直接的にではない。この出会いは、すでに言ったことだが、彼に技術を提供し、一種の美的明証を体験させる。彼が一個のオブジェを把握するという意味だ。密度の高い豪華なこま割り漫画の物語で、これが、残念なことに消えてしまった一世界をそっくり全体化していると思われ、生の満足すべき完全なヴィジョンを彼に提示するのだ。平俗ではあるが途方もなく新たな手法の複式の物語は、その形式美という点で彼には説得的に思われる。けれどもこの見事な全体は想像上のものであり、述べられている事実は現実に一度も生じたことはない。ここで美的明証とは、企てを迂回させ、その鋭い輪郭をもって乗りこえられない本性という形で自分を押しつけてくる障碍物との厳しい出会いのことではない。それは、どこにも存在せず、にもかかわらずこの壁の中にはめ込まれこのステンドグラスに刻まれている純然たる絵〔イマージュ〕に、観想しつつ全面的に同意することである。そしてこの明証がフローベールにもたらす確信もまた美的次元にぞくする。これは命令だ、この伝説を書け、この焼き絵ガラスの柔らかな輝きを言葉の中に移し入れよ、消え去った無名の職人の魅力的な作品から、お前の傑作を引き出せ、と。ギュスターヴを誘惑するのは、主題の見かけの無償性である。結論するのではない、命題を証明するために筋書きを作るのではない、そうではなく、〈観念〉を物語の技法そのものに、平明な物語の条件にするのだ。まさしく、物語はすでに語られている。テーマ、技法、不可能事と奇跡との弁証法、悲観主義と楽観主義の弁証法、すべては前もって彼に与えられている、彼にできるのは細部を変えることぐらいだろう。彼は理解したのだろうか、言語を絶したこの賭けを表現する手段が自分に提供されているということを？　いずれにせよ、彼はそこに認知したのが自分自身の姿だということがあまりよく分からぬままこれらの絵を認知した。そしてこの認知が、観想する喜びとなすべき仕事の形をとったのだ。じっさい、「この伝説を書こう」は一つの意味しか持ちえない。この伝説をぼくのものにし、そこにぼくの名前を結びつけねばならない、何故なら、すでにずっと前から、それはぼくのものなのだから、という意味だ。いかなる場所でも、彼は、これはぼくの真実だ、とは言わぬだろう。それは自分を裏切ることになろう。それに、フローベールは真実の世界では生きていない。しかし伝説を自己のなすべき仕事、自己の芸術の永続的な可能性とみなすとき、彼は造形的な想像界を言語的想像界に変換するという企て以上のことをしており、伝説を自分のうちに、自分の思考の永続的な筋道として刻み込んでいる。そして、作品にとりかかるはるか前に、この非現実的な物語《コント》の穏やかな現実の内に、自分の求めていた客体化を見出している。この物語《コント》を自分の未来の作品として自分のものにするという条件において、彼はこの物語《コント》をイマージュを生み出す母胎として、また同時に自己の半ば現実的な規定として、自分のうちに据え付けることができる。その規定は歳月を越えて彼のところまでやってきて、数々の攻囲戦や略奪や火災にもかかわらず、自然の堂々とした惰性によって、彼一人のために保存されていたのだ。昔の想像界のこうした一貫性は何にもまして彼を喜ばせる。彼は昔の想像界に現実の非現実的な一種の等価物を見る。それが理由で、彼はこれを自分に付与する。急いでこれに専念しようとはしないことは確実だ。それどころではない。作品が完成すると、これにうんざりするということを、彼は知り過ぎるほど知っている。彼はある日マクシムを信頼して計画を打ち明ける。しかし当時の彼の手紙はこれについて一言もふれていない。手紙では短期と中期の目標しか知らせないからだ。『聖ジュリアン伝』を彼は愛撫している、その作品をのんびり考えている。その作品は、彼がそうあって欲しいと願っていたものになる。すなわち彼の思考ならびに感受性の部類に。それは、彼が宗教的な「負けるが勝ち」を隠すこと、また自分に隠すことができるということを意味する。彼の見事な絶望が報われることを確認したいときは、彼はジュリアンの物語を取り上げ、これに専念するという口実で自分にこの話をするのだ。そして事実、彼はそこから慰めを汲んで来る。たしかに現実界は伝説による確認をまったく必要としない。しかし、まさしく、転落のときに行なった常規を逸した賭けは、現実を対象にしていると言うことはできない。ギュスターヴはもう苦しむのに飽き飽きしていた。崩れ落ちたとき、彼は苦しみを和らげ、これを一つの役割に変える。彼の昔からの陰気さは正当化されすぎていて、すでにわれわれも知る通り、必ずしも本当に感じられていた訳ではないのだが、その上に立って彼は〈神〉相手に〈希望なき者〉の役割を演じ始める。この新しい役柄と彼の〈偉大なる観客〉とはどちらも非現実である。それにこれは別に困ったことではない。なぜならば、このおどけた悲劇においては、観客について言及してはならないし、観客がいるかもしれぬということを知っているそぶりを見せてもいけないからだ。それはどうでもよい。進行中の作品『聖ジュリアン伝』は、フローベールが自分に抱く表象を裏付けるものとして役に立つ。社会的想像力のこの古い産物は、神経症的な「負けるが勝ち」のほとんど厄介な独自性を、独自的普遍として保証しているからだ。一方には伝説があり、これは「伝説」としての客観性、語れ——したがって再客観化せよ——というその要求、伝説の本来の内容の現実的構造化（その内容はそれが表現している事柄において想像界に属するし、むろんジュリアンも口をきく鹿もイマージュ以外のものとしてはギュスターヴには現われないが、物語の構造は、かく語れ、さもなければ語るな、と己を強制するという意味で、現実界に属している）を伴っている。他方にギュスターヴが〈神〉の前で演じようと心深くで決意した役割、暗黙の意図によって構造化された生体験の強制的な味として、生きられている役割がある。伝説の要請‐強制と生体験としての役割というこの両者の間に反映の相互性が打ち立てられている。これ以上当たり前のことはない。これは等質の二つの規定因であり、二つの命令であり、どちらも実践を目ざしているのではなく、ギュスターヴをとおした想像界の生産を目ざしており、未来から、すなわち果たすべき仕事から現在を構成している。この仕事において、どちらの場合も、示されている目的は同じである。それは宗教的な「負けるが勝ち」を地上の世界の究極の秘密にすることだ。わが意に反して無信仰のフローベールと、信仰を持ってはいるが——これは時代的なものだ——〈神〉が善良でありうると一瞬たりとも思いえず、また〈神の許し〉を一度たりとも懇願することさえできないジュリアン、この二人は世紀を越えて応えあっている。その上、二つのなすべき仕事の媒介者はギュスターヴである。たまたまそうなのではなく、ギュスターヴは、これら二つの要請‐命令がともに対象とする人間だからだ。かくして、彼が一人で仕事部屋にいて、書いたばかりの文章が惹き起こす嫌悪から絶望を演ずるとき、常に今まで以上に負けよ、回収の見込みなしに賭けよという指令‐要請は、ギュスターヴが自分のために作り上げた特殊な理論のなかで、まったく独自なその役割を明かしかねないだろう——もしも、あたかも他人の物語であるかのように自分の役割を語れという美的要請が、絶望するという無言の試みの中に上方から映し出されていないとすれば、また、この試みにその存続、その社会的性格、仮借ないその客観性（あるいはこう言った方がよければ、この美的要請が求める客体化の必然的かつ現実的な構造）を分け与えていないとするならば——。その結果、孤独な作家は自分自身にうんざりしながら、自分は自分自身の役柄を演じているのか、それともジュリアンの役柄に慣れ親しんでいるのか、もう分からなくなる。また逆に、芸術家としてのもっとも明晰な意識において伝説を考察するとき、彼はその伝説のなかに、また聖者の役柄の中に、無限に近く親しい何かしらを、いたるところに注がれている一種の〈恩寵〉を、中世初期からやってくるが自分だけを対象としながら自分に何も語りかけてこない匿名の勇気づけを感じる。そして美的要請の暗黙の配慮のなかに、神による指名のような何かを感じるのは、ステンドグラスを前にして恍惚として感動を覚えるのは、ギュスターヴがジュリアンの物語を引き受けて新たに語ることに決めたその限りにおいて、この物語の方も、こうした苦難は最後まで忍ばれねばならぬというその限りで、ジュリアンの物語をギュスターヴに提示することを漠然と引き受けたからである。そして反映の弁証法はさらに複雑になる。彼は自分にそう命じたがゆえに、自分自身にうんざりし、ペンが綴る一語一語にうんざりしながらも『ジュリアン』を書くということを前もって知っている。しかしまた、自分では予期もしないのにそれが見事に成功するということも知っている。何故なら、彼は伝説によってその唯一の語り手として長い歳月を越えて指名されたのであり、ドイツの作家とステンドグラスの絵師とが生きることを試みそれぞれあの魅力的な下絵に取りかかったのは、ただひたすら、遠い未来においてこれを〈神〉の名に値する至宝に創りあげるべき運命の人に、忠実な僕として従うためだったのだから。

　ステンドグラスのおかげで、宗教的な「負けるが勝ち」は押し殺されたことば《パロール》、語られなかったことば《パロール》としてとどまる。自分を奮い立たせるとき、ギュスターヴが眺めるのはジュリアンの客体性であり、彼は自分では創造しなかったこと、それどころか、この英雄を心のままに外部から受け入れたことでうっとりとしている。苦悩主義の果てまで行きこれを誇りにしようとするディオニソス的決意と、この決意を非人称的な色絵の花束によってアポロン的に表現することとの間にはたえざる疎通がある。とはいうものの、四五年のフローベールは書くことを急いでいない。もっと後で、ずっと後になってから、もしかしたら人生の終わりにぼくのジュリアンに取り組もう、この方が論理的かもしれない、何故って神様のご褒美は生涯の終わりに示されるのだから、と。自分のために準備した――しばしば倦怠のおぞましい味のする――この奇妙な空っぽの時間性において、長い道のりが自分と死とを隔てていることを彼は知っている。換言すれば、少年期の作品を取り上げ直し、傑作に変える時間を彼は有している。これらの作品はテーマにいたるまで、ときには個別的な主題にいたるまで、すべてが設定されていて、過去によって凝固されてしまったが故に、すでに無時間的な命題になっているのだ。唯一の新しさは、希望、〈神〉だ。彼が『聖ジュリアン伝』を開始しようという気持にまったくなれないのはよく分かる。これは彼のお守りなのだ。これを自分の作品にせよという命令-要請にもしも早まって従うなら、この作品は、なしとげられ、終えられて、客体化それ自体によって昔の力をなくして背後に留まるだろう。逆に、今は親殺しの〈聖者〉が自分自身について行なっていたあの絶望の作業を実行するまたとない機会である。ということは、彼の神秘的で超現実的な楽観主義が、彼の悲観主義の文学的表現に新たな意味を与えるということを意味する。つまり〈悪〉は地上に君臨する、これはこの世における乗りこえ不可能な真実であり、この真実は語られねばならない〔悲観主義の文学的表現〕。これは〈天〉においては賞賛されてよい過ちである、何故なら、彼はある瞬間、〈神の創造〉に対する根底的な異議申し立てを、〈神〉から犠牲的行為として要求されているように思えるからだ〔楽観主義〕。今は陰気な主題を扱おう、サディストであると同時にマゾヒストとなり、作中人物を〈地獄〉に堕とし、彼らの苦痛を情念として生きてやろう〔悲観主義の表現〕。それからある日、晩年に、『聖ジュリアン伝』を書き、この世に暇を告げる前にカードの裏側（手の内）を見せてやろう〔楽観主義の表現〕。というわけで、ギュスターヴに『聖アントワーヌ』と『ボヴァリー夫人』とを書くことを許すのは、常に未来になすべき仕事としての『聖ジュリアン伝』なのである。

五六年に、われわれが見たとおり、彼は勝利の叫びを発したい気分になる。作品に取りかかる決意をするのだ。しかし、じつのところ、作品がジュリアンからこれほど遠ざかったことはかつてなかったのだ。もし、勝ち誇る者がいるとするなら、それはジュールだ。彼はまもなく計画を放棄する。それに対して七五年には、一瞬たりとも躊躇せず、書き始め、意を翻すことはしない。それは死の危険にさらされていると感じ、破産の中で生き延びることはあるまいと確信していたからだ——事実、経済状態は思っているよりも不安定でないにもかかわらず、彼はその後長くは生き残らない。コンカルノーで、彼は金もなく、一人きりで、無防備で、彼の殻であるクロワッセを失うことを恐れながら、吐き気がするほど自分の現実を思い知っている。コマンヴィルの破産は耐えがたい未来——窮乏と不名誉——を彼に残し、同時に、更年期のように、過去を蘇生させ、全体化する。想像界は粉砕される。「無頓着」でいられないところに芸術はないからだ。五カ月の間、ギュスターヴは姪と一緒に暮らす、「重罪院に召喚された人たちのような状態で、すなわちひっきりなしの耐えがたい不安の中で。一日一日が長い刑苦でしかない」[*1]。それは彼が裁判所による法的清算を恐れているからだ。それが避けられたとき、ギュスターヴのうちに眠っているブルジョワにとっては耐えがたいあの「恥辱」の未来の緊急性が、心配事——売ること、借りること、暮らしぶりを縮小すること——の吐き気のするけちな未来に取って替わられる。今ではコマンヴィル家の運命は希望と失望が交互しているが、これについて彼はほとんど分かっていない。それに彼にはほとんど何も知らされない。しかし、知らされないことで、家族に迫っていることが感じられる漠とした脅威はより現実的いになるだけだ。一言で言えば、破産以前には、未来とは〈芸術〉の生きられた永遠だった。一冊の書物の出版によってときどき乱されるか乱されないかの永遠だった。今や、ギュスターヴはお手上げだ。神経症にまた転落しても救われまい。人間以下の状態に落ちてみても金利収入は救い出せまい。四四年には、このたくましい病人には「前方に人生」があった。彼の人生だ。現実界の計画的な殺害に基づく〈芸術〉への目覚めだ。七五年に〈芸術家〉を殺すのは現実――〈金〉というもっとも容赦ないブルジョワ的現実である。そこで彼は自分自身のものであったあの「閉じた」生活を振り返る。想像界の最後の逃げ場である過去の中へと未来から逃れるためだ、しかしとりわけ、彼の現在の不運が最後の締めくくりであるためだ。彼にはよく分かっている、賭けはなされたということ、自分が衰弱していること、わずかばかりの心配事を除くと自分を死から分かつものは何もないことが。現実の彼は、かつての自分がそうであった夢を、現実の観点から熟視する。彼の生はそっくり、貧しい形でできあがってしまったように思われる――自分の人生を振り返っている者にとって、貧しくない生があるだろうか？人生はこんなものでしかなく、もはや他のどんなものにもなるまい。じっさい、この頃、自分には「知的未来」はもうない、と彼は自分から書いている。そしてその同じ手紙で昔の思い出に憂鬱そうに触れている。「昔のこと、幼年時代、青年時代、二度と戻って来ないあらゆることを思い浮かべています。果てしない憂鬱に包まれています」[2]。ときとしてわれわれは、彼を読むと、我慢のならぬ現在にたいして、昔の幸せな時期を蘇生させようとしているのではないか、と思いたくなる。ある意味でこれは間違いではない。一八七五年に――かつてはしばしば呪っていた――幼年期が、現在の不幸に比べて黄金時代のように思われる。それは安楽だった、フローベール家の名誉の時代は。現実に鑑みて、彼は呑み込んでいた昔の怒りを破棄する、そこにお芝居の部分があったことを見分ける。そうじゃないんだ、重大なことは何もなかったのさ、と。この意味で、四四年一月の転落が――たくさんのことの中でなかんずく――親殺しであったとすれば、破産は、夢想家としての彼の全存在を目の前で要約することによって、精神分析家たちが「父親との和解」と呼ぶことを果たしている。けれども、彼がもっと誠実になるとき、例えばジョルジュ・サンドが相手となると、それが再発見したものであれ作り出したものであれ、幸福のごく稀な瞬間が自分の探求の目的ではないと打ち明けている。問題は現実の観点から終わってしまった生を再全体化することなのだ。そしてたえず再開されるこの操作にはひどく辛い思いが伴う。「僕は海辺を散歩し、さまざまな思い出、悲しみをかみしめ、台無しにした人生を嘆いています。そして翌日、それがまた始まるのです！」[3]。彼の思い出は陽気なものではない、それどころではない。彼にショックを与えるのは流れ去った瞬間の内容ではない。それは、こうした瞬間が二度と戻らぬという性格、かつては永劫回帰であって欲しいと望んでいたこの人生を、方向づけられたベクトルに、衰退の現実的プロセスにしてしまうその性格なのだ。とりわけ彼は、かつて苦しんだ悩みが何であったにせよ、その空しさを発見してショックを受けている。苛々するだけの悲惨な少年期、服従と抗議との中間にあって凶暴な青年期、ついで大きな犠牲とこの三十年にわたる修道生活、あらゆる快楽の拒否、仮借ない労働の単調さ、自ら欲してしっかりと耐えてきた生活のつましさ、これらすべてが空しかったことになる。何かしらがそこから出てくるはずだったが、いちども現われたことがない。そして、この夢幻的生の中に現実が侵入してこれをぶちこわしたので、ギュスターヴは自分の苦行が傑作を生み出したのか、やってみるだけの価値があったのか、確信することさえもできない、彼はまた昔の懐疑に引き戻される。〈芸術〉は幻想でしかない、と。地代が彼に書く可能性を与えていた限り、彼は絶えざる犠牲《ホロコースト》を正当化するために未来の著作をあてにしていた。いま外的な破産と内面の破産とが結びついて彼を隠居生活に追いやるからには、線を引いて結論を下さねばならない。しかし結論すべきことは何もない、最悪なものが確実であり、〈悪魔〉が常に勝つということをのぞくならば。

＊1　『書簡集』第三巻（一八七二—七七年）、補遺、二二一ページ。
＊2　ツルゲーネフ宛、一八七五年十月三日。『書簡集』補遺、第三巻、二二三ページ。
＊3　『書簡集』補遺、第三巻、二一五ページ。

以上がまさしく彼を動転させ、激しい自己嫌悪を中断させ、そのかわりに涙の雨をもたらすものである。彼は自分自身を哀れんでいる、何故なら絶望がもたらす抽象的な不変の心の乾燥に対して他に打つ手がないからだ。ぼくは沢山仕事をした、沢山の犠牲を自分に強いた、沢山の好機を斥けた。まったく無駄だった、と同じことを繰り返している。今、毎日、ほろりとして、彼は息をつまらせている。そのとおり。ギュスターヴは自分の部屋で、あるいはコンカルノーの浜辺で、自分の生涯についてほろりとしている。さまざまな不幸に照らして、この生涯のうちに大きな価値を発見している。誠実に、もっとも無邪気な熱意によって蓄えられた価値だ。そしてこの崇高で真に人間的な企て、愚か者の破産によってぶちこわされ、褒美もないままに呑み込まれてしまうこの企てに、比類のない美を見出している。成功というのは彼の目からみるとほとんど意味がない。成功するのはマクシムだ。ギュスターヴは成功などする気はない。常に予見され、常に——少なくともあるレヴェルで——目的とされた挫折だけが、その神秘的な光でこの人生全体を、すでにその外に出てしまったと思いこんでいる者の目に明らかにする。不当な挫折だが、その衝撃的な否定の力は、天が空っぽであること、〈悪魔〉は賞賛に値する者を罰すること、この世の財宝は常に不当なものであること、こういったことを知らないわけでもないのに、それでもなにがしかの功徳‐価値を得るためにのみ生きてきた者のつつましく頑なな信仰を浮き彫りにする。これほどの熱意──しかもその空しさを自覚している熱意──は、不可知論と〈自然〉のサディズムに基づく暗黒の汎神論の彼方に、子供じみたつつましい信心を指し示してはいないだろうか？　この信心の素朴さこそニヒリズムを跳ね返し、この信心こそ、それが風によって吹き消されて悲観主義が勝ち誇るときに、悲観主義に対して道理を有しているのではないか？　彼においては意外なこの優しさ、これは自己を愛そうとする不器用な試み以外のなにものでもない。そして、彼にとってこれ以上難しいことはないので、彼はすぐに他者を、無自覚だが神の愛によって貫かれている〈聖者〉を出頭させる。この男をとおして、〈神〉の媒介により、彼は自分が愛されうると感じる機会、そしてついに自分の隠れた存在を享受するなにがしかの機会を得るのだ。ごく自然に、ためらいなく、これっぽっちの疑いもなく、彼は『伝説』に取りかかり、完成するまで手を放さない。そこで物語るのは彼の生涯である。かつて中世の領主によって生きられたとおりの、〈至高の存在〉に永久に現われるとおりの生涯である。彼はそれを自分の死を抜かすことなく物語る。何故ならまさしく自分が死ぬ時刻だと思っているからだ。そして癩病者への接吻は最高の試練である。なぜなら、最悪なことは言語に対しておぼつかない戦闘を孤独の中で始めることではなく、あれほど長い間遠ざけられていた現実界が泥棒のように〈芸術家〉に飛びかかって彼を呑み込んで書く力を奪ってしまうことであり、一人の利権屋の無思慮な行動によってギュスターヴの生きた五十年間が無駄になることだからだ。試練を乗り越えるとは、「まだ一寸した文章を書ける」こと、現実が勝ちをしめても彼には〈芸術〉がまだ可能であること、こうした現実の勝利を最後のメッセージを発する偶発的な理由とみなして、呑み込まれる瞬間に想像界の優越を確認しうること、こういったことを証明することなのだ。

三十年以上前から自分に与えてきた命令‐要請についに従い、仕事にとりかかるとき、フローベールは最後の一枚に賭けていることを確信している。命令を遂行すればこれを抹殺することになり、その結果お守りを失うからだ。その代わりに残るのは、他のと同じような一冊の本、非現実性の中心の現実化である。そのあと、作者は空っぽになり、しかも保証がなくなる。しかし、こうした考えも彼を押し止めない。それは、「負けるが勝ち」のゲームが不可能になるまさにその瞬間に、このゲームを一つの作品の中に、永久に固定する必要があるからだ。この作品がゲームの規則を制定し、遊びの無償性を美的な非現実に変形させることによって、このゲームに〈芸術〉の超現実性を与えるであろう。まるでフローベールが──死あるいは老化という彼が交互に予見している不幸の門口で──自分の役割を一挙に放棄し、一つの行為によってこの役割を自分の外に投げ出したかのごとくだ。それもマスクをかぶりながら万人に自分の人生の意味を打ち明けるためであるかのように、また同時に世界ならびに背後の世界の真理がいかなるものであらねばならぬかを――実然的判断を述べるのにほとんど向いていない彼が――主張するためであるかのように。彼は「負けるが勝ち」を抜け出し、これを客体化する。外在化されて、このゲームは非現実化の中心になる。作者が不当に打ちのめされて、消えた後にも、このゲームはおのれの規則を読者すべてに提示し続けるだろう。ギュスターヴはまたもや自分の考える芸術作品の魅惑的な両義性によって説得されるがままになる。芸術作品はその内的法則ならびにその全体化作用の厳密な原理とともにたしかに存在する。したがって、芸術作品が語ることは重きをなす、そしてある意味で存在の一規定である。他方、芸術作品はまったく非現実であり、その根本的な企ては読者を非現実化することである。しかし、とギュスターヴは考える、この非現実化が諸現実の閉じた宇宙の中で〈存在〉がわれわれに送って来る唯一の合図でないかどうかを誰が知ろうか、と。かくして『聖ジュリアン伝』を書きながら、ギュスターヴは美しい夢を永遠化すると同時に、「存在者」を否定することによって、存在論の大法則を、われわれすべてを支配している愛の法則を明かしているような気がするのだ。一か八かだ。『聖ジュリアン伝』は想像的魂のもっとも深くに秘められた秘密である。この魂が突然この秘密を己から引きはがして、海に瓶を投げるように、事物の中にゆきあたりばったりに投げるのだ。

こうした現実への脱皮のあとに来る歳月で、ギュスターヴは「負けるが勝ち」のゲームを可能にしていた手段が保持できなくなってこれを完全に放棄する、とわれわれは言ってよいだろうか？　いや、こういう言い方は二重に不正確になろう。まず、『聖ジュリアン伝』は白鳥の歌として構想された、現実界の泥水によって呑み込まれる運命にある詩人が発した悲嘆の叫びである。ところがフローベールは生き延びて、事態はどうにかこうにか解決する。クロワッセは没収されず、彼はそこで世捨て人として暮らし続けられるだろう。したがって、――快活さとまではいかないとしても――静けさが彼にもどってくる、書く可能性もだ。この予期しなかった猶予期間を生きねばならぬ。もしもフローベールがフローベールであるなら、彼の本性となっているあのペルソナを取り戻すことなしにどうやってそれができるか？　それに、優れているとはいうものの『聖ジュリアン伝』は、作者がそのあとに生きのびているというまさにその理由で、もはやあの最後の傑作、彼の遺言とはならない。そのあとに他の物語《コント》が続き、ギュスターヴは『ブヴァールとペキュシェ』を再開するだろう。要するに書かねばならない。では、自分をごまかさずにどうやって書くことができるか？　というわけで、彼はゲームを最後まで続けるだろう。われわれは彼の『書簡集』に『サランボー』の時代と同じ嘆き、同じ疑い、同じ苦悩を見出すことになる。ただ以前よりも説得力がなく、自信もないように見える。明らかに、ゲームにうんざりしている。それは先ず、彼がアポロン的な吉兆、『伝説』を失ったからだ。これによって彼は、自分の化身である――唯一名前をもっている――男をとおして己の運命に驚嘆することができたのだ。いまでは、暗闇の中で知りすぎた役、疲れる役を演じなければならない。それに、彼は七五年の事件で打ちのめされている。そこから立ち上がれないだろうし、非現実と現実とのやっとのことで維持されていた平衡はもう二度と見出せないだろう。じっさいには、現実が勝ったのだ。聖ポリュカルポスはおそろしく孤独で破産した老いた独身者でしかない。彼はそのことを知っている。また、これは試練ではなく、万人共通の条件であり、そこには彼が選ばれていることを示すものは何もないと考えている。名誉もほとんど彼を喜ばせない。名誉はけがされたし、たえず異議を唱えられている。「私は邪魔者だ」、と彼は言う。ある意味では、もう賭け金がないのでゲームがだれるのだ、と言っていいかもしれない。ギュスターヴはおしまいだ。最後の本がその他すべてよりも優れているとしても、彼の名誉に本質的なものは何も付け加えはしない。いま、フローベールにはあるがままの価値があるだけだ。彼はまったく同時に二つのことを感じている、この価値は諸々の意識〔読者〕の分散によって非全体化されていて、現実化されえないこと、しかし、この価値は〈歴史〉の中での一定の場所を彼に割り振り、彼をあの未知の人物、もはや自分自身にとってそうであるあの未知の人物でしかないものにさせていることを。この最後の数年の間ずっと、彼は線を引かねばならぬことを自覚している。過去に没頭し、あの苦行からなる人生、なんといっても採算が取れた苦行からなり、成功もしなかったが台無しになったわけでもないあの人生をかき集め、両手で捉まえておこうとする。彼は仕事をする。退屈な部厚い本、必ずしも自分で理解できていない本に向かってくたくたになる。この企ての無味乾燥さに嫌気がさす。とはいっても青年のころから、さまざまな形でこうした本を夢見ていたのだ。しかし、七五年以降、彼はもはや自分の憎悪に対応できなくなる。人間嫌いについても同様で、快活さが必要になるからだ。年齢に似合わず老い、姪に見捨てられ、彼は優しい愛情を必要とし、すこしでも優しい愛情を示されると、感謝しながらこれを受け取る。というわけで、彼は優しいラポルトが好きなのだ。熱心な気持はあるのだが、彼は自分のしていることをもう十分に信じておらず、苦労して絶望を深めることはしなくなる。「負けるが勝ち」は彼の中でひそかに続いている。習慣の力により、また仕事をしていくときにこれが必要なので。しかし、彼の中にもう絶望はない、もう希望を持っていないからだ。残るのは幾人かへの愛情である。ラポルト、モーパッサン、ブレーヌ夫人だ。そしてわずかな、不快な悲しみ。三十年以上彼を悩ました神経症からは癒えている。しかし同時に彼の役柄を――つまりは彼の性格を、何故なら彼は「彼自身を演ずる役者」なのだから――失ったのであり、一生涯ごまかしてきたのちに見出したのは、幼年期の辛い疎隔感《エストランジュマン》が力を失った姿である。

＊

この神経症の戦略について、われわれはいまのところ、仮の結論しか出すことができない。いずれにせよ、ポン＝レヴェックでの〈転落〉の意味についてのかなり深い直感から生れて合理化された「負けるが勝ち」が、ギュスターヴによって極限にまで展開されたことは明らかである、それは快活さの一時期においてで、私はそれを病が遠のいた四四年六月と、『感情教育』の初稿が終えられた四五年一月との間に位置づけている。つづいて、このことをわたしは示したつもりだが、この合理化された「負けるが勝ち」への言及はごく稀になり、芸術家としての彼の歩みの大部分が説明されるのは、奥にひそんでいる原初の「負けるが勝ち」によってなのである。ジュリアン、これこそ彼の求めていた人物である。ジュール以上にだ、ジュールについてはもうほとんど耳にしなくなるだろう。とはいうものの、この合理化が無駄だったとは思わないようにしよう。すでに見たように、これこそ初めて彼が自分の芸術を理解することを可能にしたのだから。その上、この合理化は彼の内部であるレヴェルに残っていたが、〈悪魔〉を恐れて口にされなかったのだ、と考えることも許される。

いまわれわれが到達した地点で、フローベールの病いを完全に理解するのに欠けているのは、言うならば二つの次元であり、それをこれから一つずつ考察していくことにする。まず、この神経症が歴史的かつ社会的だということだ。この神経症は日付のある客観的な事実であり、この事実のうちにある種の社会――ルイ＝フィリップ治世下のブルジョア社会――のもろもろの性格が集約され、全体化されている。このようなものとして、われわれは次の巻で、この神経症をその他の神経症と比較し、この神経症がこの時代に存在したがそれ以前には存在したことのない種類の精神障害に属しているのではないかを検討する。この研究によって、やがて分かるが、われわれは一八五〇年頃の芸術運動に接近することができるだろう。他方、ギュスターヴの病いは彼の自由と呼ぶべきものを余す所なく表現している。それが何を意味するかは、この作品の最後でしか、『ボヴァリー夫人』を読み直したときにしか理解することができないだろう。

（第三部Ⅱ了）

訳注（各項目末の数字は本文該当ページを表わす）

一　事件

(1)　エルベノンまたは最後の螺旋――エルベノンの原語はElbenhon。これはマラルメの「イジチュールまたはエルベーノンの狂気」から来ていると思われるが、マラルメはElbehnon（ごく稀にはElbenon）と書いているので、綴りは異なっている。

「イジチュール」は、マラルメが発表しなかった未完の哲学的小話《コント》で、死後半世紀以上もたって詩人の女婿エドモン・ボニオが発見し、一九二五年に発表したものである（ただし、ボニオの読解については、さまざまな問題が指摘されており、一九九八年刊行のプレイヤード新版『マラルメ全集I』では、ベルトラン・マルシャルの別な読みのテクストも発表されているが、むろんサルトルはボニオ版に拠っている）。内容は、真夜中に部屋を出たイジチュールが、階段を降り、その途中で逡巡し、ついに墓に到着して、そこで骰子を振ろうとし、最後におそらくは小瓶に入れた薬を飲んで、先祖たちの遺骨の上にみずから横たわる、という奇妙なものだが、これが発表されて以来、この難解な詩的散文をめぐって、実に多くの文章が書かれた。さまざまな解釈のなかには、ここに詩と文学の創造の根源を探ろうとする試みと、そのために自己を無化するという態度が表われている、という指摘も見受けられる。

なおイジチュールとはラテン語で、「こうして」とか「それ故に」などの意。またエルベーノンという名前については諸説があるが、なかにはジャン＝ピエール・リシャールのように、「El be none すなわち Ne sois personne（何者でもあるなかれ）」の意であろうという見解もある。

「螺旋」というのは、マラルメの「イジチュール」の草稿にしばしば現われるイメージで、たとえば「目くるめく螺旋運動」、「螺旋階段」といった言葉がある。またフローベールが後に執筆を考える狂気を主題とした形而上学的幻想小説の題が『ラ・スピラール（螺旋）』であることも、このタイトルとの関係で想起される。(11)

(2)　エスト街――フローベールのパリでの住居を指す。これは現在パリ第二〇区にあるエスト街ではなく、パリ第六区のリュクサンブール公園東側にあった通りで、一八五〇年代にサン＝ミシェル大通りが作られたときに姿を消した。一八四二年十一月十二日のカロリーヌ宛の手紙には次のように書かれている。

「ぼくはようやく住むところを見つけて、家具を買いこんだところだ。住居はエスト街の入口にあって、一年で三〇〇フランかかる」。(13)

(3)「フローベール家の二人の医者をそう心配させるものではなかったようだ」――これはジャン・ブリュノー『ギュスターヴ・フローベールの文学的出発(一八三一―一八四五)』(アルマン・コラン社、一九六二年刊)三六一ページよりの引用。Jean Bruneau, *Les débuts littéraires de Gustave Flaubert* (1831—1845), Armand Colin, 1962, p.361. (14)

(4) ブリュノー説に従うと、この不幸な旅行は一月の前半、それも元日に最も近いころに行なわれた――Flaubert, *Correspondance*, tome I, Bibliothèque de la Pléiade の編者であるジャン・ブリュノーは、一八四四年一月十七日付のカロリーヌよりギュスターヴに宛てた書簡にかんする注のなかで、フローベールが同年一月一日に最初の神経発作に襲われたと明記し、後の版でこれを「一月の初め」と改めている(同書九四三ページ参照)。(15)

(5) 一八五二年にギュスターヴが最初の事故のことを語って、単に「兄が私の手当をしてくれた家」と言っていることぐらいだ。――これは一八五二年ではなく、おそらく一八五三年九月二日付のルイーズ・コレに宛てた手紙を指すのであろう。そのなかでフローベールは、一八四四年一月の発作のことを語って、「私は兄が瀉血をしてくれた家や、正面にあった立木を憶えています」と書いている。(15)

(6) たてつづけに三回も瀉血をされた、と書かれているのである。――一八四四年二月一日付のエルネスト・シュヴァリエに宛てた手紙。(15)

(7)「痴呆の翼で撫でられた」――一八六二年一月二十三日に、ボードレールは、「奇妙な警告を受けた。痴呆の翼の風がわが身の上を過ぎるのが感じられた」とメモに記している。これは失語症から死に至る過程の予感を示すものとして、よく引かれる言葉であるという。(21)

(8) 今夜はサマルカンドで出会うことになっているのだ。――サマルカンドは、タシケントに次ぐウズベキスタン共和国の大都会。中央アジア最古の都会でもある。「死に神」を避けるためにサマルカンドに逃げた者がいたが、実はサマルカンドこそ、その晩に彼が「死に神」に出会う運命になっている場所だった、という古い物語があり、それを踏まえた言葉であろう。この物語の起源ははっきりしないが、さまざまなヴァリエーションを伴って、千年以上も前から語り継がれ書き継がれてきたものと思われる。(26)

(9)「反復心象《メンチズム》」――強迫的な観念や思考が、素速く次々と浮かぶ精神の異常を言う。(27)

(10) 死んだ母を夜通し見守らねばならなかった恐ろしい一夜を再現するのだった。――ピエール・ジャネ、松本雅彦訳『解離の病歴』みすず書房、二〇一一年、五ページ参照。(28)

二 ギュスターヴの診断

(1) 貫通法――排膿のためにガーゼまたは細毛の束を通す治療法を言う。今日ではまったく行なわれない手法である。(31)

（2）「ヌヴェールの新聞記者」――フローベールは書簡のなかで、何度かこの表現を用いている。たとえば妹カロリーヌに宛てた一八四二年十一月十六日と、一八四三年六月二日の手紙などを参照のこと。ジャン・ポミエは、この「新聞記者」を、フローベールが海辺で見かけた癲癇の乞食を指すのではないかと想像しており、ジャン・ブリュノーもその説を支持している。この乞食のことは、一八四六年十月八日のルイーズ・コレ宛の手紙で語られており、フローベールは、もと新聞記者で乞食に転落したこの人物の真似をするときに、すっかり醜悪な本人になりきっていたという。また、本訳第三巻七一八ページを参照のこと。（33）

（3）フン族の王アッティラ――五世紀のフン族の王。フローベールは一八四三年九月二日のエルネスト・シュヴァリエ宛の手紙で、アッティラを呼び出して、ルーアンやパリや全フランスを焼き払わせたいと書いている。（37）

（4）父と妹の死――父アシル＝クレオファスは一八四六年一月十五日に他界した。その六日後に、妹カロリーヌは女子を出産したが、産褥熱に苦しめられ、結局三月十五日に死亡した。（39）

（5）アシルにかんするごたごたで――父アシル＝クレオファスの死後、ルーアンの市立病院では、その後継問題で紛争が起こった。長兄アシルは、すんなり父の後を継ぐことができなかったのである。ギュスターヴはこの兄のために奔走し、何度もパリに足を運んで有力者に働きかけている。結局、アシルも、またそのライヴァルだったエミール・ルーデも、ともに外科部長に昇進するとともに、アシルは父のいた外科部長用官舎の居住権を得たらしい。（40）

（6）フェイディアス――前五世紀のギリシャの彫刻家。パルテノン建立の総監督をつとめた。ここでは、彫刻家ジャン＝ジャック・プラディエの綽名。彼のアトリエは、フローベールが初めてルイーズ・コレに出会った場所である。（41）

（7）ミトリダートが毒物と戯れるように――ミトリダートは前一世紀のポントス王。ラシーヌの悲劇『ミトリダート』がある。彼は最後に服毒自殺を試みたが、日頃から毒薬を使用して身体が慣れていたために、効果が薄れて果たせず、結局は兵士に殺害された。（46）

（8）「自分が発狂するように感じるのです。本当に発狂しており、それを意識しているのです」――原文には括弧がないが、読みやすさを考えて補った。（47）

（9）心霊修業――原語は exercices spirituels。これはイエズス会の創立者イグナティウス・デ・ロヨラ（一四九一頃―一五五六）が大部分を書いたといわれる『霊操』Exercitia spiritualia のフランス語訳名であり、日本語では「心霊修業」とも訳された。（47）

（10）「しばらくのあいだ……与えてくれたのです」――訳注（8）と同じく、原文にはない括弧を補った。（47）

（11）「エポケー」――「中止、抑制」の意味を表わすギリシャ語から来た言葉。フッサールにおいては、外的世界の存在判断を「括弧に入れる」ことを言う。（49）

（12）世界のただなかにおける対象――サルトルは『存在と無』以来、世界のなかの人間存在特有のあり方を示す「世界内存在」être-dans-le-monde と、物のように即自的に存在する「世界のただなかにおける存在」être-au-milieu-du-monde とを峻別してきた。ここにおける「世界のただなかにおける」も、その意味である。

彼はまたこれに「内世界的」intramondainという形容詞を当てはめる場合もあった。(49)

(13) 類同代理物〔アナロゴン〕――原語は*analogon*。想像の素材となる物質的あるいは心的内容。たとえば写真、肖像、石のかたまり、壁のしみなど。サルトルは、初期の『想像力の問題』以来、芸術作品の理解にしばしばこの語を使用している。(51)

(14) エクシス(*exis*)――ギリシャ語。サルトルは『存在と無』以来、これを状態、あり方、存在の仕方、習慣、といった意味で用いている。(54)

三　回答としての神経症

A　受動的決意としての思いこみ

(1) 魔術的な行動――サルトルは『情動論素描』のなかで、次のように述べている。「魔術的とは、アランの言うように『物のあいだをうろついている精神』であって、つまり、自発性と受動性との非合理な綜合である。それは無活動になった活動、受動化された意識なのだ」(邦訳『自我の超越・情動論素描』人文書院、一六〇ページ)。(57)

(2) verum index sui 真理は真理自身の指標である――スピノザの言葉。『スピノザ往復書簡集』(岩波文庫)三三六ページ(書簡七六)を参照。なお、『エチカ』の第二部「精神の本性及び起源について」の定理四三には、「真理は真理自身と虚偽との規範である」という言葉があり、これも同義であると思われる(岩波文庫版上一四七ページ)。(58)

(3) 気遣い――気遣いの原語であるsouciは、ハイデッガーの用語であるSorgeを念頭においたもので、日本語では憂慮、心づかい、気がかり、などとも訳される。人間の基本的なあり方で、実存の核心をなす根源的な構造である。(59)

(4) 「補助的魅惑を伴う反省」――ジョルジュ・デュマ編『心理学概論』第一巻(フェリックス・アルカン、一九二三年)に掲載されているガブリエル・ルヴォー・ダロンヌ執筆の「注意」(attention)という項目のなかにある言葉。彼によると、心的所与へ向ける「注意」は「反省」と呼ばれるが、そのとき周囲にある物質世界によって反省が妨げられることを避けるには、二つの方法がある。一つは、目を閉じ、耳を覆って、沈黙の世界に逃げ込むこと。もう一つは、「魅惑」に身を委ねることで、それには活発で持続的な感覚的印象が必要である。視覚的に捉えたものがそのような印象を提供する場合も多いが、たとえばリズミカルで単調な物音が聞こえていたり、しきりに自分の髯を引っ張っていたり、あるいは手のなかで何かを弄んでいたりするときに、そうした聴覚や触覚が却って「反省」を助ける予備的条件になることがある。このような感覚を彼は「補助的魅惑」と呼んだ。(61)

(5) 逆行率――原語はcoefficient d'adversité。バシュラールの著作から借用した用語。サルトルは『存在と無』原書三八九ページでこれにふれてから、しばしばこの語を使っている。物が手段として好都合なときには「有用率」coefficient d'ustensilitéという表現でその程度を表わし、逆に抵抗するときにはそれを「逆行率」と言う。(62)

(6) アヌイのアンティゴーヌ――ジャン・アヌイの戯曲『アンティゴーヌ』の主人公。虚偽に満ちた大人の世界を拒否する純潔

な少女の挫折、敗北していく姿を描いたもので、ソポクレスの原作に拠っている。(63)

(7)〈象徴的父親〉――精神分析学の用語。実在の父親ではなく、名づけ、掟を与え、禁止し、無秩序のなかに秩序を導入する役割を持つ、絶対的な〈他者〉としての父親。(65)

B 〈転落〉の状況

(1)シャトーブリヤンのやったように――フランソワ・ルネ・ド・シャトーブリヤンはフランスの作家・政治家。生家はブルターニュの地方貴族。フランス革命が起こると、国外に出ることを考えて、一七九一年にアメリカに渡ったが、ルイ十六世逮捕の報を聞いて帰国した。(67)

(2)ノヴァーリス――ドイツ初期ロマン派の詩人。彼には、幼くして死んだ婚約者ゾフィーへの愛を歌った『夜の讃歌』がある。(73)

(3)パルメニデスの〈単一なもの〉――パルメニデスは前五世紀のギリシャの哲学者。エレア派の実質的創始者とされる。その『自然について』は、存在の真理ないしは単一性と永遠性を扱っているという。たとえば熊野純彦は「パルメニデスの議論を、ある視覚から整理すると、なにかひとつであり、おなじあるもの、変わることがなく、動くこともないものだけが存在することになる」と言っている(『西洋哲学史』)。(75)

(4)簒奪者――兄アシルを指す。翻訳第一巻六〇七ページ下段参照。これに対して、「愛されない者」とはもちろんギュスターヴを指す。(75)

(5)「対象関係」――精神分析で非常に広範囲に使われている表現。主体とその世界との関係のあり方を示す。「この関係は、人格のある特定の体制、対象の多かれ少なかれ幻想的な把握、なんらかの特別な型の防衛、などが統合された複雑な結果である」(ラプランシュ、ポンタリス『精神分析用語辞典』)。(77)

(6)家のなかの狂女――マルブランシュ(一六三八―一七一五)の言葉で、想像力を指す。(78)

(7)気絶したガルシアが、フランチェスコに救いを求めているのである。――『フィレンツェのペスト』参照。この作品では、優秀で力強く、あらゆる栄光や肩書きを身に集めた兄のフランチェスコに対して、醜く病身で軽視された弟のガルシアが、嫉妬のあまり襲いかかって、その兄を殺害する。ところが現実では、そのガルシアにあたるギュスターヴが、フランチェスコにあたるアシルに、救いを求めていることになる。(79)

C 刺激

(1)運動図式――原語はschème moteur。ベルクソンが『物質と記憶』で用いた用語。運動の感覚や運動のイマージュのなかに表われる図式。(82)

(2)観念対象形成のプロセス――原語はun processus idéatif。このidéatifは、ラテン語のideatumから作られた言葉か。ideatumは稀にしか用いられないが、一つの観念に対応する対象を指す。たとえばスピノザの『エチカ』第一部「神について」の「公理」六にはIdea vera debet cum suo ideato convenire.とあり、その日本語訳は「真の観念はその対象〔観念されたもの〕と一致せねばならぬ」となっている(畠中尚志訳)。この「対象〔観念されたもの〕」のフランス語はidéatで、これが基になって

いると思われる。(83)

(3) 時‐空――原語は espace-temps。相対性理論によって導入された概念で、三次元の世界に時間座標を加えた四次元空間を言う。(84)

(4) アブラハム――イスラエル民族の始祖。イサクの父。『旧約』の「創世記」第二二章には、神がアブラハムを試みるために、イサクを連れてモリヤの地に行き、彼を燔祭としてささげよ、と命ずるくだりがある。アブラハムがいよいよイサクを燔祭のたきぎの上に載せ、わが子を殺そうとした瞬間に、み使いがそれを制し、そこに一頭の雄羊が現われたので、アブラハムはその雄羊を燔祭にささげたという。サルトルはここでギュスターヴをイサクに、父アシル＝クレオファスをアブラハムに重ね合わせ、彼の生死を左右するのは父か、それとも夜か、と問うているのであろう。(86)

D 神経症と壊死

(1) 「突然炎の奔流のなかに運び去られて」――この引用は、一八五三年七月七―八日付の手紙には見あたらない。(90)

(2) 「無数のイマージュが花火となって一挙に噴き出しました」――サルトルはこれに続く文章まで手紙として引用している。翻訳にあたって訂正した。(90)

(3) 反復心象《メンチズム》――本巻二七ページ、第三部第一章一の訳注(9)を参照。(91)

(4) 観念対象形成活動――本巻八三ページ、第三部第一章三の訳注(2)を参照。(91)

(5) 「私の神経の病気は十年続きました」――これは一八五七年三月三十日付のルロワイエ・ド・シャントピー宛の手紙からの引用と思われるが、表現はいくぶん異なっている。(97)

(6) 「ずっと意識がありました」――一八五三年七月七―八日付のルイーズ・コレ宛の手紙だが、サルトルの引用は多少正確さを欠いている。(97)

E ヒステリー性アンガージュマン

(1) 価値を失墜する〔上から下に落ちる〕(dé-choir) ことなのだ――déchoir という動詞は、価値を下げる、評判を落とす、という意味に使われているが、サルトルはこれを、分離、剝奪を意味する接頭語の dé と、動詞 choir (落ちる、倒れる) とに分けてハイフンで繋いでおり、上から下に落ちるという語源的なニュアンスをも担わせているように見える。(101)

F 退行としての神経症

(1) モビール――動く彫刻(キネティック・アート)の一種。アメリカの彫刻家アレクサンダー・コールダー Alexander Calder (一八九八―一九七六) が、一九三〇年にオランダの画家ピエト・モンドリアン Piet Mondrian (一八七二―一九四四) の抽象画にインスピレーションを受けて創始した。金属板や木片などを組み合わせたオブジェで、風にも平衡を保ちながら動く。サルトルは一九四五年に初めてアメリカを訪れたときコールダーと知り合い、翌年秋のパリでのコールダー展に際してはカタログに序文を書いて、彼のモビールを「常に彫像の従属性と自然界の事象の独立性との中間にとどまっている」と評した。このテクストは、「コールダーのモビル」(瀧口修造訳) *Les mobiles de Calder* とし

て評論集『シチュアシオンⅢ』*Situations, III*（1949）におさめられている。(114)

（2）「不浸透性」――原語は impénétrabilité で、サルトルの『ユダヤ人問題についての考察』*Réflexions sur la question juive*（1954）によく出てくる言葉。そこでは、理性や経験による自説の修正を恐れて他者の意見を一切受け付けない反ユダヤ主義者の硬直した精神構造が、「不浸透性」と呼ばれている。(125)

（3）ベルクソン Henri Bergson（一八五九―一九四一）の『物質と記憶』*Matière et mémoire*（1896）、第三章。(125)

（4）ホドロジー空間――ドイツのゲシュタルト心理学派の一人レヴィン（一八九〇―一九四七）の提唱した概念。「ホド」はギリシャ語の「道」から来た接頭語で、ホドロジー空間とは、個体の活動が辿る通路の位置に関係する。客観的な空間ではなく、主観的で、距離と方向を含むような概念。(127)

G 「父親殺し」としてのフローベールの病気

（1）「対象関係」――本巻七七ページ、第三部第一章三の訳注（5）を参照。(131)

（2）「やたらと腰の重い」――フローベールは一九三四年九月二十八日付のエルネスト・シュヴァリエ宛の手紙で、自分の父親を「やたらと腰の重いやつ」と称し、レ・ザンドリにいつ行くのかと何度訊ねても、いつも「次の土曜日だ」と答える、と書いている。(131)

四 合理化された「負けるが勝ち」

（1）ファウストのむく犬が――ゲーテ『ファウスト』で、悪魔メフィストフェレスは、黒いむく犬（プードル）に姿を変えて、ファウストに近づく。(178)

（2）「反復」――キルケゴールが筆名を使って書いた著作（一八四三）の題名。最愛の少女レジーナとの婚約を自ら破棄した後、なおも燻ぶる感情のなかで書いたもの。すべてを失いながら、失ったものを再び与えられる深い信仰の体験を、彼は「反復」と呼んでいる。このキルケゴール的な反復については、第二巻四二九ページで触れている。同巻五三九ページ上段訳注（6）参照。(181)

（3）ピュロス的な勝利――勝利を得ても、払った犠牲にその勝利が見合わないこと。古代ギリシャの軍事的天才とされるピュロス（前三一九―前二七二）の故事に由来する慣用句。ピュロスは古代ギリシャのエペイロス王、マケドニア王であったが、その後、南イタリアの都市国家タレントゥムに多額の金銭によって雇われ、新興都市国家ローマと戦う。ギリシャからイオニア海を渡って遠征してきたピュロスの軍勢は勝利を収めたものの、壊滅寸前だったとされる。(181)

（4）暗示症的意識喪失戦術――原語は absentéisme pithiatique。この「アプサンテイスム」は普通、欠席、ずる休み、意図的な不在を意味するが、ここではフローベールの独特な態度を示すために用いられている。本訳の第三巻八三ページ以下を参照。(182)

（5）生真面目な精神――『存在と無』では「くそまじめな精

神」、「謹厳な精神」と訳される鍵になる言葉。原語は esprit de sérieux。「立て札があるから芝生には入らない」を例として、自由を自分に隠すあり方。(184)

(6) 努力〔コナトゥス〕——「コナトゥス」(conatus) は、努力、試み、などを意味するラテン語。哲学用語としては、事物が生来持っている、存在し、自らを高め持続させようとする傾向として、古代からさまざまな定義を与えられて用いられた。たとえばスピノザは、「各々の物が自己の有に固執しようと努める努力はその物の現実的本質にほかならない」(『エチカ』第三部定理七)と言っている(畠中尚志訳に拠る。傍点は引用者)。この「努力」が「コナトゥス」である。ショーペンハウアーは、表象として現われる世界に対して、すべての物の核心に意志を認め、物自体はその意志の客体化と見なす。サルトルは、ショーペンハウアーが世界の核心と考える存在への盲目的意志を、「コナトゥス」になぞらえることができると考えているのであろう。そのショーペンハウアーの影響を受けて、ニーチェは「力への意志」という概念に到達した。(184)

(7) 「眼《まなこ》の関係」——ショーペンハウアー『意志と表象としての世界』第一巻第七節、第三巻第三八節などを参照。またフローベールの一八五三年四月二十二日付、ルイーズ・コレ宛書簡に「平穏に生きる唯一の手だてては、一跳びで人類全体の上に立って、人類とは共通のものを持たず、眼の関係のみを持つことである」とある。(184)

(8) 感情的負荷——心理学の用語で、強い情動的反応を引き起こす可能性のこと。原語は charge affective。(185)

(9) 目的なき合目的性——カント『判断力批判』において、美の判定のために用いられた表現。(186)

(10) グリフォン——伝説上の動物。鷲(または鷹)の上半身と、獅子の下半身を持つ姿で表象される。(188)

(11) キマイラ——ギリシャ神話以来の伝説の動物。ライオンの頭と、山羊の胴、蛇の尾を持つ。(188)

(12) ケンタウロス——ケンタウロスは、馬の首が人間の上半身に置き換わった形象。セイレンは、ギリシャ神話では、上半身が女性で、下半身が鳥だが、中世以降は人魚と同じ形象になる。(188)

(13) 「本質看取」——フッサールは、経験における個別的なものを対象とする経験的な直観と本質直観(本質看取)とを分ける。そして本質直観は、経験的もしくは個的直観を基盤として到達することもあるが、また想像から出発することも可能であるとして、『イデーン』第七〇節で自由な想像優位の場合を詳述している。なお、ここで、形相と本質はほぼ同義。(188)

(14) 存在する——原語は exister。それを他動詞的に使用したのである。『存在と無』原書三九四ページ、または人文書院版『嘔吐』(鈴木道彦訳)三一四ページの注を参照。(191)

(15) 『苦悶』で素描した人物——初期作品『苦悶』では訪問客よりも台所のじゃがいも料理に気をとられる司祭が描かれている。(197)

(16) ブールニジアン司祭——『ボヴァリー夫人』の登場人物。エンマ・ボヴァリーから助けを求められるが、ブールニジアンは、子供たちに教理問答を指導している最中で、そちらを優先する。甘味の林檎酒を好む。『家の馬鹿息子』邦訳第一巻、五六五ページ参照。(197)

(17) 哲学の根源にある驚き――「驚きの心こそ、知恵を愛し求める者の心なのだ。つまり、哲学の始まりはこれよりほかにない」（プラトン『テアイテトス』一五五Ｄ）。(198)

(18) 合目的性なき目的――カントの「目的なき合目的性」をわざと逆にしたものか。(200)

(19) 私は五年前に初めて……――ギュスターヴは、一八四〇年八月末から十月にかけて、父親の友人である医師クロケらと、ピレネーやコルシカを回っている。(202)

(20) 『ベン・ハー』――米国のルー・ウォレースが一八八〇年に発表した小説。一九五九年の三度目の映画化（ウイリアム・タイラー監督）は、スペクタクル巨編として世界中でヒット。とりわけエルサレムでの二輪戦車競走の場面が有名だが、その円形競技場は、ローマのチネチッタ撮影所に作られたセット。(202)

(21) シヨンの囚人――バイロンの詩「シヨンの囚人」（一八一六）にうたわれたフランソワ・ド・ボニヴァール（一四九三―一五七四）は、修道院長だったが、ジュネーヴ独立派に加担したとして、サヴォワ公シャルル三世によって、一五三〇年から六年間、レマン湖畔にあるシヨン城の牢獄の柱に鎖でつながれた。バイロンは一八一六年の夏、レマン湖畔の別荘に滞在。詩人のシェリーとともにレマン湖周遊の旅をしている。(203)

(22) マンフレッド――バイロンの劇詩『マンフレッド』は一八一七年発表。愛する人を失ったという悲しみに苦しめられるマンフレッド伯爵は、アルプス山中に隠れ住み、七体の聖霊たちを召喚し、「忘却」を求めるが、彼らをしても過去を制御することはできず、望みは満たされない。(204)

(23) ポッツオリ――ナポリの西隣、ナポリ湾に面した町。古代ローマの遺跡で知られる。この地名は初稿『聖アントワーヌの誘惑』の一部三章に出てくる。フローベールが実際に訪れたのは一八五一年。「ぼくはポッツオリ、リュクラン湖、バイアを見た。これらは地上の楽園だ。皇帝たちはいい趣味をしていた。ぼくはそこでメランコリーに沈んだ」（一八五一年四月九日付ルイ・ブイエ宛書簡）。(207)

(24) 自然がおまえになろうとしていた。――この悪魔の台詞は、フローベールの初稿『聖アントワーヌの誘惑』よりの引用。『家の馬鹿息子』邦訳第二巻、三七八ページ参照。(207)

(25) 心霊修業――本巻四七ページ第三部第一章二の訳注（9）を参照。(209)

(26) マラルメの詩、「ギヤマンの尻のゆたかな円味《まろみ》からひと跳びにはね上がって……」の一節。邦訳『マラルメ全集』第一巻、松室三郎訳。ここで、壺は「何ひとつ」（rien）吐き出そうとしていない。(210)

(27) アリアドネ――ギリシャ神話で、クレタ王ミノスの娘。クレタ島に来たテセウスを迷宮から救う導きの糸を渡す。(210)

(28) ビュッフォン的な長い忍耐――「天才とは長い忍耐のことである」。『家の馬鹿息子』邦訳第三巻、五六五ページ参照。(211)

(29) 予言者（*vates*）――ラテン語の vates には、詩人の意味と、予言者の意味がある。(212)

(30) ストア派の賢人――ストア派では、悲しみ、欲求、恐れ、快楽といった情念からの離脱であるアパティア（不動心）が理想とされた。(212)

(31) エクシス――本巻五四ページ第三部第一章二の訳注（14）を参照。(212)

(32) 快活——一八七五年五月十日付、ジョルジュ・サンド宛書簡に「良いものを書くためにはある種の快活さが必要だ」という言葉がある。(214)

(33) スピノザ的な理論——誤謬に関する理論は、『エチカ』第二部定理一九から三五で扱われている。(215)

(34) カントールは超限を…定義する。——カントールは、無限にもさまざまな大きさがあるとして、その無限を有限を超えたものという意味で「超限」transfini と呼ぶ。その無限集合の濃度を記述する際に用いられるのが超限基数であり、これはヘブライ文字$\aleph$を使って「アレフ」と名付けられている。最下層の無限集合（整数と有理数の無限）の濃度は$\aleph_0$（アレフ・ゼロ）と呼ばれるが、これはどんなに大きな数にもさらに1を加えて、より大きな数を作ることができるという階層である。また無理数全体の集合の濃度は$\aleph_1$（アレフ・イチ）と呼ばれる。サルトルがここで「超限」という表現を用いるのは、有限から解放されて非現実に与えられる状態を可視化する操作概念としてではないだろうか。(217)

(35) 振動しながらの消滅——この表現はマラルメ「詩の危機」に見られる。「自然の一事象を言葉の働きに即してその振動的なほとんどの消滅に置き換えてしまうという、この驚異すべき営為も……」（邦訳『マラルメ全集』第二巻、二四一ページ、松室三郎訳）。(220)

(36) 見るという行為——原語は voyance。第三巻七二九ページ注(18)を参照。(221)

(37) ムネモシュネの女神——ギリシャ神話で記憶という名の女神。ムーサ（ミューズ）を九人産む。(222)

(38) 「あらゆる感覚の組織的な錯乱」——アルチュール・ランボーからジョルジョ・イザンバールに宛てた一八七一年五月の書簡（「見者の手紙」と呼ばれるもの）にこの表現がある。また同じ頃にポール・ドムネーに宛てた手紙にも、同じ表現が見られる。(222)

A　第三の基体

(1) ナバラで暮らしているのだから——en Navarre（ナバラで）と en avares（守銭奴として）の音が掛けられている。ナバラは、現在はスペインの自治州。ピレネー山脈ごしに、フランスと接している。(226)

(2) ユリにいる人である——à Uri（ユリに）と ahuri（茫然としている）が掛けられている。(226)

(3) 美男のドリュシュ——beau Druche（美男のドリュシュ）と baudruche（うわべだけで空疎な人間）が掛けられている。(226)

(4) 成果が先送りされるとき欲望は高まる——原文は Et le désir s'accroît quand l'effet se recule. コルネイユの『ポリュークト』の一節だが、les fesses reculent「尻（女）がたじろぐ」の音を聞きとることができる。(226)

(5) ライオス——ギリシャ神話、オイディプスの父。自分の息子の手にかかって死ぬ、という予言を恐れる。(226)

(6) 天気がいい——原文は Il fait beau. その Il は天候を表わす非人称主語。fait は動詞 faire の活用形で、「する、作る」の意。beau は「美しい」と結びつき天候を示す。laid「醜い」を使う天候表現は古語、方言。(229)

（7）無縁のものとして把握された言語――外国語langue étrangère の étrangère にある「無縁の」という意味をかけた表現。(230)

（8）死んでしまいたい……――フローベール『十一月』から。マラバルは、インド南西部の地方。(234)

（9）ゴルゴダの丘の上空の黄色い裂け目――『文学とは何か』で、ティントレットの絵画について述べている一節を参照のこと（邦訳、改訂新装版、一七ページ）。ヴェネツィアのスクオーラ・グランディ・ディ・サンロッコにある『磔刑図』について語っているものと思われる。ここで、ヴェロネーゼの名前を出したのはサルトルの思い違いか。(235)

（10）タシスムやアクション・ペインティングやルベロルの作品――「タシスム」は、フランス語で「汚れ」「染み」などを意味する語「タッシュ」tacheから作られた表現。最初は一九五〇年代の抽象絵画を嘲笑する言葉であったが、やがて積極的にこれを支持する者が現われた。当時の抽象絵画の傾向である「アンフォルメル」とも重なるところがある。「アクション・ペインティング」は、第二次大戦後に、主にニューヨークを中心に起こった抽象絵画の傾向で、ポロック（一九一二―五六）などが代表的な画家。サルトルが「指と指ならざるもの」（『シチュアシオンⅣ』）で論じたヴォルス（一九一三―五一）はアンフォルメルの先駆者のひとりに数えられる。同書には、ポロックに影響を与えたことでも知られるマッソン（一八九六―一九八七）を「運動の画家」として論じる評論も収録。ルベロルに関しては、『シチュアシオンⅨ』所収の「共存在」参照。(235)

（11）アリストテレスをもじって――アリストテレス『ニコマコス倫理学』第十巻第四章には次のようなくだりがある。「快楽はいわば、若ざかりの年頃のひとびとにおける『若やかさ』といったふうに、何らか付加的な完璧性として、活動を完璧たらしめるのである」（岩波文庫版、高田三郎訳）。(237)

（12）「詩句が入りこんだ散文」――アントワーヌ・ド・リヴァロル（一七五三―一八〇一）に、皮肉に満ちた評言「フランソワ・ド・ヌフシャトーの詩は、詩句が入り込んだ散文である」がある。「詩句」versに「虫」verの意が掛けられている。(237)

（13）「私には短くする時間がなかった」――ブレーズ・パスカル（一六二三―六二）の『プロヴァンシアル』第十六書簡の末尾に「この手紙がいつもより長くなってしまったのは、短くする時間がなかったからです」とある。(238)

（14）分有〔融即〕――レヴィ＝ブリュール（一八五七―一九三九）の概念を踏まえている。「未開人」に見られる、二つのものが同一であるという思考のこと。『家の馬鹿息子』邦訳第三巻、七二八ページの注を参照されたい。(239)

（15）『シャルトルー修道会の受付係修道士』――ジェルヴェーズ・ド・ラトゥーシュが匿名で書いた、サドの小説群に先行するリベルタン小説（一七四一年刊）。この書名は、初稿『感情教育』の第二十七章に出てくる。(240)

B　合理化された「負けるが勝ち」に関するいくつかの注記

（1）「つづきもありえよう」――ジッド『贋金つかい』にある、小説家エドゥワールの日記のなかの表現。「つづきもありえよう……この言葉で、『贋金つかい』を完結したいものである」（第三部十二章）。(244)

（2）『タルチュフ』――モリエールの喜劇『タルチュフあるいはペテン師』（一六六四）。偽宗教家のタルチュフを聖人と思いこむ金持ちオルゴンは、すべてを奪われそうになるが、最後は勧善懲悪で終わる。（246）

（3）驚異的なオペラ――原語は l'opéra fabuleux。ランボーが『地獄の一季節』の「錯乱Ⅱ」で用いた表現で、サルトルはそれを思い浮かべながら、次の「驚異的東方《オリエント》」と重ね合わせている。（248）

C　三つの基体の弁証法

（1）音の空虚なオブジェ――原語は objet d'inanité sonore。マラルメの詩「その純らかな爪が高々と縞瑪瑙をかかげて」にある「響高らかな空在のいまは廃物となったこの骨董」Aboli bibelot d'inanité sonore を踏まえている。（251）

（2）マラルメ『ディヴァガシオン』のうちの「風俗劇、近代作家たち」からの引用。邦訳『マラルメ全集』第二巻一八四ページの渡辺守章訳より。（252）

（3）「作品の等価値の翻訳」――この表現は、ジャック・シェレール（一九一二―九七）の『マラルメの〈書物〉』の中にある。Jacques Scherer, *Le «Livre» de Mallarmé*, Gallimard, 1957, p.35.（252）

（4）「〈詩〉と呼ばれる操作によって」――原語は «par une opération appelée Poésie»。マラルメの手稿 Notes en vue du «Livre» にある字句。プレイヤード版第一巻、九九五ページ。（252）

（5）寒冷な天井に浮かぶ空気の精《シルフ》――マラルメの詩篇「ギヤマンの尻のゆたかな円味《まろみ》からひと跳びにはね上がって……」のなかの一句。（252）

（6）「何ものも起こりはしなかった　ただ起こるための場の他には」――原語は rien n'a eu lieu que le lieu。「難破」とともに、マラルメの詩「賽の一振り」un coup de dés からの引用。ただし原文の時制は複合過去ではなく前未来。lieu「場」と熟語の avoir lieu「起こる」がかけられている。（253）

（7）語句は自らの炎によって……――マラルメ『詩の危機』の次のくだりを踏まえている。「純粋著作は、詩人の語り手としての消滅を必然の結果として齎す。詩人は主導権を語群に、相互の不等性の衝突によって動員される語群というものに譲るのである。そして語群は、あたかも宝石を連ねたあの玉飾りの上における灯影の虚像の一条の連鎖のように、相互間の反射反映によって点火される」（松室三郎訳）（邦訳『マラルメ全集』第二巻、筑摩書房、二三七ページ）。（253）

（8）悪魔の部分――作家が執筆の際に意図せず書いてしまった部分。ジッドは、作品が成功するためには、こうした悪魔の参入が必要だと考える。この直前に書かれている「ある作品」とは、『贋金つかい』ないしは『贋金つかいの日記』を指しているのかと思われるが、ジッドがこの表現をそのまま使ったのは、彼の『日記』一九一八年二月二十三日の項目に主要部分が引用されているアンリ・ゲオン宛の手紙と、『ドストエフスキー』の第六章においてである。また、初期の作品『パリュード』の序言では、「神の部分」という表現も用いている。（256）

（9）ヴァレリーの詩「棕櫚」（鈴木信太郎訳、岩波文庫版）からの引用。（261）

五　「負けるが勝ち」の現実の意味

A　四五年から四七年のギュスターヴ・フローベール

（1）　東方物語――一八四五年から四九年にかけて、『デルヴィシュの七人の息子』という題名で構想していた作品を指すときにフローベールがしばしば用いる名称。(269)

（2）　ジェノヴァ史――エミール・ヴァンサン著『ジェノヴァ共和国の歴史』一八四二年。(269)

（3）　『エジプト』――ここで「エジプト」と言っているのは、『歴史』のエジプトに関する箇所のことであろう。(270)

（4）　フランクラン・グルー夫人相続目録――フローベールの姪カロリーヌは、最初の夫エルネスト・コマンヴィルを一八九〇年に失った後、一九〇〇年にフランクラン・グルーと再婚した。彼女は伯父フローベールの原稿類を相続していたが、彼女の死に際して、一部はフランス国立図書館に寄贈され、また一部は競売に付された。その競売の時の目録を指す。(271)

（5）　バガヴァッド・ギータ――古代インドの叙事詩『マハーバーラタ』の一部で、ヒンドゥー教の聖典の一つ。クリシュナと主人公アルジュナ王子の対話の形をとり、サンスクリットで書かれている。(272)

（6）　リグヴェーダ賛歌――インド最古の宗教文献のひとつで、財産、戦勝、長寿、幸運などについて神々の恩恵と加護を祈った賛歌集。(272)

（7）　マヌ法典――バラモン教やヒンドゥー教などの教義の中心となったもので、ブラフマーの息子で人類の始祖であるマヌが語るという形式をとっている。世界の創造から人間社会のあり方まで広く語り、バラモン階級の重要性を説いている。(272)

（8）　ビドーの目録――フローベールの死後、一八八〇年五月、ルーアンの公証人ビドーがフローベールの書斎にあった物品の目録を作成した。その多くは作家の蔵書に関するものである。ちなみに目録には六巻とは書いてあるが、フュルヌ版とは明記していない。(273)

（9）　プルーストの言う「であるがゆえに」の見落とし――『失われた時を求めて』第二篇「花咲く乙女たちのかげに」で語られる外交官ノルポワ氏の挿話を示していると思われる。当該部分は、「母は、ノルポワ氏があれほど忙しいにもかかわらず実にきちんとしており、あれほど顔が広いにもかかわらず実に愛想のいいのに感心していたが、この『にもかかわらず』が常に『であるがゆえに』の見落としだということには気づかなかった」(『失われた時を求めて　3』（鈴木道彦訳、集英社文庫）三〇―三一頁、ただし一部変更。(278)

（10）　ブルデューとパスロン――フランスの社会学者ピエール・ブルデューとジャン゠クロード・パスロンは『遺産相続者たち――学生と文化』（一九六四）の中で、高等教育における形式的平等と実質的不平等の実態を、家庭環境における文化的「遺産」の相続という観点から説明した。(282)

（11）　甘美な屍体――「甘美な屍体」とは、シュルレアリストが行なった言葉遊びで、各人が他の参加者の制作するものを知らずに書いた語を集め、文法規則のみに従って文章を作るというもの。(284)

(12) プレイヤード版編者によれば、これは第三幕第六場。タイモンは三人の食客に熱い湯をふたのついた大皿で出し、「ふたを取って、舐めたまえ、犬ども」と言う。(286)

(13) 『リア王』のこの場面の理解のために関連箇所だけを要約しておく。高齢のため退位を決めたブリテン国王リアは、三人の娘に財産を分割し与えることにした。それを聞いて、長女ゴネリルと次女リーガンは父王を喜ばせる偽りの言葉を並べるが、率直で控えめな末娘コーディリアは言葉少なに「父への愛は子の務め」と答えるのみ。期待はずれの返答に立腹したリアは末娘を勘当同然にフランス国王へと嫁がせる。隠居後、リアはひと月ごとに姉娘たちの居城で世話になるはずだったが、次第に疎んじられ、僅かな家来と嵐の曠野を彷徨する。そのなかにはコーディリアをかばったために追放になったケント伯も風貌をかえて同行している。一方、リアの家臣グロスター伯爵には嫡子のエドガーと庶子のエドマンドがいる。エドマンドは、人の良い父と兄を騙し、兄を謀叛人に仕立てあげる。そのため、エドガーはトムと名乗る廃人に身をやつして放浪する。ケント伯に付き添われたリアは、エドガーと出会い、行動をともにするが、リアは姉娘二人の裏切りに対する怒りと、末娘コーディリアに対して自らした仕打ちの後悔から、次第に狂ってゆく。(288)

(14) 『リア王』(野島秀勝訳)岩波文庫一六〇ページ。ただし、サルトルの引用は、前ページの引用とテクストが異なっている。(289)

(15) 重層的決定——ひとつの病状は、異質な複数の決定要因が融合することで形成されるというフロイトの考え。一九六〇年代にアルチュセールによって援用され、社会的構造に応用された。サルトルはここで両者を意識しながらこの言葉を用いているように思われる。(293)

(16) 「グーロワールにかけられた」——gueuloir とは gueuler「がなり立てる」からフローベールが作った造語。フローベールは自作を執筆すると、それを大声で読み上げ、文章に不調和がないかを確認した。それを「グーロワールにかける」passer au gueuloir と称した。(294)

(17) 音声の風——*flatus vocis* はラテン語で、直訳すれば、声の息であるが、「意味のない言葉」、「現実の参照項を伴わない語」の意味で用いられる。中世の普遍論争において、思考内容と事物(res)を同じものと考える実在論に対してロスケリヌスは唯名論の立場から、普遍は「音声の風」にすぎないと述べ、単なる言葉であって、実体はないとした。(295)

(18) 失敗行動——『失敗の精神病理学』*Psychopathologie de l'échec* の著者ルネ・ラフォルグが、フロイトの「しくじり行為」acte manqué の考えから出発して作り出した用語。自分自身の欲望が挫折するように無意識になされる行為。(296)

(19) 「彼らは暗く孤独な宵闇を進みけり」——『アエネイス』六巻、二六八。六巻はアエネアースが冥界に父アンキセースを訪れる挿話の部分だが、引用箇所は巫女シビュレーの案内でアエネアースが洞窟に入る場面。正しくは ibant obscuri sola sub nocte per umbram。ウェルギリウスが好んで用いた置換法 hypallage と呼ばれる修辞法が用いられている有名な文。普通の発想では、sola という語が進んでいる彼らを修飾し、obscuri が闇を修飾するわけだが、ここではそれが逆転され、独特な効果を上げていると言われる。(298)

(20)「物質になる」——『聖アントワーヌの誘惑』の最後にあるアントワーヌの言葉「物質になりたいのだ」。(298)
(21) 男たらし——「男たらし」の原語は mangearde。フローベールは彫刻家プラディエの夫人ルイーズが奔放で多くの恋人を持っていたため、「食う女」を意味する mangearde という造語を編み出し、彼女の綽名とした。(303)
(22)『自分自身と一致する』——プレイヤード版編者によれば、フローベールは誤って Sibi constat と書いているが、正しくは Sibi constet。サルトルもフローベールの誤記をそのまま転写している。出典は『詩法』の一二七行目。(305)
(23) ティムールもネロも——フローベールは『十一月』のなかで、「自分がジンギスカンかティムールかネロになって、この眉をぴりっと動かすだけで、世界をおびえあがらせてやりたいと思った」と書いている。(307)
(24) コマンヴィルの破産——姪のカロリーヌの夫エルネスト・コマンヴィルは危険な投資に手を出し、一八七五年四月に破産。彼はフローベールの財産も管理していた。フローベールは姪夫婦の急を救うために全財産を彼らに譲渡する。(310)
(25) エイドス——プラトン哲学ではイデアとエイドスは区別されて用いられる場合もあるが、ここではほとんどイデアの意味で用いられていると思われる。(315)
(26) ル・ポワトヴァン宛、一八四五年五月十三日。ただし、フローベールは「退屈」ではなく、「悲しみ」と言っている。(318)
(27) ダーウィン——アルフレッドが読んだダーウィンの著作は『ビーグル号航海記』だろうか？(321)
(28) 休息——この部分、プレイヤード版は、délaissement〔孤独〕となっているが、サルトルの引用も、サルトルが依拠したコナール版も délaissement となっている。(322)
(29) フローベールはじっさい、同年六月四日付、シュヴァリエ宛の手紙で、アルフレッドとモーパッサン嬢の結婚の報せを告げている。(324)

B　奇跡の待機としての「負けるが勝ち」

(1) 痙攣教徒——十八世紀初期フランスの狂信的なジャンセニストたちを示す言葉。痙攣的発作に陥ったり、その他の奇怪な動作によって奇蹟的な治療を行なうと称した。(329)
(2)〈連続創造説〉——デカルトの学説。あらゆるものは、それが持続する各瞬間において保存されるために、まだ存在しなかった場合に新しく創造するのに要したのと同じだけの力と働きを必要とする。したがって、神が世界をいま保存している働きは、神が世界をはじめに創造したはたらきと同じものである。つまり、存在の維持はその時々刻々の創造にほかならない。(334)
(3)〈神〉の部分——ジッドの表現。本巻二五六ページ注（8）参照。(336)
(4) 初稿を執筆する——草稿に附された日付によれば、「一八四八年五月二十四日水曜日、三時十五分」。(337)

C　「芸術はぼくに恐怖を与える」

(1) 本質直観——フッサールの用語。本巻一八八ページ注（13）参照。(341)
(2) 弁神論——悪の存在を神の摂理とする説。ライプニッツの造語。第三巻七二五ページ下段訳注参照。(344)

（3） 暗号――ヤスパースにおける暗号の概念をふまえた記述であろう。ヤスパースにおいては超越者は暗号という形において実存に姿を現わす。実存は挫折の体験をとおしてこの暗号（文字）を解読し、超越者と関係を持つ。ここでは〈美〉が暗号とされている。(346)

（4） ハイデッガーの《*Seiendes*》存在者（*Seiendes*）は人間、動物、事物など、生成し消滅するもの、時間的、空間的に有限なものを指し、時間的、空間的に無限な存在（*Sein*）と区別される。(348)

D 「……魂の神よ！ 我に力と希望を与えたまえ！」

（1） この箇所のサルトルの引用は不正確。原文にそくして訳出。(348)

（2） 失敗行動――本巻二九六ページ注（18）参照。なお、サルトルがここであえて「意志的な」としていることに注意。(351)

（3） 補償過剰――アドラーの用語。劣等性や不安を克服しようとして過度になされる心の働きのこと。(351)

（4） 『不思議な長靴』――アルフレッド・ル・ポワットヴァンの幻想物語。一八四五年九月のアルフレッド宛の手紙でフローベールはこれに触れている。(351)

（5） 不変のものとは、〈永遠〉すなわち〈死〉と不在とによってそれ自体に変えられた〈古代〉である――マラルメの詩「エドガー・ポーの墓」の冒頭の句の書き換え。(358)

（6） 産みの母――原語は *alma mater*。もともとは養育の母、の意味で、祖国、母校の意でも使われる。(358)

（7） 「すでにわたしを見出していなければわたしを探しはすまい」――パスカル『パンセ』五五三に引かれている言葉。(364)

E 「彼を天へ連れて行く我らの主イエス……」

（1） さまざまな予言に――たとえば『ボヴァリー夫人』の第二部第八章にある共進会の会場で、ロドルフはエンマを口説きながら、彼女の未来を次のような言葉で予言する。「あらん限りの空想、あらん限りの無分別のなかへ身を投げ込んでしまうのです」。(369)

（2） 『十一月』は四二年に書かれた小説。人生に思い悩んで死んだ青年の残した原稿を、その友人が提示してこの作者について客観的なコメントをする、という構成をとっている。(370)

（3） モーリアックの小説『蝮《まむし》の絡み合い』をふまえた表現か？(370)

（4） 遺棄‐被投性――ハイデッガーの用語。第三巻七二九ページ上段の訳注参照。(375)

（5） 甥――フローベールの姪の夫であるエルネスト・コマンヴィル。(378)

解題

鈴木道彦

本書は、サルトル『家の馬鹿息子』日本語訳の第四巻である。

既刊の邦訳三冊のうちの第一巻は、この作品の第一部「素質構成」にあてられ、第二巻と第三巻は、同じく第二部の「人格形成」にあてられていた。本書は第三部にあたり、これまでに準備されてきたギュスターヴ・フローベールの素質と人格から一つの事件が生じて、若い彼に襲いかかるところから始まる。

この解題では、まず本書を読むうえでの予備知識として、ごく簡単に二、三の問題と前巻までの要点を挙げたうえで、本巻についてはいくつかの重要なポイントにふれながら、複雑な記述を多少なりとも解きほぐし、言葉の洪水のなかに埋没しがちなサルトルの描くフローベールの肖像を浮き上がらせてみたい。サルトルの文章は、ときにはかなり錯綜していて捉えにくいので、その流れを辿る手がかりにでもなればというのが、この解題の目指すところである（なお、以下の文中のアラビア数字は、本巻のページ数を示している）。

サルトルは第一巻冒頭におかれた「はじめに」のなかで、『家の馬鹿息子』は「『方法の問題』の続篇である」と言っている。『方法の問題』とは、『現代』誌の一九五七年九月号と十月号に発表され、後に『弁証法的理性批判』の序章として収録された論文で、ひと口に言えばサルトルの人間理解の方法を記述したものである。そのなかで彼は、その方法を「遡行的‐前進的かつ分析的‐総合的方法」と名づけた。「遡行」とは過去に遡ることだから、対象となる個人を、その世界、時代、社会、環境のなかに位置づけることに通じる。いわばその個人を規定する条件を正確に検討把握すること、と言ってもよいだろう。一方、「前進」とは未来に入りこんで行くことだから、これはサルトル哲学の要とも言うべき「投企」と密接に結びついており、「人間の実践に他ならぬ総合的前進的統一」という表現も用いられている（邦訳九九ページ）。そして『方法の問題』の続篇である『家の馬鹿息子』においても、この「遡行的‐前進的方法」が至るところで適用されていることは、第一巻の目次を見ただけでも明らかだろう。

このような方法に基づいて人間を理解しようとする態度を、サルトルは「了解」compréhension と呼び、これは特別な能力でも何でもなくて、「単に行為を、その出発のときの条件をもとにしてその終局の意味によって説明する弁証法的運動」である、と言う（邦訳一五七―一五八ページ）。しかも『家の馬鹿息子』の「はじめに」のなかでは、「了解するために必要とされる唯一の態度」として、「感情移入」を挙げているのだから、この大著はいわば独自の方法を駆使してギュスターヴ・フローベールを内部から理解しようとする試みと言ってもよいだろう。

そのような理解のためにこの作品のなかで用いられているのは、「素質構成」と「人格形成」という概念である。

素質とは何か。人はみな、もって生まれた身体で、一つの世界、一つの時代、一つの社会、一つの階級、一つの家庭環境のなかに出現するのであり、そのような生得のものや、与えられた条件のなかで、徐々にその個人の素質が構成されていく。と言っても、それは遡行的‐分析的方法だけで明らかになるわけではなく、あくまでもその条件を生きる個人が体得していくものであるから、同時に前進的‐総合的な方法での把握も欠かすことができない。フローベールの場合は、家父長制的な一家に君臨する厳しい父、真実の愛情を持たない母、九歳年長で典型的な秀才の兄、次兄よりも早く読み書きを覚えてしまう三歳下の妹、こういった家族に囲まれて成長していく彼が、服従や劣等感、怨恨や羨望などを身に染み通らせながら、徐々に受動性を特徴とする想像的人間へと作られていくのが、第一部「素質構成」に描かれた主要なテーマである。

これに対して、邦訳第二巻と三巻に語られている「人格形成」とは、周囲の世界によってそのように作り上げられた自分を、「全体化的投企をとおして乗り越え、かつ保存すること」（第二巻一三ページ）と表現されている。受動性を特徴とする想像的人間として、七、八歳頃のギュスターヴは、まず俳優になることを夢見る。俳優とは自分の肉体を他人の前にさらして、非現実の世界を作り上げる者だから、受動的で想像的な人間の向かう方向としてはごく自然なものと理解できる。しかもギュスターヴは、道化のような喜劇俳優になって、他人を笑わせることを目指すのだが、それは幼い彼のマゾヒスト的な表現で、自分を犠牲にしながら、自分を笑う謹厳な人たちを告発するものでもあった。

それと同時に、彼は俳優を目指しながら自分でも芝居を書き始めるし、また十四歳頃からは、本格的に、「書く」ということに熱中し始める。ここから、彼の一群の初期作品が生まれるのだが、それはサルトルにとって、若きフローベールの「人格形成」を描き出すための屈強な資料になった。というのも、やはり『方法の問題』で述べているように、「生活は作品によっていわば一個の現実として照明を与えられる」のであり、「作品は――それをつぶさに検討すれば――伝記を照明するための探究の仮説と方法となる」からである（邦訳一四八ページ）。とくに初期作品は、ギュスターヴが「人格形成」を遂げていく過程で書いたものだから、そのときの彼の関心をリアル・タイムで反映しているはずである。

　この初期作品とともにサルトルが拠り所にしたのは、フローベールの膨大な『書簡集』だった。まだプレイヤード版の刊行されていない時期だったから、彼が参照したのはコナール版『フローベール全集』に収められて、一九二六年から一九三三年までに九冊が刊行された後に、一九五四年に四冊の「補遺」がつけ加えられた全十三巻に上るものである。サルトルは初期作品とこの書簡集を熟読しており、それらをふんだんに駆使して、若き日のフローベールの肖像を描き出している。

　さらに本巻に先立つ邦訳第三巻では、まず中学時代のギュスターヴのことが詳細に語られている。ルーアンのこの中学では、既に九年前に兄アシルが稀代の秀才の名を恣《ほしいまま》にしていた。常に楽々と首席を占めていた彼は、卒業後は医学界に進み、やがてはルーアン市立病院の外科部長である父親の後を継ぐことが確実視されている。この兄のように、フローベール家の者は特別の頭脳を持っており、学校で首席になるのは当然のはずだった。ところが父親アシル＝クレオファスの目から見ると、ギュスターヴの成績は平凡だった。また彼の示した学校当局への反抗ぶりもぱっとしないものだった。サルトルはそのことを、一八三〇年代の中学の状況のなかにギュスターヴを位置づけて克明に描いている。

　これではとても医者になどなれるわけがない。そう思った父親は、ギュスターヴに法律の勉強を命じる。ギュスターヴの友人たちも、パリに出て法律を学び、なかには目覚ましい成果を挙げた者もいる。そこでギュスターヴもパリで法律を勉強することになるのだが、これが彼には耐えがたい苦役になる。法律書を開いてもさっぱり興味が湧かないし、そもそも法律を学んで検事か弁護士になるというのは、自分を手段の人間とすることであり、彼の軽蔑するブルジョワ階級の一員となって、想像界を放棄することになる。こうして、一八四〇年十月から四四年一月まで、彼はたびたび試験を受けるが、成功したのはたった一度だけであった。

　その間にも、彼は二つの作品に手をつけている。一つは『十一月』、いま一つは『感情教育』（これは一八六九年に刊行される同名の小説とは別物で、初稿『感情教育』と呼ばれる）。この二作については、本巻でもたびたび言及されている。それ以前の初期作品については、野心的に取り組んだ『狂人の手記』や『スマール』も、いずれも失敗作であることは認めざるを得ず、所詮自分は自負心はあっても才能の伴わない「偉人のなり損ない」ではないか、という失望が、ギュスターヴにはつきまとっている。本巻で取り上げられる発作が起こったのは、このような時期である。

＊

以上のような第一部「素質構成」、第二部「人格構成」に続いて、第三部となる本巻は、「エルベノンまたは最後の螺旋」という奇妙な標題を持っている。この「エルベノン」は、訳注で示した通り、直ちにマラルメの未完の哲学的小話《コント》「イジチュール」の副題である「エルベーノンの狂気」を想起させる。サルトルがこのような題をつけたのは、明らかに「イジチュール」を念頭においてのことであろうが、なぜマラルメの Elbehnon という綴りが Elbenhon になっているのか、その理由は分からない（ことによると、これは単純な書き違いだったのかもしれない）。そもそもエルベーノンという文字の意味自体が、マラルメ研究家のあいだでも解釈が定まっていないらしい。その一例としてジャン＝ピエール・リシャールは、El be none すなわち Ne sois personne（何者でもあるなかれ）である、という解釈を提出している。サルトルは『家の馬鹿息子』のなかで何度かリシャールの名前を引いているが、とりわけ本巻で展開されている議論を見ると、リシャールのこの解釈を念頭において標題を選んだ可能性も充分に考えられる。

マラルメの小話《コント》の主人公であるイジチュールは、真夜中に部屋を出て螺旋階段を下り、地下の墓で賽を投げ、小瓶に入れた薬を呑んで身を横たえる。サルトルはまず、フローベールが発作を起こして兄アシルの足許に死んだように倒れたことを、このイジチュールに喩えているように見える。「最後の螺旋《スピラル》」とは、その階段を下りきって、いよいよこれから身を横たえるという意味にもとれるだろう（311）。しかし本巻を読んでいくと、単に倒れて横たわるという動作だけではなく、「イジチュール」はこの第三部の主題と密接に関係していることが分かる。まただからこそ、本巻では至るところにマラルメ特有の用語が紛れこんでいて、サルトルがこの詩人のものを深く読みこんでいることを示している。

冒頭のIの章は、全体が「転落」すなわち発作についての、さまざまな観点からの考察にあてられている。

問題の発作は、パリで法律の勉強をさせられているギュスターヴが、一八四四年一月下旬に二、三日の予定でルーアンに戻り、兄アシルとともにドーヴィルに建築予定の別荘の土地を検分に行った後に、これから二輪幌馬車《カブリオレ》で再びルーアンへ（そして最終的にはパリへ）帰ろうとして、ポン＝レヴェックにさしかかったときに起こった。

父フローベール博士は、最初これを脳充血と診断して、当時の治療法に従い、瀉血、貫通法、食餌療法などを施した。しかしギュスターヴ本人はいち早く、自分が神経の病気であることに気づいている。しかもこの最初の発作に続いて、似たような発作が次々と起こったので、これではとても法律の勉強どころではない。こうしてギュスターヴの嫌悪する苦役は打ち切られ、ルーアンでの（そして後にはクロワッセでの）引きこもりの生活が始まる。

ギュスターヴは書簡のなかでしきりに、この発作は法律の勉強にさんざん苦しめられたことが原因であるとしている。たしかに発作は結果として、彼をその苦しみから解放することになった。しかし彼の一生を変えたこの病気は、法律の勉強と関係があるにしても、それだけで片付けられるわけではなく、ギュスターヴの言葉はそれをごく単純化していると考えられる。

作家と病気の関係については、さまざまな見方があるだろうが、『家の馬鹿息子』の場合はフローベールの病気を神経症と見なして、それをどのように理解していくかということが、大きなテーマになっていると言ってよい。本書のサルトルは、この神経の発作がけっして偶然に起こった事故でもなければ、ギュスターヴの生まれつき備えていた器質的条件によるものでもなく、彼の根源的な意図に従って準備されたものであり、意味を持った必然である、と見なしている。つまりこれは、彼の素質構成と人格形成によって準備された避けられない神経的疾患であって、本書の第一部と第二部の記述、すなわち邦訳で本巻に先立つ三冊に盛られた途方もない言葉の氾濫は、病気の持つそのような性格を描き出すための周到な配慮でもあったと考えられる。

本巻でサルトルは、まずギュスターヴの受動的活動性と、転落への誘惑に注目する。法律の勉強は凡庸なブルジョワになるための準備だが、それを避けるためには、上への階級離脱が不可能である以上、天才的な文学者であることが必要になる。しかしギュスターヴには、その野心や自負心はあっても、自分が偉大な作家になるように定められていると感じる根拠は何もない。自分が所詮「偉人のなり損ない」にすぎないとすれば、ブルジョワ的俗物の凡庸さから解放されるためには、逆に法律にも向かない無能者への転落、人間以下の人間への転落が、一つの誘惑となる。サルトルは、これまでの三巻のなかに、何度もその誘惑の萌芽を書き込んでいる。たとえばギュスターヴがヌヴェールの癲癇持ちの新聞記者の真似をして、阿呆のように転げ回ることに快楽を覚える姿や、自殺の誘惑や、初期作品のなかに描かれたいくつかの落下の情景などがそれである。転落する、頽《くずお》れるということは、彼が何度も想像のなかで演じてきたことに違いない。

それでも転落は同時に破滅でもあるから、誘惑になるとともに、恐怖を与えるものにもなる。したがってギュスターヴは自らそれを選ぶことなどできないし、まして仮病をつかうなどということは不可能だ。しかしサルトルによると、ギュスターヴのような受動的行為者は、たとえ嫌悪を覚えることでも、自分のなかにそれを絶対にするまいという意志が見出せないために、心ならずも行なってしまうものである（20）。いわば彼は「最悪に対する受動的同意」（168）によって、惰性的に、物のように、些細なきっかけで兄アシルの足許に倒れこんだのである。仮死状態で横たわるというのは、長年の彼の夢の実現だが、それはサルトルの言う「受動的選択」で、つまりギュスターヴは、否応なしにわが身に蒙るものとして、自分の想像力の影響を受けたのである（93）。だからこそ、仮死状態になって想像界に沈みこんだときも、彼は死んだように横たわりながら、意識だけは失わなかった。それをサルトルは「意識的な失神」と表現している（95）。

この発作はギュスターヴを何の役にも立たない者にしたのだから、明らかに彼の敗北であり、二十二歳までの彼に終止符を打つ本物の「死」だった。これによって前途ある一人の若者が消え、老人のような別な男が生まれたのである。著者はこのような考察を皮切りに、この発作の含むさまざまな面を指摘する。それをいちいち要約するのは不可能だが、とくに注目すべき問題として次の二点だけは挙げておきたい。

一つはこの発作が家族、とりわけ父親の存在と密接にかかわっていることであり、いま一つはこれが芸術家の誕生と結びついていることである。

父親は絶対的な権威のある〈家長〉として、これまでギュスターヴを否定してきたし、また生来彼に向いていない未来を押しつけようとして、無駄な勉強を強いてきたのだった。しかし今やギュスターヴはいたわられるべき病人として、そのようないっさいのものから免責され、父親の入念な治療を受ける身となる。これは一種の幼児期への退行であるが、そのために恐るべき抑圧者であった父親が、彼を守る立場に変わったのだ。それだけではない。科学と行動主義の象徴でもある父フローベール博士は、最初は発作を脳充血と誤診して無効な治療を施し、後の発作のさいには狼狽して熱湯で息子の手に火傷を負わせたりする始末で（133）、発作を契機に行動主義の欠陥と医者の無能ぶりがさらけ出されたのである。

したがって、発作はいわば、これまでの父親の全面否認であり、フローベールの病気は、父親殺しという側面をも備えていたことになる。そして発作から二年後には、父親の本当の死がやってくる。それをサルトルは、「一八四六年一月十五日、ギュスターヴは生涯最大の幸運に恵まれる。父を失ったのだ」と書いている（144）。そして事実、埋葬の直後に、彼は自分が全快したと宣言しているのである。

このような父親との関係は、サルトルによれば、晩年にフローベールが書くことになる『三つの物語』に収められた『聖ジュリアン伝』にも顕著にあらわれている。この短篇は、若いときにルーアンの大聖堂でこの物語を描いたステンドグラスを見たときから、ずっとギュスターヴが暖めていた主題だが、不思議な内容のもので、徹底した〈悪〉が〈善〉の条件となり、親殺しが聖性へと通じるものとなる過程が描かれている。とりわけサルトルが注目するのは、お前は親殺しになると予言されたジュリアンが、「殺せるはずがない！」と思いながら、「だが、殺す気が出たら？」と考えて不安に駆られる姿である（154）。それは彼の狩猟本能と結びついており、いわばジュリアンは、自分の犯しかねない親殺しに怯えているのだが、サルトルがそこに読み取っているのはフローベール自身の親殺しにほかならない。

＊

この家族とくに父親との関係とともに重要なのは、発作が〈芸術家〉の誕生と結びついているということで、それはIIの四「合理化された『負けるが勝ち』」に詳述されている。この「負けるが勝ち」という表現は、一九四七年に書かれた『文学とは何か』以来、詩または文学の本質としてサルトルがしばしば用いてきたものだが、ここでは同時に、神経性の発作によってブルジョワ社会の敗北者、世界の落伍者となったギュスターヴが、そのために逆に芸術家としての確実な第一歩を踏み出すようになったことをも指しているように見える。

彼は発作後に小康状態が訪れたとき、中断していた『感情教育』を取り上げて、これを完成させた。サルトルはこのことを非常に重視し、これを「自分の病気についての最初の証言」と見なしている（173）。とはいえ『感情教育』には、発作そのものが語られているわけではない。ただサルトルが注目するのは、『十一月』までの従来の作品に見られる怨恨のサディズムとマゾヒズムに対して、発作以後に書かれた『感情教育』の最後の部分がまるで異なっていることで、彼はこれを「フローベールが全著作のうちで」「自らに許した唯一の勝利の歌である」（174）とまで言っている。つまりギュスターヴは、自分の発作＝転落が、芸術家の才能を獲得するために人間を否定するという意味を持っていることに、充分に意識的だったことになる。

この作品は、アンリーとジュールという二人の友人の辿る足跡を述べているのだが、発作前に書かれた部分では明らかにアンリーが主役で、ジュールはその凡庸な「引き立て役」にすぎなかった。しかし最後の二章（二十六、二十七章）は、一転してジュール中心に書かれており、とくに長い最終章には、過去と断絶したジュールの新たな芸術観が克明に展開されている。それこそ発作を経験した後のギュスターヴにして初めて書ける芸術観である、とサルトルは考える。

彼はまず、「ジュールの冒険とは、彼が絶対的な挫折を経て、天才へと至ることなのである」と言い（173）、このジュールの変身を、ギュスターヴ自身の変身に重ね合わせる。したがって、日頃から自分は大作家になるべく定められているかという不安な問いを繰り返していたギュスターヴも、このときばかりはその問いに肯定的に答えていることになる。言い換えれば、ジュールとは未来のギュスターヴの姿であり、彼は現実界での敗北者だからこそ、想像界では勝ち誇って生きることになるのである。

なるほどジュールの生活は、最終二十七章においても依然として、一向にぱっととしない陰気なものだ。しかしサルトルによれば、彼はもはや何でもなく、何も感じず、何も欲しない人間になっており、このような無感覚化こそが、フローベール流の〈芸術〉への回心の契機なのである(183)。

そこから、強烈な感覚や感情が詩の美を作るというロマン派的な考え方とは正反対の理論が生まれる。すなわち〈芸術家〉は非現実にとらわれた人間だから、いかなる現実も彼に霊感を与えることはできず、一つの感情を描くためには、何よりもそれを強く感じないことが必要だ、という態度が生じる(211)。それをサルトルは、ジュール＝ギュスターヴの「詩法」と呼ぶ。言い換えれば、経験的・感覚的な認識に頼るのではなく、それを知的認識に変えることが必要になるのだ。

そのとき芸術家は、自分の感覚や思想を表現する作者ではなくて、一種の無名の媒介者になり、すべては彼を通して、しかし彼の手を借りることもなく、出来上がっていく。「匿名性」とか「非人格性」、「非人称性」といった言葉が、この前後にしばしば使われているが、それらはいずれもこのような芸術家の問題として書かれているのである。そしてジュールがこの〈純粋芸術〉の観念に到達したのは、苦しみによって感受性が殺され、いわば浄化されたためだ、とフローベールは書いている。

こうして、生体験や、感性的なもの、ひと口に言って有限なものから解放され、いわば死の観点から眺めることが可能になるのだが、このようなことを書けるのは、発作という「死」を経て、ギュスターヴ自身に一つの「回心」があったためにほかならない。したがって、「天賦の才はない。(中略)人は回心によって〈芸術家〉になるのだ」とサルトルは書くことになる(255)。

このような非人格化した〈芸術家〉が最終的に目指すものを、サルトルは「絶対的‐主体」と呼ぶ。そして、そのような主体の志向する知的認識つまり「観念」を、「存在と想像的なものの全体性を包括するもの」として、これを「〈全体〉そのもの」であると言っている(216)。

むろんこれは理念的な目標であって、そのまま実現できるはずはなく、想像的なもの、予感することしかできないものである。しかしそれは「〈全体〉そのもの」である以上、既に全体化の終わったかのような地点、いわば無限の移行の向こう側に身を置くものでなければならない。サルトルはカントールに拠りながら、そのような「絶対的‐主体」を「超限的実体」と呼び、その属性を「イポスターズ」hypostases と呼んでいる。この言葉はキリスト教の三位一体論における神の三つの「位格」を示すものだが、ここでは「絶対的‐主体」の属性を指しているので、「基体」という訳語を充てておいた（217）。それはまず、いずれも無限である二つのもの、つまり時間と空間である。だがまた、ギュスターヴにとっては欠くことのできない第三の「基体」があって、それは「ひとの言うことの出来ないものを感じとり、ひとの言い表わせぬものを語る」言語である（225）。言語は、一つひとつの語は意味するものであるとしても、統一された全体としては意味しないものであり、沈黙であり、無限である。その個別の意味作用は放棄しないままに、部分に内在する全体を浮かび上がらせること、それと同時に、場所と時間が特定された冒険を描きながら、この言語を通して宇宙と歴史を予感させること、それが発作以後のギュスターヴの課題になるだろう。

　このように考えてくれば、フローベールの神経症は、彼の作家としての問題を解決する鍵であることが認められよう。受動性を徹底させることで、神経症は、受動的行為者のみが生み出せる形式を彼に発見させたのである。

　こうしてそれまでのギュスターヴはポン＝レヴェックで死んだけれども、それはこのようなフローベールが生まれるために必要だったことになる。つまりギュスターヴは、『感情教育』の末尾に展開されたジュールの姿を描ける人物になるために（そして後に『ボヴァリー夫人』を書くフローベールになるために）、現実世界で破滅したとも言えるだろう。

　以上のような考察を踏まえたうえで、サルトルは、「フローベール以降、文学に一つの傾向が現われる。それは作品からその作者を追放しようとする傾向である」と言う（251）。またその傾向は、象徴主義の時代にマラルメにおいて明確になり、第一次大戦後の自動筆記の信奉者たち、すなわちシュルレアリストに至るものだと指摘する。一九七一年にサルトルがこれらの言葉を記したときに、彼がモーリス・ブランショの『文学空間』（一九五五年）や、ロラン・バルトの「作者の死」（一九六八年）、ミシェル・フーコーの「作者とは何か」（一九六九年）などを念頭に浮かべていたことは、まず間違いがないところだ。「作者の死」を語ることは、その時代の風潮だったのであり、マラルメの「イジチュール　エルベーノンの狂気」は、ブランショの読者なら知らない者がないくらいに、文学空間＝死の空間の象徴になっていたのである。サルトルがこの第三部を「エルベノンまたは最後の螺旋」と題したのは、螺旋階段を下りきって身を横たえることを示すとともに、また螺旋階段によって〈芸術家〉に近づくことを示すためでもあったのだろう。

　ただし、サルトルが当時の「現代思想」の旗手であるこれらの人たちと異なっているのは、単に「作者の死」を指摘するだけに留まらず、なぜ一人の作家が死の空間を選ぶに至るのか、その過程を愚直なまでに問いつづけた点にある。『ボオドレール』に始まり、『聖ジュネ』や『マラルメ論』を生んだ彼の伝記的文学は、その豊穣な成果だった。そしてとりわけ、本書におけるギュスターヴの「転落」＝「死」の記述は、その関心を一瞬の出来事に集約したものにほかならない。

読者の立場から「作者の死」を云々するのは、ある意味で容易なことである。だが、フローベールやマラルメが、impersonnalité すなわち「非人格性」、「非個人性」という極限に行きつくのは、狂気や死と紙一重のきわどい冒険を経てのことだった。そこに注目したのは、やはり実存の哲学を基礎に持つサルトルの本領と言わねばならない。

＊

一八四五年一月に初稿『感情教育』を書き上げてから数年間のギュスターヴについては、「五　『負けるが勝ち』の現実の意味」のAとBに詳細に語られている。

ギュスターヴは、既に「詩法」を発見し、「生まれて初めて自分の星を信じる勇気を持った」(268)にもかかわらず、この『感情教育』を書き終えてからしばらくのあいだは、何も書こうとしていない。彼が筆をとるのは、ようやく『聖アントワーヌの誘惑』にとりかかる四八年五月からにすぎない。

その間に、彼はギリシャ語とラテン語を勉強し、ヴォルテールの戯曲を研究し、ラブレー、モンテーニュ、シェークスピア、ゲーテ、スタンダールを始め、夥しい数の過去の大作家の作品を読み返している。とくにシェークスピアにはたびたび言及し、「彼は人間ではなくて大陸」だ、と言ってこれを絶賛している。人間ではない、つまり作者は非人格的になり、彼自身の感情や情熱を括弧に入れて多様な人格を含む世界を再現し、こうして『感情教育』末尾のジュールを通して描かれた理念を実現しているというのである。それがまた読者であるギュスターヴの非人格化をもたらすことになる(288)。

しかし、「仕事と読書」と題された一節で、ギュスターヴの本の読み方を仔細に検討したサルトルは、それが丹念な読解とは程遠く、テクストそのものにはほとんど関心がないものであることを明らかにしている。ではなぜ読むのか。読書によって忘我の状態になり、自分を大作家と同一化するためだ。ところがしばし作品に夢中になり、大作家になった自分を夢見ても、所詮、彼は何も書いていない人間だから、この夢は破れないわけにいかない。したがって、これは一種の挫折行動にすぎず、フローベールは書かないために読んでいると言ってもいいのである。

その頃の彼は友人たちに対して、「時間のかかる作品」に取りかかっていると言っているが、これはサルトルが「奇跡の待機」と呼ぶ期間である。では、どんな奇跡を待っているのか。サルトルによるとギュスターヴは、自分の信じてもいない〈神〉がこの地上で彼を選び、天才と栄光を与えてくれることに賭けているのだという(330)。こうして、彼は「自らの不信仰にもかかわらず、〈神〉の実在をたえず肯定しつづける者となる」(331)。

発作後に書かれた『感情教育』末尾のジュール＝ギュスターヴは、そこに〈神慮〉が働いていたにせよ、べつに〈神〉に頼ることもなく、自分で「詩法」を見つけ出したはずである。だからこそ、これが「勝利の歌」だったという認識が生まれるのであろう。その見方からすると、このようなギュスターヴの〈神〉への依存は、かなり奇妙な態度に見えるかもしれない。しかしその説明は、これに先立つ「合理化された『負けるが勝ち』」の章の最後のページに記されている(266)。そこでサルトルは、フローベールに二種類の「負けるが勝ち」があることを指摘しているのである。

一つは、これまで説明されてきた『感情教育』のジュールの人物像のうちに認められるような、明晰で合理化された「負けるが勝ち」であり、これはフローベールの「芸術」の進むべき方向を示すものでもある。しかしサルトルはこれを「表層的」と呼び、その底に、隠されていて前論理的なもう一つの「負けるが勝ち」があって、それこそが起源であると考える。この原初の「負けるが勝ち」とは、この大著の始めから縷々説明されてきたフローベールの「素質」と「人格」に基づくものに違いない。そこから作り出された受動性を特徴とする想像的人間でなければ、ポン＝レヴェックの発作もあり得なかったはずだし、そのような受動的人間にとっては、救いもまた他者からしか来ないはずだからである。

こうしてサルトルの描く発作後数年のギュスターヴは、〈地獄〉のようなこの世界から逃れることなく、敗北を引き受け、人間以下の者に転落したことを認めて苦しみを嘗めながら、〈全能の神〉に向かっては、自分はこんなに苦しんでいる、そして〈あなた〉の手に身を委ねている、と訴える者になったのであろう——その苦しみが〈神〉の気に入ることを、それが「価値‐功徳」mériteになって〈神〉から認められることを、彼は心密かに願っているのである。この「メリット」mériteという語は、この前後の文脈でしばしば用いられている鍵になる言葉だが、〈神〉がそこに絡んでいるので、「価値」「長所」という普通の意味とともに、「功徳」というニュアンスも帯びることになる。

これが四五年から四七年まで、このAとBの部分に描かれた時期のフローベールだった。サルトルは、「四五、四六、四七年、これは断固として何も産み出さなかった神秘家の三年間」(338)だった、と結論づけている。

*

このように、不可知論者のギュスターヴであるにもかかわらず、彼の発想のどこかに、芸術に聖なる性格を与え、その制作の保証を〈神〉に委ねようとするところがあることをサルトルは指摘する(342)。フローベールには絶対的な悲観主義と、隠れた楽観主義があるという指摘も、これに通じるものだろう

(347)。サルトルはそのことを、本巻の最終部分にあたるC、D、Eの項目で扱っているが、この部分では時系列に沿った記述を放棄して、一足飛びに、既に『ボヴァリー夫人』で名声を獲得した後の『サランボー』創作のときの手紙や、父親との関係で一旦言及された晩年の『聖ジュリアン伝』が考察の対象になる。とりわけ後者の分析は、きわめて興味深い読解を示している。

この短篇は、最後にジュリアンの抱きしめている癩病の男がイエス・キリストに変身して、気を失ったジュリアンとともに、青々とした空間に上昇していくところで終わる。つまりジュリアンはキリストに受け入れられて、聖者になるわけだが、いったい彼の聖性はどこにあるのか、彼の「メリット」は何か、とサルトルは問うている。

ジュリアンは信仰の点でも、慈愛という点でも、いささかも優れているわけではない。しかも常に絶望の罪を犯している人物である。また彼は幼い頃から動物を殺害することに強烈な性的快楽を覚える悪人であり、ここにはフローベール自身のサディズムがそのままあらわれているように見える。しかも彼に殺された鹿の予言した通り、さまざまな事情が重なって、後には親殺しの罪さえ犯すことになる。この忌まわしい過去を引きずった男は、人びとに忌避され、罵倒され、石を投げつけられた挙げ句、自殺を試みさえするが、死もまた彼を受け付けない(151)。絶望のあまり、彼は徹底的な自己破壊を試み、自分に肉体的苦痛、精神的拷問、極度の窮乏を強いる。最後に癩病の男を抱きしめるのも、けっして愛から発した行為ではなく、相手の身体に極度の嫌悪を覚えるためであり、感染して自分も癩病にむしばまれた身体になるためである。当時は癩病も狂気も伝染すると思われていたし、若い頃のフローベールは癲癇のヌヴェールの新聞記者を模倣することによって、自分がおぞましい狂気に引き寄せられていることを示していた。いわばフローベールの描くジュリアンは、絶望して、地獄に堕ちることを望んでいる人間である。そして彼が救われて、キリストとともに天に昇っていくのは、このように極度の苦しみを嘗め、〈神〉に完全に絶望したためである、とサルトルは見る(373)。その苦しみの激しさ、絶望の深さが、彼の「功徳」なのだ。

しかも、こうしたことはすべて予め定められていて、〈神〉の欲したことだった。聖者になることは生まれたときに予言されていたし、多くの血を流すことも、親殺しになることも、ことごとく予言の範囲内である。つまりいっさいは〈全能の神〉が定めるままに進行したのであり、ジュリアンの犯罪も、自己破壊の苦しみも、結局は彼を聖者にするために〈神〉が選んだ手段だったことになる。したがって、「負けるが勝ち」は初めから決まっていたのだ。

そのうえ、サルトルは『聖ジュリアン伝』が「白鳥の歌として構想された」と言う(393)。つまりフローベールはジュリアンのように、自分の敗北が最後には勝利と認められることを欲していたのだろうし、それを象徴する『聖ジュリアン伝』を最後の作品にしたかったというのだろう。さらに本巻の最後のところでサルトルは、『感情教育』以後、ジュールの合理化された「負けるが勝ち」への言及は稀になり、「芸術家としての彼の歩みの大部分」は、奥に潜んでいる原初の「負けるが勝ち」によって説明されると言い、「ジュリアン、これこそ彼の求めていた人物である」とまで言い切っている(395)。しかしこの間の事情が丁寧に説明されているわけではないから、この断定はいささか唐突になされた印象を拭いきれない。

なるほど、サルトルの『聖ジュリアン伝』読解は興味深いものだが、それにしてもこれはフローベールの晩年に書かれたごく短い作品にすぎない。たしかに彼は幼いときからルーアン大聖堂のステンドグラスに描かれたこの物語を見ていたであろうし、病気療養中つまり一八四五、六年のある日には、マクシム・デュ・カンとともにコードベックの教会で聖ジュリアンの小像を見て、物語の着想を得てもいたらしい(149)。サルトルが、「四五年頃、彼は非常に異なる二人の人物に化身し、自己を客体化している。ジュールとジュリアンだ」(376)と書いたのは、そのためだろう。また一八五六年のフローベールからブイエに宛てられた手紙には、「執筆中の『聖ジュリアン伝』」という言葉があって、物語への関心が続いていたことも窺える。

しかし、「芸術家としての彼の歩みの大部分」が説明されると言うためには、その間に書かれた『ボヴァリー夫人』を始めとする他の重要な作品の分析が必要になるだろう。本書の「五―D」での『サランボー』への言及はその一つだろうが、これもけっして充分に展開されているわけではない。本巻はそれらをまだ語らないまま、この「仮の結論」(395)によって閉ざされることになる。

サルトルが本書の最後に、ここでふれられなかった二つの問題があることを記しているのはそのためだろう。一つは、フローベールの神経症が歴史的かつ社会的な客観的事実であり、一八三〇年から四八年に至る「七月王制」期のブルジョワ社会の性格を集約したものであることだという。これは彼の神経症の普遍性を明らかにすることになるだろう。いま一つは、ギュスターヴの病気が「彼の自由と呼ぶべきものを余す所なく表現している」ことで、その意味は、「この作品の最後で」、「『ボヴァリー夫人』を読み直したときにしか理解することができないだろう」という。これは彼の神経症の独自性と言ってもよいだろうが、このことは第一巻冒頭の「はじめに」のなかで、「人間は独自的普遍と呼ぶ方がよい」と彼が述べていることを反映している。結局そうした問題を未解決に残したまま、『家の馬鹿息子』の第三部はここで終わるのである。

*

以上に私は作品のおよその流れを辿って来たが、最後に作品解説の立場を離れて、本巻の監訳者の一人として、これまでの翻訳の進行について、ひと言ふれておきたい。

一九七一年に原書の第一、二巻が出版されたとき、私は故平井啓之から、これを翻訳したいので是非協力してくれと依頼された。しかし私は最初きわめて消極的だった。何よりもこの作品が余りに長大かつ難解なので、自分の手に余る仕事ではないかと恐れたためである。そのうえ私はほかにも時間のかかる仕事を抱えていたし、作者のサルトル自身も、おそらくは加齢のためだろう、この大著では記述に繰り返しや堂々巡りが多く、たとえば『聖ジュネ』の持っていたような、ぐいぐいと引きつけていく力強い文体とは明らかに異なっているように思われた。しかし平井からは再三の要請があり、またこれがサルトル最後の「全体化」の試みとしてきわめて重要な作品で、当然日本語で読めるようにすべきものであることは分かっていたので、私は自分にできる範囲で協力しようと答え、海老坂武、蓮實重彦とともに、四人による共訳チームが出来上がったのである。私はいわば第三巻まで、平井啓之の後について行くような形で、自分の責任範囲のみをこなして来たのだった。

第一巻の出版は一九八二年、第二巻は一九八九年だった。ところが第三巻を準備していた一九九二年に、平井啓之がとつぜん癌で倒れ、数カ月の闘病の末に亡くなった。これは訳者一同にとって大きな打撃だった。もっとも第三巻のみについて言えば、平井も私も既にその一年ほど前に担当部分の翻訳を終え、互いの訳稿を交換点検して、ほぼ完成に近づいていたのである。ところがそれ以後、出版は遅れに遅れ、ようやく刊行の運びになったのは、なんと二〇〇六年の末だった。ほぼ完成状態の訳稿は、そのまま十数年ものあいだ放置されたのである。

出版のこの余りの遅れに失望した私は、自分の年齢も考え合わせて、翻訳継続はもはや不可能であろうと諦めていた。しかし、落合祥堯氏とともに第一、二巻の出版を担当された元人文書院の森和氏から、是非継続して完成してほしいという強い要望があり、何度も打ち合わせを繰り返して可能性を検討した末に、勇気を振り絞って態勢を立て直し、新たな訳者を加えて完成を目指すことになったのである。第三巻までの推進者であり、リーダーでもあった平井啓之がいないので、第四巻以後は海老坂武と私が監訳者として全体の責任を負うことになり、協力を申し出てくれた三人の訳者と第一回目の打ち合わせを行なったのは、二〇〇八年七月のことだった。当初は五年くらいで完成稿を作る予定であったが、この態勢での共同作業は初めてだったので、その難しさもあって、結局はここまでずれ込むことになってしまった。

分担は、冒頭から「三―C 刺激」まで（九ページから八八ページまで）を鈴木、「D 神経症と壊死」から「G 『父親殺し』としてのフローベールの病気」まで（八八ページから一七〇ページまで）を坂井、「四 合理化された『負けるが勝ち』」（一七一ページから二六六ページまで）を黒川、「五 『負けるが勝ち』の現実の意味」の「A」と「B」（二六七ページから三三八ページまで）を澤田、同じく「C」、「D」、「E」（三三九ページから三九五ページまで）を海老坂が担当した。必ず複数の訳者が原稿に目を通すという方針で、坂井、黒川の担当部分はまず鈴木が、また澤田担当部分は海老坂が検討したうえで、鈴木と海老坂が改めて全体を点検し、最後に鈴木が再度通読して、訳語の統一や、各訳者がつけたそれぞれの担当部分の注の整理などを含め、全体に手を入れて整えた。しかし細かな文体の統一までは出来なかった。

翻訳にあたっては、いくつかの個所で、われわれの知見不足のために、各分野の専門のかたのご教示を仰いだ。いちいちお名前は挙げないが、ご協力への感謝の気持を申し述べさせていただく。

慎重を期したつもりではあるが、難解で長大な作品であるために、思いがけない解釈の誤りも犯しているだろう。読者のご叱正、ご指摘をお待ちしたい。訳者としては、たとえ多少の瑕瑾があろうとも、まず日本語で読める『家の馬鹿息子』を作ることを優先させるのが重要と考えたのである。

本巻によって、原書『家の馬鹿息子』の二巻までの翻訳が完了したが、フランス語原書にはさらに第三巻がある。その翻訳には、同じ共訳チームがあたることになっており、既に翻訳分担も決定している。これは本巻よりもさらに厚い一冊になるはずだが、それが完成したときに初めて『家の馬鹿息子』の全訳が完了することになる。私自身はその完成を見ることができるかどうか、甚だ心許ないが、少なくともその第五巻刊行のためにも微力を尽くすつもりである。

人文書院の担当者である井上裕美氏は、遅々として進まぬわれわれの面倒な仕事に終始細かく気を配って、訳者を支えて下さった。その献身的な努力がなくては、とうてい本巻の刊行に至らなかっただろう。訳者を代表して、ここに心からの感謝を申し上げる。

二〇一四年盛夏

固有名詞一覧（欧文をイタリックで著した項目は、作品名を示す）

ア　行

『愛書狂』*Bibliomanie*　フローベールの初期作品（一八三六）。バルセロナの古本屋ジャコモが、貴重な写本を独占するバティストへの嫉妬から破滅する物語。

アウグスティヌス（アウレリウス）Augustinus, Aurelius（354—430）　キリスト教の神学者、教父。北アフリカに生まれ、若い頃は、女性や演劇に熱中し、欲まみれの生活を送ったが、その後、哲学を学び、後にミラノで回心。洗礼を受け、修道士となり、後に司教となって、異端との論争のうちで多くの著書を著し、キリスト教会の教義の確立に努めた。主著は『神の国』、『告白』。

アウグストス（オーギュスト）Augustus（BC 63—AD 14）　帝政ローマの初代皇帝。コルネイユ作『シンナ』では、重要な登場人物となっている。

アシル＝クレオファス・フローベール→フローベール(2)

アシル・フローベール→フローベール(1)

アッティラ　Attila（395?—453）　フン族の王。中央ヨーロッパを支配し、後には北イタリアにまで侵入した。コルネイユはこの人物を題材にして、悲劇『アッティラ』を書いている。

『アテネのタイモン』*Timon of Athens*　人間嫌いで有名だったアテナイ市民タイモンを主人公としたシェークスピアの作品。

アヌイ（ジャン）Anouilh, Jean（1910—87）　フランスの劇作家。ソポクレスの悲劇を現代化した『アンティゴーヌ』、ジャンヌ・ダルクを主人公にした『ひばり』などが、その代表作。

アブラハム　Abraham　イスラエル民族の始祖。『旧約』の『創世記』に現われる。

アプレイウス（ルキウス）Apuleius, Lucius（123?—170?）　帝政ローマ時代の弁論作家。北アフリカに生まれ、カルタゴとアテネで教育を受けた後、イタリア、アジアなどに赴き、神秘宗教や魔術なども学んだ後、カルタゴに戻り市政で活躍した。奇想天外な小説や極端に技巧的な弁論文によって名声を博した。代表作である『変容（または黄金のロバ）』は、ローマ時代の小説中、完全に現存する唯一のもので、魔法によってロバにされてしまった若者ルキウスの遍歴を通して、当時の世相を描く。ルネサンス時代に再発見されて以来、広く愛読された。

アマール(1)（エミール） Hamard, Emile-Auguste（1821―90） ギュスターヴの中学の同級生。ギュスターヴの妹カロリーヌと一八四五年に結婚。一年後の妻の死とともに精神に変調をきたし、世間との交渉を断ち、職業を捨てたといわれている。フローベール家は、裁判によってカロリーヌの遺児をとりもどした。

アマール(2)（カロリーヌ） Hamard, Caroline（1846―1931） ギュスターヴの妹カロリーヌの遺児。すなわち彼の姪。父親エミール・アマールが妻の死後、精神に異常をきたしたので、祖母にあたるアシル＝クレオファス未亡人にひきとられた。ギュスターヴは外科部長の地位を襲ったアシル夫妻に病院内のアパルトマンを譲り渡し、未亡人とともにクロワッセに移り住んでカロリーヌを育てる。

一八六四年四月六日、ディエップの材木商エルネスト・コマンヴィル Commanville, Ernest と結婚、一八七五年、相場に失敗して夫は破産、晩年のギュスターヴを金銭的、精神的に苦しめる。なおコマンヴィルは戸籍上の本名ではなく、両親の存在は明らかではない。

一八九〇年に夫を失ったカロリーヌは、一九〇〇年に医師フランクラン＝グルー Franklin-Grout と二度目の結婚。彼女は、伯父ギュスターヴの原稿類のいっさいを所有しており、その死に際して、一部は図書館に寄贈され、また一部は競売に付された。彼女の生前に刊行された書簡類は、一家の名誉のために施された多くの検閲によりきわめて正確さを欠いたものである。

アマール夫人 Madame Hamard ギュスターヴの友人エミール・アマールの母。

アミエル（アンリ＝フレデリック） Amiel, Henri-Frédéric（1821―81）スイスの哲学者、思想家。ジュネーヴ大学の教授。生涯独身で、生前はごく小範囲にしか知られていなかったが、死後に一七四冊のノートに書かれた『日記』が出版されて広く読まれるようになった。とくにさまざまな角度からの自己分析が特徴である。

アラリック一世 Alaric I（370―410） 西ゴート族の王。たびたびイタリアに侵入した。

アラン Alain（1868―1951） フランスの哲学者。二〇世紀の代表的なモラリスト。本名はエミール＝オーギュスト・シャルチエ Emile-Auguste Chartier。『ルーアン新聞』に「日曜語録」という短いエッセイを書き始めたのがきっかけで、『プロポ（語録）』という短文の形で、文学、芸術、社会、政治、宗教など、幅広い分野にわたり、示唆に富む考察を書いた。ほかに、『芸術論集』など、多数の著書がある。

アリストテレス Aristoteles（BC 384―322） 古代ギリシャの哲学者。北東ギリシャのスタゲイラの生まれ、幼くして父母を失くす。十七歳の時にアテナイに出て、アカデメイアに入り、プラトンに師事し、そこで二十年間を過ごす。前三三五年、アテナイの郊外、リュケイオンに学校を開く。論理学、自然学、形而上学、倫理学、政治学、芸術学など広範な学問領域において後世に多大な影響を与えた「万学の祖」。

アルヌー（ジャック） Arnoux, Jacques フローベール作『感情教育』の登場人物。画商を営む。主人公フレデリック・モローは、アルヌー夫人マリー Marie に恋こがれる。

アレクサンダー（アレクサンドロス）大王 Alexandros III（BC 356―323） マケドニア王ピリッポス二世の息子として生まれ、アリストテレスを「家庭教師」として英才教育を受けた。若干二十歳でアレクサンドロス三世として即位した後、全ギリシャを制覇、その後、東方遠征を行ない、エジプトのファラオを兼ねた。ハンニバル、カエサル、ナポレオンなどの著名な歴史上の人物たちから模範とすべき大英雄と見なされた。
アンティゴーヌ Antigone　アヌイの戯曲『アンティゴーヌ』の主人公。ギリシャ神話の人物。王位についた叔父クレオンの命に背き、死を賭して兄ポリニスの遺体を埋葬する。彼女の生命を救おうとする叔父クレオンの現実主義と、飽くまで妥協を排して自分の行為の純粋さを守り抜こうとするアンティゴーヌの対立が、この戯曲の主題である。
イカロス Icarus　ギリシャ神話のダイダロスの子。父がクレータ島のミノス王のために作った迷宮に、父とともに閉じ込められる。そこから脱出するために、蝋で身体につけた翼で空に飛んだが、父の命令に従わずにあまり太陽に近づきすぎたために、蝋が溶けてエーゲ海に墜落した。
ヴァス Vasse　フローベールの母親の友人だったヴァス夫人と、その子供たち。エマニュエル Emmanuel、フラヴィー Flavie など。
ヴァレリー（ポール）Valéry, Paul（1871―1945）詩人、批評家。マラルメから深い影響を受けた。『レオナルド・ダ・ヴィンチの方法序説』、『テスト氏との一夜』、『若きパルク』、『魅惑』などの作品がある。第二次大戦までの知識人の一典型。
ヴィレム一世（オラニエ公）Willem van Oranje（1533―84）オランダ独立戦争初期の最高指導者。〈寡黙公〉の異名がある。ドイツのナッサウ伯家に生まれ、一五四四年にオラニエ公を継いだ。フェリペ二世の下でホラント、ゼーラント、ユトレヒト三州の総督を務めたが、専制政治に反対し、エグモント伯らと同盟して王の腹心グランベルを退去させた。その後も政府批判の態度を変えず、自ら起こした解放の軍はいずれも失敗したが、七二年末ホラントに赴き、〈海乞食（乞食団）〉の活躍により進展中の反乱を指導した。「企てるために希望は要らず、続けるには成功は要らぬ」をモットーとしたと言われる。
ウェルギリウス Vergilius（BC 70―19）古代ローマの代表的詩人。『アエネーイス』他。
ヴェルコール Vercors（1902―91）フランスの作家。本名はジャン・ブリュレル Jean Bruller。ナチスへの抵抗運動から創作。主著に『海の沈黙』、『沈黙の戦い』など。サルトルが参照しているのは、小説『人獣裁判』で、そこでヴェルコールは人間を「自然を失った動物」と評している。
ヴェロネーゼ（パオロ）Véronèse, Paolo（1528―88）ヴェネツィア派の画家。本名パオロ・カリアーリ。ヴェローナで石工の子として生まれ、十四歳の頃、アントニオ・バディーレの弟子になる。一五五三年ごろ、ヴェネツィアに移る。代表作の現在ルーヴル美術館にある『カナの婚礼』が示すように、享楽的で官能性に溢れる画面構成と鮮やかな配色は当時のヴェネツィア人の豪奢な趣味に合い、人気を博した。同様に家族工房の経営者だったティントレット（一五一八―九四）とは、注文を奪い合ったライヴァル関係だった。
ヴォルテール Voltaire（1694―1778）フランスの作家。本名はフランソワ＝マリー・アルエ François-Marie Arouet。小説、詩、戯曲等あらゆるジャンルに才能を示した十八世紀フランス啓蒙主義思想の代表的人物。十九世紀に至って、無神論的な思想の典型とみなされた合理主義者。『ルイ十四世の時代』、『カンディード』その他。
エストニエ（エドゥアール）Estaunié, Édouard（1862―1942）フランスの作家でエンジニア。ブルジョワ社会の心理をテーマとした。『秘めたる生』でフェミナ賞を受賞。
エディプス―→オイディプス
エニック（レオン）Hennique, Léon（1850―1935）フランスの自然主義作家。ゾラを敬慕し、その周囲に集まった若手作家グループ、メダン派の作家のひとり。小説『大七事件』では、戦争や愛国心を徹底的に戯画化している。ゴンクール賞の創設の中心人物でもある。

オイディプス Oidipous　ギリシャ神話中の人物。テバイ王ライオスと后イオカステの子。生まれる男子は父殺しになるという神託により、山に棄てられたが、羊飼いに救われて成長。やがてライオスにめぐりあい、父と知らずにライオスを殺し、さらに母と知らずにイオカステと結婚する。

『思い出・覚書・瞑想』*Souvenirs, Notes et Pensées intimes*　フローベールが一八三八年から四一年までに中学校用のノートに書きつけた断章。

オラニエ公──→ヴィレム一世

カ行

『カイン』*Cain*　バイロンの作品。『旧約聖書』の創世記にあるカインの弟アベル殺しの話を五幕に書いた劇詩。作者の悪魔主義がカインに託されている。

カフカ（フランツ）Kafka, Franz（1883―1924）　チェコ系のオーストリアの小説家。『変身』、『審判』、『城』その他の特異な作風は、実存主義文学の先駆とみることもできる。グレゴワール・ザムザは『変身』の主人公。サルトルは、『シチュアシオンI』で、モーリス・ブランショの『アミナダブ』について、カフカの『城』との類比点を論じて、優れた評論を書いている。

『感情教育』*Education sentimentale*　フローベールの長編小説（一八六九）。優柔不断な青年フレデリックを主人公に、パリと地方都市ノジャンを舞台に、愛と友情とが流れる時間とともに空しく潰えさっていくさまを、七月王政末期から第二共和制期を時代背景として描いた傑作。若いときに書いた初稿『感情教育』とは別の作品である。

　フレデリックのまわりには「工芸美術」社の経営者アルヌーの妻アルヌー夫人、同郷の貴族で金融資本家に転じているダンブルーズ氏の妻、アルヌーの情婦でもある高級娼婦のロザネット、ダンブルーズ氏の土地の管理人ロック老の娘ルイーズ等、いく人もの女性が通りすぎるが、物語の最後で不意に訪れるアルヌー夫人だけが、彼にとっての真の愛の対象である。マルチノンは、法学部の同級生、万事ぬけ目がなく、上流階級にとり入りながら学士号をとる。

カントール（ゲオルク）Cantor, Georg（1845―1918）　ドイツの数学者。無限集合論の創始者。ベルリン大学で学び、ハレ大学教授。無限にさまざまな大きさがあるとして、その相互関係を究明しようとする。無限の順位に関する「連続体仮説」という問いに逢着し、証明に苦闘するうちに精神を病む。ハレ大学付属の精神病院に入退院を繰り返し、そこで死去。

キノー（フィリップ）Quinault, Philippe（1635―88）　フランスの詩人、劇作家。人物のすり替えや取り違えに基づくどんでん返しの多いロマネスクな悲劇の作者と知られる。代表作『チロスの王アストラート』はブルゴーニュ座で大成功を収めた。また、リュリーの音楽悲劇の台本作者としても知られる。

『狂人の手記』*Mémoires d'un Fou*　フローベールの自伝的中篇（一九三八）。三六年にトゥルヴィルで出逢ったシュレザンジェ夫人への精神的な愛を綴ったもの。マリアが主人公。

キルケゴール（セーレン・オービエ）Kierkegaard, Sören Aabye（1813―55）　デンマークの思想家。ヘーゲルの影響を受けたが、その観念的合理主義に反対して個人的経験の一回性の上に独自の実存的思惟を展開した。サルトルは『方法の問題』で、自分の認める実存哲学がヘーゲル－マルクスをつなぐ普遍性とキルケゴールの個人的実存の独自性とを結ぶ、独自的普遍の人間学として成立つものであることを明示している。

クーザン（ヴィクトール）Cousin, Victor（1792―1867） フランスの哲学者。エコール・ノルマルの教授。ドイツ観念論の影響を受けた折衷主義の立場である。一時ルイーズ・コレの愛人だった。

クーティル Coutil 学生。若いころのフローベールやエルネスト・シュヴァリエの友人。

『苦悶』*Agonies* フローベールの十六歳（一八三八年）のときの短編。

クリスプス→サルスティウス

グルゴー＝デュガゾン Gourgaud-Dugazon ルーアンの中学で作文を指導し、ギュスターヴの文学的な才能に最初に注目したフランス語教師。一八四〇年よりヴェルサイユの中学に転任になっていたので、ギュスターヴは、とるべき道の選択にあたって、かつての師に書簡で指導を仰いでいる。

クルティウス・ルフス（クイントゥス）Curtius Rufus, Quintus 古代ローマの歴史家。『アレクサンドロス大王伝』十巻を著した。最初の二巻は完全に散佚し、他にも欠けた部分がある。歴史書というよりは、物語的おもしろさに満ちた作品とされている。

クロケ（ジュール＝ジェルマン）Cloquet, Jules-Germain（1790―1883） フランスの解剖学者、外科医。父アシル＝クレオファスの医学部時代の友人で、パリ大学医学部教授となってからも、二人の交友は家族の域に及んでおり、兄アシルのスコットランド旅行、ギュスターヴの南仏コルシカ旅行などに、父に代わって付き添う。

ゲーテ（ヨハン・ヴォルフガング・フォン）Goethe, Johann Wolfgang von（1749―1832） ドイツの詩人、小説家、劇作家。書簡体小説『若きウェルテルの悩み』で疾風怒濤期の代表者となる。代表作に『ファウスト』がある。

コクトー（ジャン）Cocteau, Jean（1889―1963） 詩人、小説家。『ポトマック』、『恐るべき子供たち』他。

『心の城』*Château des Cœurs* ルイ・ブイエとシャルル・ドスモワの協力で書かれたフローベールの夢幻劇（一八六三）。あらゆる劇場から上演を拒否された。

ゴーチエ（テオフィル）Gautier, Théophile（1811―72） ロマン派の詩人。『エルナニ』事件のさいは、奇怪な服装をした画学生の先頭に立って活躍。詩集『螺鈿七宝集』は代表的な作品であり、小説『モーパン嬢』の序文では、芸術至上主義を標榜している。ボードレールがその『悪の華』をゴーチエに献じていることは名高い。

『この香を嗅げ』*Un parfum à sentir* フローベールの初期短編（一八二六年）。サーカスの女芸人で醜いマルグリットが、夫のペドリヨを一座の主役で美貌のイザベラダに奪われ、道化師のイザンバール他座員からも嫌われて自殺する。

コマンヴィル（エルネスト）Commanville, Ernest ディエップの材木商。フローベールの姪カロリーヌ・アマールと結婚。アマール（2）（カロリーヌ）の項目を参照のこと。

コリア姉妹 フローベール一家はイギリス海軍の在フランス大使館の武官だったコリア提督 Sir Henry Collier の一家と知り合いになったとされている。フローベールがコリア家と親しくつき合い始めたのは、法学部に登録してパリに住み始めて以後のことである。大学生ギュスターヴは、ほぼ同世代の提督の二人娘ガートルード Gertrude（一八一九年生まれ、のちにテナント夫人 Mrs. Tennant となる）とヘンリエット Henriette（一八二三年生まれ、のちにキャンベル夫人 Mrs. Cambell となる）のもとを尋ねることを大きな喜びの一つとしていた。彼は、病身ぎみのヘンリエットの枕許でロマン主義的な書物を読んで聞かせ、親しさ以上の気持をいだくにいたる。一家の帰英後も書簡の交換が続き、『ボヴァリー夫人』執筆中にロンドンを訪れたギュスターヴは、ガートルードとハイドパークを散歩したりもする。この二人姉妹は、幸福な時代を思い出させる「トゥルヴィルの幻影」として書簡に登場する。

コルネイユ（ピエール）Corneille, Pierre（1606―84） フランス十七世紀の劇作家。ラシーヌとともに古典悲劇の形式を完成させ、古典劇の父と呼ばれた。その『ル・シッド』は、古典悲劇の基盤とされ、『シンナ』、『オラース』とともに、今日までコメディ・フランセーズで上演され続けた。フローベールと同じルーアン出身で、いまでもその生家が保存されている。少年時代のフローベールは、彼と同郷であることを誇りに思い、その栄光を夢みた。

コルムナン（ルイ・ド）Cormenin, Louis de 若いころのフローベールの、そしてとりわけマクシム・デュ・カンの親しい友人。詩人でジャーナリストでもある。ポール・シモン Paul Simon の筆名も持つ。

コレ（ルイーズ）Colet, Louise（1808―76） 十九世紀中葉のフランス文壇で、その美貌によってミューズ（美神）と呼ばれ名声を得た女流詩人。夫は音楽家のイポリット。セーヴル街の彼女のサロンにはロマン主義時代の芸術家や大学教授が多く集まり、その男性との関係もかなり派手なものだった。一八四五年にフローベールを識り、この無名の文学青年との激しい恋愛を体験する。彼らの関係は、二年に及ぶフローベールのエジプト旅行をはさんで五四年まで続くが、争いが絶えず、不毛に終わった。『ボヴァリー』執筆中のフローベールのコレ宛の書簡は、資料として貴重。

ゴンクール兄弟 les Goncourt その文学日記で名高いエドモン Goncourt, Edmond de（1822―96）とジュール Goncourt, Jules de（1830―70）は、フランスの自然主義を代表する作家。『ジェルミニ・ラセルトゥ』など、二人で小説を共作した。『ボヴァリー夫人』（五七）の発表以後、フローベールとの交際が始まった。美術評論家としても活躍し、日本の浮世絵を論じている。

コンスタン（バンジャマン）Constant, Benjamin（1767―1830） スイス、ローザンヌ生まれのフランスの作家、政治家。父は職業軍人であり、オランダなど各地を転々とする。仏国籍取得後、政治活動を始めるが、ナポレオンからルイ＝フィリップまで、時の政権の浮沈とともに波瀾に満ちた生涯を送る。『アドルフ』（一八〇六）は、恋愛の冷徹な心理分析として著名な小説。『赤い手帳』（一八〇七年執筆、一九〇七年刊行）は「わが生涯（一七六七―一七八七）」の副題を持ち、自堕落な若き日を振り返った死後出版の自伝。

サ行

『ザイール』*Zaïre* 一七三二年に初演されたヴォルテールの代表的悲劇。

サド侯爵 Sade, Marquis de（1740―1814） 南フランスの大領主。生涯の大部分を獄中で過し、いわゆるサディズムの祖となる。『ジュリエット物語あるいは悪徳の栄え』他。

『サランボー』*Salammbô* 第一次ポエニ戦役を背景とした傭兵たちのカルタゴへの叛乱を描いたフローベールの歴史小説（一八六二）。傭兵隊長マトーが、ハミルカルの一人娘サランボーに恋し、傭兵を率いてカルタゴへの叛乱を企てるが、捕えられて殺される。「斧の峡道」の章は、描写の残酷さで名高い。

サルスティウス Sallustius 全名はサルスティウス・クリスプス（ガ

イウス）Sallustius Crispus, Gaius（B.C.86—B.C.35）。ローマの政治家、歴史家。護民官を歴任し、カエサルの推挽を得てアフリカ・ノヴァ属州総督となる。カエサル暗殺後は引退し、著作に専念。主著『歴史』は散逸し、『カティリナ戦記』と『ユグルタ戦記』が伝わる。

サント＝ブーヴ（シャルル＝オーギュスタン）Sainte-Beuve, Charles-Augustin（1804—69）　詩人、小説家、批評家。心理的観察の才に秀でて、批評を文学の地位に押しあげた。

サンド（ジョルジュ）Sand, George（1804—76）　ロマン派の有名な女流小説家。十八歳で結婚したが、夫との生活に堪えられず、単身パリに出て初めは新聞記者を志し、やがて小説によって名声を確立する。ジュール・サンドー、ミュッセ、ショパンらとの恋愛は有名。代表作に『魔の沼』、『プチット・ファデット』、『孤児フランソワ』など。

シェークスピア（ウイリアム）Shakespeare, William（1564—1616）　イギリスの詩人、劇作家。『ハムレット』、『オセロー』、『マクベス』、『リア王』の四大悲劇を初め、喜劇『ヴェニスの商人』、悲劇『ジュリアス・シーザー』など。

シェニエ（アンドレ）Chénier, André（1762—94）　フランスの詩人。古代ギリシャ詩への憧れから新古典主義を奉じ、古典を範とする形式と新しい内容を盛り込んだ大胆な模倣論を提唱して、詩作した。

『ジェノヴァ共和国の歴史』*L'Histoire de la république de Gènes*　エミール・ヴァンサン Emile Vincent 著、一八四二年。

『地獄の夢』*Rêve d'Enfer*　フローベールの初期作品（一八三七）。錬金術師のアルチュール・ダルマロエ公爵は、魂を持たぬがゆえにジュリエッタの愛を受けとめえず、サタンと対決する。

ジッド（アンドレ）Gide, André（1869—1951）　フランスの作家。『地の糧』、『狭き門』その他の小説によって両大戦間の若者たちに大きい影響力をもった。

『シャクンタラー』Śakuntalā　四〜五世紀のインドのサンスクリット詩人、劇作家カーリダーサ Kālidāsa 作の七幕の戯曲。可憐な美女が、王と結ばれる物語。

シャトーブリヤン（フランソワ＝ルネ・ド）Chateaubriand, François-René de（1768—1848）　ロマン派の先駆者。大革命の初期を経験した後、一七九一年にアメリカに渡る。翌年帰国して反革命軍に参加し、負傷してイギリスに逃れ、しばらく亡命貴族の生活を送る。母と姉の死によって急速にカトリシズムに近づき、回心。『キリスト教精髄』（一八〇二）を著わす。一時はナポレオンに登用されたが、じきに袂を分ち、王政復古後、一八三〇年の七月革命まで政治生活を送る。死後に、自伝『墓の彼方の思い出』が発表された。

ジャネ（ピエール）Janet, Pierre（1859—1947）　フランスの心理学者、精神医学者。シャルコーに学び、後にサルペトリエール病院内心理学研究所長、パリ大学とコレージュ・ド・フランスの教授となる。ヒステリーの研究で知られる。

シャルパンティエ（ジョルジュ）Charpentier, Georges（1846—1905）　シャルパンティエ書房の創業者である父ジェルヴェ・シャルパンティエ（1805—1871）　は、「シャルパンティエ版」と呼ばれる廉価版で、近代の出版事業に新風をもたらしたが、その後を引き継いで、書房を経営した人物。フローベールの著作も出版している。

シュヴァリエ（エルネスト）Chevalier, Ernest（1820—87）　ギュスターヴの幼少期の親友。ユール県レ・ザンドリー近郊に生まれる。ギュスターヴやその妹のカロリーヌとともに、玉突き台を舞台とした芝居に熱中。ルーアンの中学からパリ大学法学部に進学。司法官となり、コルシカ、グルノーブル等に検事として赴任。退官後に県会議員から下院議員となる。徐々にギュスターヴの生活から離れてゆく。

『十一月』*Novembre*　フローベールの自伝的中編小説（一八四二）。「ぼく」が孤独のうちに娼婦マリーを識り、官能の喜びにひたるが、やがて三人称の「彼」としてその青年の死が語られる。

シュペングラー（オズワルド）Spengler, Oswald（1880—1936）。ドイツの歴史哲学者。歴史の進歩の考えに対し、歴史の循環（成長、成熟、衰退、死）の考えを対置した。代表作に『西欧の没落』（一九一六—一九二〇）。

ジュールダン　Jourdain　モリエールの喜劇『町人貴族』の主人公。貴族階級の仲間になりたくて、そのための教養を身につけるために、ダンス、音楽、哲学、武術などを先生について習う。哲学の先生から、自分のしゃべっている言葉が「散文」と呼ばれるものだと知って、四十年以上も知らずに散文を話していたのかと驚く。

シュレザンジェ(1)（エリザ）Schlésinger, Elisa（1810—72）　陸軍中尉エミール・ジュデと結婚するが、曖昧な状況のもとにシュレザンジェの妻となる。一八三六年夏、トゥルヴィルの海岸で十五歳のギュスターヴと遭遇。その幼い心を揺さぶる。以後、『感情教育』へと流れこむ一連の初期の自伝的作品の霊感源となる。『感情教育』のアルヌー夫人は彼女をモデルにしたといわれる。晩年は、夫の経済的行きづまり、精神病院への入院等、不幸な色彩につつまれていた。

シュレザンジェ(2)（モーリス）Schlésinger, Maurice（1797—1871）　ベルリン生まれのユダヤ系ドイツ人。パリで楽譜出版業をいとなみ、『音楽雑誌』の編集者。エリザ・フーコーを妻に迎え、パリの芸術家たちと交友を結んだが、経済的な理由でフランスを離れる。

『純な心』*Un Coeur Simple*　一八七七年の『三つの物語』*les Trois Contes* におさめられたフローベールの中篇小説。邦訳『フローベール全集』では、「まごころ」という題になっている。半世紀にわたって一つの家庭につかえた女中の献身と報われることのない愛情を描いたもの。老女中フェリシテが世話をやく二人の兄妹のうちに、フローベール少年時代の記憶が姿をみせている。彼女の手に残された唯一の鸚鵡の剝製が飛翔するイメージとともに彼女は天に召される。

『情熱と美徳』*Passion et Vertu, conte philosophique*　フローベールの初期作品（一八三七）。夫も子供もいるマッツァは、ドン・ジュアンを気どるエルネストに会って身も心も奪われるが、エルネストがアメリカに旅立ったので、絶望と不満から家族を毒殺する。

初稿『感情教育』*Education Sentimentale* (première version)　フローベールの自伝的長篇小説。アンリーとジュールの二人の青年を主人公とした、パリと地方を舞台とした恋愛の記録。同じ題の後期の傑作とは直接の関係はない。執筆中に神経症の発作を体験し、前半の抒情性と後半に見られる諦念と成熟との対比が興味深い。

ショパン（フレデリック）Chopin, Frédéric（1810—49）　ポーランドの作曲家、ピアノ演奏者。多くのピアノ曲を作曲した前期ロマン派音楽の代表。フランス人を父に、ポーランド人を母に、ワルシャワ近郊に生まれた。型にはまらない自由な指導を受け、ほとんど独学でピアノ演奏の技術を身につけたという。早くから作曲に興味を示したが、作品はマズルカやポロネーズのようなポーランドの民俗舞曲や小品が多い。一時期、ジョルジュ・サンドと恋愛関係にあった。

ショーペンハウアー（アルトゥル）Schopenhauer, Arthur（1788—1860）　ドイツの哲学者。主著として『意志と表象としての世界』

がある。

ジラルダン（サン＝マルク）Girardin, Saint-Marc（1801―73）　批評家、ジャーナリスト。一時期、『ジュルナル・デ・デバ』紙に記者として籍を置いた。

スタンダール Stendhal（1783―1842）　フランスの作家。本名マリー・アンリ・ベール Marie Henri Beyle。『イタリア絵画史』、『恋愛論』、『ラシーヌとシェークスピア』などはいずれも重要な作品だが、とくに一八三〇年に刊行された『赤と黒』、一八三九年の『パルムの僧院』は、フランスだけでなく、世界の小説に絶大な影響を及ぼした。ほかに『エゴチスムの回想』など。

スピノザ（バールーフ・デ）Spinoza, Baruch de（1632―77）　オランダの哲学者。デカルトの深い影響下に汎神論的一元論を唱導した。その主著『エチカ』を、サルトルはしばしば好意的に引用している。

『スマール』*Smarh*　フローベールの初期作品（一八三八）。隠者スマールと〈サタン〉との葛藤を描いたもの。この中でユークは道化姿を演じている。

『聖アントワーヌの誘惑』*La Tentation de Saint Antoine*　ト書きの多い散文の戯曲形式の作品で、フローベールは一八四九年、五八年、七二年の三度、稿を改めている。テバイッドの砂漠で苦行に耐える聖者の前に、諸々の執着や欲望が擬人的象徴として姿をみせる。ジェノヴァの美術館で見たブリューゲルの同名の絵画から発想を得たといわれる。

『聖ジュリアン伝』*La Légende de Saint Julien l'hospitalier*　一八七七年の『三つの物語』におさめられたフローベールの中篇。城主の子で狩り好きのジュリアンが、死んでいく鹿の予言どおり両親を殺し、妻を捨てて渡し船の船漕ぎとなり、瀕死の癩者を身をもって助ける。その瞬間、歓喜が訪れ、主イエスとともに昇天する。

聖ポリュカルポス Saint Polykarpos（69―156）　使徒時代の教父の一人。一五五年または一五六年、スミルナにて異教徒に短剣で刺されて殉教。すでに現在の新約聖書の大部分を、自家薬籠中のものとして説教に用いたといわれる。晩年のフローベールの知人たちは、彼を聖ポリュカルポスになぞらえ、その死の直前の一八八〇年四月二十七日がこの聖人の祭日にあたっていたことから、大晩餐会が催された。

セルバンテス（ミゲル・デ）Cervantes, Miguel de（1547―1616）　スペインの作家。『才知あふれる騎士ドン・キホーテ・デ・ラ・マンチャ』の作者。

『僧院長の指輪』*L'Anneau du prieur*　一八三五年から三六年にかけて書かれたフローベールの初期短編。埋葬された僧院長の指輪をとろうとして墓に閉じこめられる修道僧ベルナルドの物語。

ソポクレス Sophokles（BC 496―406頃）　古代ギリシャの劇作家、三大悲劇詩人の一人。大ディオニュシア祭の悲劇競演で先輩詩人のアイスキュロスを破って初優勝を遂げて以来、生涯に二四回優勝したと言われるが、完全な形で現存する作品は『オイディプス王』、『アンティゴネ』など七作のみ。

タ　行

ダーウィン（チャールズ・ロバート）Darwin, Charles Robert（1809―82）　イギリスの自然科学者、地質学者、生物学者。進化論の提唱者。主著は『ビーグル号航海記』、『種の起源』。

チボーデ（アルベール）Thibaudet, Albert（1874―1936）　『新フランス評論』（N・R・F）系の代表的な批評家。『マラルメの詩』や、『ベルクソン哲学』を初め、著書多数。彼の『ギュスターヴ・

フローベール』は、今なお無視できない総合的な研究である。

ツルゲーネフ（イワン）Turgenev, Ivan（1818―83） ロシアの作家。『父と子』他。生涯の大部分をドイツ、フランスで過ごし、フローベールとは一八六〇年代初期に親しくなった。

ディアフォワリュス Diafoirus モリエールの喜劇『病いは気から』に登場する医者の名前。

ティムール Timūr（1336―1405） ティムール朝の創始者。モンゴル族の王として、次々と征服戦争に勝って大帝国を建設した。

テオクリトス Teokritos（BC 300?―BC 260?） 古代ギリシャの詩人、牧歌の祖。現在のシチリアに生まれ、詩の題材にもシチリアや南イタリアの神話・民間伝承を採り入れている。実在の背景の下に、叙情詩と神話を踏まえて、牧人の生活と、純粋な恋と、自然との調和を描きだし、牧歌と呼ばれるジャンルを創設した。

デュガゾン→グルゴー＝デュガゾン

デュ・カン（マクシム）Du Camp, Maxime（1822―85） 法学部時代に知り合ったフローベールの友人。ブルターニュ旅行、エジプト旅行などの同行者。『文学的回想』（一八八二）でしばしばフローベールに言及している。

デュメニル（ルネ）Dumesnil, René（1879―1967） 二十世紀前半の代表的なフローベール研究者。『ギュスターヴ・フローベール 人と作品』（一九四七）ほか、いくつかの研究や全集の編纂にあたった。ほかに音楽についての著作もあり、ながらく『ル・モンド』紙の音楽時評を担当した。

デュモン Dumont ルイ・ブイエの友人で、フローベールとともに中学を退学になった人物。後に医師。

『東方物語』*Conte oriental* 一八四五年から四九年にかけて『デルヴィシュの七人の息子』*Les Sept fils du Derviche* という題名で構想していた作品を指すときにフローベールがしばしば用いる名称。

ドラクロア（ウジェーヌ）Delacroix, Eugène（1798―1863） フランスの画家。一八一六年、エコール・デ・ボザールに入学するが、その時期ルーヴルで、ルーベンス、ヴェロネーゼらの模写に打ち込む。二四年、ギリシャ独立戦争を題材に『キオス島の虐殺』を官展に出品し、論議を呼ぶ。七月革命を賛美する『民衆を導く自由の女神』（一八三一）、オリエンタリズム的な『アルジェの女たち』（一八三四）などで、ロマン派の画家としての評価を確立する。

ナ 行

ナポレオン一世 Napoléon Ier（1769―1821） コルシカ島アジャクシオの生まれ。フランス皇帝（1804―14, 15）。

ナポレオン三世 Napoléon III（1808―73） ナポレオン一世の弟であるオランダ王ルイ・ボナパルト（1778―1846）と、オルタンス・ド・ボアルネ（1783―1837）（後にナポレオン・ボナパルトの妻となるジョゼフィーヌとボアルネ子爵の娘）の第三子。一八四八年の二月革命後に国会議員となり、ついで大統領に当選。クーデタで憲法を制定し、十年任期大統領になり、さらに国民投票で皇帝位に就き（1852―70）、ナポレオン三世と称した。一八七〇年の普仏戦争に惨敗して一時捕虜となり、その後イギリスに亡命した。

『汝何を望まんとも』*Quidquid volueris* フローベールの初期作品（一八三七）。黒人の奴隷女とオランウータンの交配から生まれた猿人ジャリオを連れたポールは、妻のアデールが、彼女をひそかに愛するジャリオに殺されているのを発見する。

ネロ Nero（37―68） ローマの皇帝。晩年の暴政で有名。

ノヴァーリス Novalis（1772―1801） 本名フリードリヒ・レオポルド・フォン・ハルデンベルグ Friedrich Leopold von Hardenberg。

ドイツ初期ロマン派を代表する詩人。わずか十五歳で他界した恋人の思い出のために『夜の讃歌』を書いた。仮の住居でしかない地上の光の世界から、恋人とキリストの愛に接することのできる真の世界としての夜と死への憧憬をうたったもの。

ハ 行

ハイデッガー（マルティン）Heidegger, Martin（1889―1976）　ドイツの哲学者。フッサールの現象学から出発して、キルケゴールの影響下に、独自の実存主義哲学を樹ち立てた。サルトルの『存在と無』には明らかに彼の影響が見てとれる。『存在と時間』その他。

バイロン（ジョージ・ゴードン）Byron, George Gordon（1788―1824）　イギリスのロマン主義時代の詩人、歴史家。最初の傑作『チャイルド・ハロルドの遍歴』（一八一二―一八）はポルトガル、スペインから、ギリシャ、トルコと各地を放浪した記録を綴る物語詩で、世紀病を体現している。晩年はギリシャの解放闘争に関心を抱き、ギリシャで死んでいる。作品として他に『異教徒』など。

『バガヴァッド・ギータ』*Bhagavad Gita*　古代インドの叙事詩『マハーバーラタ』の一部で、ヒンドゥー教の聖典の一つ。クリシュナと主人公アルジュナ王子の対話の形をとり、サンスクリットで書かれている。

パスカル（ブレーズ）Pascal, Blaise（1623―62）　フランスの思想家、科学者。ジャンセニズムの立場を擁護して『田舎の友への手紙』（プロヴァンシャル）を書く。その『パンセ』は、死後に残された多数の断章を編んだものである。

パスロン（ジャン＝クロード）Passeron, Jean-Claude（1930―）　フランスの社会学者、ピエール・ブルデューとの共著『遺産相続者たち――学生と文化』（一九六四）、『再生産〔教育・社会・文化〕』（一九七〇）によって、高等教育における形式的平等と実質的不平等の実態を、家庭環境における文化的資本の相続という観点から説明した。ミシェル・フーコーらとともに、ヴァンセンヌの大学で教育改革を実践した。

パルメニデス Parmenides（BC 475?―?）　紀元前五世紀のギリシャの哲学者。エレア学派の祖とされる。

バレスト（ウージェーヌ）Bareste, Eugène（1814―61）　フランスのジャーナリスト、伝記作家、多岐にわたる分野で通俗本を出版し、成功を収める。一八四二年、一八四三年に挿絵入り『イリアッド』と『オデュセー』の翻訳を出すが、実際の翻訳者は別人とも言われる。一八四八年二月には「共和国 République」という革命新聞を発行、その後は実業界に転じる。

ブリューゲル（ピーテル）Bruegel, Pieter（1525―69）　ネーデルランドの画家、同名の息子（地獄のブリューゲル）がいるが、フローベールがジェノヴァのバルビ宮で見た『聖アントワーヌの誘惑』は父の作。フローベールの『イタリア紀行』にはこの絵を見たことが記されている。

ビュッフォン（ジョルジュ＝ルイ・ルクレール）Buffon, Georges-Louis Leclerc, Comte de（1707―88）　フランスの博物学者、哲学者。生物進化の思想の先駆者。文章家としても有名。

ビュルヌーフ（ウージェーヌ）Burnouf, Eugène（1801―52）　フランスのインド学者、フローベールが言及している著作は一八四四年出版の『インド仏教史入門』*Introduction à l'histoire du Bouddhisme indien* だろうか。

ブイエ（ルイ）Bouilhet, Louis（1821―69）　フローベールの〈他我〉といわれた親しい友人。詩人、劇作家。カニーの生まれで、母クラリスは、カニーの城主モンモランシー家から補助を受けて暮らしていた。

『フィレンツェのペスト』*Le Peste à Florence*　フローベールの初期作品（一八三六）。メディチ家のコジモの二人の息子フランチェスコとガルシアの対立から破滅までを描いた中篇。

『ブヴァールとペキュシェ』*Bouvard et Pécuchet*　未完に終わったフローベールの遺作長編小説（一八八〇）。二人の中年の書記が遺産を得て地方に引きこもり、諸々の学問を研究し始めるが、結局は書き写すにしくはないと、老年にいたって再び筆耕生活を始める。

フェイディアス Phidias　前五世紀のギリシャの彫刻家。フローベールは、彫刻家プラディエを、フェイディアスと綽名で呼んでいる。

フェドー（エルネスト）Feydeau, Ernest（1821—73）　詩人で小説家。小説『ファニー』で知られる。

『フェードル』*Phèdre*　一六七七年に初演されたラシーヌの悲劇。ギリシャ神話に題材をとる。夫テゼーの不在中に義理の息子イポリートに恋をしてしまうフェードルを主人公とする。

フェヌロン（フランソワ・ド）Fénelon, François de（1651—1715）　聖職者、作家。『テレマックの冒険』他。

フーコー（ユーラリー）Foucaud, Eulalie　一八四〇年に、十八歳のギュスターヴがマルセーユで泊ったホテルにいた女性。彼に性の歓びを教えたという。

フッサール（エトムント）Husserl, Edmund（1859—1938）　ドイツの哲学者。純粋現象学を確立した人物。その『イデーンI』（『純粋現象学と現象学的哲学のための諸構想』第一巻）は、サルトルに深い影響を与えた。

プーシェ（シャルル・アンリ・ジョルジュ）Pouchet, Charles Henri Georges（1833—94）　フランスの博物学者・解剖学者。フローベールの友人で、パリ国立自然史博物館の教授やコンカルノーの海洋研究所所長を務めた。

フラヴィー——→ヴァス

プラディエ（ジャン＝ジャック）Pradier, Jean-Jacques（1790—1852）　スイス生まれの高名な彫刻家。十九世紀前半にパリを中心としてヨーロッパ各地で活躍した。妻ルイーズはサロンに君臨し、その奔放な性格故に多くの恋人を持ち、夫を悩ませた。また、その病的な浪費癖は夫妻を破産へと追いやり、不幸な晩年を送らせることになる。彼女の一連の不倫は、作者不明の『ルドヴィカ夫人の回想』に詳しく述べられている。『ボヴァリー夫人』執筆中のフローベールは、それをエンマの姦通と負債の描写の資料の一つとして活用したとみなされている。

プラトン Platon（BC 427—347）　ギリシャの哲学者。ソクラテスに惹かれ、その裁判と死刑に深くしるしづけられた。師のソクラテスを中心とする対話篇、『饗宴』、『国家』などの著作がある。

ブルデュー（ピエール）Bourdieu, Pierre（1930—2002）　フランスの社会学者。フランス国立社会科学高等研究院、コレージュ・ド・フランス教授を歴任。社会学、人類学、哲学から文学理論まで幅広いフィールドで活躍したが、特に、教育と社会階級の密接な関係について、文化資本、社会関係資本、象徴資本などの概念を導入して行なった分析や、彼によって提唱された「ハビトゥス」という概念はよく知られている。『ディスタンクシオン』ほか多数の著書があるが、サルトルがここで触れているのは、ジャン＝クロード・パスロンとの共著で出世作『遺産相続者たち——学生と文化』（一九六四）。ブルデューは『芸術の規則』（一九九二）という独自のフローベール論も書いている。

ブリュノー（ジャン）Bruneau, Jean（1922—2003）　リヨン大学教授のフローベール研究家。ハーヴァード大学教授も兼任。その博士論文『フローベールの文学的出発』（一九六二）以来、文献批判学的立場から多くの資料の発掘と出版を行なった。プレイヤード版『書簡集』の編纂者として、第四巻までを刊行したが、最終第五巻の完結を待たずに、二〇〇三年六月に他界。

プルースト（マルセル）Proust, Marcel（1871―1922）　フランスの作家。ジョイスやカフカとともに、二十世紀の代表的小説家と見なされる。大作『失われた時を求めて』で、後の世界文学に大きな影響を与えた。

ブルーセ（フランソワ）Broussais, François（1772―1838）　フランスの医者。パリ大学医学部教授。病理学、治療学の専門家として知られる。瀉血を極度に重視したことが、後に批判の対象になった。

プルタルコス Plutarchos（46?―127?）　帝政ローマのギリシャ人著述家。その主著『対比列伝』（英雄伝）は、アレクサンドロスとカエサルなど古代ギリシャ・ローマの偉人たちで人柄や言動の似た者を二人一組で対比させた伝記二十二編と、単独伝記四編からなる。一方、政治・宗教・哲学などについて論じた『倫理論集（モラリア）』はエッセーの先駆けであり、モンテーニュなどに大きな影響を与えた。

ブレーヌ（シャルル）Brainne, Charles（1825―64）　初めは歴史学の教師。後にジャーナリストに転身し、『ラ・プレス』、『ロピニオン・ナシオナル』を経て、『ヌーヴェリスト・ド・ルーアン』の記者となる。フランスにおけるルポルタージュ記事の創始者の一人である。

ブレーヌ夫人（レオニー）Brainne, Léonie（1836―83）　旧姓リヴォワール。『ルーアン備忘録（メモリアル・ド・ルーアン）』主幹アンリ・リヴォワールの娘で、シャルル・ブレーヌに嫁した。フローベールから彼女に宛てた一二三通の手紙が、ルーアン市立図書館に保存されている。

フロイト（ジークムント）Freud, Sigmund（1856―1939）　オーストリアの精神科医で、精神分析学の創始者。

フローベール(1)（アシル）Flaubert, Achille（1813―82）　ギュスターヴの兄。パリ大学医学部に学び、一八三九年に結婚。父アシル＝クレオファスの死後、市立病院の外科部長に就任。晩年は南仏ニースに引退。

フローベール(2)（アシル＝クレオファス）Flaubert, Achille-Cléophas（1784―1846）　ギュスターヴの父。シャンパーニュ地方のオーブ県メジエール・ラ・グランド・パロワッスに生まれる。一家は同地方で代々蹄鉄工や獣医をいとなむ。パリ大学医学部に学び、一八一〇年、ルーアン市立病院に「解剖主任」として勤務。一二年、同病院院長のローモニエ博士のもとで娘同然に育てられた十九歳の孤児アンヌ＝ジュスティーヌ＝カロリーヌ・フルーリオ Fleuriot, Anne-Justine-Caroline と結婚。翌一三年長男アシルをもうける。以後一六年、一八年、一九年に子供が生まれるが、いずれも一歳の誕生日を待たずに死亡。一九年、ローモニエ博士の死に際して外科部長（内科的治療の未発達な当時は、実質的な病院長を意味する）に就任、病棟の一部のアパルトマンに住みつく。二一年にギュスターヴ、二四年にカロリーヌ誕生。

　その後、臨床医としての名声を築き、他国人ながら、このノルマンディの古都の名家の仲間入りをはたす。なお、医学部在学中より逸材とうたわれ、その実力のほどをおそれて師のデュピュイトランによってパリから遠ざけられたとの伝説もある。文中の「外科部長」、「フローベール博士」、「哲学医者」等はいずれもアシル＝クレオファスを示している。

フローベール(3)（ジョゼフィーヌ＝カロリーヌ）Flaubert, Joséphine-

Caroline（1824―46）　ギュスターヴの妹。一八四五年に兄の級友エミール・アマールと結婚、翌年娘カロリーヌを生み落とし、産褥熱で死去。幼年時代は三歳年上のギュスターヴやその仲間たちと、市立病院の玉突き台を舞台に芝居をして楽しむ。後に、ギュスターヴがパリに出てからは、多くの親密な書簡を交換しあった。旅先などから、おチビのネズミ君と呼びかけ、その見物したものを語って聞かせるのがギュスターヴの楽しみのひとつとなる。

ペトロニウス Petronius（20―66）　ローマ帝国の政治家、文筆家。皇帝ネロの側近であった人物として知られ、小説『サテュリコン』の作者とされる。ネロの助言者であったが、陰謀に荷担した他の側近から密告され、自殺したとされている。

ベルクソン（アンリ）Bergson, Henri（1859―1941）　フランスの哲学者。『時間と自由』（原題『意識の直接与件にかんする試論』）、『物質と記憶』、『創造的進化』、『道徳と宗教の二源泉』などにより、二十世紀前半の思想界に絶大な影響を残した。十九世紀流の機械論や決定論に反対し、反主知主義の立場から、自由と直観を重視する生の哲学を説いた。

ベルナノス（ジョルジュ）Bernanos, Georges（1888―1948）　カトリックの作家。人間の悪の問題を追求。代表作『田舎司祭の日記』（一九三六）。

ヘロディアス Herodias（BC 7―39）　ユダヤの王女。最初、叔父のフィリップと結婚して、娘サロメをもうけたが、フィリップは相続を廃されたため、その異母兄つまり彼女の伯父のアンティパス（ヘロデ王）の誘惑にのり、妃となる。洗者ヨハネ（ヨカナン）はこの結婚を糾弾したため、ヘロディアスの憎しみを買い、牢獄に閉じ込められ、最後にサロメの求めに応じたアンティパスによって、首をきられる（マタイ伝、マルコ伝）。フローベールの『ヘロディアス』はここから題材を得たもの。『三つの物語』の最後に収められている。

ヘロドトス Herodotos（BC 484?―BC 425）　ギリシャの歴史家。小アジアのハリカルナッソス生まれ。小アジアや中東を広く旅行して、各地の地理や風俗や歴史について豊富な知識を集める。旅行中に収集した材料で壮大な歴史を物語り、これがギリシャ人とペルシア人の戦争の記録となった。歴史の父と称され、その著作『歴史』Historiai（全九巻）は現存するギリシャ最古の散文の歴史書である。

ポー（エドガー・アラン）Poe, Edgar Allan（1809―49）　アメリカの小説家・詩人。マサチューセッツ州ボストン生まれ。十九世紀アメリカのあらゆる文学流派や傾向から離れて、近代の新しい美と戦慄を創造する。詩や小説においては計算された美的効果を主張して、フランス象徴派をはじめ推理小説にいたるまで、後代に与えた影響は大きい。詩『大鴉』、短編『黒猫』など。

『ボヴァリー夫人』*Madame Bovary*　フローベールの文壇出世作となった長編小説（一八五七）。農園に育った少女エンマが田舎医師のシャルルと結婚、起伏の少ない生活に希望を失い、司法書記の青年レオン、田舎のドン・ジュアンといったロドルフと姦通をかさね、金銭的な行きづまりから服毒自殺をして果てる。その臨終に姿をみせるラリヴィエール博士は、父親アシル＝クレオファスをモデルにしたものといわれる。エンマのまわりには無神論者の薬剤師オメーと司祭ブールニジアンとが、たえず滑稽な対話をくりひろげるが、薬剤師の見習いの少年ジュスタンが自分にいだく恋心には、遂に気づくこともない。

ボードレール（シャルル）Baudelaire, Charles（1821―67）　後期ロマン派の時代に生きながら、象徴派を越えてフランス現代文学の先駆者としての大きい影響力をもった詩人。『悪の華』一巻がある。サルトルには『ボードレール』（一九四七）という実存主義的見地からの特異な評伝がある。フローベールは『ボヴァリー夫人』の発表直後に知り会う。

ホフマン（エルンスト・テオドール・アマデウス）Hoffmann, Ernst Theodor Amadeus（1776—1822）　ドイツの小説家・作曲家。東プロイセンのケーニヒスベルク生まれ。司法官のかたわら、数多くの幻想文学・オペラ・音楽評論・絵画を手がけ、十九世紀初頭のロマン主義の興隆期に強い影響を残した。彼の生涯はオッフェンバックのオペラ『ホフマン物語』の主題となる。オペラ『ウンディーネ』、小説集『牡猫ムルの人生観』など。

ボワロー＝デプレオー（ニコラ）Boileau-Despréaux, Nicolas（1636—1711）　フランスの詩人、批評家。ラシーヌやモリエールと交わった。『諷刺詩集』、『詩法』、『書簡詩』などがある。「新旧論争」では古代派の立役者であった。

マ　行

『マチュラン博士の葬儀』*Les Funérailles du docteur Mathurin*　フローベールの初期作品（一八三九）。学識豊かな博士の臨終での酔いっぷりの滑稽さを描いた短編。

『マテオ・ファルコーネ』*Matteo Falcone*　フローベールの短編。一八三五年の夏に書かれた。メリメの同名の小説（一八三九）をもとにした課題作文と思われる。

『マヌ法典』*Manu-Smrti*　バラモン教やヒンドゥー教などの教義の中心となったもので、ブラフマーの息子で人類の始祖であるマヌが語るという形式をとっている。世界の創造から人間社会のあり方まで広く語り、バラモン階級の重要性を説いている。

マラルメ（ステファヌ）Mallarmé, Stéphane（1842—98）　フランスの詩人。象徴主義を代表する一人であるが、サルトルはマラルメを評価すること極めて高く、詩界の聖者とも言うべき静寂主義的一生を送ったこの詩人のなかに、最高のアンガージュマンの活例を認めている。

マルモンテル（ジャン＝フランソワ）Marmontel, Jean-François（1723—99）　フランスの文学者、思想家。百科全書派、劇作では特にオペラの台本作家として活躍した。

ミケランジェロ Michelangelo（1475—1564）　ルネサンス期のイタリアの彫刻家、画家、建築家、詩人。ピエタやダヴィデ像をはじめとする彫刻作品だけでなく、画家としても、システィーナ礼拝堂天井画などの傑作を残す。存命中から偉人と見なされたが、死後も芸術家の模範と見なされた。

三島由紀夫（1925—70）　小説家、劇作家。一九四七年、大蔵省に入るが、翌年には文筆に専念することを決め、書きおろし長編『仮面の告白』で文壇的地位を得る。一九七〇年、自ら組織する「盾の会」とともに市ヶ谷の自衛隊駐屯地で決起を呼びかけた後、割腹自殺する。サルトルは来日時に『宴のあと』（一九六〇）について言及している。

ミシュレ（ジュール）Michelet, Jules（1798—1874）　ロマン派の歴史家。歴史における民衆の役割を重視した。『フランス史』ほかの著作がある。

ミトリダート Mithridate（BC 132—63）　ポントス王ミトリダテス六世を指す。何度もローマ軍と戦い、最後にポンペイウスの軍に敗れて自殺した。フランスではラシーヌの悲劇『ミトリダート』の登場人物として、この名前で呼ばれる。戯曲では、ミトリダートの若い婚約者をめぐり、彼とその腹違いの二人の息子が葛藤を繰り広げ、栄光への情熱と嫉妬に引き裂かれる王の姿が描かれている。

ミュッセ（アルフレッド・ド）Musset, Alfred de（1810—57）　ロマン派の詩人。戯曲、小説も書いている。『世紀児の告白』は唯一の長編小説で、ジョルジュ・サンドとの恋愛を素材にしている。

モーツァルト（ヴォルフガング・アマデウス）Mozart, Wolfgang Amadeus（1756—91）　オーストリアの作曲家。『フィガロの結婚』、『ドン・ジョヴァンニ』、『魔笛』などのオペラや、数々の交響曲を始め、短い生涯に六百曲以上の作品を書いた。ウイーン古典派様式を確立した天才として、現在に至るまで世界的に広く愛され、演奏されている。

モーパッサン（ギ・ド）Maupassant, Guy de（1850—93）　フランスの作家。『女の一生』（一八八三）で知られる。フローベールに師事している。

モリエール Molière（1622—73）　フランスの劇作家。本名はジャン＝バティスト・ポクラン Jean-Baptiste Poquelin。十七世紀の代表的な喜劇作家。『人間嫌い』、『守銭奴』、『タルチュフ』、『ドン・ジュアン』など、その作品は日本でもよく知られている。いわゆる「性格喜劇」を作り上げた人物で、今なおパリのコメディ・フランセーズでは、その戯曲が頻繁に上演されている。

モンテーニュ（ミシェル・ド）Montaigne, Michel de（1533—92）　フランスのルネサンス期を代表するユマニスムの思想家。人間性への深い洞察は、パスカルを初め、後世の思想家や文人に多くの影響を与えた。『エセー（随想録）』（一五七二—九五）で名高い。

ヤ　行

ユウェナリス（デキムス・ユニウス）Juvenalis, Decimus Junius（60—130）　古代ローマの諷刺詩人。同時代のローマの廃退を嫌い、容赦のない痛烈な社会批判を行なった十六篇からなる『諷刺詩集』で知られる。そのなかには現在でも人口に膾炙する「健全なる精神は健全なる肉体に宿る」や「パンとサーカス」と言った表現が見られる。

ユゴー（ヴィクトル）Hugo, Victor（1802—85）　フランスのロマン派の代表的詩人、作家。演劇にも手を染める。十九世紀屈指の大作家。フローベールの少年時代の〈神〉で、一八三〇年に上演された『エルナニ』が古典劇に対するロマン主義の勝利を象徴し、若者のあこがれの的となった。一八五一年のナポレオン三世のクーデタに反対して一九年に及ぶ亡命生活を送って以来、共和主義のシンボルの如き存在となったが、若い頃は王党派的な色彩の強い詩人であった。フローベールは一八四〇年代の前半、パリの文学サロンで紹介され、以後、第二帝政期のユゴーの亡命中も、フランスとの連絡役をつとめる。

ラ　行

ライオス Laïos　ギリシャ神話の人物。テーバイの王。オイディプスの父。オイディプスの項を参照。

ラザロ Lazaros　キリストの友人で弟子。「ヨハネによる福音書」第十一章では、いったん死んで埋葬されたが、四日後に布教先から帰ったキリストが墓の前で祈り呼びかけると、手足も顔も布で巻かれたまま、蘇って墓から出て来たという。

ラシーヌ（ジャン）Racine, Jean（1639—99）　フランスの劇作家、詩人。十七世紀の古典主義を代表する人物。『アンドロマック』、『ブリタニキュス』、『フェードル』は彼の代表作で、いずれも五幕韻文悲劇の形をとり、恋愛という「情念」に動かされる人物を見事に描いている。彼の作品は今日まで、コメディ・フランセーズを中心に、さまざまな形で演じ続けられている。

『ラ・スピラール（螺旋）』*La Spirale*　『ボヴァリー夫人』執筆中のフローベールが構想し、一八五二年から五三年にかけてルイーズ・コレ宛の書簡で何度か言及している形而上学的な幻想小説。想像の中にしか幸福はないという「狂気」を主題としたこの小説は、草稿のみが残されている未完の作品の一つ。

ラブレー（フランソワ）Rabelais, François（1494?—1553?）　フランスの作家。医師であり、かつ修道士でもあった。モンテーニュとともに、十六世紀のフランス・ルネサンス文学を代表する人物。『ガルガンチュア＝パンタグリュエル物語』の作者。ギュスターヴは少年期にラブレーを発見し、その魅力にとりつかれた。

ラポルト（エドモン）Laporte, Edmond　晩年フローベールの秘書の役をつとめ、コマンヴィル家の破産に際しては保証人となる。フローベールの死の直前、金銭上の行き違いから不和となる。

『リグヴェーダ賛歌』*Rigveda*　インド最古の宗教文献のひとつで、財産、戦勝、長寿、幸運などについて神々の恩恵と加護を祈った賛歌集。

ルイ十四世 Louis XIV（1638—1715）「太陽王」と呼ばれ、ブルボン王朝の絶対主義を頂点にまで高めた人物。ヴェルサイユ宮殿は彼の時代に完成し、豪華な宮廷生活が繰り広げられた。「朕は国家なり」という言葉でも知られる。

ルイ＝フィリップ Louis-Philippe（1773—1850）　オルレアン公フィリップ平等の長子。一八三〇年の七月革命で国王となり、いわゆる七月王政を行なった。共和制や労働者の運動にたいして弾圧を行ない、四八年の二月革命で王政は崩壊する。

ルヴォー・ダロンヌ（ガブリエル）Revault d'Allonnes, Gabriel（1872—1949）　精神科医で哲学者。『ある宗教の心理学』、『精神錯乱者における知的衰弱』などの著書があるほか、ジョルジュ・デュマ編の『心理学概論』、『新心理学概論』に、いくつかの項目を執筆している。

ルクレティウス Lucretius（BC 98—55）　ローマ時代の詩人、哲学者。『物の本性について』。

ルコント・ド・リール（シャルル）Leconte de Lisle, Charles（1818—94）　フランスの詩人。レユニオン島の出身。一八四五年ころからパリに住む。フーリエの社会主義に共鳴し、機関紙『ファランジュ』の編集に係わるが、二月革命以降は、政治から遠ざかる。一八五二年、ギリシャ神話の神々をうたった『古代詩集』を発表。その後、ギリシャ古典の翻訳を進めるなか、その「土曜サロン」に若い詩人たちが集うようになり、『現代高踏派詩集』（六六）を刊行、高踏派の総帥とされた。

ルソー（ジャン＝ジャック）Rousseau, Jean-Jacques（1712—78）　フランスの思想家。「近代の父」と呼ばれるくらいに広汎な影響力を及ぼした。『人間不平等起源論』、『新エロイーズ』、『社会契約論』、『エミール』、『告白』など。初めはディドロら百科全書派と親しかったが、後にこれと訣別している。

ルベロル（ポール）Rebeyrolle, Paul（1926—2005）　現代フランスの画家。リモージュ近くのエイモティエに生まれ、戦争の終結とともにパリに出て、絵画を学ぶ。一九五三年、共産党に入るが、五六年に脱党。六七年にキューバに招かれ、そこから『ゲリラ兵』の連作を制作。七〇年の個展『共存』に際してはサルトルが、七三年の『囚人たち』にはフーコーが、エッセイを寄稿している。巨大な油彩作品が多く、キャンヴァスに砂、羽、布などの素材を貼り付けたミクスト・メディア的技法を駆使した。

ル・ポワットヴァン（ポール＝アルフレッド）Le Poittevin, Paul-Alfred

（1816—48）　ギュスターヴの青年時代の年長の友。彼の母親がギュスターヴの母カロリーヌと寄宿学校時代に同級だったことから親しくなった。父は製糸工場を経営。哲学的、文学的に早熟な才能を示し、ギュスターヴに深い影響を与えた。モーパッサンの伯母となるべきルイーズ（アルフレッドの妹ロールはモーパッサンの母親）と結婚後は、気丈夫な母と妻、そして彼をしたう文学仲間たちとの複雑な関係に悩む。友人の誰からもその夭折を惜しまれたが、死の床でもスピノザを手離さない彼の中に、ギュスターヴは形而上学的詩人のおもかげを見た。『狂人の手記』をはじめ、多くの著作がアルフレッドに捧げられている。生前、ルーアンの文芸週刊誌『コリブリ』に発表された詩や未発表の作品は、一九〇九年に、代表作『ベリアルの散歩』とともに、ルネ・デシャルムによって刊行された。

ルロワイエ・ド・シャントピー（マリー＝ソフィー）Leroyer de Chantepie, Marie-Sophie（1800—85）　一八五七年、フローベールの『ボヴァリー夫人』が起訴された後、無罪となったことを祝い、かつこの小説に感激したことを記した手紙を書き送って以来、文通が始まった女性読者。地方に暮らす信仰心の強い独身女性で、ジョルジュ・サンドを愛読し、音楽を好む。二人は終生会うことはなかったが、彼らのとり交す書簡には、文学のみならず、人生のさまざまな悩みや個人的体験が、率直に語られている。

ロジェ・デ・ジュネット（エドマ）Roger des Genettes, Edma（1818—91）　旧姓ルテリエ・ド・ヴァラゼ。ルイーズ・コレの友人。サン＝モールの収税吏シャルル＝マリ＝ジョゼフ・ロジェ・デ・ジュネットの妻。

ロラン（シャルル）Rollin, Charles（1661—1741）　フランスの作家、歴史家、教育者。教育論と古代史の分野で活躍し、パリ大学学長などを歴任。ギリシャ・ラテン文化の専門家として名高く、『古代史とローマ史』の総題のもとに、エジプト以来の通史を刊行していたが、未完に終わった。その彫像はパリ市庁舎やソルボンヌ大学などを飾っている。

ロワヌ夫人（ジャンヌ・ド）Loynes, Jeanne de（1837—1908）。旧姓トゥールベ。貧しい家庭の生れだが、パリに出て高級娼婦として成功、ナポレオン三世の従兄のナポレオン公の庇護を受け、やがてロワヌ伯爵と結婚。離婚後も伯爵夫人を名乗り、第二帝政期から世紀末にかけて文学サロンを主催していた。批評家ジュール・ルメートルの愛人としても知られている。フローベールは一時期恋に落ち、熱烈な手紙を送っている。

家《うち》の馬鹿息子 Ⅳ
ギュスターヴ・フローベール論
（一八二一年より一八五七年まで）

二〇一五年二月一五日初版第一刷印刷
二〇一五年二月二五日初版第一刷発行

著者 ジャン-ポール・サルトル
監訳 鈴木道彦 海老坂武
訳者 黒川学 坂井由加里
澤田直
発行者 渡辺博史
発行所 人文書院
〒六一二-八四四七
京都市伏見区竹田西内畑町九
電話〇七五・六〇三・一三四四
振替〇一〇〇〇-八-一一〇三
印刷 亜細亜印刷株式会社
製本 坂井製本所
Printed in JAPAN, 2015

ISBN 978-4-409-14066-6 C1098

ジャン－ポール・サルトル著

家の馬鹿息子 Ⅰ

ギュスターヴ・フローベール論

（一八二一年より一八五七年まで）

一個の人間について我々は何を知りうるか。作家フローベールの幼少期をとり巻く父親、母親、兄、妹など他者たちとの関係を、フロイトの精神分析学とマルクス主義の方法によって詳細に記述し、哲学・歴史学・社会学・文学研究にもとづく新しい人間学を樹立する。

Ａ５判上製七四六頁
価格　一二〇〇〇円

家の馬鹿息子 Ⅱ

ギュスターヴ・フローベール論

（一八二一年より一八五七年まで）

Ⅰ巻の「素質構成」に続きⅡ巻は「人格形成」を扱う。幼少期が過ぎ、本格的にものを書き始める十四歳までのフローベールの生の体験が分析される。家族との関係で形成された脱現実化の進行（俳優願望、鏡への魅惑、妹との同一化）からやがて文学への回心に至る。

Ａ５判上製五七八頁
価格　九〇〇〇円

家の馬鹿息子 Ⅲ

ギュスターヴ・フローベール論

（一八二一年より一八五七年まで）

フローベールの〈全体化〉の解読。中学時代の受動的犯行から世界観としての笑いの創造へ。神経症の危機の中での詩人から芸術家への変貌。ギュスターヴの初期作品の解読。

Ａ５判上製七七八頁
価格　一五〇〇〇円

（四巻揃）

表示価格（税抜）は2015年２月現在のもの